Tot zwijgen gedoemd

Robert Wilson

Tot zwijgen gedoemd

Vertaling Hugo Kuipers

2005

DE BEZIGE BIJ

AMSTERDAM

Cargo is een imprint van uitgeverij De Bezige Bij, Amsterdam

Copyright © 2004 Robert Wilson
Copyright Nederlandse vertaling © 2005 Hugo Kuipers
Oorspronkelijke titel *The Vanished Hands*
Oorspronkelijke uitgever Harcourt, New York
Omslagontwerp Studio Jan de Boer
Omslagillustratie Trevillion © Vincent MacNamara
Foto auteur Jerry Bauer
Vormgeving binnenwerk CeevanWee, Amsterdam
Druk De Boekentuin, Zwolle
ISBN 90 234 1792 5
NUR 305

www.debezigebij.nl

Voor Jane
en
José en Mick

Ha! Ha! Hoe dwaas is Eerlijkheid? En Vertrouwen zijn
Gezworen broeder, voorwaar een simpel man!

SHAKESPEARE, *The Winter's Tale*

Angst is de grondslag van de meeste overheden.

JOHN ADAMS, tweede president van de Verenigde Staten

Rafael
(knipperend met zijn ogen in het donker)

Of ik bang ben? Ik heb geen fysieke reden om bang te zijn, zoals ik hier naast Lucía in bed lig, mijn kleine Mario pratend in zijn slaap in de kamer naast ons. Maar ik ben bang. Mijn dromen hebben me bang gemaakt, alleen zijn het geen dromen meer. Daar zijn ze te levendig voor. Het zijn dromen van gezichten, alleen maar gezichten. Ik geloof niet dat ik ze ken, en toch is het soms of ik op het punt sta ze te herkennen en ze dat nog niet willen. Dan word ik wakker, want... Nu ben ik weer onnauwkeurig. Het zijn niet precies gezichten. Ze zijn niet van vlees. Ze zijn meer geest dan echt, maar ze hebben wel trekken. Ze hebben kleur, maar geen vaste materie. Ze zijn gewoon net niet menselijk. Dat is het: ze zijn net niet menselijk. Is dat een aanwijzing?

Als ik bang ben voor die gezichten, zou ik ertegen op moeten zien om naar bed te gaan, maar soms verlang ik naar de slaap en ik weet dat ik daarnaar verlang omdat ik het antwoord wil weten. Ergens in mijn geest zit een sleutel die de deur opent en tegen me zegt: waarom díé gezichten? Waarom geen andere? Waarom kiest mijn geest voor die gezichten? Ik zie ze de laatste tijd ook overdag heel duidelijk, als mijn bewustzijn afdwaalt. Mijn onderbewustzijn zet die gezichten op levende mensen, en dan zie ik de fantoomgezichten tot leven komen, totdat de echte mensen zich weer laten gelden. Ik voel me dan verward en dwaas, als een oude man die namen op het puntje van zijn tong heeft liggen, maar ze niet kan uitspreken.

9

Ik huiver. Zo erg kan mijn geest me te pakken krijgen. Ik begin gek te worden. Soms slaapwandel ik. Dat heeft Lucía me verteld toen ik onder de douche stond. Ze zei dat ik om drie uur 's nachts naar mijn studeerkamer ging. Later die dag vond ik een lege blocnote op het bureau. In het papier zag ik de doordruk van iets wat met de hand geschreven was. Ik kon het origineel niet vinden. Ik ging ermee naar het raam en zag dat het iets was wat ik had geschreven: '... de ijle lucht...'

I

Woensdag 24 juli 2002

'Ik wil mijn mammie. Ik wil mijn mammie.'

Consuelo Jiménez deed haar ogen open en zag een kindergezicht dat maar enkele centimeters van haar vandaan half in het kussen begraven lag. Haar wimpers streken over de katoenen sloop. De vingers van het kind grepen in haar bovenarm.

'Ik wil mijn mammie.'

'Goed, Mario. Laten we naar mammie gaan,' zei ze, al vond ze dat het voor iedereen te vroeg was. 'Je weet toch dat ze gewoon aan de overkant is? Je kunt hier bij Matías blijven, ontbijten, een beetje spelen...'

'Ik wil mijn mammie.'

De vingers van het kind groeven zich nadrukkelijk in haar arm en ze streek door zijn haar en kuste hem op zijn voorhoofd.

Ze had geen zin om in haar nachtkleding de straat over te steken, als een arbeidersvrouw die iets uit de winkels nodig had, maar het kind trok aan haar om haar mee te krijgen. Ze schoot een witte zijden ochtendjas over haar katoenen pyjama aan en deed goudkleurige sandalen aan haar voeten. Terwijl ze nog bezig was haar haar enigszins in model te brengen, pakte Mario haar ochtendjas vast en begon hij aan haar te sjorren als een havenarbeider.

Ze pakte zijn hand vast en leidde hem de trap af, tree voor tree. Ze verlieten de koelte van de airconditioning om naar buiten te gaan, en zelfs zo vroeg in de morgen was de hitte al drukkend en genadeloos. Na weer een benauwende nacht bracht de dageraad nog geen zweem van frisheid. Ze stak de lege straat over. Palmen hingen er slap en vermoeid bij, alsof het hier moeilijk was om in slaap te komen. Het enige geluid op straat kwam van de ventilatoren van de airconditioning, die nog meer hete, ongewenste lucht in de verstikkende atmosfeer van de exclusieve wijk Santa Clara aan de rand van Sevilla bliezen.

Er droop water uit een airco op een hoog balkon van het huis van de Vega's. Intussen sleepte ze Mario min of meer mee. Hij was plotseling zwaar en log geworden, alsof hij van gedachten veranderd was wat zijn mammie betrof. De druppels kletterden op de bladeren van de weelderige planten, en in die verschrikkelijke hitte was dat een geluid zo zwaar als bloed. Het zweet parelde op Consuelo's voorhoofd. Ze werd misselijk bij de gedachte aan de rest van de dag, de hitte die zich had opgebouwd in weken van verzengend weer. Ze toetste de code in op het paneeltje bij het buitenhek en liep over de oprijlaan. Mario rende naar het huis en bonkte met zijn hoofd tegen het hout van de voordeur. Ze drukte op de bel, waarvan het elektronisch geklingel als een verre kathedraalklok door het stille, met dubbel glas geïsoleerde huis galmde. Geen reactie. Een straaltje zweet vond zijn weg tussen haar borsten. Mario stompte met zijn kleine vuistje tegen de deur, een geluid als van een doffe pijn, aanhoudend als chronisch verdriet.

Het was kort na acht uur 's morgens. Consuelo likte aan het zweet dat zich op haar bovenlip vormde.

Het dienstmeisje kwam bij het huis aan. Ze had geen sleutels. Señora Vega was meestal vroeg wakker, zei ze. Ze hoorden dat de tuinman, een Oekraïner die Sergei heette, naast het huis aan het werk was. Ze maakten hem aan het schrikken en hij greep zijn houweel als wapen tot hij de twee vrouwen zag. Het zweet liep over de strakke spieren van zijn naakte tors naar zijn korte broek. Hij was sinds zes uur die ochtend aan het werk geweest en had niets gehoord. Voorzover hij wist, stond de auto nog in de garage.

Consuelo liet Mario bij het dienstmeisje achter en ging met Sergei naar de achterkant van het huis. Hij klom op de veranda van de huiskamer en tuurde door de schuifdeuren en zonwering. De deuren zaten op slot. Hij klauterde over de reling van de veranda en ging opzij hangen om in het keukenraam te kijken, dat zich boven de tuin bevond. Hij trok zich abrupt terug.

'Wat is er?' vroeg Consuelo.

'Ik weet het niet,' zei hij. 'Señor Vega ligt op vloer. Hij beweegt niet.'

Consuelo bracht het dienstmeisje en Mario naar haar eigen huis aan de overkant. Het kind wist dat er iets niet goed was en huilde. Het dienstmeisje kon hem niet troosten en hij worstelde zich uit haar armen los. Consuelo belde 091. Ze stak een sigaret op en probeerde zich te concentreren. Intussen stond het hulpeloze dienstmeisje over het kind gebogen, dat een driftbui had gekregen en als een wriemelend, om zich heen slaand dier op de vloer lag en brulde tot hij ineens heel stil werd. Consuelo meldde het incident aan de telefooncentrale in de Jefatura. Ze gaf haar naam, adres en telefoonnummer op. Toen gooide ze de hoorn op de haak en ging naar het kind, incasseerde zijn trappen en stompen, en trok hem naar zich toe, hield hem tegen zich aan en fluisterde keer op keer zijn naam in zijn oor tot hij slap werd.

Ze legde hem boven in haar bed, kleedde zich aan, riep het dienstmeisje bij zich en zei dat ze een oogje op hem moest houden. Mario sliep. Consuelo keek aandachtig naar hem toen ze haar haar borstelde. Het dienstmeisje zat op de hoek van het bed, verongelijkt omdat ze in de tragedie van andere mensen verzeild was geraakt; ze besefte dat dit ook gevolgen voor haar eigen leven zou hebben.

Er stopte een politiewagen voor het huis van de Vega's. Consuelo ging naar buiten en bracht de politieman naar de achterkant van het huis, waar hij op de veranda klom. Hij vroeg haar waar de tuinman was. Ze liep over het gazon naar een gebouwtje aan de achterkant, waar Sergei zijn onderkomen had. Hij was er niet. Ze ging naar het huis terug. De politieman tikte hard op het keukenraam en nam toen radiocontact op met de Jefatura. Hij klom van de veranda af.

'Weet u waar señora Vega is?' vroeg hij.

'Ze zou binnen moeten zijn. Daar was ze gisteravond toen ik haar belde om te zeggen dat haar zoon bij mijn jongens bleef slapen,' zei Consuelo. 'Waarom tikte u op het raam?'

'Ik wil de deur niet intrappen als hij alleen maar dronken is en op de vloer in slaap is gevallen.'

'Dronken?'

'Er ligt een fles naast hem op de vloer.'

'Ik ken hem al jaren en ik heb nooit meegemaakt dat hij hulpeloos was... nooit.'

'Misschien gedraagt hij zich anders wanneer hij alleen is.'

'Wat hebt u er nu aan gedaan?' zei Consuelo. De prikkelbare Madrileña deed haar best om niet met een schelle stem tegen de kalmere politieman te spreken.

'Er is een ambulance op weg gegaan zodra u belde, en nu is de Inspector Jefe del Grupo de Homicidios in kennis gesteld.'

'Het ene moment is hij dronken en het volgende moment is hij vermoord.'

'Er ligt een man op de vloer,' zei de agent, die zich nu aan haar ergerde. 'Hij beweegt niet en reageert niet op geluid. Ik heb...'

'Moet u niet proberen naar binnen te gaan om te kijken of hij nog leeft? Hij beweegt niet en reageert niet, maar misschien haalt hij nog wel adem.'

De politieman keek besluiteloos. Hij werd gered door de komst van de ambulance. De ziekenbroeders en de politieman ontdekten dat het huis zowel voor als achter op slot zat. Er stopten nog meer auto's voor het huis.

Inspector Jefe Javier Falcón had zijn ontbijt op en zat in de studeerkamer van zijn enorme, geërfde achttiende-eeuwse huis in de binnenstad van Sevilla. Hij dronk zijn koffie en keek in de gebruiksaanwijzing van een digitale camera die hij een week eerder had gekocht. De glazen deur van de studeerkamer kwam uit op de patio. Dankzij de dikke muren en de traditionele indeling van het huis had hij de airconditioning maar zelden nodig. In de marmeren fontein sijpelde water, zonder hem af te leiden. Na een moeilijk jaar in zijn privé-leven had hij eindelijk zijn concentratievermogen terug. Zijn mobieltje trilde op zijn bureau. Met een zucht nam hij op. Om deze tijd werden de lijken gevonden. Hij liep naar de zuilengang rond de patio en leunde tegen een van de zuilen. Hij luisterde naar de naakte, emotieloze feiten en ging naar zijn studeerkamer terug. Hij noteerde een adres in Santa Clara – dat klonk niet als een wijk waar iets ergs kon gebeuren.

Hij deed het mobieltje in de zak van zijn kaki broek, pakte zijn autosleutels op en maakte de kolossale houten deuren van zijn huis open. Hij zette zijn Seat tussen de sinaasappelbomen die aan weerskanten van het hek stonden en ging terug om de deuren dicht te doen.

De airconditioning blies tegen zijn borst. Hij reed door de smalle straatjes en kwam op de Plaza del Museo de Bellas Artes, een plein met hoge bomen, omringd door witte en okergele façades en het terracottasteen van het museum. Hij reed de binnenstad uit, richting rivier en ging naar rechts, de Avenida del Torneo in. Door de ochtendnevel waren in de verte de vage contouren van Calatrava's 'harpbrug' te zien. Hij veranderde van richting, reed de nieuwe stad in door de straten bij het Santa Justa-station. Hij reed langs de eindeloze flatgebouwen van de Avenida de Kansas City en dacht aan de exclusieve wijk waar hij heen ging.

De tuinstad Santa Clara was ontworpen door de Amerikanen. Ze hadden daar hun officieren willen huisvesten toen Franco het defensieverdrag van 1953 had getekend en de Amerikanen het Strategic Air Command bij Sevilla opzetten. Sommige bungalows zagen er nog zo uit als in de jaren vijftig, andere waren in Spaanse stijl verbouwd en enkele waren door rijke eigenaren helemaal gesloopt en vervangen door paleisachtige villa's. Voorzover Falcón zich herinnerde, had er ondanks die veranderingen altijd een vreemd sfeertje in de wijk gehangen. Dat kwam doordat de huizen elk op hun eigen stukje grond stonden, samen maar geïsoleerd, zodat je je niet zozeer in Spanje als wel in een Amerikaanse voorstad waande. Ook was het er, in tegenstelling tot de rest van Sevilla, bijna griezelig stil.

Falcón parkeerde in de schaduw van wat bomen voor het moderne huis aan de Calle Frey Francisco de Pareja. Ondanks de voorgevel van terracottasteen en wat versieringen hier en daar bezat het huis de soliditeit van een fort. Hij lette erop dat hij niet zijn pas inhield toen hij het hek passeerde en meteen Juez de Guardia Esteban Calderón zag, de rechter-commissaris van dienst. Het was meer dan een jaar geleden dat hij met Calderón had samengewerkt, maar die herinnering was nog vers. Ze schudden elkaar de hand en klopten elkaar op de schouder. Tot zijn verbazing was de vrouw die naast de rechter stond Consuelo Jiménez, die een rol had gespeeld in dezelfde geschiedenis. Ze was anders dan de vrouw van middelbare leeftijd die hij het jaar daarvoor had ontmoet toen hij onderzoek deed naar de moord op haar man. Haar haar hing nu los en was moderner gekapt, en ze was terughoudender met make-up en sieraden. Hij begreep niet wat ze hier deed.

De broeders gingen naar hun ambulance terug en haalden er een rijdende brancard uit. Falcón schudde de Médico Forense en de secretaresse van de rechter de hand, terwijl Calderón aan de politieagent vroeg of er sporen van braak waren aangetroffen. De agent bracht verslag uit.

Consuelo Jiménez keek gefascineerd naar de nieuwe Javier Falcón. De Inspector Jefe had zijn gebruikelijke pak niet aan. Hij droeg een kaki broek en een wit overhemd, waarvan de mouwen tot net onder de ellebogen waren opgestroopt. Hij leek jonger doordat zijn grijze haar erg kort was geknipt, overal even lang. Misschien was dat zijn stijl in deze tijd van het jaar, maar dat dacht ze niet. Falcón merkte dat ze geïnteresseerd naar hem keek. Dat gaf hem een onbehaaglijk gevoel en hij camoufleerde dat door een van zijn mensen, Sub-Inspector Pérez, voor te stellen. Er volgden enkele ogenblikken van nerveuze verwarring, totdat Pérez bij hen vandaan liep.

'Het is misschien vreemd dat ik hier ben,' zei ze, 'maar ik woon aan de overkant. Ik vond het... Ik was bij de tuinman toen hij señor Vega op de keukenvloer zag liggen.'

'Ik meen me de aankoop van een huis in Heliopolis te herinneren.'

'Nou, eigenlijk was Raúl degene die dat huis in Heliopolis kocht... voordat hij stierf,' zei ze. 'Hij wilde dicht bij zijn geliefde Bétis-stadion zijn, en ik interesseer me niet voor voetbal.'

'En hoe lang woont u hier?'

'Bijna een jaar.'

'En u hebt het lichaam gevonden?'

'De tuinman vond het, en we weten nog niet of hij dood is.'

'Heeft iemand reservesleutels van het huis?'

'Ik denk het niet,' zei ze.

'Ik ga maar eens naar het lichaam kijken,' zei Falcón.

Señor Vega lag op zijn rug. Zijn ochtendjas en pyjama waren van zijn schouders gegleden en zaten strak om zijn armen. Zijn borst was bloot en zo te zien had hij schaafwonden op zijn borst en buik. Hij had schrammen op zijn keel. Het gezicht van de man was bleek en strak; zijn lippen waren grijs en gelig.

Falcón ging naar Juez Calderón en de Médico Forense terug.

'Hij lijkt me dood, maar misschien wilt u even naar hem kijken voordat we een van de deuren openbreken,' zei hij. 'Weten we waar zijn vrouw is?'

Consuelo legde de situatie nog eens uit.

'Ik denk dat we naar binnen moeten gaan,' zei Falcón.

'Dat kan lastig worden,' zei señora Jiménez. 'Lucía heeft vorig najaar nieuwe ramen laten plaatsen. Dubbel glas en kogelvrij. En als die voordeur goed op slot zit, kun je nog beter dwars door een muur gaan.'

'U kent dit huis?'

Er verscheen een vrouw op de oprijlaan. Ze was moeilijk over het hoofd te zien, want ze had rood haar, groene ogen en zo'n witte huid dat het pijn aan je ogen deed om er in het felle zonlicht naar te kijken.

'*Hola*, Consuelo,' zei ze. Ze negeerde alle officiële gezichten en stevende meteen op haar af.

'*Hola*, Maddy,' zei Consuelo, die haar aan iedereen voorstelde als Madeleine Krugman, de naaste buur van señora Vega.

'Is er iets aan de hand met Lucía of Rafael? Ik zag de ambulance. Kan ik iets doen?'

Alle ogen waren gericht op Madeleine Krugman, en dat niet alleen omdat ze Spaans met een Amerikaans accent sprak. Ze was lang en slank, en had een volle boezem, een royaal achterste en het aangeboren talent om saaie mannen extravagante fantasieën te bezorgen. Alleen Falcón en Calderón hadden hun testosteron voldoende onder controle om haar recht in de ogen te kunnen kijken, en zelfs zij moesten zich concentreren. Consuelo's neusgaten gingen wijd open van ergernis.

'We moeten erg dringend het huis in, señora Krugman,' zei Calderón. 'Hebt u sleutels?'

'Nee, maar... wat is er met Rafael en Lucía aan de hand?'

'Rafael ligt op de keukenvloer en beweegt niet,' zei Consuelo. 'Over Lucía weten we niets.'

Madeleine Krugman ademde diep in, zodat te zien was dat haar rechte rij tanden alleen onderbroken werd door twee scherpe snijtanden. Gedurende een fractie van een seconde leek het of de onzichtbare platen in de aardkorst van haar gezicht zich schokkend samentrokken.

'Ik heb het telefoonnummer van zijn advocaat. Dat heeft hij me gegeven voor het geval er iets met het huis was terwijl ze op vakantie waren,' zei ze. 'Dan moet ik naar huis terug...'

Ze liep een paar passen achteruit en draaide zich om naar het hek. Alle ogen waren gericht op haar achterste, dat enigszins trilde onder het witte linnen van haar wijde broek. Een smalle rode riem zat als een lijn van bloed om haar taille. Ze verdween achter de muur uit het zicht. De mannengeluiden, gedempt onder de stolp van haar glamour, zwollen weer aan.

'Ze is erg mooi, nietwaar?' zei Consuelo Jiménez, die er onwillekeurig behoefte aan had de aandacht weer op zichzelf te vestigen en zich ergerde.

'Ja,' zei Falcón, 'en heel anders dan de schoonheid die we hier gewend zijn. Witte huid. Doorschijnend.'

'Ja,' zei Consuelo, 'ze is érg wit.'

'Weten we waar de tuinman is?' vroeg hij.

'Die is verdwenen.'

'Wat weten we van hem?'

'Hij heet Sergei,' zei ze. 'Hij is Russisch of Oekraïens. We delen hem. De Vega's, de Krugmans, Pablo Ortega en ik.'

'Pablo Ortega... de acteur?' vroeg Calderón.

'Ja, die is hier kortgeleden komen wonen,' zei ze. 'Hij is niet erg gelukkig.'

'Dat verbaast me niet.'

'Natuurlijk. U was toch degene, Juez Calderón, die zijn zoon twintig jaar gevangenisstraf oplegde?' zei Consuelo. 'Een vreselijke zaak was dat. Maar dat bedoelde ik niet toen ik zei... al zal het vast wel hebben meegespeeld. Er is een probleem met zijn huis en hij vindt de buurt een beetje... doods, want tot nu toe woonde hij in de binnenstad.'

'Waarom is hij verhuisd?' vroeg Falcón.

'Niemand in de *barrio* wil nog met hem praten.'

'Om wat zijn zoon heeft gedaan?' zei Falcón. 'Ik kan me die zaak niet herinneren...'

'Ortega's zoon ontvoerde een jongen van acht jaar,' zei Calderón. 'Hij bond hem vast en misbruikte hem dagenlang.'

'Maar hij heeft hem niet vermoord?' vroeg Falcón.

'De jongen is ontsnapt,' zei Calderón.

'Eigenlijk was het nog vreemder,' zei Consuelo. 'Ortega's zoon liet hem vrij en ging toen op het bed zitten in de geluiddichte kamer die hij voor de ontvoering had gemaakt. Daar wachtte hij op de komst van de politie. Hij was blij dat zij als eersten bij hem waren.'

'Ze zeggen dat hij het moeilijk heeft in de gevangenis,' zei Calderón.

'Ik kan geen medelijden hebben met mensen die kinderen van hun onschuld beroven,' zei Consuelo fel. 'Het is hun verdiende loon.'

Madeleine Krugman kwam terug met het telefoonnummer. Ze had nu een zonnebril op, alsof ze zich tegen haar eigen pijnlijke witheid wilde beschermen.

'Geen naam?' zei Falcón, terwijl hij het nummer intoetste op zijn mobieltje.

'Mijn man zegt dat hij Carlos Vázquez heet.'

'En waar is uw man?'

'Thuis.'

'Wanneer heeft señor Vega u dit nummer gegeven?'

'Voordat hij afgelopen zomer achter Lucía en Mario aan op vakantie ging.'

'Is Mario het kind dat vannacht bij u thuis heeft geslapen, señora Jiménez?'

'Ja.'

'Hebben de Vega's familie in Sevilla of omgeving?'

'Lucía's ouders.'

Falcón ging met zijn telefoon van het groepje vandaan en vroeg of hij de advocaat kon spreken.

'Ik ben Inspector Jefe Javier Falcón,' zei hij. 'Uw cliënt, señor Rafael Vega, ligt bewegingloos op zijn keukenvloer. Misschien is hij dood. We moeten zijn huis in.'

Er volgde een lange stilte, waarin Vázquez het verpletterende nieuws in zich opnam.

'Ik ben er over tien minuten,' zei hij. 'Ik raad u aan om niet te proberen in te breken, Inspector Jefe, want dat zal u vast en zeker veel meer tijd kosten.'

Falcón keek op naar het onneembare huis. Er zaten twee bewakingscamera's op de hoeken. Hij vond er ook twee aan de achterkant van het huis.

'Blijkbaar waren de Vega's erg gespitst op beveiliging,' zei hij toen hij bij de anderen terug was. 'Camera's. Kogelvrije ruiten. Zware voordeur.'

'Hij is rijk,' zei Consuelo.

'En Lucía is... nou, neurotisch is nog voorzichtig uitgedrukt,' zei Maddy Krugman.

'Kende u señor Vega voordat u hier kwam wonen, señora Jiménez?' vroeg Falcón.

'Natuurlijk. Al voordat het huis dat ik heb gekocht op de markt kwam, vertelde hij me dat het te koop zou worden aangeboden.'

'Was u bevriend met hem of deed u zaken met hem?'

'Beide.'

'Wat voor zaken doet hij?'

'Hij zit in de bouw,' zei Madeleine. 'Daarom is het huis als een fort gebouwd.'

'Hij is een klant van me in het restaurant in El Porvenir,' zei Consuelo. 'Maar ik kende hem ook via Raúl. Ze zaten in dezelfde branche, zoals u weet. Ze hebben jaren geleden samen aan een project in Triana gewerkt.'

'Kende u hem alleen als buurman, señora Krugman?'

'Mijn man is architect. Hij werkt aan projecten voor señor Vega.'

Er stopte een grote zilverkleurige Mercedes voor het huis. Daar stapte een kleine, gedrongen man in een grijze broek en een wit overhemd met lange mouwen en een donkere stropdas uit. Hij stelde zich voor als Carlos Vázquez en streek met zijn vingers door zijn voortijdig grijze haar. Hij gaf de sleutels aan Falcón, die de deur met één keer draaien openmaakte. De deur zat niet dubbel op slot.

Na de hitte van de straat voelde het huis somber en ijskoud aan. Falcón vroeg Juez Calderón of de technische recherche en hij even mochten rondkijken voordat de Médico Forense aan het werk ging. Hij ging met Felipe en Jorge naar de rand van de betegelde keukenvloer. Ze keken, knikten elkaar toe en gingen een stap terug. Calderón moest voorkomen dat Carlos Vázquez de keuken binnen ging en de plaats delict verontreinigde. De advocaat keek niet alsof hij het wel gewend was dat iemand anders dan zijn vrouw in bed een hand op zijn borst legde. De Médico Forense, die zijn handschoenen al aanhad, mocht naar binnen. Terwijl hij de pols voelde en de lichaamstemperatuur nam, ging

Falcón naar buiten en vroeg aan Consuelo en Madeleine of ze beschikbaar wilden blijven om vragen te beantwoorden. Hij vergewiste zich ervan dat Consuelo nog steeds voor Vega's zoon Mario zorgde.

De Médico Forense onderzocht de oren, neus, ogen en mond van het slachtoffer en mompelde daarbij in zijn dictafoon. Hij nam een pincet en keerde de plastic fles om die bij de uitgestrekte hand van het lichaam lag. Het was een liter gootsteenontstopper.

Falcón liep door de gang terug en keek in de kamers op de begane grond. De eetkamer was ultramodern. De tafel bestond uit een dikke plaat ondoorzichtig groen glas op twee roestvrijstalen bogen. Hij was volledig gedekt voor tien mensen. De stoelen waren wit, de vloer was wit, de wanden en armaturen waren ook wit. In de kilte van de airconditioning moesten mensen die hier aten het gevoel hebben gehad dat ze in een koelkast zaten, maar dan zonder het allegaartje van margarinekuipjes en oud voedsel. Falcón had niet de indruk dat er ooit gasten in deze kamer waren ontvangen.

De huiskamer daarentegen leek op de binnenkant van een warhoofd. Alle oppervlakken waren bedekt met snuisterijen – souvenirs uit de hele wereld. Falcón stelde zich vakanties voor waarin Vega obsessief met de nieuwste technologie aan het filmen was terwijl zijn vrouw de toeristenwinkels platliep. Op het middelste deel van de bank lagen een draadloze telefoon, een doos bonbons waarvan een halve laag was leeggegeten en drie afstandsbedieningen voor satelliet, dvd en video. Op de vloer stond een paar roze donzige pantoffels. Het licht was uit, net als de televisie.

De treden van de trap naar de slaapkamer waren platen gitzwart graniet. Toen hij naar boven ging, keek hij naar de oppervlakken, die zo glad als glas waren. Niets. De vloer van de bovenverdieping bestond uit zwart graniet, ingelegd met ruitjes van wit marmer. Hij voelde zich aangetrokken tot de deur van de grote slaapkamer. Het tweepersoonsbed was bezet. Er lag een kussen over het gezicht van de persoon in kwestie, van wie de armen onder het lichte donzen dekbed vandaan kwamen. Er zat een smal bandje van een polshorloge om een arm, die was uitgestoken alsof er om hulp werd gevraagd. De ene voet die zichtbaar was, had knalrode nagels. Hij ging naar het bed en voelde de pols terwijl hij neerkeek op de twee indrukken in het kussen. Lucía Vega was ook dood.

Er waren boven nog drie andere kamers, allemaal met een badkamer. Een ervan was leeg, in een andere stond een tweepersoonsbed en de laatste was van Mario. Het plafond van Mario's kamer was beschilderd met een nachtelijke hemel. Een oude, eenarmige teddybeer lag op zijn rug op het bed.

Falcón meldde de vondst van de tweede dode aan Juez Calderón. De Médico Forense zat bij señor Vega geknield en probeerde diens vingers van elkaar los te krijgen.

'Zo te zien heeft señor Vega een briefje in zijn rechterhand,' zei Calderón. 'Het lichaam is snel afgekoeld door de airconditioning en ik wil dat hij het eruit haalt zonder het te scheuren. Al eerste ideeën, Inspector Jefe?'

'Op het eerste gezicht lijkt het een zelfmoordpact. Hij heeft zijn vrouw verstikt en daarna gootsteenontstopper gedronken, al is dat een ellendige, langdurige manier om een eind aan je leven te maken.'

'Een pact? Waarom denk je dat ze het eens waren?'

'Ik zeg alleen maar waar het op lijkt,' zei Falcón. 'Het feit dat het jongetje erbuiten is gebleven, kan op onderlinge overeenstemming wijzen. Een moeder zou de gedachte niet kunnen verdragen dat haar eigen kind doodging.'

'Een vader wel?'

'Dat hangt ervan af onder hoeveel druk hij staat. Als er een financieel of moreel schandaal dreigt, wil hij misschien niet dat zijn zoon dat weet of met die wetenschap moet leven. Hij zou kunnen denken dat hij zijn zoon een dienst bewijst door hem te doden. Mannen hebben hun hele gezin uitgemoord omdat ze vonden dat ze tekort waren geschoten en dat niemand met hun naam en hun schande door het leven mocht blijven gaan.'

'Maar je twijfelt daaraan?' zei Calderón.

'Zelfmoord, of het nu een pact is of niet, is zelden iets spontaans, en we zien spontane elementen op deze plaats delict. Ten eerste zat de deur niet goed op slot. Consuelo Jiménez had gebeld om te zeggen dat Mario in slaap was gevallen. Ze wisten dus dat hij niet terug zou komen, en toch deden ze de deur niet op het dubbele slot.'

'De deur was dicht. Dat was genoeg.'

'Als je van plan bent iets onnatuurlijks te doen, doe je de deur goed op slot, want dan wil je er absoluut zeker van zijn dat je niet wordt gestoord. Dat is een sterke psychologische neiging. Serieuze zelfmoordenaars nemen meestal alle voorzorgsmaatregelen.'

'Wat nog meer?'

'Zoals alles hier is achtergelaten: de telefoon, de bonbons, de pantoffels. Het lijkt er niet op dat alles zorgvuldig is beraamd.'

'Nou, zeker niet van haar kant,' zei Calderón.

'Daar zit natuurlijk iets in,' zei Falcón.

'Gootsteenontstopper?' zei Calderón. 'Waarom zou je dat nemen?'

'Misschien blijkt nog dat er iets sterkers dan gootsteenontstopper in die fles zat,' zei Falcón. 'De reden? Nou, misschien wilde hij zichzelf straffen – je weet wel: zichzelf zuiveren van al zijn zonden. Het heeft ook het voordeel dat het geluidloos en onherroepelijk is, al hangt dat af van wat hij nog meer heeft ingenomen.'

'Nou, dat klinkt alsof hij het vooraf beraamd heeft, Inspector Jefe. Dus er zijn zowel spontane als geplande elementen.'

'Ja... Als ze hand in hand op het bed lagen, dood en met een briefje op zijn pyjama, zou ik zeggen dat het zelfmoord was. Maar nu zou ik voorlopig willen uitgaan van moord.'

'Misschien zal dat briefje in zijn hand...' zei Calderón. 'Maar het is vreemd om je pyjama aan te trekken voordat je... Of is dat ook een sterke psychologische neiging? Dat je je voorbereidt op de allerdiepste slaap?'

'Laten we hopen dat hij iemand was die zijn bewakingscamera's aanliet en altijd banden in de recorders had,' zei Falcón, die de zaak weer pragmatisch bekeek. 'We zouden in zijn studeerkamer moeten kijken.'

Ze liepen door de hal en door een gang langs de trap. Vega's studeerkamer bevond zich aan de rechterkant, met uitzicht op de straat. Achter een bureau stond een leren stoel met achterovergekantelde rugleuning, en aan de muur hing een ingelijst aanplakbiljet van de stierengevechten die dat jaar gedurende de Feria de Abril waren gehouden.

Het bureau was een groot, leeg, licht gekleurd stuk hout met een laptop en een telefoon. Er zat een verrijdbaar blok met drie laden onder. Naast de deur stonden vier zwarte archiefkasten en achter in de kamer bevond zich de opnameapparatuur van de bewakingscamera's. Er brandden geen LED'tjes en de stekkers waren uit het contact. In elke recorder zat een ongebruikte band.

'Dat ziet er niet goed uit,' zei Falcón.

De archiefkasten zaten allemaal op slot. Hij trok aan het verrijdbare ladeblok onder het bureau. Op slot. Hij ging de trap op naar de slaapkamer en vond een inloopkast met rechts zijn pakken en overhemden en links haar jurken en een enorm aantal schoenen (waarvan sommige verontrustend veel op elkaar leken). Op de bovenkant van een hoge ladekast vond hij een portefeuille, sleutels en kleingeld.

Een van de sleutels paste op de laden onder het bureau. In de bovenste twee zat niets ongewoons, maar toen hij de derde lade opentrok, stootte iets wat achterin lag tegen de stapel papier die voorin lag. Het was een pistool.

'Daar heb ik er niet veel van gezien,' zei Falcón. 'Dit is een Heckler & Koch 9mm. Zo'n ding heb je als je moeilijkheden verwacht.'

'Als je zo'n ding had,' zei Calderón, 'zou je dan een liter gootsteenontstopper drinken of je hersenen uit je hoofd schieten?'

'Als ik moest kiezen...' zei Falcón.

De advocaat verscheen in de deuropening. Zijn donkerbruine ogen keken hen streng aan.

'U hebt niet het recht...' begon hij.

'Dit is een moordonderzoek, señor Vázquez,' zei Falcón. 'Señora Vega ligt boven op het bed, ze is verstikt met een kussen. Enig idee waarom uw cliënt dit wapen in zijn studeerkamer had?'

Vázquez knipperde met zijn ogen toen hij het wapen zag.

'Sevilla is een merkwaardige stad. De rijke, bevoorrechte mensen van Santa Clara zijn alleen maar door een kleine barrio, de papierfabriek en de Calle de Tesalónica van de door drugs geteisterde arme wijken gescheiden. Ik denk dat hij dat wapen had om zich te beschermen.'

'Net als de bewakingscamera's die hij niet aanzette?' zei Falcón.

Vázquez keek naar de stilstaande recorders. Zijn mobieltje ging: de eerste maten van *Carmen*. De rechercheurs grijnsden elkaar toe. Vázquez ging de gang in. Calderón sloot de deur en Falcón wist wat hij al had vermoed toen hij die ochtend de hand van de Juez schudde: er was nieuws en dat was voor hem van belang.

'Ik wilde dat je dit van mij hoort,' zei Calderón, 'en niet van de geruchtenmachine in de Jefatura of het Edificio de los Juzgados.'

Falcón knikte. Zijn keel zat plotseling dicht.

'Inés en ik gaan aan het eind van de zomer trouwen,' zei Calderón.

Hij had geweten dat dit eraan zat te komen, maar toch bleef hij als aan de grond genageld staan. Het leek minuten te duren voordat zijn voeten, die zich bewogen met het tempo van een duiker op de zeebodem, hem dicht genoeg bij Calderón brachten om diens hand te schudden. Hij overwoog de schouder van de rechter kameraadschappelijk vast te pakken, maar zijn teleurstelling was zo groot dat hij de bittere smaak van een slechte olijf in zijn mond had.

'Gefeliciteerd, Esteban,' zei hij.

'We hebben het gisteravond aan onze families bekendgemaakt,' zei Calderón. 'Jij bent de eerste buitenstaander die het hoort.'

'Jullie zullen elkaar vast heel gelukkig maken,' zei Falcón. 'Dat weet ik zeker.'

Ze knikten elkaar toe en lieten elkaar los.

'Ik ga naar de Médico Forense terug,' zei de rechter, en hij ging de kamer uit.

Falcón ging naar het raam, nam zijn mobieltje en haalde Alicia Aguado's nummer uit het adressenboek. Ze was de psychotherapeute bij wie hij al meer dan een jaar in behandeling was. Zijn duim kwam tegen de belknop, maar hij was plotseling zo woedend dat hij er niet op kon drukken. Dit kon wachten tot hun vaste wekelijkse afspraak, de volgende avond. Ze hadden het al duizend keer over zijn ex-vrouw Inés gehad en ze zou hem opnieuw de les lezen omdat hij niet verderging met zijn leven.

Javier en Inés hadden hun onderlinge problemen opgelost. Dat was gebeurd in de periode van wederopbouw nadat vijftien maanden geleden het Francisco Falcón-schandaal was losgebarsten. Francisco was de wereldberoemde kunstenaar van wie Javier altijd had gedacht dat hij zijn vader was, maar van wie opeens was gebleken dat hij een bedrieger, een moordenaar en helemaal niet Javiers echte vader was. Al voordat ze een aantal maanden na het mediacircus bij elkaar waren gekomen om te praten, had Inés hem vergeven. Door zijn koude persoonlijkheid, onder woorden gebracht met die vreselijke rijmende mantra van haar, *Tú no tienes corazón, Javier Falcón* – 'Jij hebt geen hart, Javier Falcón' – was er een eind aan hun korte huwelijk gekomen. Gezien de geschiedenis van zijn familie was haar inmiddels duidelijk geworden waarom hij op die fundamentele menselijke manier tekortschoot. In de laatste paar maanden van zijn therapie was hij minder aan haar gaan denken, maar telkens wanneer haar naam viel, voelde hij een sprongetje in zijn maag. Haar vreselijke beschuldiging zat hem nog steeds dwars, en door hem te vergeven was ze, in de labiele staat waarin hij verkeerde, iemand geworden voor wie hij zich moest bewijzen.

En nu dit. Toch ging Inés al anderhalf jaar met de rechter om. Ze waren het nieuwe gouden stel, niet alleen van het justitiële apparaat in Sevilla, maar ook van de society in die stad. Hun huwelijk was onvermijdelijk geweest, maar dat maakte het voor Javier niet gemakkelijker.

Vázquez verscheen achter hem in de weerspiegeling van het glas. Falcón nam weer een professionele houding aan.

'Hoe verrast bent u, nu uw cliënt onder zulke vreemde omstandigheden dood is aangetroffen, señor Vázquez?' vroeg hij.

'Erg verrast,' zei hij.

'Waar is trouwens de vergunning voor dat wapen?'

'Dat is iets persoonlijks van hem. Dit is zijn huis. Ik ben zijn advocaat maar.'

'Maar hij vertrouwde u de sleutels van zijn huis toe.'

'Hij heeft hier geen familie. Als ze 's zomers op vakantie gingen, namen ze Lucía's ouders vaak ook mee. Er is altijd iemand in mijn kantoor. Blijkbaar...'

'En de Amerikanen die hiernaast wonen?'

'Die wonen hier amper een jaar,' zei Vázquez. 'Hij verhuurt dat huis aan hen. De man werkt als architect voor hem. Hij liet geen mensen in zijn leven toe. Hij gaf hun mijn telefoonnummer voor het geval er iets zou gebeuren.'

'Is Vega Construcciones zijn enige bedrijf?'

'Laten we zeggen dat hij in het onroerend goed zit. Hij bouwt en verhuurt appartementen en kantoorruimte. Hij bouwt bedrijfspanden op bestelling. Hij koopt en verkoopt grond. Hij heeft een stuk of wat makelaarskantoren.'

Falcón ging op de rand van het bureau zitten en liet zijn voet heen en weer zwaaien.

'Dit wapen, meneer Vázquez, had hij niet om inbrekers af te schrikken. Het is een wapen om iemand mee dood te schieten. Zelfs wanneer je iemand met een 9mm-kogel uit een Heckler & Koch in de schouder raakt, wordt dat waarschijnlijk zijn dood.'

'Als u rijk was en uw gezin en uw huis wilde beschermen, zou u dan een speelgoedje kopen of een echt wapen?'

'Dus voorzover u weet, is señor Vega niet betrokken bij iets crimineels of iets wat min of meer illegaal is?'

'Niet dat ik weet.'

'En u kunt geen reden bedenken waarom iemand hem zou willen vermoorden?'

'Hoort u eens, Inspector Jefe, ik houd me bezig met de juridische aspecten van de zaken die mijn cliënten doen. Ik bemoei me bijna nooit met hun privé-leven, tenzij dat gevolgen heeft voor hun zaken. Ik weet veel van zijn bedrijf, maar voor zijn privé-leven nam hij mij niet als advocaat. Als hij een verhouding met de vrouw van een ander had, wat ik betwijfel, zou ik daar niets van hebben geweten.'

'En wat vindt u van de plaats van het misdrijf, señor Vázquez? Señora Vega boven, verstikt met een kussen. Señor Vega beneden, dood met een liter gootsteenontstopper naast zich. Terwijl hun zoon, Mario, de hele nacht bij de buren was.'

Stilte. De bruine ogen keken naar Falcóns borst.

'Het lijkt op zelfmoord.'

'Minstens één van die sterfgevallen moet moord zijn.'

'Het lijkt erop dat Rafael zijn vrouw heeft gedood en daarna zichzelf.'

'Hebt u ooit gemerkt dat uw cliënt zo onevenwichtig was?'

'Hoe kun je nou weten wat er in het hoofd van een ander omgaat?'

'Dus hij stond niet voor zijn zakelijke of financiële ondergang?'

'Dat zou u aan de hoofdboekhouder moeten vragen, al was die niet de financieel directeur. Als hij zoiets wist, zou hij het waarschijnlijk geheimhouden.'

'Wie was de financieel directeur?'

'Rafael hield veel dingen voor zich.'

Falcón gaf hem zijn notitieboekje. Vázquez noteerde de naam van de hoofdboekhouder, Francisco Dourado, en diens gegevens.

'Is er, voorzover u weet, een schandaal op komst waar señor Vega of zijn onderneming bij betrokken is?' vroeg Falcón.

'Nú weet ik wie u bent,' zei señor Vázquez, en hij glimlachte voor het eerst met een verbazingwekkend goed gebit. 'Falcón. Ik had het verband nog niet gelegd. Nou... ú bent er nog, Inspector Jefe, en mijn cliënt heeft lang niet zulke erge dingen meegemaakt als u.'

'Maar ík heb geen misdrijf begaan, señor Vázquez. In mijn geval dreigde er geen morele ondergang of persoonlijke schande.'

'Schande,' zei de advocaat. 'Denkt u dat schande in onze moderne wereld nog niets van zijn kracht heeft verloren?'

'Dat hangt af van de samenleving waarin je je leven hebt opgebouwd. Hoe belangrijk de mening van die samenleving voor je is,' zei Falcón. 'O ja, bewaart u het testament van señor Vega?'

'Ja.'

'Wie is het naaste familielid?'

'Zoals ik al zei, heeft hij geen familie.'

'En zijn vrouw?'

'Die heeft een zuster in Madrid. Haar ouders wonen hier in Sevilla.'

'Iemand zal de lichamen moeten identificeren.'

Pérez verscheen in de deuropening.

'Ze hebben het briefje uit señor Vega's hand gekregen,' zei hij.

Ze gingen naar de keuken, waarvoor ze zich langs de technisch rechercheurs moesten wurmen die de gangen met hun materiaal in beslag hadden genomen, wachtend tot ze de plaats van het misdrijf mochten betreden.

Het briefje was al in een plastic zak gedaan. Calderón gaf het met opgetrokken wenkbrauwen aan. Falcón en Vázquez fronsten hun wenkbrauwen toen ze het lazen, en dat deden ze niet alleen omdat de elf woorden in het Engels waren geschreven.

'... de ijle lucht die je ademt van 9/11 tot het eind...'

2

Woensdag 24 juli 2002

'Zeggen die woorden u iets?' vroeg Calderón.

'Helemaal niets,' zei Vázquez.

'Lijkt het handschrift u normaal?'

'Het is beslist van señor Vega... Meer kan ik er niet over zeggen.'

'Het verschilt in geen enkel opzicht van zijn gebruikelijke handschrift?'

'Ik ben geen expert, Juez,' zei Vázquez. 'Zo te zien is het niet geschreven met een bevende hand, maar helemaal vloeiend is het ook niet. Het lijkt me zorgvuldig geschreven, geen snelle notitie.'

'Het is niet wat ik een zelfmoordbrief zou noemen,' zei Falcón.

'Hoe zou u het dan noemen, Inspector Jefe?' vroeg Vázquez.

'Een raadsel. Iets wat onderzocht moet worden.'

'Interessant,' zei Calderón.

'O ja?' zei Vázquez. 'We krijgen altijd de indruk dat recherchewerk érg opwindend is. Dit...?'

'Als u een moordenaar was, zou u in de regel níét willen dat er onderzoek naar uw werk werd gedaan,' zei Falcón. 'U zou hopen dat u niet werd ontdekt. U hebt me eerder verteld dat u vond dat het op zelfmoord leek. Een moordenaar met een motief zal meestal proberen dat idee te versterken door een duidelijke zelfmoordbrief achter te laten, en niet iets waardoor het rechercheteam gaat denken: wat zit hierachter?'

'Tenzij hij gek was,' zei Vázquez. 'Zo'n seriemoordenaar die de politie wil uitdagen.'

'Nou, ten eerste is er geen uitdaging. Een half briefje in señor Vega's handschrift lijkt me geen psychotische poging tot communicatie. Het is te onduidelijk. Ten tweede doet de plaats delict ons helemaal niet aan een psychopathische moordenaar denken. Zulke mensen denken bijvoorbeeld na over de plaats waar ze het lichaam achterlaten. Ze introduceren elementen van hun obsessies. Ze laten zien dat ze op die plaats geweest zijn, dat er een geraffineerde geest aan het werk is geweest. Een seriemoordenaar doet nooit iets nonchalants. Hij laat geen fles gootsteenontstopper achter op de plaats waar die fles toevallig is neergekomen. Alles heeft een betekenis.'

'Maar welk normaal mens zou een man en zijn vrouw vermoorden en wíllen dat er onderzoek naar de zaak wordt gedaan?' vroeg Vázquez.

'Een moordenaar die een goede reden had om señor Vega te haten en wilde laten zien wat voor man dat was,' zei Falcón. 'Zoals u weet, wordt bij een moordonderzoek diep in het leven van het slachtoffer gespit. Om het motief te vinden moeten we sectie verrichten, niet alleen op het lichaam, maar ook op het leven van het slachtoffer. We moeten ons in alles verdiepen: zaken, vrienden, openbaar gedrag, privé-gedrag, zo persoonlijk als het maar kan. Misschien heeft señor Vega zelf...'

'Maar Inspector Jefe, u kunt toch nooit in iemands hoofd kijken?'

'Dan is er ook nog de mogelijkheid dat señor Vega zelf met ons probeert te communiceren. Door dat briefje in zijn gebalde vuist te houden wil hij ons misschien vertellen dat we het misdrijf moeten onderzoeken.'

'U hebt me niet laten uitspreken,' zei Vázquez. 'Als ik in mijn werk iets heb geleerd, dan is het wel dat een mens drie stemmen heeft: de openbare stem om de wereld toe te spreken, de privé-stem die hij voor zijn familie en vrienden reserveert, en de meest verontrustende stem: de stem in zijn hoofd. De stem die hij gebruikt om tegen zichzelf te praten. Succesvolle mensen als señor Vega hebben erg krachtige innerlijke stemmen, en ik heb nog iets over dat soort mensen ontdekt: ze geven nooit iemand toegang tot die stem, hun ouders niet, hun vrouw niet, hun eerstgeboren kind niet.'

'Daar gaat het niet om...' zei Falcón.

'Het gaat erom dat we inzicht verwerven,' mengde Calderón zich erin. 'De dingen die iemand heeft gedaan, de manier waarop hij met mensen omging, verschillende mensen – die dingen vertellen ons iets over hem.'

'Het is mijn ervaring dat ze je vertellen wat híj je wil laten denken,' zei Vázquez. 'Ik wil u iets laten zien, en vertelt u me dan eens wat u denkt. Mogen we al over de keukenvloer lopen?'

Ze riepen Felipe en Jorge, die eerst gingen kijken en een corridor over de keukenvloer vrijmaakten. Falcón gaf Vázquez een paar rubber handschoenen. Ze liepen door de keuken naar een deur aan de andere kant die uitkwam op een kamer waarvan drie wanden van vloer tot plafond in beslag werden genomen door roestvrij stalen koelkasten. Aan de vierde wand hing een indrukwekkende verzameling vleesmessen, hakmessen en zagen. De witte vloertegels waren maagdelijk schoon en roken vaag naar een schoonmaakmiddel met dennengeur. Midden in de kamer stond een houten tafel met een blad van dertig centimeter dik. Het gebleekte oppervlak was overdekt met sneden en kerfjes, met in het midden een kuil waarvan de rand door veelvuldig gebruik was uitgesleten. Falcón werd bevangen door afgrijzen toen hij naar die tafel keek.

'En hier bewaart hij de lijken, señor Vázquez?' vroeg Calderón.

'Kijkt u maar in de koelkasten en diepvriezers,' zei de advocaat. 'Die liggen vol lijken.'

Calderón maakte de deur van een koelkast open. Er lag een half karkas van een koe in, zonder hoeven. Het zichtbare vlees was donkerrood, bijna zwart op plaatsen waar het niet bepareld was met membraan of bedekt met dik, roomgeel vet. De koelkasten aan weerskanten bevatten een aantal lammeren en een roze varken. De kop van het laatste dier was verwijderd en aan een haak gehangen, de oren stijf, de ogen dicht, met lange witte oogharen, waardoor het leek of het beest in diepe slaap verzonken was. In andere koelkasten lagen ingevroren stukken vlees, verpakt en in manden gelegd of gewoon in de donkere ijzige diepten gegooid.

'Wat denkt u daarvan?' vroeg Vázquez.

'Hij was geen vegetariër,' zei Calderón.

'Hij mocht graag zijn eigen vlees verwerken,' zei Falcón. 'Waar haalde hij het vandaan?'

'Van gespecialiseerde boerderijen in de Sierra de Aracena,' zei Vázquez. 'Volgens hem was er niet één slager in Sevilla die wist hoe hij met vlees moest omgaan. Ze konden het niet ophangen en niet in stukken snijden, zei hij.'

'Bedoelt u dat hij slager is geweest?' vroeg Falcón. 'Weet u wanneer en waar dat was?'

'Het enige wat ik weet, is dat zijn vader slager was voordat hij omkwam.'

'Voordat hij omkwam? Wat betekent dat? Is hij vermoord, of...?'

'Dat was het woord dat hij gebruikte om de dood van zijn ouders te beschrijven: "Ze kwamen om." Hij gaf nooit een verklaring en ik vroeg daar ook niet naar.'

'Hoe oud was señor Vega?'

'Achtenvijftig.'

'Dus hij was geboren in 1944... vijf jaar na het eind van de burgeroorlog. Ze zijn dus niet in die oorlog omgekomen,' zei Falcón. 'U weet niet wanneer ze zijn omgekomen?'

'Is dit relevant, Inspector Jefe?' vroeg Vázquez.

'We proberen een beeld te krijgen van het leven van het slachtoffer. Het zou al grote invloed op señor Vega hebben gehad als ze bijvoorbeeld bij een auto-ongeluk waren omgekomen toen hij nog klein was. Als ze zijn vermoord, gaat dat nog veel verder. Een moord laat vragen onbeantwoord, en vooral wanneer de daders niet zijn bestraft kan zo iemand vast van plan zijn om – nee, niet om uit te zoeken waarom het is gebeurd, want dat zou boven zijn macht kunnen gaan, maar om zichzelf iets te bewijzen. Om uit te zoeken wie hij is in deze wereld.'

'Allemachtig, Inspector Jefe,' zei Vázquez, 'misschien kunt u uit eigen ervaring een heleboel over die dingen zeggen, maar het spijt me, ik kan u niet met dat soort informatie helpen. Er zijn vast wel gegevens...'

'Wanneer hebt u hem leren kennen?' vroeg Calderón.

'In 1983.'

'Was dat hier... in Sevilla?'

'Hij wilde een stuk land kopen. Het was zijn eerste project.'

'En wat had hij daarvoor gedaan?' vroeg Falcón. 'Met wat hij als slager verdiende, kon hij niet veel land kopen.'

'Dat heb ik hem niet gevraagd. Hij was mijn eerste cliënt. Ik was achtentwintig. Ik wilde niets doen of vragen waardoor ik hem kon kwijtraken.'

'Dus u maakte zich niet druk om zijn achtergronden – om de mogelijkheid dat hij u zou bedriegen?' vroeg Falcón. 'Hoe hebt u hem leren kennen?'

'Hij kwam op een dag mijn kantoor binnen. U weet waarschijnlijk niets over zaken, Inspector Jefe, maar je moet risico's nemen. Als je zeker wilt zijn van alles, moet je geen eigen praktijk beginnen... Dan word je ambtenaar.'

'Had hij een accent?' vroeg Falcón zonder op de stekelige opmerking in te gaan.

'Hij sprak Andalusisch, maar het klonk niet alsof hij dat altijd had gedaan. Hij was in het buitenland geweest. Ik weet bijvoorbeeld dat hij Amerikaans Engels sprak.'

'Daar hebt u hem niet naar gevraagd?' vroeg Falcón. 'Ik bedoel, onder de lunch of bij een biertje, niet in een verhoorkamer.'

'Hoort u eens, Inspector Jefe, ik wilde alleen maar de klandizie van die man. Ik wilde niet met hem trouwen.'

De Médico Forense stak zijn hoofd om de deur en zei dat hij naar boven ging om señora Vega's lichaam te onderzoeken. Calderón ging met hem mee.

'Toen u señor Vega leerde kennen, was hij toen getrouwd?' vroeg Falcón.

'Nee,' zei Vázquez. 'Er liep geen echtscheidingsprocedure, al geloof ik wel dat hij een overlijdensakte van een vroegere echtgenote heeft ingediend. Dat zult u aan Lucía's ouders moeten vragen.'

'Wanneer zijn ze getrouwd?'

'Acht... Tien jaar geleden, zoiets.'

'Was u uitgenodigd?'

'Ik was zijn *testigo*.'

'Een vertrouweling in álle opzichten,' zei Falcón.

'Wat vindt u van de hobby van mijn cliënt?' vroeg Vázquez, die weer de leiding van het gesprek wilde nemen.

'Zijn ouders "zijn omgekomen". Zijn vader was slager,' zei Falcón. 'Misschien was dit zijn manier om de herinnering levend te houden.'

'Ik denk niet dat hij zoveel om zijn vader gaf.'

'Dus hij heeft u wél persoonlijke dingen verteld?'

'In de afgelopen... bijna twintig jaar heb ik wat stukjes informatie verzameld. Bijvoorbeeld dat zijn vader streng was voor zijn enige zoon. Hij strafte zijn zoon graag door hem met alleen een hemd aan in de koelcel te laten werken. Rafael had artritis in zijn schouders, en dat schreef hij toe aan die slechte behandeling in zijn jeugd.'

'Misschien had hij door dat slagerswerk het gevoel dat hij de zaak onder controle had. Ik bedoel, niet alleen omdat hij er goed in was, maar ook omdat hij iets groots en onhandelbaars veranderde in overzichtelijke, bruikbare stukken,' zei Falcón. 'En dat is ook het werk van de bouwer. Hij neemt de enorme, gecompliceerde tekeningen van de architect en splitst ze op in werkzaamheden met staal, beton, bakstenen en specie.'

'Ik denk dat de weinige mensen die van zijn hobby wisten het eerder... sinister vonden.'

'Het idee dat die beschaafde zakenman in de wervelkolom van een dood beest stond te hakken?' zei Falcón. 'Want ja, dat werk heeft inderdaad iets gewelddadigs.'

'Veel mensen die met señor Vega te maken hadden, dáchten dat ze hem kenden,' zei Vázquez. 'Hij begreep hoe mensen in elkaar zitten en hij kon ze inpalmen. Hij had een instinct voor iemands sterke en zwakke punten. Hij gaf mannen het gevoel dat ze interessant en krachtdadig waren, en vrouwen dat ze mysterieus en mooi waren. Het was schokkend hoe goed dat werkte. Een tijd geleden besefte ik dat ik hem helemaal niet kende. Dat betekende dat hij me wel vertrouwde, maar alleen als het om zijn zaken ging. Zijn persoonlijke gedachten hield hij voor me verborgen.'

'U was zijn testigo. Dat is een beetje meer dan een zakenrelatie.'

'Zijn relatie met Lucía had een zakelijk element... of beter gezegd: die met Lucía's familie.'

'Hadden ze land?' vroeg Falcón.

Vázquez knikte. 'Hij heeft hen erg rijk gemaakt.'

'En waren ze niet erg nieuwsgierig naar zijn raadselachtige verleden?'

'Ik wilde alleen maar zeggen dat ik weliswaar zijn testigo was, maar daardoor nog geen persoonlijker relatie met hem hoefde te hebben...'

'... dan hij met zijn vrouw had?'

'Ik neem aan dat u met Lucía's ouders gaat praten,' zei Vázquez.

'Hoe ging hij met zijn zoon Mario om?'

'Hij hield van zijn zoon. Het kind was erg belangrijk voor hem.'

'Het is vreemd dat hij pas na zijn vijftigste een gezin heeft gesticht.'

Stilte, terwijl Vázquez die vraag door zijn juridische brein liet gaan.

'Daar kan ik u niet mee helpen, Inspector Jefe,' zei hij.

'Maar ik zet u aan het denken.'

'Ik had het al over die overlijdensakte. Ik dacht aan andere gesprekken.'

'U hebt hem leren kennen toen hij bijna veertig was. Hij had geld genoeg om land te kopen.'

'Hij moest ook lenen.'

'Toch zou iemand van die generatie, met zoveel geld, normaal gesproken een gezin hebben.'

'Weet u, hij praatte nooit over zijn leven, over het leven dat hij had geleid voordat ik hem leerde kennen.'

'Behalve dat zijn vader slager was.'

'En dat kwam alleen ter sprake toen hij het huis opknapte en een bouwvergunning moest aanvragen voor deze kamer. Ik zag de tekeningen. Daar moest hij een verklaring voor geven.'

'Wanneer was dat?'

'Twaalf jaar geleden,' zei Vázquez. 'Maar ik kreeg niet de hele familiegeschiedenis te horen.'

'Hij vertelde u dat hij door zijn vader werd gestraft.'

'Het waren maar fragmenten. Het was niet een echt gesprek.'

Felipe, de oudste van de twee technisch rechercheurs, stak zijn hoofd om de deur.

'Wil je hier nu over praten, Inspector Jefe?'

Falcón knikte. Vázquez gaf hem zijn kaartje en de huissleutels en zei dat hij nog minstens een week in Sevilla zou zijn voordat de zomervakantie begon. Toen hij zich al had omgedraaid, zei hij nog tegen Falcón dat die de deur aan de andere kant van de slagerskamer moest openmaken. Die deur kwam uit in de garage, en daar stond een gloednieuwe zilverkleurige Jaguar.

'Die heeft hij vorige week gekregen, Inspector Jefe,' zei Vázquez. '*Hasta luego.*'

Falcón ging naar de technisch rechercheurs in de keuken. Felipe keek naar Jorge, die langs de onderkant van de keukenkastjes aan het zoeken was.

'Iets gevonden?' vroeg Falcón.

'Tot nu toe niets,' zei Felipe. 'De vloer is kortgeleden schoongemaakt.'

'De werkvlakken?'

'Nee, die zitten onder de vingerafdrukken. Hij had een liter gootsteenontstopper in zijn maag. Je zou verwachten dat hij had overgegeven. Ooit problemen met galstenen gehad, Inspector Jefe?'

'Gelukkig niet,' zei hij, maar hij zag Felipes ogen even opflikkeren van afschuw. 'Het schijnt dat je als man met zo'n galsteen het dichtst bij de pijn komt die een vrouw voelt als ze een kind krijgt.'

'Dat heb ik tegen mijn vrouw gezegd, en toen herinnerde ze me eraan dat haar twee baby's bijna vier kilo wogen en dat een galsteen ongeveer negen gram weegt.'

'In de pijncompetitie is medelijden ver te zoeken,' zei Falcón.

'Ik heb als een gek op de vloer van de badkamervloer gezocht. Daar zouden overal latente afdrukken moeten zitten.'

'Vingerafdrukken op de fles?'

'Eén stel, erg duidelijk... en dat is ook verrassend. Ik denk niet dat señor Vega zijn eigen gootsteenontstopper kocht. Er zouden andere afdrukken op moeten zitten.'

'Er moet iets sterkers in hebben gezeten, of gif, of misschien nam hij pillen. Gewone gootsteenontstopper werkt toch niet zo snel?'

'Ik vind het een vreemde manier om het te doen,' zei Jorge vanonder de keukenkastjes.

'Nou, volgens mij wijst dit op wat we allemaal hebben gezien toen we hier net aankwamen,' zei Falcón.

'Er klopt iets niet,' zei Felipe.

'Ik vond het ook al vreemd,' zei Jorge.

'Maar niets concreets?' zei Falcón.

'Op een plaats delict is het altijd hetzelfde,' zei Felipe. 'Het gaat om de dingen die er niet zijn. Toen ik naar de vloer keek, dacht ik meteen al: nee, die levert niets op.'

'Hebben jullie van het briefje gehoord?'

'Eigenaardig,' zei Jorge. '"... de ijle lucht die je ademt..." Wat is dat?'

'Het klinkt zuiver,' zei Falcón.

'En dat van 9/11?' zei Jorge. 'We zijn hier ver van New York vandaan.'

'Misschien financierde hij Al Qa'ida,' zei Felipe.

'Maak daar geen grappen over,' zei Jorge. 'Tegenwoordig is alles mogelijk.'

'Ik weet alleen dat dit verkeerd is,' zei Felipe. 'Niet zo verkeerd dat ik er volkomen van overtuigd ben dat hij is vermoord, maar verkeerd genoeg om me achterdochtig te maken.'

'De positie van de fles?' vroeg Falcón.

'Als ik het was geweest, had ik het spul opgedronken en de fles door de kamer gegooid,' zei Jorge. 'Er zouden overal druppeltjes moeten zijn.'

'En die zijn er niet, behalve op de plek waar de fles lag, iets meer dan een meter van het lichaam vandaan.'

'Maar er zijn wel druppels?'

'Ja, die zijn uit de hals van de fles gekomen.'

'En tussen het lichaam en de fles?'

'Nee,' zei Felipe. 'En dat is ook vreemd, maar niet... onmogelijk.'

'Zoals hij ook op de vloer om zich heen kan hebben gemaaid, zodat hij druppels en latente afdrukken met zijn ochtendjas wegveegde?'

'J-a-a,' zei Felipe, niet overtuigd.

'Wat vermoed je, Felipe? Ik weet dat je je vermoedens niet graag uitspreekt, maar doe het nu toch maar.'

'Wij werken alleen met feiten,' zei Felipe, 'want bij de rechtbank kun je alleen met feiten aankomen. Nietwaar, Inspector Jefe?'

'Kom op, Felipe,'

'Dan zeg ik het wel.' Jorge stond op. 'We weten allemaal wat er op deze plaats delict ontbreekt, en dat is... een persoon. We weten niet zeker wat die persoon heeft gedaan, en of die er wel bij betrokken was. We weten alleen dat er iemand wás.'

'Dus we zitten met een fantoom,' zei Falcón. 'Gelooft een van jullie in spoken?'

'Nou, daar hoef je bij een rechtbank helemáál niet mee aan te komen,' zei Felipe.

3

Consuelo Jiménez deed de deur open voor Javier Falcón en leidde hem door de gang naar haar l-vormige huiskamer. Die kamer keek uit op een gemanicuurd gazon, dat gifgroen was in het felle zonlicht. Het water in het blauwe zwembad, met zijn halssnoer van witte tegels, trilde tegen de wanden en zond zijdezachte parallellogrammen naar het tuinhuis, waarvan de wanden en het dak één massa purperen bougainvillea waren.

Falcón stond met zijn handen op zijn rug voor de grote schuifdeuren en was zich ervan bewust dat hij een gewichtige indruk maakte. Consuelo zat op de bank. Ze droeg een strakke roomkleurige zijden rok met bijpassende blouse. Er heerste een gespannen sfeer tussen hen, maar vreemd genoeg voelden ze zich toch bij elkaar op hun gemak.

'Houdt u van bougainvillea?' vroeg ze.

'Ja,' zei hij onwillekeurig. 'Ik krijg er een hoopvol gevoel van.'

'Ik begin het banaal te vinden.'

'Misschien ziet u er hier in Santa Clara te veel van,' zei Falcón. 'En omlijst door deze ramen lijkt het net een nietszeggend schilderij.'

'Misschien kan ik een man steeds maar weer naakt in het zwembad laten duiken en het mijn *Hockney vivant* noemen,' zei ze. 'Kan ik u iets aanbieden? Ik heb ijsthee.'

Hij knikte en keek naar haar figuur toen ze naar de keuken liep. Zijn bloed kwam in beweging toen hij de spieren in haar

41

kuiten zag. Hij keek in de kamer om zich heen. Er hing één schilderij aan de muur, een groot kersenrood doek met donkerblauwe, steeds breder wordende strepen daar schuin overheen. Op de tafels en een dressoir stonden foto's van haar kinderen – apart en in groepjes. Afgezien van een fauteuil en een donkerblauwe bank die haaks op het lange eind van de L-vormige kamer stond was er niet veel meubilair. Hij draaide zich om naar de niet al te levendige tuin en dacht dat ze over Hockney was begonnen omdat deze barrio, in dat eeuwige zonlicht, meer op Californië leek dan op Andalucía.

Consuelo Jiménez gaf hem een glas ijsthee en wees hem de fauteuil aan. Ze vlijde zich op de bank neer en wiebelde met haar voet in zijn richting. Haar sandaal met lage hak hing aan haar tenen.

'Ik heb hier helemaal niet het gevoel dat ik in Spanje ben,' zei Falcón.

'U bedoelt dat we niet als een mand jonge honden over elkaar heen vallen?'

'Het is hier stil.'

Ze zaten een tijdje in de stilte – geen verkeer, geen kerkklokken, geen gefluit of handgeklap in de straten.

'Dubbele beglazing,' zei ze. 'En in de restaurants heb ik altijd lawaai om me heen. Als ik daar ben, leid ik mijn Spaanse leven drie keer, dus als ik hier ben, is het net... het hiernamaals. Ik zou denken dat u dat ook zou hebben, met uw beroep.'

'Tegenwoordig zit ik het liefst overal middenin,' zei Falcón. 'Ik heb mijn portie stilte gehad.'

'Maar in dat enorme huis van uw vader zit u toch niet... Ik bedoel, niet uw vader... Sorry.'

'Ik noem Francisco Falcón nog mijn vader. Dat is een zevenenveertig jaar oude gewoonte die ik niet zomaar van me af kan zetten.'

'U bent veranderd, Inspector Jefe.'

'Noem me maar Javier.'

'Je ziet er anders uit.'

'Ik heb mijn haar kort laten knippen. Ik draag geen pakken meer. De normen zijn vervaagd.'

'Je bent niet meer zo gespannen,' zei ze.

'Toch wel. Ik heb alleen gemerkt dat mensen dat niet prettig vinden en daarom houd ik het verborgen. Ik heb geleerd te blijven glimlachen.'

'Een vriendin van me kreeg van haar moeder de raad: "Blijven bewegen, blijven glimlachen." Dat werkt,' zei Consuelo. 'We leven in oppervlakkige tijden, Javier. Wanneer heb je voor het laatst een serieus gesprek gevoerd?'

'Zulke gesprekken voer ik voortdurend.'

'Met iemand anders dan jezelf.'

'Ik loop bij een therapeut.'

'Natuurlijk, na wat je hebt doorgemaakt,' zei ze. 'Maar dat zijn geen gesprekken, hè?'

'Nauwelijks,' zei hij. 'Soms kan ik me gemakkelijk laten gaan, en soms is het net braken.'

Ze pakte de sigaretten van de tafel, stak er een op en leunde voldaan achterover.

'Ik erger me aan je,' zei ze. Ze wees met de brandende sigaret naar hem. 'Je hebt me nooit gebeld, en we zouden uit eten gaan... weet je nog wel?'

'Je bent verhuisd.'

'Bedoel je daarmee dat je het hebt geprobeerd?'

'Ik had niet veel tijd,' zei hij glimlachend.

'Dat glimlachen werkt niet bij mij,' zei ze. 'Ik weet wat het betekent. Je moet nieuwe strategieën bedenken.'

'De dingen bereiken een kritiek punt,' zei hij.

'In de therapie?'

'Ja, dat ook, en ik heb juridische problemen met mijn zuster Manuela. Mijn halfzuster.'

'Ze is een inhalig type, als ik het me goed herinner.'

'Je hebt alles over het schandaal gelezen.'

'Iemand die daar niets van weet, moet wel in coma hebben gelegen,' zei ze. 'Nou, wat wil Manuela?'

'Geld. Ze wilde dat ik een boek over mijn leven met Francisco schreef, en dat ik alle dagboekfragmenten daarin opnam, en ook alles vertelde over de zaak waardoor het allemaal aan het licht is gekomen. Of beter gezegd: ze wilde dat ik samenwerkte met haar vriend, die journalist is en als ghostwriter zou fungeren. Ik weigerde. Ze werd kwaad. Nu probeert ze te bewijzen dat ik niet de rechtmatige erfgenaam van Francisco Falcóns huis ben, dat ik niet zijn zoon ben... Je begrijpt het wel.'

'Je moet je tegen haar verzetten.'

'Ze heeft een heel andere manier van denken. Ze denkt zoals Francisco dacht, en dat is waarschijnlijk ook de reden waarom hij altijd een hekel aan haar heeft gehad,' zei Falcón. 'Ze is een manipulator, iemand die mensen kan bespelen, en in combinatie met haar energie, ambitie en portefeuille is dat dodelijk.'

'Ik betaal voor het etentje.'

'Zo erg is het niet. Het speelt alleen op de achtergrond mee. Het vergroot de druk.'

'Wat jij nodig hebt, is wat plezier op de voorgrond, Javier,' zei ze. 'Die broer van je, die stierenfokker, Paco – heb je daar iets aan?'

'We kunnen goed met elkaar overweg. Daar is niets in veranderd, maar hij is niet goed in dit soort dingen. Hij heeft Manuela ook nodig. Ze is zijn dierenarts. Eén woord tegen de autoriteiten over een mogelijke dreiging van BSE in zijn kudde en het is uit met hem.'

'Jij bent opvallend stabiel.'

'Dank je.' Hij vertelde haar maar niet dat het waarschijnlijk door de medicijnen kwam.

'Toch denk ik dat je behoefte hebt aan wat pret en oppervlakkigheid.'

Stilte. Falcón tikte op zijn notitieboekje. Ze schikte zich in het onvermijdelijke, perste haar lippen even op elkaar en nam een trek van haar sigaret.

'Kom maar op met de vragen, Inspector Jefe.' Ze wenkte hem naar zich toe.

'Je kunt me nog steeds Javier noemen.'

'Nou, Javier, je hebt tenminste een paar dingen geleerd.'

'Bijvoorbeeld?'

'Hoe je iemand op zijn gemak moet stellen... of beter gezegd, hoe je een verdachte op een verhoor moet voorbereiden.'

'Denk je dat je een verdachte bent?' vroeg hij.

'Dat zou ik graag willen, want dan krijgen we weer de dynamiek tussen rechercheur en verdachte,' merkte ze droogjes op.

'En hoe weet je dat het moord was?'

'Waarom ben jij hier, Javier?'

'Ik onderzoek elk sterfgeval met onnatuurlijke oorzaak.'

'Is Rafael aan een hartaanval gestorven?'

Falcón schudde zijn hoofd.

'Dus het is moord.'

'Of een zelfmoordpact.'

'Een pact?' zei ze, en ze drukte de sigaret uit. 'Wat voor pact?'

'We hebben señora Vega boven aangetroffen. Ze was verstikt met haar kussen.'

'O god.' Ze keek over haar schouder. 'Mario.'

'Señor Vega had een liter gootsteenontstopper gedronken, en daar was waarschijnlijk iets anders doorheen gedaan, misschien gif, of misschien had hij eerst pillen ingenomen. We moeten op het rapport van de Médico Forense wachten.'

'Ik kan het niet geloven.'

'Je bedoelt dat hij volgens jou niet het type was om zelfmoord te plegen?'

'Hij leek zo gehecht aan het leven. Zijn werk, zijn gezin... vooral Mario. Hij had net een nieuwe auto gekocht. Ze zouden op vakantie gaan...'

'Was señor Vega er toen je gisteravond over Mario belde?'

'Ik heb met Lucía gesproken. Ik nam aan dat hij er was, maar ik weet het niet zeker.'

'Waar zouden ze naar toe gaan op vakantie?' vroeg Falcón.

'Meestal gaan ze naar El Puerto de Santa Maria, maar deze keer dachten ze dat Mario oud genoeg was om met hem naar

Amerika te gaan. Ze hadden een huis in La Jolla in Californië gehuurd en wilden met hem naar Sea World en Disneyland.'

'Florida zou dichterbij zijn geweest.'

'Te vochtig voor Lucía.' Ze stak weer een sigaret op, schudde
haar hoofd en keek naar het plafond. 'We hebben geen idee wat
er in het hoofd van andere mensen omgaat.'

'Zijn advocaat heeft me hier niets over verteld.'

'Misschien wist hij er niets van. Rafael was iemand die zijn leven in vakjes verdeelde. Hij hield er niet van als de dingen elkaar
overlapten. Alles moest op zichzelf staan en op zijn plaats blijven.
Lucía heeft me over die vakantie verteld.'

'Dus hij wilde alles onder controle houden?'

'Zoals je van een succesvolle zakenman kunt verwachten.'

'Je hebt hem via Raúl leren kennen?'

'Hij heeft me na de moord op Raúl veel steun gegeven.'

'Liet hij Mario bij je slapen?'

'Hij mocht mijn jongens ook graag.'

'Gebeurde dat regelmatig, dat Mario bleef slapen?'

'Minstens één keer per week. Meestal door de week of in een
weekend in de zomer, als ik meer tijd heb,' zei ze. 'Het enige wat
hij niet wilde, was dat Mario in het zwembad kwam.'

'Vreemd dat señor Vega geen zwembad had.'

'Er was er een bij dat huis, maar hij liet het volstorten en er
gras op zaaien. Hij hield er niet van.'

'Wist iemand anders dat Mario hier vaak bleef slapen?'

'Iedereen die nieuwsgierig genoeg is, kan het weten,' zei ze.
'Vind je dit alles niet vreselijk saai, Javier?'

'Het is mijn ervaring dat je naar de details van het dagelijks leven moet kijken om te weten hoe mensen echt leven. Die kleine
details leiden naar grotere dingen,' zei hij. 'Een paar jaar geleden
begon ik het saai te vinden, maar nu vind ik het vreemd genoeg
erg interessant.'

'Sinds je opnieuw met je leven bent begonnen?'

'Sorry?'

'Ik wilde niet opdringerig zijn.'

'Dat was ik bijna vergeten... maar dat is jouw stijl, nietwaar, doña Consuelo?'

'Laat dat "doña" maar weg, Javier,' zei ze. 'En het spijt me. Het was een gedachte die een gedachte had moeten blijven.'

'Ik kom veel mensen tegen die gedachten over me hebben,' zei hij. 'Door mijn verhaal ben ik openbaar bezit geworden. Ik zou er nog veel meer op worden aangesproken als de mensen niet te veel vragen hadden. Ze weten niet waar ze moeten beginnen.'

'Ik bedoelde alleen maar dat als de basis van je leven wegvalt het volgens mij de alledaagse dingen zijn die gaan tellen. Die houden de zaak bij elkaar,' zei ze. 'Sinds de laatste keer dat we elkaar spraken, heb ik zelf ook veel opnieuw moeten opbouwen.'

'Nieuw leven, nieuw huis... nieuwe minnaar?' vroeg hij.

'Dat had ik verdiend,' zei ze.

'Het is alleen maar mijn werk.'

'Maar was dat een persoonlijke vraag of stelde je hem alleen maar in het kader van je onderzoek?'

'Laten we zeggen: beide,' zei Falcón.

'Ik heb geen minnaar en... als je daarop aanstuurt: Rafael had geen belangstelling voor mij.'

Hij liet dat door zijn hoofd gaan en vond geen nuances.

'Weer even over de details,' zei hij. 'Wanneer heb je de Vega's voor het laatst gesproken?'

'Ik sprak om ongeveer elf uur gisteravond met Lucía. Ik zei tegen haar dat Mario in slaap was gevallen en dat ik hem naar bed had gebracht. We praatten wat als moeders onder elkaar. Dat was alles.'

'Duurde dat gesprek langer dan normaal?'

Consuelo knipperde met haar ogen, die vochtig werden. Haar mond trok zich samen rond de sigaret. Ze blies de rook uit en slikte.

'Het was hetzelfde als altijd,' zei ze.

'Ze vroeg niet of ze de jongen kon spreken of...'

Consuelo boog zich naar voren, plantte haar ellebogen op

haar dijen en huilde. Falcón stond op, ging naar haar toe en gaf haar een zakdoek. Hij gaf haar een klopje tussen haar schouderbladen.

'Sorry,' zei hij. 'De details leiden naar grotere dingen.'

Hij nam de sigaret uit haar hand en drukte hem uit in de asbak. Consuelo herstelde zich. Falcón ging naar zijn stoel terug.

'Sinds Raúls dood ben ik erg emotioneel als het om kinderen gaat. Alle kinderen.'

'Het moet moeilijk zijn geweest voor je jongens.'

'Ja, maar ze kwamen er verrassend snel overheen. Ik denk dat ik hun verlies meer heb gevoeld dan zijzelf. Verdriet doet soms vreemde dingen met je,' zei ze. 'Maar nu maak ik steeds weer geld over naar kinderen in Afrika die wees zijn geworden door aids, kinderen die worden uitgebuit in India en het Verre Oosten, straatkinderen in Mexico en São Paulo, de herintegratie van kindsoldaten... Ik kan er niets tegen doen en ik weet niet hoe het plotseling zo gekomen is.'

'Heeft Raúl niet wat geld nagelaten aan Los Niños de la Calle, die stichting voor straatkinderen?'

'Ik geloof dat het wat dieper zat.'

'Je bedoelt dat hij het uit schuldgevoel deed om... Arturo? Die zoon van hem die is gekidnapt en verdwenen...?'

'Begin daar niet weer over,' zei ze. 'Daar denk ik voortdurend aan.'

'Goed. Iets anders,' zei hij. 'Lucía heeft een zuster in Madrid, nietwaar? Die moet voor Mario kunnen zorgen.'

'Ja, ze heeft zelf twee kinderen; een daarvan zo oud als Mario. Ik zal hem missen,' zei ze. 'Het is al erg genoeg om je vader te verliezen, maar je moeder ook... Dat is een ramp, zeker op die leeftijd.'

'Je past je aan.' Falcón werd pijnlijk herinnerd aan zijn eigen ervaring. 'Het overlevingsinstinct is nog intact. Je neemt liefde aan waar je die krijgt.'

Ze keken elkaar aan en dachten allebei aan het gemis van ouders. Toen ging Consuelo naar de badkamer. Terwijl het water liep, liet Falcón zich in zijn stoel achteroverzakken. Hij was nu al doodmoe. Hij moest weer de energie voor dit werk vinden, of misschien op zoek gaan naar een nieuwe manier om de werelden waarin hij zich begaf op een afstand te houden.

'Nou, wat denk jij dat er vannacht in dat huis is gebeurd?' vroeg Consuelo toen ze opgeknapt was teruggekomen.

'Het lijkt erop dat señor Vega zijn vrouw heeft verstikt en daarna zelfmoord heeft gepleegd door een fles gootsteenontstopper te drinken,' zei Falcón. 'De officiële doodsoorzaak wordt later vastgesteld. Als het is gegaan zoals het lijkt, vinden we vermoedelijk materiaal van het kussen onder señor Vega's nagels... dat soort dingen, en dan kunnen we...'

'En als jullie dat niet vinden?'

'Dan moeten we dieper zoeken,' zei Falcón. 'We zijn al... verbaasd.'

'Over de nieuwe auto en het feit dat hij op vakantie ging?'

'Zelfmoordenaars maken bijna nooit van tevoren bekend dat ze het gaan doen. Ze gedragen zich normaal. Daarom hoor je de nabestaanden van slachtoffers vaak zeggen: "Maar hij leek zo rustig en normaal,"' zei Falcón. 'Omdat ze hun besluit hebben genomen, vinden ze eindelijk een beetje rust. Nee, we verbazen ons over de dingen die gebeurd zijn en over dat vreemde briefje.'

'Heeft hij een zelfmoordbriefje geschreven?'

'Niet precies. In zijn hand had hij een papier waarop in het Engels was geschreven "... de ijle lucht die je ademt van 9/11 tot het eind..."' zei Falcón. 'Zegt dat je iets?'

'Nou, het verklaart niets, hè?' zei ze. 'Waarom 9/11?'

'Een van de technisch rechercheurs zei dat hij misschien Al Qa'ida financierde,' zei Falcón. 'Als grap.'

'Alleen... Moeten we tegenwoordig niet geloven dat alles mogelijk is?'

'Kwam señor Vega in enig opzicht onevenwichtig op je over?'

'Rafael leek volkomen evenwichtig,' zei Consuelo. 'Lucía was de labiele van de twee. Ze was depressief en had perioden van manisch dwangmatig gedrag. Heb je haar garderobe gezien?'

'Veel schoenen.'

'Veel van die schoenen waren van hetzelfde model en dezelfde kleur, net als haar jurken. Als ze iets mooi vond, kocht ze er meteen drie van. Ze gebruikte medicijnen.'

'Dus als hij, met zijn aard, in een crisissituatie verkeerde, kon hij waarschijnlijk bij niemand buiten het gezin terecht en kon hij ook niet met zijn vrouw praten.'

'In het restaurantvak heb ik geleerd het leven van mensen niet vanaf de buitenkant te beoordelen. Mensen die met elkaar getrouwd zijn, zelfs gestoorde mensen, hebben manieren om te communiceren. Dat zijn niet altijd zulke prettige manieren, maar ze werken wel.'

'En hun huiselijke situatie? Die heb je ook meegemaakt.'

'Ja, maar als er een derde bij is, verandert er iets. Dan gaan mensen zich beter gedragen.'

'Is dat een algemene of een specifieke opmerking?'

'Ik bedoelde het specifiek, maar het is algemeen van toepassing,' zei ze. 'En nu krijg ik al voor de tweede keer het gevoel dat je probeert te insinueren dat ik misschien een verhouding met señor Vega had.'

'O ja?' zei Falcón. 'Nou, zo specifiek bedoelde ik het niet. Ik dacht alleen dat in tijden van zoveel stress een minnares misschien tot de mogelijkheden behoorde, en dat zou gevolgen voor hemzelf en zijn huwelijk hebben gehad.'

'Rafael niet,' zei ze hoofdschuddend. 'Daar is hij het type niet voor.'

'Wie wel?'

Ze tikte met een sigaret op het doosje, stak hem aan en blies rook naar de ruit.

'Jouw Inspector Ramírez is er het type voor,' zei ze. 'Waar is hij trouwens?'

'Hij is met zijn dochter naar een medisch onderzoek.'

'Niet ernstig, hoop ik.'

'Dat weten ze niet,' zei Falcón. 'Maar wat Ramírez betreft heb je gelijk; hij is altijd actief geweest op dat gebied... Kamt zijn haar voor de secretaresses in het Edificio de los Juzgados.'

'Misschien had hij door het werk dat hij deed oog gekregen voor kwetsbare mensen,' zei ze. 'Dat is een andere definitie van het type.'

'Maar Rafael Vega had dat blijkbaar niet. De Slager.'

'Jij zegt het. Dat is een tijdverdrijf dat niet goed samengaat met het liefdesspel: "Wil je mijn laatste runderlapjes zien?"'

'Wat vond jij daarvan?'

'Ik maakte gebruik van hem. Zijn vlees smaakte altijd beter. Bijna alle steaks die in mijn restaurant worden opgediend, komen van hem.'

'En psychologisch...?'

'Het zat in de familie. Meer zit er niet achter, denk ik. Als zijn vader timmerman was geweest...'

'Natuurlijk, dan zou hij in zijn vrije tijd meubels maken. Maar slagerswerk...?'

'Lucía kreeg er de kriebels van, maar ja... zo was ze.'

'Ze was teergevoelig?'

'Teergevoelig, nerveus, depressief, last van slapeloosheid. Ze nam altijd twee slaaptabletten. Eentje om in slaap te komen en eentje als ze om drie of vier uur 's nachts wakker werd.'

'Kogelvrije ramen,' zei Falcón.

'Om te kunnen slapen had ze absolute stilte nodig. Het huis was hermetisch afgesloten. Als je eenmaal binnen was, drong er niets van de buitenwereld tot je door. Geen wonder dat ze een beetje gek was. Als ze de deur opendeed, verwachtte ik soms een luchtstroom, alsof er binnen een andere luchtdruk heerste dan buiten.'

'In een wereld van pret en oppervlakkigheid had zij blijkbaar niet veel pret,' zei Falcón.

'Daar ga je weer, Javier. Dat is drie keer,' zei ze. 'Oppervlakkig was ze trouwens wel. Ze gebruikte materiële, triviale dingen om zich staande te houden. Relaties vond ze gecompliceerd. Zelfs Mario was haar soms te veel. Daarom was ze ook zo blij dat hij hier terechtkon. Maar toch was hij het middelpunt van haar leven.'

'Welke rol speelde señor Vega in het gezin?'

'Ik geloof niet dat ze een kind hadden verwacht. Ik ging in die tijd nog niet veel met hen om, maar ik meen me wel te herinneren dat het een verrassing was,' zei ze. 'Hoe dan ook, een huwelijk verandert door de geboorte van een kind. Misschien kom je daar op een dag zelf nog achter, Javier.'

'Je doet alsof je niet begrijpt wat ik doe, maar je weet dat ik dit moet doen. Ik moet op zoek gaan naar wat zwak en kwetsbaar is in een bepaalde situatie,' zei Falcón, die zelf vond dat hij overgevoelig klonk. 'Mijn vragen zijn misschien irritant, maar het is ook niet zo leuk om met een dubbele moordenaar te maken te hebben die het zo ensceneert dat het op een zelfmoordpact lijkt.'

'Laat maar, Javier, ik kan er wel tegen,' zei Consuelo. 'Hoe aantrekkelijk die spanning tussen rechercheur en verdachte ook is, ik heb toch liever dat je me die irritante vragen stelt, want dan kun je mij misschien van je verdachtenlijstje schrappen. Ik heb een goed geheugen en ik vond het niet prettig om van de moord op Raúl te worden beschuldigd.'

'Nou, dit is nog maar het begin van het onderzoek. Ik hoop wat harde feiten te vinden die me een idee geven van wat er met de Vega's gebeurd kan zijn. Dus je ziet me terug.'

'Daar verheug ik me op.'

'Hoe kwam je op het erf van de Vega's?'

'Lucía heeft me de code voor het hek gegeven.'

'Wist iemand anders die code ook?'

'Het dienstmeisje. Sergei waarschijnlijk ook. Ik heb geen idee, maar de tuin van de Krugmans grenst aan die van de Vega's en er is een hek aan de achterkant, dus die zullen ook wel toegang hebben. Wat Pablo Ortega betreft, weet ik het niet.'

'Sergei?' zei Falcón. 'Je zei dat hij een Rus of Oekraïner was. Dat is een beetje ongewoon.'

'Zelfs jou moet het zijn opgevallen dat je de laatste tijd veel Oost-Europeanen ziet,' zei Consuelo. 'Ik weet dat het verkeerd is, maar ik denk dat de meeste mensen ze liever hebben dan Marokkanen.'

'Wat weet je van Madeleine Krugman?'

'Ze is vriendelijk, zoals Amerikanen dat zijn... op een directe manier.'

'Datzelfde zou je van de Sevillanos kunnen zeggen.'

'Misschien krijgen we daarom zoveel Amerikanen hier,' zei Consuelo. 'Niet dat ik klaag.'

'Ze is een aantrekkelijke vrouw,' zei Falcón.

'Rafael heeft het in jouw ogen nog nooit zo goed gehad,' zei ze. 'Maar alle mannen vinden Madeleine Krugman aantrekkelijk – zelfs jij, Javier. Ik heb je zien kijken.'

Falcón bloosde als een jongen van vijftien. Hij grijnsde en maakte nerveuze bewegingen. Consuelo keek hem vanaf de bank met een triest glimlachje aan.

'Maddy weet welke macht ze uitoefent,' zei ze.

'Dus ze is de femme fatale van de barrio?' vroeg Falcón.

'Ik probeer haar van de eerste plaats te verdrijven,' zei Consuelo, 'maar ze is een paar jaar in het voordeel. Nee. Ze weet gewoon dat mannen slappe knieën krijgen als ze haar zien. Ze doet haar best om dat te negeren. Wat moet een meisje doen als iedereen, van de pompbediende tot de visboer tot de Juez de Instrucción en de Inspector Jefe de Homicidos hun mond laten openvallen als ze haar zien?'

'En señor Krugman?'

'Ze zijn al lang getrouwd. Hij is ouder.'

'Weet je wat ze hier doen?'

'Ze nemen rust van hun leven in Amerika. Hij werkt voor Rafael. Hij heeft een paar van zijn projecten ontworpen.'

'Namen ze rust na 9/11?'

'Toen waren ze hier al,' zei ze. 'Ze woonden in Connecticut, hij werkte in New York en ik denk dat ze zich gewoon verveelden...'

'Kinderen?'

'Ik geloof van niet.'

'Ben je daar wel eens op een feestje of zo geweest?'

'Ja... Rafael is daar ook geweest.'

'Maar Lucía niet?'

'Dat kon ze niet aan.'

'Nog iets bijzonders opgemerkt?'

'Hij was vast wel geïnteresseerd in seks met haar, want die gedachte gaat door het hoofd van iedere man die Maddy Krugman ziet, maar ik denk niet dat het is gebeurd.'

Er kwam een harde schreeuw van boven, het verschrikkelijke geluid van een dier dat pijn lijdt. Consuelo ging met een ruk rechtop zitten en sprong overeind. Falcón was zijn stoel al uit. Voeten denderden de trap af. Mario kwam in korte broek en T-shirt door de gang gerend. Hij stak zijn armen vanuit zijn schriele lichaam naar voren, zijn hoofd in de nek, zijn ogen dicht, zijn mond open, een geluidloze schreeuw. De beroemde oorlogsfoto van de napalmaanval op een Vietnamees dorp stond Falcón voor ogen, maar hij zag nu niet het naakte Vietnamese meisje in het midden van de foto, het meisje dat over de weg rende. Hij zag de jongen die voor haar liep, zijn zwarte mond wijd opengesperd, een en al afgrijzen.

4

Woensdag 24 juli 2002

Op zijn paspoortfoto leek Martin Krugman, zonder baard, zo oud als hij was: zevenenvijftig. Met zijn baard, die grijs was en ongebreideld had mogen uitgroeien, leek hij een bejaarde. De jaren waren Madeleine Krugman welgezinder geweest; ze was achtendertig en zag er niet anders uit dan op haar paspoortfoto, die genomen was op haar eenendertigste. Ze hadden vader en dochter kunnen zijn, en veel mensen zouden dat liever hebben gehad.

Marty Krugman was lang en slank, sommigen zouden zeggen mager, met een opvallende neus, die, als je hem van voren zag, vlijmscherp leek. Zijn ogen stonden dicht bij elkaar, diep in hun kassen verzonken en onder wenkbrauwen die zijn vrouw had bijgeknipt tot ze inzag dat het onbegonnen werk was. Hij leek niet iemand die veel sliep. Hij dronk de ene na de andere kop sterke espresso uit een chromen apparaat. Marty was niet gekleed om naar kantoor te gaan. Zijn overhemd leek wel van kaasdoek en had een blauw streepje, en hij had het over zijn verbleekte spijkerbroek heen hangen. Hij droeg Outward Bound-sandalen en zat met zijn enkel op zijn knie en zijn handen om zijn scheen, alsof hij aan een roeiriem trok. Hij sprak foutloos Spaans met een Mexicaanse tongval.

'Opgegroeid in Californië,' zei hij. 'Technologie gestudeerd in Berkeley. Een paar jaar in New Mexico geweest, schilderen in Taos, een paar trips naar Midden- en Zuid-Amerika. Mijn Spaans is een ratjetoe.'

55

'Was dat eind jaren zestig?' vroeg Falcón.

'En zeventig. Ik was een hippie tot ik de bouwkunde ontdekte.'

'Kende u señor Vega voordat u hierheen kwam?'

'Nee. We hebben hem leren kennen via de makelaar die het huis aan ons verhuurde.'

'Had u toen werk?'

'In dat stadium niet. We leefden bij de dag. Het was een geluk dat we Rafael in de eerste paar weken leerden kennen. We raakten aan de praat, hij had gehoord van dingen die ik in New York had gedaan en bood me projectwerk aan.'

'Dat was een gróót geluk,' zei Madeleine, alsof ze het nest zou zijn ontvloden als dat werk er niet was gekomen.

'Dus u kwam op de bonnefooi naar Spanje?'

Maddy had haar witte linnen broek vervangen door een knielange rok die over haar roomwitte stoel uitwaaierde. Ze sloeg haar erg witte benen enkele malen per minuut opnieuw over elkaar en Falcón, die recht tegenover haar zat, ergerde zich omdat hij steeds weer keek. Haar borsten deinden bij elke beweging onder haar blauwe zijden topje. Het leek wel of zich hormonale geluidsgolven door de kamer verspreidden, voortgebracht door het blauwe bloed dat onder haar witte huid stroomde. Marty was ongevoelig voor dat alles. Hij keek niet naar haar en reageerde niet op wat ze zei. Als ze sprak, bleef haar blik strak op Falcón gericht, die er grote moeite mee had om een rustplaats voor zijn ogen te vinden, want de hele kamer was nu een erogene zone.

'Mijn moeder was gestorven en ik had wat geld geërfd,' zei Maddy. 'We wilden er een tijdje tussenuit, een tijdje naar Europa. Terug naar de plaatsen waar we op huwelijksreis zijn geweest: Parijs, Florence, Praag. Maar we gingen naar de Provence en toen moest Marty naar Barcelona voor zijn shot Gaudí, en van het een kwam het ander. Op een gegeven moment kwamen we hier terecht. Sevilla gaat je in het bloed zitten. Bent u een Sevillano, Inspector Jefe?'

'Niet helemaal,' zei hij. 'Wanneer is dat alles gebeurd?'

'Vorig jaar maart.'

'U wilde ertussenuit. Wilde u weg van iets in het bijzonder?'

'Alleen de verveling,' zei Marty.

'De dood van uw moeder, señora Krugman... was dat plotseling?'

'Er werd kanker bij haar vastgesteld en ze stierf binnen tien weken.'

'Dat is triest,' zei Falcón. 'Wat verveelde u in Amerika, señor Krugman?'

'Zeg maar Maddy en Marty,' zei ze. 'We houden het graag relaxed.'

Haar volmaakte witte tanden kwamen voor een glimlach van twee centimeter achter haar chilirode lippen te voorschijn en waren toen weer weg. Ze spreidde haar vingers op de leren armleuningen van de stoel en sloeg haar benen weer over elkaar.

'Mijn werk,' zei Marty. 'Ik had genoeg van het werk dat ik deed.'

'Nee, dat was niet zo,' zei ze, en voor het eerst keken ze elkaar aan.

'Ze heeft gelijk.' Marty draaide zijn hoofd langzaam weer naar Falcón. 'Waarom zou ik hier aan het werk gaan als mijn werk me verveelde? Ik had er genoeg van om in Amerika te zijn. Ik dacht alleen dat u zich daar niet voor interesseerde. Het zal u niet helpen bij uw onderzoek.'

'Ik interesseer me voor alles,' zei Falcón. 'Bij moord is er meestal een motief...'

'Moord?' zei Maddy. 'De agent bij het hek zei tegen me dat het zelfmoord was.'

'Moord of zelfmoord, als dat het was,' zei Falcón, 'er is altijd een motief, en dat betekent dat ik geïnteresseerd ben in ieders motieven om iets te doen. Alles kan een indicatie zijn.'

'Een indicatie waarvan?' vroeg Maddy.

'Een gemoedstoestand. Gradaties van geluk en teleurstelling, blijdschap en woede, liefde en haat. De grote emoties waardoor dingen gebeuren en dingen kapotgaan.'

'Die kerel praat niet als een politieman,' zei Marty in het Engels over zijn schouder tegen zijn vrouw.

Haar blik was gericht op Falcón. Ze keek hem intens aan, groef zich zo diep in zijn hoofd dat hij dacht dat hij misschien op iemand leek die ze kende.

'Wat was er zo verkeerd aan Amerika dat u daar weg wilde?' vroeg Falcón.

'Ik zei niet dat er iets verkeerd was,' zei Marty, en hij spande zijn schouders alsof hij aan de start zat van een olympische roeiwedstrijd. 'Ik had gewoon genoeg van de dagelijkse sleur.'

'Verveling is een van onze sterkste drijfveren,' zei Falcón. 'Waar wilde u van weg? Waarnaar was u op zoek?'

'Soms is de Amerikaanse manier van leven een beperkt wereldje,' zei Marty.

'Er zijn veel Sevillanos die amper buiten Andalucía zijn geweest, laat staan Spanje,' zei Falcón. 'Ze zien de noodzaak daar niet van in. Ze zien niets verkeerds aan hun beperkte wereldje.'

'Misschien trekken ze het niet in twijfel.'

'Waarom zouden ze, als ze op de mooiste plaats van de wereld wonen?'

'Bent u in Amerika geweest, Inspector Jefe?'

'Nee.'

'Waarom niet?' vroeg Marty verontwaardigd.

'Het is het geweldigste land van de wereld,' zei Maddy blijmoedig en ironisch.

'Misschien...' zei Falcón, die een gedachte uitsprak die op datzelfde moment bij hem opkwam, 'omdat wat ik daar zou zoeken er niet meer is.'

Marty tikte van plezier tegen zijn scheen.

'Wat zou dat dan zijn?' vroeg Maddy.

'Waar ik als jongen zo geboeid naar keek... al die *films noirs* uit de jaren veertig en vijftig in zwart-wit. Door die films ben ik rechercheur geworden.'

'Het zou een teleurstelling worden,' zei Marty. 'Die straten, dat leven, die waarden... We zijn daarna erg veranderd.'

'U hebt een grote fout gemaakt, Inspector Jefe,' zei Maddy. 'Amerika is Marty's favoriete onderwerp. Nu we daar weg zijn, wil hij plotseling nergens anders meer over praten. Hij maakt me 's nachts wakker omdat hij me zijn nieuwste theorie wil vertellen. Wat was het afgelopen nacht, schat?'

'Angst,' zei Marty, en zijn ogen flitsten diep in zijn hoofd, als tropische vogels die de jungle in vluchten.

'De Amerikaanse samenleving is gegrondvest op angst,' zei Maddy effen. 'Dat is zijn nieuwste theorie. Jammer genoeg denkt hij dat hij de eerste is die op dat idee komt.'

'Nou, in de wereld van na 11 september...'

'Niet alleen nu,' zei Marty. 'Het is áltijd angst geweest.'

'Vergeet de pioniersgeest niet,' zei Maddy. 'De sterke, dappere mannen...'

'Dit is erg interessant,' zei Falcón, die zijn fout nu inzag. 'En het zou fascinerend zijn als ik niet een dubbel sterfgeval te onderzoeken had.'

'Kijk, zó geïnteresseerd in je motieven is hij nu ook weer niet,' zei Maddy, en Marty maakte een laatdunkend gebaar in haar richting. 'O ja, Inspector Jefe, hij vindt Amerika nog steeds het geweldigste land van de wereld, ondanks...'

'Wanneer hebt u voor het laatst met de Vega's gesproken?' vroeg Falcón.

'Ik heb hem gisteravond om een uur of zeven in zijn studeerkamer gesproken,' zei Marty. 'Het was een technisch gesprek, niets persoonlijks. Hij was zakelijk, professioneel... zoals altijd.'

'Wist u van financiële moeilijkheden die señor Vega onder druk zetten?'

'Hij stond altijd onder druk. Dat heb je in de bouw. Je moet aan zoveel dingen denken, het gebouw, de machines, materialen en mankracht, budgetten en geld...'

'En u?' Falcón keek Maddy aan.

'Ik?' antwoordde ze, alsof ze uit diepe gedachten ontwaakte.

'De laatste keer dat u meneer Vega hebt gesproken?'

'Ik... Ik kan niet helder denken,' zei ze. 'Wanneer zal dat zijn geweest, schat?'

'Het etentje vorige week,' zei hij.

'Hoe waren de Vega's toen?'

'Rafael kwam in zijn eentje,' zei Marty.

'Zoals gewoonlijk,' zei Maddy. 'Lucía zegt altijd op het laatste moment af. De jongen, of zoiets. Ze hield niet van die etentjes bij ons. Ze was erg traditioneel ingesteld. Je gaat alleen bij iemand thuis eten als het familie is. Ze voelde zich niet op haar gemak. Ze had geen gespreksstof, behalve over Mario, en ik heb nooit kinderen gehad, dus...'

'Ze was neurotisch,' zei Marty.

'Hoe gingen señor Vega en zijn vrouw met elkaar om?'

'Hij was erg loyaal ten opzichte van haar,' zei Maddy.

'Wil dat zeggen dat er geen liefde meer in het spel was?'

'Liefde?' zei ze.

Marty knikte haar aanmoedigend toe. Zijn neus zaagde door de kille lucht.

'Vindt u niet dat loyaliteit deel uitmaakt van liefde, Inspector Jefe?'

'Ja,' zei Falcón. 'Maar het leek wel of u loyaliteit afscheidde van het geheel, alsof dat het enige was wat was overgebleven.'

'Zou dat niet in de aard van een huwelijk liggen... of van liefde, Inspector Jefe?' zei ze. 'Dat er in de loop van de jaren erosie optreedt, dat de passie en vurigheid slijten, de opwinding van de seks...'

'Allemachtig,' zei Marty in het Engels.

'... de intensiteit van de belangstelling die je hebt voor wat de ander zegt of denkt, de wilde hilariteit om de kleinste grappen, de diepe, kritiekloze bewondering van fysieke schoonheid, intelligentie, morele overtuigingen...'

'Ja,' zei Falcón, wiens maag zich samentrok, zoals soms ook gebeurde tijdens therapiesessies met zijn psychologe, Alicia Aguado. 'Dat is waar...'

Hij leunde achterover om zijn maag wat ruimte te geven en

noteerde iets willekeurigs in zijn boekje. Hij wilde hier weg.

'Dus u bedoelt, señora Krugman, dat de Vega's in uw ogen een solide huwelijk hadden...?'

'Ik zei alleen maar dat hij loyaal was ten opzichte van haar. Ze was een ongezonde en soms ongelukkige vrouw, maar ze was de moeder van zijn kind, en dat woog zwaar bij hem.'

Het was of de grond onder Falcóns stoel weer stevig werd. Dit was bekend terrein.

'Señor Vega had de dingen graag onder controle,' zei Falcón.

'Hij had duidelijke ideeën over de manier waarop dingen gedaan moesten worden en hij had een erg gedisciplineerde geest,' zei Marty. 'Ik heb nooit verder in zijn onderneming gekeken dan nodig was om mijn werk te kunnen doen. Hij probeerde me niet bij iets buiten mijn eigen project te betrekken. Hij vroeg me zelfs om zijn kamer even uit te gaan als hij aan de telefoon over ander werk ging praten. Hij hechtte veel waarde aan hiërarchie, de manier waarop hem dingen werden gerapporteerd, wie wat deed en wie aan wie verantwoording aflegde. Ik heb daar zelf geen directe ervaring mee opgedaan, maar zijn stijl kwam nogal militair op me over, en dat is niet slecht als je in de bouw zit. Mensen kunnen daar gemakkelijk verongelukken.'

'In het gewone leven ook,' zei Maddy.

'Wat?' zei Marty.

'Hij wilde het in het gewone leven ook voor het zeggen hebben. De tuinman, zijn gezin, zijn vlees,' zei ze, en ze hakte met haar hand op haar knie.

'Vreemd dat hij naar een etentje hier in huis kwam,' zei Falcón. 'Als hij zich dan toch aan anderen overleverde, zou ik hebben gedacht dat hij liever naar een restaurant ging.'

'Hij zag het als iets Amerikaans,' zei Marty.

'Hij vond het prettig.' Maddy haalde haar schouders op, zodat haar losse borsten onder de zijde bewogen. Haar benen gleden opzij en ze wreef ze over elkaar alsof ze jeuk had.

Reken maar, dacht Falcón.

'Iemand die alles onder controle wil hebben, zou zelfmoord

kunnen plegen wanneer zijn zorgvuldig opgebouwde wereld instort door een financieel debacle of een groot schandaal. Die wereld kan ook instorten door een emotionele relatie die verkeerd gaat. Als een van die eerste twee dingen het geval was, horen we dat gauw genoeg. Weet u iets over de derde mogelijkheid?'

'Denk je dat hij het type was om verhoudingen te hebben?' vroeg Marty aan zijn vrouw.

'Verhoudingen?' zei Maddy, bijna in zichzelf.

'Hij zou een briefje hebben achtergelaten,' zei Marty. 'Heeft hij dat gedaan?'

'Geen conventioneel briefje,' zei Falcón, en hij vertelde hem de tekst.

'Dat lijkt me bijna een beetje te poëtisch voor iemand als Rafael,' zei Maddy.

'En die verwijzing naar 9/11?' zei Falcón. 'Daarover hebt u vast wel met hem gepraat.'

Maddy rolde met haar ogen.

'Zeker,' zei Marty. 'We hebben er eindeloos over gepraat, maar alleen omdat het in het nieuws was. Ik zie niet wat het met deze zaak te maken heeft.'

'Waarom zou je je vrouw vermoorden?' vroeg Maddy, en Falcón was daar blij mee, want hij had in dit stadium van zijn onderzoek geen behoefte aan Marty's theorieën over 9/11. 'Ik bedoel, als je zo verschrikkelijk lijdt, dood dan jezelf, maar laat je kind niet zonder ouders achter.'

'Misschien dacht hij dat Lucía niet zonder hem kon leven,' zei Marty.

'Dat is misschien wel waar,' zei ze.

'Laat u altijd zoveel gissingen in uw onderzoek toe, Inspector Jefe?' vroeg Marty.

'Nee,' zei Falcón, 'maar de situatie in het huis van de Vega's was zo raadselachtig dat ik rekening moet houden met alle mogelijkheden, totdat ik een volledig verslag van de technische recherche en de sectierapporten in handen heb. Daar komt nog bij dat degene die het dichtst bij señor Vega stond, zijn vrouw, ook

dood is. Ik moet afgaan op mensen die hem oppervlakkig kenden
– privé of zakelijk.'

'Lucía's ouders kunnen u vast wel helpen,' zei Marty. 'Daar
gingen ze bijna elke zondag lunchen.'

'Hebt u hen ooit ontmoet?'

'Ik heb ze één keer ontmoet,' zei Maddy. 'Het waren niet...
eh... erg verfijnde mensen. Ik geloof dat hij vroeger boer is geweest.'

'Hoe lang bent u getrouwd?' vroeg Falcón.

'Twaalf jaar,' zei ze.

'Hoe hebt u elkaar ontmoet?' zei hij, een vraag die hij aan elk
echtpaar had gesteld dat hij het afgelopen jaar had ontmoet.

'Dat was in New York,' zei Marty. 'Maddy exposeerde foto's
in een galerie van een vriendin van me. Ze stelde ons aan elkaar
voor.'

'En ik ging niet meer naar mijn flat terug,' zei Maddy.

'Bent u nog steeds fotografe?'

'Ze is er weer mee begonnen sinds we uit Amerika weg zijn,'
zei Marty, die daarmee als een stoomwals over Maddy's negatie-
ve mededeling heen ging.

'Wat fotografeert u?'

'Mensen,' zei ze.

'Portretten?'

'Nooit.'

'Ze fotografeert mensen in hun onbewuste ogenblikken,' zei
Marty.

'Hij bedoelt niet dat ze dan slapen,' zei ze met een geërgerde
blik.

'Als ze niet weten dat de camera er is?' vroeg Falcón.

'Het gaat nog één stap verder,' zei Marty. 'Als ze denken dat
ze helemaal alleen zijn.'

'Nu lijk ik net een gluurder,' zei ze. 'Ik ben geen...'

'Ja, dat ben je wel,' zei Marty lachend.

'Nee, dat ben ik niet,' zei ze, 'want dat suggereert dat ik geïnteresseerd ben in wat mensen doen, en dat is het niet.'

'Wat is het dan wel?' vroeg Marty. Hij keek Falcón aan en zei: 'Ze maakt nooit foto's van mij.'

'Het is de innerlijke strijd,' zei ze. 'Ik heb er een hekel aan als je me die dingen laat zeggen. Het is alleen niet...'

'Hebt u foto's van señor Vega?' vroeg Falcón.

Ze lieten Marty op de bank achter en gingen naar boven. Een van de drie slaapkamers was ingericht als donkere kamer. Terwijl Maddy tussen contactafdrukken zocht, keek Falcón naar de boeken op de planken en pakte hij er een met de naam Madeleine Coren op de rug. Er stond een foto van haar op de binnenflap: een roomzachte schoonheid met fonkelende ogen die de camera uitdaagde om dichterbij te komen. Ze had toen nog de schitterende uitstraling van de jeugd gehad, de uitstraling die in de loop van de jaren was afgezwakt tot de doorschijnendheid die ze nu bezat. Nog steeds had ze iets van een beroemdheid, de eigenschap waarnaar filmproducenten op zoek zijn: niet schoonheid, maar kijkbaarheid. Ze nam dingen die ze om zich heen had in zich op – beschikbaar licht, ongebruikte energie en alles wat iemand zou willen geven. Falcón maakte zijn blik met moeite los van haar portret en opende het boek. Hij voelde zich slap worden tot op het bot.

Eerst leek het of eenzaamheid het thema van haar foto's was: oude mensen die op parkbankjes zaten, een jongeman die bij een hek over een rivier uitkeek, een vrouw in een badstoffen ochtendjas op een dakterras in Manhattan. Maar naarmate het oog van de camera dichterbij kwam, vielen andere dingen op: tevredenheid op het gezicht van de oude persoon, nieuwe mogelijkheden in de ogen van de jongeman, dromerigheid op het gezicht van de vrouw.

'Ze zijn oppervlakkig, die eerste foto's,' zei Maddy. 'Het idee was maar voor de lol. Ik was nog maar tweeëntwintig. Ik wist van niets. Kijk eens naar deze...'

Ze gaf hem zes zwart-witafdrukken. Op de eerste drie stond Rafael Vega in een wit overhemd en donkere broek met zijn handen in zijn zakken op zijn strakke gazon. De camera keek over zijn schouder. Hij had zijn mond stijf dicht. Falcón wachtte tot de foto hem iets vertelde. Toen zag hij wat het was.

'Hij is op blote voeten.'

'Dat was 14 januari dit jaar.'

'Wat deed hij?'

'Daar gaat het niet om... Weet u nog wel,' zei ze. 'Ik ben geen gluurder. Kijk eens naar deze. Die zijn bij de rivier gemaakt. Ik ga daar vaak heen. Ik zit er met een grote zoomlens op een statief en mensen stoppen op de Calle Bétis en op de bruggen. Ik pik veel peinzende blikken op. Mensen gaan niet zonder reden naar de rivier... nietwaar?'

De drie foto's die ze hem gaf, waren close-ups van hoofd en schouders. Op de eerste foto huiverde Rafael Vega, op de tweede zette hij zijn tanden op elkaar, zijn ogen half dichtgeknepen, en op de derde stond zijn mond een beetje open.

'Hij heeft het moeilijk,' zei Falcón.

'Hij huilt,' zei Maddy. 'Er zit speeksel op zijn mondhoeken.'

Hij gaf haar de foto's terug. Ze waren opdringerig en hij keek er niet graag naar. Hij zette haar boek op de plank terug.

'En het leek u niet de moeite waard om dit te vertellen?'

'Dit is mijn werk,' zei ze. 'Zo uit ik me. Als Marty niet zo had aangedrongen, had ik ze niet aan u laten zien.'

'Ook niet als het iets te maken zou kunnen hebben met wat er vannacht in het huis van de Vega's is gebeurd?'

'Ik heb uw vragen beantwoord – de laatste keer dat we elkaar spraken, hoe de Vega's met elkaar omgingen, of hij een verhouding had. Ik bracht die dingen niet met deze foto's in verband omdat we daar eigenlijk niets van moeten weten. Daar gaat het juist om bij die foto's: ze zijn niet gemaakt om iets te onderzoeken.'

'Waarom zijn ze gemaakt?'

'Dit zijn opnamen van lijdende mensen op heel persoonlijke momenten, maar dan wel in de openlucht. Ze verstoppen zich niet in hun huis, maar willen hun verdriet eruit lopen in het bijzijn van andere mensen.'

Falcón herinnerde zich de uren dat hij de afgelopen vijftien maanden door de straten van Sevilla had gelopen. Zijn gedachten over de grondslagen van zijn bestaan waren zo verontrustend geweest dat zelfs zijn grote huis aan de Calle Bailén er te klein voor was. Hij had het er helemaal uitgelopen, had het weggestaard in het donkere water van de Guadalquivir, had het van zich af geschud in de lege suikerzakjes en sigarettenpeuken op de vloer van anonieme cafés. Het was waar. Toen al die verschrikkelijke gedachten zich opstapelden in zijn hoofd, had hij niet thuisgezeten. Er was troost te vinden in het woordeloze gezelschap van vreemden.

Maddy stond dicht bij hem. Hij was zich bewust van haar geur, het lichaam onder dat dunne omhulsel van zijde, de geraffineerde druk van haar lichaam, de flinterdunne nietigheid van water tussen hen in. Ze wachtte af, vertrouwend op haar macht. Haar witte keel beefde toen ze slikte.

'We moeten weer naar beneden,' zei Falcón.

'Ik wilde nog iets anders laten zien,' zei ze, en ze leidde hem over de gang naar een slaapkamer met een lege tegelvloer en foto's van haar aan de wanden.

Zijn blik viel op een kleurenfoto van een blauw zwembad met een wit snoer van tegels in een groen gazon met purper vlammende bougainvillea in de ene hoek en een ligstoel met witte kussens in de andere. Op de stoel lag een vrouw in een zwart badpak. Ze droeg een rode hoed.

'Dat is Consuelo Jiménez,' zei hij.

'Ik wist niet dat u haar kende,' zei Maddy.

Hij ging naar het raam. Aan de overkant van de straat was Consuelo's tuin te zien.

'Ik moest het dak op voor die foto,' zei ze.

Links van hem zag hij het hek van de Vega's, en de oprijlaan tussen de bomen door.

'Weet u hoe laat señor Vega gisteravond thuiskwam?'

'Nee, maar het was bijna nooit voor twaalf uur.'

'U wilde me iets laten zien?' Hij draaide zich van het raam weg.

66

Op de muur achter de deur hing in een zwarte lijst een foto van vijfenzeventig bij vijftig centimeter van een man die vanaf een brug omlaag keek. Het was duidelijk dat zijn hele leven onder die brug door stroomde. Eerst kon hij het gezicht van de man niet thuisbrengen. Er gebeurde te veel op dat gezicht. Toen besefte hij met een schok dat hij naar zichzelf keek – een Javier Falcón die hij nooit eerder had gezien.

5

Woensdag 24 juli 2002

In het huis van de Vega's was iedereen de trap op gegaan naar de slaapkamer van het echtpaar. Calderón had het *levantamiento del cadáver* al voor señor Vega afgetekend. Het lichaam lag in een zak op een verrijdbare brancard in de hal. Zodra de airconditioning in de ambulance op peil was, zou het naar het Instituto Anatómico Forense aan de Avenida Sánchez Pizjuan worden gebracht.

De politie stond nu rondom het bed en keek naar señora Vega. Ze hadden hun handen op hun rug en keken ernstig, alsof ze stonden te bidden. Het kussen was van haar gezicht gehaald en in een plastic zak gedaan, die tegen de muur stond. Haar mond was open. De bovenlip en -tanden waren strakgetrokken, alsof ze verbitterd afscheid van het leven had genomen. Haar onderkaak stond een beetje scheef.

'Ze is een keer met de rechterhand geslagen,' vertelde Calderón aan Falcón. 'De kaak is ontwricht... Waarschijnlijk is ze bewusteloos geslagen. De Médico Forense denkt dat het met de vlakke hand is gedaan, dus niet met een vuist.'

'Wat was het tijdstip van overlijden?'

'Dezelfde tijd als haar man: drie uur, halfvier. Hij kan het niet met meer nauwkeurigheid zeggen.'

'Señora Jiménez zei dat ze tabletten gebruikte, twee per nacht, om in slaap te vallen. Blijkbaar is ze wakker geworden en moest ze buiten gevecht worden gesteld voordat ze verstikt werd. Is er al enig verband tussen haar dood en die van señor Vega vastgesteld?'

'Niet voordat ik ze op het Instituto heb,' zei de Médico Forense.

'We hopen op wat zweet of speeksel op de bovenkant van het kussen,' zei Felipe.

'Dit versterkt je suggestie dat het een onbekende moordenaar was, Inspector Jefe,' zei Calderón. 'Ik kan me niet voorstellen dat een man de kaak van zijn vrouw ontwricht.'

'Tenzij ze, zoals ik zei, wakker is geworden en misschien uit bed kwam op het moment dat señor Vega binnenkwam om haar te verstikken. Misschien zag ze iets bijzonders aan hem, werd ze hysterisch en vond hij het nodig om geweld te gebruiken,' zei Falcón. 'Ik houd nog steeds rekening met alle mogelijkheden. Zijn er geesten?'

'Geesten?' vroeg Calderón.

'Iets waardoor een misdrijf "verkeerd" lijkt, niet zoals het zou moeten zijn,' zei Falcón. 'We hadden allemaal hetzelfde gevoel toen we señor Vega's lichaam in de keuken zagen liggen: dat er iemand anders in het huis was geweest.'

'En hier?'

Jorge haalde zijn schouders op.

'Ze is vermoord,' zei Felipe. 'Er is niet geprobeerd dit anders te laten lijken dan het was. Of señor Vega het heeft gedaan, valt nog te bezien. We hebben alleen het kussen.'

'Wat hebben de buren te zeggen?' vroeg Calderón, die van de anderen in de kamer wegliep.

'Hun opvattingen lopen uiteen,' zei Falcón. 'Señora Jiménez kent señor Vega al een tijdje en vond hem geen type om zelfmoord te plegen. Ze had het ook over de nieuwe auto en zei dat hij op het punt stond om op vakantie naar Californië te gaan. Señora Krugman daarentegen liet me recente foto's zien van señor Vega in zijn eentje. Daarop is te zien dat hij het moeilijk had en misschien labiel was. Ze heeft me deze contactafdrukken gegeven.'

Calderón keek met gefronste wenkbrauwen naar de beelden.

'Hij was in januari op blote voeten in de tuin,' zei Falcón. 'En hier zie je hem huilen bij de rivier.'

'Waarom maakt ze die foto's?' vroeg Calderón.

'Het is haar werk,' zei Falcón. 'Zo kan ze zich uiten.'

'Foto's maken van mensen die in hun eentje verdriet hebben?' Calderón trok zijn wenkbrauwen op. 'Is ze niet goed snik?'

'Ze zei dat ze zich interesseerde voor de persoonlijke innerlijke strijd,' zei Falcón. 'Je weet wel, die stem waar señor Vázquez het over had. De stem die niemand ooit hoort.'

'Maar wat doet ze ermee?' vroeg Calderón. 'Ze legt het gezicht vast, maar niet de stem... Ik bedoel, wat heeft het voor zin?'

'De stem is luid in haar hoofd, maar geluidloos voor de buitenwereld,' zei Falcón. 'Ze interesseert zich voor de behoefte van de persoon met verdriet om in de openlucht te zijn... tussen zijn medevreemden, de behoefte om het verdriet eruit te lopen.'

Ze keken elkaar even aan, liepen de kamer uit en gingen Mario's kamer in. Calderón gaf hem de contactafdrukken terug.

'Wat is dat voor onzin?' zei Calderón.

'Ik vertel je alleen maar wat ze heeft gezegd.'

'Is het voor haar een... een plaatsvervangende ervaring?'

'Ze heeft een foto van míj aan de muur,' zei Falcón, nog steeds woedend. 'Een vergrote foto van míj terwijl ik vanaf de Puente de Isabel ii in de rivier kijk, godallemachtig.'

'Ze lijkt wel een paparazzo van de emoties,' zei Calderón met een huivering.

'Fotografen zijn vreemde mensen,' zei Falcón, die er zelf een was. 'Ze zoeken naar volmaakte ogenblikken uit het echte leven. Ze bedenken hun eigen definitie van volmaaktheid en gaan daar dan naar op zoek... alsof ze op jacht zijn. Als ze geluk hebben, vinden ze een beeld dat hun idee intenser, echter maakt... maar uiteindelijk leggen ze alleen vluchtigheid vast.'

'Geesten, innerlijke strijd, vastgelegde vluchtigheid...' zei Calderón. 'Daar kunnen we niets mee.'

'Laten we op de sectie wachten. Die levert ons vast wel iets concreets op waar we mee kunnen werken. Intussen wil ik op zoek gaan naar Sergei, de tuinman, die het dichtst bij de plaats delict was en het lichaam heeft ontdekt.'

'Dat is ook een geest,' zei Calderón.

'We moeten zijn onderkomen achter in de tuin doorzoeken.'

Calderón knikte.

'Ik denk dat ik señora Krugmans foto's ga bekijken terwijl jij het onderkomen van de tuinman doorzoekt,' zei Calderón. 'Ik wil deze opnamen in het groot zien.'

Falcón volgde de rechter met zijn ogen toen die naar de tweede plaats delict terugging. Calderón wisselde een paar woorden met de Médico Forense en draaide daarbij zijn mobieltje in zijn hand rond als een stuk zeep. Vervolgens liep hij vlug de trap af. Falcón had het gevoel dat Calderón merkwaardig gespannen was, heel anders dan zijn gebruikelijke bedachtzame houding.

Terwijl hij zwetend over het schaduwloze gazon liep, zag Falcón een bergje zwart uitgeslagen papier in het rooster van het betegelde barbecuegedeelte. Het bovenste papier was verkreukeld en zo ver doorgebrand dat het uit elkaar viel zodra hij het met zijn pen aanraakte. Daaronder lagen papieren die minder van het vuur te lijden hadden gehad en waarvan het handschrift nog enigszins te lezen was.

Hij liet Felipe met zijn koffertje naar de tuin komen. Felipe keek met zijn speciaal voor hem gemaakte vergrootglasbril naar de papieren.

'Hier valt niet veel van te redden,' zei hij. 'Misschien niets.'

'Het lijken me brieven,' zei Falcón.

'Ik kan alleen maar delen van woorden zien, maar het handschrift ziet er vrouwelijk uit, met veel rondingen. Ik maak er een foto van voordat we het stukmaken.'

'Vertel me welke delen van woorden je kunt zien.'

Felipe riep wat woorden die tenminste bevestigden dat de taal Spaans was en maakte een paar foto's met zijn digitale camera. Het zwartgeblakerde papier zakte in elkaar toen hij er dieper met zijn pen in groef. Hij vond een stukje van een zin, *en la escuela* – 'in de school' –, maar verder niets. Onder in de stapel stuitte hij op een ander soort papier. Felipe tilde wat rafelige resten uit de zwarte vlokken.

'Dit is een moderne foto,' zei hij. 'Die zijn erg brandbaar. De chemicaliën vormen blaren als het papier gaat branden, en dan houd je alleen dit over. Oudere foto's branden niet zo gemakkelijk. Dat papier is dikker en van betere kwaliteit.'

Hij vond in de massa wat papier dat glanzend zwart was en gekruld aan de randen, maar nog wit in het midden. Hij keerde het om en ze zagen een zwart-witfoto met het hoofd en de schouders van een meisje. Ze stond voor een vrouw van wie niets meer te zien was dan een beringde hand die op het sleutelbeen van het meisje rustte.

'Kunnen we die foto dateren?'

'Dit soort fotopapier wordt in Spanje al in geen jaren meer gebruikt, maar die foto kan privé zijn ontwikkeld of afkomstig zijn uit een ander land waar ze het nog gebruiken. Dat is heel... lastig,' zei Felipe. 'Het kapsel van het meisje is een beetje ouderwets.'

'Jaren zestig, zeventig?' vroeg Falcón.

'Misschien. In elk geval lijkt ze niet op een meisje uit de pueblo. En die vrouwenhand op haar schouder ziet er niet uit of hij veel zwaar werk heeft gedaan. Ik zou zeggen dat het welgestelde buitenlanders zijn. Ik heb familieleden in Bolivia die er ongeveer zo uitzien – je weet wel: net een tikje ouderwets.'

Ze deden het fragment van de foto in een plastic zak, gingen in de schaduw staan en knapten zich op.

'Je verbrandt oude brieven en foto's als je je huis op orde brengt,' zei Felipe.

'Of je hoofd,' zei Falcón.

'Misschien heeft hij inderdaad zelfmoord gepleegd en verbeelden wij ons dingen.'

'Waarom zou je dit soort dingen verbranden?' zei Falcón. 'Pijnlijke herinneringen. Een deel van je leven waarvan je niet wilt dat je vrouw er iets van weet...'

'Of een deel van je leven waarvan je niet wilt dat je zoon er iets van weet,' zei Felipe, 'als je doodgaat.'

'Misschien is het gevaarlijk materiaal als het in de verkeerde handen valt.'

'Wiens handen?'

'Ik zeg alleen maar dat je dit soort dingen verbrandt omdat ze pijnlijk, gênant of gevaarlijk zijn.'

'Misschien is het alleen maar een foto van zijn vrouw als meisje,' zei Felipe. 'Wat zou dat betekenen?'

'Hebben we de ouders van señora Vega al gevonden?' vroeg Falcón. 'Zij zouden voor de jongen moeten zorgen, in plaats van señora Jiménez.'

Felipe zei dat Pérez daaraan werkte. Ze gingen naar het huisje van de tuinman. De deur zat niet op slot. De twee kamers waren benauwd en er bevonden zich geen persoonlijke bezittingen. Het matras lag half van het bed af, alsof hij er iets onder had bewaard of er misschien alleen maar buiten op sliep. Het enige andere meubilair in de slaapkamer bestond uit een omgekeerde kist die als nachtkastje werd gebruikt. In de keuken bevonden zich een gasbrander en een fles butagas. Er was geen koelkast en op een tafel lag alleen gedroogd voedsel.

'Het personeel kreeg niet veel van de Vega-luxe te zien,' zei Felipe.

'Altijd beter dan in de Tres Mil Viviendas,' zei Falcón. 'Waarom zou hij vluchten?'

'Allergisch voor politie,' zei Felipe. 'Die kerels worden al astmatisch als ze 091 op de wand van een telefooncel zien staan. Een lijk... Nou, je blijft niet staan wachten tot de ramp zich voltrekt, hè?'

'Of misschien heeft hij iets of iemand gezien,' zei Falcón. 'Hij moet hebben geweten dat señor Vega papieren verbrandde, en waarschijnlijk heeft hij hem op zijn blote voeten in de tuin zien staan. Misschien heeft hij zelfs gezien wat er vannacht is gebeurd.'

'Ik neem wat vingerafdrukken en haal ze door de computer,' zei Felipe.

Falcón liep naar het huis terug. Zijn overhemd plakte aan zijn rug vast. Hij nam zijn mobieltje en belde Pérez.

'Waar ben je?' vroeg Falcón.

'Ik ben nu in het ziekenhuis, Inspector Jefe.'

'Toen ik wegging, was je de garage en de buitenkant van het huis aan het doorzoeken.'

'Dat heb ik gedaan.'

'Hoe zit het met al die verbrande papieren in de barbecue?'

'Die zijn verbrand. Ik heb daar een notitie van gemaakt.'

'Ben je geblesseerd?'

'Nee.'

'Wat doe je dan in het ziekenhuis?'

'Señora Jiménez stuurde het dienstmeisje. Ze zei dat ze moeilijkheden had met de jongen, Mario. Ze dacht dat het goed voor hem zou zijn als hij een bekend gezicht zag, dus als de grootouders kwamen.'

'Heb je hierover met Juez Calderón gesproken?'

'Ja.'

'Daar heeft hij mij niets over gezegd.'

'Hij had andere dingen aan zijn hoofd.'

'Wat bijvoorbeeld?'

'Dat gaat hij mij niet vertellen, hè?' zei Pérez. 'Maar ik merkte dat hij het druk had.'

'Vertel me nou maar waarom je in het ziekenhuis bent,' zei Falcón, die nooit helemaal kon wennen aan Pérez' irritante manier van werken en rapporteren.

'Ik ging naar het appartement van señor en señora Cabello, de ouders van señora Vega,' zei hij. 'Ze zijn allebei in de zeventig. Ze lieten me binnen. Ik vertelde wat er gebeurd was en señora Cabello zakte in elkaar. Ik dacht dat het een shock was, maar señor Cabello zei dat ze een zwak hart had. Ik belde een ambulance en verleende haar eerste hulp. Ze haalde geen adem meer. Ik moest haar hartmassage en mond-op-mond geven, Inspector Jefe. De ambulance kwam en had gelukkig een defibrillator aan boord. Ze ligt nu op de intensive care en ik zit hier met señor Cabello. Ik heb zijn andere dochter gebeld en die is met de AVE op weg van Madrid hierheen.'

'Heb je met señora Jiménez gesproken?'

'Ik heb haar nummer niet.'

'Met Juez Calderón?'

'Zijn mobieltje staat uit.'

'Met mij?'

'We praten nu, Inspector Jefe.'

'Nou, goed werk,' zei Falcón.

Toen hij weer in het koele huis was, voelden Falcóns inge-
wanden aan als een smeulende ravage. Iedereen stond er onge-
duldig bij. Beide lichamen waren in zakken gedaan en lagen op
brancards in de hal.

'Waar wachten jullie op?' vroeg Falcón.

'Juez Calderón moet voor het levantamiento del cadáver tekenen,' zei de Médico Forense. 'We kunnen hem niet vinden.'

Falcón belde señora Jiménez terwijl hij op weg was naar de
Krugmans. Hij vertelde haar over señora Vega's ouders en de
komst van Lucía's zuster uit Madrid. Mario was doodmoe in
slaap gevallen. Ze vroeg hem iets te komen drinken in de warmte.

'Ik heb nog dingen te doen,' zei hij.

'Ik ben hier de hele dag,' zei ze. 'Ik ga niet naar mijn werk.'

Toen Marty Krugman opendeed, rekte hij zich uit alsof hij op
de bank had liggen slapen. Falcón vroeg naar de rechter. Marty
wees naar boven en sjokte op blote voeten naar de bank terug,
zijn spijkerbroek flodderig om hem heen. Falcón ging op het geluid van Engelssprekende stemmen af. Calderón sprak die taal
vloeiend en gedroeg zich zo gretig als een jonge hond.

'Ja, ja,' zei hij. 'Dat kan ik zien. De ontworteling is tastbaar.'

Falcón zuchtte. Gesprekken over kunst. Hij klopte op de
deur. Maddy deed open met een cynische grijns. Calderóns
ogen, schuin achter haar, keken hem aan, wild door de verwijde
pupillen. Dat bracht Falcón even van zijn stuk.

'Inspector Jefe,' zei ze. 'Juez Calderón en ik hadden een heel
interessant gesprek, nietwaar?'

Falcón verontschuldigde zich voor de onderbreking, maar de
rechter moest tekenen voor het tweede lijk. Calderón bracht

75

zichzelf beetje bij beetje in postuur, alsof hij zijn kleren opraapte in de slaapkamer van een onbekende vrouw.

'Je mobieltje staat uit,' zei Falcón.

Maddy trok haar wenkbrauwen op. Calderón keek de kamer rond om er zeker van te zijn dat hij niets belastends achterliet. Hij hield een moeizaam afscheidstoespraakje, waarbij hij señora Krugmans hand vasthield en daar uiteindelijk een kus op drukte. Toen ging hij de trap af als een schooljongen met een fatsoenlijk rapport in zijn tas. Halverwege bleef hij staan.

'Je komt niet mee, Inspector Jefe?'

'Ik heb een vraag voor señora Krugman.'

Calderón maakte duidelijk dat hij zou wachten.

'Ga je werk maar doen, Juez,' zei Maddy met een nonchalant gebaar.

De ene na de andere emotie teisterde Calderóns gezicht: hoop, blijdschap, teleurstelling, verlangen, jaloezie, woede en berusting. Ze waren te veel voor hem en hij strompelde ontredderd de rest van de trap af. Het kostte hem moeite zijn voeten te coördineren.

'Uw vraag, Inspector Jefe?' zei ze, haar blik zo vlak als de horizon op zee.

Hij vroeg of hij de opnamen van señor Vega in zijn tuin nog eens mocht zien. Ze ging naar de donkere kamer en legde de afdrukken op de tafel. Falcón wees naar de bovenhoeken van de foto's.

'Rook,' zei hij.

'Hij was dingen aan het verbranden,' zei ze. 'Hij verbrandde daar vaak papieren.'

'Hoe vaak?'

'Sinds het begin van het jaar... vrij vaak.'

'En al die foto's zijn...'

'Van dit jaar,' zei ze. 'Al werd hij pas in maart een vaste bezoeker van de rivier.'

'U wíst dat hem iets dwarszat,' zei Falcón, die zich nu aan haar ergerde.

'Ik zei al: het zijn mijn zaken niet,' zei ze. 'En blijkbaar weet u zelf niet of het zelfmoord of moord was.'

Hij draaide zich zwijgend om en liep naar de deur.

'Hij is een erg fijngevoelige en intelligente man, de Juez,' zei ze.

'Hij is een goede man,' zei Falcón. 'En hij is ook een gelukkige man.'

'Die zijn zeldzaam, als ze boven de dertig komen,' zei Maddy.

'Waarom zegt u dat?'

'Ik zie meer mannen bij de rivier dan vrouwen.'

'Vrouwen hebben een talent om met de wereld verbonden te blijven,' zei Falcón. 'Ze kunnen gemakkelijker praten.'

'Het is geen geheime kunst,' zei Maddy. 'We gaan gewoon door. Mannen, zoals Marty, raken op een zijspoor doordat ze proberen vragen te beantwoorden die niet te beantwoorden zijn. Ze blijven over dingen piekeren en die worden daar hopeloos gecompliceerd van.'

Falcón knikte en ging de trap af. Ze bleef boven staan, leunend tegen de muur, haar armen over elkaar.

'Nou, waarom is de Juez gelukkig?'

'Hij gaat dit jaar trouwen,' zei Falcón zonder zich om te draaien.

'Kent u haar?' vroeg ze. 'Is ze aardig?'

'Ja,' zei Falcón, en hij draaide zich om naar de deur.

'Kop op,' zei ze in het Engels. '*Hasta luego*, Inspector Jefe.'

6

Woensdag 24 juli 2002

Falcón begreep precies wat ze bedoelde, en toen hij naar het huis van de Vega's terugliep, kwam er pas een eind aan zijn woede toen hij het dienstmeisje in de richting van de Avenida de Kansas City zag weglopen. Hij ging achter haar aan en vroeg haar of ze de laatste tijd ook gootsteenontstopper had gekocht. Dat had ze nooit gedaan. Hij vroeg haar wanneer ze de keukenvloer voor het laatst had schoongemaakt. Señora Vega, die obsessief bang was voor bacillen die Mario van een vuile vloer kon krijgen, had erop gestaan dat het drie keer per dag gebeurde. Mario was al naar het huis van Consuelo Jiménez gegaan toen ze de vloer 's avonds voor het laatst schoonmaakte.

De ambulance met de twee lijken reed net weg toen hij bij het huis van de Vega's terugkwam. De voordeur stond open. Calderón stond in de hal te roken. Felipe en Jorge knikten hem toe; ze gingen weg met hun koffertjes en hun plastic zakken met sporenmateriaal. Falcón deed de deur achter hen dicht tegen de hitte.

'Wat heb je haar gevraagd?' zei Calderón, die zich van de muur losmaakte.

'Ik had op de barbecue gezien dat Vega papieren had verbrand. Ik wilde zien of hij ook iets verbrandde op de foto's die ze van hem heeft gemaakt,' zei Falcón. 'En dat was zo.'

'Is dat alles?' zei Calderón tegelijk spottend en beschuldigend.

Falcóns woede laaide weer op.

'Heb jíj iets bij haar bereikt, Esteban?'

'Wat bedoel je?'

'Je bent een halfuur bij haar geweest met je mobieltje uit. Ik nam aan dat je over iets hebt gesproken wat van groot belang was voor het onderzoek.'

Calderón nam een stevige trek van zijn sigaret en zoog de rook hoorbaar naar binnen.

'Heeft zíj gezegd waar we over praatten?'

'Toen ik de trap op kwam, hoorde ik je over haar foto's praten,' zei Falcón.

'Ze zijn erg goed.' Calderón knikte ernstig. 'Ze is een zeer getalenteerde vrouw.'

'Jij bent degene die haar een "paparazzo van de emoties" noemde.'

'Dat was voordat ze met me over haar werk praatte,' zei hij, en hij wuifde even met zijn nicotinevingers naar Falcón. 'Door de gedachten achter de foto's worden ze tot wat ze zijn.'

'Dus ze zijn niet *Hola!* met gevoelens?' zei Falcón.

'Erg goed, Javier. Die onthoud ik,' zei Calderón. 'Verder nog iets?'

'We praten verder als de sectierapporten er zijn,' zei Falcón. 'Ik haal señora Vega's zuster vanavond van de AVE en breng haar naar señora Jiménez.'

Calderón knikte zonder te weten waar Falcón het over had.

'Ik ga nu met señor Ortega praten... Dat is de andere buurman,' zei Falcón, die zijn sarcasme niet kon bedwingen.

'Ik weet wie señor Ortega is,' zei Calderón.

Falcón ging naar de voordeur. Toen hij zich omdraaide, was Calderón al diep in gedachten verzonken.

'Ik meende wat ik vanmorgen zei, Esteban.'

'Wat dan?'

'Ik denk dat Inés en jij erg gelukkig met elkaar worden,' zei Falcón. 'Jullie passen heel goed bij elkaar.'

'Je hebt gelijk,' zei hij. 'Dat is zo. Dank je.'

'Kom maar met me mee,' zei Falcón. 'Ik ga nu afsluiten.'

Ze verlieten het huis en gingen op de oprijlaan uit elkaar. Falcón sloot het elektrische hek met een afstandsbediening die hij uit de keuken had meegenomen. Het hek van Ortega's huis bevond zich links van de oprijlaan van de Vega's en was bedekt met klimop. Vanuit de schaduw daarvan keek hij naar Calderón. De man stond bij zijn auto en keek blijkbaar of er boodschappen op zijn mobieltje waren ingesproken. Toen liep hij in de richting van het huis van de Krugmans, bleef staan, liep wat heen en weer en beet op zijn duimnagel. Falcón schudde zijn hoofd, belde bij Ortega aan en stelde zich via de intercom voor. Calderón hief zijn handen ten hemel en ging naar zijn auto terug.

'Zo mag ik het zien, Esteban,' zei Falcón in zichzelf. 'Dénk er niet eens aan.'

De stank van rioolwater was al in Falcóns neusgaten binnengedrongen toen hij bij het hek stond. Ortega maakte met de zoemer het hek voor hem open en hij kwam in zo'n erge stank terecht dat hij bijna moest kokhalzen. Dikke bromvliegen vlogen door de lucht, zo dreigend als zware bommenwerpers. Bruine vlekken kropen omhoog over de muren van de hoek van het huis, waar een grote barst in de voorgevel was gekomen. De lucht was bezwangerd met de stank van rotting en verval. Ortega kwam aanlopen vanaf de kant van het huis waar het gazon was.

'Ik gebruik de voordeur niet,' zei Ortega, wiens handdruk verpletterend was. 'Zoals u ziet, heb ik een probleem met die kant van het huis.'

Pablo Ortega's hele lichaam kwam in die handdruk tot uiting. Hij was compact, onbuigzaam en gespannen. Zijn haar was lang, weelderig en spierwit, en het viel tot onder de hals van zijn boordloze shirt. Zijn snor was al even indrukwekkend, maar was vergeeld door het roken. Van de *entradas* van zijn haarlijn tot aan zijn wenkbrauwen liepen twee lijnen, en het was of die lijnen Falcón in Ortega's donkerbruine ogen trokken.

'Woont u hier nog maar kort?' vroeg Falcón.

'Negen maanden... En al na zes weken kreeg ik dit gedoe. Het huis had vroeger twee kamers boven een beerput. In die beerput zit het rioolwater van de vier huizen hieromheen. De vorige eigenaars bouwden daar twee kamers bovenop en zes weken nadat ze me het huis hadden verkocht kwamen er barsten in het dak van de beerput. De muur bezweek en nu borrelt de stront van vier huizen door mijn vloer.'

'Dat is een kostbare affaire.'

'Ik moet die kant van het huis slopen, de beerput repareren, hem versterken zodat hij het extra gewicht kan dragen, en dan alles herbouwen,' zei Ortega. 'Mijn broer heeft iemand gestuurd die zei dat ik kan rekenen op een rekening van twintig miljoen, of hoeveel dat ook maar mag zijn in euro's.'

'Verzekering?'

'Ik ben kunstenaar. Ik kwam pas aan het tekenen van dat belangrijke stukje papier toe toen het te laat was.'

'Pech.'

'Dat is mijn specialiteit,' zei hij. 'En ook die van een rechercheur. We hebben elkaar al eens eerder ontmoet.'

'O ja?'

'Ik ben in het huis aan de Calle Bailén geweest. U was zeventien of achttien.'

'Zowat het hele artistieke wereldje van Sevilla is op een gegeven moment wel in dat huis geweest. Het spijt me dat ik het me niet herinner.'

'Dat was een droevige zaak.' Ortega legde zijn hand op Falcóns schouder. 'Ik zou het nooit hebben geloofd. U bent door de mediamolen gehaald. Ik heb natuurlijk alles gelezen. Kon het niet laten. Iets drinken?'

Pablo Ortega droeg een blauwe korte broek die tot zijn knieën reikte en zwarte espadrilles. Zijn voeten stonden een beetje naar buiten en hij had enorme, bolle kuitspieren, die eruitzagen alsof ze hem altijd konden dragen, hoe lang hij ook op het toneel moest blijven staan.

Ze gingen aan de achterkant van het huis naar binnen en liepen door de keuken. Toen Falcón in de huiskamer was gaan zitten, haalde Ortega bier en Casera. De kamer was kil en kleurloos, afgezien van de geur van oude sigarenpeuken. Overal waren meubelen, schilderijen, boeken, aardewerk, glaswerk en kleedjes. Een landschap van Francisco Falcón stond op de vloer tegen een eikenhouten kist. Javier keek ernaar en voelde niets.

'Charisma,' zei Ortega, toen hij terugkwam met bier, olijven en kappertjes, en naar het schilderij knikte, 'is als een krachtveld. Je ziet het niet en toch heeft het de kracht om iemands normale waarnemingsvermogen buiten werking te stellen. Nu de wereld is verteld dat de keizer geen kleren draagt, is het gemakkelijk. Nu schrijven al die kunsthistorici waar Francisco zo de pest aan had uitentreuren over de duidelijke breuk die de vier naakten ten opzichte van zijn andere werk vormen. Ik ben het met Francisco eens: ze zijn verachtelijk. Ze hebben van zijn val genoten, maar zien niet dat ze nu alleen nog maar over hun eigen tekortkomingen schrijven. Charisma. We vervelen ons zo dat iedereen die ook maar enig licht op ons bestaan kan laten schijnen als een god wordt behandeld.'

'Francisco gebruikte in plaats van "charisma" altijd het woord "genialiteit",' zei Falcón.

'Als je de kunst van het charisma onder de knie hebt, heb je geen genialiteit nodig.'

'Dat wist hij ongetwijfeld.'

'Inderdaad,' zei Ortega, die zich grinnikend weer in de fauteuil liet zakken.

'Laten we ter zake komen,' zei Falcón.

'Ja, nou, ik wist al dat er iets aan de hand was toen ik die rattenkop daar zag, zelfvoldaan en behaaglijk in zijn dure lichtgewicht kostuum,' zei Ortega. 'Mensen die zich goed kleden voor hun werk, vertrouw ik nooit. Ze willen anderen met hun pantser verblinden, maar in hun innerlijke leegte wemelt het van de duistere levensvormen.'

Falcón hoorde Ortega's melodrama aan en krabde over zijn hals.

'Over wie hebben we het?'

'Die... die *cabrón*... Juez Calderón,' zei Ortega. 'Dat rijmt zelfs.'

'Eh... ja, die rechtszaak tegen uw zoon. Ik...'

'Hij was de cabrón die ervoor zorgde dat Sebastián voor zo lange tijd achter de tralies ging,' zei Ortega. 'Hij was de cabrón die op de maximumstraf aandrong. Die man is alleen maar de letter van de wet, en verder niets. Hij is een en al zwaard en geen weegschaal, en naar mijn nederige mening kan gerechtigheid alleen gerechtigheid zijn als je allebei hebt.'

'Ik hoorde vanmorgen pas van de zaak van uw zoon.'

'Het was overal in het nieuws,' zei Ortega ongelovig. 'De zoon van Pablo Ortega gearresteerd. De zoon van Pablo Ortega in staat van beschuldiging gesteld. De zoon van Pablo Ortega bla, bla, bla. Altijd de zoon van Pablo Ortega... nooit Sebastián Ortega.'

'Ik had in die tijd iets anders aan mijn hoofd,' zei Falcón. 'Ik volgde de actualiteit niet.'

'Het mediamonster heeft zich volgevreten,' zei Ortega, en hij kauwde woedend op zijn sigaar.

'Hebt u uw zoon bezocht?'

'Hij wil niemand ontvangen. Hij heeft zich afgesloten van de rest van de wereld.'

'En zijn moeder?'

'Zijn moeder is van hem weggelopen... van ons beiden, toen hij nog maar acht was,' zei Ortega. 'Ze verdween naar Amerika met een idioot met een grote pik... en toen ging ze dood.'

'Wanneer was dat?'

'Vier jaar geleden. Borstkanker. Dat trof Sebastián diep.'

'Dus hij had wel contact met haar?'

'Vanaf zijn zestiende was hij elke zomer bij haar,' zei Ortega, en hij prikte met zijn sigaar in de lucht. 'Met dat alles werd geen rekening gehouden toen die cabrón...'

De fut was eruit. Hij verschoof op zijn stoel, zijn hele gezicht samengetrokken van walging.

'Het was een heel ernstig misdrijf,' zei Falcón.

'Dat weet ik,' zei Ortega met luide stem. 'Alleen weigerde het hof rekening te houden met verzachtende omstandigheden. Sebastiáns geestelijke conditie bijvoorbeeld. Het was duidelijk dat hij geestelijk gestoord was. Hoe verklaar je anders het gedrag van iemand die een jongen kidnapt, hem misbruikt, hem laat gaan en dan zichzelf aangeeft? Toen hij de kans kreeg om zich in de rechtbank te verdedigen, zei hij niets. Hij vertikte het om ook maar één onderdeel van de verklaring van de jongen tegen te spreken... Hij accepteerde alles. Daar snap ik helemaal niets van. Ik ben geen deskundige, maar zelfs ik kan zien dat hij behandeling nodig heeft, geen gevangenisstraf, gewelddadigheid en eenzame opsluiting.'

'Bent u in hoger beroep gegaan?'

'Dat kost tijd,' zei Ortega, 'en natuurlijk ook geld, en dat was niet gemakkelijk. Ik moest mijn huis uit...'

'Waarom?'

'Het leven werd me onmogelijk gemaakt. In cafés en winkels wilden ze me niet meer bedienen. Mensen staken de straat over als ze me zagen. Ik werd verstoten om de zonden van mijn zoon. Het was niet uit te houden. Ik moest weg. En nu ben ik hier... in mijn eentje, met als enig gezelschap de stront en stank van andere mensen.'

'Kent u señor Vega?' zei Falcón, die zijn kans greep.

'Ik kende hem. Ongeveer een week nadat ik hier was komen wonen, kwam hij zich voorstellen. Dat stelde ik in hem op prijs. Hij wist waarom ik hier terecht was gekomen. Er waren fotografen in de straat. Hij liep ze finaal voorbij, verwelkomde me en zei dat ik gebruik kon maken van zijn tuinman. Ik nodigde hem wel eens uit om iets bij me te komen drinken, en toen ik die problemen met de beerput kreeg, gaf hij zijn mening, stuurde een deskundige en liet gratis voor me uitrekenen wat het zou kosten.'

'Waarover praatte u met hem als hij iets kwam drinken?'

'Niets persoonlijks, en dat was een hele opluchting. Ik dacht dat hij misschien... u weet wel, als mensen bij je thuis komen en je vriend willen zijn. Ik dacht dat hij misschien een obscene belangstelling voor het lot van mijn zoon had of op de een of andere manier met mij wilde aanpappen... Er zijn veel mensen die graag een andere dimensie aan hun sociale positie willen toevoegen. Maar Rafael was ondanks zijn uiterlijke charme erg gesloten... Op het persoonlijke vlak ging alles erin maar kwam er niet veel uit. Als je over politiek wilde praten, lag het heel anders. We praatten bijvoorbeeld over het Amerika van na 11 september. Dat was interessant, want hij was altijd erg rechts. Ik bedoel, zelfs José María Aznar was hem nog een beetje te communistisch. Maar toen die aanslag op het World Trade Center was gepleegd, vond hij dat de Amerikanen zich dat zelf op de hals hadden gehaald.'

'Had hij een hekel aan Amerikanen?' vroeg Falcón.

'Nee, nee, nee. Hij híéld van Amerikanen. Hij ging erg vriendschappelijk om met dat echtpaar naast hem. Marty werkt voor hem en Rafael had vast wel zin om zijn vrouw te neuken.'

'O ja?'

'Nee, ik maakte maar een grapje, of misschien was het een algemenere waarheid. We zouden allemaal graag Maddy Krugman willen neuken. Hebt u haar gezien?'

Falcón knikte.

'Wat vindt u?'

'Waarom vond hij dat de Amerikanen het zich zelf op de hals hadden gehaald?'

'Hij zei dat ze zich altijd bemoeiden met de politiek van andere mensen, en als je dat soort dingen doet, breekt dat je lelijk op.'

'Dus niets specifieks, alleen maar borrelpraat?'

'Maar nogal verrassend, als je nagaat dat hij van Amerikanen hield en daar van de zomer op vakantie wilde gaan,' zei Ortega, en hij kuste de punt van zijn sigaar. 'Hij zei trouwens nog iets interessants over Amerikanen: ze zijn je vrienden zolang je van nut voor hen bent, en zodra je hun geen geld meer oplevert of ze niet meer helpt, laten ze je als een baksteen vallen. Hun loyaliteit is afgemeten; er zit geen geloof in. Dat waren zijn woorden, geloof ik.'

'Wat vond u daarvan?'

'Hij zei het nogal heftig, dus ik nam aan dat hij er persoonlijke ervaring mee had, waarschijnlijk op het zakelijke vlak, maar ik weet er het fijne niet van.'

'Hoe vaak hebt u hem dit jaar gezien?'

'Twee of drie keer, meestal in verband met de beerput.'

'Merkte u dat hij sinds vorig jaar was veranderd?'

Stilte. Ortega rookte met half dichtgeknepen ogen.

'Heeft hij zelfmoord gepleegd?'

'Dat proberen we na te gaan,' zei Falcón. 'Tot nu toe hebben we ontdekt dat zich aan het eind van vorig jaar een verandering in hem voltrok. Hij was vaak in gedachten verzonken. Hij verbrandde papieren achter in de tuin.'

'Ik heb niets gemerkt, maar zoveel gingen we nu ook weer niet met elkaar om. Het enige wat ik me herinner, was dat ik hem een keer in de Corte Inglés in Nervión tegenkwam. Hij zocht tussen de leren portefeuilles of zoiets. Toen ik naar hem toe ging om hem gedag te zeggen, keek hij naar me op en kon ik zien dat hij helemaal verbijsterd was, alsof ik de geest van een al lang overleden familielid was. Ik ging meteen van hem vandaan en we praatten niet met elkaar. Dat was waarschijnlijk de laatste keer dat ik hem zag. Een week geleden.'

'Zijn u regelmatige bezoekers aan het huis opgevallen, of ongewone bezoekers?' zei Falcón. 'Mensen die 's nachts kwamen?'

'Zeg, ik weet dat ik hier de hele tijd ben, zeker tegenwoordig, nu er niet veel werk mijn kant op komt, maar ik zit niet de hele dag over de schutting te kijken of tussen de luxaflex door te gluren.'

'Hoe brengt u uw tijd dan wél door?'

'Ja, nou, ik breng erg veel vervelende tijd in mijn eigen hoofd door. Meer dan ik zou moeten of zou willen.'

'Wat hebt u gisteravond gedaan?'

'Ik heb me in mijn eentje zitten bezatten. Een slechte gewoonte, dat weet ik. Ik viel hier in slaap en werd vanmorgen om vijf uur verkleumd wakker van de airconditioning.'

'Toen ik u vroeg naar bezoekers van de Vega's, bedoelde ik niet...'

'Hoor eens, de enige vaste bezoekers die ik zag, waren Lucía's ouders en die lastige tante aan de overkant die wel eens op het kind paste.'

'Die lastige tante?'

'Consuelo Jiménez. Die moet je niet in de wielen rijden. Ze is het type dat alleen maar kan lachen als ze de ballen van een man in een bankschroef heeft.'

'Hebt u onenigheid met haar gehad?'

'Nee, nee, ik herken alleen maar het type.'

'Welk type is dat?' Falcón kon het niet laten die vraag te stellen.

'Het type dat niet van mannen houdt, maar jammer genoeg niet lesbisch is en dus mannen nodig heeft om haar verachtelijke seksuele behoeften te bevredigen. Daardoor verkeren ze in een voortdurende staat van rancune en woede.'

Falcón kauwde op het uiteinde van zijn pen om te voorkomen dat hij glimlachte. Het klonk alsof de grote Pablo Ortega zijn uitmuntende diensten had aangeboden en een blauwtje had gelopen.

'Ze houdt van kinderen, dat mens,' zei Ortega. 'Ze houdt van kleine jongetjes die aan haar rokken hangen. Hoe meer, hoe beter. Maar zodra ze haargroei krijgen...'

Ortega greep een grote pluk van zijn witte borsthaar vast en stak vol minachting zijn kin naar voren. Het was een volmaakt staaltje acteertalent: mannelijke dwaasheid en vrouwelijke trots in één lichaam verenigd. Falcón lachte. Ortega genoot van deze bijval van zijn eenkoppig publiek.

'Weet u...' Hij schonk zijn glas vol met Cruzcampo; Falcón had een glas geweigerd. 'Weet u wat de beste manier is om vrouwen te ontmoeten?'

Falcón schudde zijn hoofd.

'Honden.'

'U hebt honden?'

'Ik heb twee mopshonden. Een grote stevige reu die Pavarotti heet en een kleinere teef met een donkerder gezicht, Callas.'

'Zingen ze?'

'Nee, ze schijten de tuin onder.'

'Waar hebt u ze?'

'Niet hier, met mijn verzameling overal om me heen. Dan heffen ze hun poot tegen een meesterwerk en doe ik iets onvergeeflijks.'

'Uw verzameling?'

'U denkt toch niet dat ik altijd in zo'n troep leef? Ik moest mijn verzameling hierheen brengen toen de beerput het begaf,' zei Ortega. 'Maar goed, de honden. Mopshonden zijn de ideale manier om met een eenzame vrouw aan de praat te komen. Ze zijn klein, komen niet bedreigend over, zijn een beetje lelijk en grappig. Ideaal. Altijd een groot succes bij vrouwen en kinderen. Kinderen zijn gek op die honden.'

'Bent u op die manier met Consuelo Jiménez in contact gekomen?'

'En ook met Lucía Vega,' zei hij knipogend.

'Misschien beseft u dit niet... Ik had het moeten zeggen... Señora Vega is vermoord.'

'Vermoord?' Hij stond abrupt op en morste bier op zijn schoot.

'Ze is verstikt met haar kussen...'

'U bedoelt dat hij haar heeft vermoord en daarna zelfmoord heeft gepleegd? En de jongen?'

'Die was op dat moment bij señora Jiménez.'

'Allemachtig... wat een tragedie.' Hij liep naar het raam, sloeg er met zijn vuist op en keek de tuin in, alsof hij daar geruststelling kon vinden.

'Wat zei u over señora Vega... U had toch geen verhouding met haar?'

'Een verhouding?' Er schoten hem nu vreselijke dingen te binnen. 'Nee, nee, nee. Ik kwam haar alleen maar tegen in dat parkje, als ik daar met mijn honden liep. Ze is niet mijn type. Ze vond het fascinerend dat ik beroemd ben. Dat was alles.'

'Waar praatte u over?'

'Dat weet ik niet meer. Ik geloof dat ze me in een stuk had gezien of... Waar práátten we over?'

'Wanneer was dat?'

'In maart of zo.'

'U knipoogde toen u haar naam noemde.'

'Dat was alleen maar een belachelijke *braggadocio*.'

Falcóns pen bleef boven zijn notitieboekje hangen. Er gingen beelden van vijftien maanden geleden door zijn hoofd. De foto's die Raúl Jiménez aan de muur achter zijn bureau in het appartement in het Edificio Presidente had hangen. Beroemdheden die in zijn restaurants hadden gedineerd, maar ook de mensen van het gemeentehuis, de politie en de rechterlijke macht. En daar had hij Pablo Ortega's gezicht gezien.

'U kende Raúl Jiménez,' zei Falcón.

'Nou, ik at wel eens in zijn restaurants,' zei Ortega opgelucht.

'Ik herinner me u van een van zijn foto's die hij in zijn huis had... beroemdheden en belangrijke mensen.'

'Ik kan me dat moeilijk voorstellen. Raúl Jiménez had een hekel aan het theater... Tenzij... natuurlijk... dat is het: mijn broer Ignacio, dié kende Raúl. Mijn broer heeft een bedrijf dat airconditioning installeert. Ignacio nodigde me op recepties uit als hij mensen wilde imponeren. Dat moet het geweest zijn.'

'Dus u kende Consuelo Jiménez voordat u hier kwam wonen?'

'Van gezicht,' zei Ortega.

'Is het u ooit gelukt señora Krugman voor uw honden te interesseren?'

'Allemachtig, u bent heel anders dan de rechercheurs met wie ik te maken heb gehad.'

'Wij zijn ook maar mensen.'

'Degenen met wie ik te maken had, gingen veel systematischer te werk,' zei Ortega. 'Dat is een constatering, geen kritiek.'

'Moord is de grootste afwijking van de menselijke aard. Mensen verzinnen dan de bizarste dingen,' zei Falcón. 'In die wereld van illusies kom je niet ver met systematisch denken.'

'Acteren is het bizarste verzinsel aller tijden,' zei Ortega. 'Soms is het zo bizar dat we op het laatst niet meer weten wie we zijn.'

'U zou sommige moordenaars eens moeten ontmoeten die ik achter de tralies heb gezet,' zei Falcón. 'Sommigen hebben de kunst van het ontkennen tot het niveau van absolute waarheid geperfectioneerd.'

Ortega knipperde met zijn ogen. Dit was een verschrikking waarover hij nooit had nagedacht.

'Ik moet gaan,' zei Falcón.

'U vroeg me naar señora Krugman en de honden,' zei hij een beetje wanhopig.

'Ze lijkt me niet iemand voor honden.'

'U hebt gelijk... Als ik nou een luipaard met een diamanten halsband had...'

Ze gingen via de schuifdeuren de tuin in. Ortega liep met Falcón mee naar het hek. Ze stonden in de stille straat, weg van de stank. Een grote zwarte auto reed langzaam voorbij alvorens harder te gaan rijden in de richting van de Avenida de Kansas City. Ortega volgde hem met zijn ogen.

'U vroeg me naar ongewone bezoekers aan het huis van de Vega's,' zei Ortega. 'Die auto deed me aan iets denken. Dat was een BMW uit de 7-serie en er stond er op 6 januari zo eentje voor hun huis geparkeerd.'

'De Noche de Reyes.'

'Daarom weet ik de datum nog,' zei Ortega. 'Maar ik weet het ook nog door de nationaliteit van de inzittenden. Die kerels zagen er heel bijzonder uit. De een was kolossaal – dik, sterk, donker haar, agressieve kop. De ander was ook gespierd en zwaargebouwd, maar hij zag er een beetje menselijker uit dan zijn vriend en hij had blond haar. Ze praatten met elkaar en ik weet niet wat ze zeiden, maar omdat ik vorig jaar in Sint-Petersburg ben geweest, wist ik dat het Russen waren.'

De drie kinderen van Consuelo Jiménez en Mario speelden op het eind van de middag in het zwembad. Ze schreeuwden en gooiden water over elkaar heen, en die geluiden drongen gedempt door het dubbele glas in het huis binnen. Javier en Consuelo werden alleen aan het watergevecht herinnerd als er water tegen de ruit spatte. Javier had weer een biertje in zijn hand. Consuelo was halverwege een glas *tinto de verano*, een mix van rode wijn, ijs en Casera. Ze rookte en tikte met de sigaret op haar duimnagel. Zoals altijd wanneer ze met haar gedachten ergens anders was, bewoog haar voet heen en weer.

'Ik zie dat je Mario laat meedoen,' zei Falcón.

'Ja, dat leidt hem wat af,' zei ze. 'Dat zwemverbod was een obsessie van Rafael en het heeft niet veel zin...'

'Ik kan me niet herinneren wanneer ik dat soort energie had,' zei Falcón.

'Niets is mooier dan een kind, zijn ogen prikkend van het chloor, zijn wimpers nat, zijn lichaam bevend van honger en vermoeidheid onder een handdoek. Dan voel ik me ontzettend gelukkig.'

'Vind je het niet erg dat ik nu iets kom drinken?' zei Falcón. 'Als ik met Mario's tante terugkom... Ik bedoel, ik moet haar naar het huis van haar ouders terugbrengen. Dan is het niet hetzelfde.'

'Als wat?'

'Als nu.'

'Ik ben sterk in het voordeel ten opzichte van alle anderen die bij dat onderzoek van je betrokken zijn,' zei Consuelo. 'Ik weet hoe je werkt, Inspector Jefe.'

'Je hebt me écht uitgenodigd om iets te komen drinken.'

'We maken nu allemaal deel uit van jouw wereld,' zei ze. 'We staan onder jouw genadeloze observatie en we zijn hulpeloos. Hoe is het je bij de anderen vergaan?'

'Ik ben net een uur of zo bij Pablo Ortega geweest.'

'Die acteert altijd,' zei Consuelo. 'Ik zou nooit met een acteur getrouwd kunnen zijn. Ik ben monogaam en ze geven je het gevoel dat het erg vol is in bed.'

'Ik zou het niet weten.'

'Geen actrices voordat je met die kleine waarheidzoekster trouwde... Hoe heette ze ook weer? Inés. Natuurlijk...'

Consuelo zweeg.

'Sorry, ik had aan Juez Calderón moeten denken.'

'Dit is de eerste keer sinds de moord op je man dat ik met hem samenwerk,' zei Falcón. 'Hij heeft me vandaag verteld dat Inés en hij gaan trouwen.'

'Dat was dubbel gevoelloos van me,' zei Consuelo. 'Maar god, over een waarheidzoekende echtverbintenis gesproken! Een Juez én een Fiscal. Hun eerstgeborene moet wel priester worden.'

Falcón lachte grommend.

'Je kunt er niets aan doen, Javier,' zei ze. 'Je kunt maar net zo goed lachen.'

'Kop op,' zei Falcón. 'Dat zei señora Krugman tegen me.'

'Ze is zelf ook niet bepaald een comédienne.'

'Heeft ze je haar foto's laten zien?'

'Zo triest,' zei Consuelo, en ze trok het gezicht van de bedroefde clown. 'Al die onzin zit me tot hier.'

'Juez Calderón was er nogal van onder de indruk,' zei Falcón.

'Van haar achterste, bedoel je.'

'Ja, zelfs de beroemde Pablo Ortega stapte van het voetstuk van zijn ego om hijgend op haar af te gaan.'

'Ik wist dat je het in je had,' zei Consuelo.

'Ik ben kwaad op Maddy Krugman,' zei hij. 'En ik mag haar niet.'

'Als een man dat zegt, betekent het meestal dat hij een oogje op haar heeft.'

'Dan moet ik in een lange rij staan.'

'En Juez Calderón staat voor je.'

'Dat is je opgevallen?'

Een spectaculair bommetje van een van de kinderen zette de hele ruit onder water. Consuelo ging naar buiten om te zeggen dat ze niet zo druk moesten doen. Falcón zag Mario naar haar kijken alsof ze een godin was. Ze kwam weer binnen. Toen ze de deur achter zich dicht had gedaan, was de waanzin alweer begonnen.

'Weet je wat zo jammer is? Zíj moeten óns worden,' zei ze. Ze keek achterom naar het zwembad.

'Jij valt wel mee,' zei Falcón. De botte woorden kwamen hem zo snel over de lippen dat hij ze met grote ogen nakeek, alsof ze iets viezigs op de vloerbedekking waren. 'Ik bedoel, toen ik dat zei... Ik bedoelde dat je...'

'Rustig maar, Javier,' zei ze. 'Drink nog wat bier.'

Falcón nam een grote slok Cruzcampo, beet in een dikke olijf en legde de pit in het schaaltje.

'Heeft Pablo Ortega ooit geprobeerd je te versieren?' vroeg hij.

'Probeerde je dat daarnet te doen?'

'Nee, dat was... Ik dacht iets en het kwam eruit.'

'Ja, nou... "Jij valt wel mee,"' citeerde ze. 'Als je je seksleven wilt verbeteren, zul je betere dingen moeten bedenken. Wat heeft Pablo Ortega tegen je gezegd?'

'Dat hij zijn honden gebruikte om met vrouwen in contact te komen.'

'Je zegt dat hij hijgend naar Maddy keek en vrouwen versiert, maar ik heb altijd gedacht dat hij eigenlijk homo was, of misschien niet zo geïnteresseerd in seks,' zei ze. 'De kinderen zijn gek op Pavarotti en Callas, maar hij heeft nooit geprobeerd me te versieren, en als Pablo Ortega dat probeerde, zou je dat heus wel merken.'

'Waarom denk je dat hij homo is?'

'Dat gevoel krijg ik gewoon als hij in het gezelschap van vrouwen is. Hij mag ze graag, maar hij is niet seksueel in ze geïnteresseerd. Ik heb het nu niet alleen over mezelf. Ik heb hem ook bij Maddy gezien. Hij hijgt niet. Hij speelt komedie. Hij herinnert iedereen eraan dat hij nog potent is, maar het heeft niets met seks te maken.'

'Hij heeft jou een lastige tante genoemd,' zei Falcón. 'Ik dacht dat hij dat zei omdat je hem had afgewezen.'

'Nou, ik bén ook een lastige tante, maar nooit tegenover hem. Ik dacht eigenlijk dat we altijd erg goed met elkaar konden opschieten,' zei ze. 'Sinds hij hier woont, komt hij hier wel eens iets drinken, en hij voetbalt met de kinderen, gaat met ze zwemmen...'

'Het was onmiskenbaar seksueel. Hij zei dat je alleen glimlachte als je de ballen van een man in een bankschroef had – dat soort dingen.'

Consuelo barstte in lachen uit, maar ze ergerde zich ook.

'Hij zal wel denken dat het stoer is om zulke dingen te zeggen en dat ik er nooit van zal horen,' zei Consuelo. 'Daarmee onderschat hij jouw behoefte aan intimiteit, Javier. Maar ja, intimiteit tussen een rechercheur en een... Nou ja, laat maar. Hij dacht zeker dat het veilig was.'

'Hij kende Raúl, hè?' zei Falcón. 'Ik heb hem op de foto's achter het bureau in je vroegere appartement gezien, maar dan niet bij de beroemdheden.'

'We kenden Pablo via zijn broer,' zei ze. 'Ignacio had voor Raúl gewerkt.'

'Ik zou Raúls foto's graag nog keer willen zien, als dat kan.'

'Ik zal het ze op kantoor laten weten,' zei ze.

De commerciële wereld van de auto – Repsol, Firestone, Renault – flitste voorbij toen hij door de Avenida de Kansas City reed. Terwijl de gebouwen achter de voorruit gonsden van de energie, dacht Falcón aan zijn intimiteit met Consuelo Jiménez. Hij voelde zich bij haar op zijn gemak. Ondanks de dynamiek tussen rechercheur en verdachte, zoals zij het noemde, was ze nu geïntegreerd in zijn verleden. Hij dacht aan haar zoals ze in de koelte van haar huis op de bank had gezeten en haar voet heen en weer had bewogen, en zoals ze met de kinderen had gelachen toen ze hen afdroogde met hun handdoeken, en hen naar de keuken had gebracht om hun te eten te geven, terwijl hij nu door de straten reed van dat kronkelende beest van een metropool dat hijgend van de hitte op de grond lag.

Een bord voor het Estación de Santa Justa aan het eind van de Avenida de Kansas City gaf aan dat het vierenveertig graden was. Hij parkeerde en wankelde door de smoorhete lucht het station in. Hij belde Pérez, die hem vertelde dat hij señor Cabello had overgehaald zijn vrouw op de intensive care achter te laten. Hij was nu in het appartement van señor Cabello in de Calle de Felipe II in El Porvenir. Straks zou het eerste vrouwelijke lid van de Grupo de Homicidios, Policía Cristina Ferrera, hem komen aflossen.

Falcón stond bij het hek van het perron voor de AVE naar Madrid. Op een stuk papier had hij de naam Carmen Ortiz geschreven. Een vrouw met zwart haar en grote bruine ogen in een bleek, angstig gezicht kwam naar hem toe. Ze had twee kinderen bij zich en eigenlijk was 'angstig' nog een te zwak woord voor de toestand waarin ze verkeerde.

Hij reed naar Santa Clara terug. Carmen Ortiz praatte aan één stuk door, vooral over haar man, die op zakenreis naar Barcelona was en pas de volgende morgen kon komen. De kinderen keken door de ramen naar buiten alsof ze naar een strengere gevangenis werden gebracht. Falcón mompelde een aanmoediging en señora Ortiz bleef de stilte opvullen.

Toen Consuelo kwam opendoen, zat Mario als een chimpansee om haar heen geklemd. De jongen had zich na de zwempartij in een kwetsbaar stilzwijgen teruggetrokken. Hij ging erg snel naar Carmen over, een teken dat hij behoefte had aan menselijk contact. Carmen verbaasde hen met haar eindeloze, gedetailleerde verslag van haar reis. Consuelo luisterde. Ze wist wat Carmen Ortiz' bedoeling was: geen kier van stilte toelaten waarin de catastrofe van de dag zijn breekijzer kon drukken om de tijd open te wrikken en Mario's toekomst van wanhoop en eenzaamheid te laten zien.

Ze gingen naar de auto. De hele familie ging achterin zitten. De kinderen aaiden Mario alsof hij een gewond poesje was. Consuelo boog zich naar binnen en drukte een harde kus op zijn hoofd. Falcón kon bijna horen dat ze zich van het kind moest losscheuren toen ze zich uit de auto terugtrok. Hij wist dat de jongen zich misselijk en leeg zou voelen zodra hij aan zijn vrije val in de moederloze chaos begon. De routine van de liefde was voorbij. De vrouw die je had gemaakt, was weg. Hij had een immens medelijden met de jongen. Hij reed weg met zijn gekwetste lading, de pulserende stad weer in.

Hij bracht hen naar het appartement van señor Cabello en droeg de bagage naar binnen. Ze kwamen als nomaden in het appartement aan. Señor Cabello zat in een schommelstoel en keek strak voor zich uit. Toen zijn kleinkinderen binnenkwamen, trilden zijn lippen even. Mario schopte en vocht om zich aan zijn tante te blijven vasthouden. Pérez was weg. Falcón en Ferrera trokken zich terug, en een knagend gevoel van naderend onheil maakte zich van de verwoeste familie meester.

Ze gingen met de lift naar beneden. Ferrera hield haar hoofd schuin en zuchtte, alsof het verdriet waarmee ze was geconfronteerd haar hals had bereikt en voorgoed had verrekt. Ze reden zwijgend naar het centrum van de stad, waar Falcón haar afzette. Ze deed het portier dicht en liep terug naar een oversteekplaats. Falcón reed de Plaza Nueva rond. Hij ging naar rechts, de Calle Mendez Nuñez in, en wachtte bij de Corte Inglés. Toen hij van de Plaza de la Magdalena wegreed en in de Calle Bailén kwam, ging zijn mobieltje.

'Ik wil in mijn eerste week niet paniekerig doen,' zei Cristina Ferrera, 'maar ik denk dat je wordt gevolgd. Het was een blauwe Seat Cordoba en hij zat twee auto's achter je. Ik heb het nummer.'

'Geef het door aan de Jefatura en laat ze mij bellen,' zei Falcón. 'Ik ga het na.'

In het schemerlicht kon hij nog net kleur onderscheiden. Terwijl hij langs Hotel Colón reed, zag hij de Seat, die nu maar één auto achter hem zat. Hij reed langs de tegelhandel vlak voor zijn huis, reed het korte pad op en parkeerde tussen de sinaasappelbomen. Hij stapte uit. De blauwe Seat stopte voor het huis. Zo te zien zat die auto vol. Hij liep erheen en de auto reed rustig weg.

Hij had zelfs de tijd om het nummerbord te zien voordat de Seat voorbij Hotel Londres naar links ging.

De Jefatura belde hem op zijn mobieltje en zei dat het nummer dat door Cristina Ferrera was doorgegeven niet bij een blauwe Seat Cordoba hoorde. Hij zei dat ze dat aan de verkeerspolitie moesten doorgeven; misschien kon die de auto aanhouden.

Hij maakte de deuren van zijn huis open, parkeerde de auto en maakte ze dicht. Hij voelde zich niet op zijn gemak. Zijn huid jeukte. Hij stond op de patio en keek om zich heen, luisterend of er een indringer was. Vanuit de verte drongen verkeersgeluiden tot hem door. Hij ging naar de keuken. Encarnación, zijn huishoudster, had wat vissoep voor hem in de koelkast achtergelaten. Hij kookte een beetje rijst, warmde de soep op en dronk een glas koude witte wijn. Hij at met zijn gezicht naar de deur, alsof hij elk moment iets verwachtte.

Na het eten deed hij iets wat hij in lange tijd niet had gedaan: hij nam een fles whisky en een tumbler met ijs en ging daarmee naar zijn studeerkamer. Hij had daar een grijze fluwelen chaise longue uit een van de bovenkamers neergezet. Daar ging hij nu op liggen met een flinke dosis whisky in het glas, dat hij op zijn borst liet rusten. Alle gebeurtenissen van die dag hadden hem doodmoe gemaakt, maar om allerlei redenen had hij helemaal geen slaap. Falcón dronk de whisky systematischer dan hij zijn onderzoeken deed. Hij wist wat hij deed – er is enige doelbewustheid voor nodig om schade te kunnen uitwissen. Toen hij de bodem van het derde glas had bereikt, had hij Mario Vega's nieuwe kindertijd en Sebastián Ortega's moeilijke leven met een beroemde vader afgewerkt. Nu was het Inés' beurt. Maar hij had geluk. Zijn lichaam was niet zoveel alcohol gewend en hij viel gauw in slaap, met zijn wang op de zachte grijze vacht van de chaise longue.

7

Donderdag 25 juli 2002

De hitte nam in de loop van de nacht niet af. Toen Falcón om halfzeven 's morgens op de Jefatura aankwam, was het buiten zesendertig graden en drukte de atmosfeer benauwend op alles neer. Na de korte wandeling van zijn auto naar het politiebureau, met een kater die als een bijl in zijn hoofd begraven zat, was hij buiten adem en zag hij vreemde lichtflitsen achter zijn ogen.

Aan een van de bureaus in de grote kantoorruimte was tot zijn verbazing Inspector Ramírez al aan het werk. Hij zat met twee dikke vingers boven het toetsenbord. Sinds Falcón de baan had gekregen waarop Ramírez recht meende te hebben, had hij altijd gedacht dat Ramírez en hij nooit vrienden zouden worden, maar in de vier maanden sinds hij weer fulltime was gaan werken, was de verstandhouding tussen hem en zijn nummer twee steeds beter geworden. In de tijd dat Falcón vanwege zijn depressie geen dienst kon doen, had Ramírez zijn kans om de leiding te nemen met beide handen aangegrepen, om vervolgens te constateren dat hij het niet prettig vond. De druk waaronder hij kwam te staan, paste niet bij zijn persoonlijkheid. Het ontbrak hem niet alleen aan de noodzakelijke creativiteit om een nieuw onderzoek in gang te zetten, maar hij kon ook opvliegend zijn en dat zette kwaad bloed. In januari was Falcón weer parttime gaan werken. In maart werd hij fulltime in zijn functie van Inspector Jefe hersteld, en daar was Ramírez blij om geweest. Door deze ontwikkelingen was de sfeer op de afdeling beter geworden. Ze gebruikten bijna nooit meer elkaars rang wanneer ze onder vier ogen met elkaar praatten.

'God,' zei Ramírez, 'wat is er met jou gebeurd?'

'*Buenos dias*, José Luis. Het was gisteren een slechte dag voor kinderen,' zei Falcón. 'Ik raakte weer bevriend met de whisky. Hoe ging het in het ziekenhuis?'

Ramírez keek op van het bureau en Javier had het duizelingwekkende gevoel dat hij boven twee donkere, lege liftschachten balanceerde die regelrecht naar het verdriet en de ondraaglijke onzekerheid van deze man leidden.

'Ik heb niet geslapen,' zei Ramírez. 'Ik ben voor het eerst in dertig jaar naar de vroege mis geweest en ik heb mijn zonden opgebiecht. Ik heb intenser gebeden dan ik in mijn hele leven heb gedaan – maar zo werkt het niet, hè? Dít is mijn boetedoening. Ik moet het lijden van een onschuldige aanzien.'

Hij ademde in en drukte zijn handen tegen zijn wangen.

'Ze houden haar vier dagen in het ziekenhuis voor onderzoeken,' zei hij. 'Daar zitten onderzoeken naar ernstige ziekten bij, zoals lymfklierkanker en leukemie. Ze hebben geen idee wat het probleem is. Ze is dertien, Javier, dertien.'

Ramírez stak een sigaret op en rookte met zijn arm over zijn borst, alsof hij er moeite mee had zichzelf bijeen te houden. Hij praatte over de medische onderzoeken alsof hij voor zichzelf al had uitgemaakt dat ze iets ernstigs had, en de verschrikkelijke woorden die met toekomstige behandelingen te maken hadden, slopen zijn vocabulaire al binnen: chemotherapie, misselijkheid, haarverlies, instortend immuunstelsel, infectiegevaar. Er stonden Falcón gruwelijke beelden voor ogen van kinderen met grote ogen onder de volmaakt ronde koepel van hun fragiele schedeldak.

Ramírez' sigaret smaakte hem plotseling niet meer, en hij drukte hem uit en spuwde de rook uit alsof die verantwoordelijk was voor wat er met zijn kind aan de hand was. Falcón probeerde hem gerust te stellen, zei dat het alleen maar onderzoeken waren, dat hij kalm moest blijven, zich positief moest opstellen en dat hij zoveel tijd vrij kon nemen als hij nodig had. Ramírez zei dat hij juist aan het werk wilde om een eind te maken aan de gedachten die steeds maar weer door zijn hoofd maalden. Falcón bracht hem naar zijn kamer, nam nog twee aspirientjes en vertelde hem over de Vega-sterfgevallen.

Pérez en Ferrera verschenen kort na acht uur. De twee andere leden van de afdeling, Baena en Serrano, waren met een buurtonderzoek bezig. Falcón besloot op twee fronten te gaan opereren. Hij zou het huis van de Vega's doorzoeken, en Ramírez zou eerst naar Rafael Vega's kantoor gaan om de projectleiders en de hoofdboekhouder te ondervragen, en dan naar de bouwplaatsen. Ze zouden ook naar de verdwenen tuinman, Sergei, moeten zoeken en meer aan de weet moeten komen over de Russen die Pablo Ortega op de Noche de Reyes bij het huis van de Vega's had gezien.

'Waar zoeken we naar Sergei?' vroeg Pérez.

'Nou, om te beginnen kun je nagaan of er Russen of Oekraïners op Vega's bouwplaatsen werken en het aan hen vragen. Ik denk niet dat hij uniek is.'

'Als ik zo hoor wat je over Vázquez vertelt, hebben we een huiszoekingsbevel nodig om Vega's kantoor te doorzoeken.'

'En dat krijgen we van geen enkele rechter zolang we geen verdachte omstandigheden kunnen aantonen, en dat lukt niet voordat we de sectierapporten hebben,' zei Falcón. 'Ik moet iemand van Lucía's familie naar het Instituto meenemen om de lichamen te identificeren. Ik pik ze waarschijnlijk om een uur of twaalf op en dan vraag ik ze meteen of dat fotofragment dat we in de barbecue hebben gevonden iemand van hen iets zegt.'

'Dus tot zolang zijn we afhankelijk van de goedgunstigheid van señor Vázquez?' zei Ramírez.

'Hij heeft al gezegd dat we met de hoofdboekhouder mochten praten, en hij heeft me zijn gegevens verstrekt,' zei Falcón, die zich nu tot Ferrera wendde. 'Heeft dat kenteken iets opgeleverd?'

'Welk kenteken?' vroeg Ramírez.

'Gisteravond werd ik door iemand in een blauwe Seat Cordoba naar huis gevolgd.'

'Ideeën?' vroeg Ramírez, terwijl Ferrera de verkeerspolitie belde.

'Het is te vroeg om iets te zeggen, maar blijkbaar vonden ze het niet erg dat ik naar ze toe kwam of hun kenteken zag.'

'Die nummerborden zijn in Marbella van een vw Golf gestolen,' zei Ferrera. 'Verder is er niets bekend.'

Falcón en Ferrera pakten de foto's die Felipe en Jorge op de plaats delict hadden gemaakt en gingen naar de auto. Cristina Ferrera kleedde zich altijd alsof ze op het punt stond spoorloos te verdwijnen. Ze gebruikte nooit make-up en had maar één sieraad: een crucifix aan een ketting. Haar gezicht was breed en vlak, met een neus die het sproetenverkeer eromheen tot bedaren bracht. Ze had waakzame bruine ogen die langzaam in haar hoofd bewogen. Ze had geen fysieke uitstraling, maar wel een sterke persoonlijkheid, die indruk op Falcón had gemaakt toen ze kwam solliciteren. Ramírez had haar foto alleen al op grond van haar uiterlijk opzij gelegd, maar Falcóns nieuwsgierigheid was gewekt. Waarom zou een ex-non op een moordafdeling willen werken? Het antwoord dat ze had voorbereid, was dat ze tot een groep wilde behoren die aan de kant van het goede tegen het kwaad streed. Ramírez had haar gewaarschuwd dat er niets theologisch aan een moordonderzoek was, dat zo'n onderzoek in feite onlogisch was – het gevolg van storingen en kortsluitingen in de samenleving – en dat het beslist niets te maken had met hemelse triomfwagens.

'De Inspector Jefe vroeg me naar de redenen die ik had als iemand die erover had gedacht non te worden,' had ze koel opgemerkt. 'Indertijd had ik het naïeve idee dat het op een na beste instituut, na de kerk, waar ik iets goeds kon doen de politie was. Nu ik tien jaar als politieagent in Cádiz heb gewerkt, weet ik dat de praktijk meestal anders is.'

Falcón had haar ter plekke de baan willen geven, maar Ramírez was nog niet klaar.

'Waarom hebt u uw roeping opgegeven?'

'Ik leerde een man kennen, Inspector. Ik werd zwanger, we trouwden en kregen twee kinderen.'

'In die volgorde?' vroeg Ramírez, en Ferrera had geknikt zonder haar bruine ogen van hem af te wenden.

Dus ze was ook een gevallen engel. Een bruid van Christus die zich van haar sterfelijkheid bewust was geworden. Falcón had zijn besluit genomen. De overplaatsing vanuit Cádiz was traag verlopen, maar in de weinige dagen dat ze nu op zijn afdeling werkte, was hij ervan overtuigd geraakt dat hij de juiste keuze had gemaakt. Zelfs Ramírez was koffie met haar gaan drinken, maar dat was misschien ook wel te begrijpen. Sinds zijn dochter die raadselachtige ziekte had, was Ramírez op zoek naar contact op het spirituele vlak, in plaats van de lichamelijke versie die hij meestal najoeg bij de secretaressen van het gerechtshof, de vrouwen die hij in bars ontmoette, winkelmeisjes en zelfs, vermoedde Falcón, sommigen van de hoertjes die zijn pad kruisten.

Ferrera reed. Falcón gaf zich liever over aan vage gedachten die naar betere ideeën konden leiden. Ze reden zwijgend naar Santa Clara. Falcón stelde het in haar op prijs dat ze weerstand kon bieden aan de Andalusische gewoonte om non-stop te praten. Zijn gedachten bewogen zich in een trage, misselijkmakende lus. De veranderingen die een crisis bij mannen teweegbracht... Ramírez was naar de kerk gegaan. Falcón had zich daar nooit toe aangetrokken gevoeld. In de kerk voelde hij zich een huichelaar. Net als señor Vega was hij naar de rivier gegaan, maar hij moest toegeven dat de aantrekkingskracht daarvan niet altijd positief was. Er waren momenten geweest waarop de rivier hem een alternatieve oplossing had geboden en hij vlug naar huis had moeten gaan om troost te vinden in de whisky.

Ze stopten voor het huis van de Vega's. Falcón gebruikte de afstandsbediening om het hek open te maken. In het huis stond de airconditioning nog aan. Hij gaf Ferrera een rondleiding langs de twee plaatsen waar de doden waren gevonden, en door de rest van het huis en de tuin, inclusief Sergeis onderkomen.

Terwijl hij dat deed, vertelde hij over de twee slachtoffers. Ze gingen het huis weer in en keken naar de politiefoto's. Falcón vertelde haar wat hij wist over de gebeurtenissen die aan de crisis vooraf waren gegaan, maar hij legde geen speciale nadruk op moord of zelfmoord. Hij wilde dat Ferrera door de ogen van een vrouw naar het huis keek, dat ze zich in Lucía Vega verplaatste door haar bezittingen te bestuderen en daardoor inzicht kreeg in wat Lucía had gedaan.

Hij ging naar Vega's studeerkamer en liet zich op de bureaustoel onder het aanplakbiljet van het stierenvechten zakken. De laptop was weggehaald en bevond zich in het lab. Het bureau was leeg, afgezien van de telefoon en stroken tape die aangaven waar de laptop had gestaan. Hij keek naar de lijst van voorgeprogrammeerde nummers op de telefoon. Er zaten nummers van kantoor bij, en Vázquez' directe lijn, en ook de nummers van de Krugmans en van Consuelo. Bij het laatste nummer stond geen naam. Hij nam de telefoon en belde het.

'*Dá... zdrastvutye*, *Vasili*,' zei een stem, die blijkbaar iemand anders aan de lijn verwachtte.

'Uw telefoonnummer is geselecteerd in onze grote loterij,' zei Falcón. 'Tot mijn grote genoegen kan ik u mededelen dat u en uw vrouw een prijs hebben gewonnen. U hoeft me alleen uw naam en adres te geven en ik zal vertellen waar u heen kunt gaan om uw geweldige prijs in ontvangst te nemen.'

'Wie bent u?' vroeg de stem in Spaans met een zwaar accent.

'Eerst uw naam en adres, alstublieft.'

Er werd een hand over de hoorn gelegd. Gedempte stemmen op de achtergrond.

'Wat is de prijs?'

'Naam en...'

'Vertel me de prijs,' zei hij agressief.

'Het is een horloge voor u en uw...'

'Ik heb al een horloge,' zei hij, en hij gooide de hoorn op de haak.

Falcón nam zich voor om Vázquez naar die Russen te vragen.

De bureauladen leverden niets ongewoons op. De Heckler &
Koch was weggehaald voor onderzoek. Hij maakte de archiefkasten open met de sleutels die hij de vorige dag had gevonden.
Hij bladerde in de mappen, op zoek naar telefoon-, bank- en ver-
zekeringsgegevens. Ze bleven haken achter iets wat eronder lag –
een in leer gebonden losbladige agenda met adresboek.

De agenda was persoonlijk. Er stond bijna niets in. Meestal
stond er alleen een 'X' naast het uur en dat waren dan vooral afspraken in de nachtelijke uren. Falcón ging naar de Noche de
Reyes terug en zag dat daar ook een 'X' stond. De eerste afspraak
overdag was in maart met een zekere 'Dr. A'. In juni waren er afspraken met 'Dr. A' en met 'Dr. D'. In het adresgedeelte vond hij
een lijst met artsen – de *médicos* Álvarez, Diego en Rodríguez. Hij
bladerde in de agenda en zag dat 'Dr. R' de laatste arts was bij wie
Vega was geweest. Hij belde hem en maakte een afspraak rond
het middaguur.

Hij nam het adresgedeelte door. Daar stonden alleen namen
en telefoonnummers in. Raúl Jiménez' naam stond erbij, maar
was doorgestreept. Hij sloeg de bladzijden om en zag veel namen
die hij kende. Veel ervan herinnerde hij zich vaag uit het onderzoek naar de moord op Raúl Jiménez – mensen van het gemeentehuis en de gemeentelijke diensten. Er was één naam bij die
hem in gedachten helemaal terugvoerde naar die turbulente tijd:
Eduardo Carvajal. Ook die naam was doorgestreept. Net als
Raúl Jiménez was hij dood. Falcón had nooit ontdekt wat die
twee mannen met elkaar verbond. Het enige wat hij had gevonden, was dat Jiménez ten tijde van Expo '92 een zogenaamd ad-
viesbureau had gebruikt om Carvajal te belonen. Toen Carvajal
in 1998 bij een auto-ongeluk aan de Costa del Sol om het leven
kwam, stond hij op het punt om terecht te staan wegens beschuldigingen in verband met een pedofiliebende.

Ortega's naam stond ook in het boek. Daarna viel hem een
laatste naam op, en toen hij die zag, liep hij weer in gedachten
door het huis en herinnerde zich dat er geen kunst van enige betekenis aan de muren hing. Ramón Salgado, die een van de be-

kendste kunsthandelaren van Sevilla was geweest, stond ook in het boek en was doorgestreept. Misschien had Vega Construcciones in kunst belegd of een kunstwerk voor het hoofdkantoor gekocht, maar er was ook het verontrustende feit dat er na de brute moord op Salgado kinderporno op zijn harde schijf was ontdekt. In die kringen waren ze allemaal bekenden van elkaar, schakels in een gouden ketting van rijkdom en invloed. Weer een vraag voor Vázquez.

Er stonden geen Russische namen in het boek. Hij legde het in de archiefkast terug en ging naar een andere kast, die dozen vol blauwdrukken en foto's van gebouwen bevatte. In de onderste la van de derde kast stond een archiefdoos zonder referentienummer. Er stond alleen JUSTICIA. In het dossier zaten papieren met berichten die van internet waren gehaald. De meeste waren in het Engels en uit het afgelopen jaar. Ze gingen over allerlei onderwerpen, maar vooral over een internationaal rechtsstelsel. Er waren ook krantenberichten over het Internationaal Strafhof, het tribunaal waarvoor het in de plaats moest komen, de Spaanse onderzoeksrechter Baltasar Garzón, en ook over de finesses en mogelijkheden in het Belgische rechtsstelsel om internationale oorlogsmisdadigers terecht te laten staan.

In de hal klonk de deurbel. Hij deed de kast op slot en ging opendoen. Señora Krugman droeg een zwartlinnen topje, dat haar lange witte armen vrijliet, en een schuin aflopende rok met een vuurrode zijden sjerp die langs de zijkant hing. Ze had een plastic thermosfles in haar hand.

'Ik dacht dat u misschien wel koffie zou willen, Inspector Jefe,' zei ze. 'Sterke Spaanse koffie. Niet dat slappe Amerikaanse spul.'

'Ik dacht dat er in Amerika een koffierevolutie was geweest,' zei hij, al dacht hij andere dingen.

'Die is nog niet overal even goed doorgedrongen,' zei ze. 'Je hebt geen garantie.'

Hij liet haar binnen en deed de deur dicht om de absurde hitte te weren. Hij vond het niet prettig om gestoord te worden.

Maddy ging kop-en-schotels halen. Hij riep naar Ferrera, die boven was, maar ze wilde geen koffie. Ze liepen naar Vega's studeerkamer en gingen aan het bureau zitten. Maddy rookte en tikte as op haar schoteltje. Ze deed geen poging een gesprek te beginnen. Haar fysieke, of beter gezegd seksuele aanwezigheid vulde de kamer op. Falcón voelde zich nog misselijk en had haar niets te zeggen. Terwijl hij zijn koffie dronk, dacht hij koortsachtig na.

'Houdt u van stierengevechten?' vroeg ze toen de stilte bijna oorverdovend was. Ze keek boven zijn hoofd.

'Vroeger ging ik er vaak heen,' zei hij, 'maar niet meer sinds... nou, alweer meer dan een jaar.'

'Marty wilde er niet met me heen,' zei ze, 'en dus vroeg ik het Rafael. We zijn verschillende keren geweest. Ik begreep het niet, maar ik vond het mooi.'

'Veel buitenlanders begrijpen het niet,' zei Falcón.

'Het verbaasde me,' zei ze, 'hoe snel geweld normaal wordt. Toen ik de lans van de eerste *picador* zag, dacht ik dat ik het niet kon verdragen. Maar weet u, het scherpt je zicht op de dingen. Je beseft pas hoe zacht en week het alledaagse leven is als je naar een stierengevecht bent geweest. Alles is duidelijk te zien. Alles is scherpomlijnd. Bij de aanblik van dat bloed en het vooruitzicht van de dood wordt er iets atavistisch in ons wakker. Ik kwam op een ander bewustzijnsniveau, of beter gezegd op een oud niveau dat geleidelijk gesmoord is door de verveling in onze levens. Bij de derde stier was ik eraan gewend. De glans van het bloed dat opwelt uit een diepe lanswond en over de voorpoot van de stier naar beneden gutst – ik kon het niet alleen verdragen, maar vond het ook fascinerend. We moeten gehard zijn in geweld en dood, vindt u niet ook, Inspector Jefe?'

'Ik herinner me een ritualistische sensatie op de gezichten van de Marokkanen in Tanger toen ze een schaap doodden voor het feest van Aid el Kebir,' zei Falcón.

'Stierenvechten moet in het verlengde daarvan liggen,' zei ze. 'Ritueel, theater, sensatie... Maar er is nog iets anders. Hartstocht, bijvoorbeeld, en natuurlijk... seks.'

'Seks?' zei hij, terwijl de whisky een sprongetje maakte in zijn maag.

'Die mooie mannen in hun strakke pakken die zo gracieus met alle spieren in hun lichaam werken, oog in oog met een vreselijk gevaar... misschien zelfs de dood. Dat is zo sexy als het maar kan, nietwaar?'

'Zo zie ik het niet.'

'Hoe ziet u het dan?'

'Ik ga erheen om naar de stieren te kijken,' zei Falcón. 'De stier staat altijd centraal. Het is zijn tragedie en hoe edeler hij is, des te mooier zijn tragedie. De *torero* is in de arena om vorm te geven aan het optreden, om de nobele eigenschappen van de stier naar buiten te brengen en hem uiteindelijk te doden en ons, het publiek, onze catharsis te bezorgen.'

'U merkt dat ik een Amerikaanse bent,' zei ze.

'Zo ziet niet iedereen het,' zei Falcón. 'Sommige toreros geloven dat ze daar zijn om de stier te overheersen, zelfs om hem te vernederen en daarbij te laten zien hoe mannelijk ze zijn.'

'Dat heb ik gezien,' zei ze, 'als ze hun geslachtsdelen naar de stier toe steken.'

'J-a-a,' zei Falcón nerveus. 'Vaak is het spektakel een parodie, zelfs in de beste arena's. Er zijn avonden voor alleen dames geweest en andere...'

'U vindt dat decadent?' vroeg Maddy.

'Griekse tragedie is tegenwoordig zeldzaam,' zei Falcón, 'maar soapseries zijn dat niet.'

'Hoe moeten we in zo'n wereld nobel blijven?'

'Door ons te concentreren op de grote dingen,' zei Falcón. 'Zoals liefde. Mededogen. Eer... Dat soort dingen.'

'Dat klinkt bijna middeleeuws,' zei ze.

Stilte. Hij hoorde Ferrera het huis uit gaan. Ze liep voor het raam van de studeerkamer langs.

'U zei gisteren iets in het Engels tegen me,' zei hij. Hij wilde van haar af.

'Dat weet ik niet meer,' zei ze. 'Maakte het u boos?'
'"Kop op." Dat zei u tegen me.'
'Ja, nou, vandaag is het een andere dag,' zei ze. 'Ik heb gister-avond op internet uw verhaal gelezen.'
'Bent u daarom vanmorgen hierheen gekomen?'
'Ik ben hier niet om materiaal te zoeken – wat u ook van mijn foto's mag denken.'
'Ik dacht dat het verhaal van de mensen op uw foto's, de oor-zaak van hun innerlijke strijd, u niet interesseerde?'
'Dit heeft niets met mijn werk te maken.'
'Jammer genoeg wel met het mijne. Ik moet verder, señora Krugman. Dus als u me wilt excuseren...' zei hij.
De deurbel ging. Hij ging opendoen.
'Ik had mezelf buitengesloten, Inspector Jefe,' zei Ferrera.
Maddy Krugman slenterde tussen hen door naar buiten. Fer-rera volgde Falcón naar de studeerkamer, waar hij weer in de stoel ging zitten.
'Vertel eens,' zei hij. Hij keek uit het raam en vroeg zich af wat Maddy Krugman in haar schild voerde.
'Señora Vega was manisch-depressief,' zei Ferrera.
'We weten dat ze moeite had met slapen.'
'Er ligt een heel assortiment medicijnen in zíjn nachtkastje.'
'Dat zat op slot, als ik het me goed herinner, en de sleutels zijn hier.'
'Lithium, bijvoorbeeld,' zei Ferrera. 'Waarschijnlijk gaf hij haar de middelen... Tenminste, dat dacht hij. Ik heb een kopie van de sleutel in haar kleerkast gevonden, samen met een gehei-me voorraad van achttien slaaptabletten. Er zijn daar nog meer sporen van obsessief-compulsief gedrag te vinden. Ik vond ook veel chocolade in de koelkast en meer ijs in de vriezer dan een klein kind ooit zou kunnen opeten.'
'En haar relatie met haar man?'
'Ik betwijfel of ze seks hadden, gezien haar toestand en het feit dat hij haar die medicijnen gaf,' zei Ferrera. 'Waarschijnlijk haalde hij zijn seks ergens anders... maar dat weerhield haar er

niet van om een heleboel sexy lingerie te kopen.'

'En het kind?'

'Op haar nachtkastje had ze een foto die kort na de bevalling van haar en het kind was gemaakt. Daarop ziet ze er fantastisch uit: stralend, mooi en trots. Ik denk dat ze er veel naar heeft gekeken. Hij deed haar denken aan de vrouw die ze vroeger was.'

'Postnatale depressie?'

'Zou kunnen,' zei Ferrera. 'Ze ging niet veel uit. Er liggen stapels postordercatalogi onder het bed.'

'Ze liet het kind vaak bij de buurvrouw slapen.'

'Het valt niet mee wanneer je leven op die manier van je wegglipt,' zei Ferrera, en ze keek naar het koffiekopje met lipstick. 'Was zij die buurvrouw?'

'Nee, een andere.' Falcón schudde zijn hoofd.

'Ze leek me niet zo'n moederlijk type.'

'Wat denk jíj dat hier gebeurd is?' vroeg Falcón.

'Er is zoveel wanhoop in dit huis dat je gemakkelijk kunt geloven dat hij zelfmoord wilde plegen en eerst zijn vrouw uit haar lijden wilde verlossen.'

'Waarom ontwrichtte hij haar kaak?'

'Om haar bewusteloos te maken?'

'Vind je dat niet te gewelddadig? Waarschijnlijk was ze toch al suf van de slaap.'

'Misschien deed hij het om het geweld in zichzelf op te roepen,' zei Ferrera.

'Of misschien had ze haar man in zijn doodsstrijd horen schreeuwen en had ze de moordenaar verrast, die toen ook met haar moest afrekenen,' zei Falcón.

'Waar is de blocnote waarop señor Vega zijn briefje schreef?'

'Goede vraag. Die is niet gevonden. Maar het kan een oud stukje papier zijn geweest dat hij in de zak van zijn ochtendjas had.'

'Wie heeft de gootsteenontstopper gekocht?'

'Het dienstmeisje niet,' zei Falcón.

'Weten we wanneer die fles is gekocht?'

'Nog niet, maar als hij uit een supermarkt komt, schieten we daar niet veel mee op.'

'Het ziet ernaar uit dat señora Vega die avond alleen was en zichzelf verwende, zoals ze altijd deed,' zei Ferrera. 'Ze is vaak alleen en is daar goed op ingesteld.'

'Als je geestesziek bent, ben je altijd alleen,' zei Falcón.

'Ze heeft een doos met haar favoriete video's en dvd's. Allemaal romantische dingen. Er zit nog een dvd in het apparaat. Ze wordt gebeld door de buurvrouw, dus ze weet dat er voor het kind wordt gezorgd. Ze heeft geen verantwoordelijkheden. Hoe laat kwam haar man thuis?'

'Ik heb gehoord dat het meestal nogal laat was... om een uur of twaalf.'

'Dat zou te begrijpen zijn: hij wil zo lang mogelijk van al die wanhoop wegblijven en stelt zijn thuiskomst uit,' zei Ferrera. 'Waarschijnlijk vond señora Vega het toch niet prettig om bij hem te zijn. Ze hoort de auto... of misschien niet, met die dubbele beglazing. Het is waarschijnlijker dat ze hem uit de garage het huis hoort binnen komen. Ze zet de dvd af en rent naar boven. Haar pantoffels laat ze achter. Hij komt uiteindelijk bij haar in bed, of tenminste...'

'Hoe weet je dat hij bij haar is gekomen? Op de foto's van de plaats delict zie je geen kuil in zijn kussen.'

'Maar het dekbed was weggetrokken... dus misschien stond hij op het punt om bij haar te komen liggen...'

'En werd toen afgeleid door iets anders.'

'Hebben we van de telefoonmaatschappij gehoord of er nog is gebeld nadat de buurvrouw over het kind had gebeld?'

'Nog niet. Daar kun je aan werken als we terug zijn.'

'Wat ik verder vreemd vond op de foto's van de plaats delict, was dat hij zijn horloge met de wijzerplaat op de buitenkant van zijn pols draagt, maar dat hij op de foto's die ik in de rest van het huis heb gezien de wijzerplaat altijd op de onderkant van zijn pols had.'

'Welke conclusie trek je daaruit?'

'Het horloge is naar boven geschoven toen hij met zichzelf of een belager worstelde,' zei Ferrera, 'of het is af gegaan en weer om zijn pols gedaan door iemand die niet weet hoe hij het draagt.'

'Waarom zou iemand dat doen?'

'Nou... Als het af is gegaan in een worsteling met een belager die het uiteindelijk op zelfmoord wilde laten lijken, kon die belager het beter niet op de vloer laten liggen.'

'Wat voor bandje had zijn horloge?'

'Het schijnt zo'n metalen ding te zijn. Dat gaat gemakkelijk af in een worsteling en het beweegt zich even gemakkelijk om de pols heen, dus...'

'Hoe dan ook... Goed dat je dat hebt opgemerkt,' zei Falcón. 'Misschien bewijst het niet dat het moord was, maar het is wel een indicatie van de vreemde omstandigheden op de plaats delict. Nu hoeven we alleen nog maar onweerlegbaar bewijs te vinden dat Juez Calderón ervan kan overtuigen dat het moord is. We weten dat señor Vega bezig was achter in de tuin dingen te verbranden. Wat leid jij daaruit af?'

'Hij ontdeed zich van dingen om zich op iets voor te bereiden.'

'Het waren persoonlijke dingen, brieven en foto's, en ze maakten hem erg verdrietig.'

'Hij wilde niet dat ze ontdekt werden. Hij verstopte ze en nu...'

'Als jij señor Vega was en je wilde iets verbergen, waar zou je dat dan doen?'

'Op mijn eigen territorium – hier in de studeerkamer of in de slagerskamer.'

'Ik heb de studeerkamer doorzocht,' zei Falcón.

Ze gingen naar de slagerskamer. Ferrera deed de felle neonlampen aan en Falcón trok rubberen handschoenen aan en liep om het houten hakblok heen. Ze maakten de eerste vrieskast open en hij haalde de stukken vlees eruit. Toen al het vlees uit de kasten was, kroop Ferrera met een penlight in haar mond de donkere ijskoude ruimten in en schraapte met een mes over de rijp aan de zijkanten. Achter in de tweede vrieskast, dicht bij de hoek, vond ze wat ze zochten. Een plastic pakje met een korst van ijs. Ze gaf het aan Falcón. Ze legden het vlees terug.

Het was een diepvrieszakje dat gesloten was met een samengedraaid ijzerdraadje. Er zat een Argentijns paspoort in dat in mei 2000 in Buenos Aires was verstrekt op naam van Emilio Cruz. De foto was van Rafael Vega; hij droeg een ouderwetse bril met zwaar montuur. Er zat ook een sleutel zonder label in.

'Dit was een vluchtroute,' zei Falcón. 'Wat betekent dat?'

'Nou, als hij een vluchtroute naar het leven van Emilio Cruz had,' zei Ferrera, 'was hij waarschijnlijk ook al naar het leven van Rafael Vega gevlucht.'

'Dus nu gaan we Vega's identiteitskaart controleren. We gaan terug naar de eerste instantie die hem zo'n kaart heeft gegeven,' zei Falcón.

8

In het kantoor van Consuelo Jiménez zochten ze tussen de oude foto's van haar man en vonden die waarop Pablo Ortega en/of Rafael Vega voorkwamen. Ze verlieten de oude stad om naar de praktijk van dokter Rodríguez te gaan, die zich in een barrio naast Nervión bevond. Onderweg werd Falcón gebeld door de Médico Forense, die zei dat de secties voltooid waren en dat beide lichamen geïdentificeerd konden worden. Ferrera belde Carmen Ortiz en vroeg haar naar het Instituto Anatómico Forense te gaan.

De afspraken van dokter Rodríguez liepen uit en Falcón ging *El Pais* zitten lezen. Hij zag een foto van zes verdronken Marokkanen op het strand van Tarifa, slachtoffers van de zoveelste mislukte poging om Europa binnen te komen. Zijn blik viel op een artikel over het proces van Slobodan Milošević bij het Internationale Strafhof in Den Haag, of beter gezegd: een kadertje waarin een update werd gegeven van een vreemd verschijnsel dat al een hele tijd speelde. Sinds begin juli, toen het Statuut van Rome inzake het Internationale Strafhof van kracht was geworden, hadden de Amerikanen om onduidelijke redenen landen die het verdrag hadden ondertekend overgehaald om te verklaren dat ze geen Amerikaanse burgers bij het hof zouden aanklagen en daar ook niet op zouden aandringen. De krant gaf een lijst van de landen die gevoelig bleken te zijn voor de Amerikaanse druk, maar verder stond er geen informatie bij. De assistente vroeg hem dokter Rodríguez' spreekkamer binnen te gaan.

De dokter was achter in de dertig. Terwijl hij zijn handen af-droogde met papieren handdoeken, bekeek hij Falcóns legitima-tiebewijs. Ze gingen zitten. Falcón vertelde hem over de dood van señor Vega. De dokter opende Vega's bestand op de compu-ter.

'Op 5 juli van dit jaar had señor Vega een afspraak bij u,' zei Falcón. 'Voorzover ik kan nagaan, was dat de enige keer dat u hem dit jaar hebt gezien.'

'Het was überhaupt de enige keer dat ik hem heb gezien. Hij was een nieuwe patiënt. Zijn gegevens waren me opgestuurd door dokter Álvarez.'

'Volgens zijn agenda had hij een afspraak met dokter Diego voordat hij naar u toe kwam.'

'De aantekeningen kwamen van dokter Álvarez. Misschien is hij bij dokter Diego geweest en vond hij dat die niet geschikt voor hem was.'

'Had u op grond van het consult of de aantekeningen die dok-ter Álvarez u heeft gestuurd de indruk dat señor Vega zelfmoord-neigingen had?'

'Zijn bloeddruk was aan de hoge kant, maar dat was niet cata-strofaal. Hij leed aan spanningen en vertelde over incidenten die op klassieke paniekaanvallen leken. Hij nam aan dat het door de werkdruk kwam. Volgens de aantekeningen van dokter Álvarez had hij vanaf het begin van het jaar last van lichte spanningen, maar het was niet ernstig genoeg om hem iets voor te schrijven.'

'Heeft dokter Álvarez ook vermeld dat señor Vega's vrouw aan een verregaande geestesziekte leed? Ze slikte lithium.'

'Dat heeft hij niet vermeld, en dat zal wel betekenen dat hij er niet van wist,' zei Rodríguez. 'Dat zou zeker hebben bijgedragen aan señor Vega's spanningen.'

'Weet u waarom señor Vega niet meer naar dokter Álvarez ging?'

'Er staat niets specifieks in de aantekeningen, maar ik zag wel dat dokter Álvarez hem psychotherapie had aanbevolen. Toen ik dat zelf aan hem voorlegde, verzette hij zich sterk tegen het idee. Het is dus best mogelijk dat hij daarom bij dokter Álvarez is weggegaan.'

'Dus die lichte spanningen ontwikkelden zich waarschijnlijk tot iets ernstigers, en hij hoopte op een andere aanpak van u?'

'Mijn aanpak hield in dat hij zijn spanningen met een licht middel reduceerde. Daarna, als hij zichzelf meer onder controle had, wilde ik hem overhalen een vorm van therapie te ondergaan.'

'Had hij het ook over slaapproblemen?'

'Hij had het over een slaapwandelincident. Zijn vrouw was om drie uur 's nachts wakker geworden en had hem de slaapkamer uit zien lopen. Toen ze hem er de volgende dag naar vroeg, kon hij zich niets herinneren.'

'Dus hij praatte wel over zijn vrouw?'

'Ja, toen hij dat incident beschreef, maar hij zei ook dat hij niet op de mededelingen van zijn vrouw kon vertrouwen, want ze nam slaappillen. Er was nog iets anders gebeurd waardoor hij wist dat hij echt had geslaapwandeld, maar daar wilde hij niets over vertellen,' zei Rodríguez. 'Het was het eerste consult. Ik dacht dat ik later nog wel tijd zou hebben om dingen uit hem los te krijgen.'

'Vond u hem een gevaar voor zichzelf?'

'Nee, zoals duidelijk zal zijn. Stoornissen als de zijne komen veel voor. Ik moet beslissingen nemen op grond van een momentopname uit iemands leven. Hij was niet extreem geagiteerd en ook niet onnatuurlijk kalm – de twee extremen die indicaties van gevaar zijn. Hij had geen voorgeschiedenis van depressies. Hij was van iemand anders naar me toe gekomen. Blijkbaar probeerde hij zijn probleem te lijf te gaan. Hij wilde iets om zijn spanningen te reduceren en hij wilde nieuwe paniekaanvallen voorkomen. Dat zijn allemaal positieve tekenen.'

'Het klinkt alsof hij snel geholpen wilde worden. Geen therapie.'

'Mannen verzetten zich vaak tegen het idee dat ze hun persoonlijke gedachten of beschamende daden met iemand anders zouden bespreken,' zei Rodríguez. 'Als hun problemen met een pilletje te verhelpen zijn, hebben ze dat liever. Veel artsen geloven dat we pakketjes chemische stoffen zijn en dat psychofarmacologie de oplossing is.'

'Dus u was van mening dat señor Vega gespannen was, maar geen zelfmoordneigingen vertoonde?'

'Het zou goed zijn geweest als ik dat van zijn vrouw had geweten,' zei Rodríguez. 'Als je op je werk onder druk staat en thuis geen rust en misschien ook geen liefde vindt... Zo'n situatie kan een gespannen geest tot wanhoop brengen.'

Falcón zat in de hoek van de auto; Ferrera reed. Nu al, op de tweede dag van het onderzoek, trok hij zijn eigen intuïties in twijfel. Hij kon nog steeds niet met concrete bewijzen aantonen dat het moord was geweest. Elke nieuwe ondervraging maakte de zelfmoordoptie aannemelijker. Zelfs wanneer ze geen vezels van het kussen onder señor Vega's nagels vonden, wilde dat nog niet zeggen dat er iemand anders was geweest. Het was geen bewijs.

Ramírez belde vanaf het kantoor van Vega Construcciones om te zeggen dat Sergei een legale immigrant was en dat Serrano en Baena nu een foto hadden en dat ze die aan mensen in Santa Clara en de Polígono San Pablo lieten zien.

De Cabello's woonden in het penthouse van een gebouw dat in de jaren zeventig in de dure barrio El Porvenir was gebouwd, tegenover de bingozaal aan de Calle de Felipe II.

'Je bent nooit te rijk om bingo te spelen,' zei Falcón toen ze de lift namen naar het appartement, waar Carmen Ortiz een aanval van hysterie had. Ze was in de slaapkamer met haar man, die 's morgens uit Barcelona was aangekomen. De kinderen Ortiz zaten met Mario tussen hen in stilletjes op de bank. De oude man, señor Cabello, had opengedaan. Hij leidde hen naar de huiskamer. Ferrera knielde bij de kinderen neer en kreeg ze binnen enkele ogenblikken aan het lachen en giechelen. Señor Cabello ging zijn dochter halen, maar kwam met zijn schoonzoon terug. Ze gingen naar de keuken.

'Ze wil de lichamen niet zien,' zei de schoonzoon.

'Ze liggen achter een glazen wand,' zei Falcón. 'Ze zien eruit alsof ze slapen.'

'Ik ga wel,' zei señor Cabello, kalm en vastberaden.

'Hoe gaat het met uw vrouw?' vroeg Falcón.

'Haar toestand is stabiel, maar ze ligt nog bewusteloos op de intensive care. Ik zou het op prijs stellen als u me na afloop naar het ziekenhuis brengt.'

Falcón zat met señor Cabello achterin, terwijl Ferrera zich door het drukke verkeer van vlak voor de lunchpauze heen werkte. De oude man had zijn werkhanden op zijn schoot liggen en keek strak voor zich uit naar de kronkels in Ferrera's vastgespelde haarvlecht.

'Wanneer hebt u Lucía voor het laatst gezien?' vroeg Falcón.

'We hebben zondag bij hen geluncht.'

'Met señor Vega?'

'Hij kwam voor de lunch thuis. Hij was met zijn nieuwe auto een stukje gaan rijden.'

'Hoe ging het met uw dochter?'

'Ik denk dat u inmiddels al wel weet dat het niet goed met haar ging. Dat is al zo sinds Mario's geboorte,' zei hij. 'Het was nooit leuk om te zien hoe ze eraan toe was, maar op die dag gebeurde er niets bijzonders. Het was hetzelfde als altijd.'

'Ik moet u een paar vragen stellen die misschien pijnlijk zijn,' zei Falcón. 'U bent de naaste familie en we kunnen alleen maar via u enig zicht krijgen op de huiselijke situatie van uw dochter en señor Vega.'

'Heeft hij haar gedood?' vroeg señor Cabello, die Falcón nu voor het eerst met zijn gekwelde blik aankeek.

'Dat weten we niet. We hopen dat de sectie meer duidelijkheid oplevert. Denkt u dat hij haar kan hebben gedood?'

'Die man was tot alles in staat,' zei señor Cabello zakelijk, zonder enige dramatiek.

Falcón wachtte af.

'Hij was koud en gevoelloos,' zei señor Cabello. 'Meedogen-loos, een man die nooit iemand te dicht bij zich toeliet. Hij praat-te nooit over zijn overleden ouders of over andere familieleden van hem. Hij hield niet van mijn dochter, ook niet toen ze nog geen problemen had en een mooie jonge vrouw was... toen... toen ze...'

Señor Cabello sloot zijn ogen bij de herinneringen. Zijn kaakspieren bewogen rusteloos in zijn verdriet.

'Had u de indruk dat er sinds het begin van dit jaar verande-ring was gekomen in het gedrag van uw schoonzoon?'

'Alleen dat hij meer teruggetrokken was dan anders,' zei señor Cabello. 'Soms werd er de hele maaltijd geen woord ge-zegd.'

'Hebt u daar iets van gezegd?'

'Hij zei dat het door zijn werk kwam, dat hij te veel projecten tegelijk deed. Wij geloofden hem niet. Mijn vrouw was er zeker van dat hij ergens een vrouw had en dat het helemaal mis was ge-gaan.'

'Waarom dacht ze dat?'

'Zonder een bepaalde reden. Ze is een vrouw. Ze ziet dingen die ik niet zie. Ze had het gevoel dat de moeilijkheden in zijn hart zaten, niet in zijn hoofd.'

'Had u een specifieke reden om te geloven dat hij een maî-tresse had?'

'Hij was niet vaak bij Lucía thuis. Ze ging altijd naar bed voordat hij terugkwam van waar hij ook maar was geweest, en soms was hij alweer weg als ze wakker werd,' zei señor Cabello. 'Dat dus, en verder de manier waarop hij altijd met onze dochter omging.'

'Zijn buren zeiden dat Mario erg belangrijk voor hem was.'

'Dat is waar. Hij was erg gek op de jongen... en Lucía kon al zijn energie niet aan, toen die *puta* van een ziekte haar te pakken kreeg,' zei Cabello. 'Nee, ik zeg niet dat hij puur slecht was, en zo zal hij ook zeker niet op een buitenstaander zijn overgekomen.

Hij zag de noodzaak van charme in. Alleen wanneer je veel met hem omging, zag je zijn ware aard.'

'Wanneer ging u met hem om?'

'Op vakanties aan de kust. Het was de bedoeling dat hij zich dan ontspande, maar in veel opzichten werd het juist erger met hem. Hij vond het niet prettig om de hele tijd mensen om zich heen te hebben. Ik denk dat hij helemaal niet van het gezinsleven hield.'

'Weet u wat er met zijn ouders is gebeurd?'

'Hij zei dat ze bij een auto-ongeluk zijn omgekomen toen hij negentien was.'

'U weet meer dan zijn advocaat.'

'Hij wilde Carlos Vázquez dat soort dingen niet vertellen.'

'Hij zei tegen hem dat zijn vader slager was,' zei Falcón. 'En hoe die hem strafte.'

'U hebt de kamer gezien die hij in zijn huis heeft,' zei Cabello. 'Hij heeft het Carlos Vázquez uitgelegd. Mij heeft hij nooit verteld wat zijn vader met hem deed. Weet u, hij is niet normaal. Hij is een ontzettend achterdochtig mens, want hij denkt dat alle mensen zo zijn als hijzelf.'

'Hield Lucía niet van dat slagerswerk?'

'Dat begon pas nadat Mario was geboren. Daarvoor vond ze het niet erg.'

'Was u verrast toen ze met hem wilde trouwen?'

'Dat was een moeilijke tijd.'

Ze stopten voor een verkeerslicht. Een Afrikaanse jongen, zonder hoofddeksel in de felle zon, liep tussen de auto's door om kranten te verkopen. Señor Cabello had blijkbaar beweging nodig om te kunnen praten. Het licht sprong op groen.

'Zoals ik al zei, was Lucía een mooie vrouw,' zei Cabello. Hij begon aan een verhaal dat hij in de loop van de jaren in zijn hoofd had opgebouwd. 'Er was geen gebrek aan mannen die met haar wilden trouwen... en ze trouwde met een man wiens vader een grote boerderij bij Córdoba had. Ze gingen in een huis op de boerderij wonen en ze waren erg gelukkig, totdat Lucía niet zwanger werd. Ze liet zich onderzoeken. De artsen zeiden tegen haar dat er niets met haar aan de hand was en dat ze aan IVF zouden kunnen denken. Haar man weigerde dat. Lucía dacht altijd dat hij niet onder ogen durfde te zien dat híj misschien een probleem had. In de opwinding werden er dingen gezegd die niet teruggenomen konden worden, en het huwelijk werd ontbonden. Lucía kwam weer bij ons wonen. Ze was inmiddels achtentwintig en ze was de mooiste jaren van haar generatie misgelopen.

Ik bezat nog steeds die stukken landbouwgrond in en rond Sevilla. Het waren geen grote stukken, maar sommige waren strategisch gelegen – zonder dat land kon een gebied niet goed tot ontwikkeling worden gebracht. Er klopten veel projectontwikkelaars bij me aan en een van de koppigsten was een anoniem persoon die werd vertegenwoordigd door Carlos Vázquez.

Lucía had voor de Banco de Bilbao gewerkt. Ze hadden elk jaar een *caseta* op de Feria de Abril. Lucía kon erg goed dansen. Ze leefde voor de Feria de Abril en ging elke avond, de hele avond. Ze verheugde zich op die tijd van het jaar. Het was een week waarin ze al haar problemen kon vergeten en zichzelf kon zijn. Daar heeft ze hem ontmoet. Hij was een belangrijke cliënt van de bank.'

'Hij was twintig jaar ouder dan zij,' zei Falcón.

'Ze was haar eigen generatie misgelopen. Alle geschikte mannen waren al bezet. Ze had geen belangstelling voor wat er overbleef. Opeens was er een belangrijke man in haar geïnteresseerd. Haar superieuren bij de bank waren er blij mee. Ze schonken aandacht aan haar. Ze maakte promotie. Hij was al rijk. Hij had zijn plaats in de wereld al gevonden. Hij had zekerheid te bieden. Al die dingen waren erg verleidelijk voor iemand die dacht dat ze alleen zou overblijven.'

'Wat vond u ervan?'

'We zeiden tegen haar dat ze eerst moest nagaan of een man van die leeftijd nog wel een gezin wilde stichten.'

'Vond u het vreemd dat hij niet eerder getrouwd was geweest?'

'Maar hij wás eerder getrouwd geweest, Inspector Jefe.'

'Ja, dat vergat ik. Señor Vázquez had het over een overlijdensakte die moest worden ingediend.'

'We weten alleen dat ze uit Mexico City kwam. Misschien was ze Mexicaans, maar dat weten we niet zeker. Zoals altijd vertelde Rafael ons niet meer dan het hoognodige.'

'Was u bang dat er achter die zwijgzaamheid een crimineel verleden zat?'

'Wel, Inspector Jefe, nu weet u waar ik me zo voor schaam. Ik was bereid zijn zwijgzaamheid door de vingers te zien. Mijn financiële omstandigheden waren toen nog niet zo goed als nu. Ik had wel land, maar geen werk. Wel vermogen, maar geen inkomen. Rafael Vega loste die problemen voor me op. Hij maakte me compagnon in een onderneming die een groot bedrag betaalde voor stukken land van mij. We bouwden appartementen die gefinancierd werden door de Banco de Bilbao, en verhuurden ze. Hij maakte me rijk en gaf me een inkomen. Zo komt het dat een oude boer als ik in een penthouse in El Porvenir woont.'

'Wat leverde dit alles señor Vega op, afgezien van de hand van uw dochter?'

'Een van de andere stukken land die ik hem afzonderlijk verkocht, stelde hem in staat om een erg groot ontwikkelingsproject in Triana op te zetten. En er was een tweede stuk land dat een van zijn concurrenten erg graag wilde hebben. Toen dat in Rafaels handen kwam, moesten die concurrenten hun grond aan hem verkopen. Het betekende dat hij mij meer kon bieden dan alle andere projectontwikkelaars.'

'Dus hij hóéfde niet met uw dochter te trouwen?' zei Falcón. 'Hij deed u toch al een erg goed aanbod.'

'Ik heb de mentaliteit van een boer. Dat land ging alleen naar iemand die met mijn oudste dochter zou trouwen. Ik ben ouderwets, en Rafael is een traditionalist. Hij wist hoe hij het probleem moest oplossen. Zijn ontmoeting met Lucía was geen toeval. Ik schaam me ervoor dat ik zakelijk voordeel liet meespelen toen ik me een oordeel over de man vormde. Ik had geen idee hoe kil en bruut hij zich tegen haar zou gedragen.'

'Was hij gewelddadig?'

'Dat niet. Als hij haar had geslagen, zou het meteen uit zijn geweest,' zei Cabello. 'Hij vernederde haar. Ik bedoel, hij... Dit is moeilijk... Hij was onwillig om zijn echtelijke plichten te doen. Hij zinspeelde erop dat het haar schuld was, dat ze zichzelf niet aantrekkelijk voor hem maakte.'

'Eén ding... Stond er in die overlijdensakte van zijn vroegere vrouw ook een doodsoorzaak?'

'Een ongeluk. Hij zei dat ze in een zwembad was verdronken.'

'Had hij kinderen uit zijn eerste huwelijk?'

'Hij zei van niet. Hij zei dat hij kinderen wilde... Het was dan ook vreemd dat hij niet datgene wilde doen wat je moet doen om ze te krijgen.'

'Wist u iets van eerdere relaties van hem hier in Sevilla, voordat hij Lucía ontmoette?'

'Nee. Lucía had daar ook niet van gehoord.'

Falcón haalde het plastic zakje te voorschijn met het stukje foto van het meisje dat Vega achter in de tuin aan het verbranden was geweest.

'Kent u deze persoon?'

Cabello zette zijn bril op en schudde zijn hoofd.

'Ze lijkt me buitenlands,' zei hij.

Ze arriveerden bij het Instituto aan de Avenida Sánchez Pizjuan en parkeerden op het terrein van het ziekenhuis. Falcón vond de Médico Forense, die hen naar de kamer voor de identificatie bracht en hen daar enkele minuten alleen liet. Señor Cabello liep heen en weer door de kamer, bang voor wat hij zich op de hals had gehaald – zijn dochter dood op een marmeren plaat. De Médico Forense kwam terug en deed de gordijnen open. Señor Cabello strompelde naar voren en moest zijn hand op het glas leggen om zich in evenwicht te houden. Met de vingers van zijn andere hand woelde hij door het uitgedunde haar op zijn hoofdhuid, alsof hij dit onnatuurlijke beeld uit zijn brein probeerde te trekken. Hij hoestte van emotie en knikte. Falcón haalde hem bij de ruit weg. De Médico Forense vulde de papieren in en señor Cabello tekende voor de dood van zijn dochter.

Ze gingen naar buiten, de felle hitte in, het felle licht dat alle kleur uit alles had weggezogen, zodat de bomen vaag leken en de gebouwen in de witte hemel leken op te lossen. Alleen het stof zag eruit of het daar thuishoorde. Señor Cabello was verschrompeld in zijn pak; zijn dunne hals, losjes in zijn boord, bewoog krampachtig heen en weer; hij probeerde weg te slikken wat hij had gezien. Falcón schudde zijn hand en hielp hem in de auto. Cristina Ferrera bracht de oude man naar de ingang van het ziekenhuis. Falcón belde Calderón en ze spraken af dat ze om zeven uur bij elkaar zouden komen om over de sectie te praten.

Falcón ging de kilte van het lijkenhuis weer in. Hij zat met de Médico Forense in diens kantoor, met de twee sectierapporten opengeslagen voor hen op het bureau. De dokter nam trekjes van een Ducados, waarvan de rook werd opgezogen door de airco en in de verpletterende hitte werd uitgespuwd.

'Laten we met de gemakkelijkste beginnen,' zei de dokter. 'Señora Vega is verstikt doordat er met een kussen op haar gezicht werd gedrukt. Waarschijnlijk was ze bewusteloos toen dat gebeurde, want ze had een harde klap op haar gezicht gehad, waardoor haar kaak ontwricht was. Waarschijnlijk had de muis van de hand haar kin geraakt.'

De Médico Forense liet een onbedoeld komische slowmotion-imitatie van de klap zien. Zijn wang, kin en lippen gingen scheef opzij alsof ze een slobberende kus uitbeeldden.

'Heel aanschouwelijk,' zei Falcón glimlachend.

'Sorry, Inspector Jefe,' zei hij een beetje verlegen. 'U weet hoe het is. Lange dagen in het gezelschap van dode mensen. De hitte. De vakantie die bijna, bijna begint. Mijn gezin al aan de kust. Soms vergeet ik wie ik ben.'

'Het geeft niet. Gaat u verder, dokter. U helpt me,' zei Falcón. 'Hoe zit het met het tijdstip van overlijden? Het is belangrijk voor ons dat we weten of ze voor of na señor Vega is overleden.'

123

'Daar kan ik u niet echt mee helpen. Ze zijn binnen een uur na elkaar gestorven. Hun lichaamstemperatuur was bijna hetzelfde. Señora Vega was maar een klein beetje warmer. De temperatuur in de keuken en in de slaapkamer was hetzelfde, maar señor Vega lag met zijn blote borst op een tegelvloer, terwijl zijn vrouw met haar gezicht onder een kussen op bed lag. Ik zou niet onder ede durven verklaren dat ze na haar man is gestorven.'

'Goed. En señor Vega?'

'Hij stierf doordat hij een bijtende vloeistof had binnengekregen. De doodsoorzaak was een combinatie van effecten op zijn vitale organen. Zijn nieren lieten het afweten en zijn lever en longen waren beschadigd... Het was een puinhoop daar binnen. De samenstelling van wat hij heeft binnengekregen is interessant. Ik meen me te herinneren dat het een bekend merk gootsteenontstopper was...'

'Ja. Harpic.'

'Nou, meestal is zo'n gel een mengsel van caustische soda en een desinfecterend middel. Het caustische element vormt dan ongeveer een derde van de inhoud. Natuurlijk zou dat helemaal niet goed voor je zijn, maar zo'n mengsel zou tijd nodig hebben om een gezonde volwassen man te doden. Dit product heeft hem binnen een kwartier gedood, omdat het was versterkt met zoutzuur.'

'Hoe gemakkelijk is dat te krijgen?'

'Het is in elke doe-het-zelfzaak te koop. Het wordt gebruikt om bijvoorbeeld cement van stoeptegels te verwijderen.'

'We kijken in zijn garage.' Falcón maakte een aantekening. 'Als je zoiets sterks hebt ingenomen, is er geen weg terug meer?'

'Er wordt onherstelbare schade toegebracht aan de keel, het spijsverteringskanaal en in dit geval ook de longen.'

'Hoe kwam het in de longen?'

'Het is erg moeilijk te zeggen welke schade door geweld is ontstaan en welke door de bijtende vloeistof. Ik zou zeggen dat hij, of iemand anders, de fles in zijn keel heeft geramd. Onder die omstandigheden zal er altijd iets van de vloeistof in de longen terechtkomen. Er zijn sporen van een bijtende werking in de neusholtes gevonden, dus het product is opgehoest. Omdat de mond door de fles in beslag werd genomen, kon het er alleen door de neus uit.'

'U schijnt te denken dat hij dat in zijn eentje voor elkaar heeft kunnen krijgen.'

'Ik moet zeggen dat het me dubieus lijkt.'

'Maar niet onmogelijk?'

'Als je op die gruwelijke manier zelfmoord wilt plegen, neem ik aan dat je elke kans op redding wilt uitsluiten door in de eerste ogenblikken zoveel mogelijk van het product naar binnen te gieten. Ik denk dat er ook wel een zekere mate van nervositeit bij kwam kijken... en dat zou dan tot gevolg hebben dat je de hals van de fles in je keel ramt. Daar ga je natuurlijk van kokhalzen. Ik denk dat het een rommelig gedoe wordt, tenzij iemand de fles op zijn plaats houdt en het slachtoffer ook in bedwang houdt.'

'De vloer was schoon, afgezien van een paar druppeltjes dicht bij de hals van de fles.'

'Er zaten vlekken op zijn borst en kleren, maar niet de hoeveelheden die je zou verwachten als hij had gekokhalsd en het spul in het rond had gesproeid.'

'Sporen die op dwang wijzen – op armen, pols, hals, hoofd?'

'Niets op de polsen. Er zaten brandsporen op de armen, in de kromming van zijn ellebogen, maar de ochtendjas was omlaag gegleden en het kan gebeurd zijn toen hij op de vloer lag te kronkelen. Er zijn sporen op het hoofd en de hals, en graaisporen op de keel. Ik denk dat hij die zelf heeft gemaakt. Hij had het spul op zijn handen. Maar ze kunnen net zo gemakkelijk zijn gemaakt door iemand die hem in een wurggreep hield.'

'U weet waar ik op aanstuur, dokter,' zei Falcón. 'Ik moet naar Juez Calderón terug en hem sluitende bewijzen laten zien voor de aanwezigheid van iemand anders in de kamer bij señor Vega, iemand die verantwoordelijk was voor zijn dood. Als dat me niet lukt, komt er misschien geen moordonderzoek. Als ik me niet vergis, denkt u, net als ik en de technisch rechercheurs, dat het waarschijnlijk moord was.'

'Maar een sluitend bewijs voor de aanwezigheid van iemand anders is moeilijk te leveren,' zei de Médico Forense.

'Is er iets wat señor Vega met de dood van zijn vrouw in verband brengt?'

'Ik heb niets gevonden. Señor Vega had alleen zijn eigen weefsel onder zijn nagels. Dat was daar gekomen toen hij naar zijn keel graaide.'

'Verder nog iets?'

'Wat is het psychologisch profiel van de slachtoffers?'

'Zij leed aan geesteziekte,' zei Falcón. 'Hij schijnt geen zelfmoordneigingen te hebben gehad, maar er zitten dubieuze kantjes aan zijn geestelijke conditie.'

Falcón vertelde in het kort wat dokter Rodríguez hem had verteld. Hij zei dat Vega vanaf het begin van het jaar aan spanningen had geleden.

'Ik begrijp wat u bedoelt,' zei de Médico Forense. 'Dit kan twee kanten op.'

'Daar staat tegenover dat het slachtoffer een 9mm-handvuurwapen had, en een bewakingssysteem dat hij niet gebruikte en kogelvrije ramen.'

'Hij verwachtte moeilijkheden.'

'Of hij was alleen maar een zenuwachtige rijkaard die dicht bij de Polígono San Pablo woonde.'

'En het bewakingssysteem dat niet werd gebruikt?'

'Ook zenuwen,' zei Falcón. 'Misschien was zijn geesteszieke vrouw paranoïde. Ze schepte tegen de buren op over de ramen. Of misschien wilde Vega zelf buitenstaanders afschrikken, maar wilde hij niet vastleggen wie er allemaal in het huis kwamen.'

'Omdat hij betrokken was bij iets crimineels?'

'Een buurman zag Russische bezoekers die er niet naar uitzagen dat ze uit het Bolsjoi Theater kwamen.'

'Je hoort tegenwoordig veel over de Russische maffia, vooral aan de Costa del Sol, maar ik wist niet dat ze ook al in Sevilla waren,' zei de Médico Forense.

'Dit is een ellendige manier om dood te gaan, nietwaar, dokter?'

'Wraak of straf, misschien een voorbeeld voor anderen. Hoe zat het met zijn seksleven?'

'Zijn schoonvader zegt dat hij moeite had met zijn echtelijke plichten... altijd al, al voordat zijn vrouw depressief werd. Zijn schoonmoeder dacht dat hij een verhouding had die verkeerd ging, en dat hij daarom vanaf het begin van het jaar zo in zichzelf gekeerd was,' zei Falcón. 'Moet ik verder nog iets weten?'

'Nog één merkwaardig ding. Hij had plastische chirurgie laten doen aan zijn ogen en zijn hals. Niets bijzonders: wallen onder zijn ogen weggehaald, huid van zijn hals verwijderd om de kaaklijn strakker te maken.'

'Iedereen laat tegenwoordig plastische chirurgie doen.'

'Dat is waar, maar weet u wat zo vreemd is? Dit is tamelijk lang geleden gebeurd. Het is moeilijk te zeggen wanneer precies, maar het is minstens tien jaar geleden.'

9

Donderdag 25 juli 2002

Op de terugweg naar de Jefatura reed Falcón, terwijl Ferrera de sectierapporten las. Het was lunchtijd en de temperatuur was opgelopen naar vijfenveertig graden. Er was niemand op straat. Auto's bulldozerden de hitte over het zinderend asfalt. Toen ze bij de Jefatura aankwamen, zei hij tegen Ferrera dat ze de rapporten op Ramírez' bureau moest leggen. Om zeven uur zouden ze bij elkaar komen.

De hitte had Falcóns eetlust weggenomen. Thuis zag hij kans een bord *gazpacho* te eten, de soep die dagelijks door Encarnación werd gemaakt. Nu de hitte alle hoeken van het huis vulde, kon hij niet de energie vinden om de foto's van Jiménez te bekijken die hij uit de auto had meegebracht. Hij ging naar boven, trok zijn kleren uit, nam een douche en liet zich neervallen in de koelte van zijn slaapkamer, waar hij airconditioning had. Zijn hoofd duizelde en liet beelden van de dag los. Hij viel in slaap en kwam in een zich telkens herhalende droom terecht: hij ging een openbaar toilet binnen dat smetteloos schoon was, tot hij doortrok, waarna het volliep met walgelijke hoeveelheden stront, tot het overstroomde. Hij zat in de val en moest tegen de muren van het toilethokje op klimmen, om vervolgens te constateren dat met alle andere toiletten hetzelfde aan de hand was. Er ging een golf van misselijkheid door hem heen, gevolgd door een grote dierlijke paniek. Hij werd wakker, zijn haar helemaal bezweet en zijn gedachten onverklaarbaar genoeg bij Pablo Ortega – tot hij zich herinnerde dat de acteur een probleem met zijn beerput had.

Het was halfzes in de middag. De douche verdreef de viezigheid uit zijn haar en hoofd. Onder de harde straal sprongen zijn gedachten naar voren en naar achteren. Hij wist waarom hij die droom had gehad: een ander onderzoek, zijn eigen verleden en het verleden van anderen, allemaal samengebald in de tragedie. Toen werd hij verrast door de volgende sprong die zijn geest maakte: dat hij moest gaan praten met Pablo Ortega's zoon Sebastián, die in de gevangenis zat. Dat zou niets met zijn onderzoek te maken hebben; het was een afzonderlijke missie. Dat idee gaf hem een goed gevoel. Er kraakte iets open in zijn borst. Hij kon beter ademhalen.

Hij ging met de Jiménez-foto's naar de studeerkamer en haalde de foto's van Pablo Ortega te voorschijn. Er was er een van Pablo die glimlachte en met twee mannen praatte. Een van die mannen werd aan het oog onttrokken door mensen op de voorgrond en de andere man kende hij niet. Hij nam de foto mee en legde hem op de passagiersplaats.

Ramírez was een rapport aan het typen over zijn ondervragingen op Vega's kantoor en de zoektocht naar Sergei. Falcón vertelde hem over de sleutel en het paspoort op naam van Emilio Cruz. Ramírez noteerde de gegevens.

'Ik e-mail dit aan de Argentijnse ambassade in Madrid. Misschien kunnen zij er iets mee doen,' zei Ramírez. 'En ik ga na waar Rafael Vega zijn eerste identiteitsbewijs heeft gekregen.'

'Kunnen we daar iets van verwachten voor het weekend?'

'Niet in juli, maar we kunnen het proberen.'

'Nog nieuws over Sergei?'

'Hij is de laatste paar weken een keer in een bar op de Calla Alvar Nuñez Caleza de Vaca gezien. Hij was daar met een vrouw die geen Spaanse was en die dezelfde taal sprak als hij. De vrouw was daar eerder gezien en de barkeeper dacht dat ze uit de Polígono San Pablo kwam. Hij dacht ook dat ze een hoer was. We hebben een volledig signalement en Serrano en Baena zijn daar nu mee aan het werk.'

Falcón luisterde naar zijn boodschappen en keek naar de foto die hij uit de auto had meegenomen. Calderón had hun bespreking uitgesteld tot de volgende morgen. Hij belde Inspector Jefe Alberto Montes van GRUME (Grupo de Menores), hoofd van de rechercheafdeling die misdrijven tegen kinderen onderzocht, en vroeg of hij een praatje mocht komen maken. Toen hij wegging, kwam Ferrera binnen. Hij zei tegen haar dat ze aan de telefoonnummers moest werken die contact hadden gehad met de telefoons in het huis van de Vega's en Rafael Vega's mobiele telefoon. Als ze daarmee klaar was, moest ze zich bij Serrano en Baena aansluiten, die op zoek waren naar de vrouw die met Sergei was gezien.

'En die sleutel die we tegelijk met het paspoort in Vega's huis hebben gevonden?'

'Sergei is op dit moment belangrijker. We hebben een getuige nodig,' zei Falcón. 'Als je tijd hebt, kun je aan die sleutel werken. Begin dan met de banken.'

Op weg naar Montes' kamer ging hij even naar Felipe en Jorge in het lab. Hij vertelde hun over de sectierapporten. Ze keken somber. De dingen die ze op de plaats delict hadden verzameld, hadden niets opgeleverd. Op het kussen had geen zweet of speeksel gezeten. Het enige vreemde dat ze hadden ontdekt, had te maken met het briefje in Vega's hand.

'Zoals zijn advocaat zei, is het duidelijk zijn eigen handschrift, maar we vonden het interessant dat hij zei dat het "zorgvuldig" was geschreven, en dus bekeek ik het onder de microscoop,' zei Felipe. 'Het is overgetrokken.'

'Wat bedoel je?'

'Hij had het eerder geschreven, zodat er een doordruk was achtergebleven in het vel papier dat eronder zat, en toen had hij de blocnote weer genomen en had hij de doordruk overgetrokken... alsof hij wilde zien wat er geschreven was.'

'Maar híj had het in eerste instantie geschreven?' zei Falcón.

'Ik kan alleen maar de feiten vertellen,' zei Felipe.

Alberto Montes was begin vijftig, te dik, met wallen onder zijn ogen en een neus die opgezet was door buitensporig veel drinken. Vanwege dat drankprobleem had hij aan het eind van het vorige jaar een psychologische test ondergaan en was daar op de een of andere manier doorheen gekomen. Hij zat nu tegen een vervroegde pensionering aan en keek daar blijkbaar naar uit. Hij had meer dan vijftien jaar in de Grupo de Libertad Sexual, die zedendelicten tussen volwassenen onderzocht, en GRUME gewerkt en bezat een encyclopedische kennis van namen en bijbehorende gruweldaden. Hij zat van het bureau afgewend en keek uit zijn raam op de tweede verdieping, rokend en met zijn gedachten vermoedelijk bij zijn toekomstige vrijheid. Hij zeefde water uit een plastic bekertje door zijn grote snor alsof hij wenste dat het whisky was. Toen Falcón bij zijn bureau verscheen, draaide hij zich met zijn stoel om en schonk het bekertje nog eens vol.

'Nierstenen, Inspector Jefe,' zei hij. 'Ze krijgen me elke zomer te pakken. Ze zeggen dat ik zes liter water per dag moet drinken. Wat kan ik voor je doen?'

'Eduardo Carvajal,' zei Falcón. 'Kun je je hem herinneren?'

'Hij zit in mijn hart gebrand, die kerel. Hij zou me beroemd maken,' zei Montes. 'Hoezo, is zijn naam plotseling weer opgedoken?'

'Ik doe onderzoek naar de sterfgevallen van Rafael en Lucía Vega.'

'Rafael Vega... die van dat bouwbedrijf?' zei Montes.

'Ken je hem?'

'Ik word niet in zijn caseta uitgenodigd in de Feria, maar ik weet wie hij is,' zei Montes. 'Is hij door iemand vermoord?'

'Dat proberen we uit te zoeken. Toen ik zijn adressenboekje doornam, stuitte ik op Carvajal. Die naam kende ik nog van die zaak die ik vorig jaar heb onderzocht; hij kende Raúl Jiménez, was een vriend van hem. Ik had toen geen tijd om me in hem te verdiepen, maar dat wil ik nu eens proberen,' zei Falcón. 'Hoe zou hij je beroemd maken?'

'Hij zei dat hij me alle namen zou geven van iedereen die betrokken was bij zijn pedofielenbende... van begin tot eind. Hij beloofde me de grootste coup van mijn carrière. Politici, acteurs, advocaten, gemeenteraadsleden, zakenlieden. Hij zei dat hij me de gouden sleutel zou geven waarmee ik de deur naar de high society kon openzetten, en dan zou ik kunnen onthullen wat een rottend, stinkend ei dat wereldje in werkelijkheid was. En ik geloofde hem. Ik dacht echt dat hij met die informatie op de proppen zou komen.'

'Maar hij kwam bij een auto-ongeluk om het leven voordat hij zijn belofte kon nakomen.'

'Nou, hij raakte van de weg af,' zei Montes. 'Het was laat op de avond, er zat alcohol in zijn bloed en het was een lastige serie bochten van Ronda naar San Pedro de Alcántara... Maar we zullen het nooit weten.'

'Wat bedoel je?'

'Dit is allemaal vrij goed bekend, Inspector Jefe. Toen ik in kennis werd gesteld, was hij al begraven en was de auto een kubus op een sloperij, ongeveer zo groot...' Montes hield zijn handen vijftig centimeter van elkaar vandaan.

'Maar er zijn toch mensen veroordeeld?'

Montes hield vier dikke vingers omhoog. Er zat een brandende sigaret tussen.

'En die konden jou niet helpen zoals Carvajal had gekund?'

'Ze kenden alleen elkaar. Ze vormden één cel in de bende,' zei Montes. 'Die mensen zijn voorzichtig. Wat dat betreft, zijn ze niet anders dan terroristen of verzetsstrijders.'

'Hoe was je ze eigenlijk op het spoor gekomen?'

'Tot mijn schande moet ik je zeggen dat het via de FBI was,' zei Montes. 'We kunnen niet eens onze eigen pedofielenbendes oprollen.'

'Dus het was internationaal?'

'Dat is nou internet,' zei Montes. 'De FBI had een val gezet. Ze vonden een echtpaar in Idaho dat een kinderpornosite had en namen die site over. Ze pikten adressen uit de hele wereld op en gaven ze door aan de politie in die landen. Het is een prettig idee dat er nu veel doodsbange pedofielen rondlopen, maar ik denk niet dat we een van de mensen te pakken krijgen die Carvajal kende. Dat is allemaal voorbij, denk ik.'

'Waarom?'

'Alles draaide om Carvajal. Hij was de souteneur. Ze kenden hem. Hij kende hen. Maar ze kenden elkaar niet. Er is niets dat de zaak bijeenhoudt.'

'Maar wat deed Carvajal in zijn eentje buiten de gevangenis?'

'Dat hoorde bij de deal die we met zijn advocaat hadden gesloten. Hij zou alle verschillende cellen bij elkaar halen en wij zouden invallen doen om ze allemaal tegelijk op te pakken.'

'Ben je er ook achter gekomen hoe hij als souteneur te werk ging?'

'Niet dat we daar veel mee opschoten,' zei Montes, die knikte. 'Dat verkeerde toen nog in het beginstadium. De betrokkenheid van de Russische maffia bij mensensmokkel. Prostitutie werd belangrijk voor ze omdat ze de bevoorrading konden beheersen. Om de drugshandel te beheersen moesten ze om territorium vechten, want ze produceerden in hun eigen land niet genoeg heroïne en cocaïne, maar wat prostitutie betrof, hadden ze de koopwaar van het begin af aan. Bovendien merkten ze dat het minder gevaarlijk en net zo lucratief was. We hadden hier vorige week een Roemeens meisje dat zeven keer gekocht en verkocht was. Geloof me, Inspector Jefe, de cirkel is rond en we zijn terug in de tijd van de slavernij.'

'Kun je me daar iets meer over vertellen?'

'De ex-Sovjetstaten zitten vol mensen. Veel van die mensen zijn capabel en intelligent – universiteitsdocenten, technisch instructeurs, bouwers, ambtenaren – maar sinds de val van de Sovjet-Unie kan bijna niemand van hen de kost verdienen. Ze proberen te leven van vijftien tot twintig euro per maand. Wij in Europa, en vooral in landen als Italië en Spanje, hebben niet genóeg mensen. Ik heb me laten vertellen dat Spanje er elk jaar een kwart miljoen bij moet krijgen, anders functioneert het land niet meer. Die mensen moeten de belastingen opbrengen waaruit mijn pensioen betaald kan worden. Een economie van vraag en aanbod is het gemakkelijkst te begrijpen en het snelst uit te buiten.

Je hebt een visum nodig om Europa binnen te komen. Ik heb gehoord dat veel Oekraïners de grens met Polen oversteken en hun visum op de ambassades in Warschau krijgen. Portugal doet niet moeilijk met visa. Spanje is moeilijker, omdat we met ons Marokkaanse probleem zitten, maar het is niet zo'n punt om je voor een talenstudie in te schrijven of zoiets. Natuurlijk heb je hulp nodig om dat voor elkaar te krijgen. En daar ziet de maffia een taak voor zich weggelegd. Ze helpen je bij je reis. Ze helpen je aan een visum. Ze regelen het vervoer. Ze brengen je minimaal duizend dollar per persoon in rekening... Ik zie je denken, Inspector Jefe.'

'Vijftig mensen per bus, min een paar duizend aan onkosten,' zei Falcón. 'Het is makkelijk te begrijpen hoe goed dat werkt.'

'Ze verdienen minstens vijfenveertigduizend dollar aan een buslading,' zei Montes. 'Maar daar houdt het niet mee op, want met een beetje intimidatie kun je die mensen ook voor je aan het werk zetten als ze op hun bestemming zijn aangekomen. De maffiabendes selecteren ze. De vrouwen en kinderen gaan de prostitutie in en de mannen worden gedwongen te werken. Dat gebeurt overal – in Londen, Parijs, Berlijn, Praag. Een vriend van me was vorige maand in de buurt van Barcelona op vakantie en op de weg naar Roses probeerde een rij bloedmooie meisjes hem staande te houden... en het waren geen liftsters.'

'Wat voor werk moeten de mannen doen?'

'In fabrieken, kledingateliers, in de bouw, in pakhuizen, chauffeurswerk – alles wat ongeschoold is. Ze werken zelfs in de kassen op de vlakten de kant van Huelva op. Er zijn daar ook meisjes.'

'Vier of vijf jaar geleden was prostitutie iets waarmee je alleen te maken kreeg als je dat wilde, of als je in de stad een verkeerde straat insloeg. De rosse buurten waren begrensd. Tegenwoordig kun je overal een parkeergarage binnen gaan en een meisje tegenkomen dat "aan het werk" is.'

Montes drukte zijn sigaret uit en stak er meteen weer een op.

'Ik weet dat ik te oud voor dit werk ben. Het is geen uitdaging meer. Het is zo enorm geworden dat ik er niet meer tegenop kan,' zei Montes. 'Je zei dat je nog een vraag had, Inspector Jefe. Schiet op, anders laat ik me door mijn wanhoop meeslepen en spring ik uit het raam.'

Falcón aarzelde, want hij zag de vermoeidheid van de man, voelde diens intense uitputting en kolossale teleurstelling.

'Geintje, Inspector Jefe,' zei Montes. 'Ik ben te dicht bij het eind. Ik heb medelijden met de kerels die nog midden in hun carrière zitten. Die hebben nog een lange weg te gaan.'

'Ik wilde je vragen naar Sebastián Ortega, maar dat kan later ook nog wel eens.'

'Nee, nee... het is geen probleem, echt niet, Inspector Jefe. Ik heb alleen behoefte aan mijn jaarlijkse vakantie,' zei Montes. 'Sebastián Ortega – wat is er met hem?'

'Pablo Ortega is de buurman van Rafael Vega. De Juez de Instrucción van de zaak is Esteban Calderón.'

'Aha, ja – nou, je kunt die twee beter niet in één kamer zetten.'

'Wat is er gebeurd? Het lijkt me een vreemde zaak.'

'Welke versie heb je gehoord?'

'Ik begrijp het... Zo ingewikkeld is het,' zei Falcón. 'Ik heb gehoord dat hij de jongen heeft gekidnapt, een aantal dagen seksueel heeft misbruikt en hem daarna heeft vrijgelaten. En toen wachtte hij tot de politie hem kwam arresteren.'

'Daar hebben ze hem voor veroordeeld: ontvoering en verkrachting. Op die manier lukte het Juez Calderón en de Fiscal om hem voor twaalf jaar achter de tralies te krijgen,' zei Montes. 'Ik heb die zaak niet gedaan, dus wat ik je nu vertel, heb ik van horen zeggen, maar ik weet dat het waar is. Overigens zit er maar één videoverklaring in het dossier, en dat zijn de officiële opnamen van de rechtbank,' zei Montes. 'Ten eerste heeft Sebastián Ortega het zichzelf niet gemakkelijk gemaakt. Hij zei niets over wat hij had gedaan. Hij is nooit met zijn eigen versie van de gebeurtenissen gekomen. En als er niets wordt tegengesproken, krijgen mensen het gevoel dat ze hun fantasie kunnen gebruiken.

Vraag nummer één: waarom kidnapte hij de jongen? Vraag nummer twee: waarom had hij een speciaal ingerichte kamer om de jongen gevangen te houden? Vraag nummer drie: waarom bond hij de jongen vast? En de rechercheurs en aanklagers hadden een antwoord op al die vragen: Sebastián Ortega had de kidnapping voorbereid en uitgevoerd om zichzelf in de gelegenheid te stellen die jongen naar hartenlust seksueel te misbruiken. Alleen... dat heeft hij niet gedaan.'

'Wat heeft hij niet gedaan?'

'Hij heeft hem niet misbruikt... Of beter gezegd: daar waren geen bewijzen voor, en de jongen zei ook dat Sebastián Ortega hem niet op die manier had aangeraakt,' zei Montes. 'En ik denk dat de rechter toen een babbeltje met de rechercheurs heeft gemaakt, en dat die met de ouders van de jongen zijn gaan praten. En op de video-opname die daarna is gemaakt was de verklaring van het slachtoffer opeens veel overtuigender, of creatiever – het is maar hoe je het wilt noemen.'

'Wat was dan wel het doel van de kidnapping?'

'Ze kenden elkaar. Ze kwamen uit dezelfde barrio. Vanwege het leeftijdsverschil zal ik ze niet meteen vrienden noemen, maar toch waren ze dat min of meer. Sebastián Ortega hoefde hem dus eigenlijk niet te ontvoeren. Hij nodigde hem uit in zijn flat. Toen ging het een beetje vreemd, voorzover ik het kan volgen. Hij sloot hem op in die kamer die hij al had ingericht en bond hem vast. Maar toen de jongen voor het eerst werd ondervraagd, zei hij dat Ortega's vreemde gedrag hem weliswaar bang maakte, maar dat hij niet mishandeld of op een seksuele manier aangeraakt was.'

'Ik snap het niet,' zei Falcón. 'Wat deed Sebastián dan wel?'

'Hij las hem kinderverhalen voor. Hij zong liedjes... Het schijnt dat hij goed gitaar kon spelen. Hij maakte eten voor hem klaar en liet hem zoveel Coca-Cola drinken als hij wilde.'

'Waarom bond hij hem vast?'

'Omdat de jongen zei dat hij naar huis moest, anders werd zijn vader kwaad.'

'En dat ging een paar dagen zo door?'

'In de buitenwereld was iedereen druk op zoek naar de jongen. De ouders belden zelfs Sebastián, die zei dat hij het heel jammer vond maar dat hij hem niet had gezien... Manolo, heette hij, geloof ik. En op een dag hield hij er gewoon mee op... Hij liet de jongen gaan en ging op het bed zitten wachten tot ze hem kwamen halen.'

'En niets van dit alles is bij de rechtbank naar voren gekomen?'

'Een deel wel, maar blijkbaar brachten de aanklagers het op een andere manier dan ik nu doe. Ze schilderden Sebastián veel agressiever, dierlijker af.'

'Wat vind jij ervan?'

'Ik vind dat Sebastián Ortega een gestoorde jongeman is, die waarschijnlijk niet in de gevangenis thuishoort. Hij deed iets verkeerds, maar dat was niet zo erg dat hij er twaalf jaar voor moet zitten.'

'En je rechercheurs?'

'Het echte verhaal was te vreemd. Ervaren rechercheurs zouden het waarschijnlijk wel op een zodanige manier kunnen aanpakken dat de waarheid aan het licht kwam, maar het was zomer, de twee rechercheurs waren jong en ze waren onzeker, en dat maakte ze kneedbaar. Ze stonden ook onder druk omdat de media grote belangstelling voor de zaak hadden vanwege Pablo Ortega. Ze wilden geen domme indruk maken, en net als Juez Calderón vonden ze het opwindend om iemand veroordeeld te krijgen in een roemruchte zaak.'

'Wat vind je van de rol die de Juez in deze zaak heeft gespeeld?'

'Dat gaat me niet aan – officieel,' zei Montes. 'Maar persoonlijk denk ik dat hij zich door zijn ijdelheid heeft laten leiden. Na jouw zaak had hij het gevoel dat de bomen tot in de hemel groeiden. Hij is jong, ziet er goed uit, komt uit een goede familie met

voortreffelijke connecties en... Ja, nou, dat is het.'
'Wat wilde je zeggen?'
'Ik dacht nog net op tijd aan zijn nieuwe vrouw... Sorry.'
'Dus dat is al bekend?'
'We wisten het eerder dan hij.'
'Denk je dat Juez Calderón weet wat er werkelijk is gebeurd?'
'Ik weet niet wat er door zijn hoofd ging. Er zijn veel officieuze besprekingen over die zaak geweest tussen hem en mijn mensen. Hij zéí dat hij dacht dat het allemaal een belachelijke fantasie was die door een manipulatieve bruut in het hoofd van die jongen was geplant. Het hof zou daar geen woord van geloven. Hij zei dat het beter zou zijn als de jongen een duidelijker, minder dubbelzinnig verslag gaf van wat er met hem was gebeurd. De rechercheurs praatten met de ouders en de jongen deed wat hem werd gezegd.'
'Welke rol speelde jij bij dit alles?'
'Ik was met ziekteverlof. Hernia-operatie.'
'Het klinkt niet alsof er gerechtigheid is geschied.'
'Nu moet ik wel zeggen dat Sebastián Ortega geen bezwaar maakte tegen de dingen die de jongen bij de video-ondervraging zei. Hij verdedigde zich helemaal niet. Er is vast wel de mogelijkheid van een hoger beroep, maar voorzover ik weet wil Sebastián Ortega dat niet. Ik krijg de indruk dat Sebastián om de een of andere reden op de plaats is waar hij wil zijn.'
'Denk je dat hij psychiatrische hulp zou moeten krijgen?'
'Ja, maar dat wil hij niet. Ik heb gehoord dat hij niet meer praat. Hij zit in eenzame opsluiting en beperkt zijn communicatie tot het absolute minimum.'
Falcón stond op om weg te gaan.
'Zeg, herken je een van de mannen op deze foto?' Hij legde de foto van Ortega op Montes' bureau.
'Allemachtig, daar heb je hem, de *hijo de puta*. Dat is Eduardo Carvajal. En als ik me niet vergis, praat hij met Pablo Ortega en iemand die ik niet kan zien,' zei Montes. 'Haal die foto maar weg, tenzij je een grote kerel wilt zien huilen, Inspector Jefe.'

'Bedankt,' zei Falcón, en hij pakte de foto op.

Ze schudden elkaar de hand en hij ging naar de deur.

'Wat voor werk deed Eduardo Carvajal eigenlijk?' zei hij, terwijl hij de deurkruk vastpakte.

'Hij was vastgoedadviseur.' Montes' gezicht, dat betrekkelijk kalm was geweest toen hij over Ortega praatte, kreeg weer een wilde uitdrukking. 'Tot aan het eind van de jaren zeventig, begin jaren tachtig, werkte hij voor het bouwbedrijf van Raúl Jiménez, hier in Sevilla. Hij kwam uit een rijke familie die veel land bezat in Marbella en omgeving. Toen hij bij Raúl Jiménez wegging, bracht hij dat land tot ontwikkeling en verkocht het daarna. Hij legde contacten. Hij kende alle juiste mensen. Hij vond grond om er hotels op te bouwen. De gemeentebesturen aten uit zijn hand. Bouwvergunningen waren een fluitje van een cent en hij had ook de connecties om aan de financiering te komen. Hij maakte een fortuin.'

'Dus zijn grote belofte aan jou was volkomen geloofwaardig?'

'Volkomen.'

Falcón knikte en maakte de deur open.

'Wat de zaak-Ortega betreft,' zei Montes, 'neem ik mijn mannen niets kwalijk – al heb ik ze wel verteld hoe ze zoiets de volgende keer moeten aanpakken. Je moet wel erg sterk in je schoenen staan wil je het kunnen opnemen tegen zo'n kanon als Juez Calderón.'

'En het is zijn werk om een bewijsvoering op te bouwen die de Fiscales de meeste kans van slagen geeft bij de rechtbank,' zei Falcón. 'Daarvoor moeten erg lastige morele beslissingen worden genomen, en Juez Calderón is een erg capabele man.'

'Je mag hem graag, Inspector Jefe,' zei Montes. 'Dat zou ik nooit hebben gedacht.'

'Ik heb maar één keer met hem samengewerkt... in de zaak-Raúl Jiménez. Hij pakte dat erg goed aan. Hij pakte míj erg goed aan toen ik niet in staat was een onderzoek te leiden.'

'Het succes verandert een mens,' zei Montes. 'Sommige mensen zijn voorbestemd om tot grote hoogten te komen. Anderen, zoals ik, hebben hun plafond bereikt en moeten daarmee tevreden zijn, anders worden ze gek. Juez Calderón is nog geen veertig en hij heeft al dingen bereikt die sommige rechters in hun hele carrière niet bereiken. Het is moeilijk om dat vol te houden... om tot nog grotere hoogten te komen. Soms moet je de dingen een beetje forceren om te voorkomen dat je ster zijn schittering verliest. Je oordeel wordt beïnvloed door je ambitie en je maakt fouten. Zulke mensen kunnen diep vallen. Weet je waarom, Inspector Jefe?'

'Omdat mensen graag zien dat ze breken,' zei Falcón.

'Ik denk dat veel mensen ze graag van hun voetstuk zien vallen,' zei Montes.

10

Donderdag 25 juli 2002

Op weg naar beneden haalde hij het dossier van Sebastián Ortega op om het mee naar huis te nemen. Ramírez was nog bezig met zijn grote opdringerige wijsvingers zijn rapport te typen. Cristina Ferrera had met de telefoonmaatschappij gesproken en gehoord dat Consuelo Jiménez de laatste was geweest die naar het huis van de Vega's had gebeld. Dat was om ongeveer elf uur 's avonds geweest. Ferrera had haar rapport getypt en was vertrokken. Falcón ging tegenover Ramírez zitten, die naar het scherm keek als een criticus die buitengewoon venijnige opmerkingen in een recensie zette.

'Nog iets wat ik over Rafael Vega's onderneming moet weten?'

'Hij werkte met Russische en Oekraïense bouwvakkers,' zei Ramírez. 'Sommigen legaal, zoals Sergei, anderen niet.'

'Hoe ben je erachter gekomen dat er illegalen waren?'

'Ze kwamen vandaag niet op hun werk – of beter gezegd: als ze kwamen, kregen ze te horen dat ze weg moesten gaan, en daardoor zaten twee bouwprojecten met maar een handjevol mensen.'

'En het kantoor?'

'Vázquez wil ons niet laten zoeken zolang we geen huiszoekingsbevel hebben, maar wat Sergei betrof, werkte hij goed mee.'

'Had hij iets over het personeel te zeggen?'

'Dat was zijn afdeling niet. Hij had niet de dagelijkse leiding van Vega Construcciones. Hij was maar de advocaat... Hij zat wel in de raad van commissarissen, maar treedt pas sinds Vega's dood als directeur op.'

'Heb je de hoofdboekhouder gesproken, señor Dourado?'

'Ja, we hebben hem gesproken. Hij legde ons uit hoe het bedrijf in elkaar zit en liet ons de boekhouding zien.'

'Heeft hij ook uitgelegd hoe de illegale werkkrachten in de boekhouding werden verwerkt?'

'Aan dat soort details zijn we nog niet toegekomen. We praatten in meer algemene termen over de opbouw van het bedrijf. We gingen na of het bedrijf solvent is, of er financiële tijdbommen waren, en of er een lastige boeteclausule was die een fikse hap uit de winst kon nemen als een project niet op tijd af kwam.'

'Vertel me over de opbouw van de onderneming.'

'Vega Construcciones is een holding van een aantal afzonderlijke projecten. Elk project is een bedrijf met een eigen directie, en die directie bestaat uit een vertegenwoordiger van Vega Construcciones, iemand van de investeerders/participanten en iemand van de financiële instelling die de middelen verstrekt. Dat doen ze waarschijnlijk om te voorkomen dat één project de hele onderneming kan laten instorten,' zei Ramírez. 'Hoe dan ook, de holding heeft de afgelopen drie jaar redelijk veel winst gemaakt en er schijnt niets heel erg verkeerd te gaan met een van de lopende projecten. Er hing het bedrijf geen catastrofe boven het hoofd. Als Vega's dood het gevolg is van een zakelijk probleem, heeft dat eerder iets te maken met de partners in de projecten.'

'Heb je namen gezien?'

'Nog niet,' zei Ramírez. 'Hoe ging het op het Instituto?'

'Kijk daar maar naar als je klaar bent. Er zit niets concreets bij wat een rechter ervan kan overtuigen dat het moord was. We moeten er hard aan werken om een motief voor Vega's drie naaste buren te vinden. Die hadden blijkbaar allemaal voordeel van hun contact met hem en ze lagen vannacht allemaal thuis te slapen, zoals je zou verwachten. Daarom moeten we Sergei vinden. Hij was het dichtst bij de plaats van het misdrijf. Als iemand iets heeft gezien, is hij het.'

'Ik heb nog niet veel aan dat paspoort gedaan, maar iemand die volkomen onschuldig is, heeft geen vals paspoort in de diepvries liggen,' zei Ramírez. 'Jij hebt al mensen met gestolen nummerborden bij je huis gehad, en bij Vega Construcciones riekt het erg naar Russen. We weten dus dat er iets scheef zit aan deze zaak. We ontdekken elke dag iets nieuws. Uiteindelijk zal een van die dingen het motief zijn.'

'Ik moet weg,' zei Falcón met een blik op zijn horloge.

'O ja, het is je therapieavond. Misschien moet ik ook eens naar haar toe,' zei Ramírez grijnzend, tikkend tegen zijn slaap. 'Kan ze me helpen met de spaghettikronkels in mijn hoofd.'

'Nog geen nieuws over je dochter?'

'Niet voordat ze helemaal klaar zijn.'

Falcón reed naar huis. Hij had er behoefte aan om weer te douchen en zich even te ontspannen voordat hij naar Alicia Aguado ging. Toen hij het huis binnen ging, had hij hetzelfde onbehaaglijke gevoel als de vorige avond. Onwillekeurig luisterde hij weer.

Hij legde het Ortega-dossier in zijn studeerkamer en ging naar boven, douchte en trok een spijkerbroek en een zwart T-shirt aan. Hij ging de trap af naar de keuken en dronk water. Hij liep naar zijn studeerkamer en ging op de chaise longue liggen. Hij deed wat ademhalingsoefeningen en begon zich net rustig te voelen toen hij iets vreemds op het prikbord boven zijn bureau zag, iets wat hij daar nog niet eerder had gezien. Hij stond langzaam op, alsof hij slinks te werk moest gaan. Hij liep voorovergebogen naar zijn bureau en leunde ertegenaan. Op het prikbord werd een foto van Inés op zijn plaats gehouden door een speld met een rode plastic knop. Die speld stak door haar keel.

Om halftien zat hij in de s-vormige stoel in de spreekkamer van Alicia Aguado. Ze legde haar vingers op zijn pols. Ze had die methode nog meer nodig nu ze de laatste resten van haar gezichtsvermogen aan retinitis pigmentosa had verloren.

'Je bent moe,' zei ze.

'Dit was de tweede dag van een nieuw onderzoek,' zei hij. 'Twee doden en veel emotionele verwikkelingen.'

'Je bent weer gespannen.'

'Tijdens mijn siësta had ik weer een strontdroom,' zei Falcón.

'Die komen altijd 's middags.'

'Daar hebben we al eerder over gesproken,' zei ze. 'Waar ben je nu bang voor?'

'De droom was deze keer anders. Toen ik wakker werd, had ik een helder idee in mijn hoofd en had ik een doelbewust gevoel.'

Hij vertelde haar over de zaak-Sebastián Ortega, wat hij daarvan wist ten tijde van de droom (inclusief de staat waarin Pablo Ortega's huis verkeerde) en wat hij later van Montes had gehoord.

'Komt dat veel voor?'

'Soms is er bewijsmateriaal dat niet bij de rechtbank wordt toegelaten maar dat de schuld van de verdachte onbetwistbaar aantoont,' zei Falcón voorzichtig. 'De politie en de aanklagers maken dan gebruik van nuances en accenten om de "juiste" veroordeling te krijgen.'

'Maar dat is hier niet het geval, hè?' zei Aguado. 'Ze hebben het slachtoffer gemanipuleerd om hem een overdreven verhaal te laten vertellen over de dingen die hem waren overkomen. Wie was de rechter in die zaak?'

'Aan de schuld van de verdachte is nooit getwijfeld. Het ging hun erom dat hij de maximale straf kreeg, maar... Ik wil niet over details en personen praten,' zei Falcón. 'Wat ik wil zeggen, is dat ik daar vóór die droom niets van wist en toch wakker werd met het sterke gevoel dat ik die jongeman wilde helpen, al had ik eigenlijk niets met hem te maken.'

'Dat is goed,' zei Aguado.

'Dat denk ik ook. Dat is het ergerlijkste van een depressie: de tijd die je met jezelf moet doorbrengen,' zei Falcón. 'Ik ben blij dat ik opeens belangstelling had voor iemand anders.'

'Waarom kreeg je belangstelling voor het lot van Sebastián Ortega?'

'Er spelen een paar interessante connecties mee. Pablo Ortega kende Francisco Falcón. Hij was een vriend van hem. Hij had mij zelfs al eens ontmoet toen ik achttien was, maar ik kan me hem niet herinneren. Net als Francisco is hij charismatisch, iemand die een ontzaglijke woede kan opwekken. Hij zei ook dingen waarvan ik later ontdekte dat ze niet waar waren. Het verschil tussen waarheid en toneelspel was vaak moeilijk te zien. Misschien houdt hij dingen voor zichzelf verborgen. Later sprak ik met iemand die altijd had gedacht dat hij homo- of aseksueel was.'

'God... We hebben het toch over Pablo Ortega, de acteur?'

'Ja, maar bel nou niet meteen de *Diario de Sevilla*,' zei Falcón. 'Hij maakt zich van kant als dat in de publiciteit komt.'

'Ik zie de overeenkomsten met je eigen situatie,' zei ze.

'Ik denk dat ik me onbewust heb geïdentificeerd met Sebastián en dat ik hem daarom wil helpen.'

'Omdat?'

'Omdat ik mezelf wil helpen.'

'Dit is goed, Javier,' zei Aguado. 'Ik wil alleen nog even terugkomen op Pablo Ortega...'

'Dat hij homo zou zijn – daar is geen bewijs voor. Dat was alleen iets wat die specifieke ondervraagde altijd had gedacht.'

'Dat bedoel ik niet,' zei ze. 'Waarom was Pablo Ortega zo kwaad?'

'Hij was woedend op Juez Calderón...'

'Dus die was ook de rechter in de zaak-Sebastián Ortega?'

'Je hebt me door.'

'Ik dacht dat het ingewikkelder in elkaar zat.'

'Als dat zo is, weet ik niet hoe.'

'Toen je onderzoek deed naar de moord op Jiménez, zei je dat je Juez Calderón sympathiek vond. Je zei dat hij een van de eerste mensen was die je als een mogelijke vriend had beschouwd sinds je van de opleiding in Barcelona was gekomen.'

'Toen wist ik nog niet dat hij met Inés omging.'

Haar vingers sprongen van zijn pols weg zodra hij die naam uitsprak.

'Is er iets met Inés gebeurd?'

'Hij zei gisteren tegen me dat ze gaan trouwen,' zei Falcón. 'Ik had je bijna gebeld.'

'We hebben genoeg over Inés gesproken.'

'Dat dacht ik ook.'

'Je verwachtte al dat ze gingen trouwen,' zei Alicia Aguado. 'En je zei tegen me dat je dat had geaccepteerd.'

'Het idee, ja.'

'En de realiteit was anders?'

'Het verbaasde me dat ik zo diep teleurgesteld was toen ik het nieuws hoorde.'

'Je komt er wel overheen.'

'Daarom heb ik je niet gebeld,' zei Falcón. 'Maar kort voordat ik vanavond naar je toe ging, zag ik een foto van haar op het prikbord boven mijn bureau, met een rode speld door haar keel.'

Stilte. Falcón meende te voelen dat Alicia huiverde.

'Heb jíj die speld erin gestoken?'

'Dat is het juist,' zei Falcón. 'Ik weet het niet.'

'Denk je dat je het misschien onbewust hebt gedaan?' vroeg Aguado.

'Ik ken die foto niet eens.'

'En de andere foto's?'

'Ik heb vorige week een digitale camera gekocht. Tot gisteren had ik het niet zo druk met mijn werk en om me vertrouwd te maken met de technologie ging ik de straat op. Ik maakte foto's, downloadde ze naar de computer, wiste sommige, drukte andere af, gooide wat dingen weg. Je weet wel, een beetje ermee stoeien. Dus... Ik... Ik weet het gewoon niet zeker. Misschien heb ik haar gefotografeerd zonder het te weten. We wonen niet zo ver van elkaar vandaan. Ik zie haar wel eens op straat. Dat is in Sevilla niet vreemd.'

'Hoe kan die foto anders op je prikbord zijn gekomen?'

'Dat weet ik niet. Ik was gisteravond erg dronken. Ik raakte bewusteloos...'

'Je moet hier niet over inzitten,' zei Aguado.

'Maar wat denk je dat het betekent?' zei Falcón. 'Ik vind het geen prettig idee dat mijn geest misschien onafhankelijk van mij opereert. Dat gebeurde ook met een van de slachtoffers in mijn onderzoek.'

Falcón vertelde over Vega's bizarre briefje, dat was overgetrokken.

'Dat incident heeft ook een positieve kant. Je zou eruit kunnen afleiden dat je, door Inés met haar keel vast te prikken, jezelf bevrijdt van de greep die ze volgens jou op je heeft.'

'Nou, dat is ook een interpretatie,' zei Falcón. 'Er zijn ergere dingen denkbaar.'

'Sta daar niet bij stil. Jij bent aan zet. Houd de vaart erin.'

'Goed, laten we het over iets anders hebben – Sebastián Ortega. Wat vind je psychologisch gezien van zijn gedrag? Waarom deed hij wat hij deed?'

'Ik zou veel meer over hem en de zaak moeten weten om daar een mening over te kunnen geven.'

'Mijn theorie is dat Pablo een ideaal tot leven wekte,' zei Falcón. 'Hij was voor de jongen wat hij had gewild dat zijn vader voor hem zou zijn.'

'Ik kan daar geen commentaar op geven.'

'Ik vraag je niet om een serieuze professionele opinie.'

'En ik geef geen amateuristische opinies.'

'Goed, waar zullen we dan over praten, als het niet over Inés is?'

'Vertel me eens wat meer over Juez Calderón.'

'Ik weet niet meer wat ik van hem moet denken,' zei hij. 'Ik ben in verwarring. In het begin voelde ik me aangetrokken tot zijn intelligentie en scherpzinnigheid. Toen ontdekte ik dat hij een relatie met Inés had, en daar kon ik niet met hem over praten, en dat kan ik nog steeds niet. Nu gaan ze trouwen. Ik heb zijn ster al die tijd zien rijzen, maar ik hoor van anderen dat hij vooral wordt voortgestuwd door ijdelheid...'

'Ik denk dat je aan iets voorbijgaat.'

'Ik denk van niet.'

'Heeft Juez Calderón je iets aangedaan?'

'Mij niet,' zei Falcón. 'Daar kan ik nog niet over praten.'

'Zelfs niet met je psychotherapeute, bij wie je al meer dan een jaar komt?'

'Nee... nog niet. Ik ben er niet zeker van,' zei Falcón. 'Misschien was het alleen maar een moment van waanzin, dat alweer vergeten is, maar het kan ook een duidelijker bedoeling hebben.'

'De bedoeling om iemand kwaad te doen?'

'Dat niet precies... al zou het iets kwaads zijn,' zei Falcón. 'Ik kan je alleen maar verzekeren dat het niets met mij te maken heeft.'

Kort daarna was het consult voorbij. Voordat ze Javier uitgeleide deed, ging ze naar een kast, zocht daarin en haalde er een dictafoon uit.

'Ik wil best voor je over Sebastián Ortega nadenken,' zei ze. 'Ik heb een stille zomer. Sinds ik helemaal blind ben, heb ik pleinvrees. Het idee van honderden mensen op een strand, met mij daartussen, maakt me nerveus. Ik blijf in de stad, ondanks de hitte. Zet alles wat je weet op de band en ik zal ernaar luisteren.'

Ze gaf hem de dictafoon en wat bandjes. Javier schudde haar koele witte hand. Hun onderlinge relatie was nooit verdergegaan dan die formaliteit, afgezien van wat absurd gedrag van zijn kant in de eerste stadia van de behandeling. Maar deze keer trok ze hem naar zich toe en kuste hem op beide wangen.

'Goedenavond, Javier,' zei ze, terwijl hij de trap af liep. 'En vergeet niet: je bent een goed mens, en dat is het belangrijkste.'

Falcón kwam van haar koele spreekkamer in de benauwende hitte van de straat. Hij liep voort en deed wat Alicia had gezegd dat hij niet moest doen: hij dacht aan die foto van Inés op zijn prikbord. Zonder erbij na te denken stak hij een straat over en kwam voor de oude tabaksfabriek te staan, die inmiddels in de universiteit was opgenomen. Hij was het Edificio de los Juzgados voorbijgelopen, waar hij de auto had geparkeerd. Hij stak de Avenida del Cid over en liep terug door de gangen van het Palacio de Justicia. Iemand riep zijn naam. Toen hij die stem hoorde, was het of vrouwenhanden zich van achteren op zijn borst legden. Al voordat hij zich omdraaide, hoorde hij aan de hakken op het plaveisel dat het Inés was.

'Gefeliciteerd,' zei hij. Hij verhaspelde het woord.

Ze gaven elkaar een kus en ze keek hem vragend aan.

'Esteban heeft het me gisteren verteld,' zei Falcón.

Ze legde haar hand op haar mond alsof ze daarmee haar geheugenfout kon maskeren en rolde toen met haar ogen.

'Sorry. Ik dacht niet na,' zei ze. 'Dank je, Javier.'

'Ik ben erg blij voor je,' zei hij. 'Is het niet een beetje laat voor je om nog aan het werk te zijn?'

'Esteban zei dat hij me hier om halftien kwam afhalen. Heb je hem vandaag gezien?' vroeg ze.

'Hij heeft onze bespreking tot morgen uitgesteld.'

'Hij is hier altijd om deze tijd van de avond. Ik weet niet wat er...'

'Wat zei de man van de beveiligingsdienst?'

'Dat hij om zes uur wegging en nog niet terug is.'

'Je hebt zijn mobieltje geprobeerd?'

'Dat staat uit. Hij zet het tegenwoordig altijd uit. Er zijn te veel mensen die hem willen spreken,' zei ze.

'Nou... Kan ik je een lift ergens heen geven?'

Inés liet een boodschap bij de beveiligingsman achter en ze stapten in Falcóns auto. Ze reden door de Cristobal Colón en besloten een *tapa* te nemen in El Cairo op Reyes Católicos.

Ze gingen aan de bar zitten en bestelden bier en een tapa van *piquillo*-pepers gevuld met kabeljauw. Hij vroeg haar naar de bruiloft. Ze was er maar half met haar gedachten bij en keek naar elk gezicht dat langs het raam liep. Falcón nam een slokje van zijn bier en mompelde bemoedigende dingen, totdat ze hem aankeek en met haar lange, witte, gemanicuurde nagels zijn knie vastgreep.

'Ging het wel goed met hem?' vroeg ze. 'Je weet wel... op zijn werk?'

'Dat weet ik niet. Ik werk met hem aan die zaak in Santa Clara, maar dat is pas sinds gisteren.'

'Santa Clara?'

'Aan het eind van de Avenida de Kansas City.'

'Ik weet waar Santa Clara is,' zei ze geïrriteerd, maar er kwam meteen een eind aan haar ergernis en ze keek hem met haar grote bruine ogen aan zoals ze altijd deed wanneer ze iets van hem wilde. 'Hij zei... Hij zei...'

'Wát, Inés?'

'Niets.' Ze liet zijn knie los. 'Hij is de laatste tijd een beetje gespannen.'

'Alleen omdat hij nu officieel bekend heeft gemaakt dat jullie gaan trouwen.'

'Wat maakt dat nou uit?' zei ze. Ze hing aan Falcóns lippen, zo graag wilde ze inzicht krijgen in de mannelijke psyche.

'Je weet wel... de absolute verbintenis... geen weg terug.'

'Hij was al met me verbonden.'

'Nu is het officieel... Iedereen weet het. Zoiets kan een man nerveus maken. Je weet wel, het einde van de jeugd. Geen spelletjes meer. Een gezin. Volwassen verantwoordelijkheden – al die dingen.'

'Ik begrijp het,' zei ze, al begreep ze het helemaal niet. 'Je bedoelt dat hij misschien twijfelt?'

'Nee, nee, nee,' zei Falcón. 'Hij twijfelt niet, maar heeft er alleen een beetje moeite mee dat alles gaat veranderen. Hij is zevenendertig en hij is nooit eerder getrouwd geweest. Het is alleen maar een reactie op de fysieke en emotionele omwenteling die hem te wachten staat.'

'Fysiek?' Ze ging op de rand van haar stoel zitten.

'Jullie blijven toch niet in zijn appartement wonen?' zei Falcón. 'Jullie nemen een huis... stichten een gezin.'

'Heeft Esteban daar met jou over gesproken?' Ze zocht op zijn gezicht naar het kleinste teken van onrust.

'Ik ben wel de laatste...'

'We hebben altijd gezegd dat we een huis in het centrum zouden kopen,' zei ze. 'We wilden in de oude stad wonen, in een groot huis als dat van jou... misschien niet zo krankzinnig groot, maar in die klassieke stijl. Ik ben al maanden op zoek... Ik heb vooral oude huizen bekeken, waar veel aan moest gebeuren, en weet je wat Esteban gisteravond zei?'

'Dat hij iets heeft gevonden?' zei Falcón. Onwillekeurig had hij even het idee dat Inés alleen maar omwille van zijn huis met hem getrouwd was.

'Dat híj in Santa Clara wil wonen.'

Falcón keek in die grote angstige ogen en had een gevoel alsof iets in zijn hoofd in slowmotion instortte. Medeklinkers bleven als visgraten in zijn keel steken.

'Precies,' zei ze, en ze leunde bijna triomfantelijk achterover. 'Het is het tegenovergestelde van het soort huizen waarover we altijd hadden gepraat.'

Falcón dronk zijn glas leeg, bestelde er nog een en stopte de peper slordig in zijn mond.

'Wat betekent dat, Javier?'

'Het betekent...' Hij wilde zich al in tragische onthullingen storten, maar deinsde daar op het laatste moment voor terug. 'Het betekent dat het deel uitmaakt van die emotionele omwenteling. Wanneer alles in je leven tegelijk verandert... verander je zelf ook... maar langzamer. Ik kan dat weten. Ik ben een expert op het gebied van veranderingen geworden.'

Ze knikte, nam de woorden diep in zich op om ze te koesteren. Toen keek ze plotseling opzij, sprong van de barkruk en rende naar de deur.

'Esteban!' riep ze door de straat, harder dan een viswijf.

Calderón bleef staan alsof er een mes in zijn borst was gestoken. Hij draaide zich onmiddellijk om en Falcón verwachtte het heft uit zijn ribbenkast te zien steken, maar in plaats daarvan zag hij – in de ogenblikken voordat Calderón zijn gezicht weer onder controle had – schrik, angst, minachting en een vreemde wildheid, alsof de man dagenlang verdwaald was geweest in de bergen. Toen glimlachte de rechter en straalde hij weer. Ze ging naar hem toe. Hij ging naar haar toe. Ze kusten elkaar onstuimig op straat. Een oud echtpaar dat voor het raam zat, knikte goedkeurend. Falcón knipperde met zijn ogen toen hij naar die bedrieglijke vertoning keek.

Inés trok hem het café in. Calderón hield even zijn pas in toen hij Falcón op zijn barkruk zag. Ze legden alles twee keer aan elkaar uit zonder naar elkaar te luisteren. Bier gleed door kelen. Gespreksonderwerpen kwamen en gingen. Na enkele minuten gingen Inés en Calderón weg. Falcón keek naar de zenuw die op Inés' onderarm te zien was toen ze het overhemd van haar verloofde vastpakte. Dat gebaar had iets wanhopigs. Ze zou deze man nooit meer loslaten.

De rekening kwam. Hij betaalde en reed naar huis. Alle verkeerslichten stonden op rood. De straatkeien schokten door hem heen. Ondanks zijn vermoeidheid wilde hij niet naar bed. Hij ging naar zijn studeerkamer en zette de computer aan. Hij keek naar alle foto's die hij sinds het weekend had gemaakt. Hij keek steeds weer naar de foto van Inés om na te gaan of die bij de andere paste, of hij zich herinnerde dat hij hem had gemaakt. Het hielp niet. Hij vond de whisky, schonk zichzelf een glas in en liet de fles in de keuken achter.

Hij wilde de computer net uitzetten toen hij zich herinnerde dat Maddy Krugman zijn verhaal op internet had gelezen. Hij ging naar een zoekmachine en typte haar naam in. Er waren enkele duizenden hits, vooral van een politiek commentator die John Krugman heette, en een journalist van de *New York Times* die Paul Krugman heette. Falcón voerde 'Madeleine Coren' in. Er waren maar driehonderd hits en hij vond algauw verwijzingen naar haar fotografische werk. Het waren vooral oude artikelen en een paar stukken over haar exposities, maar ze bevatten steeds een foto van de adembenemend mooie jonge Madeleine Coren, die er koel en ongenaakbaar uitzag en helemaal in het zwart gekleed was. Hij begon zich te vervelen, maar toen trok een klein artikel uit de *St. Louis Times* zijn aandacht. Een moordonderzoek van de FBI: 'Madeleine Coren, fotografe, heeft de FBI geholpen bij het onderzoek naar de moord op de in Iran geboren tapijthandelaar Reza Sangari.' Het artikel stond op de pagina voor plaatselijk nieuws en was van 15 oktober 2000.

Madeleine Coren in FBI-moordonderzoek

De New Yorkse fotografe Maddy Coren heeft de FBI geholpen bij het moordonderzoek na de ontdekking van het doodgeslagen lichaam van Reza Sangari in zijn appartement in de Lower East Side. De FBI kon niet vertellen waarom er in verband met de moord op de Iraanse tapijthandelaar met Maddy Coren is gepraat. Er werd alleen meegedeeld dat er geen beschuldigingen zijn ingediend tegen de zesendertigjarige fotografe, wier laatste expositie, *Minute Lives*, kortgeleden in het St. Louis Art Museum is beëindigd. John en Martha Coren, die nog in Belleville, St. Clair, wonen, wilden geen commentaar geven op het gesprek van hun dochter met de FBI. Maddy Coren woont in Connecticut met haar man, de architect Martin Krugman.

De journalist heette Dan Fineman, en toen Falcón het een paar keer had doorgelezen, besefte hij dat het een lichtelijk venijnig stuk was. Het bevatte nauwelijks genoeg nieuwswaarde om te worden afgedrukt. Hij voerde 'Minute Lives' in de zoekmachine in en vond een kritiek met de kop: 'Kleine inhoud, kleine betekenis'. Die kritiek was geschreven door diezelfde Dan Fineman. Een man die wrok koesterde.

Falcón typte 'Reza Sangari' in. De moord op hem had veel aandacht gekregen in plaatselijke en landelijke media, en uit een van die artikelen kon hij het hele verhaal afleiden.

Reza Sangari was nog maar dertig geweest. Hij was geboren in Teheran. Zijn moeder kwam uit een bankiersfamilie en zijn vader had zijn eigen tapijtfabriek, tot ze voor de Iraanse revolutie van 1979 het land uit gingen. Reza groeide op in Zwitserland, maar ging naar Amerika om kunstgeschiedenis te studeren. Na zijn studie kocht hij een pakhuis in de Lower East Side en begon tapijten te importeren en te verkopen. Hij verbouwde de bovenverdieping tot een appartement, en daar werd op 13 oktober 2000 zijn lijk gevonden. Reza was drie dagen eerder vermoord; hij was twee keer met een stomp voorwerp tegen zijn hoofd geslagen. Daar was hij niet door gedood, maar toen was hij zijdelings tegen een koperen ledikant gevallen, en dat was wel fataal geweest. Het wapen waarmee de eerste verwondingen waren toegebracht, was niet gevonden. Omdat het een veelomvattend onderzoek was en Sangari een internationale clientèle had, nam de FBI de zaak van de New Yorkse politie over. De dienst nam contact op met al zijn cliënten en kennissen. Ze ontdekten dat hij met verschillende vrouwen omging, maar met niemand in het bijzonder. Er waren geen sporen van braak en er was blijkbaar ook niets gestolen. Er ontbrak niets aan de inventaris. De FBI had geen verdachten kunnen vinden, ondanks uitgebreide vraaggesprekken met de vrouwen met wie hij in de tijd voor zijn dood omging. Sommige namen van die vrouwen waren in de media terechtgekomen omdat ze beroemd waren. Dat waren Helena Valankova (modeontwerpster), Françoise Lascombs (model) en Madeleine Krugman. Die laatste twee waren getrouwd.

11

Falcón werd wakker en pakte meteen de pen en het notitieboekje om zijn dromen op te schrijven. Ditmaal schreef hij:

Misschien ontdekte ze dat hij die andere vrouwen had en deed ze het.

Misschien ontdekte hij dat ze een verhouding had en deed hij het.

Of misschien hadden ze er niets mee te maken.

Hij liet dit alles enkele minuten door zijn gedachten gaan en schreef toen:

Misschien heeft hij Reza S. vermoord en het niet aan haar verteld.

Misschien heeft zij Reza S. vermoord en het niet aan hem verteld.

Of misschien was er een medeplichtige.

Of misschien hadden ze er niets mee te maken.

Hij had slecht geslapen. Het Ortega-dossier lag verspreid over het bed, samen met de dictafoon en bandjes van Alicia Aguado. Hij was uren op geweest, te onrustig om te slapen, en had het Ortega-dossier ingesproken terwijl hij het las. Voordat hij onder de douche ging, keek hij naar het strookje papier dat hij over de deur had geplakt. Het was niet gescheurd. Hij had dus tenminste niet geslaapwandeld. Hij liet het water op zijn hoofd roffelen en voelde zich een beetje minder gefrustreerd toen hij aan Inés' foto dacht en op een nieuw idee kwam.

De warmte in de zuilengalerij buiten zijn kamer verstikte hem bijna. Hij keek naar de sijpelende fontein en schuifelde langs de zuilen op weg naar de keuken. Daar at hij een stukje verse ananas en wat toast met olijfolie. Hij nam zijn pillen en dacht aan zijn eenzame huis. Inés had het 'krankzinnig groot' genoemd, en dat was het ook: een immense, onlogische, labyrintachtige uiting van de bizarre geestestoestand van Francisco Falcón.

Toen drong er iets tot hem door. Omdat hij de laatste maanden helemaal door zichzelf in beslag was genomen, besefte hij nu pas wat voor iedereen duidelijk moest zijn geweest: *Waarom zou je hier blijven wonen? Dit is jouw huis niet en dat zal het ook nooit worden. Laat Manuela het maar hebben. Ze spant al die processen alleen maar tegen je aan om alles te moeten verkopen en een kolossale hypotheek te moeten nemen om erin te kunnen wonen.*

Hij voelde zich vrij. Hij nam zijn mobieltje en wilde al op Manuela's nummer drukken, maar hield zich nog net op tijd in. Hij zou dat via zijn advocate, Isabel Cano, moeten spelen. Het was niet verstandig om Manuela de dingen op een presenteerblaadje aan te bieden. Als mensen dat deden, wilde ze alleen maar meer. Het mobieltje ging.

'We hebben hier een bespreking om negen uur,' zei Calderón gespannen en zakelijk. 'Ik zou graag willen dat je alleen komt, Javier.'

Onderweg naar de Jefatura bracht hij de bandjes naar de praktijk van Alicia Aguado in de Calle Vidrio. Voordat hij naar zijn eigen kamer ging, bracht hij de foto van Inés naar het lab, samen met wat leeg papier dat hij had gebruikt om zijn foto's af te drukken. Hij vroeg Jorge te onderzoeken of het papier hetzelfde was. Terug in zijn kamer las hij de rapporten door die op zijn bureau waren gelegd. Hij verzamelde alle papieren die hij voor de bespreking nodig had en stopte ze in zijn aktetas, waar hij ze gescheiden hield van de gegevens die hij op internet over Madeleine Krugman, geboren Coren, had gevonden. Hij deed de foto van Pablo Ortega en Carvajal ook in de tas. Hij wilde de reactie van de acteur daarop zien. Hij belde naar Isabel Cano; in haar kantoor werd nog steeds niet opgenomen. Ramírez en Ferrera kwamen binnen toen hij wegging. Hij zei tegen Ramírez dat Calderón hem onder vier ogen wilde spreken. De rest van het team zou van deur tot deur op zoek gaan naar Sergei en/of de raadselachtige vrouw met wie hij had gesproken.

Het Edificio de los Juzgados werkte zich naar een actieve ochtend toe. De stank van mensen die zweetten van hoop en angst had een dierlijke intensiteit bereikt en geen airconditioning ter wereld zou daar iets aan kunnen doen. Falcón ging naar Calderóns kamer op de eerste verdieping, met uitzicht op het parkeerterrein en het busstation El Prado de San Sebastian. De rechter rookte. Er lagen al zes peuken in de asbak, allemaal opgerookt tot aan het filter. Falcón deed de deur dicht. Calderón had donkere wallen onder zijn ogen. Hij had nog steeds het intense gezicht van iemand die uit de wildernis naar de beschaving was teruggekeerd. Falcón legde de sectie- en politierapporten voor hem neer en ging zitten.

Calderón las snel. Zijn juristenbrein nam de grote hoeveelheid gedetailleerde informatie in zich op. Hij leunde met een pas aangestoken sigaret achterover en keek Falcón aandachtig aan. Blijkbaar stond hij op het punt om iets persoonlijks te zeggen, maar zag hij daarvan af omdat hij geen zin had om zo vroeg op de dag een confrontatie aan te gaan.

'Wat vind jij van dit alles, Javier?' vroeg hij. 'Je kunt niet bepaald zeggen dat met die secties de basis voor het gebouw van een moordonderzoek is gelegd. Het verbaast me dat de Médico Forense in dit stadium niet een beetje verder wilde gaan.'

'Officieel wil hij dat niet,' zei Falcón. 'Maar net als wij allemaal op de Jefatura twijfelt hij er sterk aan of het zelfmoord was. Daarom wil hij de lichamen ook nog niet vrijgeven voor een begrafenis.'

'Laten we eens naar de psychische conditie van de overledenen kijken,' zei Calderón. 'Señora Vega was er zo ernstig aan toe dat ze lithium slikte. Haar man gedroeg zich niet alleen vreemd, zoals we op foto's van Madeleine Krugman hebben gezien, maar was ook naar twee en misschien drie therapeuten geweest omdat hij aan spanningen leed.'

Falcón wist dat Calderón haar naam had willen noemen, dat hij er behoefte aan had gehad om die mooie naam op zijn lippen en tong te proeven. Daarom besloot hij de internetdownloads niet uit zijn aktetas te halen.

'De plaats delict...' begon Falcón.

'Ja, de plaats delict,' zei Calderón. 'Er zijn verschillende verklaringen mogelijk. Zelfmoord of moord, met één tot drie mensen die bij de sterfgevallen betrokken zijn. Je hebt geen verdachten. In die rapporten komt zelfs geen vaag vermoeden van een motief voor. Je hebt geen getuigen. Sergei, de tuinman, is nog steeds niet gevonden.'

'Daar werken we aan. We hebben zijn foto verspreid en we weten dat hij niet al te lang geleden in een bar bij het huis van de Vega's met een vrouw heeft gepraat. We doen ook buurtonderzoek in Santa Clara en de Polígono San Pablo,' zei Falcón. 'Wat het motief betreft, moeten we hard aan die Russische connectie werken en...'

'Laten we ons niet te veel opwinden over die Russen voordat we weten wie ze zijn en we in de accountantsrapporten hebben gezien hoe groot hun betrokkenheid is. Ik weet dat er veel geld wordt witgewassen in Marbella en plaatsen aan de Costa del Sol, maar tot nu toe hebben we hier in Sevilla niet meer ontdekt dan dat Pablo Ortega zeven maanden geleden een paar Russen op visite heeft gehad.'

'Ik ben woensdagavond naar huis gevolgd door een blauwe Seat met nummerborden die in Marbella gestolen waren, en er werken Russische en Oekraïense illegalen op Vega's bouwplaatsen,' zei Falcón. 'We hebben nog veel vragen over de plaats delict, het lichaam, de relatie van de overledene met zijn zoon en mogelijke schadelijke externe invloeden. Dat alles rechtvaardigt nader onderzoek.'

'Goed, wat de Russen betreft, heb je gelijk. Laten we dat uitzoeken,' zei Calderón. 'Als we nu even van zelfmoord uitgaan: hoe zit het dan met de jongen?'

'Vega's huiselijke situatie was niet volkomen hopeloos. Zelfs señor Cabello, die niets van zijn schoonzoon moest hebben, gaf toe dat Vega erg gek op de jongen was,' zei Falcón.

'Hij nam geen vuurwapen, maar dronk gootsteenontstopper. Dat zou erop kunnen wijzen dat hij zichzelf wilde straffen voor zonden die wij niet kennen. Misschien wilde hij ook voorkomen dat zijn zoon de gevolgen van een gewelddadige dood zag. Misschien heeft hij juist zelfmoord gepleegd omdat er iets was waarvan hij het niet kon verdragen dat zijn zoon het over hem zou weten,' zei Calderón. 'Als jij een zoon had, Javier, wat zou je dan beslist niet willen dat hij van je wist?'

'Als hij wist dat ik een oorlogsmisdadiger was, zou ik hem moeilijk onder ogen kunnen komen,' zei Falcón. 'Het verschil tussen de oorlogsmisdadiger en de moordenaar is dat de eerste tot zelfkennis kan komen. In de loop van de tijd kan de oorlogsmisdadiger inzien dat hij een gewoon mens was, maar door een combinatie van ideologie, nationalisme en angst in een genadeloze moordenaar was veranderd die verblind werd door zijn rechtlijnigheid en zijn trouw aan het regime. Later in zijn leven beseft hij, vooral wanneer hij wordt opgejaagd, misschien wat hij gedaan heeft en schaamt hij zich diep. Ik kan me niet voorstellen dat ik in de ogen van mijn zoon zou kijken terwijl hij wist dat ik tot zulke wreedheid in staat was.'

Stilte. De rechter rookte weer.

'Nu doen we iets wat twee mensen die criminele zaken onderzoeken nooit moeten doen,' zei Calderón.

'Ter zake,' zei Falcón. 'We hebben in een van Vega's diepvrieskasten een vals paspoort gevonden. Het is Argentijns en het staat op naam van Emilio Cruz. We gaan dat na en we kijken ook waar Rafael Vega zijn identiteitsbewijs vandaan had.'

Calderón knikte, drukte zijn sigaret uit en stak er weer een op.

'Vázquez zei dat Vega's ouders zijn "omgekomen". Daarmee liet hij doorschemeren dat ze geen natuurlijke dood zijn gestorven,' zei Falcón. 'Wie waren ze? Wat is er met hen gebeurd? Dat zou interessant kunnen zijn.'

'Ja, als achtergrondinformatie,' zei Calderón.

'En er is nog iets anders wat niet in het rapport staat. Ik heb in Vega's studeerkamer een map met het opschrift JUSTICIA gevonden. Daar zaten artikelen en downloads in over gerechtshoven als het Internationale Strafhof in Den Haag...'

'Daar heb je je oorlogsmisdaden weer, Javier.'

'... Baltasar Garzón en het Belgische rechtsstelsel,' zei Falcón. 'Dat is erg specifiek materiaal voor iemand die in de bouw zit, zelfs wanneer hij zich voor actualiteiten interesseerde. In combinatie met het vreemde briefje dat hij in zijn hand had en het valse paspoort wijst het erop dat we met iemand te maken hebben die over geheime informatie beschikte, informatie die schadelijk kon zijn voor bepaalde mensen.'

'De Krugmans en Ortega zeiden dat hij een hekel aan Amerika had,' zei Calderón.

'Niet aan Amerika in het algemeen. Ik denk dat Vega zich kwaad maakte op de Amerikaanse regering. Marty Krugman zei zelfs dat hij pro-Amerika was.'

'Dat kan. Ik zei dat alleen maar omdat de Amerikaanse regering tegen het Internationale Strafhof is, en dat heeft alles te maken met de wereld van na 9/11. En dan is er ook nog Vega's vreemde briefje, zoals je zei.'

'Ik heb daar gisteren iets over in *El País* gelezen, maar ik begreep niet waarom.'

'Er is een simpele reden. De Amerikaanse regering wil niet dat haar burgers ten onrechte worden vervolgd,' zei Calderón. 'Er speelt ook nog iets anders mee. De wereld van na 9/11 heeft meer politiebewaking nodig. Het Amerikaanse leger fungeert als politieagent. De Amerikanen willen zich het recht voorbehouden zelf te beslissen wat rechtvaardig is. Ze willen ook niet dat iemand van hun regering wordt aangeklaagd wegens oorlogsmisdaden. Ze zijn het machtigste land van de wereld en ze oefenen invloed uit waar ze maar kunnen. Veel mensen houden niet van hun tactieken – "Als je ons niet steunt, krijg je geen militaire hulp meer." Maar we leven in een complexe wereld. Zoals de vrijheidsstrijder van de een de terrorist van de ander is, zo is het geoorloofde militaire doel van de een de wreedheid van de ander.'

'Zou het dan niet de moeite waard zijn om te onderzoeken waarom Vega zelfs maar vage belangstelling voor het Internationale Strafhof en andere rechtsstelsels had?'

'Ik weet niet wat hij ervan verwachtte, want het Internationale Strafhof is pas op 1 juli van dit jaar in het leven geroepen en mag zich niet bemoeien met misdrijven die voor die datum zijn gepleegd. Het Belgische rechtsstelsel en Baltasar Garzón betekenen dat je je verre van Europa moet houden als je bang bent aangeklaagd of gearresteerd te worden. Je moet je daar niet blind op staren, Javier,' zei Calderón. 'Je moet je ook op de details concentreren. Is er al zoutzuur in of bij het huis gevonden?'

'Nog niet. We hebben nog niet alles helemaal kunnen doorzoeken. Mijn team is verspreid. We moeten ook Sergei vinden en ons in Vega's zaken verdiepen.'

'Je weet wat ik wil hebben: een motief, een verdachte, betrouwbare getuigen,' zei Calderón. 'Ik ben minder geïnteresseerd in dingen die er niet zijn. Als jullie geen zoutzuur vinden, is dat alleen maar een indicatie. Het betekent niets. Ik wil geen... geesten meer.'

Calderón gaf een redelijk goede imitatie ten beste van een man die achter zijn bureau verdronk.

'Daarom praten we liever niet over onze vermoedens als er rechters bij zijn.'

'Ik heb makkelijk praten,' zei Calderón. 'Ik weet dat jullie je op de realiteiten en feiten concentreren, maar op dit moment hebben we alleen nuances en indicaties: de betrokkenheid van de Russische maffia, Vega's belangstelling voor internationale gerechtshoven, de pedofielenbende van Carvajal...'

'Daar hebben we het nog niet over gehad.'

'Het zijn alleen maar namen in een adressenboekje. Sommige zijn doorgestreept. Daar zit geen vlees aan, Javier. Het is niet eens een skelet, alleen maar een geest.'

'Daar ga je weer.'

'Je weet dat ik vlees wil, en ik laat je geen volledig moordonderzoek in gang zetten tot ik het heb,' zei Calderón. 'Begin volgende week komen we weer bij elkaar om over de zaak te praten, en als je dan niets voor me hebt wat op de rechtbank overeind blijft, moeten we de zaak laten rusten.'

Calderón leunde achterover, stak weer een sigaret op – de man rookte meer dan Javier zich kon herinneren – en ging op in zijn eigen gedachten.

'Je wilde me onder vier ogen spreken,' zei Javier om Calderón bij de les te houden.

'Afgezien van het feit dat ik me niet door Inspector Ramírez wil laten intimideren...'

'Hij is tegenwoordig wat rustiger,' zei Falcón. 'Zijn dochter wordt onderzocht in het ziekenhuis.'

'Niets ernstigs, hoop ik,' zei Calderón, op de automatische piloot. Het nieuws ging aan hem voorbij, want hij werd helemaal in beslag genomen door zijn eigen problemen. 'Ik wist niet dat Inés en jij nog contact met elkaar hadden.'

'Dat hebben we ook niet,' zei Falcón, en hij legde absurd uitvoerig uit hoe hij met haar in El Cairo terecht was gekomen.,

'Inés maakte een nerveuze indruk,' zei Calderón.

'Ga maar na wat er gebeurd is toen ze de vorige keer trouwde,' zei Falcón. Hij draaide zijn beide handpalmen naar boven en haalde zijn schouders op. 'Blijkbaar was ze bang dat jij twijfelde. Ik...'

'Waarom zou ze denken dat ik twijfelde?' vroeg Calderón, en Falcón voelde hoe de diamantboor van de rechter in hem binnendrong.

'Ze vond jou ook nerveus.'

'En wat zei jij daarop?'

'Dat het heel begrijpelijk was dat jij onder deze omstandigheden nerveus bent. Ik had dat zelf ook,' zei Falcón. 'En nervositeit wordt gauw voor twijfel aangezien.'

'Twijfelde jij?' vroeg Calderón.

'Ik heb nooit aan haar getwijfeld,' zei Falcón. Het zweet liep over zijn rug.

'Dat was de vraag niet, Javier.'

'Waarschijnlijk twijfelde ik wel. Achteraf was ik waarschijnlijk bang voor de verandering, bang dat ik niet in staat was om...'

'Om wat?'

Falcóns stoel kraakte. Hij draaide aan het spit van Calderóns vragen.

'Ik was toen een ander mens. Afstandelijker,' zei Falcón. 'Daarom ga ik naar een therapeut.'

'En nu?'

Met die laatste luchtige vraag maakte Calderón de cirkel rond. Falcón was bijna blij met de impliciete waarschuwing dat hij zijn neus uit de zaken van de rechter moest houden.

'Het is een lange weg,' zei hij.

Falcón zat aan zijn bureau en dacht na over het gesprek. Hij was blij dat hij de internetdownloads over Maddy Krugman niet ter sprake had gebracht. Dat had Calderón woest kunnen maken. De rechter wist dat Falcón iets had gezien. Maar gezien hun delicate persoonlijke verstandhouding kon Falcón pas iets over Maddy's betrokkenheid bij het FBI-onderzoek zeggen als hij zeker was van de feiten. Hij had medelijden met de twee mensen die hij op weg zag gaan naar hun ondergang. Toen belde hij zijn advocate, Isabel Cano.

Ze was bereid hem maximaal tien minuten te ontvangen. Hij reed naar haar kleine kantoor in de Calle Julie César en liep langs de drie rechtenstudenten in het voorkantoor. Ze ontving hem op blote voeten. Hij ging zitten en vertelde haar wat hij aan Manuela wilde voorstellen.

'Ben je gek, Javier?'

'Niet altijd,' zei hij.

'Je wilt haar nu alles geven waar we een halfjaar voor hebben gevochten. Je bent bereid een verlies van misschien wel een half miljoen euro te accepteren. Waarom gooien we de inboedel er niet bij?'

'Dat is geen slecht idee,' zei Falcón.

Ze boog zich over het bureau naar hem toe – lang zwart haar, donkerbruine, bijna zwarte ogen, een mooie, felle, arrogante Moorse blik die de meeste officieren van justitie al op honderd meter afstand liet verschrompelen.

'Is die therapeut nog in je hoofd aan het sleutelen?'

'Ja.'

'Krijg je andere medicijnen?'

'Nee.'

'Slik je nog medicijnen?'

Hij knikte.

'Nou, ik weet niet wat er in je omgaat, maar het moet wel erg luidruchtig zijn,' zei ze.

'Ik wil niet meer in dat huis wonen. Ik wil niet meer in het huis van Francisco Falcón wonen. Manuela wil dat wel. Ze wordt erdoor geobsedeerd... maar ze heeft het geld niet.'

'Dan kan ze het niet krijgen, Javier.'

'Wil je erover nadenken?'

'Ik heb erover nagedacht en ik heb het verworpen – onmiddellijk.'

'Denk nog wat meer na.'

'Dit waren je tien minuten,' zei Isabel, terwijl ze haar schoenen aantrok. 'Loop met me mee naar mijn auto.'

De rechtenstudenten vuurden vragen op haar af toen ze door het kantoor liep. Ze negeerde hen. Haar hakken klakten door de marmeren hal.

'Ik heb nog een vraag voor je,' zei Falcón.

'Laten we hopen dat hij goedkoper is dan de vorige,' zei ze, 'anders kun je je mij niet meer veroorloven.'

'Ken je Juez Calderón?'

'Natuurlijk, Javier,' zei ze. Ze bleef plotseling op straat staan, zodat Falcón tegen haar op botste. 'Aha, nu snap ik het: je bent emotioneel geschokt door hem en Inés. Laten we vergeten dat we elkaar vandaag hebben gesproken. Als je weer rustig bent, zullen we...'

'Zó diep geschokt ben ik niet.'

'Nou, wat is er met Juez Calderón?'

'Heeft hij een reputatie?'

'Zo lang als je arm... langer dan je been... langer dan deze straat.'

'Ik bedoel... met vrouwen.'

Falcón, die haar gretig aankeek, zag dat alle felheid plaatsmaakte voor een enorm gekwetst gevoel, dat aan de oppervlakte kwam als een geharpoeneerde walvis en toen weer verdween. Ze wendde zich af en richtte haar sleutels op haar auto, waarvan de lichten even opflitsten.

'Esteban is altijd een jager geweest,' zei ze.

Ze stapte in de auto en reed weg. Falcón bleef op het trottoir achter. Hij bedacht dat Isabel Cano al meer dan tien jaar gelukkig getrouwd was.

12

Vrijdag 26 juli 2002

Op weg naar Ortega's huis werd hij gebeld door Jorge, die hem vertelde dat het papier dat voor de foto van Inés was gebruikt van een ander merk en een andere kwaliteit was dan het lege fotopapier dat hij van Falcón had gekregen. Dat nieuws deed Javier eerst goed, maar toen besefte hij dat dit weliswaar bewees dat hij nog bij zijn verstand was, maar dat het ook betekende dat iemand in zijn huis was binnengedrongen om de foto achter te laten. En dat niet alleen, ze wisten ook hoe kwetsbaar hij in dat opzicht was. Het bloed steeg hem naar het hoofd, maar hij bracht zijn paranoia tot rust met de gedachte dat iedereen dat van hem wist. Sinds het Francisco Falcón-schandaal was zijn verhaal algemeen bekend.

Pablo Ortega kwam terug van het uitlaten van zijn honden. Falcón stopte naast hem, liet zijn raampje omlaag zakken en vroeg of hij even tijd had. Ortega knikte grimmig. Falcón haalde de foto uit zijn aktetas. Ortega hield het hek voor hem open. De stank van de beerput was zo zwaar als een lemen muur. Ze liepen om het huis heen naar de keuken. De honden dronken luidruchtig.

'Ik heb goed nieuws over de beerput,' zei Ortega, al klonk hij niet erg blij. 'Een van de aannemers van mijn broer denkt dat hij de boel weer kan opbouwen zonder eerst alle muren te slopen. Hij zou dat voor vijf miljoen peseta's kunnen doen.'

'Dat is goed,' zei Falcón. 'Ik ben blij voor je.'

Ze liepen de huiskamer in en gingen zitten.

'Misschien heb ik ook goed nieuws voor je,' zei Falcón, die de sfeer positief wilde houden. 'Ik zou graag willen helpen bij de zaak van Sebastián.'

'Het heeft geen zin dat je van buitenaf helpt als Sebastián van binnenuit niet geholpen wil worden.'

'Ik denk dat ik daar ook mee kan helpen,' zei Falcón. Hij wist niet of Aguado akkoord zou gaan, maar hij waagde het erop. 'Ik heb een psychotherapeute die zijn zaak bestudeert en misschien met hem wil praten.'

'Een psychotherapeute,' zei Ortega langzaam. 'En waarover zou die met Sebastián praten?'

'Ze zou proberen uit te zoeken waarom Sebastián er behoefte aan heeft zichzelf op te sluiten.'

'Hij heeft zichzelf niet opgesloten.' Ortega sprong overeind en stak dramatisch zijn hand naar voren. 'De overheid heeft hem opgesloten met hulp van die cabrón van een Juez Calderón.'

'Maar Sebastián heeft zichzelf niet verdedigd. Hij schijnt blij te zijn geweest met zijn straf en heeft niets gezegd dat het vonnis had kunnen verlichten. Waarom?'

Ortega drukte zijn vuisten in zijn royale middel en haalde diep adem, alsof hij op het punt stond het huis omver te blazen.

'Omdat,' zei hij erg zacht, 'hij schuldig was... Het ging indertijd alleen om zijn geestelijke conditie. Het hof oordeelde dat hij geestelijk gezond was. Ik betwist dat.'

'Dat zal ze ontdekken als ze met hem praat,' zei Falcón.

'Waarover gaat ze met hem praten?' vroeg Ortega. 'Die jongen is al labiel genoeg. Ik wil niet dat ze nog meer onrust stookt. Hij zit al in eenzame opsluiting. Ik wil niet dat hij zelfmoordneigingen krijgt.'

'Komen er berichten uit de gevangenis dat hij die neigingen heeft?'

'Nog niet.'

'Ze is erg goed in haar werk, Pablo. Ik denk niet dat dit hem kwaad zal doen,' zei Falcón. 'En terwijl ze hem helpt duidelijkheid te scheppen, kijk ik naar verschillende elementen van de zaak...'

'Wat bijvoorbeeld?'

'De jongen die hij heeft gekidnapt – Manolo. Ik zou met zijn ouders moeten praten.'

'Daar bereik je niets mee. De naam Ortega mag in dat huis niet worden uitgesproken. De vader schijnt helemaal ingestort te zijn. Hij kan niet meer werken. Ze verspreiden kwaadaardige roddels en zetten daarmee de hele barrio tegen me op. Ik bedoel, daarom woon ik hier, Javier... en niet daar.'

'Ik móét met ze praten,' zei Falcón. 'Doordat Manolo zo'n ernstige verklaring heeft afgelegd, kreeg Sebastián zo'n zware gevangenisstraf.'

'Waarom zou hij daar verandering in brengen?' zei Ortega. 'Het is zijn verklaring.'

'Dat moet ik juist uitzoeken: of het zijn verklaring wás of dat het iets was wat hij van anderen moest zeggen.'

'Wat bedoel je daarmee?'

'Hij is nog erg jong. Op die leeftijd doe je wat je gezegd wordt.'

'Jij weet iets, Javier, nietwaar?' zei Ortega. 'Wat weet je?'

'Ik weet dat ik wil helpen.'

'Nou, ik vind het maar niks,' zei Ortega. 'En ik wil niet dat Sebastián er de dupe van wordt.'

'Het kan niet erger voor hem worden, Pablo.'

'De dingen worden weer opgerakeld...' zei Ortega, die daarmee herhaalde waar hij bang voor was. Hij wilde zich kwaad maken, maar werd toen milder. 'Mag ik daar even over nadenken, Javier? Ik wil de dingen niet overhaasten. Het ligt nogal gevoelig. De media zijn net tot rust gekomen. Ik wil ze niet weer in mijn nek hebben. Is dat goed?'

'Maak je geen zorgen, Pablo. Neem de tijd.'

Ortega keek knipperend naar de foto die Javier bij een hoek vasthield.

'Verder nog iets?' vroeg hij.

'Ik begrijp niet goed wat je relatie met Rafael Vega was.'
Falcón bladerde in zijn notitieboekje terug. 'Je zei: "Ik kende
hem. Ongeveer een week nadat ik hier was komen wonen, kwam
hij zich voorstellen." Wil dat zeggen dat je hem al kende voordat
je hierheen verhuisde of dat je hem pas kent sinds je in Santa Clara woont?'

Ortega keek naar de foto die omgekeerd voor Falcón op de
tafel lag, alsof hij een pokeraar was en de foto een kaart was waarvan hij best zou willen weten wat het ervoor een was.

'Ik kende hem daarvoor al,' zei hij. 'Eigenlijk had ik moeten
zeggen dat hij zich opnieuw kwam voorstellen. Ik had hem ontmoet op een of ander feest. Ik weet niet meer van wie...'

'Eén, twee, drie keer?'

'Dat kan ik me niet goed herinneren. Ik ontmoet zoveel...'

'Je hebt de overleden man van Consuelo Jiménez gekend,' zei
Falcón.

'Ja, ja, Raúl. Dat zal het zijn geweest. Ze zaten in dezelfde
branche. Ik ging vroeger vaak naar het restaurant in El Porvenir.
Dat was het.'

'Ik dacht dat je hem kende via je broer en diens airconditioningsystemen?'

'Ja, ja, ja, nu heb ik het. Natuurlijk.'

Falcón gaf hem de foto en keek daarbij naar zijn gezicht.

'Met wie praat je op die foto?' vroeg Falcón.

'Weet ik niet,' zei Ortega. 'Degene die je niet kunt zien, is
mijn broer. Dat zie ik aan zijn kale hoofd. Die man... Ik weet het
niet.'

'Deze foto is gemaakt op een feest van Raúl Jiménez.'

'Daar kom ik niet verder mee. Ik ben op tientallen feesten geweest. Ik heb honderden mensen ontmoet... Ik kan alleen maar
zeggen dat het geen collega van me was. Hij moet iemand uit de
bouw zijn geweest.'

'Raúl had twee soorten vrienden, beroemdheden en... mensen die nuttig waren voor zijn zaken,' zei Falcón. 'Het verbaast
me dat je niet op zijn foto's met beroemdheden voorkomt.'

'Raúl Jiménez dacht dat Lorca een sherrymerk was. Hij heeft in zijn hele leven geen stap in een theater gezet. Hij beschouwde zichzelf graag als een vriend van Antonio Banderas en Ana Rosa Quintana, maar dat was hij niet. Het waren allemaal publiciteitsstunts. Ik was... Nee, laat ik het precies zeggen: ik hielp mijn broer wel eens door naar bepaalde gelegenheden te gaan. Ik kende Raúl en ik had Rafael ontmoet, maar ik was niet echt een vriend.'

'Nou, bedankt voor je uitleg,' zei Falcón. 'Het spijt me dat ik beslag op je tijd heb gelegd.'

'Ik weet niet precies wat je nu aan het onderzoeken bent, Javier. Het ene moment hebben we het over Rafaels zelfmoord, het volgende moment praat je alsof hij vermoord is, en nu verdiep je je in Sebastiáns zaak. En die foto... Die moet jaren geleden zijn gemaakt, voordat ik zoveel aankwam.'

'Er staat geen datum op. Ik kan alleen maar zeggen dat hij vóór 1998 is gemaakt.'

'Hoe weet je dat?'

'Omdat de man met wie je praat in dat jaar is gestorven.'

'Dus je wéét al wie hij is?'

Falcón knikte.

'Nu krijg ik het gevoel dat ik van iets word beschuldigd,' zei Ortega. 'En dat terwijl het alleen maar door mijn geheugen komt, dat niks meer waard is sinds die toestand met Sebastián. Ik heb in mijn hele leven nooit een souffleur nodig gehad, maar in het afgelopen jaar stond ik twee keer voor de camera of op het toneel en had ik geen flauw idee wat ik moest doen. Het is... ach... dat wil je niet weten. Het is belachelijk. Niet iets waarvoor een rechercheur zich zou interesseren.'

'Probeer het eens.'

'Het is of de realiteit steeds weer probeert door de illusie heen te breken die ik probeer te wekken.'

'Dat klinkt geloofwaardig. Je hebt een moeilijke tijd gehad.'

'Het is nooit eerder gebeurd,' zei Ortega. 'Zelfs niet toen Glória bij me wegging. Nou ja, laten we het vergeten.'

'Het werk dat ik doe is niet alleen een kwestie van misdadigers achter de tralies zetten, Pablo. Wij zijn ook dienaren van het volk. Dat betekent dat ik ook probeer te helpen.'

'Maar kun je me helpen met wat zich hier afspeelt?' Hij tikte tegen zijn voorhoofd.

'Dan moet je het me eerst vertellen.'

'Weet je iets van dromen?' zei Ortega. 'Ik heb een droom waarin ik in een veld sta. Er waait een koele wind tegen het zweet op mijn gezicht. Ik ben ontzettend kwaad en mijn handen doen pijn. Mijn handpalmen prikken en de achterkanten van mijn vingers voelen geschaafd aan. Er zijn verkeersgeluiden en ik merk dat mijn handen me niet fysiek pijn doen, maar me wel heel erg van streek maken. Wat vind jij daarvan, Javier?'

'Het klinkt alsof je iemand hebt geslagen.'

Ortega keek dwars door hem heen, plotseling diep in gedachten verzonken. Falcón zei dat hij wegging, maar er kwam geen reactie. Toen Falcón bij het hek was, besefte hij dat hij vergeten had naar Sergei te vragen. Hij ging terug, maar bleef bij de hoek van het huis staan, want Ortega stond op het gazon, zijn handen naar de hemel geheven, en liet zich toen op zijn knieën zakken. De honden kwamen naar buiten en snuffelden aan hem. Hij aaide ze en hield ze tegen zich aan. Hij snikte. Falcón trok zich terug.

De garage van de Vega's, waar de fonkelnieuwe Ferrari stond, was schoner dan Sergeis onderkomen, en Falcón wist dat er in de buurt van de lak van die auto geen zoutzuur te vinden zou zijn. Hij liep door de tuin naar de barbecue, want hij had bedacht dat Sergei een plek moest hebben waar hij zijn tuingereedschap bewaarde. In dit deel van de tuin was niets aan het toeval overgelaten. Dit was aangelegd door een man die wist hoe hij vlees moest grillen. Achter het barbecuegedeelte bevond zich een dichte, bijna tropische plantengroei. Hij liep naar de achterkant van Sergeis onderkomen en zag dat een pad de jungle in leidde en dat daar ook een bakstenen schuur was. Hij was woedend omdat die schuur niet in Pérez' rapport over de tuin was vermeld.

Hij vond in de garage een sleutel en waadde door de zinderende hitte terug. De schuur stond vol zakken houtskool en de gebruikelijke barbecuespullen. Sergei had zijn gereedschap aan het ene eind staan, en daar lagen ook kleine hoeveelheden bouwmateriaal. Op een plank daarboven stonden verf en andere vloeistoffen, waaronder een geopende plastic fles zoutzuur. Er zat nog ongeveer een centimeter in. Falcón ging naar de auto terug om een plastic zak te halen en stak een pen door de lus om de fles erin te krijgen. Toen hij daarmee bezig was, werd het opeens donkerder in de schuur.

'U bent vandaag in uw eentje, Inspector Jefe,' zei Maddy Krugman. Hij schrok ervan.

Ze stond in de deuropening, met de felle zon achter haar. Door de flinterdunne stof van haar jurk kon hij al haar welvingen zien. Hij sloeg zijn blik neer naar haar sandalen met zebraprint. Ze stond met haar armen over elkaar tegen de deurpost geleund.

'Daar geef ik de voorkeur aan, señora Krugman,' zei hij.

'U lijkt me een eenling,' zei ze. 'Dingen uitdenken, dingen met elkaar combineren. Een beeld opbouwen in uw hoofd.'

'U houdt me goed in de gaten.'

'Ik verveel me,' zei ze. 'In deze hitte kan ik niet naar buiten om foto's te maken. Trouwens, er is niemand bij de rivier.'

'Werkt uw man nog voor Vega Construcciones?'

'Señor Vázquez en de financiële mensen hebben hem gisteravond gebeld en gezegd dat hij verder kan gaan met zijn projecten. Blijkbaar gooien ze hem er niet uit... nog niet. Wilt u koffie, Inspector Jefe?'

Ze liepen het zonlicht in. Ze keek naar de inhoud van zijn plastic zak. Hij deed de schuur op slot.

'We kunnen binnendoor naar mijn huis,' zei ze. Ze leidde hem naar een opening in de heg bij Sergeis onderkomen.

Falcón ging naar het huis terug, legde de zak met inhoud in de garage en sloot de deur. Hij volgde haar door de heg en door de tuin naar haar huis en vroeg zich intussen af hoe hij Reza

Sangari ter sprake zou kunnen brengen.

Hij ging in de koele huiskamer op de bank zitten terwijl zij koffie zette. Haar sandalen hadden lage hakken, die zacht op de marmeren vloer tikten. Zelfs nu ze de kamer uit was, had ze zonder het te beseffen een seksuele uitstraling. Ze schonk koffie in en liet zich op het andere eind van de bank zakken.

'Weet u hoe het aanvoelt als ik hier dag na dag in mijn eentje ben?' zei ze. 'Ik voel me opgesloten. Het is vreemd, maar sinds Rafaels dood is mijn sociale leven met honderd procent toegenomen. Hij was zo ongeveer onze enige gast. Maar nu bent u er en gisteren had ik Esteban op bezoek...'

'Juez Calderón?'

'Ja,' zei ze. 'Een aardige man, en ook erg beschaafd.'

'Wanneer hebt u hem gesproken?'

'Ik kwam hem 's morgens in de stad tegen en we ontmoetten elkaar later weer en hebben de avond met elkaar doorgebracht,' zei ze. 'Hij ging met me naar een stel vreemde bars in de binnenstad, waar ik in mijn eentje nooit heen zou gaan. U weet wel, die gelegenheden waar duizend *jamones* aan het plafond hangen die hun vocht in plastic bekers laten vallen, en met dikke kerels die hun haar strak naar achteren kammen en sigaren roken en aan hun broek sjorren zodra er een vrouw voorbijkomt.'

'Hoe laat was dat?'

'Altijd de rechercheur, hè?' zei ze. 'Het was ongeveer van zes tot tien uur.'

Ze sloeg haar benen over elkaar. Haar jurk schoof omhoog. Ze schopte de sandaal van haar ene voet.

'Ik zag dat u een expositie hebt gehad die *Minute Lives* heette,' zei Falcón. 'Wat was het thema daarvan?'

'Of *Mínute Lives*,' zei ze, rollend met haar ogen. 'Ik heb nooit iets in die stomme titel gezien. Dat was een idee van mijn agent. Ze willen graag pakkende, commerciële titels. Ik heb boven het boek, als u het graag wilt zien.'

Ze stond op en trok de zoom van haar jurk met haar vingertoppen recht.

'Dat hoeft niet,' zei Falcón, die hen op de begane grond wilde houden. 'Ik wilde alleen weten wat het onderwerp was.'

Ze liep naar de schuifdeuren, legde haar handen op de ruit en keek de tuin in. Het licht viel weer door haar kleren heen. Falcón kreeg het benauwd. Alles leek opzet.

'Het waren foto's van heel gewone mensen, op hun werk en thuis. Het waren mensen met een klein leven in een grote stad, en de foto's waren alleen maar momenten uit hun levensverhaal – het was de bedoeling dat je fantasie de rest deed.'

'Ik heb een artikel over die expositie gelezen,' zei Falcón. 'Het was van een zekere Dan Fineman. Hij vond er blijkbaar niet veel aan.'

Terwijl die woorden op haar inwerkten, keek hij naar haar achterhoofd, haar hals en schouders. Ze was zo onbeweeglijk als een nachtdier dat omringd werd door roofdieren. Plotseling draaide ze zich om, haalde diep adem en kwam terug naar haar koffie. Ze stak een sigaret op en liet zich weer op de bank neerploffen.

'Dan Fineman was een klootzak die ik nog van de middelbare school kende. Hij wilde altijd met me neuken, maar ik kreeg kippenvel van hem. Hij is nooit verder gekomen dan dat hij stukjes voor de *St. Louis Times* mocht schrijven, maar toen hij zover was, nam hij wraak.'

'Hij heeft nog een artikel over u geschreven,' zei Falcón. 'Misschien hebt u dat niet gezien.'

'Dat was de enige expositie die ik ooit in St. Louis heb gehad. De eerste en de laatste.'

'Dit had niet met kunst te maken. Het was plaatselijk nieuws.'

'Ik ging alleen naar St. Louis terug om met Thanksgiving en Kerstmis mijn ouders op te zoeken.'

'Wanneer zei u dat uw moeder was gestorven?'

'Dat heb ik niet gezegd,' zei ze, 'maar het was op 3 december 2000. Weet u aan wie u me doet denken, Inspector Jefe?'

'Amerikanen schijnen maar één Spanjaard te kennen en ik lijk helemaal niet op Antonio Banderas.'

'Columbo,' zei ze. Ze vond dat helemaal niet, maar wilde hem een tegenstoot toedienen. 'Een Columbo die er veel beter uitziet. U stelt een heleboel vragen die helemaal niets met de zaak te maken lijken te hebben, en opeens hebt u de schuldige te pakken.'

'Films en boeken over politiewerk zijn altijd interessanter dan de werkelijkheid.'

'Marty zei direct al dat u anders was dan alle rechercheurs die hij ooit had meegemaakt.'

'En ik neem aan dat hij er nogal wat heeft ontmoet in de maanden voordat hij en u hier arriveerden?'

Ze liet haar kin op haar duim rusten en tikte met haar vinger tegen haar neus.

'U hebt niet verteld waarover Dan Fineman schreef, Inspector Jefe.'

'Dat u de FBI hielp bij het onderzoek naar de moord op uw ex-minnaar Reza Sangari.'

'U gaat erg grondig te werk,' zei ze.

'U had mij opgezocht op internet,' zei Falcón. 'En nu heb ik u opgezocht.'

'Dan hoeft u me niets meer te vragen,' zei ze. 'En trouwens, dit staat los van wat er met de Vega's is gebeurd.'

'Hebt u nog meer verhoudingen gehad sinds u met uw man getrouwd bent?' vroeg hij.

Ze kneep haar ogen half dicht, drukte haar lippen op elkaar en rookte ongeveer twee centimeter in één trek.

'Is dit een serieuze poging van u om Rafael en mij met elkaar in verband te brengen, Inspector Jefe?' vroeg ze. 'Is dat uw manier van denken? U ziet een pathetisch vanzelfsprekend patroon in dingen en uw rechercheursbrein combineert ze.'

Falcón bleef stil zitten, zijn blik strak op haar gericht. Hij wachtte tot ze onzeker werd. In plaats daarvan begon haar blijkbaar plotseling iets te dagen. Ze ging op de rand van de bank zitten.

'Ik heb het,' zei ze. 'Wat dom van me. Columbo – vragen die

los van elkaar staan. Het gaat over de rechter, nietwaar? U denkt dat ik een verhouding met Juez Calderón ben begonnen. En ja, ik heb het verhaal gelezen... Javier Falcón. Zijn verloofde is uw ex-vrouw. Zit dat erachter?'

Er was wat kleur op Maddy Krugmans wangen gekomen. Ze was woedend. Falcón had het heel goed zonder de gloed kunnen stellen die haar groene ogen verspreidden, in combinatie met dat rode haar. Hij besefte dat ze op het punt stonden elkaar te kwetsen en dat zij dat helemaal niet erg vond.

'Nu ik heb ontdekt dat uw motief om Amerika te verlaten een beetje ingewikkelder is dan u me wilde laten geloven, moet ik de dingen vanuit een ander perspectief bekijken.'

'Waarom zei u die dingen over Esteban?'

'U begon over hem, ik niet,' zei hij. 'Ik was geïnteresseerd omdat hij een afspraak verzette die hij gisteren met me had. Ik hoor nu dat hij dat deed omdat hij bij u was.'

'Houdt u nog steeds van uw ex-vrouw, Inspector Jefe?'

'Dat heeft er niets mee te maken.'

'Waarom bent u zo nieuwsgierig naar Esteban?' vroeg ze. 'Het gaat u toch niet aan wat hij in zijn vrije tijd doet? En uw ex-vrouw zou u ook koud moeten laten... Maar dat is niet zo.'

'Ze gaan trouwen. Ik maak me geen illusies.'

'U hebt uzelf verraden, Inspector Jefe,' zei ze. 'U maakt u geen illusies, maar ik wed dat u best een kans zou willen wagen.'

'Nu bent u net een advocaat die woorden in de mond van een getuige à charge legt.'

'En er is hier geen rechter bij wie u bezwaar kunt maken,' zei ze. Ze keek somber in de huiskamer om zich heen en richtte haar blik toen weer op hem. 'Elke vrouw van boven de twintig hoeft maar één blik op Esteban Calderón te werpen om te weten wat voor man dat is.'

'En dat is?'

'Een rokkenjager, altijd op zoek,' zei ze. 'U ziet dat niet, omdat u niet het type bent. Ik hoop niet dat uw ex-vrouw romantisch is ingesteld.'

'En als ze dat wel is?'

'Dan zal ze wel de illusie koesteren dat ze zo'n soort man kan veranderen,' zei ze. 'Maar ik kan u één ding verzekeren... Ze weet hoe hij is. Dat kan geen enkele vrouw ontgaan. Waarom denkt u dat Esteban op de eerste dag van uw onderzoek kwispelstaartend naar dit huis kwam?'

'Hoe denkt uw man over dat soort dingen?' vroeg Falcón.

'Marty hoeft zich nergens druk om te maken,' zei ze. 'Hij vertrouwt me.'

'Wat vond hij van Reza Sangari?'

Stilte. Maddy drukte de sigaret uit met tien precieze duwtjes in de asbak.

'Daar zijn we maar amper doorheen gekomen.' Ze keek op en haar ogen werden vergroot door de opwellende tranen. 'Dat was mijn eerste en laatste verhouding.'

'Ging u nog met Reza Sangari om toen hij vermoord werd?'

Ze schudde langzaam met haar hoofd.

'Hebt u erover gedacht uw man te verlaten voor Reza Sangari?'

Ze knikte.

'En wat gebeurde er toen?'

'Dit is privé,' zei ze.

'U hebt de FBI vast alles moeten vertellen... of respecteerden ze uw privacy?'

'Ik kan hier niet goed tegen. Ik wil er niet over praten.'

'Ontdekte u dat Reza met andere vrouwen omging?' vroeg Falcón, die zich niets van haar bezwaar aantrok.

'Ja,' zei ze. 'Die waren jonger dan ik. Zij konden er beter tegen.'

'En als u zo duidelijk ziet wat voor man Esteban Calderón is, waarom zag u dat dan niet aan Reza Sangari?'

'Ik beging de cruciale fout dat ik halsoverkop smoorverliefd op hem werd.'

Ze kon haar zenuwen niet bedwingen en liep nu door de kamer.

'In die tijd ging ik twee keer per week naar New York,' zei ze. 'Ik werkte voor een paar tijdschriften en ik gebruikte een studio die toevallig dicht bij Reza's pakhuis was. Op een dag kwam hij naar de studio met een model dat ik voor een opname gebruikte. Dat model vloog meteen daarna naar Los Angeles. Reza vroeg of ik met hem wilde lunchen. Aan het eind van die middag hadden we gegeten en wijn gedronken en had hij de liefde met me bedreven op een stapel zuiver zijden tapijten uit Qom. Zo ging het. Niets was gewoon. Hij was mooi en ik bezweek voor hem zoals ik in mijn hele leven nog nooit voor iemand was bezweken.'

'Het model dat u die dag gebruikte, heette dat Françoise Lascombs?'

'Ja.'

'Ze moet in de buurt zijn geweest toen ze uit Los Angeles was teruggekomen. Kwam u haar wel eens tegen?'

'Reza was er goed in om alle aspecten van zijn liefdesleven van elkaar gescheiden te houden. En u weet hoe het is met die mannen: als je bij hem was, was je de enige op de wereld die telde. Ik dacht niet aan iemand anders, en zeker niet aan onzichtbare concurrentes.'

'Maar u kwam er wel achter dat ze bestonden?'

'Ongeveer een halfjaar nadat we waren begonnen, toen ik zo verliefd op hem was dat ik niet wist wat ik met mezelf moest beginnen, ging ik een keer naar de stad. Ik was niet van plan om naar hem toe te gaan, maar kwam natuurlijk toch bij zijn pakhuis terecht. Toen ik wilde aanbellen, kwam er een vrouw naar buiten, en ik herkende meteen die blije, veerkrachtige manier van lopen. Ik ging niet naar boven. Ik stak de straat over en ging in een portiek staan. Ik beefde. Ik weet niet of u weet hoe dat soort verraad aanvoelt – een schokkend gevoel dat er iets gebroken is. Alles vanbinnen voelde verscheurd. Het duurde meer dan een uur voordat het beven stopte. Toen besloot ik naar boven te gaan en het uit te maken, maar toen ik overstak, kwam er een andere vrouw naar zijn deur. Ik kon het niet geloven. Ik ging niet naar hem toe. Op de een of andere manier zag ik kans om thuis te komen, en daar stortte ik in. Ik heb hem nooit meer gezien, en toen heeft iemand hem in een weekend vermoord en duurde het vier dagen voor ze het lijk vonden.'

'En ze hebben de moordenaar nooit gevonden?'

'Het was een lang en moeizaam onderzoek. Het was nog nooit gebeurd dat de dood van één man zoveel relaties onder druk zette. De media vielen er ook op aan, want Françoise Lascombs was kort daarvoor het Estée Lauder-meisje geworden. Waarschijnlijk had de FBI ongeveer tien verdachten, maar ze konden niets bewijzen. Toen ontdekten ze dat Reza aan de coke was geweest. Hij had zo'n tweehonderd gram in zijn appartement. Ik heb daar nooit van geweten, maar ik denk dat hij iets nodig had om zijn levensstijl aan te kunnen. Ze dachten dat er misschien iets mis was gegaan bij een deal.'

'Wat denkt ú?'

'Ik denk aan veel dingen – welk effect had de verhouding op Marty, en op mij, en ik denk aan Reza en de waanzin van die maanden – maar ik wil niet aan zijn dood denken, wie hem heeft vermoord of waarom, want daar ligt de waanzin op de loer.'

'U hebt Marty nooit verdacht?'

'U maakt een grapje – in het weekend dat hij werd vermoord, had ik het er nog erg moeilijk mee dat ik Reza kwijt was. Ik kon er niet tegen om alleen te zijn. Marty en ik waren dronken en stoned, en keken naar oude films. En toen, op woensdag, stond de FBI voor de deur en veranderde alles.'

'Nou... Het verklaart waarom u zo wordt gefascineerd door de innerlijke strijd.'

'Het verklaart ook waarom ik niets meer zie in alles wat ik heb gedaan voordat ik hierheen kwam,' zei ze. 'Dan Fineman had gelijk. Ik kan me de kop van zijn artikel nog herinneren. Hij zinspeelde op de titel van de expositie: "Kleine inhoud, kleine betekenis".'

'U zei dat señor Vega hier wel eens kwam eten... vaak in zijn eentje,' zei Falcón. 'Dat is ongewoon voor een Spaanse man met een gezin.'

'Wat bent u toch doorzichtig, Inspector Jefe,' zei ze. 'En u hebt hetzelfde al vaker geïnsinueerd.'

'Dit zijn geen strikvragen, señora Krugman,' zei hij. 'En ik wil met mijn vragen ook niet suggereren dat u iets verkeerds hebt gedaan. Ik vraag alleen of u denkt dat hij verliefd op u was, of naar u verlangde, zoals bij veel mannen het geval schijnt te zijn.'

'Maar niet bij u, Inspector Jefe. Dat heb ik gemerkt,' zei ze. 'Misschien is uw begeerte op iets anders gericht... misschien is dat het, ja: misschien ziet u gewoon niets in me... Uw vriendin Consuelo ziet ook niets in me.'

'Mijn vriendin?'

'Of gaat het nog een beetje verder?'

'Denkt u dat señor Vega seksueel in u geïnteresseerd was?' vroeg Falcón om zich van haar insinuaties af te maken. 'U ging samen naar stierengevechten.'

'Rafael had graag een mooie vrouw aan zijn zijde. Dat is alles. Er is niets gebeurd. Zoals er ook nooit iets gebeurt met de meteropnemer.'

'Wist u of u een effect had op señor Vega's geest?'

'U denkt dat ík de oorzaak was van zijn psychische problemen,' zei ze. 'U denkt dat hij vanwege míj papieren in de tuin verbrandde. U bent gek!'

'Hij zat gevangen in een moeilijk huwelijk. Hij had een vrouw die zwaar depressief was, maar ze hadden samen een zoon van wie ze allebei hielden. Hij wilde niet breken met zijn gezin, maar zijn relatie met zijn vrouw leed onder de conditie waarin ze verkeerde.'

'Dat is een plausibele theorie... alleen geloof ik dat Rafaels belangstelling voor mij niet zo diep ging. Hij wilde vooral dingen bespreken met Marty. Ik bedoel, na de stierengevechten kwam Marty altijd bij ons voor tapas, en dan bleef hij eten, en dan zaten die twee nog te praten als ik allang naar bed was.'

'Waarover?'

'Hun favoriete onderwerp: de Verenigde Staten van Amerika.'

'Had señor Vega in Amerika gewoond?'

'Hij sprak Amerikaans Engels en hij praatte veel over Miami, maar omdat hij het niet leuk vond als hem vragen werden gesteld, weet ik het niet zeker. Marty is er trouwens wel van overtuigd dat hij daar had gewoond. In tegenstelling tot de meeste Europeanen zat hij niet vol met clichés over de Amerikaanse levensstijl,' zei ze. 'Hij praatte graag met Marty omdat Marty niet zo erg in persoonlijke details geïnteresseerd is. Marty praat graag over theorieën, gedachten en ideeën zonder dat hij hoeft te weten waar zijn gesprekspartner woont of wat zijn lievelingskleur is.'

'Praatten ze in het Spaans of het Engels?'

'Spaans, tot ze aan de cognac begonnen, en dan in het Engels. Marty's Spaans viel weg als hij dronk.'

'Werd señor Vega ooit dronken?'

'Ik lag in bed. Vraagt u het Marty.'

'Wanneer hadden señor Vega en Marty voor het laatst zo'n avond?'

'De langste sessies hadden ze in de dagen van de Feria. Dan zaten ze tot 's ochtends vroeg te praten.'

Falcón dronk zijn kopje leeg en stond op.

'Ik weet niet of ik u nog eens uitnodig, als u me alleen maar wilt ondervragen,' zei ze. 'Esteban ondervraagt me niet.'

'Het is niet zijn taak om u te ondervragen. Ik ben degene die moet spitten.'

'En intussen komt u ook een paar dingen over Esteban aan de weet.'

'Zijn privé-leven gaat me niet aan.'

'U bent gewend u erg terughoudend op te stellen, nietwaar, Inspector Jefe?'

'Als je mijn soort werk doet, kun je dat beter strikt gescheiden houden van je privé-leven.'

'Erg grappig, Inspector Jefe,' zei ze. 'U hebt dus een privé-leven? De meeste politiemensen hebben dat niet. Ik heb gehoord dat ze een leven leiden van gebroken relaties, kinderen die ze nooit zien, alcoholisme en depressie.'

Falcón dacht onwillekeurig dat op hij twee en misschien drie van die vier punten scoorde.

'Ik dank u voor uw tijd,' zei hij.

'We kunnen proberen privé met elkaar om te gaan, gewoon om na te gaan of we echt goed met elkaar kunnen opschieten zonder dat al deze dingen in de weg zitten,' zei ze. 'Ik vind het interessant, een rechercheur met een artistieke visie. Of hebt u uw conclusie over mij al getrokken? Ik zou niet graag willen dat u mij in een of ander vakje zet, bijvoorbeeld dat van de femme fatale.'

'Ik ga terug zoals ik gekomen ben,' zei hij. Hij was al op weg naar de schuifdeuren en de tuin, en hij merkte dat hij haar had geërgerd.

'Columbo stelt bij de deur altijd nog een laatste vraag,' zei ze tegen zijn achterhoofd.

'Ik ben Columbo niet,' zei hij, en hij deed de schuifdeur achter zich dicht.

13

Vrijdag 26 juli 2002

Toen Falcón terugliep om de plastic zak met de fles zoutzuur op te halen, trilde zijn mobieltje in zijn zak.
'*Digame*, José Luis,' zei hij.
'Ze hebben in de Polígono San Pablo een Oekraïense hoer gevonden die waarschijnlijk Sergeis raadselachtige vriendin was,' zei Ramírez. 'Ze spreekt niet veel Spaans, maar ze reageerde op de foto van Sergei toen ze die aan haar lieten zien.'
'Breng haar naar de Jefatura en laat een tolk komen,' zei Falcón. 'Wacht met de ondervraging tot ik er ben.'
'Het is bijna lunchtijd.'
'Doe wat je kunt.'

In de Jefatura liep Nadia Kouzmikheva, gekleed in zwarte minirok, wit haltertopje en platte schoenen zonder sokken of kousen, door de verhoorkamer heen en weer, terwijl Policía Carlos Serrano door de ruit in de deur naar haar keek. Ze had al drie van zijn sigaretten opgerookt en hij hoopte dat de tolk ook rookte en gauw zou komen.
Ramírez en Falcón liepen door de gang met een vrouwelijke Russische tolk van de universiteit. Serrano maakte de deur voor hen open. De aanwezigen werden aan elkaar voorgesteld. De twee vrouwen gingen aan de ene kant van de tafel zitten, de mannen aan de andere kant. De tolk stak een sigaret op. Ramírez keek over zijn schouder alsof daar een ober stond. Serrano maakte de deur open.

'Nog een asbak, Carlos,' zei Ramírez.

Falcón legde uit wat het doel van de ondervraging was. Intussen keek hij in Nadia's paspoort en vond het visum, dat nog een halfjaar geldig was. De schouders van het Oekraïense meisje ontspanden een klein beetje.

'Ze volgt een talenopleiding,' zei Ramírez.

'Wij zijn hier niet om je in moeilijkheden te brengen,' zei Falcón tegen het meisje. 'We hebben je hulp nodig.'

Op de foto in het paspoort had ze donkerbruin haar. De wortels waren nog zichtbaar onder de primitieve peroxidebehandeling, die waarschijnlijk haar eigen werk was. Ze had groene ogen onder blauwe oogschaduw die niet helemaal kon verhullen dat haar linkeroog herstellende was van een letsel. Haar huid was wit en vlekkerig, alsof ze de laatste paar maanden niet in de zon was geweest. Ze had blauwe plekken op haar bovenarmen. Hij glimlachte om haar gerust te stellen. Ze glimlachte terug en hij zag dat de kies achter een hoektand ontbrak. Hij legde de foto van Sergei midden op de tafel.

'Waar in de Oekraïne kom je vandaan?' vroeg hij.

De tolk herhaalde de vraag tegen de zijkant van haar hoofd.

'Lvov,' zei ze. Ze speelde met haar sigaret tussen haar rode, gescheurde nagels.

'Wat deed je in Lvov?'

'Ik werkte in een fabriek, tot hij dichtging. Toen deed ik niets.'

'Sergei kwam uit Lvov... Kende je hem?'

'Er wonen bijna een miljoen mensen in Lvov,' zei ze.

'Maar je kende hem,' zei Falcón.

Stilte. Nog meer roken met bevende lippen.

'Ik zie dat je bang bent,' zei Falcón. 'Ik zie dat je bent geslagen door de mensen voor wie je werkt. Waarschijnlijk bedreigen ze ook je familie. We zullen ons daar niet mee bemoeien, als je dat niet wilt. We willen alleen iets over Sergei weten, omdat hij voor iemand werkte die nu dood is. Hij is geen verdachte. We willen met hem praten, want misschien heeft hij informatie voor ons. Ik zou graag willen dat je ons vertelt hoe je Sergei kent, wanneer je hem voor het laatst hebt gezien en wat hij toen tegen je zei. Wat je zegt, komt niet buiten deze kamer. Je kunt weggaan wanneer je maar wilt.'

Hij bleef haar aankijken. Ze had een paar lelijke lessen over mensen geleerd en ze keek naar hem terug om te zien of er barsten in zijn persoonlijkheid zaten – aarzeling, schichtigheid, een veelzeggende tic – waardoor ze nog meer ellende te verduren zou krijgen. Ze keek op haar horloge, een goedkoop roze plastic ding met een grote bloem als wijzerplaat.

'Ik heb achtendertig minuten de tijd. Dan moet ik terug zijn,' zei ze. 'Ik moet een beetje geld hebben, anders gaan ze vragen waar ik geweest ben.'

'Hoeveel?'

'Dertig euro is genoeg.'

Falcón vouwde een twintigje en een tientje open en legde ze op de tafel.

'Ik ben met Sergei bevriend. We komen uit hetzelfde dorp bij Lvov. Hij werkte vroeger als leraar motortechniek op een technische school. Hij verdiende zevenentwintig euro per maand,' zei ze met een blik op het geld dat Falcón haar zo gemakkelijk had gegeven. 'Ik verdiende zeventien euro per maand. Dat is niet leven, maar langzaam doodgaan. Op een dag kwam Sergei bij me. Hij was erg opgewonden. Hij had van vrienden gehoord dat je naar Portugal kon gaan om in Europa te komen, en dat je in Europa zevenentwintig euro per dag kon verdienen. We gingen naar de ambassade in Warschau om een visum te halen, en daar kwamen we de maffia tegen. Ze hielpen ons aan onze visums en regelden vervoer. Je betaalde in dollars – achthonderd per persoon. We hadden al gehoord dat de maffia in Lissabon zat. We hadden gehoord dat ze je uit de bus halen, je slaan en de jonge vrouwen in de prostitutie zetten en de mannen slavenwerk laten doen totdat ze een schuld hebben afbetaald waar nooit een eind aan komt. Daarom besloten we niet naar Lissabon te gaan. De bus stopte bij een benzinestation bij Madrid. In de toiletten kwam ik een Russisch meisje tegen. Ze zei dat ik niet naar Lissabon moest gaan en gaf me een sigaret. Ze stelde me voor aan een Spaanse man, die zei dat hij me aan werk in een restaurant in Madrid kon helpen. Ik vroeg of hij Sergei ook aan werk kon helpen, en die man zei dat hij borden kon wassen, geen probleem. Ze betaalden zeshonderd euro per maand. We gingen de bus uit.'

Ze haalde haar schouders op, drukte de sigaret uit en Ramírez gaf haar er nog een.

'Er was geen restaurant. We werden naar een huis gebracht en ze zeiden dat we daar konden blijven. Toen ze weggingen, zeiden ze dat ze de volgende morgen terug zouden komen. Later werd er op de deur geklopt en kwamen er drie grote Russen binnen. Ze sloegen ons en pakten onze paspoorten af. Alle drie de mannen verkrachtten me. Sergei werd weggehaald. Ik werd in het huis opgesloten. Elke dag kwamen er mannen om seks met me te hebben. Ze gingen weg zonder een woord te zeggen. Na drie maanden kwamen de drie Russen terug met een andere Rus. Ik moest me helemaal uitkleden en ze bekeken me alsof ik een dier was. Hij knikte en ging weg. Ik was verkocht. Ze brachten me naar Sevilla en zetten me in een flat. Een halfjaar lang behandelden ze me erg slecht en toen werd het een beetje beter. Ik mocht de flat uit gaan om in een club te werken. Ik bracht drankjes rond en deed... andere dingen. Ze gaven me mijn paspoort terug, maar ontwrichtten mijn vinger.' Ze hield haar hand omhoog. 'Opdat ik het niet zou vergeten... Dat hadden ze niet hoeven te doen. Ik was toch al bang. Te bang om te vluchten – en waar kon ik heen zonder geld en terwijl ik er zo uitzie? Ze gaven me het adres van mijn familie en zeiden wat ze met hen zouden doen. Ze zeiden ook dat ze Sergei hier hadden en wat er met hem zou gebeuren als ik vluchtte.'

Ze vroeg om water. Serrano bracht het in een gekoelde fles. Ze rookte verwoed. De tolk keek alsof ze niet veel meer van Nadia's verhaal zou kunnen aanhoren.

'Ik krijg een beetje geld voor eten en sigaretten. Ze vertrouwen me, maar ik hoef maar één fout te maken en ze slaan me en sluiten me op in de flat,' zei ze, wijzend naar haar oog. 'Dit kreeg ik toen ik mijn vorige fout maakte. Ze zagen me in een café met Sergei praten. Dat was de tweede keer dat ik hem ontmoette. We kwamen elkaar op een avond toevallig tegen en hij vertelde me waar hij werkte.'

'Hoe lang geleden was dat?'

'Zes weken,' zei ze. 'Ze sloegen me en sloten me twee weken op.'

'Maar je hebt hem opnieuw ontmoet?'

'Twee keer. Veertien dagen nadat ik was vrijgekomen, vond ik het huis waar hij werkte. We praatten met elkaar. Hij vertelde me wat er met hem was gebeurd. Het werk dat hij op bouwplaatsen had moeten doen – gevaarlijk werk, waarbij mensen omkwamen – en dat hij de pest had aan Europa en naar Lvov terug wilde.'

'Heeft hij je verteld voor wie hij werkte?'

'Ja, ik weet de naam niet meer. Dat was niet belangrijk. Het was de eigenaar van de bouwplaatsen waar Sergei had gewerkt.'

'En de tweede keer?'

'Woensdagmorgen kwam hij naar de flat en zei dat ik mijn spullen moest pakken... dat we weggingen. Hij zei dat de man voor wie hij werkte dood op zijn keukenvloer lag en dat hij moest vluchten.'

'Waarom moest hij vluchten?'

'Hij zei dat hij niet naar de bouwplaatsen terug wilde. Hij zei dat we snel moesten zijn, want dat de politie zou komen. Hij moest erg snel weg.'

'Had hij geld?'

'Hij zei dat hij genoeg geld had. Ik weet niet hoeveel.'

Ze knipperde met haar ogen, probeerde te slikken, maar kon het niet. Ze nam een slokje water. Ramírez gaf haar weer een sigaret.

'Je ging niet?' zei Falcón.

'Ik kon niet. Ik was te bang. Hij nam afscheid, en dat was dat.'

'Weet je nog precies wat hij zei toen hij je vertelde dat zijn werkgever dood was?'

Ze liet haar gezicht in haar handen zakken en drukte met haar vingertoppen tegen haar voorhoofd.

'Hij zei alleen dat hij dood was.'

'Zei hij dat hij vermoord was?'

'Nee... Hij was dood. Dat is alles.'

'En daarna – is er iemand naar je toe gekomen om over Sergei te praten?' vroeg Falcón.

Ze wees naar de blauwe plekken op haar armen.

'Ze wisten dat Sergei naar me toe zou komen,' zei ze. 'Ze hielden me vast en deden dingen met me, maar ik kon ze niets vertellen. Ik wist alleen dat hij weg was.'

Ze keek nerveus op de klok.

'Wat vroegen ze je?'

'Ze wilden weten waarom Sergei gevlucht was en wat hij had gezien, en ik zei tegen ze dat hij alleen maar een dode man op de vloer had zien liggen. Dat was alles,' zei ze. 'Nu moet ik weg.'

Falcón riep Serrano, maar die was al afgelost door Ferrera. Hij zei tegen haar dat ze het meisje binnen drieëntwintig minuten naar de bar aan de Calle Alvar Nuñez Caleza de Vaca terug moest brengen. Ramírez gaf haar zijn sigaretten. Ze pakte het geld, stopte het in de voorkant van haar rok en ging weg.

De tolk had moeite met het invullen van het formulier, alsof het laatste kwartier haar leven doelloos had gemaakt. Ramírez herinnerde haar aan de geheimhoudingsverklaring die ze had getekend. Ze ging weg. Ramírez rookte zwijgend, zijn benen aan weerskanten van de stoel.

'Het is ons werk om daarnaar te luisteren,' zei hij, 'en dan niets te doen. Daar worden we voor betaald.'

'Ga maar eens met Alberto Montes praten,' zei Falcón. 'Die verhalen komen hem de strot uit.'

'Ik weet niet hoe je gesprek met Calderón vanmorgen is verlopen,' zei Ramírez, 'maar één ding is nu duidelijk: de Russische maffia is bij deze zaak betrokken.'

Hij drukte zijn sigaret uit in de goedkope blikken asbak. Ze liepen naar het kantoor terug. Ramírez liet zijn autosleutels rinkelen.

'Ik zet vanmiddag mannen op de busstations en het vliegveld. We sturen Sergeis foto naar de havens en e-mailen de Policía Judiciára in Lissabon,' zei Ramírez, en hij ging weg om te lunchen.

Falcón stond voor het raam. Ramírez dook onder hem op en liep het hele blok van de Jefatura naar zijn auto. In het volgende blok kantoorgebouwen zag Falcón een andere man door zijn raam naar hetzelfde saaie tafereel kijken – Inspector Jefe Alberto Montes. Falcóns mobieltje trilde. Isabel Cano wilde hem voor negen uur 's avonds in haar kantoor spreken. Hij zei dat hij zijn best zou doen en verbrak de verbinding.

Montes zette zijn raam open en keek naar het parkeerterrein twee verdiepingen lager. Falcón kreeg weer een telefoontje. Consuelo Jiménez vroeg hem die avond bij haar thuis in Santa Clara te eten. Hij ging zonder na te denken akkoord, want hij werd gefascineerd door Montes, die zich nu uit het raam boog, met beide ellebogen op de vensterbank. Niemand die in een kantoor met airconditioning zat, deed zijn raam open als het buiten vijfenveertig graden was. Montes keek om. Hij trok zich terug en sloot het raam.

Falcón ging naar huis om te lunchen. De warmte en Nadia's verhaal hadden zijn eetlust bedorven, maar het lukte hem twee kommen gekoelde gazpacho en een chorizo-sandwich naar binnen te werken. Hij sprak met Encarnación om te horen of ze de vorige dag iemand in het huis had gelaten. Ze zei van niet, maar dat ze de voordeur 's morgens een uur open had laten staan voor wat frisse lucht. Hij ging naar bed en viel in een lichte slaap, waarin zijn geest verontrustende versies van de ondervragingen van dic dag afdraaide, met aan het eind het beeld van een cel met op de muren de vage, bloederige afdrukken van mensenhanden. Hij sleepte zich naar de douche om het afgrijzen waarmee het laatste beeld gepaard was gegaan van zich af te spoelen. Het water stroomde door zijn haar en over zijn lippen, en hij bedacht dat het tijd werd om niet langer een recherchemonnik te zijn en zich in het leven te storten.

Op weg naar de Jefatura werd hij gebeld door Alicia Aguado, die al naar de Sebastián Ortega-bandjes had geluisterd. Ze zou graag met Sebastián willen praten, als Pablo daarmee akkoord ging en de gevangenisautoriteiten het toestonden. Falcón vertelde haar over het gesprek dat hij die ochtend met Pablo Ortega had gehad en dat de acteur bezwaar had tegen alles wat tot een verslechtering van Sebastiáns toch al kwetsbare gemoedstoestand zou kunnen leiden.

'Nou, er is vast wel het een en ander tussen die twee voorgevallen,' zei ze. 'En ook tussen Sebastián en zijn moeder, die hem twee keer verliet: toen ze ging scheiden en toen ze doodging. Pablo Ortega weet vast wel dat als zijn zoon bereid is met ons te praten ze allebei op de divan terechtkomen. De uitdrukking die hij gebruikte – "dingen oprakelen" – beperkt zich niet tot de geest van zijn zoon, en dat zit hem niet lekker. Misschien moet ik met hem praten. Misschien heeft hij het soort paranoia dat beroemde mensen vaak hebben en vindt hij het gewoon niet prettig als iemand in zijn persoonlijke gedachten gaat rommelen.'

'Ik moet vanavond toch die kant op. Ik ga wel even bij hem langs,' zei Falcón.

'Ik ben morgenochtend vrij, als hij een informeel gesprek wil.'

Vanaf het parkeerterrein van de Jefatura kon hij zien dat het druk was in het kantoor van de Grupo de Homicidios. Iedereen was naar kantoor teruggekomen na een lange week in de warme straten. Toen hij naar de achteringang liep, keek hij op naar Montes' kantoor en zag dat de man weer uit zijn raam stond te kijken. Zijn buik spande tegen zijn witte overhemd en zijn das hing laag op zijn borst. Falcón zwaaide even naar hem. Montes reageerde niet.

In het geluid dat uit zijn kantoor kwam klonk de opwinding door van het komend weekend, augustus en de vakantie. De afdeling zou Pérez, Baena en Serrano twee weken kwijt zijn, en dat betekende dat de drie achterblijvers veel meer werk te verzetten kregen. Hij verwachtte dat ze alle drie al in korte broek zouden zitten, koud biertje in de hand, maar ze zaten op de hoeken van bureaus te roken en te praten. Falcón bleef glimlachend en knikkend bij de deur staan.

'Inspector Jefe!' riep Baena, alsof hij al drie biertjes verder was.

Pérez en Serrano salueerden overdreven. Hij zou Pérez pas na diens vakantie de wind van voren kunnen geven omdat hij de tuin van de Vega's niet goed had doorzocht.

'Dus de vakantie is begonnen,' zei Falcón.

'We hebben onze rapporten ingeleverd,' zei Pérez. 'We zijn de hele middag op busstations en in Santa Justa geweest. Carlos is zelfs voor je naar het vliegveld geweest als afscheidscadeau.'

'Geen Sergei?'

'Afgezien van dat meisje hebben we niets ontdekt,' zei Serrano.

'Die kerel verdwijnt spoorloos,' zei Baena. 'Dat zou ik ook doen als ik de Russische maffia achter me aan had.'

'Hebben jullie nog iets gehoord van de andere inwoners van Santa Clara?'

'Er was bijna niemand thuis,' zei Pérez. 'Cristina heeft alle particuliere bewakingsdiensten gebeld en de meeste mensen waren weg. Degenen die we hebben ondervraagd, hadden niets gezien.'

'Hebben jullie nog aan de sleutel kunnen werken die we in Vega's diepvries hebben gevonden?'

'Nog niet. Toen ik Nadia had afgezet, waren de banken allemaal dicht.'

'Goed. Begin daar maandagmorgen mee,' zei Falcón. 'En dat identiteitsbewijs van Rafael Vega?'

'Nog niets, maar Cristina en ik hebben vanmiddag een interessant gesprek gevoerd bij Vega Construcciones,' zei Ramírez. 'We hebben met de hoofdboekhouder gepraat. Hij had de leiding bij het installeren van het computersysteem en hij heeft nog eens wat beter naar sommige projecten gekeken.'

'Welke rol speelt hij bij Vega Construcciones?' zei Falcón. 'Is hij alleen maar Francisco Dourado, hoofdboekhouder, of is hij iets meer?'

'Hij vindt dat ze hem inmiddels financieel directeur hadden moeten maken... maar dat is niet gebeurd,' zei Ramírez. 'Rafael Vega wilde het geld niet loslaten, of beter gezegd, hij vond het geen prettig idee dat iemand zoveel van zijn bedrijf wist.'

'Dus hij is alleen maar de boekhouder.'

'Ja, maar sinds Vega's dood kan hij bij alle gegevens. Dat kon hij vroeger ook al, maar hij was te bang om betrapt te worden. Zoals ik al zei, kent hij het computersysteem vanbinnen en vanbuiten, en Vázquez is niet handig genoeg met IT om hem te kunnen tegenhouden.'

'Wat is er bekend geworden?' zei Falcón. 'Hebben we namen?'

'Vladimir Ivanov en Mikhail Zelenov,' zei Ferrera, en hij gaf hem twee foto's en profielen van de Russen. 'Deze gegevens zijn net binnengekomen van Interpol.'

Vladimir Ivanov (Vlado) had een tatoeage op zijn linkerschouder, blond haar, blauwe ogen, en een litteken op de rechteronderkant van zijn kaak. Mikhail Zelenov (Mikhas) was donker en zwaar (honderdtweeëndertig kilo) en had groene ogen die niet meer dan spleetjes in het vet van zijn gezicht waren. Hun illegale activiteiten besloegen het complete scala van wat de maffia deed: prostitutie, mensensmokkel, gokken, internetfraude en geld witwassen. Ze behoorden allebei tot een grote maffiabende – de Solntsevskaja –, die meer dan vijfduizend leden had. Spanje en Portugal waren hun werkterrein.

'Die kerels zijn bij twee projecten betrokken, en daar zijn twee boekhoudingen van,' zei Ramírez. 'De eerste is opgesteld door Dourado; die ging af op cijfers die hij van Vega kreeg. De tweede boekhouding was het werk van Vega zelf, en daaruit blijkt hoe het werkelijk met die projecten gesteld was.'

'De witwasserij is doorgedrongen tot de bouwbranche van Sevilla,' zei Falcón.

'De Russen financieren min of meer de hele zaak. Ze leveren alle arbeidskrachten en al het materiaal. Vega Construcciones levert de architect, de ingenieurs en de opzichters.'

'Wie is eigenaar van het gebouw en wat leverde het Rafael Vega op?'

'De eigendomsgegevens liggen bij Vázquez,' zei Ramírez. 'Alle overdrachtsaktes en contracten worden afgehandeld door hem. We hebben hem nog niet benaderd. Ik vond dat we eerst moesten praten. Op dit moment weten we alleen dat het een gezamenlijk project is en dat al het geld van de Russen en alle expertise van Vega komt... Er moet ergens een balans zijn.'

'Vega levert de dekmantel voor de hele zaak,' zei Falcón. 'Dit is inderdaad belangrijke informatie, maar we moeten morgen met Vázquez gaan praten. Wij samen.'

'En ik dan?' vroeg Ferrera. 'Ik was ook betrokken bij dat deel van het onderzoek.'

'Dat weet ik, en je hebt echt goed werk geleverd,' zei Falcón. 'Maar Vázquez moet het gevoel krijgen dat de zaak gewichtig genoeg is voor twee hogere rechercheurs. Misschien hebben we zelfs genoeg gegevens om een huiszoekingsbevel te kunnen aanvragen. Ik zal Juez Calderón bellen.'

'En wat moet ik dan doen?' zei Ferrera.

'Met ingang van vanavond zijn we drie man kwijt,' zei Falcón. 'Morgenvroeg moeten we allemaal op pad.'

'Maar dan ben ik de enige die echt op straat is.'

'We moeten Sergei vinden. Hij ligt nu zestig uur op ons voor, en dat betekent dat we hem waarschijnlijk kwijt zijn, maar op dit moment is hij onze enige mogelijke getuige. We moeten nog één keer naar zijn mogelijke vluchtroutes kijken. Ik zal Juez Calderón vragen of we een foto van hem in de pers kunnen zetten.'

Falcón stuurde hen weg en zei dat ze allemaal naar bar La Jota moesten gaan; dan trakteerde hij hun op een biertje. Ze gingen het kantoor uit. Hij hield Ferrera tegen.

'Ik kreeg net een idee,' zei hij. 'Jij kunt goed opschieten met señor Cabello. Ik wil dat je naar hem teruggaat, en dat moet dan vanavond, want José Luis en ik moeten die informatie hebben als we morgenvroeg naar Vázquez gaan. Ik wil dat je van hem te weten komt welke stukken land hij aan Rafael Vega heeft verkocht, en welke projecten op de strategische stukken zijn ontwikkeld.'

Falcón bracht haar naar bar La Jota en gaf zijn rondje. Hij belde Calderón, maar die nam niet op. Hij liet het team in de bar achter en ging, op weg naar het kantoor van Isabel Cano, naar het Edificio de los Juzgados. Daar was het stil. De bewaker zei dat Calderón om zeven uur die avond was weggegaan en dat hij Inés niet had gezien. Falcón belde Pablo Ortega en vroeg of hij even bij hem langs mocht komen om hem wat foto's te laten zien.

'Alweer die foto's,' zei Ortega geërgerd. 'Als het maar niet te lang duurt.'

Isabel Cano's kantoor was open, maar leeg. Hij klopte op de balie en ze riep vanuit haar kamer dat hij kon binnenkomen. Ze zat met haar schoenen uit aan haar bureau te roken. Haar hoofd lag in haar nek en haar haar hing over de zwarte leren stoel. Ze glimlachte zijdelings naar hem.

'Goddank, het is weekend,' zei ze. 'Ben je alweer bij je verstand?'

'Integendeel, het idee is juist sterker geworden.'

'Dienders,' zei ze, huiverend om hun geestelijk onvermogen. 'We leiden een erg beschermd leven.'

'Maar dat wil nog niet zeggen dat jullie stom moeten zijn,' zei Isabel. 'Alsjeblieft, laat me niet capituleren nu ik nog maar net met Manuela ben begonnen. Dat is slecht voor mijn image.'

'Mag ik gaan zitten?'

Ze maakte een vaag gebaar met haar sigarettenvingers in de richting van een stoel. Falcón mocht Isabel Cano graag, maar vond haar soms nogal grof. Hoe delicaat een zaak ook was, ze smeet hem op de tafel en fileerde hem als een vis.

'Je weet wat ik heb doorgemaakt, Isabel,' zei hij.

'Nou, eigenlijk weet ik dat niet.' Daarmee verraste ze hem. 'Ik kan me dat alleen maar voorstellen.'

'Nou, dat is goed genoeg,' zei Falcón. 'Ik voel me iemand die alles heeft verloren. Alles wat me menselijk maakte, is in twijfel getrokken. Mensen hebben een levende structuur nodig om het gevoel te hebben dat ze erbij horen. Ik heb alleen mijn geheugen, en dat is onbetrouwbaar. Maar ik heb wel een broer en een zuster. Paco is een goede man, die altijd het juiste zal doen. Manuela is gecompliceerd om veel verschillende redenen, maar het komt erop neer dat ze van Francisco niet de liefde heeft gekregen die ze wilde.'

'Ik heb geen medelijden met haar en dat zou jij ook niet moeten hebben,' zei Isabel.

'Maar ondanks alles wat ik over Manuela weet – haar hebzucht, haar bezitsdrang en haar inhaligheid – heb ik haar nódig als mijn zuster. Ik heb het nodig dat ze me haar *hermanito*, haar kleine broertje, noemt. Het is sentimenteel, onlogisch en kwetsend voor jouw juridische geest... maar het is nu eenmaal zo.'

Isabels leren stoel kraakte. De airconditioning ademde. De stad zakte in stilte weg.

'En je denkt dat je dat krijgt door haar het huis te geven?'

'Door een overeenkomst over het huis aan te gaan, het huis waar ik niet meer in wil wonen, maak ik het mogelijk. Als ik dat niet doe, krijg ik al haar haat over me heen.'

'Misschien dénk je dat je haar nodig hebt, maar zij wéét dat ze jou niet nodig heeft. Ze kan je laten vallen, omdat je niet meer haar volle broer bent. Jij bent alleen maar een barrière,' zei Isabel. 'Wanneer je mensen als Manuela een vinger geeft, nemen ze je hele hand. Ze zijn niet in staat tot liefde. Als je haar het huis geeft, krijg je niet wat je wilt, maar wek je alleen maar rancune. Het maakt haar haat doelgerichter.'

Elke zin was een klap in zijn gezicht, alsof ze iemand die hysterisch was bij zijn verstand wilde brengen.

'Waarschijnlijk heb je gelijk,' zei hij, geschrokken van haar verbale felheid, 'ik heb gewoon het gevoel dat ik een risico moet nemen en moet hopen dat je je vergist.'

Ze hief haar handen ten hemel en zei dat ze een briefconcept voor hem zou schrijven. Hij bood haar aan om iets te gaan drinken en een tapa te eten in El Cairo, maar dat wees ze van de hand. 'Ik zou je graag hier iets te drinken aanbieden, maar ik heb niets op kantoor,' zei ze.

'Laten we dan naar El Cairo gaan,' zei Falcón.

'Ik wil niet dat de dingen waarover we nu gaan praten in de openbaarheid komen.'

'Hebben we nog iets anders te bespreken?'

'Wat je vanmorgen tegen me zei.'

'Esteban Calderón.' Falcón ging weer zitten.

'Vroeg je me naar hem omdat hij met Inés gaat trouwen?'

'Ze hebben het woensdag bekendgemaakt,' zei hij.

'Weet je nog wie je scheiding met Inés heeft geregeld?'

'Jij.'

'Dus waarom gaat Estebans voorgeschiedenis jou iets aan?'

'Ik maak me zorgen... om Inés.'

'Denk je dat Inés een onschuldig klein snoesje is dat beschermd moet worden?' zei Isabel. 'Want ik kan je vertellen dat ze dat niet is. Het huis dat je zo graag aan Manuela wilt geven... Ik heb met alle macht moeten vechten om te voorkomen dat Inés de helft kreeg. Je hoeft je om háár geen zorgen te maken. Ik kan je verzekeren dat ze alles over Esteban Calderón weet wat er te weten valt.'

Falcón knikte. Kleine werelden die voor hem gesloten waren geweest, gingen voor hem open.

'Je noemde Esteban vanmorgen een jager. Waar jaagt hij op?'

'Op verschil. Alleen weet hij dat nog niet,' zei Isabel. 'Maar daar is hij altijd naar op zoek.'

'En wat is dat "verschil"?'

'Iemand wiens gezicht hij niet kan doorgronden en wiens gedachtewereld hij niet begrijpt,' zei Isabel. 'Vrouwen hebben zich altijd in de armen van Esteban gestort. Dat waren vaak vrouwen die hij via zijn werk kende. Die hebben allemaal een juridische geest. Hij weet hoe ze in elkaar zitten vanaf het moment dat ze de kamer komen binnen lopen. Hij speelt met ze in de hoop dat ze anders zijn dan ze lijken. Dan ontdekt hij dat ze net zo zijn als alle anderen en vervelen ze hem. De jacht begint opnieuw. Hij is gedoemd tot het meedogenloze gedrag van een haai.'

Falcón reed de schemerende stad uit. Terwijl zijn hand in de koele cockpit van de auto van versnellingspook naar stuur ging, leek de echte, door hitte geteisterde wereld erg ver weg. Toen hij langs de oleanders op de Avenida de Kansas City reed, sneed de straatverlichting schaduwen over zijn ruiten. Neon deed beloften in de duisternis en hoge palmen hielden de tent van de avondhemel omhoog. Er drong niets tot hem door, behalve het rood en groen van de verkeerslichten. Hij leefde in zijn hoofd, terwijl zijn automatische piloot hem naar Santa Clara bracht. Isabels woorden over Calderón en Inés gingen als een lichtkrant door zijn hoofd. Falcón wist dat hij een periode van waanzin had doorgemaakt, maar nu werd hij geconfronteerd met de buitengewone waanzin van de geestelijk gezonde mensen om hem heen.

Het enige waarover ze niet hadden gesproken, was de gekwetste blik die Falcón 's morgens bij haar had gezien toen hij Calderóns naam noemde. Hij besefte nu dat het niets met Calderón zelf te maken had. De rechter betekende niets meer voor Isabel. Wat even aan de oppervlakte was gekomen, was de herinnering dat ze bedrog had gepleegd als echtgenote en moeder, dat ze bereid was geweest haar huwelijk en haar gezinsleven op het spel te zetten. In die ene blik van haar had hij de felle spijt gezien die aan die herinnering verbonden was.

Onder het rode neon van La Casera moest hij de Avenida de Kansas City even verlaten omdat hij gebeld werd door Cristina Ferrera, die met señor Cabello had gesproken. Falcón sloeg zijn stadsplattegrond open en gaf daarop de stukken land aan die Cabello aan Vega had verkocht en de twee grote projecten die daardoor tot ontwikkeling hadden kunnen komen. Voordat hij ophing, zei hij tegen haar dat ze Nadia in het oog moest houden.

Pas na dat gesprekje vroeg hij zich af waarom hij eigenlijk bij Consuelo ging eten.

14

Toen hij voor Pablo Ortega's huis stopte, herinnerde hij zich dat Montes voor zijn raam had gestaan. Hij had hem naar de Russen moeten vragen. Hij belde de Jefatura en kreeg Montes' mobiele nummer.

Montes nam op. Aan de achtergrondgeluiden te horen, zat hij in een café, en al bij de eerste woorden bleek hij erg dronken te zijn.

'Met Javier Falcón van de Grupo de Homicidios,' zei hij. 'We hebben elkaar gisteren gesproken...'

'O ja?'

'In jouw kantoor. We hadden het over Eduardo Carvajal en Sebastián Ortega.'

'Ik kan je niet verstaan,' zei Montes.

Muziek en stemmen schetterden.

'Kappen met die pokkenherrie!' schreeuwde Montes, maar niemand reageerde. '*Momentito.*'

Verkeersgeluiden. Een autoclaxon.

'Kun je me verstaan, Inspector Jefe?' zei Falcón.

'Wie ben je?'

Falcón begon opnieuw. Montes verontschuldigde zich uitgebreid. Nu kon hij het zich weer helemaal herinneren.

'We hebben het ook over de Russische maffia gehad.'

'Ik geloof van niet.'

'Je legde me uit hoe de mensensmokkel in elkaar zat.'

'Eh... ja, ja, de mensen... de smokkel.'

'Ik heb een vraag. In mijn onderzoek naar de dood van señor Vega, de bouwer – weet je nog wel? – zijn de namen van twee Russen opgedoken.'

Stilte. Hij riep Montes' naam.

'Ik wacht op de vraag,' zei Montes.

'Zeggen de namen Vladimir Ivanov en Mikhail Zelenov je iets?'

Er kwam een geconcentreerde, nasale ademhaling door de ether.

'Heb je me gehoord?' vroeg Falcón.

'Ik heb je gehoord. Ze zeggen me niets, maar mijn geheugen werkt niet zo goed. Ik heb een paar biertjes op, weet je, en ik ben vanavond niet op mijn best.'

'Dan praten we maandag,' zei Falcón, en hij hing op.

Falcón had het sterke gevoel dat hij rondcirkelde als een roofvogel hoog in de thermiekwinden, het gevoel dat er beneden, op aarde, dingen gebeurden die van belang konden zijn. Hij leunde tegen het dak van zijn auto en tikte met zijn mobieltje tegen zijn voorhoofd. Het was ongewoon voor Montes, een getrouwde man, om aan het begin van een vrijdagavond dronken in een drukke bar te zitten, waarschijnlijk in zijn eentje. Had hij die twee namen ontweken door te doen alsof hij dronken was? Had hij aan het eind van het gesprek onsamenhangender geklonken dan aan het begin?

Ortega drukte op een zoemer om hem op zijn stinkende, van vliegen vergeven binnenplaats toe te laten. De acteur was niet zo nerveus als hij door de telefoon had geklonken, want hij was in het vriendelijke stadium van dronkenschap gekomen. Hij droeg een wijd wit overhemd dat over een blauwe korte broek heen hing. Hij bood Falcón iets te drinken aan. Hijzelf dronk een groot glas rode wijn.

'Torre Muga,' zei hij. 'Erg goed. Wil je ook wat?'

'Alleen een biertje,' zei Falcón.

'Een paar garnalen bij je bier?' vroeg hij. 'Wat *jamón... Iberico de bellota*? Die heb ik vandaag gekocht bij de Corte Inglés.' Ortega ging naar de keuken en kwam met alles terug. 'Het spijt me dat ik door de telefoon zo scherp was,' zei hij. 'Ik zou je niet op een vrijdagavond met deze dingen moeten lastigvallen,' zei Falcón, die zijn gastheer nu ook maar tutoyeerde.

'In het weekend ga ik alleen weg als ik werk,' zei Ortega, die onder invloed van de voortreffelijke Torre Muga in een allerbeminnelijkste stemming verkeerde. 'Ik ben een erg slechte toeschouwer. Ik zie alle technieken. Ik kan nooit opgaan in een stuk. Daarom lees ik liever boeken. Het spijt me dat ik zo bazel; dit is mijn tweede glas, en zoals je kunt zien, zijn het nogal flinke glazen. Ik moet een sigaar zoeken. Heb je een boek gelezen van... Het schiet me zo weer te binnen.'

Hij vond de sigarendoos tussen al zijn spullen.

'Cohibas,' zei hij. 'Ik heb een vriend die vaak naar Cuba gaat.'

'Nee, dank je,' zei Falcón.

'Ik geef mijn Cohibas niet gemakkelijk weg.'

'Ik rook niet.'

'Neem er een mee voor een vriend,' zei Ortega. 'Zelfs dienders hebben vast wel vrienden. Zolang je hem maar niet aan die cabrón van een Juez Calderón geeft.'

'Hij is geen vriend,' zei Falcón.

Ortega stak de sigaar in Falcóns borstzakje.

'Blij dat te horen.' Hij liep weg. '*Een hart zo blank*. Dat was het boek. De schrijver is Javier Marías. Heb je dat gelezen?'

'Een tijdje geleden.'

'Ik begrijp niet hoe ik die titel kon vergeten. Het is natuurlijk ontleend aan *Macbeth*,' zei Ortega. 'Als Macbeth de koning heeft gedood, komt hij terug met de bebloede dolken, die hij in de bediendeverblijven had moeten achterlaten. Zijn vrouw is woedend en zegt tegen hem dat hij terug moet gaan. Hij weigert en zíj moet gaan. Als ze terugkomt, zegt ze:

Mijn handen zijn van jouw kleur; maar ik schaam me
Voor mijn hart zo blank.

Haar schuldgevoel is in dat stadium alleen een kleur en nog geen
vlek. Ze schaamt zich voor het feit dat ze onschuldig is aan die
zaak. Ze wil delen in zijn schuldgevoel. Dat is een geweldig moment, want het vijfde bedrijf is natuurlijk "weg verdomde vlek"
en "alle welriekende parfums van Arabië zullen deze kleine hand
niet zoet laten geuren". Waarom vertel ik je dit, Javier?'
'Ik heb geen idee, Pablo.'
Ortega nam twee grote slokken rode wijn, die uit zijn mondhoeken lekte. Er kwamen rode druppels op zijn witte overhemd.
'Ha!' zei hij, en hij keek naar zichzelf. 'Weet je wat dit is? Dít
is een filmisch moment. Dit gebeurt alleen in films, nooit in het
echte leven. Zoals... o, kom, er moeten honderden zijn... ik kan
er nu niet op komen.'
'*The Deer Hunter*.'
'*The Deer Hunter?*'
'Een stel gaat trouwen voordat de man als soldaat naar Viet-
nam gaat. Ze drinken uit een grote beker en er komt wijn op haar
bruidsjurk. Dat voorspelt...'
'Ja, ja, ja. Dat voorspelt iets verschrikkelijks,' zei Ortega. 'Een
beschamend voorval onder het diner. Extra bleekmiddel in de
was. Afschuwelijke, afschuwelijke dingen.'
'Mag ik je deze foto's laten zien?'
'Voordat ik de coördinatie tussen mijn ogen en mijn mond
verlies, bedoel je?'
'Eh... ja,' zei Falcón.
Ortega bulderde het uit, een overdreven lach.
'Ik mag jou wel, Javier. Ik mag je erg graag. Er zijn niet veel
mensen die ik graag mag,' zei hij, en hij keek uit over het donkere
gazon en het onverlichte zwembad. 'Ik mag... eigenlijk niemand.
De mensen met wie ik in mijn leven te maken heb gehad, vond
ik... tekortschieten. Zou dat iets zijn wat beroemdheden overkomt?'

'Roem trekt een bepaald soort mensen aan.'

'Slaafse, kruiperige, eerbiedige, vleiende stroopsmeerders.'

'Francisco Falcón had de pest aan die mensen. Ze deden hem denken aan zijn eigen bedrog. Ze deden hem eraan denken dat er maar één ding was dat hij nog liever wilde dan roem: echt talent.'

'We willen dat mensen van ons houden om wat we niet zijn, om wie we pretenderen te zijn... Of in mijn geval al die mensen die ik heb gepretendeerd te zijn,' zei Ortega, die steeds dramatischer werd. 'Ik vraag me af of ik bij mijn dood op de vloer neerval en of dan, als bij iemand met Tourette, alle personages die ik ooit heb uitgebeeld er gecomprimeerd uit komen totdat het stil is en er alleen een flinterdun omhulsel overblijft, dat zich heen en weer laat waaien door de wind.'

'Ik denk het niet, Pablo,' zei Falcón. 'Jij hebt veel te verliezen voordat je een flinterdun omhulsel bent.'

Ortega luisterde niet. 'Ik besta alleen uit lagen. Ik weet nog wat Francisco zei: "De waarheid van een ui, Pablo, is niets. Je trekt het laatste stukje uienschil weg en dan vind je dat: niets."'

'Nou, Francisco had verstand van uien,' zei Falcón. 'Mensen zitten een beetje ingewikkelder in elkaar. Je trekt ze open...'

'En wat vínd je dan?' zei Ortega. Hij ging recht voor Falcón staan, gespannen afwachtend.

'Dat de dingen die we voor de wereld verborgen houden, bepalen wie we zijn.'

'Allemachtig, Javier,' zei Ortega, en hij nam een grote slok Muga. 'Je zou wat van deze wijn moeten proberen, weet je. Hij is erg, erg goed.'

'De foto's, Pablo.'

'Laten we dat afhandelen.'

'Toen je tegen me zei dat je twee Russen op de Noche de Reyes naar het huis van señor Vega zag gaan, waren dat deze mannen?'

Ortega pakte de foto's aan en ging op zoek naar zijn bril.

'Ik heb je honden vanavond niet gezien,' zei Falcón.

'O, die slapen, die twee, opgerold in hun mand. Dat is het

goede leven... het hondenleven,' zei Ortega. 'Ik heb je nooit mijn verzameling laten zien, hè?'

'Een andere keer.'

'Niet wat ik verberg, bepaalt wie ik ben, maar wat ik aan de wereld laat zíén,' zei Ortega, en hij maakte een langzaam armgebaar de kamer rond, waar zijn verzameling op tafelbladen lag en tegen de muren stond. 'Weet je wat het ergste is wat je tegen een verzamelaar kunt zeggen?'

'Dat je een onderdeel van zijn verzameling niet mooi vindt?'

'Nee... dat je één onderdeel wel mooi vindt,' zei Ortega. 'Ik heb een tekening van Picasso. Het is niets bijzonders, maar je ziet het meteen. Ik deel de mensen die ik mijn verzameling laat zien in twee categorieën in. Degenen die meteen op de Picasso af gaan met de woorden "Dát vind ik mooi", en degenen die beseffen dat het bij een verzameling om het geheel gaat. Zo, Javier, nu heb ik je wat verlegenheid bespaard.'

'Reken maar dat ik je zal vertellen dat ik gék op de Picasso ben.'

Ortega hield zijn bril omhoog met een bulderkreet alsof hij de Europacup had gewonnen. Hij zette hem bijna behoedzaam op zijn neus, alsof het ding een geraffineerde val was die hij voor zichzelf had ontworpen.

'Degenen die meteen op de Picasso af gaan, zijn degenen die zich aangetrokken voelen tot beroemdheden. Ze zien niets anders.'

'Heb je je verzameling ooit laten zien aan iemand die naar het geheel keek en die daarvan vond dat het...'

'... tekortschoot?' zei Ortega. 'Niemand heeft ooit het lef gehad dat in mijn gezicht te zeggen. Maar ik weet dat er een paar geweest zijn.'

'Zou dat niet betekenen dat je het lef hebt gehad om álles tot uiting te brengen door middel van je verzameling? Het goede en het slechte. We hebben allemaal wel iets waar we ons voor schamen.'

'Je moet mijn verzameling zien, Javier,' zei hij met aandrang. 'De Verzameling van de Acteur.'

Ortega bevestigde dat de twee mannen op de foto's de Russen waren die hij in januari naar Vega's huis had zien gaan. Hij gooide de foto's naar Falcón terug en schonk zijn glas nog eens vol. Hij zoog aan zijn Cohiba, die hij nog niet had aangestoken. De wijnvlekken op zijn overhemd waren uitgelopen door het zweet van zijn borst. Hij zette zijn bril met een ruk af.

'Weet je nog dat we het vanmorgen over Sebastián hadden?' zei Falcón. 'Heb je daarover nagedacht?'

'Daar héb ik over nagedacht.'

'De therapeute over wie ik je vertelde – een vrouw die Alicia Aguado heet. Ze is ongewoon.'

'Hoe?'

'Ten eerste is ze blind,' zei Falcón, en hij vertelde Ortega over haar Chinese hartslagtechniek. 'Ik heb haar verteld over je problemen met Sebastián. Ze ziet wel iets in een gesprek. Ze beseft dat beroemde mensen niet van indringers houden.'

'Breng haar maar,' zei Ortega, charmant en vriendelijk. 'Hoe meer zielen, hoe meer vreugd.'

'Wat zou je zeggen van morgen?'

'Koffie,' zei hij. 'Elf uur. En als je haar naar huis hebt gebracht, kun je misschien terugkomen; dan laat ik bij daglicht alles zien wat je moet weten.'

Consuelo Jiménez droeg een lange jurk van blauwe crêpe en goudkleurige sandalen. Haar blote armen waren bruin en gespierd. Ze ging nog steeds naar de sportschool, en niet alleen omdat het zo hoorde. Ze liet hem in de huiskamer plaatsnemen, met uitzicht op de slordige blauwe gietvorm van het verlichte zwembad, en gaf hem een ijskoud glas *manzanilla*. Ze zette een schaal met olijven, ingelegde knoflook en kappertjes op de tafel en trapte haar sandalen uit. Het ijs in haar tinto de verano klikte tegen de zijkanten van het glas.

'Raad eens wie me vanmorgen kwam opzoeken, een en al charme en flikflooierij?'

'Pablo Ortega?'

'Voor een van de grootste acteurs van vroeger laat hij zich een beetje te gemakkelijk inkapselen,' zei ze. 'Blijkbaar heeft hij geen grote actieradius.'

'Ik heb hem nooit op het toneel gezien,' zei Falcón. 'Heb je hem binnengelaten?'

'Ik heb hem eerst een tijdje in de hitte laten staan. Ik wilde horen wat hij te zeggen had. Hij had zijn twee rekwisieten niet meegenomen – Pavarotti en Callas. Daarom wist ik dat hij niet was gekomen om de jongens te vermaken.'

'Waar zijn je jongens?'

'Bij mijn zuster. Ze gaat morgen met ze naar de kust en ze zijn te luidruchtig voor ons etentje. Ze zouden je pistool willen zien.'

'En wat wilde Pablo Ortega?'

'Over Rafaels dood en jouw onderzoek praten, natuurlijk.'

'Ik hoop dat je niets hebt gezegd over mijn... indiscretie.'

'Ik heb er gebruik van gemaakt,' zei ze, terwijl ze een sigaret opstak, 'maar niet openlijk. Ik heb hem het gevoel gegeven dat hij op een slechte stoel zat. Toen hij wegging, voelde hij zich minder goed dan toen hij kwam.'

'Ik verdiep me in de rechtszaak van zijn zoon,' zei Falcón.

'Ik voor mij vind de straffen voor kindermisbruik te laag,' zei Consuelo. 'Als kinderen eenmaal op die manier zijn beschadigd, komt het nooit meer helemaal goed met ze. Hun onschuld is weggenomen, en dat lijkt me niet zoveel anders dan moord.'

Hij vertelde haar wat Montes hem had verteld over de manipulatie met de verklaring van de jongen en over Sebastián Ortega's weigering zich te verdedigen.

'Nou, dat maakt mijn vertrouwen in het rechtsstelsel er niet bepaald groter op,' zei ze. 'Maar ik zag de ijdele blik in de ogen van Juez Calderón toen hij aan Raúls zaak werkte.'

'Heb je nog iets anders in hem gezien?'

'Wat bijvoorbeeld?'

'Waar we het eerder over hadden... zoals Ramírez.'

'Je bedoelt, of hij altijd naar kansen uitkijkt?' zei ze. 'Nou, ik dacht dat hij ongetrouwd was en dus kon doen wat hij wilde.'

'Ja, dan ligt het anders.'

'O, ik begrijp het. Je vraagt me waarom hij, ook nu hij verloofd is met jouw kleine waarheidzoekster, nog steeds kwispelstaartend om Maddy Krugman heen loopt?'

'Bestaat er zoiets als voorechtelijke ontrouw?'

'Hij is er vanmiddag geweest,' zei ze. 'Zoals je weet, houd ik me niet aan kantooruren. Ik ben hier als de meeste mensen aan het werk zijn, of in het geval van Juez Calderón: als ze aan het werk zouden móéten zijn.'

'Was Marty er ook?'

'Ik nam aan dat het te maken had met het onderzoek naar Rafaels dood,' zei ze hoofdschuddend.

'Dat zou niet de normale procedure zijn.'

'Hij schijnt zich niet veel van de normale procedures aan te trekken,' zei Consuelo. 'Trouwens, waarom zou jij je daar druk om maken? Je interesseert je toch niet meer voor Inés?'

'Nee,' zei hij, alsof hij dat voor zichzelf wilde benadrukken.

'Leugenaar. Je moet niet twee keer dezelfde fout begaan, Javier,' zei ze. 'Ik weet dat het een diepgewortelde menselijke eigenschap is, maar je moet je ertegen verzetten, want al het verdriet van de eerste keer komt de tweede keer terug... en dan dubbel zo erg.'

'Ik hoor steeds zulke dingen van vrouwen die met de krachtige stem van de ervaring spreken.'

'Luister naar ze,' zei ze. Ze stond op en schoof haar voeten in haar sandalen. 'Ik ga je nu wat eten geven en ik wil niets meer horen over die verliefde idioten of over je onderzoek.'

Ze serveerde *jamón* op toast met *salmorejo*, *crostini* van gegrilde rode pepers met ansjovisfilet, *gambas al ajillo*, octopussalade en piquillo-pepers gevuld met saffraanrijst en kip. Ze dronken een koude Baskische *rioja*. Consuelo at alsof ze zichzelf de hele dag had uitgehongerd en Falcón had opeens de eetlust terug die door de zomerse hitte was onderdrukt.

'Neem jij die laatste piquillo-peper maar,' zei ze, terwijl ze een sigaret opstak. 'We wachten nu even en dan komt het hoofd-gerecht.'

'Ik heb in een restaurantkritiek gelezen dat je alles zelf kunt wat er in je restaurants gebeurt,' zei hij.

'Het gaat erom dat je eenvoudige dingen goed doet,' zei ze. 'Ik begrijp niets van die restaurants die een menu zo groot als een roman hebben, maar geen van die gerechten goed kunnen klaar-maken. Je moet je nooit over te veel dingen verspreiden – ook niet in het leven, ook niet in de liefde.'

'Daar drink ik op,' zei ze, en ze lieten hun glazen tegen elkaar tikken.

'Een vraag...' zei ze. 'Niet over je onderzoek, maar het heeft te maken met wat er... vroeger is gebeurd. Ik denk daar elke dag aan sinds Raúls verleden in de openbaarheid is gekomen.'

'Ik weet wat je gaat vragen.'

'Ja?'

'Ik heb er zelf ook over nagedacht.'

'Zeg het dan.'

'Wat is er met Arturo gebeurd?' zei Falcón. 'Is dat het? Wat is er met Raúls kleine jongen gebeurd?'

Consuelo kwam om de tafel heen, legde haar handen om zijn gezicht en kuste hem hard op zijn lippen. Het voltage schokte door zijn wervelkolom en liep via de stoelpoten in de aarde weg.

'Ik wist het,' zei ze. Ze liet hem los en streek met haar vinger-toppen over zijn wangen, zodat er zenuwen ontbrandden over zijn hele lichaam.

Falcón vroeg zich af of deze fysieke invasie hem had veran-derd. Hij zag zichzelf met geschroeid haar en rokende kleren. Hij had haar smaak in zijn mond. Er kwamen dingen in hem in gang, kleine stukjes machinerie die radertjes en aandrijfriemen in beweging zetten, waardoor nog grotere wielen draaiden en drijfassen naar voren werden gestuwd, en die trokken weer een enorme, ongebruikte zuiger aan, die al was vastgeroest.

'Gaat het wel, Javier?' Ze was weer aan haar kant van de tafel. 'Ik ga het hoofdgerecht halen. Intussen kun jij je afvragen hoe we erachter kunnen komen wat er met Arturo Jiménez is gebeurd.'

Hij dronk een half glas wijn en stikte daar bijna in. Kalm blijven, zei hij tegen zichzelf. Consuelo kwam terug met twee gegrilde stukken steak van drie centimeter dik. Het bloed liep uit het vlees in een aardappeltaart en een salade. Er werd hem nog een fles Baskische rioja in handen gestopt, en ook een kurkentrekker. Hij trok de kurk eruit en schonk de wijn in. Hij zou haar op de vloer willen hebben, tussen de stoelpoten, om erachter te komen wat er onder die blauwe crêpe zat. Kalm blijven. Hij keek naar haar taille, haar heupen, haar achterste, terwijl ze om de tafel heen liep. Zijn oogballen voelden verhit aan. Zijn koelsysteem was afgesloten. Ze ging weer zitten.

Hij dronk. Hij was dronken.

'Hoe vinden we Arturo?' vroeg ze, zich niet bewust van het innerlijke tumult aan de andere kant van de tafel. 'Ik ben nooit in Marokko geweest.'

'We moeten erheen,' zei hij. De woorden waren er al uit voor hij ze kon tegenhouden.

'Wat doe je deze zomer?'

'Ik ben vrij in september.'

'Dan gaan we in september,' zei ze. 'Op kosten van de nalatenschap van Raúl Jiménez.'

'Deze steak is fantastisch.'

'Met de hand gesneden door Rafael Vega,' zei ze.

'Nou, die wist wat hij deed.'

'Je concentreert je niet,' zei ze.

'Er gebeurt te veel tegelijk met me,' zei hij, en hij nam weer een slok wijn. 'Ik geloof dat ik mijn kritische massa heb bereikt.'

'Als je hier maar niet ontploft,' zei ze. 'Ik heb de boel net opnieuw laten inrichten.'

Hij lachte en schonk nog wat wijn in.

'We moeten een stichting in het leven roepen,' zei hij, 'die zich specifiek op vermiste kinderen richt.'

'Die zal er wel al zijn.'

'We gebruiken gepensioneerde rechercheurs. Ik weet precies

wie we moeten hebben. Hij is de Inspector Jefe van de Grupo de Menores en hij gaat binnenkort met pensioen.'

'Kalm aan, Javier,' zei ze. 'Je praat te veel, je eet te vlug, je drinkt als een vis.'

'Meer wijn?' vroeg hij. 'We hebben meer wijn nódig.'

'Dan ben je dronken en incapabel als...'

Ze keken elkaar over de tafel aan, en dingen die veel te ingewikkeld waren om over te praten, werden meteen begrepen. Falcón liet zijn mes en vork vallen. Consuelo stond op. Ze kusten elkaar. Ze schoof haar handen onder zijn overhemd omhoog. Allerlei aspecten van persoonlijke hygiëne gingen door zijn hoofd. Hij maakte de rits op haar rug los, streek met zijn vinger over haar wervelkolom en vond geen ondergoed. Er ging een huivering door zijn dijen. Haar handen vonden zijn rug. De adrenaline vloog door hem heen.

Kalm aan, dacht hij, anders kom ik niet eens uit mijn broek.

Ze redde hem.

'Niet hier,' zei ze. 'Ik wil niet dat *la puta americana* met haar camera komt rondneuzen.'

Ze pakte zijn pols vast en leidde hem naar boven.

'Weet je, ik heb dit een hele tijd niet meer gedaan,' zei hij. Hij volgde de twee kuiltjes onder in haar rug.

'Ik ook niet,' zei ze. 'Misschien moeten we de airconditioning wat hoger zetten.'

15

Zaterdag 27 juli 2002

In bed was Consuelo Jiménez zoals hij had verwacht: opwindend, veeleisend en onverbiddelijk. In een van de rookpauzes vertelde ze dat dit haar eerste seks was sinds ze met Basilio Lucena naar bed was geweest in de nacht dat haar man Raúl was vermoord. Daarna had ze zich op de kinderen geconcentreerd. 'Ik heb ook een aidstest gedaan,' zei ze, 'toen ik van Basilio's promiscuïteit hoorde. Weet je, ik heb niet veel geluk gehad...' Falcón draaide zich op het kussen om en zag dat haar donkere ogen dicht bij hem waren. 'De uitslag was negatief,' zei ze. Zo hadden ze gepraat, en Falcón had dat fascinerend gevonden. Hij kon zich niet herinneren ooit over van alles en nog wat te hebben gepraat met een vrouw die bij hem in bed lag. Zelfs in de twee grote relaties van zijn leven waren er in bed nooit eerlijke gesprekken gevoerd, maar waren er rollen gespeeld waarvan hij de tekst nooit goed kende en waarvan hij wist dat hij er eigenlijk niet de geschikte acteur voor was.

De volgende morgen werden ze vroeg en plakkerig wakker. Consuelo nam hem mee naar de douche en zeepte hem met haar lichaam in, zodat hij zich aan de glazen deuren moest vasthouden. Ze maakte gebruik van zijn opwinding en stortte zich op hem, zodat de hele douche ervan trilde. Ze kleedden zich aan terwijl ze naar elkaar keken.

Hij stond in haar keuken met een kop koffie en toast waarop

olijfolie was gegoten. Zijn benen voelden gloednieuw aan, zo uit de fabriek. Hij had nog geen zweem van een kater en toch stonden er drie lege flessen Baskische rioja naast de afvalbak. Nog steeds keek hij haar zwijgend aan. Er gingen grote, riskante dingen door zijn hoofd.

'Ik zou je graag opnieuw willen zien,' zei hij.

'Ik ben blij dat we dat hebben afgehandeld,' zei ze. 'Sinds de uitvinding van de mobiele telefoon hoeven vrouwen niet meer de hele dag te wachten. Nu weten we zeker dat hij niet heeft gebeld.'

'Je zult me moeten vertellen hoe ik in je leven kan passen,' zei hij.

'Jouw leven is gecompliceerder dan het mijne.'

'Jij hebt kinderen.'

'Die gaan weg.'

'Je gaat ze achterna.'

'Eind augustus.'

'Ik heb momenteel weinig zeggenschap over mijn tijd,' zei hij. 'Er gebeurt steeds iets en dan moet ik reageren.'

'Bel me dan wanneer je tijd over hebt,' zei ze. 'Tenzij... al je tijd opgaat aan gesprekken met je advocaten over Manuela, zodat je niet met mij kunt dineren.'

Hij glimlachte. Hij begon verliefd te worden op haar humor, haar directheid. Hij vertelde haar dat hij van plan was het huis aan Manuela te verkopen en hoe Isabel Cano had gereageerd.

'Volg haar raad op,' zei Consuelo. 'Het beste wat je van Manuela kunt verwachten is respect, en dat krijg je door keihard te onderhandelen. Ik zeg dit maar één keer, Javier, en dan houd ik erover op. Je kunt naar me luisteren of je kunt het negeren. Laat het huis taxeren en bied het haar dan aan voor die prijs, minus de commissie van de makelaar, en geef haar een week de tijd om te reageren voordat je het op de markt brengt.'

Hij knikte. Daar had hij behoefte aan in zijn leven: vereenvoudiging. Hij trok haar naar zich toe en kuste haar in de geur van koffie en toast.

Het was halftien. Hij nam zijn mobieltje en belde Ramírez. 'Heb je vanmorgen al een afspraak met Carlos Vázquez?' vroeg Falcón. 'Hoe zit het met het huiszoekingsbevel van Juez Calderón?' 'Ik kon hem niet te pakken krijgen,' ze Falcón. 'En ik heb gisteravond naar zijn kantoor gebeld.'

'Dan moeten we gewoon proberen het uit Vázquez los te praten,' zei Ramírez. 'Ik bel je als ik de afspraak met hem heb gemaakt. Ik heb net Sergeis gezicht op de computer gezet – nationaal en internationaal.'

Falcón belde Alicia Aguado om haar te vragen of hij haar later die ochtend kon oppikken om haar naar Pablo Ortega in Santa Clara te brengen. Toen hij naar de stad terugreed, hoorde hij van Ramírez dat Vázquez de hele ochtend in zijn kantoor zou zijn. Falcón noteerde het adres en zei dat hij hem daar over een kwartier zou ontmoeten.

Hij werd gebeld door Cristina Ferrera.

'Nadia is weg,' zei ze. 'Er kwamen gisteravond twee kerels. Die hebben haar opgehaald en niet teruggebracht.'

'Is dat al eerder gebeurd?'

'Ze is altijd om vijf of zes uur 's morgens weer thuis,' zei Ferrera. 'Wat moet ik doen?'

'Tenzij iemand je een gedetailleerd signalement van die twee kerels kan geven – wat ik betwijfel – kun je niets doen,' zei Falcón.

Carlos Vázquez had zijn kantoor in het Edificio Viapol in een sfeerloos deel van de stad aan de rand van San Bernardo. Ramírez stond bij de deur op hem te wachten. Ze gingen met de lift naar boven. Ramírez keek hem van opzij aan.

'Waar kijk je naar, José Luis?'

'Naar jou,' zei hij grijnzend. 'Ik hoorde het aan je stem. Nu ik je in de kleren zie die je gisteren ook aanhad, weet ik het zeker.'

'Wat precies?' zei hij. Hij vond dat hij zich hierdoorheen moest kunnen bluffen.

'Ik ben de expert,' zei Ramírez. Hij hield zijn grote vingers tegen zijn borst, bijna beledigd door de onbeschaamdheid van zijn baas. 'Ik kon door de telefoon al horen dat je periode van droogte nu eindelijk voorbij is.'

'Welke droogte?'

'Is het waar... of lieg ik?' zei Ramírez lachend. 'Wie is het?'

'Ik weet niet waar je het over hebt.' Ramírez' grote, donkere mahoniekleurige gezicht nam Falcóns hele gezichtsveld in beslag. De afzonderlijke golven van Ramírez' zwarte gepommadeerde haar staken messcherp af.

'Het was toch niet *la americana*? Ik heb van Felipe en Jorge over haar gehoord. Ze zeiden dat ze een man zo leeg zou achterlaten als een pak in de kast.'

'Ik vind dat we ons moeten concentreren op wat we tegen Carlos Vázquez gaan zeggen, José Luis.'

'Nee, nee, nee, die is het niet. *La americana* is het nieuwste liefje van Juez Calderón.'

'Van wie heb je dat gehoord?' zei Falcón. 'De man heeft net zijn verloving bekendgemaakt, godallemachtig.'

Ramírez lachte, een vreugdeloos gehinnik. De lift stopte. Ze gingen Vázquez' kantoor in en werden daar meteen geconfronteerd met een groot schilderij van een abstract stadslandschap – vage lichten en gebouwen waarvan de contouren zich aftekenden in de mist. Falcón besefte dat dit het soort werk was dat Ramón Salgado zou hebben verkocht.

'Ik leid dit gesprek,' zei Falcón. 'Ik wil niet dat je initiatieven neemt, want ik weet dingen die jij niet weet, José Luis. Het is belangrijk.'

'En ik weet dingen waar jij zelfs nog nooit aan hebt gedacht,' zei Ramírez.

Falcón wilde weten wat dat voor dingen waren, maar een van Vázquez' jongere advocaten had hen al aangesproken. Ze werden naar Vázquez' kamer gebracht, die uitkeek op de achterkant van de gebouwen aan de Calle Balbino Marrón. Vázquez nodigde hen uit te gaan zitten en ging zelf intussen verder met het lezen van papieren. Achter hem hing een grote kaart van Sevilla met verschillend gekleurde vierkantjes op de locaties van projecten. Vázquez wierp de papieren in een UIT-bakje en leunde achterover. Falcón stelde Ramírez voor en Vázquez had meteen een hekel aan hem.

'Dus ik krijg het volle gewicht van de moordafdeling over me heen,' zei hij.

'Dat schilderij bij uw receptie,' zei Falcón. 'Van wie is het?'

'Dat is een interessante vraag,' zei Vázquez verbaasd.

'Hij mag graag eerst warmlopen,' zei Ramírez glimlachend.

'Het is van een Duitser, Kristian Lutze. Ik heb begrepen dat het een abstract schilderij van Berlijn is. Hij heeft er ook een van Keulen gemaakt, en dat hangt in de hal van Vega Construcciones.'

'Hoe zijn señor Vega en u eraan gekomen?'

'Via een kunsthandelaar hier in Sevilla. Die heette Ramón Salgado. Hij... Natuurlijk, u weet dat, hij is vermoord.'

'Hoe was señor Vega met Ramón Salgado in contact gekomen?'

Ramírez liet zich verveeld onderuitzakken.

'Ik weet het niet,' zei Vázquez.

'Niet via u?'

'Ik moet bekennen dat het schilderij me niet echt interesseert. Het was een cadeau van Rafael,' zei Vázquez. 'Ik hou van auto's.'

'Wat voor auto's?' vroeg Ramírez.

Ze keken hem aan. Hij haalde zijn schouders op.

'Mag ik roken?' vroeg hij.

Vázquez knikte. Ramírez stak een sigaret op en leunde met zijn handen achter zijn hoofd achterover.

'Komt u voor de gezelligheid,' vroeg Vázquez geërgerd, 'of voor iets anders?'

'Señor Vega had twee projecten met Russische compagnons,' zei Falcón. 'Vladimir Ivanov en Mikhail Zelenov.'

'Dat zijn eigenlijk geen compagnonschappen,' zei Vázquez. 'Vega Construcciones heeft een contract gesloten met twee Russische cliënten. Het ging om technische ondersteuning. Het bedrijf werd betaald voor bouwkundige ontwerpen, ingenieurs op bouwplaatsen, opzichters en materieel. Na voltooiing van het bouwwerk zou Vega Construcciones ook betrokken zijn bij het ontwerp van het interieur – airconditioning, elektriciteit, liften, installatiewerk... dat soort dingen.'

'Dat zijn ongewone projecten voor Vega Construcciones,' zei Falcón. 'Meestal doen zij al het fysieke werk, terwijl de compagnons de noodzakelijke financiën leveren. Voorzover ik weet, had Vega de laatste tijd ook altijd een meerderheidsbelang in de projecten.'

'Dat klopt.'

'Wie was eigenaar van het land waarop de twee Russische projecten werden gebouwd?'

'De Russen zelf. Ze zijn met het voorstel naar Rafael gekomen,' zei Vázquez. 'Ze opereren niet vanuit Sevilla. Señor Zelenov heeft projecten in Marbella en señor Ivanov zit in Vilamoura in de Algarve. Het was gemakkelijker voor hen om het werk uit te besteden dan om hun eigen bedrijven op te zetten.'

'Staan ze met elkaar in verband, die Russen?' vroeg Falcón. 'Kennen ze elkaar?'

'Ik... Ik weet het niet.'

'Dus u deed zaken met hen afzonderlijk?' zei Falcón.

'Zomaar opeens twee ongewone transacties met twee verschillende Russen,' zei Ramírez, die nu geïnteresseerd was.

'Wat wilt u daarmee zeggen?'

'U hoeft alleen maar de vragen te beantwoorden,' zei Ramírez.

'Kunt u ons op de kaart achter u laten zien waar die twee Russische projecten worden gebouwd?' vroeg Falcón.

Vázquez wees twee groene vierkantjes in een massa oranje aan. Falcón sloeg zijn notitieboekje open en ging dichter naar de kaart toe.

'En wat is er uniek aan die twee locaties?' vroeg Falcón.

Vázquez keek naar de kaart als een schooljongen die het goede antwoord weet, maar onzeker is geworden door een strenge leraar.

'Zelfs ik kan dat zien,' zei Ramírez.

'Ik begrijp niet wat dit met de dood van Rafael Vega te maken heeft,' zei Vázquez, die zich nu kwaad maakte.

'Geeft u nu maar antwoord op de vraag,' zei Ramírez, en hij plantte zijn grote vlezige elleboog op het bureau.

'Het zijn twee locaties waar alle andere projecten worden ontwikkeld door Vega Construcciones,' zei Falcón.

'Nou en?' zei Vázquez.

'We hebben met señor Cabello gesproken. Die zei dat hij stukken land aan Vega Construcciones had overgedragen toen zijn dochter met Rafael Vega trouwde, en dat twee daarvan de ontwikkeling van hele gebieden mogelijk maakten. Een van die gebieden is eigendom van Vega Construcciones en het tweede was van een andere projectontwikkelaar, die zonder señor Cabello's stuk land niets had kunnen beginnen. Toen señor Vega eigenaar werd, moest die ontwikkelaar de andere stukken grond verkopen aan señor Vega of aan... vríénden van señor Vega. Dát hebben die twee Russische bouwplaatsen met elkaar gemeen.'

Stilte, afgezien van het nadrukkelijk roken van Ramírez, die van de goochelshow van zijn baas zat te genieten.

'Dat is een bewonderenswaardig staaltje recherchewerk van uw kant, Inspector Jefe,' zei Vázquez. 'Maar begrijpen we daardoor beter wat er met señor Vega is gebeurd?'

'Het is bekend dat señor Vega's Russische vrienden maffiosi waren. We denken dat ze die projecten gebruikten om geld wit te wassen dat ze aan mensensmokkel en prostitutie verdienden. Waarom liet señor Vega zich met zulke mensen in en waarom konden ze zulke bijzonder voordelige contracten met hem sluiten?'

'U kunt hier niets van bewijzen.'

'Misschien was uw kantoor betrokken bij de vastgoedtransacties. Misschien hebt u hier de akten en gegevens van de betalingen?' zei Falcón.

'Misschien herinnert u zich dat nu,' zei Ramírez.

'De enige papieren die ik hier heb, zijn de contracten voor de bouw van de projecten. Die zitten in het archief, en degene die dat beheert, is op vakantie.'

'Dus de vastgoedtransacties werden rechtstreeks door de oorspronkelijke eigenaar van het land en de Russen gesloten?' zei Falcón. 'Vroeg señor Vega aan de oorspronkelijke eigenaar om het de Russen niet te moeilijk te maken en beloofde hij hem compensatie door middel van een andere zaak?'

'Ik weet het echt niet, Inspector Jefe.'

'Maar we kunnen naar de verkoopgegevens van de andere percelen kijken – ik neem aan dat u daar als señor Vega's advocaat wél bij betrokken was – en dan de betaalde prijzen vergelijken,' zei Falcón. 'Die gegevens hebt u hier toch wel, señor Vázquez?'

'Ik zei al dat degene die het archief beheert...'

'Het doet er niet toe. We kunnen natuurlijk ook met de oorspronkelijke eigenaars van de percelen gaan praten. Dat zijn alleen maar wat details die de rechter van ons zal willen hebben,' zei Falcón. 'Maar we zouden graag willen weten waarom señor Vega zich met die Russen inliet en waarom hij ze hielp hun geld wit te wassen.'

'Ik weet niet hoe u die opmerking kunt rechtvaardigen,' zei Vázquez. 'Er zijn twee projecten in samenwerking met die Russen. Er zijn twee contracten. Er zijn twee duidelijke boekhoudingen die de financiële betrokkenheid van beide partijen laten zien.'

'We hebben op die bouwplaatsen gekeken,' zei Ramírez. 'Nu de illegalen daar zijn weggestuurd, zijn er opvallend weinig mensen.'

'Dat is het probleem van de Russen, niet van Vega Construcciones.'

'In dat geval,' zei Ramírez, 'kunt u ons misschien vertellen waarom señor Vega twee verschillende boekhoudingen voor die projecten bijhield: de officiële versie voor de belastingen en zijn persoonlijke versie, die de werkelijke stand van zaken weergaf.'

'Misschien hebt u ook een mening over de redenen die Sergei, de tuinman, kan hebben gehad om na de ontdekking van het lijk te verdwijnen,' zei Falcón. 'En bijvoorbeeld over het bezoek dat señor Vega op de Noche de Reyes thuis van zijn Russische cliënten kreeg. Lijkt het er niet op dat hij vriendschappelijker met hen omging dan met de gemiddelde zakenrelatie?'

'Goed, goed, ik begrijp wat u bedoelt,' zei Vázquez. 'U hebt een Russische connectie ontdekt. Maar dat is alles. Als u iets over hun onderlinge relatie wilt weten, kan ik u niet helpen, want daar weet ik niets van. Ik kan alleen maar zeggen: vraagt u het aan de Russen, als u ze kunt vinden.'

'Hoe neemt ú contact met ze op?'

'Dat doe ik niet. Ik heb de contracten opgesteld. Die kreeg ik getekend en gestempeld van Vega Construcciones terug,' zei Vázquez. 'En u zult op hun kantoor ook niemand vinden die met de Russen heeft gesproken.'

'Ze zullen toch wel telefoonnummers, adressen, bankrekeningen hebben?' zei Ramírez.

'U denkt dat ze tot de Moskouse maffia behoren.'

'Dat weten we.'

'Nou, misschien is dat zo. En misschien hadden ze een goede reden om iemand te doden die aan hun zakelijke behoeften tegemoetkwam, al kan ik me niet voorstellen wat die reden zou zijn,' zei Vázquez. 'En de kans lijkt me klein dat u er ooit achter komt of er een reden was en of ze hem hebben gedood. Die mensen blijven zelf altijd op de achtergrond. Zoals ik al zei: ik heb ze nooit ontmoet. Dus, Inspector Jefe, Inspector... het ligt nu allemaal in uw handen. U weet net zoveel als ik. Ik denk dat we daarmee ons gesprek van vanmorgen hebben afgerond, dus... als u me wilt excuseren?'

Toen ze met de lift naar beneden gingen, liet Ramírez het kleingeld in zijn zak rinkelen. Falcón zei dat hij Cristina Ferrera op zoek moest laten gaan naar de namen van de oorspronkelijke eigenaars van de twee stukken land die aan de Russen waren verkocht.

'Dat is nou typisch politiewerk,' zei Ramírez, terwijl hij Ferrera's nummer intoetste. 'Het ene moment denk je dat je ze te pakken hebt en het volgende moment zijn ze achter de horizon verdwenen.'

'Wat voor dingen weet jij waaraan ik zelfs nooit heb gedacht?' vroeg Falcón, die zich Ramírez' eerdere opmerking herinnerde.

'Zelfs wanneer we Sergei vinden en hij iets gezien heeft... Wat gaat hij ons dan vertellen?' zei Ramírez, die nu spijt had van zijn nonchalante woorden.

'Toen we met de lift naar boven gingen, hadden we het over Juez Calderón, en jij zei dat je dingen wist waaraan ik nog nooit zelfs maar had gedacht, José Luis.'

'Het was niets... gewoon een losse opmerking.'

'Zo klonk het niet,' zei Falcón. 'Het klonk alsof het iets over Juez Calderón was wat van betekenis was voor mij persoonlijk.'

'Het is niets... Vergeet het nou maar,' zei Ramírez.

Ferrera kwam aan de lijn en Ramírez gaf Falcóns opdracht over de stukken grond aan haar door.

'Vertel het me, José Luis. Vertel het me nou maar,' zei Falcón. 'Ik ben niet kwaad meer. Ik stort me heus niet voor een vrachtwagen als je...'

'Goed, goed,' zei Ramírez toen de lift de begane grond bereikte. 'Ik zal je een vraag stellen, en dan moet je maar zien of je me het antwoord kunt geven.'

Ze gingen naar buiten en stonden in de smoorhete straat tegenover elkaar.

'Wanneer begonnen Juez Calderón en Inés met elkaar om te gaan?' zei Ramírez.

16

Zaterdag 27 juli 2002

Thuis, in de koelte van zijn slaapkamer, trok Falcón de kleren uit waaraan Ramírez had kunnen zien dat hij een amateur was. Hij ging onder de douche staan, keek door de beslagen glazen deuren en dacht aan de manier waarop Isabel Cano over Inés had gesproken – geen 'onschuldig klein snoesje'. Ze wist het. Zoals Inspector Jefe Montes over Calderón had gesproken: 'Je mag hem graag, Inspector Jefe. Dat zou ik nooit hebben gedacht.' Hij wist het. Felipe en Jorge, Pérez, Serrano en Baena. Het hele Edificio de los Juzgados en het Palacio de Justicia. Ze wisten het allemaal. Dat krijg je nou als je je helemaal in je eigen leven begraaft. Je ziet niets meer. Je ziet niet eens dat iemand anders je vrouw neukt waar je bij staat. Hij schudde zijn hoofd bij de gedachte aan de verschrikkelijke rekensommen die de politiepsycholoog hem had laten maken. Wanneer zijn je vrouw en jij uit elkaar gegaan? Wanneer had je voor het laatst seks met haar? Als ze in juli uit elkaar waren gegaan, moest het in mei zijn geweest. Mei 2000.

Hij kleedde zich aan en verliet het huis. Hij moest eerst nog een kop koffie drinken voordat hij Alicia Aguado oppikte. Hij kocht *El País* en ging naar het Café San Bernardo, waar hij aan de bar ging zitten en een *café solo* bestelde. Cristina Ferrera belde vanuit het kantoor van Vega Construcciones om hem over de oorspronkelijke eigenaar van de aan de Russen verkochte stukken grond te vertellen. Jammer genoeg was de man op vakantie in Zuid-Amerika en zou hij pas in september terugkomen. Ze zei ook dat de hoofdboekhouder Vega's adressenboek had gehackt en een nummer van de Russen had gevonden. Eén enkel nummer om beide Russen te bellen, en het was in Vilamoura in de Algarve, Portugal.

Hij zette de telefoon uit en probeerde zijn krant te lezen, maar in plaats van een vernederende, onverkwikkelijke zaak gingen er nu herinneringen aan de afgelopen nacht door zijn hoofd. De aanblik van Consuelo schrijlings op hem, het smalle strookje van haar schaamhaar dicht boven hem. De strakke blik waarmee ze hem in haar liet komen. Haar woorden: 'Ik wil je in me zien.' Jezus. Zijn keel voelde zo strak aan dat hij niet kon slikken. De letters van de krant vervaagden. Hij moest zichzelf door elkaar schudden om terug te keren tot het echte leven, het café, de mensen die om hem heen zaten.

Seks was belangrijk voor Consuelo. Ze was er goed in. Toen haar orgasme eraan kwam, stootte ze een diep, katachtig gromgeluid uit, en toen ze kwam, deed ze dat diep kreunend van inspanning, als een sprinter die over de finishlijn gaat. Ze wilde graag bovenop, en als het voorbij was, knielde ze boven hem neer met loshangend haar, dat voor een deel aan haar gezicht geplakt zat, hijgend, zich niet bewust van de wereld, haar borsten huiverend bij elke ademtocht. Hij vond dat de seks met Inés erg goed was geweest. Hij vond dat ze het in bed goed met elkaar hadden kunnen vinden. Maar nu besefte hij dat Inés iets terughoudends had gehad, iets afstandelijks. Het was of ze zich niet helemaal kon overgeven aan haar dierlijke kant. Iets in haar hoofd zei tegen haar dat ze zich niet zo zou moeten gedragen.

Was dat waar? Doet de geest dat met je wanneer je je tot een andere partner aangetrokken had gevoeld? Probeerde je geest je ervan te overtuigen dat de vorige niet veel voorstelde? Misschien had Calderón dat ook gemerkt. Dat er bij Inés niets van dat verschil te bespeuren was waarover Isabel Cano het had gehad. Inés was mooi, intelligent en aantrekkelijk, maar ze was voorspelbaar geweest. En op dat moment, net toen zijn mobieltje begon te trillen in zijn zak, wist hij dat het voorbij was. Het ging hem niet aan. Het deed er voor hem niet meer toe. Hij gaf geen zier om Inés of Calderón of wat er in hun ellendige levens met hen gebeurde. Er bezweek iets in hem. Hij had het fysieke gevoel dat hij bevrijd werd, dat er een spanning werd doorbroken, dat er touwen wegvielen, zwiepend de duisternis in. Hij grijnsde en keek om zich heen naar de schitterende onverschilligheid van het café en drukte toen op de knop van de telefoon. Het was Alicia Aguado. Ze vroeg waar hij toch bleef.

Omdat dit geen consult was, gaf ze hem een kus. Ze merkte meteen dat er iets in hem was veranderd.

'Je bent gelukkig,' zei ze.

'Er zijn een paar dingen goedgekomen.'

'Je hebt met iemand gevrijd.'

'Ik geloof niet dat je dat kunt merken,' zei hij. 'En trouwens, dit is geen afspraak.'

Ze reden naar Santa Clara voor het gesprek met Pablo Ortega. Toen Falcón op de bel bij het hek drukte, gebeurde er niets, maar hij zag dat de houten deur open was gelaten. Ze hoestte in de stank van de beerput waarvoor Falcón haar had gewaarschuwd. Aguado hield zich aan Falcóns elleboog vast toen ze naar de keuken aan de andere kant van het huis liepen. Ortega was nergens te bekennen en het was al elf uur geweest.

'Waarschijnlijk laat hij zijn honden uit,' zei Falcón. 'We zullen in de schaduw van het zwembad op hem wachten.'

'Ik snap niet dat hij in die stank kan leven.'

'Maak je geen zorgen; binnen merk je er niks van. Hij heeft dat deel van het huis helemaal laten afsluiten.'

'Ik zou zelfmoordneigingen krijgen als ik hier elke dag kwam binnenlopen.'

'Nou, Pablo Ortega is niet gelukkig.'

Hij liet haar aan de tafel bij het zwembad zitten en liep langs de rand naar het diepe. Hij ging op de kleine duikplank staan en keek naar beneden. Er lag een zak of zoiets op de bodem. Hij vond een stok die naast het zwembad lag. Aan het ene eind zat een net en aan het andere eind een haak.

'Wat doe je, Javier?' vroeg Alicia, die zich zorgen maakte omdat hij zwijgend met iets bezig was.

'Er ligt een zak op de bodem van het zwembad. Een oude kunstmestzak of zoiets.'

De zak was zwaar. Hij moest hem over de bodem naar de rand van het bassin duwen en hem naar het ondiepe trekken, waar hij hem eruit kon krijgen. Het ding moest wel dertig kilo wegen. Hij maakte het touw om het eind van de zak los en hield zijn adem in toen hij de gruwelijke inhoud zag.

'Wat is het?' vroeg Alicia. Ze was opgestaan, gedesoriënteerd door de geluiden die hij maakte, een beetje in paniek.

'Het zijn Pavarotti en Callas,' zei Falcón. 'Ortega's honden. Dit ziet er niet goed uit.'

'Iemand heeft zijn hónden verdronken?' zei ze.

'Nee,' zei hij. 'Ik denk dat hij zijn eigen honden heeft verdronken.'

Falcón zei dat ze bij het zwembad moest blijven zitten. Hij ging naar de keukendeur, die dicht was maar niet op slot zat. Hij maakte hem open en de verschrikkelijke stank van de beerput hing nu ook binnen. Er stonden twee lege flessen Torre Muga op de tafel. Hij ging naar de huiskamer, waar hij nog een lege fles wijn aantrof, en ook het kistje Cohibas waaruit Ortega hem de vorige avond een sigaar had aangeboden. Geen glas. De rioolstank was hier nog heviger en hij besefte dat de afsluiting ten opzichte van de andere kant van het huis was doorbroken. De deur naar de gang stond open en aan de andere kant van de gang stond de deur van de kamer met de gebarsten beerput op een kier.

Op de vloer van de gang lag een leeg flesje Nembutal zonder dop. Hij duwde de deur open. Er stonden houten planken met een stuk plastic tegen de muur, waar een grote barst in zat. Werklieden hadden een gat in de vloer gemaakt om de schade te inspecteren. Overal op het kale beton en de tegels lagen scherfjes van Ortega's kapotgevallen wijnglas. Er lag ook een uitgebrande sigarenpeuk. In het gat, net onder de oppervlakte van het rioolwater, bevond zich de witgele zool van Pablo Ortega's rechtervoet. Falcón nam zijn mobieltje en belde de Jefatura. Hij gaf specifiek opdracht Juez Calderón in kennis te stellen, want dit sterfgeval zou iets met de zaak-Vega te maken kunnen hebben. Hij vroeg ook om Cristina Ferrera, maar zei dat ze Ramírez met rust moesten laten.

Hij liep achteruit de kamer uit en ging door de gang naar de grote slaapkamer. Op de gladde, onaangeraakte bordeauxrode sprei van het bed lagen twee brieven. De ene was gericht aan Javier Falcón en de andere aan Sebastián Ortega. Hij liet ze liggen en ging naar Alicia Aguado terug, die nog bij het zwembad zat en erg bang was. Hij zei tegen haar dat Pablo Ortega blijkbaar zelfmoord had gepleegd.

'Ik kan dit niet geloven,' zei Falcón. 'Ik was gisteravond nog bij hem en hij was toen hard op weg om erg dronken te worden, maar hij was vriendelijk, charmant, edelmoedig. Hij zei zelfs dat hij me na ons gesprek van vandaag zijn verzameling zou laten zien.'

'Zijn besluit stond vast,' zei Alicia, die haar armen om zichzelf heen had geslagen alsof ze het ijskoud had bij tweeënveertig graden.

'Verdomme,' zei Falcón in zichzelf. 'Ik voel me hier onwillekeurig verantwoordelijk voor. Ik heb dingen opgerakeld en het is...'

'Niemand is ervoor verantwoordelijk dat iemand een eind aan zijn leven maakt,' zei Alicia op besliste toon. 'Hij heeft een hele voorgeschiedenis die niet te veranderen en zelfs niet op te rakelen is doordat hij een paar uur met Javier Falcón praat.'

'Natuurlijk, dat weet ik. Misschien bedoel ik dat ik hem heb aangemoedigd door te veel bij hem aan te dringen.'

'Je bedoelt dat je niet alleen over Sebastián met hem praatte?'

'Ik dacht dat hij over informatie beschikte die me bij mijn onderzoek kon helpen.'

'Was hij een verdachte?'

'Niet precies een verdachte. Ik merkte wel dat hij nerveus van me werd. Om de een of andere reden werd hij onrustig van de vragen die ik hem stelde, of die nu over zijn zoon of over de zaak-Rafael Vega gingen.'

'Gewoon uit nieuwsgierigheid, vanuit een psychologisch gezichtspunt: hoe heeft hij zelfmoord gepleegd?' vroeg ze.

'Hij werd dronken, nam wat slaappillen en verdronk zich in de gebarsten beerput.'

'Hij heeft het allemaal erg goed gepland, hè?' zei ze. 'De honden verdrinken...'

'Ik vroeg hem gisteravond naar de honden,' zei Falcón. 'Hij zei dat ze sliepen. Waarschijnlijk had hij ze toen al gedood.'

'Een zelfmoordbriefje?'

'Twee brieven: een voor mij en een voor zijn zoon. Ik laat ze liggen tot de Juez de Guardia er is.'

'Hij wist dat jij de eerste was die hier vanochtend zou komen,' zei ze. 'Geen nare verrassingen voor iemand anders dan een professional. Het hek en de deuren liet hij openstaan. Hij had het allemaal uitgedacht, tot en met het laatste wat hij moest doen om zich in de beerput te verdrinken.'

'Wat bedoel je?'

'Zei je niet dat hij dat deel van het huis had laten afsluiten?'

'Ja.'

'Hij nam dus de moeite om de afsluiting te verbreken, omdat het psychologisch belangrijk voor hem was om zich in stront te verdrinken... zijn eigen stront,' zei ze. 'Ik denk dat die pillen en alcohol het op zichzelf ook wel voor elkaar hadden gekregen.'

'Alcohol kan tot braken leiden.'

'Ja. En dus zorgde hij dat hij zekerheid had... Maar hij had ook het zwembad kunnen gebruiken. Daar had hij minder privacy, maar het was goed genoeg voor zijn honden.'

'Neem iets van mijn schuldgevoel weg, Alicia. Geef me een theorie,' zei hij.

'Zoals je weet, was er al van alles gebeurd voordat jij met hem kwam praten over Rafael Vega,' zei ze. 'Zijn zoon is na een geruchtmakend proces schuldig bevonden aan een afschuwelijk misdrijf en in de gevangenis gezet. Hijzelf werd verstoten door zijn wereld en moest verhuizen, en daar zit een verhaal achter dat je nog niet kent. Hij is ergens heen gegaan waar het hem op het eerste gezicht zou moeten bevallen. Een tuinstad, een dure wijk, vrede en rust. Maar het viel tegen. Hij voelde zich ontheemd en verlangde naar de sfeer in de barrio. Het huis dat hij kocht, kreeg een onaangenaam probleem dat hem nog meer van andere mensen isoleerde. Voor ons zou dat een ergerlijk en duur ongemak zijn, maar voor Pablo Ortega kreeg het waarschijnlijk een bepaalde betekenis. Toen ging zijn buurman dood...'

'Hij wilde weten of señor Vega zelfmoord had gepleegd.'

'Dus hij had het al in zijn hoofd zitten,' zei Alicia. 'Ik heb het nog niet gehad over het feit dat zijn zoon niets met hem te maken wilde hebben – ook een isolerende factor. Toen verscheen Javier Falcón op het toneel. Die vond dat Sebastián onrechtvaardig was behandeld en wilde helpen. Zoals je uit eigen ervaring weet, kun je niet helpen zonder dingen op te rakelen. En wat kwam er aan de oppervlakte in Pablo Ortega's geest? Wat het ook was, hij wilde er niets van weten. Hij wilde niet in leven blijven om die confrontatie aan te gaan. Niet alleen brengt hij die moeilijke dingen níet aan de oppervlakte, hij verdwijnt ook zelf onder de oppervlakte. Hij verdrinkt zijn herinneringen in zijn eigen ontlasting. Zijn lieve, onschuldige honden krijgen die behandeling niet.'

Falcón schudde verbijsterd met zijn hoofd.

'Je vroeg hem naar zijn zoon, Javier, en je zette hem onder druk voor je onderzoek. Waarvan verdacht je hem?'

'Daar wil ik nog niet over praten. Het zou helpen als je hier onbevangen aan begon,' zei hij. 'Dat wil zeggen, als je erbij betrokken wilt zijn. Je hoeft je er niet mee in te laten.'

'Ik ben erbij betrokken,' zei ze. 'Ik zou graag willen weten wat er in die brieven staat. En misschien is het interessant om te weten wat hij in zijn verzameling had.'

Er stopte een politiewagen voor het huis.

'We moeten eerst ons werk doen,' zei hij. 'Maar ik denk niet dat het lang duurt.'

Er stopte een ambulance achter de politiewagen. Een paar minuten later arriveerden Felipe en Jorge, samen met de Juez de Guardia, Juan Romero. Ze overlegden even over het eventuele verband van deze zelfmoord met de zaak-Vega. Calderón belde Romero, die hem Falcóns mondelinge verslag doorgaf. Ze besloten de twee zaken afzonderlijk te behandelen. Cristina Ferrera kwam op tijd om dat besluit te horen.

Falcón gaf hun een rondleiding. Ze liepen langs de dode honden naast het zwembad en gingen het huis binnen. Felipe maakte de foto's, terwijl Jorge de honden onderzocht en vlees tussen hun tanden vandaan schraapte. Ferrera keek of er telefonische boodschappen waren ingesproken en vroeg de telefoonmaatschappij om een overzicht van de inkomende en uitgaande gesprekken. Ze zocht naar een mobieltje.

De ziekenbroeders kwamen binnen en constateerden dat Ortega's lichaam verzwaard was om het ondergedompeld te houden en dat het met behulp van een katrol aan het plafond moest worden opgehesen. Ze gingen een touw en blok halen. Felipe en Jorge kwamen binnen en verzamelden al het sporenmateriaal voordat ze naar de slaapkamer gingen. De Médico Forense kwam en zat naast het zwembad met Alicia Aguado te praten terwijl hij wachtte tot het lichaam uit de beerput was gehesen.

Felipe gaf de brieven, die ongeopend in plastic zakken waren gedaan, aan Falcón. De ziekenbroeders hakten in het plafond tot ze een balk van gewapend beton vonden en begonnen te boren. Falcón ging met de brieven naar de huiskamer om ze te lezen. Ferrera had het mobieltje niet gevonden. Falcón stuurde haar naar de buren toe om te onderzoeken wat Ortega in de afgelopen vierentwintig uur had gedaan.

PERSOONLIJK EN VERTROUWELIJK

27 juli 2002

Beste Javier,
Je zult inmiddels wel hebben beseft dat ik jou heb uitgekozen. Als het je heeft geschokt, vind ik dat jammer. Jij bent

de professional, en zoals ik al zei: ik mag je graag en ik wil dat dit, de laatste episode van mijn laatste bedrijf, veilig in jouw handen overgaat.

Voor het geval er nog twijfel bestaat, of voor het geval een opportunistische inbreker het huis is binnen gegaan en mijn tragedie heeft verstoord, wil ik graag duidelijk verklaren dat ik mijzelf van het leven heb beroofd. Dit was geen impulsieve beslissing. Het was ook zeker niet het gevolg van recente ontwikkelingen, maar van een culminatie van gebeurtenissen. Ik ben aan het eind van mijn weg gekomen en merk dat deze weg doodloopt en dat ik niets anders meer kan doen dan op mijn schreden terugkeren en alle dingen doen die ik had moeten doen. Het was een doodlopende weg met maar één uitgang en ik heb daar met open ogen, zij het niet met een zuiver geweten, voor gekozen.

Mijn redenen om een eind aan mijn leven te maken, zijn de enige redenen die er voor een zelfmoord mogelijk zijn. Ik ben zwak en ik ben egoïstisch. Ik heb mijn zoon verwaarloosd. Dat was kenmerkend voor alle relaties met familieleden en anderen, en waarschijnlijk heb ik me zo gedragen omdat ik word verteerd door ijdelheid. De beloning daarvoor is mijn eenzaamheid. Mijn zoon zit in de gevangenis. Mijn familie heeft genoeg van mij. De wereld waarin ik leefde, heeft me verstoten. In mijn werk word ik gemeden. Voor het geval je het nog niet wist: ijdelheid vereist een publiek. Het leven binnen mijn luchtbel is ondraaglijk geworden. Ik heb niemand om voor op te treden en daarom ben ik niemand.

Het lijkt waarschijnlijk absurd dat iemand met mijn roem en met mijn comfortabele leven voor dit einde heeft gekozen. Ik merk dat ik graag een lange, wijdlopige verklaring zou willen geven, maar dan zou alleen de Torre Muga aan het woord zijn. Mijn verontschuldigingen voor het ongemak, Javier. Alsjeblieft, geef de andere brief aan

mijn zoon Sebastián. Ik hoop dat je hem kunt helpen, na-
dat ik zo buitengewoon heb gefaald.
Con un abrazo,
Pablo Ortega

P.S. Ik heb je nooit mijn verzameling laten zien. Geniet er
op je gemak van.

P.P.S. Wil je mijn broer Ignacio inlichten? Zijn nummer
staat in het adressenboekje op de keukentafel.

Falcón las de brief een paar keer door, en toen werden zijn gedachten onderbroken door het geluid van een elektrische lier.
Hij stond in de deuropening toen Ortega's gevlekte, opgezwol-
len lichaam onder de vloer vandaan kwam. De gemaskerde ziekenbroeders trokken Ortega van het gat weg en lieten hem op
het beton zakken. Een grote platte steen was met tape aan zijn
borst vastgemaakt en er was ook een steen in zijn blauwe korte
broek geschoven. Falcón haalde de Médico Forense erbij en
vroeg Felipe nog wat foto's te maken. Hij ging bij Alicia Aguado
zitten en las haar de brief van Ortega voor.
    'Ik geloof niet dat hij zo dronken is als hij zegt.'
    'Er waren daar drie lege Muga-flessen.'
    'De inhoud daarvan zat niet in zijn lichaam toen hij deze brief
schreef,' zei ze. 'Hij zegt dat hij schuldig is, maar hij let er goed
op dat hij niets concreets toegeeft. Het lijkt me belangrijk dat hij
ontkent dat zijn zelfmoord iets met "recente ontwikkelingen" te
maken heeft. Hij volhardt in zijn ontkenningen. Hij denkt dat er
door die recente ontwikkelingen iets aan het licht zal komen en
dat kan hij niet onder ogen zien.'
    'De enige recente ontwikkelingen waarvan ik weet, zijn de
dood van Rafael Vega en het feit dat ik heb aangeboden zijn zoon
te helpen.'
    Cristina Ferrera kwam terug. Ze had met de weinige buren
gepraat die ze kon vinden. Ortega had de vorige ochtend zijn

honden uitgelaten. Hij was om ongeveer elf uur 's morgens en vijf uur 's middags met zijn auto weg geweest. In beide gevallen was hij na anderhalf uur teruggekomen.

'Zou jij je honden uitlaten als je van plan was ze te doden?' vroeg Falcón.

'Het schijnt een gewoonte te zijn geweest,' zei Ferrera. 'Zijn buurman liet tegelijk zijn hond uit. En zelfs ter dood veroordeelden krijgen eten en lichaamsbeweging.'

'Dat hij die honden heeft gedood, heeft te maken met het egoïsme en de ijdelheid waarvan hij zelf toegeeft dat hij ze heeft. Die honden waren een deel van hem; alleen hij kon van ze houden,' zei Alicia Aguado. 'Je was gistermorgen bij hem voordat hij naar buiten ging, Javier. Waar praatten jullie toen over?'

'Ik interesseerde me voor zijn contacten met Rafael Vega – hoe hij hem kende, of hij hem via Raúl Jiménez had leren kennen en of hij mensen kende uit de kringen van die mannen. Ik had een foto van hem met wat mensen op een feestje, en die maakte hem nogal nerveus. Ik sprak ook over de zaak van zijn zoon. Toen ging ik weg, maar... Nee, dat klopt niet helemaal. Hij vertelde me over een droom die steeds terugkwam, en toen ging ik weg, maar ik ging terug om hem nog iets te vragen wat ik vergeten was en ik zag hem op zijn knieën in de tuin zitten. Hij huilde.'

Alicia vroeg naar de droom en hij beschreef Ortega's beeld van zichzelf in een veld met zijn handen die pijn deden.

'Ik heb je verslag van jullie eerste ontmoeting gelezen,' zei Ferrera. 'Hij was toen heel anders.'

'Ja, hij was veel meer de acteur. Het grootste deel van dat gesprek was acteren,' zei Falcón. 'In latere gesprekken was hij serieuzer. De druk werd groter.'

'Waar wilde je hem indirect van beschuldigen, Javier?' vroeg Aguado.

'Daar wil ik pas over praten als ik het voor mezelf op een rijtje heb gezet,' zei hij. 'Daar moet ik nog aan werken.'

Jorge riep Falcón naar zich toe om over de plaats delict te overleggen. Ze waren ervan overtuigd dat het zelfmoord was. Ze hadden niets gevonden wat op iets anders wees. Ortega's vinger-afdrukken waren overal te vinden. Juan Romero vroeg de Médico Forense naar zijn mening.

'Het tijdstip van overlijden was ongeveer drie uur vannacht. De oorzaak was verdrinking. Er zat een wond op zijn voorhoofd. Die heeft hij waarschijnlijk opgelopen toen hij in het gat viel. Als ik nu, al voor het laboratoriumonderzoek, een uitspraak zou moeten doen, zou ik zeggen dat hij zelfmoord heeft gepleegd.'

Juez Romero tekende het levantamiento del cadáver. Falcón zei tegen hem dat hij de naaste familieleden zou inlichten, zoals de dode had gevraagd. De ziekenbroeders haalden het lichaam en de twee dode honden weg. Felipe en Jorge vertrokken. Falcón zei tegen Ferrera dat ze de telefoonnummers maandag moest natrekken en liet haar gaan. Hij ging naar de keuken, vond het adressenboek en probeerde Ignacio Ortega te bellen op zijn mobiele telefoon, maar die stond uit. Hij zei tegen Romero dat ze de pers pas iets over Ortega's dood zouden vertellen als eerst zijn broer op de hoogte was gesteld.

De ambulance en auto's reden weg in de richting van de Avenida de Kansas City. Een agent in een politiewagen bleef achter om een oogje op het huis te houden. Ortega's dood zou in de publieke belangstelling staan. Falcón bood Alicia Aguado aan haar naar huis te brengen, maar ze wilde erg graag een beschrijving horen van Ortega's verzameling, die in de zelfmoordbrief was genoemd.

De verzameling, die Ortega naar de huiskamer had gebracht toen de beerput was gebarsten, was verspreid over een deel van de kamer. De kleine stukken lagen op tafels, de grotere gravures lagen op de vloer en de schilderijen stonden tegen de muren. Op een antieke tafel in de huiskamer was een vel papier vastgeplakt met daarop een lijst van alle stukken uit de collectie, compleet met aankoopdatum en prijs. Falcón liet zijn blik over de achttien stukken op de lijst gaan tot aan het schilderij van Francisco Falcón dat hij gezien had toen hij voor het eerst in dit huis was.

'Dit is interessant,' zei hij. 'Ortega kocht het schilderij van

Francisco Falcón op 15 mei 2001. Dat was nádat Francisco als bedrieger was ontmaskerd. En hij tikte het op de kop voor een kwart miljoen peseta.'

'Wat brachten ze daarvoor op?'

'Dan had hij ongeveer twee miljoen moeten betalen,' zei Falcón. 'Het was een goede aankoop, want de prijzen zijn inmiddels weer gestegen. Toen het nieuws net bekend was, wilden de ouderwetse verzamelaars zich ontdoen van alles wat ze van Francisco Falcón hadden. Maar nu is er een andere markt voor het werk. Er is een postmodern publiek met een nieuwe visie op "Wat is echte kunst?" Die mensen hebben de prijs opgedreven, samen met de sensatiezoekers en de lijkenpikkers.'

'Dus hij kende Francisco, maar hij kocht pas een van zijn schilderijen toen Francisco ontmaskerd was,' zei Aguado. 'Dat zegt ons iets.'

Hij vertelde haar over de Picasso-tekening van een centaur, en dat Ortega die tekening als test gebruikte.

'Neem de lijst met me door,' zei ze. 'Ik onderbreek je als ik meer informatie wil.'

'Twee Afrikaanse figuurtjes van ebbenhout, jongens met speren. Ivoorkust. Eén masker, Zaïre.'

'Beschrijf me dat masker, Javier,' zei ze. 'Acteurs weten alles van maskers.'

'Het is zestig centimeter lang en twintig breed. Het heeft rood haar, twee spleetogen en een lange neus. Er steken stukken bot en spiegelscherven in de mond, als tanden. Het is nogal een angstaanjagend ding, maar het is prachtig van vorm. Gekocht in New York in 1996 voor negenhonderdvijftig dollar.'

'Het klinkt als het masker van een toverdokter. Ga verder.'

'Dan vier beeldjes van Meissen-porselein, alle vier mannelijk.'

'Ik heb een hekel aan dat soort beeldjes,' zei ze.

'Eén spiegel, manshoog en met een vergulde lijst in rococostijl. Parijs. 1984. Negenduizend frank.'

'Iets om naar zichzelf te kijken, omlijst door goud.'

'Een Romeinse glazen fles, van ondoorzichtig en iriserend materiaal. Acht zilveren munten, ook Romeins. Een vergulde stoel – Louis xv. Londen, 1982. Daar heeft hij negenduizend pond voor betaald.'

'Dat is duur genoeg om zijn troon te zijn.'

'Eén bronzen paard in volle galop – Romeins. Eén stierenkop – Grieks. Eén potscherf met een hardlopende jongen – Grieks. Een werk van Manuel Rivera, getiteld *Anatomía en el Espejo*.'

'Anatomie door een spiegel? Wat is dat?'

'Metaal op hout. Spiegelbeeld. Moeilijk te beschrijven,' zei Falcón. 'Er is ook een schilderij van Zobel, getiteld *Dry Garden*, en er is een erotisch schilderij uit India.'

'Wat voor erotiek?'

'Een nietsverhullende afbeelding van een man met een erg grote penis die seks bedrijft met een vrouw,' zei Falcón. 'En dat is het.'

'Een erg gecompliceerde man met zijn beeldjes, maskers en spiegels,' zei ze. 'Is ergens te zien hoe de verzameling oorspronkelijk is opgesteld?'

Falcón keek in de laden van het antieke bureau en vond een serie foto's van de verzameling, elk met een datum op de achterkant. Op al die foto's zat Pablo Ortega op de Louis xv-stoel. Hij vond de recentste foto, waarop alle stukken te zien waren, behalve het erotische schilderij uit India en de Zobel. Toen besefte hij dat de Zobel zo was opgehangen dat Ortega ernaar keek en dat het Indiase schilderij zo'n recente aanwinst was dat het er nog niet bij was. Hij beschreef de indeling voor Alicia Aguado.

'Het lijkt op een combinatie van mooie en monsterlijke dingen. Het masker uit Zaïre is beide. Alle stukken aan de ene kant zijn de dingen met schoonheid, nobelheid en pracht: Picasso's centaur, de stierenkop, het galopperende paard, de hardlopende jongen. Ik simplificeer nu, want het is gecompliceerder. Centauren zijn ook monsters. Waar loopt de jongen voor weg? Daar zijn ook de munten en de mooie, maar lege Romeinse fles. En het schilderij van Rivera is in de vergulde spiegel te zien. Dat begrijp ik niet.'

'En aan de andere kant?'

'De bedrieglijke Francisco Falcón. Ortega heeft zijn hele leven komedie gespeeld. De mooie beeldjes van porselein – de acteur in zijn rollen. En de suggestie "Ik ben net zo hol als zij". De spiegel is een hard, weerkaatsend ding dat zijn narcisme verguldt.'

'En de jongens van zwart ebbenhout?'

'Ik weet het niet – bewaren of beschermen ze zijn geheimen?'

'En waarom kijkt hij altijd naar de *Dry Garden*?'

'Dat is waarschijnlijk zijn beeld van de dood: mooi maar verdroogd,' zei ze. 'Je weet dat je niets van dit alles bij de rechtbank kunt gebruiken, Javier.'

'Nee,' zei hij, lachend om die absurditeit. 'Ik hoopte alleen op een idee. Pablo zei tegen me dat hij met deze collectie alles liet zien. Hij had niets te verbergen. Wat is je algemene indruk?'

'Het is een erg mannelijke verzameling. Alleen op dat Indiase erotische schilderij is een vrouw te zien. Zelfs de niet-menselijke stukken hebben een mannelijk karakter: paarden, stieren en centauren. Wat is er met zijn vrouw gebeurd, Sebastiáns moeder?'

'Die stierf aan kanker, maar – dit is interessant – pas toen ze al was weggelopen... en nu citeer ik Pablo letterlijk... pas toen ze "naar Amerika was verdwenen met een idioot met een grote pik".'

'Lieve help,' zei Alicia quasi-geschokt. 'Problemen in de slaapkamer. Al die spiegels, maskers, beeldjes – je gaat je afvragen of de grootste rol die hij ooit heeft gespeeld hijzelf in zijn eigen leven was. Misschien speelde hij dat hij een sterke, krachtige, seksueel potente man was, terwijl hij dat in werkelijkheid... niet was.'

'Misschien wordt het tijd dat we met zijn zoon gaan praten,' zei Falcón.

17

Zaterdag 27 juli 2002

Op weg naar de gevangenis, die zich buiten Sevilla in Alcalá bevond, belde Falcón de directeur, die hij goed kende, en legde de situatie uit. De directeur was thuis, maar zei dat hij alle noodzakelijke telefoongesprekken zou voeren. De gedetineerde zou voor Falcón beschikbaar zijn als hij bij de gevangenis aankwam en het was geen probleem dat hij Alicia Aguado bij zich had. De directeur zei dat er wel een psycholoog van de gevangenis bij moest zijn, en ook een verpleegkundige, voor het geval Sebastián Ortega verdoofd moest worden.

De gevangenis, ergens op een verbrand stuk land aan de weg naar Antequera, trilde zo hevig in de zinderende golven van hitte dat hij soms volledig aan het oog onttrokken werd. Ze reden door de buitenpoort, tussen twee draadgazen omheiningen met scheermesprikkeldraad langs de bovenkant, tot aan de gevangenismuren, waar ze parkeerden.

Na de genadeloze hitte buiten de veiligheidscontroles was het een verademing om in de koele, zakelijke gangen te zijn. Toen ze dichter bij het gedeelte kwamen waar de gedetineerden zaten, werd de stank van opgesloten mannen heviger. De lucht trilde van verveelde mannen die zich inspanden om de tijd te doden terwijl ze steeds weer de sterke hormonale drank van gebottelde frustraties dronken. Falcón en Alicia Aguado werden naar een kamer gebracht met één hoog raam dat tralies aan de buitenkant had. Er stonden een tafel en vier stoelen. Ze gingen zitten. Tien minuten later kwam de gevangenispsycholoog. Hij stelde zich voor.

De psycholoog kende Sebastián Ortega en dacht dat hij geen kwaad deed. Hij legde uit dat de gedetineerde niet volkomen zweeg, maar zelden iets meer zei dan het absolute minimum. Er zou straks een verpleegkundige komen en ze waren voorbereid op alles wat er maar kon gebeuren, inclusief geweld, al leek de kans daarop hem niet groot.

Twee bewaarders brachten Sebastián Ortega binnen en lieten hem aan de tafel plaatsnemen. Falcón had geen foto van hem gezien en was dus niet voorbereid op het knappe uiterlijk van de man. Sebastián had geen van de fysieke eigenschappen van zijn vader. Hij was slank, een meter vijfentachtig lang, en had blond haar en tabaksbruine ogen. Hij had hoge, fragiele jukbeenderen, die er niet naar uitzagen dat ze veel gevangenisgeweld konden overleven. Hij bewoog zich met een lome gratie en toen hij ging zitten, liet hij zijn artistieke handen met lange vingers voor zich op de tafel rusten. Hij gebruikte de vingers van zijn ene hand om elke afzonderlijke nagel van zijn andere hand op te poetsen. De gevangenispsycholoog stelde hen aan elkaar voor. Sebastián Ortega verloor Alicia Aguado geen moment uit het oog en boog zich enigszins naar voren zodra de psycholoog klaar was.

'Neemt u me niet kwalijk,' zei hij met een hoge, bijna meisjesachtige stem, 'maar bent u blind?'

'Ja, dat ben ik,' antwoordde ze.

'Dát zou ik ook wel willen,' zei hij.

'Waarom?'

'We geloven te veel in wat onze ogen ons vertellen,' zei hij. 'Ze leiden ons naar enorme teleurstellingen.'

De gevangenispsycholoog, die naast de tafel stond, legde hem uit dat Falcón naar de gevangenis was gekomen omdat hij nieuws voor hem had. Ortega zei niets tegen hem, maar leunde achterover, knikte en hield zijn onrustige handen op de tafel.

'Ik vind het erg om je te moeten vertellen, Sebastián, dat je vader vannacht om drie uur is overleden,' zei Falcón. 'Hij heeft zelf een eind aan zijn leven gemaakt.'

Er kwam geen reactie. Er verstreek ruim een minuut, en al die tijd bleef het aantrekkelijke gezicht onbewogen.

'Heb je de Inspector Jefe gehoord?' vroeg de psycholoog. Hij knikte en liet zijn oogleden even zakken. De gevangenismedewerkers keken elkaar aan.

'Heb je vragen voor de Inspector Jefe?' vroeg de psycholoog. Sebastián ademde in en schudde zijn hoofd.

'Hij heeft je deze brief geschreven,' zei Falcón, en hij legde hem op de tafel.

Sebastiáns hand onderbrak zijn onbewuste beweging om de brief met een snelle haal op de vloer te meppen. Terwijl de brief over de vloertegels vloog, nam de spanning in zijn lichaam toe – pezen en zenuwen tekenden zich af op zijn polsen en onderarmen. Hij greep de rand van de tafel vast alsof hij zijn best deed om niet achterover te vallen, en de hele tafel schudde van zijn verkrampte spieren. Zijn gezicht bezweek en met een vreselijke snik schoof hij de stoel onder zich vandaan en viel hij op zijn knieën. Zijn gezicht was verwrongen van verdriet, de ogen stijf dicht, de tanden ontbloot. Alicia Aguado stak haar handen uit om de lucht voor haar te voelen. Sebastián maakte nog krampachtiger bewegingen en viel op de vloer.

Pas op dat moment reageerde er iemand in de kamer. De stoelen en tafel werden weggetrokken en ze stonden allemaal over Sebastián heen gebogen, die nu in foetushouding lag, met zijn armen om zich heen. Zijn hoofd bewoog wild over de geboende vloer en hij hoestte harde droge snikken van emotie op, alsof stukken puimsteen klem zaten in zijn borst.

De broeder knielde neer, maakte zijn tas open en haalde er een injectiespuit uit. De bewaarders kwamen dichterbij staan. Alicia bewoog zich op de tast om de tafel heen en stak haar hand uit naar Sebastiáns bevende lichaam.

'Raak hem niet aan,' zei een van de bewakers.

Haar hand vond Sebastiáns nek. Ze streelde hem en fluisterde zijn naam. De krampachtige bewegingen werden minder heftig.

Hij ontspande zijn greep op zijn schenen. Tot op dat moment had hij alleen maar droge snikken voortgebracht, maar nu huilde hij zoals Falcón nooit eerder iemand had zien huilen. De tranen en het speeksel hadden de vrije loop. Hij probeerde zijn handen naar zijn gezicht te brengen om die afschuwelijke uitbarsting te verbergen, maar blijkbaar was hij daar te zwak voor. De bewaarders gingen een stap terug, niet meer behoedzaam, alleen nog een beetje gegeneerd. De broeder stopte de injectiespuit weer in de tas. De psycholoog dacht over de situatie na en besloot niet in te grijpen.

Na tien minuten huilen rolde Sebastián zich op zijn knieën en begroef hij zijn gezicht in zijn armen op de vloer. Er ging een huivering door zijn rug. De psycholoog vond dat ze hem naar zijn cel terug moesten brengen en hem een kalmerend middel moesten geven. De bewaarders probeerden hem overeind te trekken, maar hij had geen kracht in zijn benen. Zoals hij er nu aan toe was, konden ze niets met hem beginnen, en daarom lieten ze hem weer op de vloer zakken en gingen ze een rolstoel halen. Falcón pakte de brief op en gaf hem aan de psycholoog. De bewaarder kwam met een verrijdbare brancard van het gevangeniszieken huis terug en Sebastián werd weggereden.

De psycholoog besloot de brief te lezen. Hij wilde kijken of de inhoud Sebastián nog meer van streek zou maken. Falcón zag dat er maar weinig woorden op het vel stonden.

Beste Sebastián,
Het spijt me meer dan ik ooit zou kunnen zeggen. Alsjeblieft, vergeef me.
Je liefhebbende vader,
Pablo

Falcón en Alicia reden uit het verbleekte landschap van de gevangenis weg en kwamen in de benauwende hitte van de stad terug. Alicia Aguado draaide zich naar het raam en het levenloze terrein flikkerde aan haar blinde ogen voorbij. Er kwamen vragen bij Falcón op, maar hij stelde ze niet. Na al dat vertoon van emoties leek alles banaal.

'Zelfs na zoveel jaren,' zei Alicia, 'sta ik nog versteld van de angstaanjagende kracht van de geest. We hebben een organisme in ons hoofd dat, als we het de kans geven, ons zo grondig kan vernietigen dat we nooit meer degenen zullen zijn die we waren... en toch is het van ons, het hoort bij ons. We hebben geen idee van wat er op onze schouders rust.'

Falcón zei niets. Ze verwachtte geen antwoord.

'Als je zoiets meemaakt,' zei ze, en ze maakte een vaag handgebaar in de richting van de gevangenis, 'kun je je niet voorstellen wat er in het hoofd van die man omgaat. Wat er tussen hem en zijn vader is voorgevallen. Het was of het nieuws van zijn vaders dood regelrecht naar de kern van zijn wezen ging en hem openscheurde en al die ongelooflijk sterke, onhoudbare, gepolariseerde emoties ontketende. Waarschijnlijk was hij amper in leven en existeerde hij alleen op de automatische piloot. Hij had zichzelf in de gevangenis gezet, in eenzame opsluiting. Hij had bijna geen persoonlijke contacten meer. Hij functioneert niet meer als mens, en toch moet zijn geest een uitweg vinden.'

'Waarom denk je dat hij daar graag wil zijn, zoals je vriend zei?'

'Misschien was hij bang geworden voor wat zijn onbeheerste geest zou kunnen doen.'

'Denk je dat je met hem kunt praten?'

'Nou, ik was er op een crisismoment – de zelfmoord van zijn vader – en ik denk dat er een band tussen ons is ontstaan. Als de gevangenisdirectie het goed vindt, kan ik hem vast wel helpen.'

'Ik ken de gevangenisdirecteur,' zei Falcón. 'Ik zal tegen hem zeggen dat je werk grote waarde zou kunnen hebben voor mijn onderzoek naar de dood van Vega.'

'Maar denk je écht dat er verband is?' zei ze. 'Die hele kwestie met Pablo... Ik hoor je hersens kraken.'

'Dat weet ik, maar ik weet alleen niet wat het is.'

239

Hij zette Alicia Aguado bij haar huis af en probeerde weer contact op te nemen met Ignacio Ortega, maar diens mobieltje stond nog steeds uit. Consuelo belde hem en vroeg of hij met haar wilde lunchen in Casa Ricardo, een café halverwege haar restaurant en Falcóns huis. Hij besloot de auto thuis te laten en te lopen. Hij parkeerde tussen de sinaasappelbomen en ging de deuren openmaken. Toen hij naar zijn sleutels greep, riep een vrouw naar hem vanaf de overkant van de straat. Maddy Krugman was net uit een winkel gekomen die was gespecialiseerd in met de hand beschilderde tegels. Ze gedroeg zich nonchalant, maar hij geloofde niet dat dit een toevallige ontmoeting was.

'Dus dit is je huis,' zei ze toen ze tussen de twee rijen sinaasappelbomen stonden die naar de houten deuren leidden. 'Het beroemde huis.'

'Het beruchte huis,' zei hij.

'Dat is mijn favoriete winkel in Sevilla,' zei ze. 'Ik denk dat ik hun hele voorraad mee terug neem naar New York.'

'Naar New York?'

'Niet meteen,' zei ze. 'Maar uiteindelijk wel. Weet je, we zijn allemaal weer terug bij af.'

Hij wist niet wat ze bedoelde, en misschien wist zij dat ook niet. Hij speelde met het idee om haar succes te wensen bij het winkelen en in zijn huis te verdwijnen, maar daarvoor kon hij de grofheid niet opbrengen.

'Zullen we naar binnen gaan?' zei hij. 'Ik kan je iets te drinken aanbieden.'

'Dat is erg aardig van je,' zei ze. 'Ik ben wezen winkelen. Ik ben doodmoe.'

Ze gingen naar binnen. Hij liet haar onder de bogen van de patio plaatsnemen, tegenover de sijpelende fontein, en ging een fles La Guita en olijven halen. Toen hij terugkwam, stond ze aan de andere kant van de patio en keek ze door de glazen deuren naar een paar schilderijen van Sevilla van Francisco Falcón.

'Zijn dat...'

'Dat is zijn echte werk.' Hij gaf haar een glas manzanilla. 'Om die schilderijen te maken hoefde hij niet te bedriegen. Maar hij was beter dan dat. Dit was zijn onderbewustzijn dat hem kleineerde. Als hij dit was blijven doen, zou hij zigeunerinnen met blote borsten hebben geschilderd, en kinderen met grote ogen die in fonteinen spelen.'

'En de dingen die jij hebt gemaakt?'

'Ik maak niets.'

'Ik heb gelezen dat je fotograaf was.'

'Ik was geïnteresseerd in fotografie als middel om dingen vast te leggen,' zei hij. 'Ik had geen talent voor fotografie als kunst. En jij? Hoe zie jij het? Waarom fotografeer je gestoorde en ongelukkige mensen?'

'Wat voor onzin heb ik je de vorige keer verteld?'

'Dat weet ik niet meer... waarschijnlijk iets over het vastleggen van het moment,' zei Falcón, die zich herinnerde dat dat zíjn onzin was geweest.

Ze liepen terug naar de tafel. Hij leunde tegen een zuil. Ze ging zitten, sloeg haar benen over elkaar en nam een slokje van de manzanilla.

'Ik voel mee,' zei ze, en Falcón wist dat hij niets te horen zou krijgen dat echt betekenis voor hem zou hebben. 'Als ik zulke mensen zie, denk ik aan de gevangenis van mijn eigen angsten en het verdriet dat ik Marty doe. Er is een emotionele reactie. Toen ik erop begon te letten, verbaasde het me met hoevelen we zijn. Het zijn foto's van afzonderlijke personen, maar zodra je ze in een kamer bij elkaar hangt, worden ze een soort stam. Ze geven uiting aan de realiteit van de menselijke conditie. Shit – hoe ik ook mijn best doe, het klinkt altijd als galeriepraat. Vind je dat ook niet? Woorden hebben de neiging dingen glad te strijken.'

Hij knikte. Ze verveelde hem nu al. Hij vroeg zich af wat Calderón in haar zag, afgezien van de blauwe aderen onder de witte huid zo koud als marmer. Deze vrouw leefde haar leven als een project. Falcón smoorde een geeuw.

'Je luistert niet naar me,' zei ze.

Hij draaide zich om en zag dat ze heel dicht bij hem stond, zo dichtbij dat hij de rode bloedvlekjes in het groen van haar irissen kon zien. Ze likte over haar lippen, bracht daar wat natuurlijke glans op aan. Haar seksualiteit, waarin ze zoveel vertrouwen had, zinderde onder de zijde van haar wijde blouse. Ze hield haar hoofd een beetje schuin om hem te kennen te geven dat hij haar nu kon kussen, terwijl haar ogen zeiden dat dit iets koortsachtigs op de marmeren tegels van de patio kon worden, als hij dat wilde. Hij wendde zijn hoofd af. Hij walgde enigszins van haar.

'Ik luisterde hálf,' zei hij, 'maar ik heb veel aan mijn hoofd en ik heb een lunchafspraak met iemand, dus ik heb niet zoveel tijd.'

'Ik moet ook weg,' zei ze. 'Ik moet terug.'

Met handen die beefden van woede pakte ze haar tas met tegeltjes op. Hij dacht dat ze hem die met de hand beschilderde tegeltjes naar het hoofd zou slingeren, een voor een. Ze had iets destructiefs. Ze was net een verwend kind dat dingen kapotmaakte opdat anderen er geen plezier van konden hebben.

Toen ze naar de voordeur liep, werd haar woede geaccentueerd door het tikken van haar hakken op het marmer. Ze bleef voor hem uit lopen, zodat hij haar vernedering niet kon zien. Intussen kreeg ze haar gezicht weer onder controle en drukte dat alleen nog maar pure minachting uit. Hij maakte de deur open, ze schudde zijn hand en vertrok naar het Hotel Colón.

Casa Ricardo was aan Hernan Cortés, bij het punt waar drie straten samenkwamen. Het was een café dat alleen in Sevilla kon ontstaan, waar het religieuze en wereldse hand in hand gaan. Elke centimeter van de muren in het café en het kleine restaurant achterin was bedekt met ingelijste foto's van de Maagd, de broederschappen en alle parafernalia van de Semana Santa. De geluidsinstallatie speelde processiemarsen van de Heilige Week, terwijl mensen tegen de bar leunden en bier dronken en olijven en jamón aten.

Consuelo zat aan een tafeltje achterin op hem te wachten. Ze had een gekoelde halve fles manzanilla besteld. Ze kusten elkaar op de mond alsof ze al maanden minnaars waren.

'Je ziet er gespannen uit,' zei ze.

Hij probeerde aan iets anders te denken dan Pablo Ortega, want daar kon hij niet over praten.

'Er gebeuren steeds nieuwe dingen. We ontdekken steeds meer over Rafael Vega, en daardoor wordt hij des te raadselachtiger.'

'Nou, we wisten allemaal dat hij niet veel over zichzelf wilde vertellen,' zei Consuelo. 'Ik zag hem een keer van huis weggaan in zijn auto, de Mercedes die hij had voordat hij de Jaguar kocht. En een uur later stond ik in de stad voor een rood licht en stopte er een oude stoffige Citroën of Peugeot Estate naast me, met Rafael achter het stuur. Als het iemand anders was geweest, had ik het raampje opengemaakt en gedag gezegd, maar bij Rafael, nou... Je wilde je niet aan Rafael opdringen.'

'Heb je hem er ooit naar gevraagd?'

'Ten eerste gaf hij nooit antwoord op directe vragen, en trouwens: wat gaf het dat hij in een andere auto zat? Ik nam aan dat het een bedrijfsauto was die hij gebruikte om naar bouwplaatsen te gaan.'

'Waarschijnlijk heb je gelijk en heeft het niets te betekenen. Op een gegeven moment zie je iets bijzonders in de kleinste dingen.'

Ze bestelden een *revuelto de bacalao*, mosselen en langoustines, een knaloranje schaal *salmorejo* en gegrilde rode pepers met knoflook. Consuelo vulde hun glazen. Falcón kwam tot rust.

'Ik heb net een... confrontatie met Maddy Krugman gehad.'

'Die puta americana kwam toch niet op je vrije dag naar je huis?' vroeg Consuelo.

'Ze lag in een hinderlaag op straat,' zei hij. 'Dat is al de derde keer. Ze is twee keer naar me toe gekomen toen ik in het huis van de Vega's was... bood me koffie aan, wilde praten.'

'*Joder*, Javier.' Verdomme. 'Ze stalkt je.'

'Ze heeft iets van een vampier, alleen voedt ze zich niet met bloed.'

'God, heb je haar zo dichtbij laten komen?'

'Ik denk dat ze zich voedt met wat ze zelf niet heeft,' zei

Falcón. 'Ze gebruikt veel artistiekerige frasen als "meevoelen" en "emotionele reactie" en "de gevangenis van haar angsten", maar ze heeft geen idee wat die betekenen. Dus als ze mensen ziet die echt lijden, fotografeert ze hen. Ze legt hun verdriet vast om te proberen het tot iets van haarzelf te maken. Toen ik in Tanger woonde, geloofden de Marokkanen dat fotografen hun ziel stalen. En dat doet Maddy Krugman. Ze is sinister.'

'Als je jou zo hoort, is ze je hoofdverdachte.'

'Misschien stuur ik haar naar de gevangenis van haar angsten.'

Consuelo trok hem tegen zich aan en kuste hem hard op zijn mond.

'Waar was dat voor?'

'Je hoeft niet alles te weten.'

'Ik ben een Inspector Jefe. Het ligt in mijn aard.'

Het eten kwam. Consuelo liet hem los en schonk nog wat manzanilla in. Voordat ze begonnen te eten, wenkte hij haar over de tafel naar zich toe, zodat ze wang aan wang zaten.

'Ik kan dit hier niet te hard zeggen,' zei Falcón met zijn lippen tegen haar oor, 'maar er is nog een reden waarom ik een beetje gespannen ben. Dat is... Ik ben verliefd op je aan het worden.'

Ze kuste zijn wang en pakte zijn hand vast.

'Hoe weet je dat?'

'Toen ik hier binnenkwam en je op mij zag wachten, voelde ik me gelukkiger dan ooit omdat ik wist dat die lege stoel voor mij was.'

'Jij valt wel mee,' zei ze. 'Je mag blijven.'

Hij leunde achterover, hief zijn glas naar haar en dronk.

Ze kozen een fles witte wijn bij de zeebaars die ze als hoofdgerecht hadden besteld.

'Sorry, dat was ik vergeten,' zei ze, en ze zocht in haar handtas. 'Iemand van je werk...'

'Mijn werk?'

'Ik nam aan dat hij van de Jefatura was. Hij zei dat ik je dit moest geven...'

Ze gaf hem een envelop.

'Niemand weet dat ik hier ben,' zei Falcón, 'alleen jij. Vertel me nog eens wat hij zei.'

'Hij zei: "Ik hoorde dat u hier met Inspector Jefe Falcón hebt afgesproken. Wilt u hem dit geven?" En hij gaf me die envelop.'

'Was hij Spaans?'

'Een Sevillano.'

Falcón keerde de witte envelop om in zijn handen. Hij was erg dun. Hij hield hem tegen het licht en zag dat er één voorwerp in zat. Hij wist dat het weer een bedreiging was en dat hij hem niet moest openmaken waar Consuelo bij was. Hij knikte en stopte hem in zijn zak.

Hij nam een taxi naar huis en ging regelrecht naar zijn studeerkamer, waar hij rubberen handschoenen had. Hij gebruikte een pennenmesje om de envelop open te maken en schudde er een foto uit waar een vel papier omheen gevouwen zat.

Het naakte lichaam van Nadia Kouzmiheva was erg wit in het flitslicht van de camera. Ze was geblinddoekt en op een stoel vastgebonden, met haar armen pijnlijk naar achteren gerekt. Op de vuile muur achter haar zat een roestkleurige handafdruk en was in het zwart geschreven: *El precio de la carne es barato.* De prijs van vlees is laag.

18

Zaterdag 27 juli 2002

De zon scheen nog helder door de kieren in de houten luiken toen hij op zijn bed lag en aan Nadia dacht. Ze stond hem scherp voor ogen, blind en kwetsbaar. Hij had zijn eerste afschuw overwonnen en het analytische deel van zijn brein losgelaten op deze nieuwste boodschap. Die bedreigingen, steeds een beetje erger, steeds een beetje dieper in zijn privé-leven, en nu ook met Consuelo erbij – wat hadden ze voor doel? De auto die hem aan het eind van de eerste dag was gevolgd en de foto van Inés op zijn prikbord hadden tot doel gehad hem uit zijn evenwicht te brengen. Ze waren brutaal – we kunnen je volgen en het kan ons niet schelen of je ons ziet, we kunnen je huis binnen gaan en we weten dingen van je. Nu ze Nadia impliciet bedreigden en Consuelo bij de zaak betrokken, was de inzet verhoogd, maar wat gebeurde er nu precies? Hij wist dat hij toch niet kon slapen en sleepte zich naar de douche, waar hij het water op zijn hoofd liet roffelen om de effecten van de wijn die hij bij de lunch had gedronken te verdrijven. In alle gevallen was het niet verder dan dreigen gekomen. Tot nu toe was er niets gebeurd. Ze probeerden hem af te leiden... maar waarvan?

Hij dacht aan Rafael Vega en de Russen. De frase die Vázquez had gebruikt – 'aan hun zakelijke behoeften tegemoetkomen' – was in zijn hoofd blijven steken. Het was min of meer vanzelfsprekend om te denken dat iemand die dubieuze zaken met Russische maffiosi deed en later dood werd gevonden waarschijnlijk vermoord was doordat hij onenigheid met die Russen had gekregen. Maar in dit geval leek het onlogisch. De Russen hadden enorm veel voordeel van de zaken die ze met Vega deden. Waarom zouden ze hem doden?

Er was geen reden waarom hij Vázquez niet zou geloven als die zei dat hij niet betrokken was bij de vastgoedtransacties en niet rechtstreeks met de Russen in contact kon komen. Dat zou passen bij Vega's manier van zakendoen: verdeel en heers. Pablo Ortega had de Russen in Santa Clara gezien, maar misschien waren Ivanov en Zelenov maar één keer bij Vega thuis geweest. Verder was er het nummer dat in Vega's studeerkamertelefoon was geprogrammeerd; dat wees er ook op dat de contacten met hen buiten het kantoor om verliepen. Dat zou ook verklaren waarom het bewakingssysteem was uitgezet. Hij en zij wilden niet dat die bezoeken op enigerlei wijze werden geregistreerd.

Falcón kleedde zich aan en ging naar zijn studeerkamer, waar hij de envelop en de foto van Nadia in een plastic zak deed. Hij leunde in zijn stoel achterover. Hij was ten prooi aan woede en frustratie, en kon daar niets aan doen. Het zou zinloos zijn om zijn onderzoek op de ontvoering van Nadia te concentreren. Hij kreeg het gevoel dat de Russen hem van zijn onderzoek naar Vega's dood wilden afleiden omdat ze een misdrijf verborgen wilden houden dat nog veel erger was dan de moord op een bouwer.

Hij herinnerde zich dat hij Ignacio Ortega nog niet had kunnen bereiken en probeerde het opnieuw. Ortega's mobieltje stond nog uit en er werd ook niet opgenomen op een van de andere nummers die hij uit Pablo's adressenboekje had overgenomen. Hij ging naar zijn notitieboekje en keek naar de lijst van dingen die hij die ochtend had willen doen voordat hij door Pablo Ortega's zelfmoord was afgeleid. Ondervraging Marty Krugman.

Marty Krugman was in het kantoor van Vega Construcciones aan de Avenida de la República de Argentina. Hij was net klaar met wat tekeningen op de krachtigere computer die hij daar had. Hij zei dat hij graag met Falcón zou praten zodra die daar was.

Hij zou ervoor zorgen dat de *conserje* hem binnenliet. Nog terwijl hij met hem praatte, noteerde Falcón drie onderwerpen voor zijn gesprek met Marty Krugman: 9/11, Russen, echtgenote.

De ingang van het Vega Construcciones-pand bevond zich tussen twee grote makelaarskantoren die in hun etalages reclame maakten voor de Vega-projecten. De conserje liet hem binnen en stuurde hem door naar het kantoor van Marty Krugman.

Marty had zijn voeten op het bureau liggen. Hij droeg rode basketbalschoenen. Ze schudden elkaar de hand.

'Maddy zei dat u het gisteren over Reza Sangari had,' zei Marty.

'Dat klopt,' zei Falcón, die besefte dat Marty meteen bereid was geweest hem op zaterdagavond te ontvangen omdat hij kwaad op hem was.

'U zou ook hebben laten doorschemeren dat ze een verhouding met Rafael had gehad.'

'Die vragen moeten worden gesteld,' zei Falcón. 'Ik vroeg me alleen af of ze invloed had gehad op de stabiliteit van señor Vega's geest.'

'Het was een belachelijke vraag en ik vind het weerzinwekkend dat u hem stelde,' zei Marty. 'U hebt geen idee van wat we hebben doorgemaakt in de tijd van Reza Sangari.'

'Dat is waar... en daarom moest ik die vraag stellen,' zei Falcón. 'Ik weet niets van u. Ik moet het uitzoeken, en het is begrijpelijk dat u liever niet over bepaalde dramatische gebeurtenissen in uw leven wilt praten.'

'Bent u tevreden?' vroeg hij, enigszins terugdeinzend.

'Op dit moment... ja.'

Marty knikte naar een stoel aan de andere kant van het bureau.

'Uw vrouw heeft me verteld dat u een band had opgebouwd met señor Vega.'

'Ja, in intellectueel opzicht,' zei Marty. 'U weet hoe het is. Het is niet leuk om met iemand te praten die het eens is met alles wat je zegt.'

'Ze zei dat u het tot uw verbazing vaak met hem eens was.'

'Ik had nooit gedacht dat ik het ook maar over iets eens zou kunnen zijn met iemand die vond dat Franco de juiste ideeën over communisten had: allemaal oppakken en tegen de muur zetten.'

'Waar was u het dan wél over eens?'

'We hadden dezelfde opvattingen over het Amerikaanse imperium.'

'Ik wist niet dat zoiets bestond.'

'Het heet de Wereld,' zei Marty. 'Wij Amerikanen besparen ons het tijdrovende, kostbare gedoe van het kolonialiseren. We kiezen simpelweg voor... globaliseren.'

'Señor Vega had een briefje in zijn hand dat naar 9/11 verwees,' zei Falcón, die in actie kwam voordat Marty er met de bal vandoor ging. 'Volgens Pablo Ortega vond señor Vega dat Amerika zich de gebeurtenissen van 11 september zelf op de hals had gehaald.'

'Daar hebben we fel over gediscussieerd,' zei Marty. 'Het is een van de weinige dingen waarover ik me kan opwinden. Twee vrienden van me werkten in het World Trade Center en zoals veel Amerikanen, en vooral multiculturele New Yorkers, zag ik niet in waarom zij en die andere drieduizend mensen moesten sterven.'

'Maar waarom denkt u dat híj dat vond?'

'Het Amerikaanse imperium is niet anders dan alle andere. Wij geloven dat we niet alleen zo machtig zijn geworden omdat we op het juiste moment in de geschiedenis over de noodzakelijke middelen beschikten om onze enige mededinger te verslaan, maar ook omdat we gelijk hebben. We hebben een hele ideologie verslagen, niet met een atoombom, maar met onverbiddelijke cijfers. We hebben de Sovjet-Unie gedwongen ons spel te spelen en dat werd de ondergang van dat land. En dat is het geweldige van ons soort imperium: we kunnen een invasie doen zonder fysiek een land binnen te gaan. We kunnen andere landen iets opleggen terwijl we de indruk wekken het goede na te streven. Het kapitalisme krijgt een bevolking onder controle door de mensen de illusie van vrijheid en vrije keuze te geven, terwijl ze in werkelijkheid gedwongen worden zich aan een strak principe te houden, waartegen je je alleen kunt verzetten als je de prijs van je persoonlijke ondergang wilt betalen. Er is geen Gestapo, er zijn geen martelkamers... Het is volmaakt. Je zou dat het Coca-Colaimperium kunnen noemen.'

Falcón wilde de theorie van Krugman onderbreken, maar Marty stak zijn hand op. '*Paciencia*, Inspector Jefe. Ik kom ter zake,' zei hij. 'Dat zijn de basisingrediënten van het Amerikaanse imperium, en zoals u al beseft, heb ik zojuist gebruikgemaakt van wat in Rafaels ogen het grootste talent van de Amerikanen is: de kunst van het presenteren. Waarheid, feiten en werkelijkheid zijn boetseerklei in de handen van iemand die goed kan presenteren. Hoe kunnen we bijvoorbeeld agressief zijn als we geen landen binnenvallen? Kijk maar naar onze geschiedenis als Verdedigers van het Goede tegen de Machten van het Kwaad. We hebben Europa van de nazi's gered, en Koeweit van Saddam.

Rafael zag dat als arrogantie, en die arrogantie werd te veel voor de islamitische *die-hards*, zeker in combinatie met het christelijk fundamentalisme en de openlijke steun die de Amerikaanse regering aan de Israëli's geeft. Hij dacht dat dit de Heilige Oorlog was waarop beide partijen hadden gewacht; we gingen eeuwen terug naar de tijd van de kruistochten, alleen was het strijdtoneel nu groter en waren de technieken die ons ter beschikking stonden veel verwoestender.

Toen Al Qa'ida ons symbool van het Amerikaanse imperium trof – en Rafael dacht dat je wel een erg harde klap moest produceren om tweehonderdvijftig miljoen mensen uit een staat van sluimerend comfort te wekken –, was volgens hem het ergste wat ons overkwam het besef dat Al Qa'ida ons beter kende dan wij onszelf kenden. Zij hadden begrepen waar onze samenleving om draait: *onze vraag naar voortreffelijke presentatie en ons verlangen om invloed uit te oefenen.* Hij hechtte veel waarde aan de tijd die verstreek tussen het eerste vliegtuig dat insloeg en het tweede. Dat betekende dat de wereldmedia erbij zouden zijn.'

'Het verbaast me dat hij en u niet op de vuist gingen,' zei Falcón.

'Dit was een samenvatting van zíjn overtuigingen over 9/11, niet van ónze discussies,' zei Marty. 'Ik ben vaak weggelopen en dan haalde hij me over om terug te komen. Er waren dagen waarop de diplomatieke betrekkingen volledig verbroken waren. Hij verbaasde zich over mijn woede. Hij had niet beseft hoeveel woede wij Amerikanen hebben opgekropt.'

'Ziet u een verband tussen die dingen en het briefje dat in señor Vega's hand is gevonden?'

'Ik heb het geprobeerd, maar ik zie het niet.'

'Volgens uw vrouw gelooft u dat hij in Amerika had gewoond en dat hij dat een prettig land vond,' zei Falcón. 'En toch had hij opvattingen waaraan veel Amerikanen zich zouden storen...'

'Die opvattingen zijn niet zoveel anders dan wat de meeste Europeanen in het geheim denken, Inspector Jefe. Daarom vinden veel van mijn landgenoten tegenwoordig dat Europeanen verraderlijk en jaloers zijn.'

'Jaloers?'

'Ja, daar had Rafael ook een mening over. Hij zei dat de Europeanen niet jaloers zijn op de Amerikaanse manier van leven – de Amerikaanse samenleving is te agressief voor hen en ze zouden daar nooit jaloers op zijn. En trouwens, jaloezie leidt niet tot haat. Nee, volgens hem zijn de Europeanen bang voor Amerikanen en angst leidt wél tot haat.'

'Waar zijn Europeanen bang voor?'

'Dat wij met al onze economische macht en politieke kracht in staat zijn alles wat zij doen irrelevant te maken – je weet wel: het Protocol van Kyoto, de handelstarieven, de ICC...'

'En toch was señor Vega onverbiddelijk pro-Amerikaans.'

'Als je zo anti-communistisch bent als hij was, moet je dat wel zijn,' zei Marty. 'Wat ik bedoel, is dat hij niet emotioneel dacht. Hij keurde Al Qa'ida beslist niet goed. Hij zag die dingen alleen als... de manier waarop het nu eenmaal gaat. Pestkoppen op het schoolplein worden uiteindelijk op hun neus gestompt en dat komt altijd uit de hoek waaruit ze dat het minst verwachten. Hij geloofde ook dat als de anderen bloed zagen ze zich ook in de strijd zouden werpen. Volgens Rafael was dit het begin van het einde van het Amerikaanse imperium.'

'Het verbaast me dat u bereid was dat allemaal aan te horen,' zei Falcón. 'Uw vrouw heeft verschillende keren tegen me gezegd dat Amerika in uw ogen het geweldigste land van de wereld is.'

'De dingen die hij zei, wekten geen moordlust bij me op, als u dat wilt suggereren, Inspector Jefe,' zei Marty, die hem vanonder zijn wenkbrauwen aankeek. 'We hoeven alleen maar naar de geschiedenis te kijken. Rafael zei dat Amerika, net als de vroegere imperia, agressief zou terugslaan. Dat moet wel. Maar dat zou dan een wilde uithaal worden naar iets heel kleins, of de Amerikanen zouden met overdreven veel geweld en massale inzet van middelen de verkeerde vijand verpletteren. Dat zou tot een geleidelijke verzwakking leiden, gevolgd door een economische meltdown. En daar zat hij volgens mij fout, want het enige waar Amerika altijd goed op heeft gelet was de dollar. Die zouden ze nooit in gevaar willen brengen.'

'Die discussies gingen uren door. Tot de ochtend, zei uw vrouw.'

'En naarmate de cognacfles leger werd en het uiteinde van Rafaels sigaar natter, werden zijn ideeën steeds wilder,' zei Marty. 'Hij geloofde dat het Amerikaanse imperium niet bij ons leven maar voor het einde van de eeuw zou ophouden te bestaan, en dat er dan twee dingen konden gebeuren. Ofwel de Chinezen zouden het overnemen en een nog roofzuchtiger vorm van kapitalisme aan de wereld opleggen, ofwel er zou een reactie komen op het decadente kapitalisme. In dat laatste geval zou er een religieus imperium ontstaan dat zou voortkomen uit de volkrijkste naties van de wereld (in plaats van onze stervende naties van gepensioneerden), en dat zou dan islamitisch zijn.'

'Mijn god,' zei Falcón.

'U bedoelt, Allah is groot, Inspector Jefe,' zei Marty.

'We hebben op foto's van uw vrouw gezien dat señor Vega vanaf het eind van vorig jaar in een soort crisis verkeerde. Dat is bevestigd door zijn arts. Veranderden in die tijd ook de gesprekken die u met hem voerde?'

'Hij dronk meer,' zei Marty. 'Soms sukkelde hij een paar minuten in slaap. Ik weet nog dat ik een keer naar hem toe ging om een deken over hem heen te leggen, maar toen ik bij hem was, deed hij zijn ogen open en zag ik dat hij erg bang was. Hij praatte op me in alsof hij een gevangene was die smeekte om niet te worden weggevoerd voor folteringen, totdat hij zich herinnerde wie ik was en waar we waren.'

'Señor Ortega zei dat hij erg teleurgesteld was in de Amerikaanse ideeën over loyaliteit,' zei Falcón. 'Dat ze je vrienden waren totdat je niet langer van nut voor ze was. Weet u waar dat vandaan kwam?'

'Uit het zakenleven, denk ik. Hij sprak nooit over specifieke dingen. Hij nam het eergevoel erg serieus. Blijkbaar hield hij zich aan een strikte code, die in de ogen van sommigen misschien ouderwets was. Hij stoorde zich erg aan de meer praktische Amerikaanse houding: eer is prima, totdat je geld begint te verliezen; dan doen we er niet meer aan.'

'Het klonk persoonlijker. Hij zou niet zo'n geslaagde zakenman zijn geweest als hij niet wat lossere normen hanteerde wanneer het om geld ging. Zijn huwelijk had een zakelijk aspect. Zijn eergevoel hield wel in dat toen hij eenmaal zijn woord had gegeven hij zijn vrouw niet verliet omdat ze er geestelijk slecht aan toe was, maar aan de andere kant trouwde hij met haar om die grond in handen te krijgen.'

'Dat zegt u,' zei Marty.

Falcón bladerde in zijn aantekeningen.

'Pablo Ortega citeerde hem: "Zodra je ze geen geld meer oplevert of ze niet meer helpt, laten ze je als een baksteen vallen."'

'Nou, dat klinkt vreemd, als bedrijfsspionage of zo. Geld. Informatie. Als hij dat soort dingen deed, weet ik niet waar hij in die wereld nog eergevoel verwachtte.'

'Of was het politiek?' zei Falcón. 'Uw gesprekken gingen vooral over politiek.'

'Ik kan me niet voorstellen dat zijn dood hier in Sevilla iets met politiek te maken heeft.'

'Weet u iets over de Russische investeerders in señor Vega's projecten?'

'Ik weet dat die er zijn, maar dat is alles. Ik ben alleen maar de architect. Ik maak de tekeningen, ik regel de praktische dingen, maar ik kom niet met de investeerders in contact. Dat gebeurt op een hoger niveau, het zakelijke niveau.'

'Van die Russen is bekend dat ze tot de maffia behoren, en we zijn er vrij zeker van dat ze geld witwasten via señor Vega's projecten.'

'Dat is mogelijk. Dat is niet ongebruikelijk in de bouw. Maar ik weet er niets van. Ik sta aan de creatieve kant.'

'Kunt u een reden noemen waarom de Russen señor Vega zouden willen vermoorden?'

'Hij bedroog ze? Dat is meestal de reden waarom je door de maffia wordt vermoord. Maar dat is moeilijk te bewijzen.'

'We hebben bedreigingen ontvangen,' zei Falcón. 'Bent u ook bedreigd?'

'Nog niet.'

Als Marty Krugman nerveus was, kon Falcón daar niets van merken. De basketbalschoenen lagen nog op het bureau. Hij was ontspannen.

'Waarom bent u uit Amerika weggegaan, señor Krugman?' vroeg Falcón. Daarmee begon hij aan de derde fase van de ondervraging.

'Dat hebt u me al eerder gevraagd.'

'Nu dat van Reza Sangari bekend is, geeft u misschien een ander antwoord.'

'Dan weet u het antwoord al.'

'Ik wil het u horen zeggen.'

'We kwamen tot de conclusie dat onze relatie alleen in stand zou blijven als we ergens anders heen gingen. We houden allebei van Europa. Als we samen een eenvoudig leven leidden, zouden we dichter bij elkaar komen, dachten we.'

'Maar dit is geen eenvoudig leven: grote stad, baan, huis in Santa Clara.'

'We hebben eerst een klein huisje in de Provence geprobeerd. Dat werkte niet.'

'En hoe, eh... werkt het hier?'

'Dit is erg persoonlijk, Inspector Jefe,' zei Marty, 'maar als u het weten wilt: het gaat uitstekend.'

'U bent bijna twintig jaar ouder dan uw vrouw. Is dat ooit een probleem geweest?'

Marty verschoof op zijn stoel, het eerste teken van ongemak in de hele ondervraging.

'Maddy heeft een bepaalde uitwerking op mannen. Een voorspelbare, vervelende uitwerking. Het eerste contact dat ik met Maddy legde, zat hier...' Hij tikte tegen zijn voorhoofd. 'Ik verraste haar en dat doe ik nog steeds. Nu kunt u dat syndroom elke naam geven die u maar wilt – vader/dochter, leraar/leerling – maar ik weet alleen dat het werkt en zal blijven werken, want in tegenstelling tot alle andere mannen ben ik niet op haar poesje gefixeerd en zal dat ook nooit zijn.'

'Dus wat er met Reza Sangari gebeurde, was... onvoorspelbaar,' zei Falcón, die voelde dat de spanning zich opbouwde.

Marty Krugman leunde in zijn stoel achterover. Hij vouwde zijn lange artistieke handen over zijn slanke buik. Hij keek Falcón met zijn donkere, diepliggende ogen aan en knikte.

'Bent u jaloers van aard, señor Krugman?'

Stilte.

'Ergert het u als u ziet dat uw vrouw met andere mannen praat, met hen lacht, in hen geïnteresseerd is?'

Nog meer stilte.

'Werd u door iets verrast toen u ontdekte dat uw vrouw u met Reza Sangari had bedrogen?'

Marty fronste zijn wenkbrauwen, dacht na. Boog zich naar voren.

'Wat is dat iets waar u het over hebt?'

'Dat u, de intellectueel, het politieke dier, de man van ideeën en gedachten, in staat was tot... hartstocht?'

'Wat tussen Maddy en Reza Sangari gebeurde, was wat de Fransen *un coup de foudre* noemen, een vuur dat plotseling oplaait en dan helemaal opbrandt. Toen Reza Sangari door iemand werd vermoord, was wat tussen hem en Maddy was voorgevallen alleen nog maar rook, as en gloeiende kooltjes. Zo gaat het met hartstocht, Inspector Jefe. Hartstocht brandt hard en snel en verteert alles zo gretig dat alleen seks die niet in stand kan houden. Zodra de seks is uitgewoed, brandt de hartstocht ook op. Als je geluk hebt, overleef je de val.'

'Dat zou zo zijn als het alleen om seks ging,' zei Falcón. 'Maar als het iets meer was...'

'Waar wilt u heen, Inspector Jefe?' zei Marty. 'U hebt uw sondes in mij gestoken. Ik kan ze voelen. Ze doen pijn. Ze wekken herinneringen die ik liever laat rusten. Wat wilt u hiermee bereiken?'

'Señor Vega ging met uw vrouw naar stierengevechten,' zei Falcón, die vastberaden doorging. 'Wat vond u daarvan?'

'Als twee intelligente mensen naar zo'n walgelijk spektakel als het kwellen van een dom beest willen kijken, is dat hun zaak en doen ze dat maar zonder mij.'

'Uw vrouw heeft me verteld dat ze verrassend snel gewend raakte aan de aanblik van bloed en geweld,' zei Falcón. 'Ze zag er ook een seksueel aspect in.'

Marty schudde ongelovig met zijn hoofd.

'Zou u zeggen dat uw huwelijk helemaal open is, señor Krugman? Daarmee bedoel ik dat u het blijkbaar niet nodig vindt om u als echtpaar in de samenleving te presenteren. U vindt het geen enkel probleem als uw vrouw met señor Vega of andere mannen omgaat. In Connecticut was ze onafhankelijk. Ze had haar eigen werk, haar vrijheid...'

'Welke "andere mannen"?' zei Marty, die zijn handen openvouwde, blij met deze woordenwisseling.

'Juez Calderón, bijvoorbeeld,' zei Falcón.

Marty knipperde met zijn ogen. Terwijl de naam recht door Krugmans geest sneed, besefte Falcón dat dit nieuw voor hem was.

'Maddy heeft een andere energie, andere interesses dan ik. Ze kan urenlang bij de rivier zitten en foto's maken. Dat is haar wereld. Ze houdt ook van het straat- en caféleven van Sevilla. Ik heb daar geen tijd voor. Ze houdt van de levendigheid van de mensen, het theatrale van mensen. Ik kan zoiets niet voor haar tot leven wekken. Rafael wilde haar dat graag laten zien, en de rechter vast ook wel. Ik wil haar niet verbieden zich te amuseren. Dat zou destructief zijn.'

De woorden kwamen eruit als een ingestudeerde verklaring van een regering die onder druk staat.

19

De volgende morgen werd Falcón gewekt door een telefoontje van Ignacio Ortega, met wie hij de vorige avond laat eindelijk in contact was gekomen en die nu in Sevilla was aangekomen. Hij wilde naar het huis van zijn broer. Ze spraken af elkaar om twaalf uur te ontmoeten.

Falcón en Consuelo ontbeten met *huevos rancheros*. Consuelo was nog niet bekomen van de schok van Pablo Ortega's dood. Ortega's zelfmoord was op het nieuws van de plaatselijke radio, naast een grote bosbrand die de vorige avond in de Sierra de Aracena was begonnen en nu onbeheerst woedde bij een plaats die Almonaster la Real heette. Consuelo zette de radio uit. Ze wilde haar zondag niet nog meer laten bederven.

Om twaalf uur stak Falcón de straat over, ging Pablo Ortega's tuin in en maakte de deur van het huis open. Hij zette de airconditioning aan, sloot de deur van de kamer waar Pablo was gestorven en propte een natte handdoek langs de onderkant om de vreselijke stank enigszins te beperken. Hij keek in de koelkast of er bier was.

Ignacio kwam aan en klopte op de schuifdeuren. Ze schudden elkaar de hand. Hij leek jonger dan Pablo, maar niet veel. Hij was kaal, maar had niet de drastische fout begaan om zijn nog donkere haar van de ene kant van zijn hoofd naar de andere te plakken, al had hij daar misschien wel aan gedacht. Hij was slanker en fitter dan zijn broer, maar had totaal geen persoonlijkheid. Dit was

258

een man die in een kamer met mensen onzichtbaar werd. Falcón begreep nu waarom hij zijn broer had uitgenodigd als hij zaken-vrienden ontmoette: hij had dringend behoefte gehad aan diens charisma.

Ortega verontschuldigde zich dat hij Falcóns zondag bedierf, maar hij voelde een dringende behoefte om de plaats te zien waar zijn broer was gestorven. Falcón zei dat hij het de volgende dag druk zou krijgen. Hij zou het lichaam moeten identificeren; Falcón vertelde hem waar dat moest gebeuren. Ze spraken een tijd af. Falcón bood hem iets te drinken aan en ze openden een literfles Cruzcampo uit de koelkast. Het bier maakte Ignacio blijkbaar emotioneel. Hij moest tranen wegvegen en zijn ogen neerslaan.

'U had een nauwe band,' zei Falcón.

'Hij was mijn enige broer,' zei Ignacio, 'maar ik zag hem niet vaak. Hij was een beroemd man die over de hele wereld reisde, en ik verkocht en installeerde airconditioningsystemen. We kwamen elkaar niet zo vaak tegen.'

'U moet hem na Sebastiáns proces vaker hebben gezien. Hij werkte niet zoveel meer en hij had dat probleem met zijn huis.'

'Dat is waar,' zei Ortega. Hij haalde een pakje Ducados te voorschijn en stak er een op. 'Hij had het er moeilijk mee, maar... ik heb geprobeerd hem ermee te helpen. Ik heb laatst iemand ge-stuurd. Ik kan niet geloven... Het is zo vreemd dat hij er niet meer is.'

'Ik heb Sebastián gisteren in de gevangenis opgezocht,' zei Falcón.

Ignacio keek met waterige ogen op, alsof hij meer informatie verwachtte.

'Dat was een moeilijke relatie,' zei hij. 'Vader en zoon.'

'Was daar een reden voor?'

'Onze eigen vader... Dat was een erg moeilijke man.'

'In welk opzicht?'

'Hij had een zwaar leven gehad,' zei Ignacio. 'We weten niet precies wat er met hem is gebeurd. Er was niemand meer die het ons kon vertellen, behalve hij, en hij praatte nooit ergens over. Onze moeder heeft ons alleen verteld dat zijn dorp in de Burgeroorlog door oprukkende nationalisten werd ingenomen en dat de Moren vreselijke dingen met mensen hebben gedaan. Het vreselijkste dat ze, vonden Pablo en ik, hadden gedaan, was dat ze hem in leven hadden gelaten.'

'Was Pablo de oudste?'

'Onze ouders zijn getrouwd in het jaar dat de oorlog was afgelopen en Pablo is het jaar daarna geboren.'

'En u?'

'Ik ben in 1944 geboren,' zei hij.

'Dat waren moeilijke tijden in dit deel van het land.'

'We hadden niets... zoals niemand iets had. Dus het was moeilijk, maar niemand stond alleen in zijn armoede. Dat kan niet verklaren waarom onze vader zo wreed voor ons was. Vooral Pablo kreeg het zwaar te verduren. Hij zei dat hij acteur was geworden doordat hij al die jaren met onze vader te maken had gehad. Het was niet zo'n leuke jeugd. Pablo zei dat hij daarom nooit kinderen had willen hebben.'

'Maar hij had wel een kind,' zei Falcón. 'En u?'

'Ik heb er twee... Die zijn nu volwassen,' zei hij.

'Wonen ze in Sevilla?'

'Mijn dochter is getrouwd en woont in Californië. Mijn zoon... Mijn zoon is nog hier.'

'Werkt hij voor u?'

'Nee.' Ignacio's mond klapte dicht bij het idee.

'Wat doet hij?' vroeg Falcón, meer uit beleefdheid dan omdat hij het echt wilde weten.

'Hij koopt en verkoopt dingen... Ik weet niet precies wat.'

'U bedoelt dat u hem niet veel ziet?'

'Hij heeft zijn eigen leven, zijn eigen vrienden. Ik denk dat ik symbool sta voor iets waartegen hij wil rebelleren... respectabiliteit of... Ik weet het niet.'

'Hoe zat het met de relatie tussen Pablo en Sebastián? Werd die beïnvloed door het feit dat Pablo eigenlijk geen kinderen wilde?'

'Is er een probleem?' vroeg Ignacio, opkijkend van zijn glas bier.

'Een probleem?' zei Falcón.

'Al die vragen... Erg persoonlijke vragen over de familie,' zei Ignacio. 'Twijfelt u aan wat hier gebeurd is?'

'Het gaat me niet om het "wat", maar om het "waarom",' zei Falcón. 'We willen graag weten wat uw broer tot zijn zelfmoord heeft aangezet. Dat kan van belang zijn voor een andere zaak.'

'Welke zaak?'

'Zijn buurman.'

'Daar heb ik van gehoord. Er stond een stuk over in de *Diario de Sevilla*.'

'U hebt hem natuurlijk gekend.'

'Ik... Ik kende hem,' zei Ignacio, die aarzelde alsof het iets was wat hij niet onmiddellijk wilde toegeven. 'En ik heb gelezen dat er wordt getwijfeld aan wat er in zijn geval is gebeurd... Maar ik begrijp niet wat Pablo's dood daarmee te maken zou kunnen hebben.'

'Pablo kende hem ook... via u.'

'Ja, dat klopt. In de jaren dat ik mijn bedrijf van de grond probeerde te krijgen, ging Pablo wel eens met me mee naar gelegenheden,' zei Ortega. 'Waarom denkt u dat Pablo's zelfmoord in verband staat met de dood van Rafael en Lucía Vega?'

'In dit stadium vind ik het vooral een merkwaardig toeval,' zei Falcón. 'Drie mensen binnen een paar dagen na elkaar gestorven in zo'n kleine woonwijk. Dat is vreemd. Heeft het ene sterfgeval tot het andere geleid? Onder welke druk stond Pablo in de periode die aan zijn dood voorafging?'

'Om te beginnen kan ik u vertellen dat Pablo nog geen kip zou kunnen doden. Dat was een van de wreedheden van onze vader: die dwong hem dat te doen.'

'Rafael Vega dronk een fles zoutzuur, of werd gedwongen dat te drinken.'

'Pablo was absoluut niet gewelddadig,' zei Ignacio.

'Wat kan tot de fatale beslissing van uw broer hebben geleid?'

'Er zal toch wel een brief zijn?' zei Ignacio.

'Hij en ik hadden afgesproken de volgende dag met elkaar te praten. Hij wilde dat ik, een professional, het lichaam vond. Er was een brief aan mij waarin hij dat uitlegde, en er was een kort briefje voor Sebastián.'

'Maar hij heeft mij niets geschreven?' zei Ignacio verbaasd.

'Wat schreef hij Sebastián?'

'Hij zei dat hij spijt had en vroeg om vergeving,' zei Falcón.

'Weet u waarom hij zoiets zou schrijven?'

Ignacio hoestte om niet te gaan snikken. Hij drukte het bierglas tegen zijn voorhoofd alsof hij het in zijn hersenen probeerde te rammen. Toen liet hij opeens zijn hoofd hangen en staarde naar de vloer, alsof hij zocht naar iets geloofwaardigs wat hij kon zeggen.

'Waarschijnlijk speet het hem dat hij zijn zoon niet meer liefde had kunnen tonen,' zei Ignacio. 'Het komt allemaal door onze vader. Ik denk dat hetzelfde is gebeurd tussen mij en mijn zoon. Die heeft ook niet veel aan mij gehad. Pablo zei altijd dat de schade van generatie op generatie werd doorgegeven en dat het moeilijk was om de cyclus te doorbreken.'

'Had Pablo daar theorieën over?'

'Omdat hij al die boeken en toneelstukken had gelezen, had hij er intellectuele ideeën over. Hij zei dat het een atavistisch trekje van vaders was om zich gevoelloos op te stellen tegenover hun zoons, want op die manier konden ze hun macht in de familie of de stam behouden. Als ze liefde toonden, verzwakte dat die positie, en dus kozen mannen instinctief voor agressie.'

'Interessant,' zei Falcón. 'Maar het gaat voorbij aan het probleem zelf, dat veel persoonlijker is. Zelfmoord is ook een persoonlijke zaak, en in mijn werk doet het er meestal niet toe waarom het is gebeurd, maar in dit geval wil ik het uitzoeken.'

'Ik ook,' zei Ignacio. 'Als er zoiets gebeurt, voelen we ons allemaal schuldig.'

'Daarom moeten mijn vragen persoonlijk zijn,' zei Falcón. 'Wat kunt u me vertellen over Pablo's relatie met zijn vrouw, Se-

bastiáns moeder? Hij was niet eerder getrouwd geweest, hè?'
'Nee, Glória was zijn enige vrouw.'
'Wanneer zijn ze getrouwd?'
'In 1975.'
'Hij was vijfendertig.'
'Ik heb tegen hem gezegd dat hij er te lang mee wachtte,' zei Ignacio. 'Maar hij had een carrière; er waren actrices. Het was een manier van leven.'
'Er waren dus veel vriendinnen voor Glória?'
Ignacio's hand wreef over zijn gezicht, schurend over de stoppels. Hij keek Falcón even aan, een snelle beweging van het wit van zijn ogen. Het duurde maar een fractie van een seconde, maar Falcón voelde zich nu nog minder op zijn gemak bij deze man. Hij kreeg het gevoel dat Ignacio niet zozeer hierheen was gekomen om de dood van zijn broer te betreuren of Falcón te helpen, als wel om aan de weet te komen hoeveel er bekend was. Het zat Falcón dwars dat Pablo geen brief aan zijn enige broer had geschreven.
'Nogal wat,' zei Ignacio. 'Zoals ik al zei: we kwamen elkaar niet vaak tegen. Ik was maar een elektricien en hij was een beroemde acteur.'
'Hoe heeft Glória hem overgehaald om een kind te nemen?'
'Dat heeft ze niet. Ze werd gewoon zwanger.'
'Weet u waarom ze Pablo heeft verlaten?'
'Ze was een kleine *puta*,' zei Ignacio met enig venijn op zijn dunne lippen. 'Ze naaide met Jan en alleman en ging toen het land uit met iemand die haar het neukwerk kon geven dat ze wilde.'
'Zijn dat uw eigen constateringen?'
'Van mij, van mijn vrouw, van Pablo. Iedereen die Glória had ontmoet, wist wat voor vrouw ze was. Mijn vrouw zag het vanaf de allereerste dag. Het was een vrouw die niet zou moeten trouwen, en dat bewees ze door iedereen in de steek te laten... ook Sebastián.'
'En heeft Pablo zijn zoon in zijn eentje grootgebracht?'

'Nou, hij was vaak weg, dus Sebastián was een groot deel van de tijd bij ons.'

'Waren uw kinderen van dezelfde leeftijd?'

'Ik was jong getrouwd. Onze kinderen waren acht en tien jaar ouder,' zei Ignacio.

'Dus na Glória's vertrek was u een groot deel van de tijd Sebastiáns vader.'

Ignacio knikte, dronk wat bier en stak weer een sigaret op.

'Dat is allemaal twintig jaar geleden,' zei Falcón. 'Hoe zat het in die tijd met Pablo's relaties?'

'Ik zag hem vaak in het blad *Hola!* met vrouwen, maar we hebben er nooit een ontmoet. Na Glória zagen we hem alleen maar in zijn eentje,' zei Ignacio. 'U stelt veel vragen over relaties, Inspector Jefe.'

'Mislukte relaties kunnen mensen tot zelfmoord brengen, zoals ook de mogelijkheid dat iemand publiekelijk te schande wordt gemaakt.'

'Of financiële ondergang,' zei Ignacio, wijzend naar de kamer met de gebarsten beerput. 'Of het eind van een grote carrière. Of de combinatie van al die dingen bij een man die op het punt staat met pensioen te gaan, en die misschien ziek wordt en zeker doodgaat.'

'Vindt u het verrassend dat hij zelfmoord heeft gepleegd?'

'Ja. Hij had de laatste tijd veel geleden door het proces van zijn zoon, de verhuizing, het probleem met dit huis, zijn kwijnende carrière, maar hij kon het allemaal wel aan. Hij was veerkrachtig. Hij zou de mishandelingen van mijn vader niet te boven zijn gekomen als hij geen reserves had. Ik kan geen reden bedenken waarom hij zo'n drastische beslissing nam.'

'Dit is een moeilijke vraag,' zei Falcón, 'maar hebt u ooit reden gehad om aan de seksuele geaardheid van uw broer te twijfelen?'

'Nee,' zei hij zonder omhaal.

'U bent daar blijkbaar erg zeker van.'

'Zo zeker als ik maar van iets kan zijn,' zei Ignacio. 'En vergeet u niet dat hij een bekende persoonlijkheid was, met altijd fotografen achter zich aan. Ze zouden het prachtig hebben gevonden om aan de wereld te vertellen dat Pablo Ortega een *maricón* was.'

'Maar als zo'n bekendmaking nu eens op komst was, zou hij daar dan tegen bestand zijn geweest? Zou dat genoeg zijn geweest om hem over de rand te duwen, zeker in combinatie met zijn andere problemen?'

'U hebt me nog steeds niet verteld hoe hij het heeft gedaan.'

Falcón vertelde hem de gruwelijke details. Ignacio's lichaam trilde van emotie. Zijn hele gezicht was verwrongen van verdriet. Hij begroef het in zijn handen, met de brandende sigaret nog tussen zijn vingers.

'Heeft Pablo u ooit zijn kunstverzameling laten zien?' vroeg Falcón om hem af te leiden.

'Ja, maar ik had niet veel belangstelling voor die kunst van hem.'

'Hebt u ooit dit stuk gezien?' vroeg Falcón. Hij pakte het Indiase erotische schilderij achter het landschap van Francisco Falcón vandaan.

'Oef!' zei Ignacio vol bewondering. 'Dat zou ik ook wel willen... Maar bewijst dát niet iets, Inspector Jefe?'

'Het is het enige schilderij waarop een vrouw voorkomt,' zei Falcón, die dacht dat hij de verkeerde weg was ingeslagen. Dit zou bij Ignacio Ortega niet werken.

'Het schilderij daarvoor,' zei Ignacio, die langs zijn benen keek, 'daar staat uw naam op – Falcón.'

Ignacio's ogen lichtten op en Falcón besefte tot zijn schrik dat hij misschien de hele ondervraging had bedorven. Het verhaal van Francisco Falcón was niemand ontgaan.

'Ja, Pablo heeft me dáár wel iets over verteld,' zei Ignacio. 'Hij kende Francisco Falcón persoonlijk... en die bleek wél een maricón te zijn. En u bent de Inspector Jefe. Als ik het me goed herinner, was u zijn zoon.'

'Nee, hij was niet mijn vader.'

'Nu begrijp ik het. Daarom denkt u dat Pablo een maricón was, nietwaar? Omdat uw vader er ook een was. U denkt dat ze...'

'Hij was mijn vader niet en ik denk dat helemaal niet. Het is een theorie.'

'Het is onzin. Straks gaat u me nog vertellen dat Rafael er ook een was, en dat ze een "relatie" hadden en dat hij niet kon verdragen...'

'Vindt u het vreemd dat Pablo geen brief voor u heeft achtergelaten?' vroeg Falcón, die de situatie weer onder controle probeerde te krijgen en tegelijk een poging deed Ignacio op stang te jagen.

'Ja... Ja, dat vind ik vreemd.'

'Wanneer hebt u hem voor het laatst gesproken?'

'Kort voordat ik op vakantie ging,' zei hij. 'Ik wilde weten of hij al verder was gekomen met de beerput, en ik had iemand in gedachten die het probleem misschien op een andere manier zou aanpakken.'

'Toen we Sebastián de brief van zijn vader gaven, maaide hij hem van de tafel, alsof hij er niets van wilde weten. Toen stortte hij helemaal in en moesten ze hem op een brancard naar zijn cel terugrijden,' zei Falcón. 'U was een soort vader voor hem, zoals u zei. Kunt u het verklaren? Hij schijnt een hekel aan Pablo te hebben, maar toch was hij diep getroffen toen hij hoorde dat Pablo dood was.'

'Ik kan u niet meer vertellen dan ik al heb gedaan,' zei Ignacio. 'Ik kan alleen maar zeggen dat Sebastián een erg gecompliceerde jongen was. En toen heeft zijn moeder hem ook nog in de steek gelaten. En het zal hem ook geen goed hebben gedaan dat zijn vader zo vaak weg was. Ik ben niet deskundig genoeg om dat soort reactie te kunnen verklaren.'

'Hebt u hem in de gevangenis opgezocht?'

'Pablo zei dat hij niemand wilde ontvangen. Ik heb mijn vrouw naar de gevangenis gestuurd in de hoop dat ze met hem kon praten, maar hij weigerde ook haar te ontvangen.'

'En voordat hij naar de gevangenis werd gestuurd? Hij was

volwassen. Hij had geen verzorging meer nodig als Pablo weg was. Zag u hem toen wel eens?'

'Ja. Hij kwam soms lunchen toen hij op de Belle Artes zat... voordat hij daarmee stopte.'

'Waarom stopte hij met zijn studie?'

'Dat was zonde. Pablo zei dat hij erg goed was. Er was geen duidelijke reden voor. Het interesseerde hem gewoon niet meer.'

'Wanneer is Glória gestorven?'

'Ongeveer in 1995 of 1996.'

'Stopte Sebastián toen met zijn kunstopleiding? Hij zal toen een jaar of twintig zijn geweest.'

'Dat is waar. Dat was ik vergeten. Sinds hij een jaar of zestien was, ging hij regelmatig naar haar toe. Hij ging elke zomer naar Amerika.'

'Hij leek op haar, nietwaar? Meer op haar dan op Pablo.'

Ignacio haalde zijn schouders op, een abrupt gebaar alsof hij last had van een vlieg. Falcón had wel een idee van de vragen die bij Ignacio opkwamen.

'In de brief die hij aan u schreef, Inspector Jefe, noemde Pablo mij daarin?'

'Hij schreef onderaan dat u moest worden ingelicht,' zei Falcón. 'Misschien heeft hij iets voor u op de post gedaan. In dat geval willen we het erg graag zien.'

Ignacio, die gedurende de hele ondervraging op de rand van zijn stoel had gezeten, leunde nu achterover.

'Hij kan ook iets aan zijn advocaat hebben gestuurd,' zei Falcón. 'Weet u welke advocaat zijn testament bewaart?'

Ignacio boog zich meteen weer naar voren.

'Ranz Costa,' zei hij, met zijn gedachten heel ergens anders. 'Ranz Costa heeft de koop van dit huis geregeld, dus die zal het testament ook wel hebben.'

'Ik neem aan dat hij op vakantie is?'

'Hij is ook mijn advocaat. Hij gaat pas in augustus op vakantie,' zei Ignacio. Hij stond op, zette zijn bier neer en drukte de sigaret uit. 'Vindt u het erg als ik even rondkijk? Gewoon om het huis en de spullen van mijn broer te zien.'

'De kamer waarin hij is gestorven, is officieel nog steeds een plaats delict, dus daar kunt u beter niet naar binnen gaan,' zei Falcón.

Ignacio ging het huis in. Falcón wachtte en liep de gang in. Ignacio was in de slaapkamer. De deur stond op een kier. Ignacio was koortsachtig in de kamer aan het zoeken. Hij keek onder het bed. Hij tilde het matras op. Hij keek in de kamer om zich heen, zijn lippen op elkaar, zijn ogen fel. Hij zocht tussen de kleren in de kast, voelde in de zakken. Falcón liep door de gang terug en ging weer zitten.

Kort daarna verlieten ze het huis. Falcón sloot het af en zag Ignacio's zilverkleurige Mercedes in de hitte verdwijnen. Hij ging naar Consuelo terug, die de deur opendeed met de zondagseditie van *El Mundo* tussen haar vingers. Ze gingen naar de huiskamer, waar ze op de bank neerploften.

'Hoe reageert Ignacio erop?' vroeg ze.

'Ken jij Ignacio Ortega?'

'Ik heb hem bij gelegenheden van Raúls bouwbedrijf ontmoet. Ik heb meer met zijn vrouw gepraat dan met hem. Hij is een nogal oninteressante selfmade man zonder een greintje cultuur. Als je bedenkt hoeveel talent en intellectuele capaciteiten Pablo had, kun je nauwelijks geloven dat ze broers zijn.'

'Weet je iets van zijn zoon?'

'Ik weet dat hij Salvador heet en aan heroïne verslaafd is. Hij woont ergens in Sevilla.'

'Nou, dat is al een beetje meer dan Ignacio wilde toegeven.'

'Daar kom je achter als je met zijn vrouw praat.'

'Hoe gaat hij met zijn vrouw om?'

'Hij is niet wat je een "nieuwe man" zou noemen. Hij is van de machogeneratie. De vrouw doet wat haar gezegd wordt,' zei Consuelo. 'Ze was bang voor hem. Als we stonden te praten en hij kwam bij ons, hield ze haar mond.'

'Nou ja, het is zondag,' zei Falcón met een wuivend gebaar. 'Laten we proberen er de rest van de dag niet aan te denken.'

'Nou, ik ben blij dat je terug bent gekomen,' zei ze. 'Ik was al bijna in een zondagsdepressie vervallen. Je voorkwam dat ik over Rusland ging lezen. Nee, dat is niet helemaal waar. Ik zette het nieuws aan om te proberen niet meer aan Rusland te denken, en toen keek ik naar de bosbrand, en dat hielp ook niet. Het lawaai. Ik had nooit eerder een brand gehoord, Javier. Het was of er een beest door de bossen denderde.'

'De bosbrand in de Sierra de Aracena?'

'Die heeft vijfentwintighonderd hectare verwoest, en het gaat daar steeds harder waaien,' zei ze. 'De brandbestrijders zeggen dat het vuur is aangestoken. Je vraagt je af wat er met de mensen aan de hand is.'

'Vertel me over Rusland. Ik interesseer me voor Rusland.'

'Het is meer een kwestie van cijfers.'

'Dat is het ergste van het nieuws,' zei Falcón. 'Ik denk dat ze op die redacties een gezegde hebben: "Als je geen verhaal hebt, geef ze dan wat cijfers." Ze weten dat onze fantasie de rest wel doet.'

'Dit zijn de Russische cijfers,' zei ze, lezend. 'Het aantal onwettige geboorten is tussen 1970 en 1995 verdubbeld. Dat betekent dat in 1997 vijfentwintig procent van alle geboorten onwettig was. De meeste onwettige kinderen waren van ongehuwde moeders die niet in staat waren zichzelf en ook nog een kind te onderhouden en die dat kind dus maar in de steek lieten. In december 2000 schatte de orthodoxe kerk dat er tussen de twee en vijf miljoen zwerfkinderen in Rusland waren.'

'O ja, je obsessie voor kinderen,' zei Falcón. 'Twee tot vijf miljoen.'

'En nu het enige gunstige cijfer. Het vruchtbaarheidscijfer is in Rusland bijna het laagste van de wereld. En toen besefte ik waarom dit artikel in een Spaanse krant staat. Het enige land met een nog lager vruchtbaarheidscijfer dan Rusland is namelijk...'

'Spanje,' zei Falcón.

'Daarom kwam je precies op het goede moment binnen,' zei Consuelo. 'Ik verviel al bijna in de zondagse gedachte dat het he-

lemaal verkeerd gaat met de wereld.'
'Ik heb een tijdelijke oplossing voor de wereldcrisis.'
'Vertel.'
'Manzanilla. Zwemmen. Paella. Rosado. En een lange siësta die tot maandag doorgaat.'

's Nachts schrok hij wakker uit een levendige droom. Hij liep over een pad in een dicht woud. Er kwamen twee kinderen naar hem toe, een jongen en een meisje van ongeveer twaalf jaar, en hij wist dat ze broer en zus waren. Tussen hen in liep een totemachtige vogel met een angstaanjagend masker. Toen ze bij elkaar waren gekomen, legde de vogel uit: 'Ik heb deze twee levens nodig.' De gezichten van de kinderen drukten een ondraaglijke angst uit en hij merkte dat hij machteloos was en niet kon helpen. Hij dacht dat hij daar wakker van was geworden, maar toen hij daar lag, besefte hij dat beneden de televisie aanstond. Stemmen spraken in het Amerikaans-Engels. Consuelo lag nog naast hem te slapen.

Toen hij de huiskamer binnen ging, pulseerde het licht van de tv in het donker. Hij zette hem met de afstandsbediening uit. Die voelde warm aan en hij zag dat de schuifdeur naar het zwembad een halve meter openstond.

Hij deed het licht aan. Consuelo kwam nog half slapend de trap af.

'Wat is er?'

'De tv stond aan,' zei Falcón. 'Hebben we die deur open laten staan?'

Consuelo was plotseling wakker, haar ogen wijd open. Ze wees en stiet een kreet uit alsof er iets heel ergs in de kamer was.

Hij volgde haar vinger. Op de salontafel lag een groepsfoto van haar kinderen. Iemand had een groot rood kruis op het glas getekend.

20

Toen Falcón naar de Jefatura reed, hoorde hij op het nieuws dat de bosbrand bij Almonaster la Real nog woedde. De wind met een kracht van vijftig kilometer per uur maakte het de brandbestrijders extra moeilijk. Ze moesten de brand laten uitwoeden in plaats van actief te proberen het bos te redden. Hij ging meteen naar de kamer van zijn directe chef, Comisario Elvira, wiens secretaresse hem liet doorlopen. Elvira zat aan zijn bureau. Hij was een kleine, gedrongen man met een dun snorretje en zwart haar, waarin hij een scheiding kamde met dezelfde messcherpe precisie als de minister-president. Hij was een heel ander type dan zijn voorganger, Andrés Lobo, die meer begrip scheen te hebben voor de oersoep waaruit de mens was voortgekomen. Elvira was een man die zijn potloden recht had liggen.

Falcón bracht mondeling verslag uit van wat hij in het weekend had gedaan en vroeg om discrete politiebescherming van de kinderen van Consuelo Jiménez, die met haar zuster aan de kust bij Marbella waren.

'Was u vannacht bij señora Jiménez?' vroeg Elvira.

Falcón aarzelde. Niets was heilig in de Jefatura.

'Dit was niet de eerste bedreiging sinds we met het Vega-onderzoek zijn begonnen,' zei Falcón ontwijkend. 'Ik heb zaterdag met haar geluncht en toen zei ze dat iemand van de Jefatura haar een envelop voor mij had gegeven. Daar zat deze foto in.'

Elvira trok de plastic zak naar zich toe en keek naar Nadia die op de stoel zat vastgebonden.

'Die Oekraïense vrouw is verdwenen nadat ze ons met ons onderzoek had geholpen,' zei Falcón.

'En verder?'

'Op de eerste dag werd ik door een auto met gestolen nummerborden naar mijn huis gevolgd. Op de tweede dag vond ik thuis een foto van mijn ex-vrouw met een speld door haar keel op het prikbord boven mijn bureau.'

'Die Russen weten veel van uw privé-leven, Inspector Jefe,' zei Elvira. 'Wat gaat u aan die bedreigingen doen?'

'Ik denk dat ze tot doel hebben mij rechtstreeks onder druk te zetten,' zei Falcón. 'Als er een eerste bedreiging was geweest die daarna was geëscaleerd, zou ik me meer zorgen maken, maar elke bedreiging is anders en ze zijn allemaal specifiek op mij afgestemd. Ze proberen me af te leiden van mijn doel. Ze willen dat ik mijn aandacht op iets anders richt dan het Vega-onderzoek.'

'Dus u komt niet in de verleiding om een van uw mensen een andere taak te geven?'

'Als u daarmee bedoelt of ik de weinige mensen die ik tot mijn beschikking heb aan de Vega-zaak wil laten werken, dan is mijn antwoord: ja, die verantwoordelijkheid neem ik.'

'Even uit nieuwsgierigheid: hebt u señora Jiménez uit uw onderzoek geëlimineerd?'

'We hebben geen verdachte, geen getuige en geen motief.'

'En nog iets... Pablo Ortega – ik hoorde dat u daar met een psychotherapeut naartoe bent geweest om te proberen zijn zoon te helpen. Ze is ook met u naar de gevangenis geweest. Is er enig verband tussen die zaak en de sterfgevallen van de Vega's?'

Stilte. Falcón verschoof op zijn stoel.

'Inspector Jefe?'

'Ik weet het niet.'

'Maar u denkt dat er... iets is?'

'Er moet nog aan gewerkt worden,' zei Falcón. 'Dat betekent dat ik meer tijd nodig heb.'

'We hebben vertrouwen in uw capaciteiten en we steunen u bij wat u doet,' zei Elvira, 'zolang u het korps maar niet in diskrediet brengt. Ik zal de Jefatura in Málaga bellen en regelen dat een agent een oogje op de zuster en de kinderen van señora Jiménez houdt.'

Toen Falcón naar zijn kamer ging, bleef een van Elvira's opmerkingen door zijn hoofd spoken. *Die Russen weten veel van uw privé-leven.* Ja. Maar hoe waren ze aan die informatie gekomen?

'Heb je het mobieltje van Pablo Ortega gevonden?' vroeg Falcón aan Cristina Ferrera toen hij naar zijn kamer liep.

'Ik werk nu aan de nummers,' zei ze. 'Hij gebruikte zijn vaste lijn blijkbaar alleen voor binnenkomende gesprekken. Het mobieltje was zijn eerste keus als hij zelf wilde bellen.'

'Ik wil weten met wie hij heeft gesproken in de uren voordat hij stierf,' zei hij.

'En de sleutel uit Vega's diepvries?' vroeg Ramírez.

'Daar kan ze daarna aan werken,' zei Falcón. 'Hoe zit het met Vega's identiteitsbewijs?'

'Dat kost tijd. Ze zijn op de computer zo ver teruggegaan als ze konden. Ze werken zich nu door de met de hand bijgehouden registers heen.'

'En de Argentijnen?' vroeg Falcón, terwijl hij het nummer van Carlos Vázquez draaide.

'Die komen mankracht tekort door de vakantie,' zei Ramírez, die Falcóns kamer binnen kwam. 'Ze hebben de gegevens naar Buenos Aires teruggestuurd.'

Falcón liet hem de foto van Nadia Kouzmikheva zien. Ramírez sloeg met de zijkant van zijn vuist tegen de muur.

'Iemand heeft een envelop met die foto in een café aan Consuelo Jiménez gegeven. Ze vroegen haar hem aan mij te geven,' zei Falcón, en toen stak hij zijn vinger op om iedereen tot zwijgen te brengen. 'Ik heb een vraag over bedrijfsauto's bij Vega Construcciones,' zei hij in de telefoon.

'Die waren er niet,' zei Vázquez. 'Dat was Rafaels beleid:

geen bedrijfsauto's. Iedereen gebruikte zijn eigen auto en decla-reerde de onkosten.'

'Maar er zullen toch wel auto's zijn geweest die het bedrijf voor bouwprojecten kon gebruiken?'

'Nee. Vega Construcciones had vroeger veel auto's en mate-rieel, maar op een gegeven moment werd dat allemaal te duur. Een paar jaar geleden beperkte Rafael dat tot het elementaire materieel dat echt nodig was. Hij deed alle auto's weg. Als hij iets nodig had, huurde hij het. Opzichters, architecten – iedereen ge-bruikt zijn eigen auto.'

'Had señor Vega een oude auto om naar bouwplaatsen te rij-den?'

'Niet dat ik weet.'

Falcón hing op.

'Consuelo Jiménez,' zei Ramírez grijnzend.

'Pas op, José Luis,' zei Falcón, en hij belde naar Vega Con-strucciones.

'Waarom werkt Cristina aan Pablo Ortega, terwijl we weten wat er met hem is gebeurd?' vroeg Ramírez.

'Noem het maar instinct,' zei Falcón. 'Wat ik van jullie wil weten, is wie hier in de Jefatura met de Russen over mij praat.'

Hij vroeg naar de conciërge, en die bevestigde dat er geen an-dere auto's op het parkeerterrein stonden dan die van de werkne-mers, en dat señor Vega maar één auto had, tot voor kort een Mercedes en nu een Jaguar. Hij hing op en vertelde Ramírez over de bedreigingen die hij de laatste dagen had ontvangen. Hij vertelde ook wat Elvira had gezegd.

'Waarom moet het iemand uit de Jefatura zijn? Je bent vanaf de eerste dag gevolgd. Iemand kan je telefoongesprekken heb-ben afgetapt. Iedereen in Sevilla kent je verhaal.'

Falcón en Ramírez belden naar de parkeergarages in Sevilla om te vragen of Rafael Vega of Emilio Cruz daar een plaats had gehuurd. Een halfuur later bevestigde de parkeergarage onder het Hotel Plaza de Armas aan de Calle Marqués de Paradas dat Rafael Vega een jaarcontract had waarvoor hij contant betaalde.

Hij ging erheen met Ramírez, die de radio op een andere zender zette toen het nieuws was afgelopen en er interviews met de plaatselijke bevolking over de bosbrand bij Almonaster la Real te horen waren. De klaaglijke stem van Alejandro Sanz vulde de auto.

'Nog nieuws over je dochter, José Luis?' vroeg Falcón.

'Het gaat langer duren dan ze dachten,' zei hij, en hij veranderde van onderwerp. 'Die parkeergarage is ideaal wanneer je snel de stad uit wilt.'

'En niemand zou je zien,' zei Falcón. 'Tenzij je voor rood licht komt te staan op el Torneo.'

'Hoe ben je dat van die auto te weten gekomen?'

'Consuelo zag hem ermee rijden in de stad,' zei Falcón. 'Ken jij een advocaat die Ranz Costa heet?'

'Dat is niet een van de strafpleiters met wie we vaak te maken hebben.'

'Probeer een afspraak met hem te maken voor later op de ochtend,' zei Falcón. 'Hij is de advocaat van Pablo Ortega.'

Ramírez drukte op de toetsen van zijn mobieltje. Ranz Costa had een kantoor in Triana, aan de andere kant van de rivier. Hij zei dat hij de hele ochtend wel vijf of tien minuten voor hen beschikbaar was.

Ze parkeerden op de Calle Marqués de Paradas, pakten rubber handschoenen en plastic zakken en liepen de ondergrondse parkeergarage in. De beheerder bracht hen naar de auto, een oude blauwe Peugeot 505 diesel stationcar. Het nummer aan de achterkant was bijna onzichtbaar door het stof.

'Hij reed hiermee op onverharde wegen,' zei Ramírez, terwijl hij zijn handschoenen aantrok. 'Felipe kan dat stof analyseren, nietwaar?'

'Hebt u hier een sleutel van?' vroeg Falcón aan de beheerder, die zijn hoofd schudde, kauwend op een tandenstoker.

'Wilt u de auto in?' vroeg hij.

'Nee,' zei Ramírez, 'hij wil het slot van je hersens opendraaien om na te gaan wat dat voor fladderend geluid is.'

'Hij bijt niet,' zei Falcón, 'tenzij u een plotselinge beweging maakt.'

De beheerder trok een gezicht alsof hij helemaal niet van Ramírez onder de indruk was en floot. Er verschenen twee jongens. Ze droegen een korte broek en sportschoenen, en verder niets. De beheerder zei dat ze de auto moesten openmaken. Een van hen haalde een schroevendraaier te voorschijn en de ander trok een stuk draad recht dat hij in zijn zak had gehad. De jongen met de schroevendraaier stak hem in de deur en wrikte de hoek open, en de jongen met de draad manipuleerde het slot. Het kostte twee seconden.

'Ik hou wel van een beetje raffinement,' zei Ramírez, en hij bewoog de vingers in zijn handschoen. 'Niet dat gedoe met lopers.'

'Heeft señor Vega u ooit gevraagd de auto te wassen?'

De beheerder, die een expert was in de kleine talenten van het leven, bracht bij wijze van antwoord de tandenstoker van zijn ene mondhoek naar de andere.

Het interieur van de auto was bedekt met een dun laagje stof, zelfs de passagiersplaats en de achterbank. Dat wees erop dat Vega altijd alleen was wanneer hij deze auto gebruikte. In het handschoenenvak lagen papieren, in de asbak lagen twee huissleutels aan een ring zonder hanger, en verder was er een kaartje van een *hostal residencia* in een dorp dat Fuenteheridos heette, in het district Aracena.

Ze sloten de auto, zeiden tegen de beheerder dat hij nergens aan mocht komen en dat ze een truck zouden sturen om de auto op te halen. Ramírez veegde wat stof van de bumper in een plastic zak. Toen ze naar Falcóns auto terugliepen, belde Cristina Ferrera om te zeggen dat Pablo Ortega op de vrijdagavond voor zijn zelfmoord vier uitgaande gesprekken had gevoerd. De twee eerste hadden elk dertig seconden geduurd en waren gevoerd met een bouwer en iemand die Marciano Ruiz heette. Daarna had hij twaalf minuten met Ignacio Ortega gesproken. Het laatste gesprek had hij met Ranz Costa gevoerd; dat had twee minuten geduurd.

Ramírez belde de bouwer, die zei dat Ortega had gebeld om hun afspraak af te zeggen. Falcón kende de theaterdirecteur Marciano Ruiz en belde hem toen ze onderweg waren naar Ranz Costa's kantoor. Ortega had een obscene boodschap op zijn antwoordapparaat ingesproken.

'Dus wat is het verband tussen de zelfmoord van Pablo Ortega en Vega's dood?' vroeg Ramírez.

'Op papier is er geen ander verband dan dat ze elkaar kenden en naast elkaar woonden.'

'Maar je hebt het gevoel dat het anders is?'

Ze werden naar het kantoor van Ranz Costa gebracht. Costa was een boom van een man die ondanks de kille airconditioning onbedaarlijk zweette.

'U bent vrijdagavond door Pablo Ortega gebeld,' zei Falcón.

'Waar ging dat over?'

'Hij bedankte me voor het veranderen van zijn testament en voor het exemplaar dat ik hem die middag per koerier had gestuurd.'

'Wanneer gaf hij u opdracht het testament te veranderen?'

'Donderdagmorgen,' zei Ranz Costa. 'Ik begrijp nu waarom hij daar zo'n haast mee had.'

'Hebt u vanmorgen met Ignacio Ortega gesproken?'

'Nou, hij belde me gisteravond. Hij wilde weten of zijn broer een brief aan mij had geschreven. Ik zei dat ik alleen telefonisch of persoonlijk contact met hem had gehad.'

'Vroeg hij naar de inhoud van het testament?'

'Ik begon hem te vertellen dat zijn broer het testament had veranderd, maar blijkbaar wist hij dat al. Dat interesseerde hem niet.'

'Waren de veranderingen in enig opzicht in zijn voordeel?'

'Nee,' zei Ranz Costa, die zijn gewicht naar zijn andere bil verplaatste. Zijn geheimhoudingsplicht kwam in het geding.

'U weet wat ik nu ga vragen,' zei Ramírez.

'In het testament werd het nieuwe huis in Santa Clara opgenomen en Ignacio was niet meer een van de begunstigden.'

'Wie zijn de begunstigden?'

'Voornamelijk Sebastián, die nu alles zal krijgen, behalve twee contante bedragen die aan Ignacio's kinderen worden uitgekeerd.'

'Wat weet u van Ignacio's zoon Salvador?' vroeg Falcón. 'Afgezien van het feit dat hij aan heroïne verslaafd is en in Sevilla woont?'

'Hij is vierendertig. Het laatste adres dat ik van hem heb, is in de Polígono San Pablo. Ik heb hem twee keer verdedigd toen hij terecht moest staan voor drugsgebruik. De eerste keer kwam hij met de schrik vrij en de tweede keer kreeg ik strafvermindering voor hem. Hij heeft toen vier jaar gezeten. Twee jaar geleden is hij vrijgekomen en daarna heb ik niets meer van hem gehoord.'

'Hebben Ignacio en Salvador contact met elkaar?'

'Nee, maar Pablo en Salvador wel.'

'Nog één vraag over het testament, en dan laten we u met rust,' zei Falcón. 'Ignacio is zelf rijk. Ik denk niet dat hij geld van zijn broer verwachtte.'

'Hij had altijd die Louis xv-stoel uit Pablo's verzameling willen hebben.'

Falcón herinnerde zich dat Ignacio had gedaan alsof hij geen enkele belangstelling voor de verzameling had.

'Waarom hadden de broers ruzie gekregen?' vroeg Ramírez.

'Ik doe alleen de juridische documenten,' zei Ranz Costa. 'Ik houd me nooit bezig...'

Hij maakte zijn zin niet af. De twee rechercheurs hadden zijn kantoor al verlaten.

Toen ze van Ranz Costa's kantoor vandaan reden, belde Falcón naar Ignacio om hem aan de identificatie van het lichaam te herinneren. Hij belde ook Inspector Jefe Montes en zei dat hij later op de ochtend graag bij hem langs wilde komen om over de twee Russische namen te praten die hij hem vrijdagavond had genoemd. Montes zei dat hij elk moment kon komen, hij was de hele ochtend op kantoor.

Falcón bracht Ramírez naar de Jefatura terug. Hij wilde dat Felipe het stofmonster analyseerde, terwijl Ramírez nader onderzoek deed naar de hostal residencia in Fuenteheridos. Falcón reed zelf naar het Instituto Anatómico Forense.

Ignacio Ortega en Falcón stonden in de kamer met het gordijn voor de glazen ruit. Ze wachtten in stilte tot het lichaam uit het lijkenhuis was gehaald en de Médico Forense de papieren had ingevuld.

'Wanneer zei u dat u voor het laatst met Pablo had gesproken?' vroeg Falcón.

'De avond voordat ik wegging,' zei hij.

'De provider van Pablo's mobiele telefoon heeft ons verteld dat u op de avond voor zijn dood een gesprek van twaalf minuten met hem hebt gehad. Kunt u me dat verklaren, señor Ortega?'

Stilte. Ignacio keek naar het ongeopende gordijn.

'Ranz Costa heeft ons verteld dat Pablo zijn testament heeft veranderd voordat hij stierf. Weet u wat die veranderingen inhouden?'

Ignacio knikte.

'Praatte u daarover toen hij u vrijdagavond belde?'

Ignacio's hoofd bewoog niet.

'Ik vond het vreemd dat u zich drukker maakte om de vraag of uw broer u had geschreven, en om wat hij Sebastián had geschreven, dan om het feit dat hij zelfmoord had gepleegd,' zei Falcón. Het leek hem nuttig deze man een beetje op stang te jagen.

Nu keek Ignacio op. Zijn twee ogen hamerden als industriële klinkmachines in Falcóns gezicht.

'U hebt niet het recht om op die manier tegen mij te praten,' zei hij. 'Ik ben niet een van uw verdachten. Ik ben nergens van beschuldigd. Mijn broer heeft zelfmoord gepleegd. Ik verwerk dat op mijn eigen manier, en daar hebt u niets mee te maken. U wilt net zo graag weten waarom hij zelfmoord heeft gepleegd als ik, maar u hebt niet het recht om uw neus in mijn familiezaken te steken, tenzij u kunt bewijzen dat ik in enig opzicht verantwoordelijk was voor de dood van mijn broer, terwijl ik toch op dat moment aan de kust was.'

'U hebt tegen me gelogen over de laatste keer dat u met uw broer hebt gesproken,' zei Falcón. 'Rechercheurs vinden het nooit prettig als er tegen hen wordt gelogen. Dan worden we argwanend en denken we dat iemand iets te verbergen heeft.'

'Ik heb niets te verbergen. Mijn geweten is zuiver. De familiezaken tussen Pablo en mij zijn privé.'

'Weet u, we denken erover om Sebastiáns zaak te heropenen, en om hem psychologische hulp te geven...'

'U kunt doen wat u wilt, Inspector Jefe.'

De Médico Forense vertelde hun dat het lichaam gereed was. Ignacio draaide zich om naar de gordijnen, die opengingen. Hij bevestigde de identiteit van zijn broer, tekende de papieren en ging weg zonder een woord te zeggen of zelfs maar een blik in Falcóns richting te werpen.

Toen Falcón naar de Jefatura terugreed, gingen drie gedachten steeds weer door zijn hoofd. Waarom maakte hij zich zo druk om Ignacio Ortega? Het was duidelijk dat Ignacio zijn broer niet had vermoord, maar er zat iets opgesloten in het hoofd van die man waardoor Falcón dacht dat hij wel enige verantwoordelijkheid droeg. Hoe kraakte je een harde noot als Ignacio Ortega? En hoe kwam je erachter wat een dode in zijn hoofd had zitten? Het recherchewerk zou gemakkelijker zijn als je de inhoud van iemands hoofd op een scherm kon downloaden. De software van het leven. Hoe zou dat eruitzien? Feiten vervormd door emotie. Realiteit veranderd door illusie. Waarheid overgeschilderd met ontkenning. Het zou niet makkelijk te ontcijferen zijn.

Zijn mobieltje ging.

'*Diga*,' zei hij.

'Ben je op de terugweg?' vroeg Ramírez.

'Ik ben op de Plaza de Cuba.'

'Goed, want Inspector Jefe Montes is net uit zijn raam op de tweede verdieping gesprongen en met zijn hoofd op het parkeerterrein neergekomen.'

Falcón reed met grotere snelheid door de Avenida de Argentina. Toen hij het parkeerterrein van de Jefatura op reed, gierden zijn banden over het hete asfalt. Er stond een groep mensen onder het raam waaruit Montes vorige week nog peinzend had staan kijken. Zou hij zich toen hebben afgevraagd of het moment al was aangebroken? De ambulancelichten flikkerden bijna onzichtbaar in de schittering van het genadeloze felle zonlicht dat op het parkeerterrein neerbrandde. Vrouwen keken omlaag vanuit de donkere kantoorramen op de begane grond, hun hand voor hun mond. Mannen stonden voor ramen op de eerste verdieping, hun hoofd tussen hun handen alsof ze dat onnatuurlijke beeld eruit wilden persen. Falcón baande zich een weg door de menigte en was nog net op tijd om te zien dat de ziekenbroeders de bewegingloze Montes officieel opgaven. Zijn schouders en hoofd zagen eruit alsof ze begraven zaten in donker bloederig asfalt, dat zacht genoeg was om die vreselijke deuk op te lopen. Maar Falcón zag meteen wat dat lichaam zou vertellen als het op een marmeren plaat lag: verbrijzelde schouder, gecompliceerde breuk van het sleutelbeen, gebroken halswervels, gebroken wervelkolom, ingedrukte schedel, catastrofale hersenbloeding.

Er stonden leden van Montes' team in de menigte. Ze huilden. Comisario Elvira kwam de Jefatura uit en hield een zorgvuldig uitgedachte toespraak om de menigte te verspreiden. Zijn blik viel op Falcón. Hij gaf hem opdracht foto's te laten maken, het lichaam te laten weghalen en binnen een uur mondeling verslag bij hem uit te brengen. De Juez de Guardia kwam tegelijk met de Médico Forense.

Toen de omstanders weggingen, sprak Ferrera drie van hen aan om hun getuigenverklaring te horen. Falcón zei tegen Ramírez dat hij Montes' kamer moest verzegelen. Felipe maakte de noodzakelijke opnamen. De ziekenbroeders haalden in opdracht van de Juez de Guardia het lichaam weg. De schoonmakers spoelden het bloed weg, dat al begon te stollen in de zon.

Toen Falcón naar zijn kamer ging om een nieuw notitieboekje te halen, had hij het vreselijke gevoel dat er dingen samenkwamen – Vega, Ortega en nu Montes. De moordafdeling kwam drie mensen tekort omdat het vakantietijd was. Hij had het gevoel dat de sterfgevallen met elkaar in verband stonden, al waren daar nog geen concrete aanwijzingen voor.

Hij vond Ferrera, gaf haar de gegevens van Salvador Ortega en zei tegen haar dat ze met iemand van Narcotica moest praten. Het enige wat hij op dit moment wilde, was een adres. Hij zei ook tegen haar dat ze aan alle postkantoren in Sevilla en omgeving moest vragen of Rafael Vega of Emilio Cruz, een Argentijn, een postbus had.

'Is dat belangrijker dan de sleutel van Rafael Vega?'

'Ben je daar iets verder mee gekomen?'

'Hij heeft geen kluisje bij de Banco de Bilbao. Zo ver ben ik gekomen.'

'Ga later met de sleutel verder,' zei hij. 'Daar gaat veel tijd in zitten.'

Hij pakte zijn notitieboekje en ging langzaam de trap op naar de tweede verdieping, waar Ramírez met een loper voor Montes' kamer stond. De leden van GRUME stonden op een rij in de gang. Felipe kwam zwetend met zijn camera van het parkeerterrein.

Ramírez maakte de deur open. Felipe maakte zijn foto's en ging weg. Falcón deed het raam dicht. Ze keken zwetend rond, terwijl de airconditioning weer begon te werken. Op Montes' bureau lagen een vel briefpapier met zijn handschrift en een dichtgeplakte envelop die aan zijn vrouw was geadresseerd. Falcón en Ramírez liepen erheen om de brief te lezen. Die was gericht aan 'Mijn collega's':

Jullie zullen het wel belachelijk vinden dat ik me zo kort voor mijn pensionering van het leven heb beroofd. Ik hoefde de druk van mijn baan nog maar even te ondergaan, maar dat kon ik niet. Hiermee wil ik niets zeggen over de mannen en vrouwen met wie het me een eer was samen te werken.

Ik ben bij de politie gegaan omdat ik dacht dat ik iets goeds kon doen. Ik had het gevoel dat de politieman een waardevolle rol in de samenleving kon spelen. Ik heb niet het goede kunnen doen dat ik wilde doen. Ik voelde me steeds machtelozer tegenover de nieuwe golven van verdorvenheid en corruptie die nu over mijn land en de rest van Europa spoelen. Ik heb gedronken. Ik hoopte dat de drank me minder gevoelig zou maken voor wat er om me heen gebeurde. Dat lukte niet. De toenemende druk die op mijn schouders rustte, werd steeds groter, en soms was het of ik niet meer uit mijn stoel kon komen. Ik had het gevoel dat ik in de val zat en ik kon er met niemand over praten. Ik vraag jullie alleen, mijn vrienden, om mijn gezin te beschermen en me deze laatste rampzalige daad te vergeven.

Falcón las de brief aan de rechercheurs voor die bij de deur stonden. De vrouwen huilden met open ogen en keken ongelovig. Hij vroeg of iemand die señora Montes kende met Ramírez mee wilde gaan om haar de brief te geven en haar persoonlijk het nieuws te vertellen. Montes' nummer twee kwam naar voren en Ramírez en hij gingen weg.

Er was niets van belang in de kamer te vinden, en de ondervraging van de teamleden, die allemaal diep geschokt waren, leverde ook niets op. Toen hij klaar was, was Ramírez terug; de Inspector van GRUME had hij bij señora Montes achtergelaten. Ze verzegelden Montes' kamer en gingen weer naar hun eigen afdeling, waar Cristina Ferrera zat te telefoneren. Falcón zei dat ze ook naar postbussen op naam van Alberto Montes moest informeren. Ze knikte en noteerde de naam.

Ramírez volgde hem naar zijn kamer en ze gingen voor het raam staan en keken naar het parkeerterrein, dat al schoon en droog was.

'Denk je dat Montes zich liet omkopen?' vroeg Ramírez.

'Sommige woorden in zijn brief waren interessant,' zei Falcón. 'Zoals: "Ik heb niet het goede kunnen doen dat ik wilde doen", "machteloos tegenover corruptie", "toenemende druk", "in de val" en ten slotte de frase die het meest mijn aandacht trok: "mijn gezin beschermen". Waarom zou iemand zoiets zeggen? "Steunen" misschien, maar "beschermen"? Zijn onderbewustzijn liet zich in zijn dagelijkse leven gelden, en daar kon hij niet tegen.'

Ramírez knikte en keek naar het parkeerterrein. Hij stelde zich voor dat hijzelf daar zou liggen, gebroken, verkreukeld, onherstelbaar beschadigd. Een man die uit het leven was weggeworpen.

'Uit die brief alleen krijg je niet het idee dat hij zich liet omkopen,' zei Ramírez. 'Wat weet je nog meer?'

'Ik weet niet wat ik weet.'

'Kom niet met die onzin aanzetten.'

'Ik meen het. Ik denk dat Montes dácht dat ik iets wist,' zei Falcón.

'Nou, als hij zich liet omkopen, was hij misschien de bron van de informatie die de Russen over je hebben.'

'Montes dacht dat ik hem onder druk zette, en dat was niet zo. Ik vroeg hem alleen naar die Russen... omdat ik wilde weten of hij van ze had gehoord. Dat was alles.'

'Zijn fantasie deed de rest,' zei Ramírez.

'En nu voel ik me net een archeoloog die een paar ongewone potscherven heeft gevonden en opdracht krijgt om op grond daarvan een hele beschaving te reconstrueren.'

'Vertel me over de scherven,' zei Ramírez. 'Ik ben er goed in dingen aan elkaar te lijmen.'

'Ik schaam me bijna te erg om het te zeggen,' zei Falcón. 'Het zijn niet meer dan gevoelens en ze komen voort uit bijvoorbeeld de oude zaak-Raúl Jiménez. Namen uit Rafael Vega's adressenboekje. De betrokkenheid van de Russische maffia bij die twee projecten van Vega Construcciones. Hun bedreigingen. Het tijdstip van Ortega's dood. Het tijdstip van deze zelfmoord vandaag. Die dingen zijn niet eens concreet genoeg om scherven genoemd te worden, en misschien komen ze niet van dezelfde pot maar zijn het losse stukjes.'

'Laten we eerst wat dingen op een rijtje zetten wat Vega betreft,' zei Ramírez. 'Ten eerste is hij gespitst op veiligheid: het pistool – ik heb geconstateerd dat hij er geen vergunning voor had –, de kogelvrije ramen, het camerasysteem, ook al gebruikte hij het niet, de voordeur...'

'De voordeur die 's nachts altijd helemaal op slot zit maar die op de ochtend van zijn dood alleen maar dicht bleek te zijn.'

'Net als de achterdeur naar zijn tuin. Dat betekent...'

'Dat wijst er misschien op,' verbeterde Falcón hem, 'dat Vega laat op de avond iemand heeft binnengelaten die hij kende.'

'Al zijn naaste buren gingen met hem om,' zei Ramírez, 'maar niemand belde eerst om te zeggen dat ze kwamen, als ze al kwamen.'

'We weten van Pablo Ortega dat de Russen hem thuis opzochten,' zei Falcón. 'Maar Vega "kwam aan hun zakelijke behoeften tegemoet", zoals Vázquez zei, dus het is niet duidelijk waarom ze hem uit de weg zouden willen ruimen. Marty Krugman noemde de mogelijkheid dat Vega de Russen op de een of andere manier bedroog.'

'Was dat ergens op gebaseerd?'

'Op speculatie. Ik vroeg hem waarom de maffia Vega dood zou willen hebben,' zei Falcón. 'We zouden de twee boekhoudingen van de Russische projecten, waarover Dourado jou vertelde, met elkaar moeten vergelijken.'

'De Russen – en we zijn er vrij zeker van dat zij het zijn – zijn voldoende geschrokken om Consuelo Jiménez en jou te bedreigen,' zei Ramírez.

'Als ze zich alleen maar zorgen maken over een beetje geld witwassen, zijn het zware maatregelen.'

'Bij de maffia draait alles om geld,' zei Ramírez.

'Of zit er iets ergers in het Vega-scenario, iets wat in de loop van een diepgaand moordonderzoek aan het licht zou kunnen komen?'

'Ik heb vanmorgen nog eens goed naar dat Argentijnse paspoort gekeken dat hij op naam van Emilio Cruz had,' zei Ramírez. 'Er stond ook een geldig Marokkaans visum in. Er stonden zelfs vijf Marokkaanse visa in. Vier waren verlopen zonder te zijn gebruikt. Het vijfde was geldig tot november 2002. Dat betekent dat hij met de auto en de veerboot binnen vijf uur in Tanger had kunnen zijn, en met het vliegtuig nog eerder. Iemand die in zo'n staat van paraatheid verkeert, is daaraan gewend.'

'Je bedoelt dat hij getraind is?' zei Falcón.

'Het is alleen de vraag of hij getraind is door de onderwereld, door terroristen of de overheid.'

'"Verdeel en heers" als managementstijl,' zei Falcón. 'Niemand weet wat een ander doet. Krugman had het over het belang van hiërarchie, de discipline op de bouwplaatsen. Hij zei dat hij er geen ervaring mee had, maar dat het hem een militaire manier van doen leek.'

'Misschien was Vega militair getraind door een regering en maakte hij daar gebruik van voor criminaliteit of terrorisme.'

'We denken alleen aan terrorisme omdat hij in dat briefje dat hij in zijn hand had naar 9/11 verwees,' zei Falcón. 'Ik weet niet hoeveel belang we kunnen hechten aan een briefje dat is overgetrokken van een doordruk in zijn eigen handschrift en dat ook nog in het Engels geschreven is. Marty Krugman heeft eindeloos met hem over 9/11 gepraat en kon er geen touw aan vastknopen.'

Cristina Ferrera klopte op de deur.

'In het postkantoor van San Bernardo is een postbus die op naam staat van Emilio Cruz,' zei ze. 'Maar juich niet te vroeg. Hij is leeg en er heeft het afgelopen jaar niets in gelegen.'

'Wat voor post kwam daar vroeger voor hem?'

'Iemand op het postkantoor herinnert zich dat er elke maand een brief met Amerikaanse postzegels kwam.'

'Iets over Alberto Montes?'

'Nog niet.' Ze deed de deur dicht.

De twee mannen keken weer uit het raam.

'Wat stond er in de brief aan zijn vrouw?'

'"Het spijt me... Vergeef me... Ik heb gefaald..." De gebruikelijke onzin,' zei Ramírez.

'Iets over bescherming of steun?'

'Aan het eind schreef hij: "Maak je geen zorgen, er wordt goed voor je gezorgd,"' zei Ramírez. 'Zijn we paranoïde aan het worden?'

'En zijn plaatsvervanger, zijn Inspector? Had die nog iets te melden?'

'Niets. Hij was diep geschokt.'

'Net als de rest van het team,' zei Falcón. 'Als Montes zich liet omkopen, deed hij dat in zijn eentje.'

'En in dat geval moet hij het geld ergens bewaren. En dan moet hij ook zijn vrouw laten weten waar het is; dan kan ze het ophalen of er iets mee doen.'

'Ik ga nu mondeling verslag uitbrengen aan Comisario Elvira,' zei Falcón. 'Ga na wie Montes' advocaat was.'

Voordat Falcón zijn mondelinge verslag kon uitbrengen, liet Elvira een fotokopie van de brief maken en nam hij hem met een van zijn potloden door, alsof hij huiswerk maakte. Falcón hield zich in zijn verslag aan de feiten en sprak geen vermoedens uit.

'Ik ga u vragen een mening te geven, Inspector Jefe,' zei Elvira toen hij klaar was. 'Dit is de eerste zelfmoord die we ooit op de Jefatura hebben gehad. Dat trekt de aandacht van de media. De *Diario de Sevilla* heeft al gebeld.'

'Tot vorige week kende ik Montes alleen van gezicht,' zei Falcón. 'Ik ging hem vragen naar een zekere Eduardo Carvajal, wiens naam in het adressenboekje van Rafael Vega stond. Ik kende hem ook uit mijn onderzoek naar de moord op Raúl Jiménez vorig jaar.'

'Ik ken die naam,' zei Elvira. 'Ik werkte in Málaga toen hij "omkwam" bij dat zogenaamde auto-ongeluk. Hij was kroongetuige in een pedofielenzaak. De zaak is in de doofpot gestopt, zoals u waarschijnlijk wel weet. De auto is vernietigd voordat hij kon worden onderzocht en er scheen nogal wat twijfel te bestaan over zijn hoofdwonden.'

'Montes zei dat Carvajal hem beroemd zou maken. Carvajal

had hem namen beloofd. Toen ging hij dood en uiteindelijk werden maar vier leden van de pedofielenbende veroordeeld.'

'Ik zal u iets vertellen wat niet buiten deze kamer mag komen,' zei Elvira. 'Politici hebben het hoofdbureau hier laten weten dat het auto-ongeluk van Carvajal niet onder de schijnwerpers van de media mocht komen.'

'Zoals te begrijpen is, riep Carvajals naam geen prettige herinneringen op bij Inspector Jefe Montes,' zei Falcón. 'Montes zei dat Carvajal de leverancier van de bendes was en dat de Russische maffia de bron was van de kinderen die werden gebruikt. Er is verband tussen Rafael Vega en twee Russen die op een ongewone manier in twee projecten onder de paraplu van Vega Construcciones investeren. Interpol heeft ons verteld dat de Russen maffiosi zijn. Ik belde Montes vrijdagavond om de namen aan hem voor te leggen. Hij was dronken. Ik belde hem vanmorgen opnieuw en hij zei dat hij er best over wilde praten. Toen sprong hij uit het raam van zijn kantoor.'

'Hij is vorig jaar psychologisch onderzocht, en daaruit bleek dat hij een drankprobleem heeft sinds 1998... Dat was het jaar van het auto-ongeluk van Eduardo Carvajal,' zei Elvira. 'De afgelopen acht maanden kwakkelde hij met zijn gezondheid.'

'Hij had het over nierstenen en een hernia.'

'Hij had ook een leverprobleem, en daar werd hij soms erg ziek van.'

'Dat maakte de druk nog groter,' zei Falcón.

'Wat vindt u van zijn brief aan zijn team?'

'Ik wilde nog één ding over Montes en Carvajal zeggen dat te maken heeft met de brief,' zei Falcón. 'Montes vertelde míj over de Russische maffiaconnectie. Hij vertelde míj hoe de mensensmokkel van de maffia in elkaar zat. Als hij werd omgekocht en bang was dat het werd ontdekt – en als ik me niet vergis, hebben we het daarover –, waarom zou hij mij dan die informatie geven? Als ik die brief lees, krijg ik het gevoel dat hij onder zo'n grote druk stond om het niemand te vertellen dat het er toch uit moest komen. Hij "kon niet het goede doen dat hij wilde doen". Dat zou kunnen betekenen dat hij iets slechts heeft gedaan. Die "corruptie" is waarschijnlijk hemzelf overkomen. De "druk" is zijn schuldgevoel. Hij voelt zich "in de val" en "kan niet praten" omdat hij handelt in strijd met alles waarin hij geloofde. En die laatste regel over het beschermen van zijn gezin suggereert dat ze in gevaar verkeren. Ik denk dat Inspector Jefe Montes een goed mens was die een erg slechte keuze maakte – of gedwongen werd die keuze te maken – en daar veel spijt van had.'

'Ik heb u om uw mening gevraagd en die hebt u me gegeven,' zei Elvira. 'We kunnen er natuurlijk geen gebruik van maken. Nu wil ik uw bewijs. U beseft dat dit onaangenaam wordt, Inspector Jefe?'

'Ik stel voor om de komende paar dagen goed op de bewegingen van señora Montes te letten,' zei Falcón. 'Dat kan politieke implicaties binnen de Jefatura hebben en misschien moet daarom eerst met Comisario Lobo worden gepraat.'

21

Maandag 29 juli 2002

Nu toch al bekend was dat Alicia Aguado zich met Sebastián Ortega bezighield, besloot Falcón de commissaris te vertellen wat hij van plan was. Hij wist dat hij nogal zwak stond en dat de gevangenisdirecteur waarschijnlijk liever zijn eigen psychologen zou gebruiken. Hij vroeg Elvira om namens hem met de directeur te praten en tegen hem te zeggen dat Alicia Aguado een goed contact met de gevangene had en informatie uit hem dacht te kunnen loskrijgen. Elvira keek hem al die tijd rustig aan, alsof hij bijna niet kon geloven wat hij hoorde. Toen ging hij zwijgend akkoord. Falcón wees hem ook op het tekort aan mankracht in zijn team en vroeg of iemand anders kon worden ingezet om señora Montes te volgen. Elvira zei dat hij daarover zijn eigen ideeën had.

De afdelingsruimte was leeg. Ramírez stond voor het raam.

'Waar is Cristina heen?' vroeg Falcón.

'Ze heeft iemand van Narcotica gevonden die denkt dat hij Salvador Ortega kan vinden,' zei hij. 'Ga je me daarover vertellen?'

'Hoe zit het met de postbussen?'

'Alleen die op naam van Emilio Cruz. Niets op naam van Montes of Vega,' zei Ramírez. 'Ik heb de banken gebeld, op zoek naar een kluisje waar deze sleutel op past. Bij de Banco Banesto hebben ze een kluisje op naam van Emilio Cruz.'

'Dat is goed,' zei Falcón. 'Nog nieuws over Montes' advocaat?'

'Ik heb hem gesproken. Hij had in geen drie jaar iets van Alberto Montes gehoord. Ze hadden elkaar voor het laatst gesproken om het testament te veranderen,' zei Ramírez, en hij stak zijn hand op. 'Nu moet je me over Salvador Ortega vertellen. Ik weet wie hij is. Vertel jij me nu maar eens waarom we met hem willen praten.'

'Omdat Pablo met hem omging en hij misschien weet wat het probleem was tussen de broers,' zei Falcón.

'Helpt dat ons Vega's moordenaars te vinden?' zei Ramírez.

'Denk eens na over de manier waarop Vega is vermoord.'

'Dat was wreed... wraakzuchtig. Ze wilden dat hij leed. Zo zijn maffiosi. Ze doen zulke dingen om een voorbeeld te stellen voor anderen die er ook over denken hen te bedriegen.'

'Dat is zo. Daarom moeten we op zoek gaan naar hun motief, want op dit moment kan ik alleen maar zien dat Vega belangrijk was voor hun plannen,' zei Falcón. 'Nou, ik noem je wat namen en zeg je dat ze elkaar allemaal kenden: Raúl Jiménez, Ramón Salgado, Eduardo Carvajal, Rafael Vega, Pablo en Ignacio Ortega.'

'Je denkt dat het iets met pedofielen te maken had,' zei Ramírez. 'Hoe weet je dat Ortega en Carvajal elkaar kenden?'

'Ze stonden samen op een foto die aan de muur hing bij Raúl Jiménez,' zei Falcón. 'En al die namen stonden in Vega's...' Falcón zweeg even. 'Er schiet me net wat te binnen. Ik zal het moeten nagaan. Welke verandering heeft Montes in zijn testament aangebracht?'

'Hij voegde iets aan zijn bezittingen toe,' zei Ramírez. 'Een kleine *finca* met een waarde van nog geen drie miljoen peseta.'

'Ik wed dat je hart toen een sprongetje maakte.'

'Ik denk dat ik niet zo gemakkelijk aan die informatie zou zijn gekomen als het een villa van tweehonderd miljoen peseta in Marbella was geweest.'

'Zei hij ook waar het was?'

'Dat wist hij niet meer. Hij gaat het opzoeken in het testament en belt me dan terug.'

'Zat er een hypotheek op?'

'Dat wist hij niet. Hij was niet betrokken bij de aankoop.'

'Als je het adres hebt, kijk dan in de koopakte en ga na of Montes er ooit met de mensen van zijn team over heeft gepraat.'

De telefoon ging. Ramírez nam op, boog zich naar voren en maakte een paar minuten verwoed aantekeningen. Toen legde hij triomfantelijk de hoorn op de haak.

'Dat was nieuws over Rafael Vega's identiteitsbewijs,' zei hij. 'De eerste Rafael Vega stierf in 1983 op negenendertigjarige leeftijd door een scheepvaartongeluk in de haven van La Coruña; de tweede stierf vorige week door gootsteenontstopper te drinken.'

'Hoe heeft hij dat klaargespeeld?'

'De eerste keer ging hij dood op het moment dat ze net bezig waren de gegevens van papier naar computer over te zetten. Volgens de computergegevens was hij nog in leven. Alleen door terug te gaan naar de oude papieren gegevens vonden ze de overlijdensakte.'

'Hij had de juiste leeftijd.'

'Hij had de juiste leeftijd, vertoonde een fysieke gelijkenis en hij had geen familie. De oorspronkelijke Rafael Vega was een wees die zeeman werd. Hij was nooit getrouwd.'

'Dus onze Rafael Vega was niet alleen getraind, hij was ook goed thuis in de clandestiene wereld,' zei Falcón. 'Eindelijk hebben we de doorbraak, José Luis, maar...'

'Ja, ik weet het,' zei Ramírez. 'Hij is niet degene die hij zegt dat hij is... maar wie is hij dan wel?'

'Er is een Amerikaanse connectie. Krugman was ervan overtuigd dat Rafael daar had gewoond en we weten nu ook dat hij daar post vandaan kreeg,' zei Falcón. 'En misschien is er een Mexicaanse connectie.'

'Die Mexicaanse vrouw heeft misschien nooit bestaan,' zei Ramírez. 'Een man van die leeftijd die al eens getrouwd is geweest, komt geloofwaardiger over.'

'Ik heb de indruk dat hij uit Midden- of Zuid-Amerika kwam.'

'Als je van huis uit Argentijn bent, zou je dan een vals paspoort uit je land van herkomst gebruiken?'

'Misschien niet, maar dan blijft de rest van Zuid-Amerika over,' zei Falcón. 'Misschien moeten we met Juez Calderón gaan praten. We hebben begin deze week een afspraak met hem. Dit lijkt me wel een ontwikkeling die het vermelden waard is.'

Hij belde Calderóns secretaresse. De rechter was net klaar met een bespreking. Ze zou met hem praten en nagaan of hij tijd had voor de lunch. Na de lunch had hij beslist geen tijd. Falcón hing op en leunde in zijn stoel achterover.

'Wat voor mensen hebben behoefte aan zoveel geheimhouding als Rafael Vega?' vroeg hij.

'Iemand die in het geheim voor een overheidsdienst of een terroristische organisatie werkt,' zei Ramírez. 'Iemand die betrokken is bij de drugshandel.'

'En een wapenhandelaar?' zei Falcón. 'De Russische connectie. Waar kun je het gemakkelijkst aan militair materieel komen?'

'Rusland, via de maffia,' zei Ramírez. 'En het geld komt van de bouwprojecten. Die landtransacties werden rechtstreeks tussen de oorspronkelijke eigenaren en de Russen gesloten. Er leidde geen geldspoor naar Vega.'

'Misschien, maar dat levert ons alleen maar meer vragen op. Aan wie levert hij, en voordat we ons door onze fantasie laten meeslepen,' zei Falcón, 'waarom hebben ze hem vermoord?'

'Terroristen die niet willen dat er sporen naar hen toe leiden,' zei Ramírez.

Calderóns secretaresse belde terug en zei dat hij hen over een halfuur kon ontvangen. Ze reden naar het Edificio de los Juzgados en gingen meteen naar Calderóns kantoor. Hij zat met zijn rug naar zijn bureau en keek tussen de latten van de zonwering door. Hij rookte. Toen hij hen hoorde binnenkomen, zei hij dat ze konden gaan zitten.

'Een zaak of geen zaak?' vroeg hij zonder zich om te draaien.

'Er zijn complicaties,' zei Falcón, en hij vertelde hem over het geheime leven van Rafael Vega.

Terwijl Falcón vertelde, draaide Calderón zich in zijn stoel om. De vorige keer dat Falcón hem had gesproken, had hij eruitgezien als iemand die na een lange dwaaltocht door de bergen in de stad was teruggekeerd, maar nu leek hij zo ontreddderd als een man die zijn metgezellen had moeten opeten om in leven te blijven. Hij zag er afgetobd uit, de wallen onder zijn ogen waren zo donker als druiven en zijn voorhoofd was diep doorgroefd. Zo te zien was hij afgevallen. Zijn hals vulde zijn boord niet op. Falcón was klaar. Calderón knikte. Hij maakte de indruk dat hij met zijn gedachten heel ergens anders was. De nieuwe informatie bracht hem niet tot grotere ambitie.

'Nou, jullie hebben nu dus wat meer achtergrondinformatie over Vega,' zei hij, 'maar jullie hebben nog niets concreets – geen getuige, geen motief. Wat willen jullie precies doen?'

'Om te beginnen kunnen we een machtiging aanvragen om de kluis in de Banco Banesto te openen,' zei Ramírez, nadat hij een blik met Falcón had gewisseld.

'Van wie is die kluis?' vroeg Calderón.

'Van Vega natuurlijk,' zei Ramírez, die het vreemd vond dat de rechter zo traag van begrip was, 'maar op naam van Emilio Cruz.'

'Ik zal eraan werken,' zei Calderón. 'Wat nog meer?'

'We hebben theorieën. We willen meer tijd,' zei Falcón, en hij gaf hem voorbeelden van de connectie tussen de Russische maffia en de illegale wapenhandel. Hij noemde ook de namen van de mannen die in Vega's adressenboek stonden en op de foto's van Raúl Jiménez voorkwamen en die elkaar blijkbaar allemaal kenden.

'Dat zijn gissingen,' zei Calderón. 'Waar is het concrete bewijs? Vega heeft bijna twintig jaar een succesvol bouwbedrijf in Sevilla gehad. Hij heeft dat min of meer uit het niets opgebouwd. Dat hij zijn bedrijf op een bepaalde manier leidt, wil nog niet zeggen...'

'Je schijnt te vergeten dat hij een man is met perfecte valse Spaanse papieren en een Argentijns paspoort met een Marokkaans visum om snel weg te kunnen komen,' zei Ramírez. 'Als iemand zo ver gaat met zijn geheimhouding, denk je niet in de eerste plaats aan een getrouwde man met vriendinnetjes.'

Calderón wierp hem een scherpe blik toe die langs zijn oor floot.

'Dat begrijp ik ook wel,' zei de rechter. 'Het is duidelijk dat de man een verleden had. Hij is iets ontvlucht en heeft een nieuw leven opgebouwd. Misschien heeft zijn verleden hem op de een of andere manier ingehaald, maar dat helpt jullie niet om te bepalen welke richting jullie moeten inslaan. Jullie hebben alleen maar theorieën. Zeker, die grondtransacties met de Russen zien er vreemd uit. Hun connectie met Vega is op z'n zachtst gezegd ongezond. Maar we hebben toegang tot de oorspronkelijke eigenaar van de percelen. Je kunt de koopprijs op de akte zien, maar dat zegt niet veel, want iedereen houdt de officiële koopprijs laag vanwege de belastingen. We moeten met een logische redenering naar de Juez Decano gaan, anders gaat die er nooit mee akkoord dat overheidsgeld wordt besteed aan het najagen van deze... deze ideeën.'

'Er zou dus geen verband zijn tussen de dood van señor Vega en de zelfmoord van zijn buurman?' zei Ramírez.

'Jullie hebben me geen verband genoemd, afgezien van wat namen in een adressenboek en mensen die met elkaar op foto's staan,' zei Calderón, die een geeuw smoorde. 'Juez Romero zei dat hij ook geen verband kon zien. Die twee sterfgevallen lijken toeval, met dit verschil dat er in het ene geval geen twijfel is en er onzekerheid bestaat over het andere geval. En die onzekerheid bestaat in ons hoofd en is niet gebaseerd op concrete gegevens die jullie me hebben voorgelegd.'

'En dat briefje dat naar een beruchte terreurdaad verwijst?' zei Ramírez.

'Dat is een klein stukje informatie dat voor de rechtbank net zo irrelevant is als zijn map over de vervolging van oorlogsmisdadigers, of het feit dat hij een gehavende oude auto in een garage had, of dat hij niet degene was die hij zei te zijn. Het is allemaal informatie, maar net als die anonieme bedreigingen staat het nergens mee in verband,' zei Calderón. Hij keek Falcón aan. 'Je zegt niets, Inspector Jefe.'

'Verspillen we onze tijd niet?' zei Falcón, die moe van dit alles werd. Calderóns lusteloosheid was op hem overgeslagen. 'Misschien vinden we nog meer stukjes fascinerende informatie die geen getuige of motief opleveren. Vanwege de vakantie moeten we het met drie mensen doen. We zitten met een ernstige situatie in de Jefatura...'

'Daar heb ik van gehoord,' zei Calderón. Hij keek strak naar zijn bureau, zijn handen tussen zijn knieën gevouwen.

'De kans dat we Sergei, onze enige getuige, vinden, wordt met de dag kleiner. Stoppen we ermee of gaan we door? Als we doorgaan, welke richting moeten we dan inslaan?'

'Oké, je ergert je. Ik kan zien dat jullie goed werk hebben geleverd en interessante informatie hebben gevonden,' zei Calderón, die aanvoelde hoe Falcón erover dacht en zijn best deed om enthousiast over te komen. 'Als we naar het psychologisch profiel van het slachtoffer kijken – waarover we wél concrete gegevens hebben, namelijk de foto's van Maddy Krugman en de verklaring van een arts –, en zelfs wanneer we jullie nieuwe bevindingen in overweging nemen, ben ik nog steeds geneigd te geloven dat Vega zijn vrouw heeft gedood en daarna zichzelf. Als jullie dat kunnen accepteren, verklaar ik dat het zelfmoord was. Als jullie nieuwsgierig genoeg zijn om door te gaan, geef ik jullie achtenveertig uur.'

'Om door te gaan in welke richting?' vroeg Ramírez.

'Wat jullie maar willen,' zei Calderón. 'Maken jullie enige kans om persoonlijk met die Russen te praten?'

'Ze zitten in Portugal,' zei Falcón. 'Misschien komen ze eens hierheen om naar hun investeringen te kijken.'

'Met wie zouden ze contact opnemen?'

'Waarschijnlijk met Carlos Vázquez.'

'Dat is een man die iets te verbergen heeft,' zei Ramírez.

'En als we nu eens gaan uitzoeken wie Vega werkelijk is?' zei Falcón.

'Hoe?' vroeg Calderón, die zich weer half naar het raam omdraaide.

'De Amerikaanse connectie,' zei Falcón. 'Laten we ervan uitgaan dat hij daar twintig jaar geleden inderdaad woonde, en dat hij iets is ontvlucht en hier een nieuw leven heeft opgebouwd. Ik herinner me net dat er in het sectierapport sprake was van plastische chirurgie van lang geleden. Het lijkt me een waarschijnlijk scenario. Misschien had hij een strafblad of was hij op de een of andere manier bekend bij de FBI.'

'Hebben jullie contact met de FBI?' vroeg Calderón.

'Natuurlijk.'

'Dus jullie nemen mijn aanbod van achtenveertig uur aan?'

Toen ze van Calderóns kantoor wegreden, werd Falcón gebeld door Elvira, die net met zijn baas, Comisario Lobo, had gesproken. Samen hadden ze besloten dat Falcón het onderzoek naar Montes' zelfmoord zou leiden. Falcón vroeg Elvira of hij een goed, behulpzaam FBI-contact kende dat hem zou kunnen helpen met de identificatie van Rafael Vega, en hij herinnerde hem ook aan de gevangenisdirecteur.

In de auto belde hij Carlos Vázquez, en nadat hij een paar minuten had moeten wachten, kreeg hij te horen dat Vázquez er niet was. Het advocatenkantoor bevond zich in dezelfde straat als het Edificio de los Juzgados. Ze besloten er onaangekondigd heen te gaan.

'Wat is er toch met Juez Calderón?' vroeg Ramírez toen ze in de auto stapten. 'Zolang hij er zo aan toe is, krijgen we nooit een huiszoekingsbevel.'

'Ik denk dat hij zijn gelijke heeft gevonden,' zei Falcón.

'La Americana neukt hem wezenloos?' zei Ramírez.

'Het kon wel eens een beetje ernstiger zijn.'

'Heeft zij dat bij hem voor elkaar gekregen?' zei Ramírez ongelovig. 'Ik dacht dat Juez Calderón daar te ervaren voor was.'

'Waarvoor?'

'Om onderuit te gaan op regel één,' zei Ramírez, 'en dat voordat hij zelfs maar getrouwd is.'

'Wat is regel één?'

'Geen persoonlijke betrokkenheid,' zei Ramírez. 'Dat kan je hele leven verwoesten.'

'Nou, die betrokkenheid is er wel, en wij kunnen alleen maar...'

'... afwachten,' zei Ramírez, en hij sloeg zijn handen in elkaar alsof hij naar zijn favoriete soapserie ging kijken.

'Montes zei dat veel mensen Juez Calderón graag van zijn voetstuk zouden zien vallen.'

'Wie?' zei Ramírez, zijn gezicht een en al onschuld, zijn vingers op zijn borst. 'Ik?'

Ze gingen met de lift naar boven. Ramírez keek naar de cijfers van de verdiepingen die een voor een oplichtten. Hij had zijn schouders opgetrokken als een wilde stier.

'Deze keer, Javier, leid ik en volg jij,' zei hij, en ze stormden de lift uit langs de receptioniste, die een enkele vinger met paarse nagel opstak om hen tegen te houden.

Ze deden hetzelfde met Vázquez' secretaresse, die achter hen aan de kamer van haar baas binnen kwam. Vázquez dronk water uit een plastic bekertje en stond bij de automaat uit het raam te kijken.

'In een moordonderzoek,' zei Ramírez met een stem vol opgekropte woede, 'weiger je nooit om met de Inspector Jefe te praten, tenzij je je alle mogelijke ellende op de hals wilt halen.'

Vázquez zag er strijdlustig genoeg uit om het tegen Ramírez op te nemen, maar zelfs hij kon zien dat de politieman tot alles in staat was, inclusief geweld. Hij stuurde de secretaresse weg.

'Wat wilt u?'

'Vraag één,' zei Ramírez. 'Kijk in mijn ogen en vertel me wat u over Emilio Cruz weet.'

Vázquez keek hem verbaasd aan. De naam zei hem niets. Ze gingen zitten.

'Welke regeling heeft señor Vega getroffen voor de leiding van zijn onderneming na zijn dood?' vroeg Falcón.

'Zoals u weet, bestond de directie van elk project uit señor Vega, een vertegenwoordiger van het bedrijf en een investeerder. In het geval van zijn dood zou het project worden geleid door de overgebleven vertegenwoordiger van het bedrijf, met de bepaling dat alle financiële en juridische beslissingen voorgelegd zouden worden aan een tijdelijke directie van de holding company, en die bestaat uit mijzelf, señor Dourado en señor Nieves, de hoofdarchitect.'

'Hoe lang zou die tijdelijke situatie duren?'

'Totdat er een geschikte directeur voor de onderneming is gevonden.'

'Wiens taak is het om zo iemand te vinden?'

'Van de tijdelijke directie.'

'Met wie zouden de cliënten te maken hebben?'

'De tijdelijke directie.'

'En wie zou het eerste telefoontje krijgen?'

'Ik.'

'Wanneer hebben de Russen contact met u opgenomen?' vroeg Ramírez.

'Dat hebben ze niet gedaan.'

'Hoort u eens, meneer Vázquez, het is bijna een week geleden dat señor Vega is gestorven,' zei Ramírez op vriendelijke, vertrouwelijke toon. 'Er zit veel geld in die Russische projecten, die nu onbeheerd zijn. Verwacht u nu echt van ons dat we geloven...'

'Ze zijn niet onbeheerd. De vertegenwoordiger van het bedrijf past er nog op.'

'Wie is dat?'

'Señor Krugman, de architect.'

'Dat is een goede keuze,' zei Falcón. 'De buitenstaander.'

'Van wie krijgt señor Krugman zijn instructies?'

'Niet van mij, want ik heb niets van de cliënt gehoord. Hij zet het project alleen maar voort.'

'Wie heeft na señor Vega's dood tegen de illegale werkkrachten gezegd dat ze niet meer moesten komen?' vroeg Ramírez.

'Welke illegale werkkrachten?'

'We kunnen deze dingen fysiek uit u loswringen, als u dat liever hebt,' zei Ramírez. 'U kunt ook als een normale, gezagsgetrouwe burger met ons praten.'

'Bent u bang, señor Vázquez?' vroeg Falcón.

'Bang?' zei Vázquez. Hij stelde die vraag aan zichzelf, zijn handen samengevouwen, de knokkels wit, vooral bij de gouden zegelring aan zijn middelvinger. 'Waarom zou ik bang zijn?'

'Is het u verboden met ons te praten, omdat er anders iets ergs met u en uw gezin gebeurt?'

'Nee.'

'Goed, dan gaan we naar het gemeentehuis en dienen we een rapport in over die twee projecten,' zei Ramírez. 'Het feit dat er gebruik is gemaakt van illegale werkkrachten moet genoeg zijn.'

'Er zijn geen illegale werkkrachten.'

'Dat klinkt alsof u met die projecten in contact staat.'

'Dat is ook zo,' zei Vázquez. 'U zei vorige week dat er illegale werkkrachten werden gebruikt. Ik heb geïnformeerd. Er worden daar geen illegale werkkrachten gebruikt.'

'En de twee boekhoudingen voor de projecten die we vorige week in het kantoor van Vega Construcciones hebben gezien?'

'Er is maar één boekhouding.'

'Niet volgens señor Dourado,' zei Ramírez.

'Hij heeft mij iets anders verteld,' zei Vázquez.

'De Russen zijn inderdaad druk bezig geweest.'

Ze reden van de Jefatura naar het kantoor van Vega Construcciones en vroegen señor Dourado naar de twee boekhoudingen. Hij herinnerde zich niet dat hij een tweede boekhouding in Vega's computersysteem had ontdekt. Zelfs toen Ramírez hem met een huiszoekingsbevel dreigde, bleef hij glimlachen. Ze mochten zoeken waar ze wilden, zei hij.

Falcón en Ramírez liepen zwijgend door de kantoorgangen. Alle vaart was uit dit aspect van hun onderzoek verdwenen.

'We hebben dit erg slecht gespeeld,' zei Falcón. 'We hebben die mensen te veel vertrouwd.'

'Dourado wilde ons helpen. Dat weet ik zeker. Ik was erbij. Ik heb de uitdraaien gezien. Hij heeft ze me uitgelegd. Ik had een kopie moeten meenemen, verdomme.'

'Hij leek mij niet bang,' zei Falcón. 'Vázquez leek bang, maar Dourado leek opgewekt.'

'Die Russen weten wat ze doen,' zei Ramírez. 'Vázquez denkt dat hij de leiding heeft, en dus grijpen ze hem bij zijn ballen en knijpen er hard in. Omdat ze Dourado's kennis van het computersysteem nodig hebben, kietelen ze de zijne.'

Falcón probeerde te voorkomen dat die beelden op zijn fantasie werkten. Hij zei dat hij met Krugman ging praten. Ramírez ging naar de Jefatura terug om Elvira aan te sporen contact met de FBI te leggen.

Krugman stond voor het raam van zijn kantoor en tuurde door een verrekijker. Falcón klopte aan. Krugman gaf een teken dat hij kon binnenkomen. De man leek opeens veel energieker. Zijn ogen waren helder, met verwijde, fonkelende pupillen.

'U hebt nog steeds de leiding van uw Russische projecten,' zei Falcón.

'Dat klopt.'

'Hebben ze nog contact met u opgenomen?'

'Natuurlijk. Ze hebben twintig miljoen euro in die projecten geïnvesteerd. Zoveel geld laat je niet aan zijn lot over.'

'Dat is interessant,' zei Falcón. 'Wist u van eventuele financiële onregelmatigheden...?'

'Dat is zakelijk. Ik ben architect.'

'Wist u dat er illegale werkkrachten op de bouwplaatsen waren?'

'Ja. Er zijn illegale werkkrachten op alle bouwplaatsen.'

'Bent u bereid uw handtekening te zetten onder...'

'Doet u niet zo belachelijk, Inspector Jefe. Ik probeer u te helpen.'

'Wanneer hebt u de Russen gesproken?'

'Gisteren.'

'Waar had u het over?'

'Ze zeiden dat ik moest doorgaan met het leiden van de projecten, maar ze zeiden ook dat ik niet met de politie moest praten. Ik zei dat ik wel met de politie moest praten, want ze kwamen steeds weer naar mijn huis en kantoor. Ze zeiden dat ik niet over de projecten moest praten.'

'Welke taal sprak u?'

'Engels. Ze spreken geen Spaans.'

'Weet u met wie u te maken hebt, señor Krugman?'

'Niet persoonlijk, maar ik heb vroeger in New York gewerkt en ik ben de Russische maffia wel vaker tegengekomen. Het zijn machtige mensen die, op een paar uitzonderingen na, heel redelijk zijn zolang je het voor de volle honderd procent met hen eens bent. U kunt proberen hen te benaderen, als u denkt dat u daarmee een erg belangrijk doel bereikt. Maar uiteindelijk zoekt u naar señor Vega's moordenaar, of naar de reden waarom hij zelfmoord heeft gepleegd, en ik denk niet dat zij u kunnen helpen, want ik moet me al erg vergissen of señor Vega's dood was het laatste wat ze wilden.'

Falcón knikte. Krugman leunde in zijn stoel achterover.

'Waar tuurde u door die kijker naar?'

'Ik houd de zaak in het oog, Inspector Jefe,' zei hij heel ernstig, en toen lachte hij. 'Grapje. Ik heb hem vandaag gekocht. Ik wil even nagaan wat ik ermee kan zien.'

Falcón maakte aanstalten om weg te gaan. Hij stoorde zich aan Krugmans zendelingenblik.

'Hebt u mijn vrouw de laatste tijd gezien?' vroeg Marty toen Falcón zijn hand uitstak.

'Ik zag haar zaterdag op straat,' zei Falcón.

'Waar was dat?'

'In een tegelwinkel in de Calle Bailén, bij mijn huis.'

'U weet dat ze erg door u wordt gefascineerd, Inspector Jefe.'

'Alleen omdat ze nogal vreemde interesses heeft,' zei Falcón. 'Ik vind haar nogal opdringerig.'

'Ik dacht dat ze alleen maar een paar foto's van u op de brug had gemaakt,' zei Krugman. 'Of is er meer gebeurd?'

'Dat was al genoeg,' zei Falcón, 'om me het gevoel te geven dat ze me iets probeerde af te nemen.'

'Nou, dat is Maddy's unieke probleem,' zei Krugman. 'Zoals uw vriend de rechter nog zal ontdekken.'

Krugman draaide zich om naar het raam en bracht de kijker naar zijn gezicht.

22

Maandag 29 juli 2002

In de Jefatura zat Ramírez te roken. Hij zei dat Cristina Ferrera op de terugweg was met Salvador Ortega, die in een drugshol in de Polígono San Pablo was gevonden. Hij vertelde Falcón ook dat Virgilio Guzmán, de misdaadredacteur van de *Diario de Sevilla*, geduldig in zijn kantoor zat te wachten. Dat was verontrustend, want Virgilio Guzmán schreef zelf geen artikelen meer.

Virgilio Guzmán was een paar jaar jonger dan Falcón, maar door zijn werk en privé-leven was hij sterk verouderd. Voordat hij naar Sevilla kwam, had hij in Bilbao en Madrid gewerkt, waar hij over terroristische activiteiten van de ETA had geschreven. Zijn ambitie en volharding hadden hem zijn huwelijk gekost, en de voortdurende spanning had hem een hoge bloeddruk en hartritmestoornissen opgeleverd; daarnaast geloofde hij dat hij, doordat hij zijn zesjarige zoontje niet mocht zien, darmkanker had gekregen, waarvan hij volledig was hersteld ten koste van een stuk van zijn darmen. De angst die hij in zijn werk had gekend, had plaatsgemaakt voor de angst dat het misging met zijn lichaam.

Dat alles had hem veranderd. Al voordat hij kanker bleek te hebben, was zijn vrouw bij hem weggegaan, omdat hij te hard was. Inmiddels was hij milder geworden, niet weekhartig maar een mens van vlees en bloed, al bezat hij nog dezelfde journalistieke scherpte als vroeger. Hij bezat ook een essentiële eigenschap voor journalisten: een onfeilbare neus voor dingen die niet in de haak waren. En nu voor het eerst een hoge politiefunctionaris in de Jefatura zelfmoord had gepleegd, wist hij dat er iets grondig mis was. Hij was beleefd. Hij vroeg of hij de dictafoon mocht gebruiken die tussen hen in op het bureau lag. Hij zette hem aan en leunde met zijn notitieboekje achterover. Falcón zei geen woord. Hij had meteen zijn besluit over Guzmán genomen: dit was een man die hij kon vertrouwen, en dat niet alleen op grond van zijn reputatie. Hij dacht ook – en hij verbaasde zich bijna over zijn eigen naïviteit – dat hij nog maar achtenveertig uur de tijd had om aan te tonen dat Vega vermoord was en dat Guzmán met zijn enorme ervaring misschien andere informatie kon inbrengen, informatie die tot andere sporen en mogelijkheden kon leiden. Daarvoor zou hij misschien iets over het onderzoek naar de dood van Montes moeten prijsgeven, maar het was toch een goede zaak als hij corruptie ontmaskerde en daardoor stopzette?

'Wel, Inspector Jefe, ik heb gehoord dat u onderzoek doet naar de dood van uw collega, Inspector Jefe Alberto Montes?'

Falcón zweeg twee minuten. Al die tijd keek Guzmán naar hem op, zijn ogen knipperend als die van een onder de grond levend dier.

'Neemt u me niet kwalijk, Inspector Jefe,' zei hij, en hij schudde zichzelf als het ware in het kogelvrije vest van zijn journalistieke hardheid heen en weer, 'maar dat is de gemakkelijkste eerste vraag die ik kan bedenken.'

Falcón boog zich voorover en zette de dictafoon af.

'Als dat apparaat aanstaat, kan ik u alleen maar de feiten van de zaak vertellen. Dat weet u.'

'Nou, dat is een begin,' zei Guzmán, 'en dan is het aan mij om de rest eruit te trekken. Zo gaat het altijd.'

'U kent de feiten al,' zei Falcón. 'Er is een politieman doodgevallen uit zijn raam, en dat heeft nieuwswaarde. Het menselijk verhaal zit in het "waarom".'

'En waarom denkt u dat ik op zoek ben naar een menselijk verhaal en niet naar, laten we zeggen, een verhaal over "wijdverbreide corruptie die het hart van de regionale overheid aantast"?'

'Misschien zult u uiteindelijk zo'n verhaal schrijven, maar om zover te komen moet u met het menselijke verhaal beginnen. U moet begrijpen wat een gerespecteerde politieman, die nooit enige neiging tot zelfmoord heeft vertoond, tot zo'n drastische daad heeft gebracht.'

'O ja?' zei Guzmán. 'Normaal gesproken houden wij journalisten, zeker die met mijn reputatie, ons aan de feiten. We melden feiten, we baseren ons op feiten, we creëren een groter feit uit de kleinere feiten die we ontdekken.'

'Zet dan uw apparaat maar weer aan, dan geef ik u de volledig bevestigde feiten omtrent de dood van een collega die erg werd bewonderd door zijn team en door zijn superieuren.'

Guzmán legde zijn pen en notitieboekje neer, leunde achterover en keek Falcón onderzoekend aan. Hij voelde dat er mogelijkheden voor hem lagen als hij de juiste woorden kon vinden, en dat die mogelijkheden misschien niet alleen met zijn werk te maken hadden. Hij was in zijn eentje in Sevilla aangekomen, bewonderd en waarschijnlijk ook gerespecteerd door zijn medejournalisten, maar alleen. Hij kon wel een vriend gebruiken, en dat was de mogelijkheid die hij aan de andere kant van het bureau zag.

'Ik heb altijd alleen gewerkt,' zei hij nadat hij nog even had nagedacht. 'Ik moest wel, want het was te gevaarlijk om in bedreigende situaties met mensen samen te werken. Je kunt nooit voorspellen wat mensen doen. Ik wilde altijd alleen verantwoordelijk zijn voor mijn eigen gedachten en handelen, en niet het slachtoffer van die van anderen worden. Ik heb te veel met gewelddadige mensen te maken gehad om nog onnadenkend te zijn.'

'Een menselijk verhaal als dit heeft altijd iets tragisch,' zei Falcón. 'Mensen voelen zich gekwetst en bedrogen, terwijl anderen een verlies lijden en verdriet hebben.'

'Misschien weet u, Inspector Jefe, dat ik aan het verhaal heb gewerkt van de doodseskaders van de Guardia Civil die terroristencellen van de ETA opruimden. Ik weet hoe tragisch het is wanneer waarden verloren gaan – in het algemeen of op menselijke schaal. De repercussies waren overal voelbaar.'

'Rechercheurs moeten soms met gissingen werken om aanknopingspunten voor hun onderzoek te vinden, maar die gissingen worden bij de rechtbank niet toegelaten,' zei Falcón.

'Ik heb u gezegd dat ik in feiten geloof,' zei Guzmán, 'maar daar voelde u blijkbaar niet veel voor.'

'Informatie is een kwestie van tweerichtingsverkeer,' zei Falcón, die nu voor het eerst glimlachte.

'Akkoord.'

'Als u iets explosiefs ontdekt, zult u mij dat altijd vertellen voordat het in uw krant verschijnt.'

'Ik zal het u vertellen, maar ik zal het niet veranderen.'

'De feiten: ik kende Montes niet tot ik hem vorige week ging opzoeken. Ik doe nog steeds onderzoek naar de dood van Rafael Vega.'

'Die verdachte zelfmoord in Santa Clara,' zei Guzmán. Hij pakte zijn notitieboekje op en richtte de pen op Falcón. 'De buurman van Pablo Ortega. Crisis in de tuinstad – dat is trouwens geen kop.'

'Ik stuitte op een paar namen in een adressenboekje. Een daarvan was Eduardo Carvajal,' zei Falcón.

'De leider van een pedofielenbende die zich met zijn auto te pletter heeft gereden,' zei Guzmán. 'Ik onthoud altijd dingen waar een luchtje aan zit. Trekt u met uw onderzoek ook die beerput open?'

Falcón stak zijn hand op. Hij had er al moeite mee dat hij een pact met de duivel had gesloten.

'Omdat ik die naam uit een eerder onderzoek kende, ging ik naar Montes toe en vroeg hem naar Carvajal. Hij had het onderzoek naar de pedofielenbende van Carvajal geleid.'

'Ja. Ik begrijp het. Erg interessant,' zei Guzmán, en Falcón schrok van zijn roofzuchtige houding.

Falcón probeerde zichzelf tot rust te brengen. Hij vertelde

wat Montes hem had verteld over Carvajals connecties met de Russische maffia en de invloed van die maffia op de seksindustrie. Hij vertelde Guzmán over de twee projecten die eigendom van Ivanov en Zelenov waren en beheerd werden door Vega Construcciones, en dat hij twee keer met Montes over de Russen had gesproken – één van die keren was Montes erg dronken geweest – om na te gaan of die namen hem iets zeiden.

'Ik zou vanmorgen weer met hem praten,' zei Falcón, 'maar ik kwam niet op tijd.'

'Denkt u dat hij corrupt was?' vroeg Guzmán.

'Daar heb ik geen aanwijzingen voor, afgezien van het moment waarop hij zelfmoord pleegde en de brief die hij heeft nagelaten en die volgens mij een lelijke bijbetekenis heeft,' zei Falcón, die hem de brief gaf. 'Dit is alleen voor uw ogen bestemd.'

Guzmán las de brief en hield zijn hoofd schuin, alsof zijn op feiten ingestelde brein niet geneigd was het met Falcóns creatieve interpretatie eens te zijn. Hij gaf hem terug.

'Wat was de andere naam in Vega's adressenboekje die uw aandacht trok?' vroeg Guzmán.

'Wijlen Ramón Salgado,' zei Falcón. 'Misschien is er niets aan de hand, want Salgado had een schilderij voor Vega's kantoorgebouw geleverd. Maar na de moord op Salgado vorig jaar hebben we erg schokkende kinderporno op zijn computer gevonden.'

'Er zitten een paar grote lege plekken in uw verhaal,' zei Guzmán. 'Wat zijn uw theorieën?'

Falcón bracht hem weer met zijn hand tot zwijgen. Er waren complicaties, zei hij, en hij vertelde hem over het geheime leven van Rafael Vega.

'We hopen dat hij een dossier bij de FBI heeft en dat ze ons kunnen helpen hem te identificeren,' zei Falcón.

'Dus u denkt dat hij misschien een verleden heeft dat hem heeft ingehaald?' zei Guzmán. 'En dat zou dan een afzonderlijk verhaal zijn, naast een eventuele connectie met de pedofielenbende van Carvajal?'

'De situatie wordt extra gecompliceerd door elke nieuwe ontwikkeling in het geheime leven van Vega,' zei Falcón. 'Ik kwam
op mijn oorspronkelijke theorie toen ik die namen in zijn adressenboekje zag. Toen ik de eerste keer met Montes had gepraat,
en daarna een connectie tussen Vega en de Russen ontdekte,
kreeg ik het idee dat Vega misschien de opvolger van Carvajal
was als leverancier van de pedofielenbendes. Maar die theorie
bracht wel het grote probleem met zich mee dat er verder helemaal geen aanwijzingen zijn voor pedofiele neigingen bij Vega.
Ik wist alleen dat hij in contact stond met mensen die pedofiel
waren, en ik wist ook hoe extreem gunstig de transacties waren
die hij met de Russen sloot.'
'En daardoor betwijfelde u of Vega zelfmoord heeft gepleegd?' vroeg Guzmán.
'De methode, de netheid van de plaats delict – en hoewel er
een briefje was, zou ik dat toch niet een echt zelfmoordbriefje
willen noemen. Ten eerste was het in het Engels. Ten tweede was
het alleen maar een deel van een zin. En later ontdekten we dat
hij zijn eigen doorgedrukte handschrift had overgetrokken, alsof
hij probeerde na te gaan wat hij zelf had geschreven.'
'Wat waren de woorden?'
'... de ijle lucht die je ademt van 9/11 tot...'
'9/11?' zei Guzmán.
'Dat is de Amerikaanse manier om een datum weer te geven.
We nemen aan dat hij die heeft overgenomen.'
'Toen u me over zijn geheime leven vertelde, zei u iets over de
Amerikaanse connectie. U vermoedde dat hij uit Midden- of
Zuid-Amerika kwam. Weet u, de meeste mensen zijn het sinds
de gebeurtenissen van vorig jaar in New York vergeten, maar er
zijn twee 9/11's geweest. Waar denkt u dat ik vandaan kom, In-
spector Jefe?'
'U hebt een Madrileens accent.'
'Ik heb bijna mijn hele leven in Madrid gewoond,' zei hij, 'en
dus vergeten de meeste mensen dat ik eigenlijk een Chileen ben.
De eerste 9/11, die nu door iedereen vergeten zal worden, was

11 september 1973. Op die dag bombardeerden ze het Moneda-paleis. Salvador Allende werd gedood en generaal Augusto Pinochet greep de macht.'

Falcón hield zich aan de leuningen van zijn stoel vast en keek Guzmán in de ogen. Toen hij van zijn verbazing bekomen was, wist hij dat de man gelijk had.

'Ik was vijftien jaar oud,' zei Guzmán, wiens gezicht een ogenblik leek op dat van een verdrinkende man die zijn hele leven aan zich voorbij ziet trekken. 'Het was ook de laatste dag dat ik mijn ouders zag. Ik hoorde later dat ze voor het laatst in het voetbalstadion zijn gezien, als u weet wat dat betekent.'

Falcón knikte. Hij had over de verschrikkingen van het voetbalstadion in Santiago gelezen.

'Een week later werd ik uit Santiago weggehaald en ging ik in Madrid bij mijn tante wonen. Ik hoorde pas later wat er in het stadion was gebeurd,' zei hij. 'Dus als iemand "9/11" tegen me zegt, denk ik nooit aan het World Trade Center en New York, maar aan de dag waarop een stel door de Verenigde Staten gefinancierde, door de CIA gesteunde terroristen de democratie in mijn eigen land vermoordde.'

'Een ogenblik,' zei Falcón.

Hij ging naar de volgende kamer, waar Ramírez over zijn toetsenbord gebogen zat.

'Heeft Elvira je al aan een contactpersoon bij de FBI geholpen?'

'Ik plak net Vega's foto aan de e-mail vast,' zei Ramírez.

'Daar kun je nu aan toevoegen dat we denken dat hij een Chileen was.'

Falcón ging naar zijn kamer terug en verontschuldigde zich bij Guzmán, die met zijn handen op zijn rug voor het raam stond.

'Ik word oud, Inspector Jefe,' zei hij. 'Het lijkt wel of mijn hersenen zijn veranderd sinds ik hier in Sevilla ben aangekomen. Vaak kan ik me niets van mijn dagelijkse leven herinneren. Ik zie films, maar kan achteraf niet vertellen waar ze over gaan. Ik lees boeken waar ik me niets van herinner. En toch staan die dagen in

Santiago me nog haarscherp voor ogen. En ze komen op me af als een film in het donker. Ik weet niet waarom. Misschien omdat ik aan het eind van mijn carrière ben, of zoiets. Weet u, het was de reden waarom ik dit soort journalist ben geworden.'

'En dat bent u nog steeds,' zei Falcón. 'Al verbaasde het me dat u hier was. Ik dacht dat u zelf geen artikelen meer schreef. Ik dacht dat u de redacteur was.'

'Toen het nieuws over Montes doorkwam, had ik hier iemand heen kunnen sturen,' zei Guzmán, 'maar toen hoorde ik dat u het onderzoek zou leiden en besloot ik, al wist ik zelf niet precies waarom, dat het tijd werd om Javier Falcón te ontmoeten.'

'Nou, daar ben ik dan blij om, want u hebt me verder geholpen.'

'Het is een vreemde tekst... in Vega's briefje. Het lijkt bijna poëtisch. Er zit emotie in. Het is net een dreigend fantoom,' zei Guzmán. 'Waarom denkt u dat ik gelijk heb?'

'Afgezien van de Zuid-Amerikaanse connectie,' zei Falcón, 'hebben we ook over gesprekken gehoord die Vega met zijn Amerikaanse buurman Marty Krugman heeft gevoerd. En verder had hij een paar dingen tegen Pablo Ortega gezegd. Al die dingen bij elkaar geven het beeld van een man met erg rechtse opvattingen, iemand die tegen het communisme was, en voor het kapitalisme en grotendeels ook voor het ondernemingsgezinde Amerika. Toch dacht hij ook negatief over de bemoeienis van Amerikaanse regeringen met andere landen. Hij zei dat Amerikanen je vrienden waren tot je geen nut meer voor ze had... Dat soort dingen. Ik heb in zijn studeerkamer ook dossiers over internationale gerechtshoven en het werk van Baltasar Garzón gevonden. Verder was hij uiterst zwijgzaam over zijn verleden en was hij blijkbaar ook een getrainde latino met veel connecties en met kennis van de Amerikaanse samenleving. Dat alles zou kunnen wijzen op een politiek gemotiveerde, teleurgestelde man die bij zijn dood een datum in zijn hand had die hij zelf erg belangrijk vond.'

'En waarom denkt u dat hij die datum in zijn hand had?'

'Misschien omdat hij vermoord werd en er zeker van wilde zijn dat zijn dood als een moord werd onderzocht, zodat zijn geheimen ontdekt en bekendgemaakt werden.'

'Waar blijft u dan met uw theorie over Carvajal, de Russen en Montes?'

'Wat bedoelt u?'

'U denkt blijkbaar dat Montes reageerde op de druk die u, zonder het zelf te weten, op hem uitoefende. U noemde hem de namen van Carvajal en de Russen: Ivanov en Zelenov. Zou dat genoeg zijn geweest om hem over de rand te duwen? Of zag hij die namen in de context van het Vega-onderzoek en wist hij daardoor zeker dat u iets op het spoor was?'

'Laten we wachten tot we een reactie van de FBI krijgen. Als hij een strafblad had, zou dat op iets relevants kunnen wijzen.'

'Als hij een Chileen is, lijkt hij me een afvallige pro-Pinochetman,' zei Guzmán. 'En daar waren er veel van in de gelederen van Patria y Libertad – de extreem-rechtse organisatie die Allende aan het wankelen probeerde te brengen vanaf het moment dat hij de verkiezingen won. Veel leden daarvan deden gruwelijke dingen voor, tijdens en na de coup – de ontvoeringen en moorden in het buitenland in het kader van Operatie Condor, de moorden en martelingen in Chili zelf, de autobom in Washington – en ze vonden dat ze iets beters verdienden. Ze hadden de opmars van het communisme naar Amerika's achterdeur tot staan gebracht en vonden dat ze daar een gepaste beloning voor moesten krijgen. Maar u zei dat hij dossiers bijhield over internationale gerechtshoven en Garzón. Dat klinkt alsof hij op weg was naar de biechtstoel.'

'Misschien zocht hij iets groters dan de biechtstoel,' zei Falcón. 'Bijvoorbeeld de getuigenbank in een belangrijk gerechtshof. Eind vorig jaar schijnt er iets met hem te zijn gebeurd. Iets persoonlijks dat hem heeft veranderd. Hij had last van angstaanvallen...'

'Nou, misschien kon hij daardoor niet meer helder denken. Mensen die bij iets betrokken zijn geweest, denken altijd dat ze belangrijker zijn dan in werkelijkheid het geval was,' zei Guzmán. 'Kolonel Manuel Contreras, het vroegere hoofd van de DINA – de geheime politie – zit nu in de gevangenis, schitterend verraden door Pinochet, en wat gebeurde er? In 1999 heeft de regering-Clinton documenten vrijgegeven, en wat gebeurde er? In 2000 is er nog meer materiaal door de CIA zelf vrijgegeven, en wat gebeurde er? Hebben we gerechtigheid gezien? Zijn de daders gestraft? Nee. Er is niets gebeurd. Zo gaat dat.'

'Maar wat had er dan kunnen gebeuren? Wie is er nog over? Wie kan ter verantwoording worden geroepen?'

'Er zijn CIA'ers die zouden moeten zweten in een donkere cel, en dan is er mijn oude vriend, de Vorst der Duisternis – Henry Kissinger zelf. In die hele periode was hij Nixons nationale veiligheidsadviseur en minister van Buitenlandse Zaken. Er gebeurde niets in Chili zonder dat hij het wist. Als iemand ter verantwoording moet worden geroepen, dan is hij het wel.'

'Nou, als u hem te pakken kon krijgen, zou u geschiedenis maken,' zei Falcón. 'En als Vega dat bijna voor elkaar had, moeten er veel mensen zijn geweest die hem wilden vermoorden?'

'Ik volg de CIA al wat langer. Als de CIA had gevonden dat hij gevaarlijk was voor hun public relations, zouden ze het op zelfmoord laten lijken – en er dan een grote puinhoop van maken,' zei Guzmán. 'Die Amerikaanse buren van hem – wat is hun achtergrond?'

'Hij is architect en werkt voor Vega, en zij is fotografe. Haar foto van hem gaf ons inzicht in zijn persoonlijke crisis. Dat is haar specialitcit.'

'Nou, dat is een vrij goede dekmantel als je informatie over iemand wilt,' zei Guzmán.

'Ze hebben volkomen authentieke achtergronden,' zei Falcón. 'Ze waren zelfs verdachten in een onderzoek naar de moord op de minnaar van de vrouw in de Verenigde Staten. Het is niet tot een aanklacht gekomen.'

'Ze ruiken niet zo fris, al zijn ze echt genoeg,' zei Guzmán. 'Maar dat is het kenmerk van een perfecte dekmantel, denk ik.

We houden allemaal wel iets lelijks verborgen.'

Falcón stond op en begon door de kamer heen en weer te lopen. De zaak werd met het uur ingewikkelder en hij had geen tijd, helemaal geen tijd.

'Als dit inderdaad een soort inlichtingenoperatie is,' zei hij, 'en de Krugmans zijn onder druk gezet om diensten te verlenen, dan moeten de CIA en de FBI met elkaar samenwerken. En nu vragen wij de FBI om informatie over Rafael Vega.'

'Om te beginnen kunt u niets anders doen,' zei Guzmán. 'En trouwens, dat zijn geen volmaakte organisaties. Ik denk dat maar weinig mensen hiervan zullen weten. Ze hebben hun handen vol aan de Oorlog tegen de Terreur. Dit is een nevenactiviteit, een bijzaak. Misschien zelfs een privé-kwestie.'

Falcón ging naar de telefoon en toetste een nummer in.

'Ik ga weer met Marty Krugman praten,' zei hij. 'Ik kan hem nu vanuit een andere invalshoek benaderen.'

'Maar u weet nog niets.'

'Dat besef ik, maar ik heb geen tijd. Ik moet nu beginnen.'

Falcón werd gered door het feit dat Krugman niet in zijn kantoor of thuis was en zijn mobieltje had afgezet. Hij gooide de hoorn op de haak.

'Krugman heeft zijn zwakheden,' zei Falcón. 'Zijn vrouw is erg mooi en veel jonger dan hij.'

'En hij is jaloers?'

'Dat is zijn zwakke punt,' zei Falcón, 'een manier om iets van hem gedaan te krijgen.'

'Dit alles gaat in rook op als u geen identificatie van de FBI krijgt,' zei Guzmán. 'Dus tot dan toe kunt u beter niets doen. Intussen zal ik, als u denkt dat het helpt, die tekst die hij in zijn hand had voorleggen aan de Chileense gemeenschappen hier en in Engeland. Misschien dat iemand er iets van begrijpt. En als hij wordt geïdentificeerd en een Chileense militair blijkt te zijn, of iemand van de DINA, neem ik contact op met mensen die kunnen helpen een profiel samen te stellen. Ik zal ook een artikel over Montes schrijven, dus over de eerste zelfmoord van een hoge functionaris in de Jefatura. Dat wordt een soort necrologie, met de nadruk op de grote momenten van zijn carrière, inclusief het Carvajal-schandaal. Ik noem ook uw diepgaande onderzoek naar Montes' carrière.'

'En wat levert dat op?'

'Dat zult u wel zien. Het rookt mensen uit. Er is genoeg angst in omloop, vooral bij de mensen die een oogje toeknepen toen Carvajal zijn "ongeluk" kreeg,' zei Guzmán. 'Het wordt interessant hoeveel druk er van boven op u wordt uitgeoefend. Als Comisario Lobo u niet meteen in zijn kantoor roept als de *Diario de Sevilla* is verschenen, trakteer ik u op een lunch.'

'Alleen de feiten,' zei Falcón, die zich plotseling zorgen maakte.

'Dat is juist het mooie: alles wat ik over Montes ga schrijven, is al bekendgemaakt. Ik hoef geen gissingen te doen. Alleen de manier waarop ik de dingen naast elkaar zet, zal mensen doodsbang maken.'

23

Het was drie uur geweest. Falcón had honger. Ramírez ging lunchen en zei tegen hem dat Ferrera in verhoorkamer 4 was met Salvador Ortega, en dat Elvira had gebeld om te zeggen dat de gevangenisdirecteur het goedvond dat Sebastián Ortega psychologisch werd onderzocht door Alicia Aguado.

'Ik heb Juez Calderón ook gebeld,' zei hij. 'Ik wilde hem herinneren aan het huiszoekingsbevel voor de bankkluis. Hij is weg, nergens te bekennen. Hij wordt niet terugverwacht en hij heeft helemaal niks aan dat huiszoekingsbevel gedaan. *Buen provecho*.'

Op weg naar de verhoorkamer belde Falcón de gevangenisdirecteur om over een contactpersoon en een tijdstip te praten. De secretaresse van de directeur zei tegen hem dat ze meteen konden beginnen en dat de periode tussen zes en negen uur 's avonds het gunstigst was. Hij belde Alicia Aguado terwijl hij door de ruit van de deur naar het gehavende gezicht van Salvador Ortega keek. Ze spraken om halfzeven af en hij belde de gevangenis om te vertellen dat ze om zeven uur zouden komen. Dit werd een lange dag. Cristina Ferrera kwam de kamer uit en zei tegen hem dat terwijl de narcotica-agent naar Salvador had gezocht zij wat vragen had gesteld in de buurt van Nadia's appartementengebouw. Niemand had iets gezien. Zelfs de mensen die hadden gezien dat ze werd weggehaald, konden zich daar nu niets van herinneren. Hij haalde drie bekers koffie uit de automaat.

Salvador Ortega rookte en keek naar de achterkant van zijn gele vingers. Hij maakte snel oogcontact met Cristina Ferrera, die naast hem zat en er enigszins in slaagde een band met hem op te bouwen. Zijn haar stak alle kanten op en hij had een plukkerige baard en snor die zijn knappe uiterlijk camoufleerden. Zijn T-shirt was zo vaal geworden dat alleen de vaagste kleuren en het woord MEGADEATH te onderscheiden waren. Hij droeg een broek tot net boven de knieën en zijn onderbenen zaten onder de zweren. Hij rookte verwoed terwijl ze slokjes van hun koffie namen.

'Wanneer heb je voor het laatst met je vader gepraat?' vroeg Falcón.

'Ik praat niet met mijn vader,' zei hij. 'Hij praat niet met mij.'

'Heb je de laatste tijd een krant gezien?'

'In mijn omstandigheden zegt nieuws me niks.'

'Had je een relatie met je oom Pablo?'

'Hij was altijd vriendelijk voor me toen ik een kind was,' zei Salvador. 'En dat was een hele verademing.'

'Een verademing waarvan?'

Salvador nam een diepe trek en blies de rook naar het plafond.

'Oom Pablo was leuk,' zei hij. 'Ik kwam alleen als kind bij hem.'

'Je woonde nog thuis toen hij Sebastián bij jullie bracht omdat hij zelf op een theatertournee of naar een filmset ging. Hoe oud was je toen?'

Salvadors mond ging open en dicht, maar er kwamen geen woorden uit. Het leek wel of hij kleine stukjes van de lucht af beet. Ferrera klopte hem op zijn schouder.

'Dit is geen test, Salvador,' zei ze. 'Ik heb je onderweg al verteld dat dit geen gevolgen voor jou heeft. Je bent geen verdachte. We willen alleen maar met je praten omdat we misschien je neef kunnen helpen.'

'Ik was zestien,' zei hij. 'En niemand kan mijn neef helpen.'

'Heb je gevolgd wat er met Sebastián is gebeurd?'

De hand waarin Salvador zijn sigaret had trilde. Hij knikte en slikte in wat er in hem opkwam.

'Gebruik je heroïne?' zei Falcón om op vastere grond te komen.

'Ja.'

'Hoe lang?'

'Sinds mijn vijftiende.'

'En daarvoor?'

'Ik rookte hasj vanaf mijn tiende, tot... het niet meer werkte. Toen ging ik over op spul dat wel werkte.'

'Hoe werkt het?'

'Het voert me van mezelf weg... ergens heen waar mijn geest en lichaam zich thuis voelen.'

'En waar is dat?'

Hij knipperde met zijn ogen en keek Falcón schichtig aan. Hij was dit soort vragen niet gewend.

'Waar ik me vrij voel,' zei hij, 'en dat is nergens.'

'Gebruikte je al heroïne toen Sebastián voor het eerst bij jullie kwam logeren?'

'Ja, ik herinner me dat het... goed was.'

'Wat herinner je je van Sebastián?'

'Hij was een leuke jongen.'

'Is dat alles?' zei Falcón. 'Praatte je niet met hem, speelde je niet met hem? Ik bedoel, zijn moeder had hem in de steek gelaten en zijn vader was weggegaan. Hij moet jou als een oudere broer hebben gezien.'

'Als je zestien bent en je gebruikt heroïne, dan kost het tijd om aan het geld te komen,' zei Salvador. 'Ik had het te druk met handtasjes stelen en wegrennen voor de politie.'

'Waarom ben je zo jong hasj gaan roken?'

'Iedereen rookte het. In die tijd kon je het in alle bars krijgen, net als Coca-Cola.'

'Toch is tien jaar erg jong.'

'Ik zal wel ongelukkig zijn geweest,' zei hij, glimlachend zonder enige overtuiging.

'Kwam dat door problemen thuis?'

'Mijn vader was erg streng,' zei Salvador. 'Hij sloeg ons.'

'Wie bedoel je met "ons"? Jou en je zusje?'

'Niet mijn zusje... Hij interesseerde zich niet voor haar.'

'Hij interesséérde zich niet voor haar?' zei Falcón.

Salvador drukte de sigaret uit en stak zijn handen tussen zijn dijen.

'Zeg,' zei hij, 'ik hou er niet van... als ze me lastig vallen.'

'Ik wil alleen graag duidelijk weten wat je bedoelt,' zei Falcón.

'Zíj kon doen wat ze wilde. Dat bedoelde ik.'

'Dus wie zijn die "ons", als je zegt dat hij "ons" sloeg?'

'Mijn vrienden,' zei Salvador, die krampachtig zijn schouders ophaalde. 'Zo ging het in die tijd.'

'Wat vonden de ouders van je vrienden ervan dat hun kinderen door je vader werden geslagen?'

'Hij zei altijd dat hij niet zou vertellen hoe stout ze waren geweest, en dus zeiden ze niks tegen hun ouders.'

Falcón keek Ferrera aan, die haar wenkbrauwen optrok en naar Salvador keek. Het zweet stond op zijn voorhoofd, hoewel de airco op volle kracht draaide.

'Wanneer heb je je laatste shot gehad?' vroeg Falcón.

'Ik red me wel,' zei hij.

'Ik heb verdrietig nieuws voor je,' zei Falcón.

'Ik ben al verdrietig,' zei Salvador. 'Dat kunt u niet erger maken.'

'Zaterdagmorgen is je oom Pablo gestorven. Hij heeft zelfmoord gepleegd.'

Cristina Ferrera stak een sigaret op en bood hem die aan. Salvador boog zich naar voren en liet zijn voorhoofd op de rand van de tafel rusten. Zijn rug schudde. Een tijdje later ging hij weer overeind zitten. De tranen liepen stilletjes over zijn gezicht. Hij veegde ze weg. Ferrera gaf hem de sigaret. Hij nam er een trek van en inhaleerde de rook.

'Ik ga het je nog een keer vragen: had je een goede band met je oom Pablo?'

Ditmaal knikte Salvador.

'Hoe vaak zag je hem?'

'Een paar keer per maand. We hadden een afspraak. Hij gaf me geld voor heroïne als ik mijn verslaving onder controle hield. Hij wilde niet dat ik ging stelen en weer in de gevangenis kwam.'

'Hoe lang ging dat zo door?'

'De laatste drie jaar nadat ik was vrijgekomen en voordat ze me weer opsloten.'

'Je hebt gezeten voor dealen, nietwaar?'

'Ja, maar ik was niet aan het dealen. Ik had gewoon te veel bij me. Daarom kreeg ik maar vier jaar.'

'Was Pablo in je teleurgesteld?'

'Hij is maar één keer kwaad op me geworden en dat was toen ik iets uit zijn verzameling had gestolen,' zei Salvador. 'Het was maar een tekening, een paar vegen op papier. Hij leverde me voor twintigduizend peseta aan stuff op. Pablo zei dat die tekening driehonderdduizend waard was.'

'Hij was niet kwaad?'

'Hij was razend. Maar hij heeft me nooit geslagen, en naar de maatstaven van mijn vader gemeten had hij het volste recht om me levend te villen.'

'En daarna maakten jullie die afspraak?'

'Ja, toen hij tot rust was gekomen en de tekening had teruggekocht.'

'Hoe vaak zag je Sebastián in die tijd?'

'Vrij vaak toen Sebastián aan de Bellas Artes ging studeren. Toen zag ik hem een tijdje niet meer, totdat ik hoorde dat Pablo een klein appartement voor hem had gekocht in het Jesus del Gran Poder. Ik ging daar vaak heen om ergens rustig te kunnen spuiten. Toen Pablo dat ontdekte, voegde hij een clausule aan de afspraak toe. Ik moest beloven dat ik niet naar Sebastián toe zou gaan tot ik clean was. Pablo zei dat die jongen erg kwetsbaar was. Hij wilde niet dat hij ook nog aan de drugs raakte.'

'Heb je je daaraan gehouden?'

'Sebastián interesseerde zich niet voor drugs. Hij had andere strategieën om de wereld buiten te sluiten.'

'Welke?'

'Hij zei dat hij "zich terugtrok in schoonheid en onschuld". In zijn appartement had hij een geluiddichte kamer waar geen licht kon binnendringen. Ik spoot daar altijd. Hij had lichtgevende punten op het plafond geschilderd. Het was of je gehuld was in een nacht van fluweel. Hij lag daar altijd naar zijn muziek te luisteren, en naar de bandjes die hij had gemaakt waarop hijzelf poëzie voordroeg.'

'Wanneer maakte hij die kamer?'

'Zodra Pablo het appartement had gekocht... Vijf of zes jaar geleden.'

'Waarom kocht Pablo dat appartement voor hem?'

'Ze konden niet goed met elkaar in één huis wonen. Ze hadden altijd ruzie... verbaal. Toen praatten ze niet meer met elkaar.'

'Is Sebastián ooit door Pablo geslagen?'

'Dat heb ik nooit gezien. Nooit iets over gehoord.'

'En jouw vader?'

Stilte.

'Ik bedoel, toen hij bij jullie thuis woonde,' zei Falcón.

Zo te zien had Salvador moeite met ademhalen. Hij hyperventileerde. Ferrera ging achter hem staan en kalmeerde hem door haar handen op zijn schouders te leggen.

'Zou je Sebastián willen helpen?' vroeg Falcón.

Salvador knikte.

'Je hoeft je hier nergens voor te schamen,' zei Falcón. 'Alles wat je zegt, wordt alleen gebruikt om Sebastián te helpen.'

'Maar er is wél iets om me voor te schamen...' zei hij, plotseling lijkbleek. Hij sloeg zichzelf op zijn borst.

'We zijn hier niet om over je te oordelen. Je staat hier niet terecht,' zei Ferrera. 'Als we jong zijn, overkomen ons dingen en we kunnen niet...'

'Wat is jóú overkomen?' zei Salvador venijnig, en hij deinsde voor haar aanraking terug. 'Wat is jou verdomme ooit overkomen? Jij bent een politievrouw, verdomme. Er is jou níéts overkomen. Jij weet niets van wat er daar buiten gebeurt. Jij komt uit de veilige wereld. Dat kan ik aan je ruiken – aan je zeep. Als jij de veilige wereld uit gaat, verstoor je alleen maar de oppervlakte van de wereld waarin wij leven. Je pakt mensen op die kleine verkeerde dingen doen. Jij hebt er geen idee van hoe het is om aan de andere kant te leven.'

Ze ging van hem vandaan. Falcón dacht eerst dat ze geschokt was, maar ze wilde alleen haar houding herstellen. Met haar stilzwijgen vertelde ze Salvador iets en hij kon haar niet aankijken. De atmosfeer in de verhoorkamer was dramatischer dan wanneer ze al haar kleren had uitgetrokken.

'Jij ziet hoe ik eruitzie en je weet wat voor werk ik doe, en daaruit leid je af dat mij nooit iets is overkomen?'

'Toe dan,' spoorde Salvador haar aan. 'Vertel me dan wat er met je is gebeurd, politievrouwtje.'

Stilte. Ferrera woog dingen af.

'Ik hoef je dit niet te vertellen,' zei ze, 'en eigenlijk wil ik ook niet dat mijn chef dit over mij weet. Maar ik ga het je vertellen, want je moet weten dat anderen ook beschamende dingen overkomen, zelfs politievrouwtjes, en dat je daarover kunt praten zonder dat mensen een oordeel vellen. Luister je naar me, Salvador?'

Ze maakten oogcontact en hij knikte.

'Voordat ik politievrouw werd, volgde ik een opleiding om non te worden. Dat weet de Inspector Jefe. Hij weet ook dat ik een man leerde kennen en zwanger werd. Dat betekende dat ik met mijn opleiding stopte en trouwde. Maar er is iets wat hij niet weet, iets waar ik me erg voor schaam. Het kost me grote moeite om dit te zeggen waar hij bij is.'

Salvador reageerde niet. De stilte galmde door de kamer. Ferrera ademde in. Falcón wist niet of hij dit wilde horen, maar het was te laat. Ze was vastbesloten.

'Ik kom uit Cádiz. Dat is een havenstad met nogal ruwe mensen. Ik logeerde bij mijn moeder, die niet wist dat ik die man had ontmoet. Ik was zover dat ik de nonnen moest vertellen wat er in mijn leven was gebeurd, en ik besloot eerst te gaan praten met de man van wie ik hield. Ik was nog maagd, want ik geloofde in de heiligheid van het huwelijk en ik vond dat ik helemaal intact bij hem moest komen. Toen ik die avond op weg naar het huis van mijn vriend was, werd ik overvallen door twee mannen, die me verkrachtten. Het ging erg snel. Ik verzette me niet. Ik was jammerlijk klein en zwak in hun handen. Binnen tien minuten deden ze met me wat ze wilden en lieten me geschonden achter. Ik wankelde naar het appartement van mijn moeder terug. Ze sliep al. Ik nam een douche en ging diep geschokt naar bed. Toen ik wakker werd, hoopte ik dat het een nare droom was geweest, maar ik had overal pijn en schaamde me verschrikkelijk. Een week later, toen de blauwe plekken weg waren, ging ik met mijn vriend naar bed. De dag daarna zei ik tegen de nonnen dat ik wegging. Ik weet nog steeds niet helemaal zeker wie de vader van mijn eerste kind is.'

Ze bewoog haar been naar achteren tot ze de zitting van de stoel voelde en liet zich daarop zakken, zodat hij heen en weer schudde. Ze was uitgeput. Salvadors ogen gingen van haar naar de sigaret in zijn hand, die beefde.

'Ik ga niet meer met mijn vader om omdat ik hem haat,' zei hij. 'Ik haat hem zo intens dat ik, als ik hem zou zien, een zware gewelddaad zou begaan. Ik haat hem omdat hij vertrouwen beschaamt, en niet zomaar vertrouwen. Hij is de verrader van het grootste vertrouwen dat mensen kunnen hebben – het vertrouwen tussen ouder en kind. Hij sloeg me om ervoor te zorgen dat ik altijd bang was. Om te voorkomen dat ik ooit tegen iemand zou zeggen wat hij met me deed. Hij sloeg me omdat hij wist dat de hele buurt zou weten dat hij me sloeg en dat alle andere kinderen dan ook bang voor hem zouden zijn. En als ze bij ons thuis kwamen, was hij zo aardig voor ze dat ze hem lieten doen wat hij maar wilde, maar ze durfden er nooit over te praten. Zulke mannen maken je kapot. Mijn eigen vader maakte me kapot tot ik twaalf was. Toen hield het op. Ik dacht dat ik het kon verwerken. Ik dacht dat ik het weg kon roken. Ik kon mijn kindertijd wegroken en me van hem verlossen en aan mijn eigen leven beginnen. Misschien had dat gekund. En toen bracht oom Pablo zijn zoon

Sebastián bij ons in huis. En daarom schaam ik me zo. Daarom ben ik zo geworden. Want ik zei niets toen mijn vader met Sebastián deed wat hij ook met mij had gedaan. Ik had... Ik had hem moeten beschermen. Ik had, zoals u zegt, zijn oudere broer moeten zijn. Maar dat was ik niet. Ik was een lafaard. En ik zag dat hij kapotgemaakt werd.' Na enkele minuten drong het echte leven weer in de kamer door. Een van de lampen zoemde. De bandrecorder tikte.

'Wanneer heb je je oom Pablo voor het laatst gezien?' vroeg Falcón.

'Vrijdagmorgen, een halfuur maar. Hij gaf me wat geld. We praatten. Hij vroeg me of ik wist waarom Sebastián de dingen deed die hij heeft gedaan. Ik wist wat hij bedoelde, wat hij van me wilde horen. Maar ik kon hem niet vertellen wat ik u net heb verteld. Ik kon aan Sebastiáns vader, mijn oom die me zo had geholpen, niet toegeven dat ik had gefaald. Ik denk dat hij het al wist, dat hij het altijd al had geweten en het niet van zijn eigen broer had kunnen geloven. Hij wilde van mij de definitieve bevestiging van de feiten. Ik had in staat moeten zijn het hem te vertellen, maar ik kon het niet. Aan het eind van ons gesprek omhelsde hij me en kuste mijn hoofd. Hij had dat niet meer gedaan sinds ik een kleine jongen was. Ik huilde in zijn overhemd. We liepen naar de deur en hij tikte met een van zijn grote handen tegen de zijkant van mijn gezicht en zei: "Je moet niet te hard over je vader oordelen. Hij heeft een moeilijk leven gehad. Hij incasseerde alle slaag voor ons toen we kinderen waren. Alles. Hij was een keihard rotzakje. Hij gaf geen kik."'

'Weet je waarom Sebastián heeft gedaan wat hij heeft gedaan?' vroeg Falcón.

'Ik had hem een hele tijd daarvoor niet gezien. De afspraak, weet u nog wel? Ik wilde me daaraan houden. Als je eenmaal vertrouwen hebt gevonden, probeer je dat niet te bederven.'

'Was je verrast toen je hoorde wat Sebastián had gedaan?'

'Ik kon het niet geloven. Ik kon me niet voorstellen wat er met zijn geest was gebeurd in de jaren dat ik hem niet had gezien.

Het ging in tegen alles wat ik over hem wist.'

'Nog twee vragen,' zei Falcón, en hij zette de bandrecorder uit, 'en dan zijn we klaar. Ik heb een psychotherapeute gevraagd om met Sebastián te praten. Misschien kan ze zijn geestelijke blokkade opheffen. Het zou helpen als ik haar deze bandopname kan laten horen van wat jij me zojuist hebt verteld. Zij zal de enige zijn die het te horen krijgt, en misschien wil ze met je praten of je vragen Sebastián op de een of andere manier te helpen.'

'Geen probleem,' zei hij.

'De volgende vraag is moeilijker. Je vader heeft heel erge dingen gedaan...'

'Nee,' zei Salvador, en zijn gezicht werd zo hard als hout. 'Dat kunt u niet van me verlangen.'

Toen ze op de terugweg naar de Polígono San Pablo waren, zat Falcón met Salvador achterin en spraken ze af hoe Falcón contact met hem kon opnemen mocht Alicia zijn hulp nodig hebben. Hij zei ook dat Pablo hem in zijn testament had opgenomen en dat hij contact met Ranz Costa moest opnemen.

Ze zetten hem aan de rand van de barrio af. Ferrera kuste hem op beide wangen. Falcón ging voorin zitten. Ze zagen Salvador schichtig weglopen. Een losse veter van zijn kapotte sportschoen zwiepte bij elke stap tegen zijn magere, geschramde kuiten.

'Dat had je niet hoeven te doen,' zei Falcón, toen Ferrera de auto keerde.

'Hem kussen?' zei ze. 'Dat was het minste wat hij verdiende.'

'Ik bedoelde, je had hem jouw verhaal niet hoeven te vertellen om hem het zijne te laten vertellen,' zei hij. 'Als je non wordt, als je gehoor geeft aan die roeping, is dat een proces, denk ik – je openbaart en loutert jezelf voor God. Politiewerk is ook een roeping, maar er is geen God voor wie je je hoeft te openbaren.'

'Een Inspector Jefe is ook al vrij hoog,' zei ze glimlachend. 'En trouwens, het was een generale repetitie. Ik moet het mijn man nog vertellen.'

24

Maandag 29 juli 2002

Falcón ontwaakte uit zijn siësta en mepte zijn wekker uit. Hij lag met zijn armen wijd in de donkere kamer, hijgend alsof hij net met longen die op springen stonden uit een diep meer was bovengekomen. Er was iets verhard in zijn geest. Wat tot dan toe een vage minachting voor Ignacio Ortega was geweest, had een concrete vorm aangenomen, een vastbeslotenheid om de kindermisbruiker voor zo lang mogelijk achter de tralies te zetten. Hij genoot van zijn woede, zoals Ferrera daarvan had genoten toen ze pas bij de politie werkte en door de straten van Cádiz patrouilleerde, in de hoop de twee bruten te vinden die haar hadden verkracht.

Hij douchte en dacht na over Ignacio Ortega. Die man was geslepen. Al die gladde leugens die hij had verteld toen ze elkaar voor het eerst spraken. De ingestudeerde presentatie van halve waarheden. Falcón vroeg zich af of het allemaal uit jaloezie was voortgekomen – 'Ik was maar een elektricien en hij was een beroemde acteur.' Twee mannen die dezelfde wrede jeugd hadden gehad, en de een wordt een beroemde acteur die in rollen kan wegvluchten, terwijl de ander, anoniem en vervuld van haat, kinderen van hun onschuld berooft. Had Ignacio op een vreemde manier het gevoel dat hij de dingen in evenwicht bracht?

Onder het aankleden herinnerde hij zich wat hem te binnen was geschoten toen hij met Ramírez over de namen in Vega's adressenboekje had gesproken. Daar had maar één Ortega in gestaan, zonder voorletter. Hij reed naar de Jefatura en haalde het adressenboekje uit de bewijsmateriaalkamer. Hij had gelijk: geen voorletter, en het nummer, dat bij een mobiel toestel hoorde, was van Ignacio. Weer een idee. Hij belde Carlos Vázquez.

'Door wie laat Vega Construcciones de airconditioning in gebouwen installeren?'

'We werken met aanbesteding,' zei Vázquez. 'Er zijn vier of vijf bedrijven die om onze contracten concurreren.'

'Krijgt één bedrijf meer contracten dan de andere?'

'Zo'n zeventig procent van het werk gaat naar AAC, Aire Acondicionado Central de Sevilla. Dat is het bedrijf van een zekere Ignacio Ortega, die alleen te veel vraagt als hij geen tijd voor het werk heeft.'

Falcón belde Vega Construcciones en vroeg naar Marty Krugman, maar die was daar nog niet. Toen belde hij naar Krugmans mobieltje en kreeg wel gehoor. Aan het lawaai te horen zat Krugman in druk verkeer. Het was een slechte verbinding.

'Ik mag eigenlijk niet met u praten, Inspector Jefe, weet u nog wel?' zei hij opgewekt. 'Ik heb nog niet met onze grimmige vrienden uit het oosten gesproken.'

'Eén vraag over de Russische projecten: toen u de installatie van de airconditioning aanbesteedde, wie kreeg toen het contract?'

'Er is geen aanbesteding geweest,' zei Krugman. 'Rafael zei dat ik een bedrijf moest nemen dat AAC heet.'

'U hebt niet meer bedrijven om een offerte gevraagd?'

'Hij zei dat de cliënt zijn toestemming al had gegeven.'

'Hoe vat u dat op?'

'Zoiets betekent meestal dat ze zo'n bedrijf een wederdienst verschuldigd zijn, waarschijnlijk omdat het een andere klus erg goedkoop voor ze heeft opgeknapt.'

'Kent u Ignacio Ortega van AAC?'

'Ja, die heb ik ontmoet. Hij doet veel werk voor de onderneming. Een halsstarrige kerel,' zei Krugman. 'Is hij familie van Pablo?'

'Ze zijn broers.'

'Daar zien ze niet naar uit.'

'Wat kunt u me over Ignacio en señor Vega vertellen – hun onderlinge contact?'

'Niets.'

'Hadden ze een nauwe band?'

'Ik heb u al gezegd, Inspector Jefe...' zei Krugman, en Falcón kon het vervolg van de zin niet horen doordat het signaal wegviel.

'Kunnen we hier persoonlijk over praten?' vroeg Falcón, die weer dacht aan wat Guzmán had gezegd.

'Dan kan ik alleen maar hetzelfde zeggen,' zei Krugman. 'Trouwens, ik heb het nu druk.'

'Waar bent u? Ik kom naar u toe. We drinken een biertje voor het eten.'

'Nu bent u opeens weer gek op me, Inspector Jefe. Wat heb ik gedaan?'

'Ik wil alleen maar praten,' zei Falcón, schreeuwend tegen de slechte verbinding in.

'Ik heb al gezegd dat de Russen nog geen contact met me hebben opgenomen.'

'Het gaat niet over de Russen.'

'Waar gaat het dan wél over?'

'Dat kan ik niet zeggen... Ik bedoel, het gaat meer over de Amerikanen.'

'Zo langzamerhand verlang ik naar de tijd van de Koude Oorlog terug,' zei Krugman. 'Weet u, het is interessant... De Russen krijgen als maffia veel meer voor elkaar dan hun als communisten ooit is gelukt.'

Het signaal viel weg. Falcón toetste het nummer opnieuw in. Geen bereik. Ramírez stak zijn hoofd de kamer in. Falcón vertelde hem over Salvador en Ignacio Ortega. Ramírez luisterde met open mond, zijn gezicht samengedrukt door de hand waarop het steunde. Zoals hij daar zat te luisteren, zag hij er intelligent uit. Voordat hij vragen kon stellen, vertelde Falcón hem over het ge-

sprek met Guzmán, en toen gingen zijn ogen half dicht.
'Joder!' zei hij na enige tijd. De Sevillano was niet erg onder de indruk van de ontwikkelingen. 'Heb je daarover met Krugman gepraat?'

'De verbinding viel weg, en trouwens: ik moet tegenover hem zitten als ik hem over de buitenschoolse activiteiten van de CIA vertel.'

'Ik geloof het niet,' zei Ramírez. 'Ik denk dat Virgilio Guzmán in een fantasiewereld van complottheorieën leeft. We zijn hier in Sevilla, niet in Bilbao. Doordat hij zich al die jaren in de ETA en de Guardia Civil heeft verdiept, ziet hij overal spoken.'

'Kom nou, José Luis, hij is een gerespecteerde professional.'

'Dat was Alberto Montes ook,' zei Ramírez. 'Wat denk je dat Guzmán hier doet?'

'Hij staat hier onder minder grote druk dan in Madrid,' zei Falcón.

'Volgens mij heeft hij ze niet meer allemaal op een rijtje.' Ramírez maakte kringetjes met zijn vinger bij zijn slaap.

'Is dat gebaseerd op empirisch onderzoek of is het maar een gevoel?' vroeg Falcón. 'Wat vind je van Guzmáns theorie over dat papier in Vega's hand? Is dat ook onzin?'

'Nee, dat klinkt wel goed. Het is interessant. Het helpt ons niet verder, maar ik vind het interessant,' zei Ramírez.

'Het helpt ons wel verder. De FBI kan nu gemakkelijker zoeken,' zei Falcón. 'Heb je al iets van hen gehoord?'

Ramírez schudde zijn hoofd.

'Ik wil Krugman vinden,' zei Falcón.

'Je begint te denken dat híj Vega heeft vermoord.'

'Ik sta open voor alle mogelijkheden. Hij had de gelegenheid, want Vega zou hem op dat uur van de morgen hebben binnengelaten. En nu hebben we ook een mogelijk motief, al denk jij dat het een fantasie van Guzmán is,' zei Falcón. 'Ik maak me ook zorgen om Krugman. Toen ik met hem ging praten nadat we ons gesprek met Dourado hadden gehad, maakte hij een onrustige indruk. Hij tuurde door een verrekijker uit het raam.'

'Waarschijnlijk wou hij zien of zijn vrouw met Juez Calderón neukte. Dat is ook de reden waarom we ons huiszoekingsbevel niet krijgen.'

'Nou, denk jíj dat Vega in enig opzicht met een "operatie" bezig was?' zei Falcón. 'En denk jíj dat hij iets in zijn bankkluis heeft wat belangrijk voor ons is? Je denkt alleen niet dat Krugman...'

'Nou, ík zou Krugman nooit voor iets gebruiken, laat staan voor een "operatie",' zei Ramírez. 'Hij is te onvoorspelbaar. Er gaat te veel om in zijn hoofd. Maar als je me zijn mobiele nummer geeft, zeg ik tegen de jongens in de telefooncentrale dat ze het moeten blijven proberen. Als hij dan opneemt, kunnen we de locatie achterhalen.'

'Gebeurt er nog iets in het Montes-onderzoek?'

'We wachten nog tot Elvira ons extra mankracht geeft.'

'Heeft de advocaat nog teruggebeld over het onroerend goed dat hij aan de lijst van bezittingen in Montes' testament heeft toegevoegd?'

'Ja, ik laat de gemeente Aracena nagaan of er een bouwproject op dat perceel is.'

'Dat is in de *sierra*, nietwaar?'

De telefoon ging. Ramírez nam op, luisterde, zei dat Falcón onderweg was en legde neer.

'Alicia Aguado,' zei hij.

'Zou je willen nagaan waar Ignacio Ortega precies was in de nacht dat Rafael Vega werd vermoord?'

'Ik dacht dat hij aan het strand was.'

'Hij kwam pas in beeld toen zijn broer dood was. Ik nam contact met hem op via zijn mobiele telefoon. We zijn nooit goed nagegaan waar hij was.'

Hij reed naar de Calle Vidrio en trommelde nerveus op zijn stuur toen hij voor rood licht moest wachten. Er kwam een onheilspellend gevoel in hem op, terwijl buiten de meedogenloze hitte op de zwoegende stad neerdrukte.

Toen Alicia Aguado en hij naar de gevangenis reden, speelde hij het bandje van Salvador Ortega's ondervraging voor haar af. Dat duurde de hele rit. Ze zaten op het parkeerterrein naar het eind te luisteren. Na een korte stilte hield de band op.

'Ik vroeg hem of hij tegen zijn vader wilde getuigen,' zei Falcón. 'Hij weigerde.'

'Mensen als Ignacio Ortega houden een ontzaglijke macht over hun slachtoffers, en de slachtoffers blijven altijd bang voor de misbruiker,' zei Aguado toen ze uit de auto stapten.

Ze liepen naar de gevangenis. Ze hield zich aan zijn arm vast.

'Ik sprak een vriend van me die in de gevangenis werkt,' zei ze. 'Hij beoordeelt gestoorde gedetineerden, maar hij heeft Sebastián niet onderzocht toen die om eenzame opsluiting vroeg, al heeft hij er wel van gehoord. Er was geen teken van verontrustend gedrag. Sebastián was intelligent, vriendelijk en heel rustig – natuurlijk zegt dat niets. Maar hij zei iets interessants. Ze dachten allemaal dat Sebastián niet alleen blij was dat hij daar zat, maar dat hij ook opgelucht was.'

'Dat hij van de andere gedetineerden vandaan was?'

'Dat kon hij niet zeggen. Hij zei alleen dat hij opgelucht was,' zei ze. 'En o ja, ik zou graag onder vier ogen met Sebastián willen praten. Maar als er een kamer is vanwaar jij ons kunt zien, zou ik graag willen dat je de sessie volgt.'

Ze werden ontvangen door de directeur, die ervoor zorgde dat het gesprek kon plaatsvinden in een van de 'veilige' cellen, waar gedetineerden die als een gevaar voor zichzelf werden beschouwd ter observatie werden opgesloten. Er was een camera- en geluidssysteem beschikbaar. Er werden twee stoelen naar binnen gedragen die naast elkaar werden gezet, maar in tegenovergestelde richtingen, zodat ze op de s-vormige stoel leken die Alicia Aguado in haar spreekkamer had. Ze zat tegenover de deur. Sebastián werd naar binnen gebracht en kwam met zijn gezicht naar de muur te zitten. De deur was dicht, maar er zat een grote versterkte observatieruit in. Falcón zat buiten de cel.

Alicia Aguado legde eerst haar methode uit. Sebastián keek

tegen de zijkant van haar gezicht aan en hoorde haar woorden met de intensiteit van een minnaar aan. Hij ontblootte zijn pols voor haar en ze legde haar vingers erop. Hij streek met zijn vingertop over haar twee nagels.

'Ik ben blij dat je bent teruggekomen,' zei hij, 'maar ik weet niet goed wat je hier doet.'

'Het is niet ongewoon dat gedetineerden die schokkend nieuws hebben gekregen psychologisch worden onderzocht.'

'Ik dacht dat ik ze geen reden tot bezorgdheid had gegeven. Zeker, ik wás opgewonden. Maar nu ben ik rustig.'

'Het was een heftige reactie en je zit in eenzame opsluiting. De autoriteiten zijn bang dat de schok een verkeerde uitwerking op je heeft, dus dat je er ongunstig op reageert en je van alles in je hoofd haalt.'

'Hoe ben je blind geworden?' vroeg hij. 'Je bent niet altijd blind geweest, hè?'

'Nee. Ik heb een aandoening die retinitis pigmentosa heet.'

'Op de Bellas Arts kende ik een meisje dat hetzelfde had,' zei hij. 'Ze schilderde, schilderde, schilderde als een gek... om alle kleuren op het doek te krijgen voordat ze ze niet meer kon zien, want daarna moest ze altijd monochroom werken. Ik vond dat wel een mooi idee: in je eerste jaren alle kleur erin gooien en in je latere leven alles vereenvoudigen.'

'Ben je nog steeds geïnteresseerd in kunst?'

'Niet om het te maken. Ik mag er graag naar kijken.'

'Ik heb gehoord dat je erg goed was.'

'Van wie?'

'Je oom,' zei ze, en ze fronste haar wenkbrauwen en verschoof haar vingers op zijn pols.

'Mijn oom weet niets van kunst. Hij heeft geen enkel esthetisch gevoel. Als hij vond dat mijn werk goed was, zou ik me zorgen maken. Hij is zo iemand die betonnen leeuwen op zijn hekpalen zet. Hij hangt lawaaierige landschappen aan zijn muren. Hij mag graag geld uitgeven aan erg dure geluidsinstallaties, maar heeft geen gevoel voor muziek. Hij vindt dat Julio Iglesias heilig verklaard moet worden en dat Placido Domingo eens wat fatsoenlijke nummers moet leren. Zijn oor is zo fijn afgestemd dat hij het kleinste defect in de geluidsinstallatie bespeurt, maar hij hoort geen enkele noot,' zei Sebastián, die Alicia Aguado al die tijd had aangekeken. 'Ik zou graag je voornaam willen weten.'

'Alicia,' zei ze.

'Hoe is het om de héle tijd in het donker te zijn, Alicia?' vroeg hij. 'Ik ben graag in het donker. Ik had een kamer waar ik alle licht en geluid kon buitensluiten, en dan lag ik vaak op het bed met een slaapmasker op. Vanbinnen was dat van fluweel. Het lag zacht en warm als een kat over mijn ogen. Maar hoe is het om geen keus te hebben, om in het donker te zijn zonder naar het licht te kunnen vluchten? Ik denk dat ik dat prettig zou vinden.'

'Waarom?' vroeg Alicia. 'Het maakt het leven erg moeilijk.'

'Nee, nee, Alicia, dat ben ik niet met je eens. Het maakt dingen eenvoudiger. We worden gebombardeerd met te veel beelden, ideeën, woorden, gedachten, smaken en structuren. Neem een van de belangrijkste zintuigen weg en je krijgt zeeën van tijd. Je kunt je op geluid concentreren. Aanraken wordt opwindend, omdat je vingers nooit genoeg krijgen van wat je geest zegt dat ze kunnen verwachten. Proeven wordt een avontuur. Het enige wat het spel een beetje bederft, is de heerlijke geur van je eten. Ik ben jaloers op je, want jij zult het leven in al zijn rijkdom herontdekken.'

'Hoe kun je daarom jaloers op me zijn,' zei ze, 'na wat je jezelf hebt aangedaan?'

'Wat heb ik mezelf aangedaan?'

'Je hebt je afgesloten van de wereld. Je hebt besloten dat je niets van het leven in al zijn rijkdom wilt hebben.'

'Maken ze zich echt zorgen om me nu mijn vader dood is?' vroeg hij.

'Ik maak me zorgen om je.'

'Ja. Dat kan ik merken,' zei hij. 'En dat is het nou juist. Als ik blind was, zou ik weten dat je mooi bent en als ik je dan weer kon zien, zou dat de zuiverheid van je schoonheid alleen maar aantasten.'

'Je was erg geschokt door de dood van je vader, en toch wilde je de brief niet zien die hij je had geschreven.'

'Het is niet zo bijzonder om twee tegenstrijdige emoties in je hoofd te hebben. Ik hield van hem en ik haatte hem.'

'Waarom hield je van hem?'

'Omdat hij daar behoefte aan had. Hij werd genoeg aanbeden, maar er was bijna niemand die van hem hield. Hij was verslaafd aan die aanbidding, die hij voor liefde aanzag. Toen er geen aanbidding meer was, voelde hij zich onbemind. Dus ik hield van hem omdat hij er behoefte aan had dat iemand van hem hield.'

'En waarom haatte je hem?'

'Omdat hij niet van mij kon houden. Hij omhelsde en kuste me, en zette me dan weg, als een pop, om op zoek te gaan naar wat hij dacht dat de echte liefde was. Dat deed hij omdat die minder gecompliceerd was. Daarom had hij die honden, Pavarotti en Callas: hij hield van dat ongecompliceerde geven en nemen van liefde.'

'We hebben met je neef Salvador gepraat.'

'Salvador,' zei hij. 'De redder die niet gered kan worden.'

'Of de redder die niet kon redden?'

'Ik weet niet wat je daarmee bedoelt.'

'Denk je ooit aan je moeder?'

'Elke dag.'

'En wat denk je over haar?'

'Ik denk dat ze verkeerd begrepen werd.'

'Maar je denkt niet aan moederliefde?'

'Daar denk ik ook aan, ja, maar dan is mijn volgende gedachte altijd dat ze verkeerd begrepen werd. Een zoon vergeet het nooit als zijn moeder een hoer is genoemd. Ze was geen hoer. Ze hield van mijn vader en bewonderde hem. Hij heeft die gevoelens nooit beantwoord. Hij ging weg om zijn roem op te eisen in Spanje en de rest van de wereld. En zij vond andere mensen van wie ze kon houden.'

'Je vond niet dat ze je in de steek had gelaten?'

'Ja, dat vond ik wel. Ik was nog maar acht. Maar ik besefte later dat ze niet bij mijn vader kon blijven en dat ze mij niet mee kon nemen omdat híj dat niet goed zou vinden. Ze had een reizend bestaan. Haar vriend was filmregisseur. Dát hoorde ik niet van mijn familie. Van hen hoorde ik dat ze een hoer was.'

'Hoe paste je in je nieuwe gezin toen ze weg was?'

'Mijn nieuwe gezin?'

'Je oom en tante. Je bent veel bij hen geweest.'

'Ik ben meer bij mijn vader geweest dan bij hen.'

'Maar hoe was het om bij hen te zijn?'

Falcóns mobieltje trilde op zijn dij. Hij ging de gang op om het telefoontje van Ramírez aan te nemen.

'De FBI heeft iemand gevonden die helemaal met Vega overeenkwam,' zei hij. 'Lengte, leeftijd, kleur van de ogen, bloedgroep – het is allemaal hetzelfde, en hij was Chileens staatsburger. Ze hebben een foto van hem gestuurd met meer haar en een volle baard. Die is gemaakt in 1980, toen hij zesendertig was. Hij heeft in het Chileense leger gezeten, en later bij de DINA en hij is voor het laatst gezien in september 1982, toen hij verdween uit een project om getuigen te beschermen.'

'Waarom werd hij beschermd?'

'Er staat dat hij als getuige optrad in een drugssmokkelzaak. Dat is alles.'

'Geven ze ook een naam?'

'Zijn oorspronkelijke naam, dus voordat hij in dat getuigenproject terechtkwam, was Miguel Velasco.'

'Stuur die gegevens naar Virgilio Guzmán van de *Diario de Sevilla*. Hij zei dat hij mensen kent die een profiel kunnen samenstellen van iedereen die in het Chileense leger of de DINA heeft gezeten,' zei Falcón. 'Nog nieuws over Krugman?'

'Nog niet,' zei Ramírez. 'Je kunt een telefoontje van Elvira verwachten. Hij zoekt je.'

Elvira belde al voordat Falcón naar de sessie terug was gegaan. Hij vertelde hem dat Comisario Lobo en hij hadden besloten niemand uit de Jefatura te gebruiken om señora Montes te schaduwen. Er werd een agent van Interne Zaken uit Madrid gestuurd en die zou rechtstreeks aan Elvira rapporteren. Falcón was opgelucht.

Intussen was het Alicia Aguado niet gelukt het gesprek weer op Ignacio te brengen. Ze praatten over de dood van Sebastiáns moeder en de schok die dat voor hem was, en het feit dat het helemaal geen schok voor zijn vader was geweest. Dat alles had tot gevolg gehad dat hij het huis uit ging en in een appartement trok dat zijn vader in de buurt van zijn huis had gekocht.

'Ging je in die tijd nog met je oom om?' vroeg Aguado. 'Was hij niet iemand...?'

'Met hém zou ik nooit over mijn moeder hebben gesproken. Hij had geen enkel begrip voor haar. Hij zou het mooi hebben gevonden om te horen dat ze dood was.'

'Je hebt geen hoge dunk van je oom.'

'We hebben verschillende levenshoudingen.'

'Hoe was je oom als vader?'

'Vraag dat maar aan Salvador.'

'Hij was een surrogaatvader voor jou.'

'Ik was bang voor hem. Hij geloofde in discipline en totale gehoorzaamheid van elk kind dat binnen zijn bereik kwam. Hij kon ongelooflijk kwaad worden. Dan zwollen de aderen in zijn hals op. Hij had een bult op zijn voorhoofd, en die kwam dan opzetten. Dan wisten we dat we weg moesten kruipen.'

'Heb je met je vader over het gewelddadige gedrag van je oom gepraat?'

'Ja. Hij zei dat hij een moeilijke jeugd had gehad en dat die een stempel op hem had gedrukt.'

'Was je oom ooit gewelddadig tegen jou?'

'Nee.'

Op dat punt maakte Alicia Aguado een eind aan de sessie. Sebastián wilde haar niet graag laten gaan. Falcón belde de bewaarder en pakte de geluidsband van de sessie op. Ze liepen zwijgend naar de auto terug. Ze zei dat ze op de terugweg zou slapen. Ze werd pas wakker toen ze in de Calle Vidrio aankwamen. Ze gingen naar boven. Ze was versuft.

'Hij heeft je vermoeid,' zei Falcón.

'Soms gaat dat zo. De psycholoog staat meer onder druk dan de patiënt.'

'In het begin verbaasde je je blijkbaar over zijn pols.'

'Hij reageerde niet, toen ik er zeker van was dat ik zijn emoties zou voelen. Blijkbaar kon hij zijn geest van zijn lichaam gescheiden houden. Eerst dacht ik dat hij onder invloed van een kalmerend middel was. Het wordt wel beter. Ik weet zeker dat ik hem aan het praten kan krijgen. Hij mag me graag genoeg om dat te willen.'

Hij gaf haar het bandje en ging naar de auto terug. Toen hij net wilde wegrijden, belde Inés hem. Ze was nerveus.

'Ik weet dat ik je hierover niet zou moeten bellen,' zei ze, 'maar ik weet dat je Esteban vandaag hebt gesproken.'

'We hadden vanmorgen een gesprek over de zaak-Rafael Vega.'

'Maakte hij een normale indruk?' vroeg ze. 'Ik weet dat het me niet aangaat, maar...'

'Hij zag er moe uit en het was of hij over iets piekerde.'

'Hebben jullie over iets anders dan de zaak gesproken?'

'Inspector Ramírez was er ook bij,' zei Falcón. 'Is er iets mis?'

'Ik heb hem sinds zaterdagmorgen niet meer gezien. Hij is niet naar het appartement terug geweest. Hij heeft zijn mobieltje uitgezet.'

'Ik weet dat Juez Romero hem zaterdagmorgen heeft gesproken. Dat was vanaf de plaats delict in Pablo Ortega's huis,' zei Falcón.

'Wat zei hij?' drong ze aan. 'Waar was hij?'

'Dat weet ik niet.'

'We zouden zondag lunchen met mijn ouders, maar dat heeft hij afgezegd. Hij had het te druk met zijn werk.'

'Je weet hoe het is als hij een drukke maandagmorgen heeft,' zei Falcón.

'Zijn secretaresse zegt dat hij sinds de lunch niet meer in zijn kantoor terug is geweest.'

'Dat is niet zo vreemd.'

'Voor hem wel.'

'Ik weet niet wat ik moet zeggen, Inés. Er is vast niets met hem aan de hand.'

'Waarschijnlijk is het niets,' zei ze. 'Je hebt gelijk.'

Ze hing op. Hij reed naar de Calle Bailén terug en douchte en verkleedde zich. Consuelo vroeg of hij kwam eten. Hij ging in het donker weg en luisterde naar het nieuws. In de Sierra de Aracena was de wind gaan liggen en de bosbranden bij Almonaster la Real waren onder controle gebracht. Drieduizend hectare was afgebrand en vier afgelegen huizen waren verwoest. De brand was vermoedelijk aangestoken. Er was een herder gearresteerd. De volgende dag zou er een volledig onderzoek worden opgestart.

Hij parkeerde bij Consuelo's huis. Het huis van de Krugmans was in duisternis gehuld. Toen hij naar de voordeur liep, ging zijn mobieltje. Het was Ramírez.

'Ik weet niet of dit relevant is, maar ik heb net een telefoontje uit de Jefatura gekregen. Ze weten dat we op zoek zijn naar señor Krugman. Er heeft een vrouw gebeld uit een appartementengebouw in Tabladilla. Toen ze het pand binnen ging, zag ze een grote buitenlander in de hal. Hij zweette en keek nerveus op zijn horloge. Hij volgde haar naar boven en bleef op de tweede verdieping staan, terwijl zij naar de bovenste verdieping ging. Hij stond voor een appartement waarvan ze wist dat daar niemand was omdat de vrouw die daar woont op vakantie is. Twintig minuten later hoorde ze een schot in het appartement beneden haar, en dat was het appartement waar de buitenlander naar had gekeken. Ze hebben een patrouillewagen gestuurd.'

'Weten we wie de eigenaar is van het appartement waar het schot vandaan kwam?'

'Wacht even...'

Falcón stond zwetend in de straat.

'Dit lijkt me inderdaad relevant,' zei Ramírez. 'Het appartement is van een zekere Rosario Calderón.'

25

Maandag 29 juli 2002

Falcón legde het probleem aan Consuelo voor. Ze luisterde naar hem alsof hij de diagnose van een ziekte stelde – begreep het zonder het in zich op te nemen. Hij vroeg of ze iets van haar zuster en de kinderen had gehoord. Ze zei dat er op het eind van de morgen iemand van de politie was gekomen om op hen te passen. Hij kuste haar en stapte weer in de auto. Ze deed de voordeur al dicht voordat hij was weggereden.

De Jefatura vertelde hem dat er nog drie auto's naar het incident waren gestuurd. Het was een appartementengebouw aan de Calle Tabladilla, bij het kruispunt met de Calle del Cardenal Ilundain. 'Ik wil niet dat er auto's in het zicht van het appartement geparkeerd staan, en ik wil geen menigten op straat,' zei Falcón. 'Alle uitgangen moeten worden bemand, ook die van de ondergrondse garage, als die er is. Geen enkele burger mag het gebouw in. Zet twee mannen op het dak en twee in het trappenhuis boven en onder het appartement in kwestie. Evacueer iedereen in de appartementen erboven, eronder en ertegenover. Alle bewoners van de andere appartementen moeten binnen blijven. En zet iemand met een verrekijker in het appartementengebouw aan de overkant, ergens waar hij goed naar binnen kan kijken.'

Ze bevestigden zijn orders en zeiden tegen hem dat het appartement eigendom was van Juez Calderóns zuster en dat ze momenteel met vakantie op Ibiza was.

De reclame op de Avenida de Kansas City flitste aan hem

voorbij toen hij naar de stad terugreed. Hij moest helemaal naar de andere kant van de stad, maar er was weinig verkeer en na twintig minuten was hij het politiekordon gepasseerd en stond hij geparkeerd in de Calle Tabladilla, tegenover een overheidsgebouw en zo'n vijftig meter van het incident vandaan. Er was niemand op straat, behalve wat politieagenten, die dicht bij de winkels onder het langgerekte gebouw stonden. Een van de mannen zei tegen hem dat alles rustig was. Hij nam radiocontact op met zijn collega in het appartementengebouw aan de overkant. Die zat in appartement 403, met uitzicht op de Calle Tabladilla.

Het was een benauwde avond en het zweet stond in Falcóns haar toen hij de straat overstak naar het grijze, met natuursteen beklede appartementengebouw met chromen balkons. Het was het soort appartement dat een jonge, welgestelde academicus zou kopen. Hij nam de lift naar de vierde verdieping en werd binnengelaten door een jongeman in shorts die zich niet interesseerde voor wat er aan de gang was. Op de televisie was een film te zien. De jongeman zat met zijn vriendin op de bank en dronk bier.

De agent stond op het balkon en hield zijn verrekijker op de overkant gericht. Hij gaf hem aan Falcón. Er hing veel groen over de balkons aan de overkant, en van de meeste appartementen waren de luiken dicht. Het appartement in kwestie was gemakkelijk te vinden. Het was het enige dat verlicht was. Er zat geen zonwering aan de binnenkant en de gordijnen waren open. Er zat ongeveer anderhalve meter muur tussen een groot raam en de schuifdeuren naar het balkon. Calderón en Maddy Krugman zaten naast elkaar op de bank. De rechter zat er stijfjes bij, zijn voeten en knieën tegen elkaar, zijn armen op een absurd ontspannen manier strak over elkaar. Ze waren allebei gekleed alsof ze op het punt stonden ergens te gaan dineren. Gezien de richting waarin ze keken, moest Marty Krugman tegenover hen staan, met zijn rug naar de muur tussen het raam en het balkon. Hij kwam even in zicht. Hij had geen jasje aan, er zat een donkere strook zweet op de achterkant van zijn verkreukelde overhemd en hij had een pistool in zijn linkerhand.

De film op de televisie was afgelopen en werd gevolgd door reclame. De jongeman kwam naar de balkondeuren.

'Wat gebeurt daar?'

'Een huiselijk probleem dat uit de hand is gelopen,' zei Falcón.

'We hoorden het schot – ik dacht dat het in de film was.'

'Hoe laat?'

'Net na tien uur.'

Het was nu twintig voor elf. Falcón tuurde door de kijker naar de binnenmuren van het appartement. Hij vond het kogelgat in de muur boven Maddy Krugmans hoofd. Blijkbaar had ze haar man niet serieus genoeg genomen en had hij haar eraan herinnerd dat het geen spelletje was en dat hij wel degelijk een echt wapen in zijn hand had. Hij belde Comisario Elvira en bracht verslag uit.

'Hoe was Krugman er geestelijk aan toe toen u hem ondervroeg?'

'Het is een intellectueel met een obsessief trekje. Hij mag graag tekeergaan, maar hij is niet helemaal onbeheerst. Hij luistert. Onder normale omstandigheden is hij beschaafd en gedistingeerd, maar de laatste dagen is hij steeds meer uit zijn evenwicht geraakt, waarschijnlijk door de verhouding van zijn vrouw met Juez Calderón. Als hij psychotisch is, is hij door onbeheersbare jaloezie over de rand geduwd,' zei Falcón. 'We konden goed met elkaar praten. Er was wederzijds respect. Ik wil er wel heen gaan om te proberen hem op andere gedachten te brengen.'

'Goed. Belt u hem eerst via de vaste lijn. Zeg tegen hem dat u op de deur gaat kloppen. Geen verrassingen. García van de eenheid Antiterrorisme komt hierheen en hij neemt een scherpschutter mee. Wacht tot ze er zijn.'

'Krugman is geen terrorist.'

'Dat weet ik nu, maar dat wist ik toen nog niet. Ik heb García gewaarschuwd toen ik nog niet over alle informatie beschikte.

Hoe dan ook, hij heeft ervaring met zulke situaties.'

García nam enkele minuten later contact op. Falcón stuurde de politieagent om hem naar boven te brengen. García kwam het balkon op met de scherpschutter, die de positie gunstig genoeg vond en weer naar binnen ging om zijn geweer in elkaar te zetten.

'Ga je erheen?' vroeg García.

'Ik ken de man met het pistool.'

'Jullie zijn met z'n drieën en hij is alleen. Hij moet jou in de gaten houden, en dat geeft mij kansen.'

'Ik denk dat ik hem kan overhalen. Hij is niet gek of aan de drugs.'

'Dat is goed, maar als hij toch door het lint gaat, heeft een schutter vanaf deze positie niet veel kansen zonder de levens van de gijzelaars in gevaar te brengen.'

'Wat bedoel je?'

'Het zou beter zijn om het appartement te bestormen.'

'Dat zal niet nodig zijn, denk ik.'

Ze spraken wat waarschuwingstekens voor Falcón af en hij belde naar het appartement. Maddy nam de telefoon op voordat Marty had besloten hoe hij op deze nieuwe ontwikkeling zou reageren. Falcón vroeg of hij haar man kon spreken.

'Het is voor jou,' zei ze ironisch, en ze hield Marty de telefoon voor.

'Ik heb nog steeds niet met de Russen gesproken,' zei Krugman grinnikend. 'Ik heb het druk.'

'Ik ben buiten, Marty,' zei Falcón. Hij verliet het appartement en ging naar beneden.

'Ik dacht wel dat het schot enige aandacht zou trekken,' zei Marty. 'Dit had privé moeten blijven, maar Maddy is soms erg koppig en ik moest haar laten zien dat ik geen spelletje speelde. Maar goed, wat kan ik voor je doen, Inspector Jefe?'

Falcón stak de straat over en ging de trap op naar het appartement van Calderóns zuster.

'Ik wil binnenkomen en met je praten. Ik sta nu voor de deur van het appartement. Wil je me binnenlaten?'

'Je hebt daar zeker een soort SWAT-team bij je?'

'Nee, ik ben alleen.'

'Het is erg stil op straat.'

'We hebben de straat om veiligheidsredenen ontruimd. Dat is alles,' zei Falcón. 'We willen niet dat er iemand iets overkomt, Marty.'

'Er is mensen al iets overkomen,' zei hij.

'Dat besef ik...'

'Nee, ik bedoel dat hun echt iets is overkomen... fysiek,' zei Marty. 'Dit is niet wat jij denkt.'

'Wat is het dan?'

'Het is privé. Er valt niets te bemiddelen.'

'Ik ben hier niet om te bemiddelen.'

'Dan moet je zijn gekomen om getuige te zijn van de vernietiging van mensenlevens.'

'Nee, daar ben ik zeker niet voor gekomen,' zei Falcón. 'Ik ben alleen maar gekomen om naar je te luisteren.'

'Ik zei tegen Maddy dat ze bij ons in Amerika geen smerissen hadden zoals jij,' zei Marty. 'Bij ons willen ze mensen met vierkante koppen die goed in bankschroeven passen. Dan is het makkelijk om hun geest te vernauwen. Onze smerissen zien geen kleurnuances, alleen zwart en wit.'

'Wij komen alleen op crisismomenten in de levens van mensen,' zei Falcón. 'Soms moeten we de zaak vereenvoudigen en de grijze tinten elimineren. Ik probeer dat niet te doen; dat is alles. Ik ga nu aanbellen en ik zou graag willen dat je me binnenliet.'

'Goed, Inspector Jefe, je mag binnenkomen. Ik kan wel een redelijk denkende toehoorder gebruiken. Maar ik zal je eerst iets vertellen,' zei hij. 'Door binnen te komen breng je jezelf in gevaar. Je zult geen invloed hebben op het resultaat. Dat staat al geschreven. Het lot heeft me dat een tijdje geleden gedicteerd.'

'Dat begrijp ik,' zei Falcón, en hij belde aan om de druk niet te laten verslappen.

Calderón deed open. Hij zweette onbedaarlijk en huiverde in

de koelte van het appartement. Hij had de ingevallen, smekende ogen van een bedelaar. Maddy Krugman stond met een felle blik in haar ogen achter hem en Marty stond weer achter haar en hield het pistool op Calderóns achterhoofd gericht.

'Kom binnen, Inspector Jefe. Doe de deur dicht, draai het slot extra om en doe de ketting erop.'

Krugman was kalm. Terwijl Falcón met de deur bezig was, liet hij de twee anderen in de hal op de vloer liggen, met hun handen op hun achterhoofd. Krugman fouilleerde Falcóns bovenlichaam en dijen en vroeg of hij zijn enkels mocht zien. Ze gingen allemaal naar de zitkamer. Calderón en Maddy zochten hun plaatsen weer op. Maddy bewoog zich loom, alsof dit alles haar helemaal niet aanging en het alleen maar een vervelende familiebijeenkomst was waar ze tegen haar wil naartoe had moeten gaan.

'Ik ga hier zitten,' zei Falcón. Hij koos een fauteuil dicht bij de schuifdeuren, zodat García hem goed kon zien.

'Waarom kom je niet bij ons op de voorste rij zitten?' zei Maddy.

'Je zit daar prima,' zei Marty.

'Hoe ben je hier binnen gekomen, Marty?' vroeg Falcón.

'Minnaars gaan graag uit eten.'

'Wij zijn géén minnaars,' zei Maddy geërgerd.

'Ik stond buiten op ze te wachten.'

'Hij denkt dat we minnaars zijn,' zei Maddy, alsof ze Falcón probeerde uit te leggen wat een belachelijk idee dat was.

'Als jullie dat niet zijn, wat zijn jullie verdomme dan wel?' zei Marty in het Engels. 'Wat doen jullie verdomme in dit appartement, met die kleren aan om uit eten te gaan – als jullie geen minnaars zijn?'

'Je vrouw wil je vragen wel beantwoorden, Marty,' zei Falcón, 'maar mensen worden nerveus als je ze een pistool onder de neus duwt. Dan worden ze schichtig, kwaad...'

'Of ze doen geen bek meer open,' zei Marty, en hij richtte de loop van het pistool nu op Calderón.

'Je beschuldigt hem ervan dat hij de minnaar van je vrouw is. Misschien lijkt het hem beter om zijn mond te houden.'

'Ik ruik zijn angst.'

'Dat is een geladen vuurwapen.'

'Als je doet wat hij doet, moet je daarop voorbereid zijn.'

'Ik weet niet wat je probleem is, Marty. Je wist vanaf de eerste dag toen Esteban naar ons huis kwam dat hij net als alle andere kerels met me naar bed wilde. Je wist ook dat ik niet geïnteresseerd was. Hij is niet mijn type.'

'Ik ken jou, Maddy. Ik weet hoe je in elkaar zit – bedenk dat wel. Hier in deze kamer bereik je er niets mee, want deze twee kerels kunnen je niet helpen... gesteld dat ze je zouden geloven.'

'Wat is er met jou gebeurd, Marty?' vroeg ze, haar gezicht plotseling een en al diepgaande bezorgdheid.

'Ik heb jou leren kennen,' zei hij, zijn ogen groot en woest.

'Nu snap je mijn probleem,' zei ze tegen Falcón. 'Hoe moet iemand daarmee leven? Ik leef er voortdurend mee en ik heb behoefte aan wat afwisseling. Het is te intens. Daarom ga ik uit met Esteban. Hij is charmant. Hij vleit me...'

'Vleit jou,' zei Marty. 'Vleierij! Wou je beweren dat je dit voor een beetje vleierij doet? Ben jij achterlijk of zo?'

'Rustig, Marty,' zei Falcón.

'Nu wil het kreng weer vleierij,' zei Marty. 'Ze gooit bijna twaalf jaar huwelijk het raam uit voor een beetje vleierij. Ik kan ook wel vleien. Vleierij is makkelijk. Vergeleken met jou is Man Ray een amateur, schatje. Wat zeg je daarvan? Jouw naam wordt nog eens in één adem genoemd met die verrekte Lee Miller. Is dat beter?'

'Marty,' zei Falcón, en Krugman draaide zich met een ruk naar hem om. 'Je hebt recht op antwoorden, en die zul je krijgen, maar dit is een huiselijk gebeuren. In deze situatie hoef je geen pistool te gebruiken. Geef mij het pistool en laten we...'

'Waar ik vandaan kom, kun je in elke situatie een pistool gebruiken. Zo zijn wij grootgebracht. Dat zit ons in het bloed.'

'Hou nou op, Marty,' zei Maddy verveeld.

'Jij begrijpt niet wat er aan de hand is, Inspector Jefe,' zei Marty, en hij verlegde het pistool in zijn hand. 'Jij weet niet wat ik voor háár heb gedaan.'

'Wat dan, Marty? Wat?' zei Maddy. 'Wat héb je voor míj gedaan?'

Marty aarzelde. Het was of al zijn logica instortte. Al zijn bedradingen, zo zorgvuldig aangelegd, maakten kortsluiting. Aan de ene kant wist hij waarom hij daar was; er zat een grote vloedgolf van zekerheid in hem. Aan de andere kant was dit alles hem een volslagen mysterie. Het was de gebruikelijke toestand. Hij wilde eruit, maar kon niet weg. Hij wilde niet bij haar zijn, maar kon haar aantrekkingskracht niet weerstaan.

'Ik ben hier om wat ik voor jou heb gedaan,' zei hij. 'Door die daad zijn we voor eeuwig met elkaar verbonden.'

'Wat heb je voor haar gedaan, Marty?' vroeg Falcón.

'Dat is een lang verhaal.'

'We hebben de tijd.'

'Kijk maar uit,' zei Maddy. 'Die kerel kan praten, daar heb je geen idee van. Je gooit er een dubbeltje in en hij praat voor een kwartje.'

'Laat hem aan het woord,' zei Calderón met strakke, witte lippen.

Stilte. Marty knipperde het zweet uit haar ogen weg. Seconden gingen voorbij; het leken wel minuten.

'We woonden in Connecticut,' zei hij, alsof het geschiedenis was. 'Ik werkte in Manhattan. Maddy werkte parttime in de stad. Ik maakte lange uren. Ik ging in de weekends naar huis en dan was het of ik een lange reis had gemaakt, zo weinig had ik bij daglicht van het huis gezien. Toen ik op een ochtend aan het werk was, viel ik flauw en dreunde ik met mijn hoofd op het bureau. Ze stuurden me naar huis. Daar zou Maddy moeten zijn, maar toen ik thuiskwam, was ze er niet. Ik ging naar bed en sliep. Ik werd wakker en bedacht dat mijn leven helemaal uit de hand was gelopen. Het werd tijd dat ik daar verandering in bracht. Ik zou een tijdje vrij nemen. We zouden weggaan, in Europa gaan wonen.

Ik stond voor het raam van de slaapkamer en dacht aan alles wat we zouden kunnen doen, toen ik haar naar het huis terug zag komen. Ze liep zoals ik haar nooit eerder had zien lopen. Het was meer huppelen... zoals kleine meisjes doen. En ik besefte dat ik naar een heel gelukkig mens keek.

Ik ging naar beneden om haar op te wachten. Toen ze binnenkwam, stond ik daar en zag ik haar gezicht betrekken. Al haar geluk en blijheid waren op slag verdwenen. Het lood zakte weer naar haar voeten. Ze lachte me toe alsof ik een geestesziek familielid was. En ik besefte dat iemand anders haar gelukkig maakte.

Ik vertelde haar niet over mijn plannen, alleen over mijn ongelukje. En ik begon op haar te letten en zag dingen die ik niet eerder had gezien. Niets kan je ogen en oren zo scherp maken als argwaan. Ik delegeerde werk aan ondergeschikten. Ik maakte zoveel mogelijk tijd vrij. Ik bespioneerde haar en ontdekte Reza Sangari.'

Marty gebruikte de arm met het pistool om over zijn voorhoofd te vegen. Alleen al het uitspreken van die naam viel hem zwaar. Hij likte over zijn lippen.

'Ik ben een goede spion, weet je,' zei hij. 'Niet zo'n goede spion dat de vrouw die met me door het leven gaat het nooit zou merken, maar goed genoeg om te ontdekken wat Reza Sangari in zijn schild voerde. Ik wist algauw van de andere vrouwen met wie hij omging. Hij werkte met een soort tijdschema. Françoise op die dagen, Maddy op die, Helena op de andere dagen en een heleboel anderen daartussenin. Het was gemakkelijk.'

'Wat was gemakkelijk?' vroeg Maddy, die niet meer deed alsof ze zich verveelde.

'Om jou naar de stad te laten komen op een dag die niet van jou was. We hebben geluncht, weet je nog wel? En ik wist dat je 's middags de verleiding niet zou kunnen weerstaan. Het was een dinsdag, en dan was Helena aan de beurt. Ik was erbij toen ze de deur uit kwam. Ik zag dat het voor jou een soort klap in je gezicht was. Je stond in een portiek aan de overkant. Ik had je een sigaret en een vuurtje kunnen aanbieden, en je zou me niet hebben gezien, zo strak keek je naar zijn deur. Ik was erbij toen je de straat overstak om naar hem toe te gaan en zijn ogen uit te krabben, en je weer een andere vrouw tegenkwam. Ik wist haar naam niet. Ze behoorde niet tot het vaste clubje...'

'Was jij daar óók?' zei Maddy.

'Ik ging met dezelfde trein als jij terug. Ik zag je het huis in strompelen. Ik was steeds bij je in de buurt.'

'Jij bent een zieke klootzak, Marty Krugman,' zei ze.

'Je kreeg je verdiende loon,' zei Marty. 'Ik bleef haar volgen, Inspector Jefe. Het werd een verslaving. Ik deed wat zij als fotografe deed: ik keek naar haar zonder dat ze het wist. Ik hoorde haar als ze dacht dat ze alleen was. Het huilen. Je hebt nog nooit iemand zo horen huilen. Ze jankte als een zieke hond die zit te kotsen. Ze huilde met haar gezicht op de vloer van de badkamer, zo gesmoord dat ze bijna stikte. Heb je ooit iemand zo horen huilen, Inspector Jefe?'

Falcón schudde zijn hoofd.

'Heb je ooit iemand van wie je houdt op die manier om iemand anders horen huilen? Huilen tot ze er wezenloos van zijn, tot al hun organen in opstand komen?'

Falcón schudde weer met zijn hoofd.

'Ze ging niet naar hem terug,' zei Marty. 'Die vrouw heeft een grenzeloze trots. Die trots is groter dan een boeddha. En daar liet ze zich toen door leiden. Haar trots sloeg om in razernij. Ze ging vaak naar de zolder en schreeuwde daar. Schreeuwde tot haar keel zowat uitscheurde.'

'Hebben jullie ooit over deze dingen gepraat?' vroeg Falcón.

Marty schudde zijn hoofd.

'Toen begon het schrijven – en Maddy schrijft niet,' zei Marty. 'Ze heeft in haar hele leven nooit een dagboek bijgehouden. Haar foto's zijn haar dagboek. Maar een paar weken nadat ze had gemerkt op wat voor een man ze verliefd was geworden, begon ze te schrijven. En waarom denk je dat ze begon te schrijven, Inspector Jefe?'

Falcón haalde zijn schouders op.

'Omdat ze wilde dat ik het zag. Ze wist dat ik brandde van on-
geduld om het te zien. En dat was ook zo. Ik moest het zien. Ik
moest het weten. Ik had in haar verdriet geïnvesteerd en ik wilde
mijn dividend.'

'Ze borg de schriften achter slot en grendel op, maar ik kreeg
ze toch te pakken. Ik weet dat je geïnteresseerd bent in psycholo-
gie, Inspector Jefe. En ik vind het jammer dat die papieren niet
meer bestaan, want ik denk niet dat je ooit zoiets gruwelijks hebt
gezien als het schrijfsel van Maddy Krugman. Ze wilde hem niet
zomaar dood hebben, Inspector Jefe. Ze wilde dat hij stierf na
langdurige, medisch begeleide folteringen. Weet je, in het menselijk brein staan seks en foltering vast wel op de een of andere
manier met elkaar in verband. Maddy vond dat ook – nietwaar,
schatje?'

'Ik weet niet waar je het over hebt, Marty,' zei ze. 'Dit is absoluut jouw trip, en het is een solotrip.'

'Ben je het vergeten? "De tong van de minnaar als een elek-
trode op de tepel"? De aanraking van zijn penis "als een stroom-
stok in de vagina"? Die dingen heb jij geschreven.'

'Wat deed je eraan, Marty?' vroeg Falcón.

'Ik deed wat ze wilde dat ik deed. Ik plande het allemaal voor
een zaterdagmiddag. Het was herfst, het werd vroeg donker en
in het weekend was er in het deel van de stad waar Reza Sangari
woonde bijna geen kip op straat. Ik ging hem opzoeken. Ik stelde
me voor. Hij liet me binnen en ik luisterde naar zijn verontschuldigingen. Hij had een zachte stem. Die was zo verleidelijk als de
stem van een folteraar die het niet nodig vindt iets aan de weet te
komen maar je alleen maar pijn wil doen. Ik stond tussen de dure
zijden kleedjes waarop hij mijn vrouw had geneukt en het maakte
me woedend dat hij zo nonchalant zijn verontschuldigingen aan-
bood. Het was verrassend gemakkelijk om hem dood te slaan.
Heb je dat gehoord, Inspector Jefe? Ik, Marty Krugman, de verfijnde, intellectuele estheet, de man die het hele idee van stierengevechten walgelijk vindt, ik vond het verrassend gemakkelijk
om iemand dood te slaan. En ik ontdekte nog iets anders: het ge-

weld dat op dat moment door mijn aderen stroomde – ik heb daarna nooit meer zoiets krachtigs gevoeld.

Ik kwam thuis in het donker, de holbewoner met zijn knuppel, en ze wachtte me op in haar schort. Ze maakte lekker eten klaar en we aten bij kaarslicht. Het was een van onze zwijgende etentjes, alleen was het deze keer anders, want na afloop trok ze haar kleren uit en vroeg ze me haar te neuken. En met dat nieuwe bloed dat door mijn aderen stroomde, deed ik het. En dat, Inspector Jefe, was een neukpartij om nooit te vergeten. Ik had eindelijk ontdekt wat Maddy Krugman opwond.'

'Vlei jezelf maar niet, Marty,' zei ze vol minachting.

'Hoe dan ook, er kwam een eind aan de waanzin. We leefden weer als gewone mensen. Een paar dagen later kwam de moord op Reza Sangari in het nieuws, en het liet haar koud. We rookten hasj, aten heerlijk voedsel en dronken dure wijn, en we hadden veel erg heftige seks.

In de loop van de week daarna kwam de FBI. Ze wilden onder vier ogen met Maddy praten. Ik vond het best. Toen wilden ze mij ondervragen. Maddy vroeg of ze eerst met mij kon praten. We speelden moeiteloos onze rollen. Ze kwam de keuken in en vertelde me voor het eerst zonder omhaal over Reza Sangari. Mijn optreden was perfect. Ik gedroeg me alsof ik verbaasd was over het nieuws, terwijl ik in werkelijkheid alleen maar verbaasd was over ons briljante toneelspel.

De FBI ging weg, maar ze kwamen steeds terug. Ik had geen alibi. Ik had een motief. Ze hadden gezien dat ik op die zaterdag naar de stad ging, al was ik er vrij zeker van dat niemand me had zien terugkomen. Ze kwamen naar mijn werk. Ze zetten me steeds meer onder druk.

'En Maddy en jij hebben maar één keer over Reza Sangari gesproken, namelijk toen de FBI-agenten voor het eerst bij jullie thuis waren?' vroeg Falcón.

'We hebben er nooit meer over gepraat,' zei Marty. 'Het moordonderzoek werd plotseling stopgezet. Ze ontdekten dat Sangari grote schulden had door zijn cocaïnegebruik. Ze gingen ervan uit dat de moord iets met drugs te maken had. Wij gingen naar Europa. Ik kwam tot rust.'

Maddy Krugman kreunde van ongeloof.

'Dat zit allemaal in je hoofd, Marty,' zei ze. 'Pure fantasie.'

'En nu doet ze weer hetzelfde met onze vriend de rechter,' zei Marty, en hij richtte het pistool op Calderón. 'Ze wil dat ik je dood, Calderón. Weet je waarom?'

Calderóns hoofd ging op zijn bevende hals heen en weer.

'Omdat ze je haat. Ze haat alles wat jij symboliseert – de jagende, roofzuchtige man die zijn zaad verspreidt waar hij maar kan. Ik ken haar nu zoals ik nog nooit in mijn leven iemand heb gekend. Zo diep gaat het wanneer je de moorden voor iemand anders pleegt. Echt waar, Juez Calderón, ze wordt seksueel opgewonden bij het idee dat jij dood zou zijn. Dat je daar ligt met wijdopen ogen die niets meer zien en met een gat in je stenen hart. Dan voelt ze zich geweldig.'

'Hou je bek, Marty!' schreeuwde ze. 'Hou verdomme je bek.'

'Ik ontdekte dat onverwachte voordeel. Het duurde een tijdje. Het versterkte onze band. Het stimuleerde ons... ons seksleven,' zei hij, alsof hij het vreemd vond hoe weinig dat nu betekende.

'Totdat...' zei Maddy, die diep ademhaalde na haar uitbarsting.

'Totdat wat?' zei Marty.

'Totdat je weer begon te dénken, stomme lul. Totdat je weer in dat verrekte hoofd van je verdween. Ik was verliefd op Reza Sangari. Hij rotzooide met andere vrouwen. Ik ging niet meer met hem om. En toen heb je hem vermoord – of niet, Marty? Misschien zit dat ook allemaal in je hoofd. Je bizarre fantasie. Ik heb je er niet toe aangezet om hem te vermoorden. Als je hem hebt vermoord, heb je dat helemaal in je eentje gedaan. En zodra hij dood was, had ik je nodig en was je er voor mij, en daarom werd onze band versterkt. De onzin die je over Esteban vertelt – ik weet niet waar je...'

'Er ontbreekt iets in dit verhaal,' zei Falcón. 'Er zit een groot hiaat tussen de FBI die druk uitoefende en jullie verhuizing naar Sevilla, waar jullie de buren van Rafael Vega werden.'

Drie gezichten keken Marty aan. Hij pakte het pistool over in zijn andere hand, veegde zijn hand af aan zijn broek en nam het weer in zijn linkerhand.

'Wat is er gebeurd, Marty?' vroeg Falcón. 'Rechercheurs die moordzaken onderzoeken, laten mensen met de gelegenheid, geen alibi en een sterk motief meestal niet zomaar lopen. Dat geldt ook voor de FBI. Als we dit werk jaren doen, krijgen we allemaal een instinct voor moordenaars en blijven we ze onder druk zetten tot ze bezwijken. Waarom vertel je ons niet waarom ze je lieten gaan?'

Marty Krugman haalde zijn schouders op. Wat maakte het uit?

'Ik kwam iemand tegen in de trein,' zei hij.

Maddy ging rechtop zitten en fronste haar wenkbrauwen.

'In die forensentreinen praten mensen niet veel en meestal vragen ze je ook niet hoe je over je land denkt, maar die man wilde om de een of andere reden alle befaamde theorieën van Marty Krugman weten. Hij wilde weten of ik een goede Amerikaan was. Hij wilde weten hoe groot mijn angst was, en hoe groot mijn hebzucht. Achteraf denk ik dat ik vooral door de test kwam vanwege mijn angst. Ik zei tegen hem dat ik wilde dat Amerika het sterkste land van de wereld bleef, omdat je weet waar je aan toe bent zolang de Amerikanen het voor het zeggen hebben. Een paar dagen later kwamen we elkaar opnieuw tegen en gingen we een eindje wandelen in het Bryant Park achter de New York Public Library. Het was ijskoud. Je kunt daar ergens goed eten – de Bryant Grill. En daar vertelde die man me dat hij wist wat mijn probleem was en dat hij het kon oplossen.'

'Hoe heette die man?' vroeg Falcón, en hij keek Maddy aan.

'Foley Macnamara,' zei Marty onmiddellijk.

Maddy knipperde met haar ogen. Haar mond viel een beetje open.

'We werden vaste bezoekers van de Bryant Grill. Foley vertelde me hoe belangrijk presentatie was als je situaties onder controle wilde houden. Dat het doel de middelen heiligde, en dat de middelen noodzakelijkerwijs extreem waren en onverbiddelijk moesten worden toegepast om degenen met illusies over macht eraan te herinneren met wie ze te maken hebben. Het handhaven van het image was een belangrijke taak van de dienst, zei hij. De merktrouw moest in stand blijven.'

'De dienst?' zei Maddy ongelovig. 'Welke dienst, Marty?'

'Op dat moment vroeg ik hem of hij van de CIA was, en hij zei van niet.'

'O, shit, Marty... nee,' zei Maddy. 'Nu ben je helemaal geflipt. De dienst. Jezus christus.'

'Hij zei dat hij consultant was en informatie verstrekte aan verschillende ministeries. Hij zei dat hij alleen op zakelijk en politiek en nooit op militair terrein werkte. Hij vond mijn profiel interessant: ik had nooit voor de overheid gewerkt, ik had een goed gedocumenteerde carrière als architect, ik sprak bijna vloeiend Spaans. Hij wilde alleen dat ik naar Sevilla ging en contact opnam met een makelaarskantoor, en dan zouden zij ons naast Rafael Vega zetten.'

'Om te beginnen, Marty, waren we niet van plan om naar Sevilla te gaan. Misschien kun je je nog herinneren dat we een huisje in de Provence huurden. Daar zouden we een jaar blijven om te proberen het leven te leiden uit dat stomme boek – áls je je dat nog herinnert.'

'Maar we gingen naar Barcelona om naar het werk van mijn oude vriend Gaudí te kijken en kwamen uiteindelijk in Sevilla terecht, Maddy,' zei hij. 'Ik hoefde alleen maar informatie te geven over Vega, over zijn leven, zijn gedachten, eventuele plannen. In ruil daarvoor zou het onderzoek naar de moord op Reza Sangari in een andere richting worden gestuurd. We zouden het land mogen verlaten en een nieuw leven mogen opbouwen. Daaruit zou niet worden afgeleid dat we schuldig waren.'

'Dit is krankzinnig,' zei Maddy, en ze begroef haar gezicht in haar handen. 'Hoe kun je met die onzin bij deze mensen aankomen?'

'Wist je wie je bespioneerde?' vroeg Falcón.

'Daar kwam ik pas achter toen er dingen gebeurden in het leven van Rafael Vega. De theorie was dat ik des te overtuigender zou overkomen als ik weinig wist.'

'Wie was je contactpersoon hier in Sevilla?'

'Zijn codenaam was "Romany". Ik ontmoette hem altijd bij de rivier, tussen de bruggen.'

'Heeft hij je de echte identiteit van Rafael Vega gegeven?'

'Je gaat me toch niet vertellen dat je die onzin gelooft, Inspector Jefe?' zei Maddy. 'Want ik kan je vertellen... Ik bedoel, dit bewijst dat we met een krankzinnige te maken hebben.'

'Ik heb zelf alles over hem ontdekt,' zei Marty, die haar negeerde. 'Dat betekende dat ik maandenlang niets aan de weet kwam. We praatten over allerlei dingen, maar hij sprak nooit over zichzelf. Hij was zo gesloten als een oester, tot het eind van vorig jaar, toen hij voor het eerst echt dronken werd in mijn bijzijn en over zijn "andere leven" praatte. Ik kwam niet alles in één keer aan de weet. Ik moest de stukjes informatie uit verschillende gesprekken bij elkaar voegen. Het bleek dat hij het moeilijk had omdat hij al eerder getrouwd was geweest. Zijn vrouw was een jaar of wat geleden gestorven in Cartagena in Colombia. Ze hadden een dochter gehad, die zelf ook getrouwd was en kinderen had gekregen. Hij was met zijn dochter in contact gebleven en eind vorig jaar had hij het nieuws gekregen dat zij, haar man en de kinderen waren omgekomen toen een vrachtwagen hun auto van de weg af had gedrukt. Dat was een vernietigende slag voor hem en natuurlijk had hij niemand met wie hij erover kon praten, behalve mij.'

'Geloofde hij dat het een echt ongeluk was?' vroeg Falcón.

'Hij was diep geschokt en ontreddert, en daardoor kwam zijn paranoia aan de oppervlakte,' zei Marty. 'Hij wist niet of het zijn vijanden waren die hem wilden treffen of dat het goddelijke vergelding was.'

'Dus hij vertelde je wat hij in zijn "andere leven" had gedaan?' vroeg Falcón. 'Waarom had hij zich van zijn vrouw en dochter moeten losmaken?'

'Dat heeft hij me niet verteld,' zei Marty. 'Wel dat hij gezichten uit zijn verleden begon te zien.'

Maddy spreidde haar handen alsof dit het bewijs was van Marty's volslagen waanzin.

'In dromen?'

'Ik denk dat het in dromen begon en dat droom en werkelijkheid toen begonnen samen te smelten, en dat hij daar zo bang voor was. Toen het nog droomgezichten waren, vond hij het wel interessant en vroeg hij zich af waarom zijn brein die bepaalde gezichten uitkoos. Zodra hij die gezichten op levende mensen zag, dacht hij dat hij gek werd. Hij wilde niet naar een therapeut of zo. Hij zei dat hij iets slikte tegen zijn spanningen. Maar de gezichten kwamen telkens terug, in parken, winkels, cafés, en toch kon hij er niet achter komen wie het waren.

Het bleek dat hij in het leger had gezeten,' zei Marty. 'En toen was het simpelweg een kwestie van deduceren. Ik veronderstelde dat hij betrokken was geweest bij de Chileense militaire coup van 1973. Ik zei tegen hem dat er in het kader van de Pinochet-revolutie erg onaangename dingen waren gebeurd en dat het misschien gezichten waren van mensen die door toedoen van het nieuwe regime hadden geleden. En toen ik dat zei, wist ik dat ik doel had getroffen. Hij trok zich in zichzelf terug en praatte tegen zichzelf. Ik hoorde hem zeggen: "Dat waren degenen die niet om hun moeder vroegen." Ik denk dat het mensen waren die hij had gemarteld.'

'Heb je hem daarom gedood, Marty?' vroeg Falcón.

'Ik heb er begrip voor dat je de zaak graag wilt afronden, Inspector Jefe,' zei Marty. 'Dus voor mijn part mag je mij van moord beschuldigen. Maar dit was een man die het zelf zou doen.'

'En die dienst?' zei Maddy, ditmaal nog uitdagender.

'Ze wilden hem niet dood hebben,' zei Marty. 'Ze hadden nog steeds niet ontdekt wat ze wilden weten.'

'En wat was dat?' vroeg Falcón.

'Dat wisten ze niet. Ze waren er alleen zeker van dat hij iets had wat schadelijk kon zijn voor hen of hun belangen.'

'Denk je dat deze mensen die flauwekul gaan geloven?' zei Maddy op schelle toon. 'Mijn man een undercover-agent van de CIA? Jij bent een zielig ventje, Marty Krugman. Jij bent een zielig ventje, en dat ben je altijd al geweest.'

'En nu, mijne heren,' zei Marty, 'is dit voorbij.'

De kogel drong rechts van haar linkerborst in haar binnen. Marty liet zich met zijn rug tegen de muur op de vloer zakken. Hij stak de loop van het pistool in zijn mond. Falcón stortte zich op Marty, probeerde het pistool weg te slaan, maar overal was rekening mee gehouden. Marty haalde de trekker over en er verschenen rode spetters op de muur achter hem.

26

Dinsdag 30 juli 2002

Er is niet veel kracht voor nodig om een katoenen laken van je af te werpen, maar Falcón had die kracht niet. Zijn armen waren verzwakt door het fiasco van de vorige avond. Hij was blij dat hij zijn rapport al had geschreven; zijn vingers voelden aan als inktvis. Comisario Elvira had erop gestaan dat hij het rapport faxte, nadat hij eerst mondeling verslag had uitgebracht terwijl hij Calderón naar zijn appartement terugbracht.

De beelden van de vorige avond gingen steeds weer door zijn hoofd. De close-up van het licht dat uitging in de ogen van Marty Krugman. Calderón verlamd op de bank, zijn gezicht een en al afgrijzen terwijl het bloed zich over Maddy Krugmans zijden topje verspreidde. De jonge politieagent die naar het bloedbad in de kamer keek en kokhalsde in zijn hand. García die zich langs hen drong om hoofdschuddend naar de menselijke puinhoop te kijken. Dat ze met z'n drieën naar beneden gingen, waarbij Calderón zich aan de trapleuning moest vastklampen. De scherpschutter die niet in actie was gekomen en die met zijn koffer op zijn knieën voor in García's auto zat. De rit terug met Calderón die in zijn mobieltje sprak en Inés in het kort verslag uitbracht. Inés op spitse schoenen met riempjes en hoge hakken in het schijnsel van de koplampen voor het appartementengebouw. Calderón, zijn handen van dertig kilo per stuk langs zijn zijden, omhelsd door Inés. Hun gezichten toen hij wegliep – dat van haar met trillende onderlip, ogen die fonkelden van tranen, en dat van hem levenloos, afgezien van een snelle blik vanuit zijn ooghoek, een blik die zei: je hebt me gezien, Javier Falcón, en ga nu weg, ga weg, laat me met rust.

Zeven uren van diepe, verdoofde slaap hadden een afstand gecreëerd tussen hem en die gebeurtenissen, die hem nu een journalistiek verslag van een misdrijf uit de jaren vijftig leken. Hij voelde zich anders, alsof een chirurg per abuis iets had verwijderd wat hem nooit tot last was geweest, met als gevolg dat zijn hele leven veranderd was.

Hij dacht weer aan zijn gesprek met Consuelo. Hij had haar gebeld toen hij in bed lag, kort voordat hij in een diepe slaap viel. De laatste woorden: 'Marty Krugman was duidelijk krankzinnig,' zei ze.

'O ja?'

Hij reed naar de Jefatura, somber en misselijk, alsof hij een erge kater had en koffie had gedronken. Hij hield het stuur krampachtig vast. Toen hij op de afdeling kwam, zag hij Ramírez voor het raam staan, voorovergebogen en steunend op zijn handen.

'Ik heb van de ramp van gisteravond gehoord,' zei Ramírez. 'Jij bent ongedeerd?'

Falcón knikte min of meer.

'Elvira is al aan de telefoon geweest. Hij wil je onmiddellijk spreken.'

De Comisario stond met zijn handen op zijn rug voor zijn raam en keek over de Calle Blas Infante naar het Parque de los Príncipes. Zijn voorganger, Lobo, had dat ook altijd gedaan: de illusie van macht ontlenen aan het uitzicht op een domein.

'Gaat u zitten, Inspector Jefe,' zei hij. Zelf ging hij snel en lenig achter zijn bureau zitten en streek even met zijn vinger en duim over zijn snor. 'Ik heb uw rapport gelezen en ook dat van Juez Calderón, dat vanmorgen vroeg is binnengekomen. Ik heb al met de Amerikaanse consul gesproken en hij heeft om kopieën gevraagd. Reken maar dat ze vanmorgen nog contact met ons opnemen over die CIA-onzin. Ze willen natuurlijk niet dat zo'n idee postvat in onze gelederen.'

'Dus u gelooft er niets van?'

'Het lijkt me het geraaskal van een gestoorde man,' zei Elvira. 'Aan de andere kant, toen ik hoorde dat onze regering doodseskaders had gebruikt om cellen van ETA-terroristen te vernietigen, geloofde ik dat ook niet... Ik kon het niet geloven. Dus officieel zou ik zeggen dat ik sceptisch ben, al denk ik bij mezelf dat het hele verhaal pure fantasie is.'

'Hij was gestoord,' zei Falcón. 'Daarover bestaat geen twijfel. Maar u moet hem ook niet helemaal afschrijven. De FBI laat mensen vast niet zo gemakkelijk gaan, en wat hij me over Reza Sangari vertelde komt overeen met wat ikzelf heb ontdekt. Ik zie geen reden waarom hij zou liegen over de moord op die man – tenzij dat ook een fantasie is waarmee hij, verward als hij was, zijn van hem vervreemde vrouw bij zich terug hoopte te krijgen. De dingen die hij over die dienst vertelde... Wie weet. Zijn vrouw geloofde er vast geen woord van. Het zal mij benieuwen wat Virgilio Guzmán over Miguel Velasco te weten komt.'

'Wat heeft Guzmán ermee te maken?'

'Hij is Chileen. Hij heeft contacten met andere Chilenen en die kunnen ons aan dat soort informatie helpen,' zei Falcón. 'Wat die droomgezichten betreft: Pablo Ortega zag Vega op een dag in de Corte Inglés en toen was Vega helemaal versuft. Misschien had hij op dat moment een van zijn visioenen.'

'U moet voorzichtig zijn met Virgilio Guzmán,' zei Elvira. 'Ze zeggen dat hij de dingen niet meer wil accepteren zoals ze zijn. Hij ziet overal complotten.'

'Hij heeft me verteld wat het 9/11-element in het "zelfmoordbriefje" kon betekenen en daardoor weet ik nu wie Rafael Vega werkelijk was.'

'Ik dacht dat hij met u kwam praten over Montes' zelfmoord.'

'Dat is ook zo. Ik was in eerste instantie naar Montes gegaan omdat ik de naam van Eduardo Carvajal in Vega's adressenboekje had zien staan,' zei Falcón. 'Montes vertelde dat de Russische maffia bij de seksbranche betrokken was, en meteen daarop ontdekte ik dat Vega zaken met Russen deed. Ik vroeg Montes naar die Russen en kort daarna pleegde hij zelfmoord.'

'En u hebt daar met Guzmán over gesproken?'

'Ik gaf het hem als context, maar we hadden afgesproken dat hij niet over vermoedens zou schrijven, alleen over aantoonbare feiten. En op dit moment kunnen we nog niet concreet aantonen dat Montes iets met de Russen te maken had.'

'U maakt me erg nerveus, Inspector Jefe. Die zelfmoord van Montes is voorlopig een interne zaak. Als er corruptie in het korps is, moeten we uiterst behoedzaam te werk gaan.'

'Er was een journalist naar me toe gestuurd. Niemand had me verteld wat ik wel of niet met hem mocht bespreken. Ik denk dat bij iemand met de reputatie van Virgilio Guzmán openheid het beste beleid is. Hebt u de *Diario de Sevilla* van vandaag gelezen?'

'Ja. Er staat een uitgebreid verhaal in over de carrière van Inspector Jefe Montes.'

Falcón knikte, wachtte af, maar er kwam niets meer.

'Ik denk dat u het huis van de Krugmans moet doorzoeken voordat de Amerikanen weer contact met ons opnemen,' zei Elvira. 'Ik heb al voor een huiszoekingsbevel gezorgd.'

Falcón liep naar de deur. Elvira praatte tegen zijn rug.

'Als Virgilio Guzmán u naar de gebeurtenissen van gisteravond vraagt, heb ik graag dat u niet veel loslaat over de reden waarom Juez Calderón in dat appartement was. Ik wil niet in de krant hebben dat de Juez de Instrucción een verhouding met de overledene had.'

'Heeft hij dat toegegeven?'

'Ik heb hem om een afzonderlijke verklaring over dat onderwerp gevraagd. Het schijnt dat hij door haar geobsedeerd werd,' zei Elvira, en zonder van zijn papieren op te kijken voegde hij daaraan toe: 'Het verbaast me dat u zijn moedige daad op het eind niet in uw rapport hebt opgenomen.'

'Zijn moedige daad?' vroeg Falcón.

'"Toen Krugman zijn pistool omhoogbracht om te schieten",' zei Elvira, voorlezend uit Calderóns verklaring, '"stortte ik me op hem in de hoop hem af te leiden. De kogel trof señora Krugman in de borst. Inspector Jefe Falcón kon niet voorkomen dat señor Krugman het pistool in zijn mond stak en zichzelf van het leven beroofde.'''

'Ik zal het huis van de Krugmans doorzoeken.' Falcón verliet de kamer.

'García had het ook niet gezien,' zei Elvira, toen de deur dichtging.

Terug in zijn eigen kamer, zei Falcón tegen Cristina Ferrera dat ze naar het lab moest gaan om de huissleutels van de Krugmans op te halen van Felipe en Jorge, die ze van de plaats delict in Tabladilla hadden meegenomen. Ramírez zat nog voorovergebogen aan zijn bureau.

'De CIA?' zei hij ongelovig.

Falcón hief zijn handen ten hemel.

'Of niet de CIA, maar een schimmige organisatie die met de CIA in verband staat,' zei hij.

'Fantasie,' zei Ramírez.

'Stel nou dat Guzmáns complottheorie juist is. Als je deel uitmaakte van de Amerikaanse regering en je was verantwoordelijk voor heel lelijke dingen die in de jaren zeventig in Zuid-Amerika waren gebeurd, en je was bang dat Rafael Vega op de een of andere manier kon bewijzen dat hoge Amerikaanse regeringsfunctionarissen erbij betrokken waren... wat zou jij dan doen?'

'Hem voor alle zekerheid vermoorden.'

'Ja, want jij bent een meedogenloze rotzak, José Luis,' zei Falcón. 'Maar daar zou je de CIA toch niet voor gebruiken? Daar zou je de macht niet voor hebben. Aan de andere kant moeten er ex-CIA-agenten zijn die over de juiste contacten beschikken en die je om een "wederdienst" kunt vragen. Je snapt wat ik bedoel... Je kunt Krugman niet afdoen als de zoveelste gek.'

'Toch wel,' zei Ramírez. 'Hij is te labiel voor dat soort werk.'

'Als hij nu eens je enige optie is?' zei Falcón. 'En wat te denken van wat hij op het laatst heeft toegegeven: dat de dienst Vega niet dood wilde hebben omdat ze nog niet hadden ontdekt wat ze wilden ontdekken? Dat is een beetje een anticlimax, nietwaar?'

'Je bedoelt dat hij al die belangrijke, geheime dingen deed, maar dat de informatie die hij boven water had gekregen niet genoeg was om Vega ervoor te vermoorden?' zei Ramírez. 'Misschien zit datgene waar ze naar zochten in Vega's bankkluis, waarvoor we nog stééds geen rechterlijke machtiging hebben.'

'Je begint erin te geloven, José Luis. Herinner Juez Calderón er maar aan als hij vandaag op kantoor komt.'

De telefoon ging in de afdelingsruimte. Ramírez nam op, terwijl Falcón nadacht over Krugman. 'Ze', als ze bestonden, konden niet hebben verwacht dat Marty papieren of een videoband zou vinden. Dat zou te veel zijn geweest. Ze wilden dat hij verslag uitbracht over Vega's geestestoestand. Was dit een man die op het punt stond om bijvoorbeeld naar Baltasar Garzón of Belgische rechters te gaan en zijn diensten aan te bieden?

'Dat was het gemeentehuis van Aracena,' zei Ramírez, die tegen de deurpost leunde. 'Ze hebben vergunning verleend voor een restauratieproject van Montes' verwoeste finca. De waarde wordt op twintig miljoen peseta geschat. Totale herbouw, volledige modernisering, volledig nieuwe elektrische installatie – noem maar op.'

Falcón gaf het nieuws door aan Comisario Elvira, die reageerde alsof hij het altijd al had verwacht. Hij zei dat ze moesten doorgaan met de huiszoeking bij de Krugmans. Ferrera kwam terug met de huissleutels en ze reden naar Santa Clara.

Het huis was koud en stil, en zag er onverstoord uit. Ze trokken hun rubberen handschoenen aan.

'Ik ga naar boven,' zei Falcón. 'Kom bij me als jullie hier beneden klaar zijn.'

'Waar zoeken we naar?' vroeg Ferrera.

'Een briefje van Henry Kissinger met de tekst "Ga door met het goede werk",' zei Ramírez. 'Dat moet genoeg zijn.'

Falcón ging naar boven. De deur van Maddy Krugmans expositieruimte stond open. Alle foto's waren van de muren gehaald en er stond nog maar één werk op een voetstuk in het midden van de kamer. Het was een fragment van een vergrote versie

362

van Vega die op blote voeten in de tuin stond. Het fragment was in perspex gevat en in het transparante blok hingen, als de skeletten van herfstbladeren, de spookachtige afdrukken van menselijke handen. Het was of ze allemaal opdrongen naar die eenzame gestalte, die daar stond alsof hij door zijn eigen voorgeschiedenis gevangen werd gehouden, als een insect in amber. Er zat een kaartje aan het werk vast, met daarop de Spaanse titel: *Las Manos Desaparecidas* – De Verdwenen Handen.

Hij ging naar haar werkkamer. Ferrera zou een dag bezig zijn alle afdrukken, dia's en negatieven stuk voor stuk te bekijken. Tegen de muur stonden de ingelijste foto's die in de andere kamer hadden gehangen. Hij bekeek ze, op zoek naar de foto die ze van hem had gemaakt. Hij vond de lege lijst. Hij keek in de papiervernietiger en zag dat zijn afbeelding in dunne linten was gesneden.

Marty Krugman had een van de andere slaapkamers als kantoor in gebruik. Er stonden een bureau, een laptop en een tekentafel. In de hoeken stonden rollen met tekeningen. Falcón nam de bureauladen door. Hij vond een oud schoolschrift met wat zo te zien losse gedachten waren die Krugman had genoteerd.

Verveling is de vijand van de menselijkheid. Daarom gaan we moorden.

De folteraar leert zijn vaardigheden door de kwellingen van zijn eigen geest, getransformeerd door macht.

Een schuldgevoel definieert ons als menselijk, maar vernietigt alles wat ons menselijk maakt door onze geest te verteren. Door onze zonden publiekelijk te belijden kunnen we onze menselijkheid herstellen. Dat is de maatstaf van onze wederzijdse afhankelijkheid.

Falcón bladerde naar de laatste notitie.

Ik weet wat je doet. Ik ga je vastketenen, ik ontzeg je voedsel en water, zie je uitdrogen en wegkwijnen, vervagen en barsten, en ik laat een heerlijke rode wijn over mijn tong glijden terwijl jij sterft.

Dat was het probleem met Krugman: hij was net een onberekenbare getuige bij de rechtbank. De zuiverheid van zijn intellect werd altijd aangetast door de bacterie van de emotie. Ramírez verscheen in de deuropening. 'Heb je de expositie gezien?' zei Falcón. *'De Verdwenen Handen?'*

'Ik ben boven gekomen om Cristina's vraag onder vier ogen te stellen,' zei Ramírez. 'Waar zoeken we nou naar?'

'Die expositie – zou dat señora Krugmans artistieke interpretatie zijn van wat er in Vega's hoofd omging, of wist ze meer?' zei Falcón. 'Dit is een schrift met gedachten van Krugman – hij heeft het over de gedachtewereld van de folteraar.'

'Dat zijn vage aanwijzingen,' zei Ramírez. 'Die zijn niet bruikbaar.'

'We zijn hier omdat Elvira zich aan het indekken is. Hij is sceptisch, maar hij wil er ook zeker van zijn dat er geen duidelijke connectie is tussen Krugman en – hoe zullen we hem noemen? – een raadselachtige Amerikaan,' zei Falcón. 'Dat betekent dat we alle foto's van señora Krugman moeten bekijken en...'

'Maar ze fotografeerde altijd vreemden.'

'Maar geen vreemden die bij de rivier met haar man praatten.'

'En als we een foto vinden?'

'Nu ben je weer een ongelovige geworden, José Luis,' zei Falcón. 'Als ik je vijftien jaar geleden had verteld dat Russische maffiabendes zeventig procent van de prostitutie in Europa in handen zouden krijgen, zou je me in mijn gezicht hebben uitgelachen. Maar op dit moment is alles, echt alles, mogelijk. Er zijn mensen die vliegtuigen als bommen beschouwen. Voor een paar duizend euro kun je in elke Europese stad binnen achtenveertig uur een nieuwe identiteit krijgen. Binnen enkele minuten heb je een AK-47 in je bezit. Er zijn Al Qa'ida-cellen in bijna elk land ter wereld. De hele Europese beschaving is doortrokken van anarchie en decadentie – waarom zou de CIA dan geen kleine operatie uitvoeren in Sevilla?'

'Ja, de wereld is angstaanjagend – goed dat je me daarop wijst, Javier,' zei Ramírez. 'Maar wat ik wil zeggen: wat schieten we ermee op als we een foto van Krugman met een raadselachtige Amerikaan vinden? Het consulaat ontkent alles. Krugman was een krankzinnige die eerst zijn vrouw doodschoot en toen zichzelf. Hoe komen we dan verder?'

'Er zijn binnen een week zes mensen gestorven. Vijf van hen woonden naast elkaar. Zelfs wanneer ik geen politieman was, zou ik dat bijzonder vinden,' zei Falcón. 'Misschien zijn we getuige van een soort collectieve onbewuste implosie, waarbij elke dood of zelfmoord mentale druk uitoefent op het volgende slachtoffer. Of misschien kunnen we gewoon de verbanden niet zien, omdat we nog niet genoeg weten.'

Het mobieltje in zijn zak trilde. Elvira gaf hem opdracht naar de Jefatura terug te komen. Het Amerikaanse consulaat stuurde iemand. Falcón liet het zoeken aan hen over en reed naar de Calle Blas Infante terug.

De man van het Amerikaanse consulaat was een verbindingsofficier, Mark Flowers. Hij was een jaar of vijftig en zag er goed uit, gebruind en met zwart haar, dat waarschijnlijk geverfd was. Hij sprak onberispelijk Castiliaans Spaans en was goed voorbereid op wat hem te doen stond.

'Ik heb deze twee rapporten van Inspector Jefe Falcón en Juez Calderón gelezen. Ik heb gehoord dat ze afzonderlijk zijn geschreven. De indrukwekkende hoeveelheid details komt overeen, en omdat er geen duidelijke tegenstrijdigheden te zien zijn, heb ik tegen de consul gezegd dat ik de rapporten accuraat en juist acht. Beide rapporten zijn dan ook doorgestuurd naar de CIA in Langley, opdat die er commentaar op kan geven. De CIA ontkent categorisch ook maar iets te weten van niet alleen Marty Krugman maar ook die zogenaamde consultant, Foley Macnamara. Comisario Elvira heeft ook gevraagd of de CIA informatie had over een zekere Miguel Velasco, alias Rafael Vega, een vroegere Chileense militair die een cia-opleiding zou hebben gehad. Ze hebben me meegedeeld dat ze een dossieronderzoek hebben gedaan naar alle personeelsleden vanaf het moment dat de cia na de Tweede Wereldoorlog werd opgericht, en dat niemand met die naam ooit een opleiding heeft gekregen. Ze zijn bovendien van mening dat Marty Krugman gisteravond op geen enkel moment heeft gezegd dat Rafael Vega en Miguel Velasco dezelfde persoon waren, en dat de informatie die hij gaf blijkbaar zijn interpretatie van señor Vega's psychische problemen was. Krugman zelf concludeerde dat Vega in het Chileense leger heeft gezeten en betrokken was bij martelingen. Ze noemen señor Krugman een klassieke fantast. Zijn fantasie was aangetast door een psychose en gezien zijn persoonlijke ervaring met de Zuid-Amerikaanse politiek van die tijd moet het hem geen enkele moeite hebben gekost om...'

'Welke persoonlijke ervaring met de Zuid-Amerikaanse politiek?' vroeg Falcón.

'De immigratiedienst heeft zich in Marty Krugmans reizen buiten de Verenigde Staten verdiept en ontdekt dat hij zich met zijn progressieve en linkse opvattingen genoeg tot Chili aangetrokken had gevoeld om daar tussen maart 1971 en juli 1973 vier keer heen te gaan. Zoals u weet, maakte de Amerikaanse overheid zich ten tijde van de Allende-regering zorgen over het marxistische beleid in Chili. Amerikaanse burgers die een bezoek aan dat land brachten, werden dan ook nauwlettend in de gaten gehouden.'

'En Vega's overleden vrouw en het gezin van zijn dochter?' vroeg Falcón.

'Dat is moeilijker na te gaan, zoals u zich wel kunt voorstellen. Ze kunnen alleen maar zeggen dat noch Miguel Velasco, noch Rafael Vega ooit op Amerikaanse bodem in het huwelijk is getreden,' zei Flowers.

'Ik bedoelde Krugmans bewering dat Vega's spanningen voortkwamen uit zijn paranoïde idee dat ze door zijn vijanden waren gedood.'

'Wie zijn die vijanden?'

'De mensen die hem hebben opgenomen in een project om getuigen te beschermen, het project waaruit hij besloot te ontsnappen.'

'Misschien zal het u interesseren dat uit het onderzoek van de CIA naar Chileens militair personeel is gebleken dat Miguel Velasco een berucht lid van het Pinochet-regime was, bekend om zijn extreem onconventionele en weerzinwekkende verhoortechnieken. De oppositionele revolutionaire beweging, de MIR, gaf hem de bijnaam *El Salido* – de Perverse.'

'Maar wat had de CIA te zeggen over de betrokkenheid van de FBI bij de zaak?' vroeg Falcón. 'De CIA zal zich toch wel interesseren voor iemand die uit een getuigenproject van de FBI verdwijnt nadat hij eerst als getuige is opgetreden in een drugssmokkelzaak?'

'De CIA heeft die documenten alleen bekeken in het licht van señor Krugmans gedrag en beweringen. Ik weet dat ze een dossier over Miguel Velasco hebben vanwege zijn daden in de tijd van de Pinochet-regering. Als er iets is, is dat natuurlijk geheim.'

'Uw respons was erg snel en grondig,' zei Falcón.

'Daar gaan ze prat op,' zei Flowers. 'Sinds 9/11 zijn er dingen in de dienst veranderd. Dat betreft vooral de snelheid van reacties op alle verzoeken om inlichtingen waarin die datum wordt genoemd, zelfs wanneer het over 1973 gaat.'

'Ik heb een overzicht van de zaak-Vega aan de verklaringen toegevoegd,' zei Elvira. 'Voor alle duidelijkheid.'

'Daar hebben we veel aan gehad, Comisario,' zei Flowers.

'Hoe zou de CIA reageren als we met fotografisch bewijsmateriaal konden aantonen dat er ontmoetingen hebben plaatsgevonden tussen señor Krugman en... Amerikaanse overheidsfunctionarissen?' vroeg Falcón, die Mark Flowers een beetje te vriendelijk en behulpzaam vond.

'Met extreme verbazing, zou ik denken,' zei Flowers, wiens gezicht volstrekt onbewogen bleef.

'Zoals u weet, was señor Krugmans vrouw een bekende, actieve fotografe die er vooral van hield om foto's van mensen bij de rivier te maken. En dat was de plaats waar haar man zei dat hij ontmoetingen had met "Romany".'

Flowers knipperde een keer met zijn ogen, maar zei niets. Hij gaf Elvira zijn kaartje en ging weg.

'Hebben jullie fotografisch bewijsmateriaal?' vroeg Elvira.

'Nee, Comisario,' zei Falcón. 'Dat is alleen maar een manier om een onderzoekslijn af te sluiten. Als señor Krugman een fantast was, horen we nooit meer iets van Mark Flowers. Maar als hij informatie verstrekte, zullen sommige mensen bij het consulaat zich grote zorgen maken. Ik ben benieuwd of u wordt benaderd door een hogere autoriteit.'

Elvira's telefoon ging. Falcón maakte aanstalten om weg te gaan. Elvira hield hem met een handgebaar tegen. De Comisario luisterde, maakte aantekeningen en hing op.

'Dat was iemand in Aracena,' zei hij. 'Hij heeft zojuist van de brandweer gehoord dat de bosbrand die de afgelopen dagen rond Almonaster la Real woedde aangestoken was. De brand is begonnen bij een afgelegen finca die eigendom is van Inspector Jefe Alberto Montes. De inhoud van het huis is bijna volledig verwoest, maar ze hebben een primitieve timer gevonden en ze denken dat die verbonden was met een brandbom die een grote hoeveelheid benzine in vlammen liet opgaan.'

27

Het was nog genadeloos heet buiten de stad, die ineengedoken in een waas achter Falcón lag, als een monster in zijn eigen stank, maar de openheid van de glooiende vlakten voor hem, het wuivende bruine gras en de heuvels in de verte gaven hem het gevoel dat hij bevrijd was van het ongemak van zijn eigen lichaam. Toen hij door de sierra reed, daalde de temperatuur, en hoewel die geen moment onder de lichaamstemperatuur kwam, gaf het hem een uitbundig gevoel dat hij het koortsige beton van de stad had verwisseld voor het hoge groen van de kastanjebomen. Of kwam het door Elton John die 'Benny and the Jets' zong op de radio?

Het was onvoorstelbaar dat hier iets verschrikkelijks zou kunnen gebeuren. Terwijl de stad arme, ontredderde, verdorven en gedegenereerde mensen naar zijn gehavende onderbuik trok, leek het wel of dit land onberoerd was gebleven. Het dichte gebladerte van de bomen zeefde het zonlicht, zodat alleen de zuivere, gevlekte herinnering aan minder chaotische tijden overbleef. Totdat Falcón de grote weg verliet om naar Almonaster la Real te rijden.

De houtskoolstank van verbrand bos drong al tot hem door voordat hij de zwartgeblakerde stronken zag, de geschroeide, ontbladerde bomen die hun takken, van schors ontdaan, ten hemel hieven als slachtoffers met ernstige brandwonden. De woudbodem van zwarte en grijze kooltjes smeulde nog, alsof hij nahijgde van de golf van vernietiging. De witte hemel vormde een meedogenloze achtergrond, alsof hij eventuele twijfelaars met die monochromatische verschrikking goed duidelijk wilde maken dat wat hier gebeurd was even erg was als oorlog.

De politie- en brandweermannen die hij in het dorpscafé van Almonaster ontmoette, waren grimmig en de dorpelingen waren geschokt en wanhopig, alsof ze de overlevenden van een gruweldaad in oorlogstijd waren. Ze wisten dingen die Falcón op dat moment nog niet wist.

Hij werd naar de finca geleid, die een paar kilometer buiten het dorp stond, afgelegen in het bos. Een primitieve zandweg van een kilometer leidde naar het huis, waarvan het raamloze, dakloze, zwartgeblakerde restant eruitzag als een gigantische ingeslagen menselijke schedel.

Alles wat in het huis van hout was, was door het vuur verteerd. De bovenverdieping had geen vloer meer. Die was verbrand of bezweken onder het gewicht van het dak dat op het beton beneden viel. De begane grond was bedekt met zwarte terracotta dakpannen, verkoolde balken en meubelen, rokende matrassen, televisies zonder beeldscherm en plassen gesmolten en daarna weer hard geworden plastic.

Ze leidden hem door een opening in de betonnen vloer naar de kelder, die lelijk geschroeid was, maar intact was gebleven. Hij zag er anders uit dan alle kelders die Falcón ooit had gezien. Er waren vier metalen deuren, twee aan elke kant van een korte gang. De deuren hadden grendels aan de buitenkant en er konden ook nog hangsloten op. Geen van de kamers had ramen. In alle kamers lagen verbrande houten pallets en matrassen. Het waren cellen waarin mensen waren opgesloten.

In een van de cellen, waarvan de natuurstenen muren ruw waren, was iets in een steen in de hoek bij het bed gekrast. Het was iets in Cyrillisch schrift. Een geëmailleerd metalen plaatje lag ondersteboven op de vloer.

Ze brachten hem weer naar boven en naar buiten. Het gras was weggebrand, zodat alleen een kaal stuk zwarte en bruine aarde was achtergebleven, dat er nu uitzag als de vacht van een zieke hond. Aan de rand van het terrein, bij wat de boomgrens moest zijn geweest, verhieven zich twee bergen aarde.

'Doordat het bos was afgebrand, konden we die bulten zien,' zei de politieman. 'We groeven ongeveer een meter en vonden dit...'

Falcón keek neer op de skeletachtige overblijfselen van twee mensen die in de donkere aarde lagen.

'We wilden niet verder graven voordat de technische recherche er was, maar de dokter hier uit het dorp heeft ze gemeten en denkt dat het een jongen en een meisje van ongeveer twaalf of dertien zijn. Hij dacht dat ze hier tussen de acht maanden en een jaar begraven liggen, omdat er geen weefsel meer over is.'

'Wat weet u over het gebruik dat van dit huis werd gemaakt?' vroeg Falcón, die er behoefte aan had om iets te zeggen, want zijn woede was bijna niet meer in bedwang te houden.

'Alleen in de weekends, en niet elk weekend. Vooral de vrijdag- en zaterdagavond.'

'Hebt u de eigenaar ontmoet?'

'Inspector Jefe Montes? Natuurlijk. Hij kwam zich aan ons voorstellen. Hij zei dat hij het huis had gekocht en dat vrienden van hem het gingen opknappen om het als jachthut te gebruiken.'

Ze liepen naar het huis terug en Falcón zag dat er airconditioning op de beneden- en bovenverdieping was geweest.

'Dus ze kwamen hier ook 's zomers?' zei Falcón, wijzend naar de zwart uitgeslagen airco-eenheden.

'Natuurlijk niet om te jagen,' zei de politieman. 'Uiteindelijk hebben ze helemaal niet veel gejaagd... We stonden daar indertijd nauwelijks bij stil. En omdat Inspector Jefe Montes de eigenaar was, dachten we niet dat hier...'

De stem van de politieman stierf weg. Het woord 'illegaal' was volstrekt ontoereikend om te beschrijven wat er in dit gruwelhuis was voorgevallen.

'Degene die deze brand heeft aangestoken, moest veel benzine naar het huis brengen,' zei Falcón. 'Waarschijnlijk gebruikten ze plastic jerrycans en een pick-uptruck. Kunt u contact opnemen met alle benzinestations hier in de buurt en... nou ja, u weet wat er moet gebeuren.'

Falcón belde Elvira en bracht verslag uit. Hij vroeg hem Felipe en Jorge te sturen, en die konden dan beter een extra stel kleren meebrengen, want ze zouden die nacht niet naar Sevilla teruggaan. Hij vroeg ook om wat mankracht om naar de benzinestations in Sevilla en omgeving te bellen. Ze moesten informeren naar een pick-uptruck met waarschijnlijk twee mensen die een stuk of tien plastic jerrycans met benzine hadden gevuld. Dat zou dan in de nacht van zaterdag op zondag gebeurd moeten zijn. Hij hing op en zei tegen de politieman dat de omgeving moest worden afgezet en bewaakt. Totdat de technische recherche er was, mocht niemand iets aanraken in het huis en de naaste omgeving. Hij keek naar de airco-units op de begane grond, maar vond niet wat hij zocht. Hij vroeg om een ladder. Er werd een auto naar het dorp gestuurd. Falcón stond in het zwartgeblakerde landschap en werd steeds woedender naarmate hij langer om zich heen keek.

De auto kwam met een ladder terug. Falcón schoof hem uit, zette hem tegen het huis en merkte dat hij in stilte begon te bidden. Hij nam een plastic zak en een pincet en klom naar de airco-units, een voor een. Op de derde unit vond hij wat hij zocht: geschroeid, maar niet vernietigd, zat daar nog de afbladderende sticker van het bedrijf dat de airconditioning had geïnstalleerd: Aire Condicionado Central de Sevilla. Het bedrijf van Ignacio Ortega.

Hij nam nog een plastic zak, liep over het zandpad en schepte wat stof op. Hij verwachtte dat het overeenkwam met het stof dat ze op Vega's oude Peugeot hadden gevonden.

Ortega, Vega, Montes, dacht hij. En er was nog maar één van hen in leven.

Ramírez klonk verveeld toen Falcón hem belde. Er waren duizenden afdrukken van Maddy Krugman op papier en op de harde schijf, en hij vond het geen inspirerende taak. Zijn verveling verdween toen Falcón hem over Montes' finca bij Almonaster la Real vertelde.

'Heb je het alibi van Ignacio Ortega nagetrokken?' vroeg Falcón.

'Ja, maar dat was voor de nacht waarin Rafael Vega stierf.'

'Waar was hij?'

'Hij lag met zijn vrouw in bed aan de kust.'

'Ik vertelde hem zaterdagavond laat over Pablo's dood en hij kwam pas zondagmorgen naar Sevilla terug.'

'Als je wilt, kan ik hem vragen te bewijzen waar hij die week is geweest.'

'Ik wil hem niet afschrikken.'

'Nou, als hij die brandstichting heeft georganiseerd, heb je dat al gedaan,' zei Ramírez. 'Hoeveel mensen weten wat er in Montes' finca is gebeurd?'

'Inmiddels heel Almonaster la Real. Ik bedoel, niet in details, maar ze weten dat het erg is. Waarschijnlijk weten ze ook al van de lijken.'

'Dus het komt vanavond allemaal op het journaal?'

'We weten nog niet genoeg om hem in verband te brengen met wat er in Montes' finca is gebeurd. We moeten eerst de brandstichters vinden. Misschien kunnen die ons aan dat verband helpen,' zei Falcón. 'Laat Cristina in het huis van de Krugmans achter, ga naar de Jefatura terug en zorg dat het allemaal gebeurt, José Luis.'

Falcón ging weer naar de kelder van het huis en kopieerde met een penlight in zijn mond het Cyrillische handschrift op de muur. Toen hij in de vier cellen om zich heen keek, besefte hij dat de matrassen met benzine waren doorweekt en in brand gestoken, maar dat er niet genoeg zuurstof was geweest om het vuur aan de gang te houden.

Er werden weer mensen naar het dorp gestuurd om grote stukken plastic te halen, en die legden ze op de verschroeide aarde. De matrassen en pallets werden genummerd, uit de kelder gedragen en op het plastic gelegd. Falcón bestudeerde de muren van de lege cellen.

In de tweede cel zag hij een donkere vlek op de vloer. Die liep van de achtermuur naar het midden van de kamer. Hij hakte een stukje beton los en deed het in een plastic zakje. In de vierde cel vond hij een munt van één euro achter een los stukje specie. Die deed hij ook in een zakje.

Buiten werkten ze aan de matrassen. Ze trokken de tijk eraf en werkten zich door de vulling heen. In het matras uit cel twee zat een gebogen glasscherf, een stukje van een kapot wijnglas. In het matras van cel drie zat de echte schat: een gebruikt Gilette II-scheermesje met nog wat baardharen eraan.

Om drie uur 's middags gingen ze lunchen. Felipe en Jorge waren inmiddels ook in Almonaster la Real aangekomen en bij de varkenskoteletten, gebakken aardappelen en salade zei Falcón tegen hen dat ze zich moesten concentreren op het interieur van het huis voordat ze de lichamen opgroeven.

'Meter voor meter. Overal foto's maken. Overal naar vinger-afdrukken zoeken, al lijkt het of de dingen helemaal uitgebrand zijn – alle televisies, videorecorders, afstandsbedieningen. Er is daar veel gestold plastic, en dat kan van videobanden zijn; kijk of er nog één centimeter band is overgebleven. We zoeken ook naar persoonlijke bezittingen – geld, sieraden, kleren. Als mensen naar zo'n soort huis gaan, verliezen ze dingen. Ik wil dat het ter-rein rond het huis grondig wordt doorzocht. Doe dat heel zorg-vuldig; doe alles volgens het boekje. Niemand, en ik bedoel nie-mand, die in dat huis is geweest en betrokken is geweest bij wat daar gebeurde, mag ook maar de kleinste kans maken om door een formaliteit de dans te ontspringen.'

Er daalde een grimmige vastberadenheid over de eettafel neer. Er werd naar de nabijgelegen plaatsen Cortegana en Arace-na gebeld om meer mensen te laten helpen met het centimeter voor centimeter afzoeken van het terrein. Toen ze naar de finca terugkeerden, waren daar dertig mensen. Falcón liet zesentwin-tig van hen het terrein uitkammen en gaf vier van hen opdracht

Felipe en Jorge te helpen dingen uit het huis te halen.

Alles wat ze vonden, werd ter plaatse gefotografeerd en in zakjes gedaan. De vondsten werden in een schoolschrift genoteerd, met het fotonummer erbij. Grote voorwerpen met waarneembare vingerafdrukken werden in plastic verpakt. Falcón vroeg Elvira ervoor te zorgen dat er twee laboranten klaarstonden om het materiaal in ontvangst te nemen.

Om zeven uur die avond hadden ze het terrein en ongeveer tweederde van het interieur doorzocht. Ramírez belde.

'Ik heb je brandstichters gevonden,' zei hij. 'Ik breng nu een team bijeen om ze op te pakken. Ze wonen in Tres Mil Vivendas en ik wil niet dat ze uit die gribus ontsnappen.'

'Dat was snel, José Luis.'

'Ik had geluk,' zei hij. 'Omdat ik dacht dat ze dit 's nachts zouden doen, begon ik met alle benzinestations aan de weg naar Aracena die 's avonds laat nog open waren. Ik dacht dat ze misschien niet dom waren, maar in deze hitte misschien wel lui. Ik ging ervan uit dat ze niet alle jerrycans bij één benzinestation zouden vullen, want dat zou in de gaten lopen, maar dat ze het misschien onderweg zouden doen. Twee van de benzinestations herinnerden zich een pick-uptruck met twee kerels die plastic jerrycans vulden, maar ze hadden daar geen bewakingscamera's. Ik werkte van daaruit verder, tot ik een benzinestation met camera's vond, en toen had ik geluk. De kerels kwamen twee keer terug om jerrycans te vullen. Ik bekeek de bandjes. Ze droegen allebei een pet en wisten dus dat ze van die camera's te duchten hadden, en ik kreeg ze niet te zien. Hun auto ook niet, want die stond aan de andere kant van de pompen geparkeerd. Maar de tweede keer stond er een vrachtwagen op de plek waar ze wilden staan en moesten ze dus in het licht tussen de winkel en de pompen komen. De camera's waren juist op dat deel van het terrein gericht. Het kenteken van hun auto gleed prachtig in beeld.'

'Heb je namen?'

'Ja, en ze hebben allebei een strafblad met diefstalletjes en inbraken, en een van hen is ook veroordeeld voor mishandeling, maar ze hebben geen van beiden gezeten voor brandstichting.'

'Ik ben op de terugweg met de eerste wagen vol sporenmateriaal.'

Hij verbrak de verbinding, maar zijn mobieltje liet meteen weer van zich horen. Alicia Aguado vertelde hem dat ze een vriend had gevonden die haar naar de gevangenis zou brengen voor haar volgende sessie met Sebastián Ortega.

Een van de politiemannen uit Aracena had familie in Sevilla en bood aan de wagen met sporenmateriaal te begeleiden. Falcón reed in zijn eentje met grote snelheid naar de stad terug, alsof hij zich naar een briljante finale haastte. Hij moest drie keer stoppen omdat de telefoon ging.

De eerste die belde, was Cristina Ferrera. Ze zei dat ze de afdrukken en harde schijf van Maddy Krugman had bekeken en twee opnamen had gevonden van Marty Krugman met een onbekende man, op elke foto een ander. Op een van die foto's was hij levendig aan het praten, op de andere wachtte hij blijkbaar af. Op de foto's bevond hij zich op de achtergrond respectievelijk ergens aan de zijkant. De eerste had ze van de harde schijf gehaald en ze had dat deel van de opname vergroot om er zeker van te zijn dat hij het was.

Het tweede telefoontje kwam van Ramírez, die bevestigde dat ze de twee brandstichters hadden gearresteerd en dat hij hun woning doorzocht.

Het derde telefoontje kwam van Elvira, net toen Falcón op het punt stond Sevilla binnen te rijden. De Comisario wilde hem spreken zodra hij in de Jefatura terug was.

Falcón ging regelrecht naar Elvira's kamer. Diens secretaresse was al weg. De deur van de Comisario stond open. Elvira zat aan zijn bureau en staarde naar het bureaublad alsof hij een vreselijk verlies had geleden.

'Er is iets aan de gang,' zei Elvira, en hij wees hem een stoel.

'Wat het ook is, het ziet er niet goed uit.'

'Er komt politieke druk van... onzichtbare machten,' zei Elvira. 'Dat artikel in de *Diario de Sevilla* van vanmorgen...'

'Daar maakte u zich eerder vandaag niet zo druk om.'

'Die lange necrologie is een erg zorgvuldig opgesteld verhaal. Er worden geen redenen voor Montes' zelfmoord genoemd, en het stuk doet geen beweringen, maar mensen die "het weten" twijfelden er na het lezen van dat artikel niet aan dat het ernstige implicaties heeft. Er is een reactie op die implicaties gekomen van hooggeplaatste personen in het gemeentehuis en vooraanstaande leden van het Andalusische parlement. Ze willen weten hoe het met ons... huis is gesteld.'

Falcón wilde iets zeggen, maar Elvira stak zijn hand op.

'Ik heb net twee andere meldingen gehoord. Je kunt ze als onfortuinlijke vakantieongelukken beschouwen, maar je kunt er ook een sinister toeval in zien. Alfonso Martinez, lid van het Andalusische parlement, ligt op de intensive care nadat zijn auto op de snelweg van Jerez de la Frontera naar Cádiz van de weg is geraakt en tegen een brug is gecrasht. En de vrouw van Enrique Altozano heeft de kleren van haar man in een stapeltje op een strand tussen Pedro de Alcántara en Estepona gevonden en de autoriteiten gewaarschuwd. Ze zijn nu langs de kust aan het zoeken, maar hij is niet gevonden. Hij was de man op de planningafdeling in het gemeentehuis van Sevilla die de vergunningen voor nieuwe bouwprojecten verleende.'

Ditmaal probeerde Falcón niet iets te zeggen.

'Machtige mensen zijn te vergelijken met jakhalzen op de prairie: ze steken hun neus in de lucht om na te gaan of ze een schandaal ruiken, en het minste zweem daarvan dringt van kilometers afstand tot hen door,' zei Elvira. 'De politicus ziet het als zijn taak om altijd de macht te houden. Niet dat hij tot elke prijs wil ontkennen dat er iets oneervols is gebeurd, maar hij wil het wel binnen de perken houden. Hij wil voorkomen dat instituten volkomen desintegreren.'

'U bereidt me op iets voor, Comisario,' zei Falcón. 'Ik hoop dat het geen teleurstelling wordt voor die instituten, of voor de mensen die daar de leiding van hebben.'

'Ik zeg het zoals het is, dan kunnen we deze zaak op een zodanige manier laten verlopen dat het aantal veroordelingen maximaal en de politieke schade minimaal is,' zei Elvira. 'Als we laten zien dat het ons er alleen maar om begonnen is alle betrokkenen achter de tralies te krijgen, houden ze ons tegen. Onze eigen regering is een voorbeeld van zo'n gang van zaken. Misschien kunt u zich herinneren dat Felipe González op die manier het schandaal van de doodseskaders heeft overleefd.'

'Bent u bang dat ik een fanaticus ben?'

'Dat zou begrijpelijk zijn, met alles wat we tot nu toe over deze onverkwikkelijke zaak weten.'

'Even voor alle duidelijkheid,' zei Falcón. 'Er zijn twee machtige mensen vermoord of ze hebben een zelfmoordpoging gedaan. Dat maakt andere machtige mensen op de zaak attent, en die hebben laten doorschemeren dat als we deze zaak tot op de bodem uitzoeken, we op een diepgaand onderzoek naar de toestand van ons eigen korps kunnen rekenen. Met andere woorden, als wij hun corruptie laten zien, laten zij die van ons zien.'

'Comisario Lobo zei dat u het volkomen zou begrijpen.'

'We zitten met het probleem dat juist de cruciale veroordeling in deze zaak het hele kaartenhuis zou laten instorten,' zei Falcón. 'Ik zal u vertellen wat ik denk dat er gebeurd is, Comisario. Ignacio Ortega was de opvolger van Eduardo Carvajal als leverancier van de pedofielenbendes, want hij had een connectie met de Russen. Die connectie is zo sterk dat ze hem met lucratieve contracten konden belonen zonder met Rafael Vega te overleggen. In de tijd dat Eduardo Carvajal stierf, was Montes al corrupt. Ze dwongen hem nog wat verder te gaan en die finca bij Almonaster la Real te kopen, en Ignacio Ortega hielp bij de verbouwing daarvan. Omdat Montes bij de finca betrokken was, namen de autoriteiten nooit de moeite om te onderzoeken welk gebruik er van het huis werd gemaakt. Ik ben er bijna zeker van dat Rafael Vega een cliënt was. We zullen een paar tests doen die dat misschien bevestigen. Mark Flowers gaf ons een indicatie van Vega's smaak toen hij ons vertelde wat zijn bijnaam was ten tijde van de Chileense coup. Die twee nieuwste ongelukken waarover je me vertelde, zouden kunnen betekenen dat Martinez en Altozano ook cliënten waren. Om dit helemaal uit te roeien zouden we de Russen ook moeten uitschakelen, maar ik weet niet hoe we ze te pakken kunnen krijgen. De volgende op de ladder is Ignacio Ortega. Er is wel het probleem dat hij niet iemand is die zich gemakkelijk gewonnen zal geven. Hij zal van zijn vrienden eisen dat hij wordt gered, of anders verraadt hij degenen die de leiding hebben van die waardevolle instituten van ons.'

'U moet die verbittering niet in uw woorden laten doorklinken,' zei Elvira. 'Ik begrijp wel dat u zich zo voelt, maar buitenstaanders zullen u als "moeilijk" aan de kant zetten en dan bereikt u nooit wat u wilt. Wat hebt u over Ortega ontdekt?'

'Erg weinig,' zei Falcón. 'Hij kwam onder verdenking te staan door zijn gedrag toen zijn broer overleed. Ik heb met zijn zoon gepraat, die aan heroïne verslaafd is, en die heeft me uiteindelijk verteld over het seksuele misbruik dat hij en zijn neef en ook een stel van zijn vrienden hebben ondergaan toen ze nog kinderen waren. In de bouw bewezen Ignacio Ortega, Vega en de Russen elkaar diensten. Het minste wat Ortega deed, was het installeren van de airconditioning in Montes' finca. Inspector Ramírez heeft de daders van de brandstichting in de finca opgepakt. We hopen dat ze ons aan meer concrete gegevens over Ignacio Ortega helpen. Dan hebben we in elk geval de mogelijkheid om Ortega op te pakken voor medeplichtigheid aan brandstichting. De volgende stap zou wel eens moeilijker kunnen zijn.'

'Met de beschuldiging van seksueel misbruik kunnen we waarschijnlijk niet veel doen, gezien het drugsprobleem van zijn zoon. Ik weet dat het verkeerd is, maar zo wordt daar nu eenmaal over gedacht.'

'Hij zei dat hij toch niet tegen zijn vader zou getuigen.'

'En Sebastián Ortega is veroordeeld voor een ernstig misdrijf.'

'Waarvan we hopen te bewijzen dat hij het niet heeft begaan, maar dat helpt ons niet om iets tegen Ortega te ondernemen. We hebben meer tijd nodig.'

'Goed.' Elvira leunde vermoeid en geërgerd achterover. 'Onderzoek of er een connectie is tussen Ignacio Ortega en de brandstichters. Zo ja, dan moeten we plannen maken voor onze volgende zet. En ik hoef u niet te vertellen dat u deze dingen niet met Virgilio Guzmán mag bespreken.'

28

In de afdelingsruimte zat Cristina aan een bureau, haar voeten achter de stoelpoten gehaakt. Ze keek naar de twee computer-afdrukken van de foto's van Marty Krugman bij de rivier. Ze keerde de A4'tjes om, zodat Falcón ze kon bekijken.

Op de eerste opname zat Marty aan de linkerkant van de foto op een bank bij de rivier. Hij was niet het middelpunt van de opname. De man die naast hem zat kenden Falcón en Ferrera niet.

'De tweede is een vergroting van de achtergrond van een grotere foto,' zei Ferrera.

Op deze opname zat Marty Krugman opzij gedraaid op de bank en praatte hij met een man die Falcón onmiddellijk herkende als Mark Flowers.

'En deze komen van de harde schijf?' zei Falcón. 'Geen negatieven?'

Ze gaf hem een cd in zijn doosje.

'Ze gebruikte twee camera's. Als ze iets zag wat haar aanstond, gebruikte ze 35mm-film. Als ze alleen maar mensen op de foto wilde zetten, gebruikte ze meestal een digitale camera. Deze twee opnamen zijn alleen op deze cd en in haar laptop te vinden.'

'Ik zie dat hier veel moeizaam, geestdodend werk voor nodig was.'

'Ik weet dat het beter zou zijn geweest als we negatieven hadden gehad,' zei ze.

'Dit is goed genoeg,' zei Falcón. 'Deze dingen komen toch

niet bij de rechtbank terecht. Waar is Inspector Ramírez?'

'Beneden. Hij treft voorbereidingen in de verhoorkamers,' zei Ferrera. 'Hij is erg opgewonden. Hij heeft iets goeds in de woning van de brandstichters ontdekt.'

'Breng dit naar het lab.' Falcón gaf haar het gebruikte scheermesje dat hij in de finca had gevonden. 'Er zitten baardhaartjes op. Het is een kleine kans, maar ik wil dat ze de DNA van die haartjes vergelijken met die van Rafael Vega.'

'O ja, de laptop van señora Krugman is hier op het bureau,' zei Ferrera, 'maar verder heb ik alles in het huis achtergelaten.'

'En de sleutels?'

Ze schoof ze over het bureau naar hem toe.

'Nog één ding.' Falcón gaf haar het papier met de Cyrillische tekens. 'Weet je nog, die Russische tolk die we voor de ondervraging van Nadia Kouzmikheva gebruikten? Vraag haar of ze dit voor ons wil vertalen. Dat kan morgen ook nog.'

Ramírez zat in verhoorkamer 4. Hij zat met gebogen hoofd en zijn ellebogen op zijn knieën. Van de vingers van zijn rechterhand steeg rook op. Toen Falcón de kamer binnen kwam, bewoog hij niet. Hij verroerde zich pas toen Falcón hem op zijn schouder tikte. Hij richtte zich langzaam op, alsof hij pijn leed.

'Wat is het probleem, José Luis?'

'Ik heb een videoband bekeken.'

'Wat voor videoband?'

'Ik heb mijn mening over de brandstichters herzien. Het waren grote stomkoppen, *tontos perdidos*. Ze gingen er met de mentaliteit van kruimeldieven op af, en voordat ze de finca in brand staken, stalen ze een tv en een videorecorder. En in de videorecorder...'

'... zat een band,' zei Falcón, gefascineerd door deze nieuwe ontwikkeling.

'En het was wat ik dacht dat het zou zijn: kinderporno. Maar ik had niet verwacht dat ik een van de deelnemers zou herkennen.'

'Toch niet Montes?'

'Nee, nee – goddank. Dat zou te verschrikkelijk zijn geweest. Het was iemand uit de barrio. Weet je nog dat ik je vertelde over die man die erg veel succes had gehad, maar nooit genoeg? Hij moest altijd terugkomen en tegen ons zeggen hoe rijk en belangrijk hij was geworden... Dat moest hij ons steeds weer inpeperen. Hij was de cabrón op die videoband.'

'Dus op die band zijn gebeurtenissen te zien die in de finca zijn gefilmd?'

'Ik neem aan van wel, maar ik ben niet verder gekomen dan de eerste minuut. Toen werd ik misselijk.'

'Elvira moet hiervan weten,' zei Falcón. 'Maar kunnen we er een kopie van maken voordat we hem naar boven sturen?'

Ramírez keek hem lang en doordringend aan.

'Vertel me niet wat ik denk dat je me gaat vertellen,' zei hij.

'Elvira staat aan onze kant.'

'Ja,' zei Ramírez. 'Totdat er iemand op zijn ballen trapt.'

'Daarom maken we die kopie: omdat ze al aan het trappen zijn,' zei Falcón. 'Maar ze hebben nu nog balletschoentjes aan.'

'Wacht maar af,' zei Ramírez. 'Als ze van dit bandje horen, vooral wanneer er iemand op staat die belangrijk is, trekken ze schoenen met ijzerbeslag aan.'

Ramírez roffelde met zijn voeten op de vloer van de verhoorkamer.

'Wie weten dat je die videoband hebt?'

'Niemand. De televisie en videorecorder stonden nog in het halletje van de brandstichters. Pas toen ik ze hier op het bureau had, kwam ik op het idee om te kijken of er een band in de videorecorder zat.'

'Goed. Dan maken we een kopie van de band, leveren het origineel in en wachten af wat er gebeurt.'

'Weet jij hoe je een videoband moet kopiëren?'

'Ik weet dat je er twee videorecorders voor nodig hebt.'

'En we kunnen het hier niet doen,' zei Ramírez. 'En we kunnen niemand vragen ons in begrijpelijke taal uit te leggen hoe het moet, want dan komt de hele Jefatura het te weten.'

'Jij hebt thuis een videorecorder en ik ook,' zei Falcón. 'Laat een van je kinderen je uitleggen hoe je een band moet kopiëren en breng je apparaat naar mijn huis, dan kunnen we het in alle rust doen.'

Falcón zette de videorecorder klaar om de brandstichters te laten zien wat ze hadden gestolen. Ramírez gaf hem de gegevens van de auto, een verslag van wat hij in de benzinestations had gezien, een kopie van de band van de bewakingscamera, en de pet die een van de brandstichters, die Carlos Delgado heette, had gedragen.

'Hebben we een foto van Ignacio Ortega die we hun kunnen laten zien?' vroeg Ramírez.

'Geen duidelijke,' zei Falcón. 'Maar ze kennen zijn naam vast wel, en reken maar dat ze doodsbang zijn om die naam uit te spreken. Klop even op de deur als je de band moet gebruiken.'

'Wie het eerst een bekentenis los krijgt. De verliezer betaalt voor het bier,' zei Ramírez.

De twee brandstichters werden naar de verhoorkamers gebracht. Ramírez nam Pedro Gómez. Falcón ging met Carlos Delgado aan de tafel zitten en sprak de noodzakelijke gegevens op de band in.

'Wat deed je in de nacht van zaterdag op zondag, Carlos?'
'Slapen.'
'Was je bij je vriend Pedro?'
'We wonen samen in één huis.'
'En was hij die nacht bij je?'
'Hij sliep in de kamer naast die van mij. Vraag het hem maar.'
'Was er nog iemand anders in huis?'

Carlos schudde zijn hoofd. Falcón liet hem een foto van de pick-uptruck zien. 'Is die van jou?'

Carlos keek ernaar en knikte.

'Gebruikte je deze wagen in de nacht van zaterdag op zondag?'

'We zijn naar Pedro's tante in Castillo geweest... zondagmorgen om een uur of elf.'

'Weet je wie in de nacht van zaterdag op zondag je auto heeft gebruikt?'

'Nee.'

'Is dit jouw pet?'

'Ja,' zei Carlos. En bijna meteen daarop: 'Wat stelt dit voor? U vraagt naar mijn auto... mijn pet. Wat moet dat?'

'We doen onderzoek naar een heel ernstig zedendelict.'

'Een zedendelict? Wij hebben geen zedendelicten begaan.'

Falcón vroeg hem mee te komen naar het televisiescherm en speelde de band van de bewakingscamera in het benzinestation af. Op het scherm verschenen de grijze beelden van de naderende pick-uptruck en van Carlos, die uitstapte, de jerrycans vulde en in de winkel ging betalen. Javier zette het beeld stil.

'Die pick-uptruck heeft hetzelfde kenteken als die op de foto, de wagen waarvan je zei dat hij van jou was.'

'Wij hebben geen zedendelict begaan.'

'Maar dat is jouw pick-uptruck?'

'Ja.'

'En degene die voor de benzine betaalt ben jij?'

'Dat ben ik, maar ik heb geen...'

'Dat is goed. Dat is het enige wat we moeten weten.'

'Wat voor zedendelict is dat?' vroeg Carlos. 'Heeft iemand het meisje van het benzinestation verkracht?'

'Wat deed je met de jerrycans toen je ze had gevuld?'

'We gingen naar huis.'

'Meteen?'

'Ja. We kochten die benzine voor Pedro's tante.'

'Maar jullie waren al eerder bij dat benzinestation geweest, en bij een paar andere benzinestations, en elke keer vulden jullie twee jerrycans. En jullie hebben ook jerrycans gevuld bij benzinestations onderweg naar de afslag van Aracena. Wat deden jullie daar?'

Stilte.

'Waarom reden jullie helemaal naar Almonaster la Real met al die benzine in jullie pick-up?'

'Dat deden we niet.'

'Dat deden jullie niet,' zei Falcón. 'Weet je, Carlos, brandstichting is een ernstig misdrijf, maar we zijn op dit moment ook nog in iets anders geïnteresseerd. We willen jullie ook een hele tijd achter de tralies zetten voor een zedendelict.'

'Ik heb geen...'

'Toen jullie waren opgepakt, heeft Inspector Ramírez het huis doorzocht. Hij vond een televisie en een videorecorder.'

'Die zijn niet van ons.'

'Wat deden ze dan in jullie huis met jullie vingerafdrukken erop?'

'Die dingen zijn niet van ons.'

'Kom mee.'

'Ik wil niet meekomen.'

'We gaan alleen maar naar de televisie.'

'Nee.'

Falcón schoof de televisie dichterbij. Hij haalde de band van de bewakingscamera eruit en stopte de andere band erin. Hij zette het toestel harder en drukte op de afspeelknop. De schreeuw op de televisie maakte zelfs hem aan het schrikken. Carlos Delgado schopte zijn stoel naar achteren, wapperde met zijn handen naar het scherm en greep toen zijn dichte, krullende haar vast, alsof hij daar steun zocht.

'Nee, nee, nee. Zet dat stop. Daar hebben wij niks mee te maken,' schreeuwde hij.

'Jullie hadden die band in bezit.'

'Zet het stop. Zet het nou stop.'

Falcón zette de band stil. Carlos was diep geschokt. Ze gingen zitten.

'Kindermisbruik is een heel ernstig misdrijf,' zei Falcón. 'Mensen die voor zulke misdrijven worden veroordeeld, gaan lange tijd de gevangenis in en hebben daar een ellendig leven. De meesten kiezen ervoor om de zeven tot tien jaar van hun straf in eenzame opsluiting te zitten.'

'We hebben die televisie en video gestolen,' zei Carlos.

'Waarvandaan?'

Carlos vertelde het verhaal. Ze hadden vijftienhonderd euro gekregen, om benzine te kopen, en ook een sleutel van de finca en instructies om daar te komen. Ze hadden het huis in brand gestoken, zoals hun was gevraagd, en ze hadden die dingen gestolen toen ze weggingen. Dat was alles. Ze hadden geen idee wat er in de videorecorder zat. Ze wilden alleen wat extra geld verdienen door de apparaten te verkopen. Falcón knikte om hem aan te moedigen nog meer belastende dingen te zeggen.

'Wie betaalde jullie die vijftienhonderd euro om dat te doen?' vroeg hij.

'Ik weet niet hoe hij heet.'

'Hoe kennen jullie hem? Hoe kent hij jullie?' vroeg Falcón. 'Je vraagt niet zomaar iemand om een huis in brand te steken. Dat is een serieuze zaak, nietwaar? Je moet iemand enigszins vertrouwen. Je vertrouwt alleen mensen die je kent.'

Stilte van Carlos. Hij slikte.

'Ben je bang voor die man?' vroeg Falcón.

Carlos schudde zijn hoofd.

'Hoe oud ben je?'

'Drieëndertig.'

'Je bent een Sevillano. Heb je nooit ergens anders gewoond?'

'Nee.'

'Heb je nog vrienden uit je jeugd?'

'Pedro. Pedro is de enige.'

'Zijn jullie van dezelfde leeftijd?'

Hij knikte. Hij begreep niet waar dit heen ging.

'Wanneer heb je die andere jeugdvriend, Salvador Ortega, voor het laatst gezien?'

Carlos was stomverbaasd. Hij knipperde met zijn ogen.

'Ik ken niemand die Salvador Ortega heet,' zei hij.

Falcón voelde dat er iets kouds kwam opzetten in zijn maag.

'Heette de man die jullie vijftienhonderd euro gaf om de finca in brand te steken Ignacio Ortega?'

Carlos schudde zijn hoofd. Falcón keek hem in zijn ogen en

wist dat hij die naam nooit eerder had gehoord, dat die hem geen angst aanjoeg of gruwelijke herinneringen opwekte.

'Noem me de naam van de man die jullie heeft betaald om de finca in brand te steken. Wil je duidelijk spreken?'

'Alberto Montes.'

Falcón verliet de verhoorkamer en klopte op Ramírez' deur. Hij voelde zich misselijk en leunde tegen de muur van de gang.

'Heb je hem al?' vroeg Ramírez toen hij de deur had dichtgedaan.

'Ja, maar ik kreeg niet het juiste resultaat,' zei Falcón. 'Ik had er beter over moeten nadenken. Ik ging te veel op mijn stomme instinct af. Hij heeft alleen Alberto Montes genoemd.'

'Joder,' zei Ramírez, en hij stompte tegen de muur.

'En nu zijn alle puzzelstukjes op hun plaats gevallen,' zei Falcón. 'Dit is precies wat Montes zou doen. Hij zou in paniek raken, of zijn walging van zichzelf zou eindelijk de overhand krijgen, of allebei, en dan zou hij zich alleen maar van het probleem willen ontdoen. Het huis platbranden. Alleen... de hele sierra kwam in brand te staan. Duizenden hectaren zijn verwoest. Hij had het weer verknald. Daarom sprong hij uit het raam. Op de dag dat ik Ignacio Ortega zag, wist ik dat het een sluwe rotzak was, maar ik dacht niet goed na. Hij staat op een ander niveau. We worden onder druk gezet omdat hij tegen die mensen heeft gezegd dat ze ons onder druk moeten zetten. Zoiets stoms en grofs als brandstichting zou hij nooit doen. Hij is meteen naar de top van zijn cliëntenlijst gegaan en zei tegen hen dat ze ons een halt moesten toeroepen omdat de gevolgen anders niet te overzien waren.'

Carlos en Pedro werden naar de cellen teruggestuurd zonder dat hun verklaringen op schrift werden gesteld. Falcón nam de geluidsband met Carlos' bekentenis en hield hem bij zich. Hij haalde de laptop van Maddy Krugman uit het magazijn. Ramírez ging naar huis. Ze kwamen in Falcóns huis weer bij elkaar en kopieerden de band. Het viel niet mee om naar de beelden te kijken, maar ze beseften dat de opnamen waren gemaakt met een geheime camera die in de muur van een bepaalde kamer verborgen zat. Er waren maar vier cliënten op te zien. De zakenman uit Ramírez' barrio, een bekende strafpleiter, een televisiepresentator en een onbekende.

'Zo doen de Russen het,' zei Ramírez, terwijl ze alles opborgen. 'Ik weet niet waarom ze het doen. Ik ben geen slimme advocaat of zakenman en ik kan me geen seksuele opwinding voorstellen waarvoor ik zo'n risico zou willen lopen.'

'Het gaat niet om seks,' zei Falcón. 'Het gaat om beschadiging. Dat jij wordt beschadigd, of dat je anderen beschadigt. Seks is iets heel anders dan wat er op die band gebeurt.'

'Hoe dan ook,' zei Ramírez, die weer twee biertjes inschonk. 'We hebben dit gedaan. We hebben een kopie van de videoband gemaakt. En wat nu? We schieten hier niets mee op, hè? Zodra uitkomt dat Montes de brandstichters heeft betaald, kunnen we geen kant meer op. Dan moeten we onze mond houden of ze maken gehakt van ons.'

'Elvira heeft een preek tegen me afgestoken. Hij zei dat ik in deze zaak niet te fanatiek naar gerechtigheid moet zoeken,' zei Falcón. 'Instituten worden beschermd door machtige mensen die hun macht niet willen verliezen en die ervoor zullen zorgen dat ik nooit krijg wat ik wil. Maar als je zoiets als dit ziet, en die finca in de sierra, en enigszins begrijpt hoeveel corruptie dit mogelijk heeft gemaakt, krijg je het gevoel dat we misschien schoon schip moeten maken en opnieuw moeten beginnen. Ik besef nu dat ik erg naïef ben als het om operaties op zo'n hoog niveau gaat.'

'Nou, je weet over wie je het ook hebt als je schoon schip wilt maken.' Ramírez tikte tegen zijn borst. 'Mijn verleden is niet brandschoon. Ik geloof dat de priester bij wie ik ging biechten tien jaar ouder was geworden toen ik bij hem wegging.'

'Waar hebben we het over, José Luis? Een paar wederdiensten van hoeren?'

'Het is niet goed.' Hij haalde zijn schouders op. 'In zo'n sfeer blijft niemand buiten schot.'

'Jij speelt niet in dezelfde divisie als die mensen.'

'En weet je hoe het met die mensen is?' zei Ramírez, bij wie het bier op een lege maag viel. 'Die cabrón uit de barrio – die is succesvol, rijk, heeft hier in de stad een paar huizen, en nog meer huizen aan de kust, een jacht, een speedboot, meer auto's dan broeken, en toch wil hij nog meer. Weet je, je kunt maar een bepaalde hoeveelheid kreeft eten en champagne drinken, en er is maar een bepaald aantal mooie vrouwen dat je kunt neuken voor geld... en wat dan?'

'De opwinding van de verboden vruchten,' zei Falcón. 'Dus misschien had ik het mis. Misschien is het op dit niveau niet een kwestie van beschadigen. Misschien gaat het om macht. De macht om die dingen straffeloos te kunnen doen.'

'Ik ga nu maar. Ik begrijp al waar het deze avond heen gaat,' zei Ramírez. 'Maar neem dit van me aan: zodra ze dat van Montes te horen krijgen, zitten ze ons op de huid.'

'Heb je de afdrukken gezien van de foto's met Marty Krugman die Cristina heeft gevonden?'

'Ik herkende de man met wie hij praatte niet.'

'Hij heet Mark Flowers,' zei Falcón. 'Hij is de verbindingsofficier van het Amerikaanse consulaat.'

'Ha! Dus Krugman was toch niet zo gek?'

'Waarschijnlijk is er een redelijke verklaring voor.'

'Ze waren minnaars,' zei Ramírez. 'Goedenavond.'

Wanhopig op zoek naar goed nieuws belde Falcón naar Alicia Aguado. Hij was blij dat ze nog steeds opgetogen was over haar sessie met Sebastián Ortega. De eerste grote stap was gezet. Hij had verteld in welke mate Ignacio Ortega hem seksueel had misbruikt. Ondanks de verschrikkelijke dingen die de jongen had doorgemaakt was ze erg blij met de doorbraak – het genezingsproces was begonnen. Falcón zou ook wel zoveel voldoening van zijn werk willen hebben. In plaats daarvan kon hij op avonden als deze, wanneer een zaak zoiets was als onkruid dat alle kanten op kon schieten, zijn werk alleen maar zien als een wanhopig stutten van alles wat in elkaar dreigde te zakken, een kleverige pleister op het grote stinkende abces in het lichaam van de samenleving. Hij wenste haar succes en hing op.

Hij verstopte de videoband achter twee afgesloten deuren in Francisco's oude atelier. Toen hij in de studeerkamer terug was, vergewiste hij zich ervan dat hij Krugmans huissleutels, de laptop, de afdruk van de foto met Mark Flowers en zijn geladen revolver bij zich had. Hij reed naar Santa Clara en parkeerde zijn auto op Consuelo's pad. Hij ging naar binnen om haar uit te leggen wat hij die avond ging doen en ze stond erop hem te eten te geven. Ze was zichzelf niet. Ze was lusteloos, stil, verstrooid, zelfs gedeprimeerd. Ze zei dat ze haar kinderen miste, dat ze zich ondanks de politiebescherming zorgen om hen maakte, maar blijkbaar was er nog iets anders. Om halfelf stak hij de straat over naar het huis van de Krugmans, maakte de deur open, ging naar de bovenverdieping en legde Maddy Krugmans laptop in haar werkkamer terug. Hij liep naar de slaapkamer, zette zijn mobieltje uit, ging liggen en viel in een onrustige slaap.

Om twee uur die nacht gingen zijn ogen open doordat hij een scherp klikgeluid op de benedenverdieping had gehoord. Hij wachtte en luisterde naar de volslagen stilte van een goede dief die aan het werk was. Minutenlang was er geen enkel geluid te horen. Toen ging er een zaklantaarn aan in de gang waaraan de slaapkamer lag. Het was een erg goede, systematisch opererende dief, geen goedkoop, luidruchtig type dat geneigd was op de vloer te schijten. De dief ging naar de werkkamer van Maddy Krugman. Toen hij de laptop opstartte, was er een geluid te horen als van een nylon rits die werd opengetrokken.

Zelfs ademhaling klinkt luid als een goede dief aan het werk is. Maar terwijl hij wachtte tot de laptop was opgestart, bekeek hij de afdrukken. Falcón gebruikte dat geluid om van het bed te komen, te wachten tot hij weer gevoel in zijn rechterhand had, zijn revolver te pakken en door de gang te lopen naar het onrustige licht in de kamer.

'Zoek je dit?' vroeg hij, en hij stak zijn revolver naar voren.

De dief keek op van de laptop, en in het licht van het scherm was zijn ergernis te zien. Hij ging rechtop zitten op Maddy's werkkrukje, legde zijn handen op zijn gemillimeterde hoofd en keek verveeld.

'Ik interesseer me niet voor jou,' zei Falcón. 'Ik interesseer me voor wat je doet als je hebt gevonden wat hij wil.'

'Dan bel ik hem en ontmoeten we elkaar bij de rivier.'

'Bel hem en zeg dat je het hebt gevonden,' zei Falcón. 'Langzaam bewegen.'

De dief voerde het telefoongesprek, dat maar enkele seconden duurde, want hij beperkte zich tot één woord: 'Romany.' Ze gingen naar Falcóns auto en de dief reed hen terug naar de stad. Ze parkeerden op Cristobal Colón en gingen de trap af naar het pad langs de rivier. Ze wachtten in het donker. Na enkele minuten hoorden ze iemand de trap af komen. Een man bleef staan en keek om zich heen. Falcón kwam uit de schaduw naar hem toe.

'Zoekt u dit, meneer Flowers?' vroeg Falcón, en hij hield de afdruk in het schijnsel van zijn penlight.

Flowers knikte en bestudeerde de afdruk.

'Laten we gaan zitten,' zei hij.

De dief rende de trap op. Flowers gaf de afdruk terug. Hij haalde een zakdoek te voorschijn.

'Het spijt me dat ik u heb onderschat, Inspector Jefe.' Flowers veegde zijn voorhoofd en de rest van zijn gezicht af. 'Ik ben tien maanden geleden uit Madrid hierheen gekomen. De Madrileños hebben een nogal vertekend beeld van de mentaliteit van de Sevillanos. Ik had niet zulke grove methoden moeten toepassen.'

'Tien maanden geleden?'

'Sinds september hebben we meer belangstelling voor onze Noord-Afrikaanse vrienden en voor de manier waarop ze Europa binnen komen.'

'Natuurlijk,' zei Falcón. 'En welke rol speelde Marty Krugman in dit alles?'

'Geen enkele,' zei Flowers. 'De zaak-Vega stond er los van, al schrokken we wel toen we over zijn "zelfmoordbriefje" hoorden, totdat we hoorden waar dat vandaan kwam.'

'Waar kwam het vandaan?'

'Het was op de muur van een van de cellen in het martelcentrum Villa Grimaldi in Santiago in Chili gekrast door een Amerikaan die Todd Kravitz heette. Kravitz werd daar in 1974 een maand vastgehouden voordat hij "verdween",' zei Flowers. 'De volledige inscriptie luidt: *Wij zijn in de ijle lucht die je ademt van 9/11 tot het eind der tijden*. Poëtisch genoeg om in zijn hoofd te blijven hangen en daar bijna dertig jaar later nog steeds in rond te spoken.'

'Hij zei tegen zijn arts dat hij slaapwandelde,' zei Falcón, 'maar niet dat hij onbewust schreef.'

'De druk die werd uitgeoefend op een geest die zich niet van zijn schuld bewust was,' zei Flowers.

'Laten we het over Marty Krugman hebben,' zei Falcón. 'Als we nu eens beginnen met wat hij deed en voor wie hij het deed?'

'Daar kunnen we niet zo gemakkelijk over praten.'

'We zijn hier niet in Amerika, meneer Flowers. Ik draag geen zendertje bij me. Het enige wat mij als Inspector Jefe van de Grupo de Homicidios interesseert, is wie Rafael Vega heeft vermoord en waarom.'

'Ik moet voorzorgsmaatregelen nemen,' zei Flowers.

Falcón stond op. Flowers fouilleerde hem behendig en vond meteen de revolver. Ze gingen weer zitten.

'Strikt genomen was de zaak-Vega geen operatie van de overheid,' zei Flowers. 'Het was meer iets van de CIA. Het wegwerken van losse eindjes.'

'Maar er was samenwerking tussen de FBI en de CIA, en die ging zover dat ze Krugman niet meer lastigvielen met de moord op Reza Sangari.'

'Ze konden de zaak niet rond krijgen zolang Marty niet bezweek en hun alles bekende, en ik heb u al verteld over zijn trips naar Chili in de jaren zeventig. Wat ik u niet heb verteld, was dat de Chileense autoriteiten hem uiteindelijk te pakken kregen.

Hij heeft toen drie weken doorgebracht in de London Clinic, ook een martelcentrum, aan de Calle Almirante Barroso. In die drie weken van folteringen heeft hij niemand verraden. De enige reden waarom het met hem niet zo is afgelopen als met Todd Kravitz, was dat er inmiddels wat tijd verstreken was en de mensenrechtenactivisten er meer werk van maakten. Marty was niet iemand die zou bezwijken als hij door de FBI werd ondervraagd.'

'Dus u vond het wel een goed idee om hem te laten rapporteren over iemand die een notoir lid van dat regime was geweest?' zei Falcón.

'De meeste Europeanen denken dat Amerikanen geen gevoel voor ironie hebben, Inspector Jefe.'

'Was dat de reden waarom u hem geen informatie over Rafael Vega's echte identiteit gaf?'

'Een van de redenen,' zei Flowers. 'Maar als je over iemands gemoedstoestand moet rapporteren, is het beter dat je beeld van die persoon niet wordt vertekend door zijn voorgeschiedenis.'

'Wat was er zo belangrijk aan Vega's gemoedstoestand?'

'We waren hem uit het oog verloren in 1982, toen hij opeens verdwenen was uit een programma om getuigen te beschermen.'

'Dus het was waar dat hij getuige was geweest in een drugsproces?'

'In zekere zin. Hij bezat belastende informatie over Amerikaanse legerofficieren en CIA-agenten die eind jaren zeventig, begin jaren tachtig betrokken waren bij transacties met drugs voor wapens. Hij zou als getuige optreden in een showproces en wij zouden hem een nieuwe identiteit en vijftigduizend dollar geven. Hij nam beide aan en verdween. We konden hem nergens meer vinden.'

'Maar u wist van zijn vrouw en dochter?'

'Dat was het enige wat we konden doen: hen in het oog houden en hopen dat hij weer opdook. Hij was voorzichtig. Hij kwam niet terug voor de bruiloft van zijn dochter, wat we allemaal verwachtten, en we namen aan dat hij dood was. We keken niet meer naar hem uit, maar we stuurden wel iemand naar de begrafenis van zijn vrouw.'

'Wanneer was dat?'

'Niet zo lang geleden, een jaar of drie – ik weet het niet precies meer. Maar op de begrafenis zagen we hem terug. Hij had eindelijk gedacht dat hij veilig was,' zei Flowers. 'We deden onderzoek naar het leven dat hij leidde, ontdekten dat hij een succesvol zakenman was en dachten dat we ons nergens zorgen over hoefden te maken – totdat anderhalf jaar geleden zijn contacten met de Russische maffia aan het licht kwamen.'

'Dacht u dat hij weer in wapens handelde?'

'Het leek ons verstandig om wat beter naar Rafael Vega te kijken,' zei Flowers. 'Maar ik heb eerder tegen u gelogen: we hebben hem wel getraind. Hij wist hoe we werkten. Hij wist wat voor mensen we waren. En dus zochten we naar andere kandidaten, en toen kwam de FBI ons te hulp. Marty Krugman was onze ideale kandidaat – afgezien van zijn enigszins labiele huwelijk.'

'Weet u wat voor gevoel ik nu krijg, señor Flowers?' zei Falcón. 'Dat u me net genoeg informatie geeft om mijn nieuwsgierigheid te bevredigen.'

'Het complete verhaal zou veel tijd kosten.'

'Het ene moment hebt u het over het wegwerken van losse eindjes en het volgende moment hebt u het over iemands gemoedstoestand die bestudeerd moest worden.'

'Het ging om allebei die dingen.'

'Over welke "losse eindjes" maakte u zich zorgen?'

'We kregen de indruk dat hij misschien weer met bepaalde operaties bezig was,' zei Flowers. 'Het is een verslavend beroep, Inspector Jefe. We ontdekten dat hij een paspoort op naam van Emilio Cruz had gekocht en dat hij Marokkaanse visa had aangevraagd.'

'Ik nam aan dat het zijn vluchtroute was.'

'Waarvoor zou hij moeten vluchten?'

'Misschien voor u, señor Flowers,' zei Falcón.

'Hij had dat paspoort op naam van Emilio Cruz al voordat we

Marty Krugman naast hem zetten, voordat we iets over zijn contacten met de Russische maffia wisten.'

'Waarom was hij eigenlijk uit dat getuigenprogramma verdwenen?'

'Zo'n programma is net een levende dood,' zei Flowers. 'Ik zou hetzelfde hebben gedaan.'

'Had hij een goede reden om te denken dat het gezin van zijn dochter niet door een ongeluk om het leven was gekomen?'

'Dat was twintig jaar nadat hij was verdwenen,' zei Flowers. 'Dat is een van de onfortuinlijke bijwerkingen van verslaving aan dit beroep: je gelooft nooit dat de dingen zijn zoals ze lijken. Het gebeurt elke dag dat mensen door een ongeluk om het leven komen, Inspector Jefe.'

'En u kwam erachter wat die contacten met de Russische maffia te betekenen hadden?'

'Hij liet hen geld witwassen via zijn projecten en zij kwamen tegemoet aan zijn pedofiele neigingen. Ik heb gehoord dat hij graag mocht toekijken. El Salido, weet u nog wel?'

'Wat was dan Marty's taak – als u die dingen al wist?'

Señor Flowers zweeg. Een diepe, verveelde zucht.

'Wanneer hebt u hem verteld dat Rafael Vega en Miguel Velasco dezelfde persoon waren?' vroeg Falcón.

'Nee, nee, nu vergist u zich, Inspector Jefe. Daarover lieg ik niet tegen u,' zei Flowers. 'U denkt dat wij het hem hebben verteld en dat die mededeling genoeg was om hem, met zijn vroegere betrokkenheid bij de Chileense politiek, tot moord aan te zetten.'

'Iemand dwingen zoutzuur te drinken...' zei Falcón.

'Het is een ellendige manier om dood te gaan,' zei Flowers. 'Het klínkt als moord uit wraak. Maar daar wil ik duidelijk over zijn. We hebben Vega's echte identiteit niet verraden. We wilden Vega niet dood hebben. U moet Marty geloven toen hij tegen u zei...'

'Dus wat wilde u weten?'

'Daar zijn we niet zeker van.'

'Dit klinkt niet erg overtuigend, señor Flowers,' zei Falcón.

'Waarschijnlijk omdat het de waarheid is en wij Amerikanen de geweldige mythe hebben gecreëerd dat we onfeilbaar zijn.'

'Wat vindt u van deze theorie...?' zei Falcón. 'U wilde weten wat zijn gemoedstoestand was omdat u bang was dat hij over informatie beschikte die belangrijke leden van de Amerikaanse regering uit die tijd in grote problemen kon brengen. De minister van Buitenlandse Zaken bijvoorbeeld.'

'We waren bang dat hij, als hij iets wist, naar manieren zou zoeken om het tegen ons te gebruiken, maar we wisten niet wat het zou kunnen zijn.'

'Wie zijn "we"?' vroeg Falcón.

'Dat is het enige wat ik hierover wil zeggen,' zei Flowers. 'U zei dat u alleen maar wilde uitzoeken of Krugman hem heeft vermoord, en ik kan u zegen dat hij dat niet heeft gedaan. Weest u daarmee tevreden.'

'Hoe kan ik er zeker van zijn?'

'Omdat Marty Krugman bij mij was in de nacht dat Rafael Vega stierf, van twee tot vijf uur 's morgens,' zei Flowers. 'Ik heb een opname van dat gesprek, met tijdsaanduiding en al, want het vond plaats op het Amerikaanse consulaat.'

29

Onderweg naar de Jefatura stopte Falcón op de Avenida de Argentina voor een café solo. Hij voelde zich suf en moe, net als iedereen in de bar. De hitte had alle aangeboren *alegría* uit de Sevillanos gewrongen en alleen een introverte versie van hen achtergelaten, die door de straten dwaalde en de bars bevolkte.

Op het bureau waren Ramírez en Ferrera nergens te bekennen. Falcón pakte de geluidsbanden van de verhoren van de brandstichters en de originele videoband die uit de finca was gestolen. Hij wilde ze naar Elvira brengen. Toen hij naar boven ging, kwam hij Ramírez tegen.

'Ik heb weer met de brandstichters gesproken en hun gevraagd hoe ze Montes kenden,' zei Ramírez. 'Twintig jaar geleden was Montes teamleider in een jeugdvoetbalclub voor kansarme kinderen. Ze zaten in zijn team. Ik heb contact opgenomen met de Inspector van GRUME en ik heb eens goed in hun dossiers gekeken. Telkens wanneer ze met de politie in aanraking kwamen, heeft Montes ze geholpen.'

'Wisten ze dat Montes zelfmoord had gepleegd?'

Ramírez schudde zijn hoofd en wenste hem succes bij Elvira.

Hij mocht niet naar binnen om de Comisario te spreken, werd zelfs niet in de kamer van diens secretaresse toegelaten. Ze zette hem op de gang en beperkte haar uitleg tot één woord: 'Lobo.'

Tien minuten later werd hij binnengeroepen. Lobo stond

met zijn armen over elkaar bij het raam – gespannen, woedend. Elvira zat met een ingevallen gezicht aan zijn bureau, alsof hij daar de hele nacht had gezeten.

'Wat hebt u voor ons?' vroeg Lobo, die in zijn woede het woord nam in plaats van Elvira.

'Twee geluidsbanden van de brandstichters.'

'Zeggen ze iets over Ignacio Ortega?'

'Nee, ze zeggen iets over Alberto Montes.'

Lobo sloeg drie keer zo hard op Elvira's tafel dat de potloden op en neer dansten.

'Wat nog meer?' vroeg Lobo.

'Een videoband met beelden van een verborgen camera in de finca. Daarop zijn vier mannen te zien die seksuele handelingen verrichten met minderjarigen.'

'Zijn daar bekenden van ons bij?'

'Een strafpleiter en een televisiepresentator.'

'Joder,' zei Lobo.

'Ramírez weet wie een van de andere mannen is: een zakenman die uit zijn barrio komt. De vierde is onbekend.'

'Wie weten er van die videoband?'

'Ramírez en ik.'

'Houwen zo,' zei Lobo, nog steeds woedend.

'En de brandstichters?' vroeg Elvira.

'Ik geloof niet dat ze wisten wat ze hadden gestolen.'

'Dus de enige connectie tussen Ignacio Ortega en Montes' finca is de airconditioning die hij daar heeft geïnstalleerd,' zei Elvira. 'U kunt niet bewijzen dat hij kinderen, afkomstig van de Russen, heeft geleverd voor gebruik in de finca. En u kunt niet bewijzen dat hij cliënten naar de finca bracht die seksuele handelingen met minderjarigen verrichtten.'

'Dat klopt,' zei Falcón, die van tevoren al had geweten dat het mis zou gaan. 'Alleen door met de mannen op de videobeelden te praten zou ik kunnen vaststellen dat hij cliënten naar de finca bracht.'

'Staat er iets op die videobeelden wat bewijst dat de beelden uit de finca van Montes komen?' vroeg Lobo.

'Dat is moeilijk te zeggen, want het huis is volledig uitge-brand.'

'Hebben Felipe en Jorge hun bevindingen al aan u gerappor-teerd?'

'Nog niet. Ik denk dat ze vannacht in de sierra zijn gebleven. Toen ik gisteravond om zeven uur wegging, waren ze nog aan het werk. Hier op het lab zijn ze waarschijnlijk nog bezig met de eer-ste partij sporenmateriaal. Hopelijk zitten er nog vingerafdruk-ken op...'

'Ik probeerde u gisteravond te bellen,' zei Lobo.

'Ik had mijn mobiele telefoon uit staan,' zei Falcón. 'Ik werkte aan mijn andere zaak: Rafael Vega.'

'Zit daar schot in?'

Falcón bracht verslag uit van zijn gesprek met Mark Flowers.

'Ik denk dat ik daarover met de Amerikaanse consul moet praten,' zei Lobo.

'Hoe staat het nu met uw onderzoek?' vroeg Elvira.

'Juez Calderón heeft me achtenveertig uur de tijd gegeven. Mijn tijd is om. Ik ben klaar. Ik heb geen verdachte, en tenzij Ser-gei de tuinman nog komt opdagen, heb ik ook geen getuigen of sporen,' zei Falcón.

'En die sleutel van een bankkluisje die u in Vega's huis hebt gevonden?' vroeg Elvira.

'Die hoort bij een kluisje bij de Banco Banesto op naam van Emilio Cruz. Juez Calderón heeft nog geen tijd gehad om ons een rechterlijke machtiging te geven.'

'Licht ons in wanneer hij dat doet,' zei Elvira.

'Misschien moet u zich tevredenstellen met het feit dat Rafael Vega een slecht mens was die zichzelf strafte of zijn verdiende loon kreeg,' zei Lobo.

'Ik verwacht dat Juez Calderón de zaak stopzet als ik hem la-ter vanmorgen spreek,' zei Falcón. 'Misschien kunnen we Igna-cio Ortega met de finca in verband brengen door middel van de twee lichamen die op het terrein begraven zijn.'

'Ideeën over wat daar gebeurd is?'

'In de hoek van een cel, bij het bed, vond ik een inscriptie in Cyrillisch schrift die in de muur was gekrast. Ik laat dat vertalen. Ik denk dat het iets te maken heeft met de grote vlek in het midden van de vloer, die ik pas zag toen de inhoud van de cel was verwijderd. De vlek is waarschijnlijk bloed. Een monster van het beton wordt nu onderzocht. In het matras van dezelfde cel vond ik een stukje glas. Ik nam aan dat er nog een stuk glas was dat door de bewoners van de cel werd gebruikt om hun polsen door te snijden. Ik vermoed dat die twee lichamen zelfmoord waren.

Op de plaats delict van de finca was een plaatselijke Juez de Instrucción aanwezig. Ik stel voor dat er een Juez de Instrucción wordt benoemd om hier in Sevilla toezicht op de zaak te houden, want hier wordt al het sporenmateriaal verwerkt en hier hopen we Ignacio Ortega veroordeeld te krijgen.'

'Dat wordt op dit moment besproken met de Juez Decano van Sevilla,' zei Elvira. 'Wat wilt u nu gaan doen, Inspector Jefe?'

'Het ligt voor de hand om te proberen de connectie met Ignacio Ortega aan te tonen door een of meer van de mannen op de videoband te ondervragen. Zodra bevestigd is dat hij de centrale figuur in deze pedofielenbende is, kunnen we hem arresteren en verdergaan in de richting van de Russische maffiosi – Vladimir Ivanov en Mikhail Zelenov,' zei Falcón. 'Dat laatste zou wel eens moeilijk te realiseren kunnen zijn.'

De vermoeide Elvira wendde zich af van Falcóns felle blik. Ten slotte keken ze allebei naar het donkere komijnekaasgezicht van de woedende Lobo.

'In het licht van wat u ons zojuist over de betrokkenheid van een hogere politiefunctionaris bij de zaak hebt verteld,' zei Lobo, 'moet ik u vragen voorlopig niets te doen en niets te zeggen.'

In de stilte die volgde op dat verzoek, dat erkenning van schuld inhield, stapelden de vragen zich in Falcóns hoofd op. Hij kon er niet één van stellen. Hij zei goedemorgen en liep naar het bureau om de banden op te pakken.

'Laat u die maar liggen,' zei Lobo.

Falcón trok zijn hand terug alsof er een wolf naar hem had ge-hapt.

In de afdelingsruimte zat Ramírez met zijn voeten omhoog te roken. Hij legde zijn vingers tegen zijn lippen, knikte naar de deur en vormde met zijn mond de naam Virgilio Guzmán.

'Ik kan nu niet met je praten, Virgilio,' zei Falcón. Hij liep achter Guzmán langs en ging in zijn stoel zitten.

'Waarover?'

'Over niets.'

'Hoe gaat het met Alfonso Martinez en Enrique Altozano?'

'De een ligt op de intensive care en de ander is verdwenen.'

'Wonder boven wonder is Enrique Altozano vanmorgen weer opgedoken,' zei Guzmán. 'Lijkt het er niet sterk op dat ie-mand hem heeft verteld dat de kust veilig is?'

'Voor wie geneigd is tot speculeren kan het overal op lijken.'

'Goed,' zei Guzmán. 'Zal ik je over Miguel Velasco vertel-len?'

'Ik weet al van hem.'

'Wat weet je?'

'Dat hij in het Chileense leger zat...'

'Dat is een beetje vaag.'

'Helpt het me als ik meer weet?'

'Ik zal je het verhaal in het kort vertellen, dan kun jij me zeg-gen of het helpt,' zei Guzmán. 'Hij was geboren in 1944 als zoon van een slager in Santiago de Chile. Hij studeerde aan de Katho-lieke Universiteit en was lid van Patria y Libertad. Zijn moeder stierf in 1967 aan een hartaanval. In 1969 ging hij in het Chileen-se leger. Na de coup werd hij overgeplaatst naar de organisatie die uiteindelijk in juni 1974 de DINA zou worden. Zijn vader, die het niet eens was met de politiek van Allende maar ook niet met de coup van Pinochet, verdween in oktober 1973 en is nooit meer teruggezien. Toen hij bij de DINA zat, werd hij een van de belangrijkste ondervragers in Villa Grimaldi. Hij werd ook een persoonlijke vriend van het hoofd van de DINA – kolonel Manuel Contreras.'

'Dat briefje dat hij in zijn hand had toen hij stierf – ik heb gehoord dat het een inscriptie was op een celmuur in de Villa Grimaldi,' zei Falcón. 'Ik heb ook gehoord dat hij bij de MIR bekend stond als El Salido.'

'Misschien heb je niet van zijn werk in de Venda Sexy gehoord,' zei Guzmán. 'Dat was de naam van een martelcentrum op 3037 Calle Irán in de wijk Quílú van Santiago. Dat gebouw stond ook bekend als La Discoteca, omdat er dag en nacht harde muziek uit kwam. Voordat Miguel Velasco naar Villa Grimaldi werd overgeplaatst, ontwierp hij de technieken die daar werden toegepast. Hij dwong familieleden om te kijken naar, en deel te nemen aan, seksuele handelingen in de taboesfeer, zoals incest en pedofilie. Soms moedigde hij zijn medebeulen aan om mee te doen.'

'Dat verklaart de dingen enigszins... of eigenlijk is het niet te verklaren, maar...'

'Zeg het maar.'

'Maak de biografie af, Virgilio.'

'Hij was een voortreffelijke ondervrager, en hij werd van Villa Grimaldi overgeplaatst naar een van de actieve cellen in Operatie Condor, gespecialiseerd in ontvoeringen, ondervragingen en moorden. In 1978 werd hij overgeplaatst naar de Chileense ambassade in Stockholm, waar hij de leiding had van geheime operaties tegen de Chileense ballingen daar. Eind 1979 ging hij naar het leger terug en het wordt aangenomen dat hij enige CIA-training kreeg voordat hij een lucratieve handel, "drugs voor wapens", opzette. Die handel werd aan de kaak gesteld in 1981 en er volgde een proces waarin hij als getuige à charge optrad. In 1982 kwam hij in een programma ter bescherming van getuigen, en daaruit is hij bijna meteen verdwenen.'

'Stockholm?' vroeg Falcón.

'De Zweedse premier, Olaf Palme, stak zijn afkeer van het Pinochet-regime niet onder stoelen of banken. In de dagen na 11 september ging de Zweedse ambassadeur in Santiago, Harald Edelstam, van hot naar her in de hoofdstad om asiel te verlenen aan iedereen die zich tegen de coup verzette. Zo werd Stockholm een centrum van de Europese anti-Pinochet-beweging. Er werd daar een DINA/CNI-cel opgezet om drugssmokkeloperaties in Europa te organiseren en Chileense ballingen te bespioneren.'

'Interessant... maar ik heb er nu niets meer aan,' zei Falcón. 'De zaak wordt straks afgesloten.'

'Ik merk dat je teleurgesteld bent, Javier.'

'Je mag merken wat je wilt, Virgilio. Ik kan je niets vertellen.'

'Mensen denken dat ik saai ben, omdat veel van mijn zinnen beginnen met de frase "Toen ik aan het verhaal over de doodseskaders werkte..."' zei Guzmán.

Ramírez bromde instemmend in de afdelingsruimte.

'Je moet er veel van hebben geleerd...'

'Toen ik dat onderzoek deed, lukte het me altijd om op cruciale momenten in de kantoren van mensen te zijn,' zei Guzmán. 'Je kunt het *Zeitgeist* noemen, of gevoel voor het collectieve onderbewustzijn. Geloof jij in al die onzin, Javier?'

'Ja.'

'Je bent kort van stof, Javier. Dat is een van de eerste tekens.'

'Waarvan?'

'Dat ik mijn gevoel voor timing nog heb,' zei Guzmán. 'Wat denk jij dat het collectieve onderbewustzijn is?'

'Ik ben niet in de stemming, Virgilio.'

'Waar heb ik dat eerder gehoord?'

'In je eigen bed,' riep Ramírez vanuit de afdelingsruimte.

'Probeer het eens, Javier.'

'Zover krijg je me niet,' zei Falcón, en hij schoof een briefje met zijn privé-adres en '22.00 uur' naar hem toe.

'Weet je waarom ik uit Madrid ben weggegaan?' zei Guzmán, alsof hij het briefje niet zag. 'Ik werd onder druk gezet. Als je mensen vraagt waarom, zullen ze je vertellen dat ik in een spiegelzaal begon te leven. Ik wist niet meer wat echt was. Ik was paranoïde. Maar in werkelijkheid werd ik onder druk gezet omdat ik fanatiek was geworden. Dat werd ik omdat de verhalen die ik schreef altijd iets hadden waardoor ik ziedde van woede. Ik kon het niet beheersen. Ik was het ergste geworden wat je maar kunt zijn: een emotionele journalist.'

'Bij de politie staan we ook geen emoties toe... Anders zouden we allemaal gek worden.'

'Het is een ongeneeslijke ziekte,' zei Guzmán. 'Ik weet dat nu, want toen ik las wat Velasco in de Venda Sexy uitspookte, voelde ik diezelfde withete razernij. Dat was zijn effect op mensen. Hij martelde ze niet alleen, maar hij droeg ook zijn eigen schokkende verdorvenheid op ze over. En toen besefte ik dat Pinochet ook zo was. Zó dacht Pinochet over mensen. En waarom was hij daar? Omdat Nixon en Kissinger hem daar wilden hebben. Ze hadden liever iemand die opdracht gaf tot het elektrocuteren van geslachtsdelen, het verkrachten van vrouwen, het misbruiken van kinderen dan... dan wat? Dan een buikige, bebrilde kleine marxist die de rijken het leven zuur ging maken. Nu snap je wat mijn probleem is, Javier. Ik ben geworden wat mijn bazen me vroeger noemden – mijn eigen ergste vijand. Je mag niet voelen, je mag alleen verslag doen van de feiten. Maar weet je, in dat gevoel zit mijn instinct en dat heeft me nooit in de steek gelaten, want ik weet dat mijn woede toen ik las wat de specialiteit van Miguel Velasco was mij vanmorgen hierheen heeft geleid. En dat is gebeurd omdat die woede wil dat ik mijn neus tussen het deksel van de doofpot heb als dat dichtklapt.'

Guzmán pakte vlug het briefje op, schoof zijn stoel naar achteren en liep met grote passen weg.

Ramírez doemde in de deuropening op. Hij keek om naar het dampspoor dat Guzmán in de afdelingsruimte had achtergelaten.

'Als hij zich zo gedraagt, krijgt hij nog een ongeluk,' zei Ramírez. 'Heeft hij gelijk?'

'Zag je mij met iets terugkomen?' vroeg Falcón, die zijn hand opendeed om te laten zien dat hij geen handen had.

'Lobo is een beste kerel,' zei Ramírez, en hij wees met zijn grote vinger naar hem. 'Die laat ons niet vallen.'

'Lobo is een beste kerel die in een andere positie verkeert,' zei Falcón. 'Je wordt niet de hoogste baas van de politie van Sevilla als mensen niet willen dat je dat wordt. Hij voelde de politieke druk al op zijn schouders en door toedoen van Alberto Montes heeft hij thuis een grote puinhoop.'

'En de lichamen van die twee kinderen in de Sierra de Aracena? Die zijn gezien. Iedereen weet ervan. Niemand kan dat soort dingen verborgen houden.'

'Als het kinderen uit het dorp waren, natuurlijk niet. Maar wie zijn het?' zei Falcón. 'Ze zijn al een jaar dood. Het enige bruikbare stukje bewijsmateriaal dat we uit het huis hebben gekregen, is die videoband, en zoals Lobo al opmerkte, kunnen we niet eens bewijzen dat wat ze op die videoband doen zich in Montes' finca heeft afgespeeld. We maken alleen een kans als we toestemming krijgen om met de mensen op die videoband te praten.'

Ramírez liep naar het raam en hield zijn handen tegen het glas.

'Eerst moesten we naar het verhaal van Nadia Kouzmikheva luisteren zonder dat we iets konden doen. Moeten we nu ook toezien hoe die *cabrones* wegkomen?'

'Dat is nog niet zeker.'

'We hebben de videoband,' zei Ramírez.

'Na wat Montes heeft gedaan moeten we erg voorzichtig zijn met die band,' zei Falcón. 'Dát is niet iets om lichtvaardig mee om te springen. En nu ga ik weg.'

'Waarheen?'

'Ik ga iets doen waardoor ik gunstiger over mezelf ga denken, hoop ik.'

Op weg naar buiten liep hij Cristina Ferrera tegen het lijf, die met de Russische tolk over de inscriptie op de muur van de finca had gepraat.

'Leg het maar op mijn bureau,' zei Falcón. 'Ik kan er nu niet naar kijken.'

Falcón reed naar de overkant van de rivier en door de Avenida de Torneo. Toen de weg van de rivier vandaan zwenkte, richting La Macarena, ging hij naar rechts, La Alameda in. Hij parkeerde en liep door de Calle Jesus de Gran Poder. Dit was de oude barrio van Pablo Ortega. Hij zocht naar een huis aan de Calle Lumbreras, het huis van de ouders van de jongen, Manolo López, die in de zaak van Sebastián Ortega het slachtoffer was. Hij had niet eerst gebeld, want de ouders waren waarschijnlijk niet blij met deze nieuwe bemoeienis, vooral niet omdat de vader, zoals hij had gehoord, problemen met zijn gezondheid had.

Hij liep door de kookgeuren van olijfolie en knoflook naar het huis waar de ouders van de jongen woonden. Het was een klein appartementengebouw dat dringend aan een schilder- en onderhoudsbeurt toe was. Hij belde aan. Señora López deed open en keek strak naar zijn legitimatiebewijs. Ze wilde niet dat hij binnenkwam, maar kon niet het zelfvertrouwen opbrengen om hem te vragen hen met rust te laten. De woning was klein, benauwd en erg warm. Señora López liet hem aan een tafel met een kanten kleedje en een schaal plastic bloemen zitten en ging haar man halen. De kamer was een en al Maria-aanbidding. Maagden hingen aan muren, stonden op hoekjes van boekenplanken en zegenden stapels tijdschriften. In een nis brandde een kaars.

Señora López leidde haar man de kamer in alsof hij een lamme koe was die gemolken moest worden. Hij was achter in de veertig, maar stond erg wankel op zijn benen, waardoor hij ouder leek. Ze kreeg hem in een stoel. Zijn ene arm leek dood en hing slap langs zijn zijde. Met een bevende hand pakte hij Falcóns legitimatiebewijs op.

'Homicidios?' zei hij.

'Niet voor deze gelegenheid,' zei Falcón. 'Ik wilde met u praten over de ontvoering van uw zoon.'

'Daar kan ik niet over praten,' zei hij, en hij maakte meteen weer aanstalten overeind te komen.

Zijn vrouw hielp hem de kamer uit. Falcón keek moedeloos naar de gecompliceerde procedure.

'Hij kan er niet over praten,' zei ze toen ze naar de tafel terug-kwam. 'Hij is niet meer dezelfde sinds... sinds...'

'Sinds Manolo was verdwenen?'

'Nee, nee... Het was daarna. Na het proces raakte hij de macht over zijn benen kwijt. Zijn benen begonnen zich vreemd te gedragen en voelden aan alsof er allemaal mieren overheen kropen. Hij kon zich niet in evenwicht houden. Zijn ene hand begon te beven, en zijn andere arm liet het ook afweten. En nu doet hij de hele dag niets meer. Hij gaat van hier naar de slaapka-mer en terug... Dat is het.'

'Maar Manolo mankeert niets?'

'Het gaat goed met hem. Het lijkt wel of het nooit gebeurd is. Hij is op vakantie... kamperen met zijn neven en oomzeggertjes.'

'Dus u hebt ook kinderen die veel ouder zijn?'

'Ik heb een jongen en een meisje gekregen toen ik achttien en negentien was, en twintig jaar later kwam Manolo.'

'Vertoonde Manolo een reactie op wat hem was overkomen?'

'Niet precies op wat hém was overkomen,' zei señora López. 'Hij heeft altijd een opgeruimd karakter gehad. Hij werd vooral getroffen door wat er met Sebastián Ortega gebeurde. Hij kan zich hem moeilijk in de gevangenis voorstellen.'

'Wat zit uw man dan zo dwars?' zei Falcón. 'Hij lijkt me dege-ne die er niet goed op reageert.'

'Hij kan er niet over praten,' zei ze. 'Het heeft iets te maken met wat Manolo is overkomen, maar hij wil me niet vertellen wat het is.'

'Schaamt hij zich? Dat is geen ongewone reactie.'

'Om Manolo? Hij zegt van niet.'

'Zou ik met hem alleen kunnen praten?'

'Daar bereikt u niets mee.'

'Ik heb nieuwe informatie die hem misschien kan helpen,' zei hij.

'De laatste deur links aan het eind van de gang,' zei ze.

Señor López lag op het donkere houten bed onder een cruci-fix. Een plafondventilator bracht de benauwde muffe lucht nauwelijks in beweging. Hij had zijn ogen dicht. Zijn ene hand lag bevend op zijn buik. De andere lag slap langs zijn zij. Falcón tikte hem op zijn schouder. Zijn ogen keken angstig terug.

'U hoeft alleen maar naar me te luisteren,' zei Falcón. 'Ik oordeel over niemand. Ik ben hier gekomen om dingen recht te zetten. Dat is alles.'

Señor López knipperde één keer met zijn ogen, alsof dat afgesproken gebarentaal was.

'Met een rechercheonderzoek is het soms vreemd gesteld,' zei Falcón. 'We beginnen aan een reis om uit te zoeken wat er gebeurd is en ontdekken onderweg dat er nog meer gebeurt. Zo'n onderzoek leidt een eigen leven. We denken dat we het beheersen, maar soms is het andersom. Toen ik hoorde wat Sebastián Ortega had gedaan, had dat niets te maken met het onderzoek waaraan ik werkte, maar ik werd erdoor gefascineerd. Ik was gefascineerd omdat het in die zaken maar heel zelden voorkomt dat het slachtoffer wordt vrijgelaten en de politie naar de plaats kan brengen waar de dader zit te wachten tot hij wordt gearresteerd. Begrijpt u wat ik bedoel, señor López?'

Hij knipperde weer één keer. Falcón vertelde hem over de Jefatura en de verhalen die daar de ronde deden, en dat hij had gehoord wat er in werkelijkheid in Manolo's zaak was gebeurd. Het was niet ongewoon dat de aanklagers om een krachtigere getuigenverklaring vroegen. Niemand had kunnen voorzien dat Sebastián zich niet tegen die krachtigere verklaring zou verdedigen, en uiteindelijk had hij een veel zwaardere straf gekregen dan gerechtvaardigd was.

'Ik heb geen idee wat er in u omgaat, señor López. Het enige wat ik weet is dat - niet door uw schuld, en misschien door Sebastiáns eigen psychische problemen - er een onnodig strenge straf is gegeven. Ik ben hier gekomen om u te vertellen dat u, als u wilt, kunt helpen de weegschaal in balans te brengen. U hoeft me alleen maar te bellen. Als ik niet van u hoor, ziet u me nooit meer terug.'

Falcón legde zijn kaartje op het nachtkasje. Señor López bleef op het bed liggen en staarde naar de trage plafondventilator. Op weg naar buiten zei Falcón señora López gedag, die hem naar de deur bracht.

'Pablo Ortega zei dat hij uit deze barrio moest verhuizen omdat niemand nog met hem wilde praten of hem in winkels en cafés wilde bedienen,' zei Falcón toen hij op de overloop stond. 'Hoe kwam dat, señora López?'

Ze keek beschaamd en nerveus; haar handen trokken met onrustige bewegingen haar kleren recht. Ze verdween achter de deur en deed hem dicht zonder zijn vraag te beantwoorden.

In het genadeloze felle licht van de straat werd Falcón gebeld door Juez Calderón, die hem wilde spreken over de zaak-Vega. Voordat hij weer in zijn auto stapte, ging hij naar een bar aan de Alameda en bestelde een café solo. Hij liet zijn insigne zien en stelde de kroegbaas dezelfde vraag die hij ook aan señora López had gesteld. Het was een oudere man die eruitzag alsof hij als kroegbaas aan het louche eind van de Alameda het een en ander had meegemaakt.

'We hebben Sebastián allemaal gekend,' zei hij, 'en we mochten hem graag. Het was een goede jongen, tot hij... tot hij verkeerde dingen deed. Toen hij deed wat hij deed, zeiden de mensen dat misbruikers vaak zelf misbruikt zijn. Ze trokken hun conclusies en daar kwam nog bij dat niemand veel van Pablo Ortega moest hebben. Hij was een arrogante zak die dacht dat de hele wereld van hem hield.'

Toen Falcón in Calderóns kantoor zat te wachten tot de rechter van een andere afspraak terugkwam, koelde het zweet op zijn lichaam snel af. Zodra Calderón was gaan zitten, werd duidelijk dat hij zich niet meer druk maakte om de dingen, wat voor dingen dan ook, die hem de afgelopen dagen hadden dwarsgezeten. Hij was weer even onverstoorbaar als altijd. Zijn zelfverzekerdheid was terug.

Falcón vertelde hem dat hij klaar was met de zaak-Vega, dat hij nu alles wist wat er over Vega te weten viel, behalve wie hem had vermoord. Hij bracht Calderón verslag uit van wat hij van Mark Flowers en Virgilio Guzmán had gehoord.

'Heb je naar die "opname" geluisterd van Marty Krugman op het Amerikaanse consulaat op de avond van señor Vega's dood?' 'Comisario Lobo gaat het allemaal met de consul bespreken,' zei Falcón. 'Ik verwacht niet te horen of er zo'n opname bestaat of niet.'

'Dus je denkt dat Rafael Vega door Marty Krugman is vermoord?'

'Ja,' zei Falcón. 'En hoewel zijn vrouw het op maandagavond heeft ontkend, denk ik dat ze hem naar Reza Sangari heeft gebracht om hem te vermoorden.'

'Als hij Reza Sangari niet had vermoord, zou hij niet in staat zijn geweest Rafael Vega te vermoorden?'

'Ik geloof niet dat hij de smaak te pakken kreeg, maar het is duidelijk dat die eerste ervaring hem een opwindend gevoel gaf,' zei Falcón. 'En toen hij ontdekte wie Vega werkelijk was – door eigen deductie of doordat Mark Flowers het hem vertelde – had hij het gevoel dat hij het opnieuw kon doen. Ik denk dat hij Sangari uit hartstocht en Vega uit berekening heeft vermoord.'

'En señora Vega?'

'Dat was het probleem. Krugman wist dat Mario in het huis van señora Jiménez sliep, dus over de jongen hoefde hij zich geen zorgen te maken. Hij wist ook dat Lucía Vega erg diep sliep. Rafael en hij voerden soms langdurige discussies in Vega's huis en daar had ze nooit last van, maar hij wist niet dat ze elke nacht twéé slaaptabletten nam om buiten westen te raken – de tweede om ongeveer drie uur 's nachts. Dus toen Rafael Vega in doodsstrijd verkeerde, kwam ze waarschijnlijk naar beneden, zag wat er voor gruwelijks was gebeurd en rende naar de slaapkamer terug, achtervolgd door Krugman. Daarom was haar kaak gebroken. Ze schreeuwde en hij sloeg haar. Toen moest hij haar ook doden, en dat zou kunnen verklaren waarom Krugman vanaf het begin zo nerveus was.'

'En al die bedreigingen van de Russen?'

'Misschien wilden ze alleen maar voorkomen dat we te intensief gingen zoeken, want dan zouden we misschien iets over hun witwaspraktijken ontdekken.'

'Is dat alles?' vroeg Calderón. 'Dan zijn het nogal grove maatregelen, vind je niet?'

'Het zijn grove mensen,' zei Falcón.

'Je bent neerslachtig, Javier.'

En jij niet, dacht Falcón, maar hij zei: 'In de zaak-Vega heb ik gefaald. Ik heb niet kunnen voorkomen dat de Krugmans voor mijn ogen stierven en... Ja, nou, mijn psychotherapeute zegt dat het niet goed is om het woord "falen" te gebruiken in de eerste persoon enkelvoud, en dus houd ik er maar over op.'

'Ik heb iets horen rommelen,' zei Calderón.

'Het is lunchtijd.'

'Tektonisch gerommel uit de Jefatura,' zei Calderón. 'Er gaan koppen rollen. Er gaan banen verloren. Er worden pensioenen stopgezet.'

'Omdat Montes uit zijn raam is gesprongen?'

'Daarmee is het begonnen,' zei Calderón, die duidelijk genoot van alles wat er gebeurde. 'En Martinez en Altozano?'

Falcón haalde zijn schouders op. Calderón moest er zelf maar achter komen wat er echt achter de bedreigingen van de Russen zat.

'Jij weet iets, hè, Javier?'

'Jij ook,' zei hij, omdat hij zich ergerde aan Calderóns vertrouwelijke toon.

'Ik weet dat de Juez Decano en de Fiscal Jefe vanmorgen een uur achter gesloten deuren hebben overlegd, en die twee zul je niet vaak in dezelfde kamer in hetzelfde gebouw tegenkomen.'

'Dat gerommel dat je hoorde, is het geluid van machtige figuren die de gelederen sluiten,' zei Falcón.

'Vertel eens,' zei Calderón.

'Wij zijn momenteel de blinden, doven en stommen, Esteban,' zei hij, en hij stond op. 'Toch zou ik die machtiging voor Vega's bankkluis nog graag willen hebben. We kunnen op z'n minst onze nieuwsgierigheid bevredigen.'

'Die heb ik vanmiddag voor je,' zei Calderón. Hij keek op zijn horloge en liep met hem naar de deur. 'Ik loop even met je mee naar beneden. Inés en ik gaan winkelen.'

Ze gingen naar beneden en liepen door de berenkuil van Justitie, waar mensen de jonge rechter met grote eerbied bejegenden. Hij was weer in zijn element. De verschrikkingen waren verdwenen. Ze liepen door de beveiliging. Inés stond aan de andere kant. Falcón gaf haar een kus. Ze sloeg haar arm om Calderón heen en hij trok haar tegen zijn borst en kuste haar op haar hoofd. Inés zwaaide even naar Falcón en draaide zich toen om met een snelle achterwaartse beweging van haar hoge hakken en wierp een grote blije glimlach over haar schouder. Haar haar zwaaide over haar rug als dat van een meisje in een shampooreclame.

Falcón keek hen na en vroeg zich af wat er in godsnaam tussen hen kon zijn gebeurd sinds die fatale maandagavond. En meteen wist hij het antwoord: helemaal niets. In de angst voor de eenzaamheid hadden ze zich aan elkaar vastgeklampt. Ze deden alsof alle problemen niet meer bestonden en omhelsden het leven dat er vroeger was geweest. Was dit de man van wie Isabel Cano had gezegd dat hij op jacht was naar verschil? Was dit de vrouw van wie Falcón had gedacht dat hij haar waardering absoluut nodig had? Hij zag hen naar de binnenstad lopen, naar een leven van kleine, kwetsende teleurstellingen.

Consuelo belde en vroeg of hij kwam lunchen. Ze klonk zoals ze de vorige avond had geklonken: ver weg en piekerend. Ze spraken af dat zij naar zijn huis in de Calle Bailén zou komen en dat hij zou koken. Op weg naar huis kocht Falcón eten bij de Corte Inglés. In de keuken probeerde hij aan niets anders dan het eten te denken. Hij sneed uien en bakte ze langzaam in de olijfolie tot ze bruin waren. Hij kookte aardappelen, goot olorososherry over de uien en liet ze inkoken tot het een siroop was. Toen hij de tonijn had schoongemaakt en gekruid, maakte hij salade en legde daar garnalen en schijfjes citroen met mayonaise op. Hij dronk ijskoude manzanilla en ging in de schaduw op de patio zitten om op Consuelo te wachten.

Ze kwam om twee uur. Zodra hij haar binnenliet, wist hij dat er iets mis was. Ze was gesloten, in zichzelf gekeerd. Hij had dat al vaker bij vrouwen gehad, het gevoel dat alles werd achtergehouden tot de lucht was opgeklaard. Haar mond reageerde niet op zijn kus. Haar lichaam bewaarde afstand. Hij voelde zijn maag zinken, als een minnaar die op het punt staat heel vriendelijk toegesproken te worden. Hij bracht haar naar de keuken, alsof ze ter dood veroordeeld waren en dit hun laatste maaltijd was.

Ze aten de garnalen en dronken manzanilla, en hij vertelde haar dat de zaak-Vega officieel gesloten was. Hij stond op om de tonijnsteaks te bakken. Hij verhitte de oloroso-siroop en goot die uit over de vis. Toen hij de pan tussen hen in had neergezet en weer was gaan zitten, kon hij zich niet meer inhouden.

'Je hebt al genoeg van me,' zei hij, terwijl hij een steak op haar bord legde.

'Integendeel,' zei ze.

'Of komt het door mijn beroep?' zei hij. 'Ik weet dat je hierheen bent gekomen om me iets te vertellen, want ik heb dit soort dingen al vaker gehoord.'

'Je hebt gelijk, maar niet omdat ik genoeg van je heb,' zei ze.

'Is het dan om wat er zondag is gebeurd? Dat kan ik me voorstellen. Ik weet hoe belangrijk je kinderen voor je zijn. Ik zou...'

'Ik heb leren inzien wat ik wil, Javier,' zei ze, en ze schudde haar hoofd. 'Ik heb daar een heel leven over gedaan, maar díé waardevolle les heb ik geleerd.'

'Er zijn niet veel mensen die dat leren,' zei Falcón. Hij nam zelf ook een tonijnsteak, die er banaal uitzag op zijn bord.

'Vroeger was ik romantisch. Vergeet niet: je zit tegenover een vrouw die ooit verliefd werd op een hertog. Zelfs toen ik hier kwam wonen, had ik nog zulke romantische illusies. Toen ik eenmaal kinderen had, besefte ik dat ik mezelf niets meer wijs hoefde te maken. Mijn kinderen gaven me alle liefde, de echte onvoorwaardelijke liefde, die ik nodig had en dubbel beantwoordde. Ik had een verhouding om mijn fysieke behoeften te bevredigen. Je hebt hem ontmoet – die idioot van een Basilio Lucena – en je hebt begrepen wat voor relatie we hadden. Het was geen liefde. Daarvoor was het niet gecompliceerd en beheersbaar genoeg.'

'Je hoeft me niet op zo'n luchtige toon af te wijzen,' zei Falcón. 'Je kunt gewoon zeggen: "Ik wil dit niet meer."'

'Ik ben nu voor het eerst in mijn leven eerlijk tegen een man,' zei ze, en ze keek hem recht in de ogen.

'Ik dacht dat het iets goeds was wat wij samen hadden. Het voelde goed aan,' zei Falcón, die een brok in zijn keel had van emotie. 'Voor het eerst in mijn leven voelde het helemaal goed aan.'

'Het ís ook goed, maar het is niet wat ik nu wil.'

'Je wilt je aan je kinderen wijden?'

'Dat ook,' zei ze. 'Verder gaat het om mezelf. We hebben nu iets goeds met elkaar, maar dat verandert. En ik wil niet de intensiteit, de complicaties, de verantwoordelijkheid... Maar vooral – en dat is míjn tekortkoming – wil ik niet dagelijks met mijn zwakheid geconfronteerd worden.'

'Je zwakheid?'

'Ik heb zwakheden. Niemand ziet ze, maar ze zijn er,' zei ze. 'Dit is mijn grote zwakheid. Jij weet alles van me, alle verschrikkelijke dingen, omdat onze relatie in de verschrikkelijke sfeer van een moordonderzoek is begonnen. Maar je weet dit niet: ik ben hopeloos verliefd en ik kan er niet tegen.'

'Hoe weet je dat, als je tot nu toe alleen maar de illusie van liefde hebt gekend?'

'Omdat het al begonnen is,' zei ze.

Ze stond op, de tonijn onaangeraakt, de saus stollend op het bord. Ze kwam naar zijn kant van de tafel. Hij probeerde dingen te zeggen. Hij wilde het haar uit het hoofd praten. Ze legde haar vingers op zijn lippen. Ze hield zijn gezicht vast, woelde met haar hand door zijn haar en kuste hem. Hij voelde de natheid van haar tranen. Ze trok zich terug, gaf nog een kneepje in zijn schouder en liep weg.

De deur viel dicht. Hij keek naar zijn bord. Er kon geen eten langs het brok in zijn keel. Hij schraapte de tonijn in de afvalbak, keek naar de bruine veeg die op het bord was achtergebleven en smeet het bord tegen de muur.

30

Na een vreemde siëstaslaap voelde Falcón zich wel uitgerust maar had hij ook het gevoel dat zijn hersenen verkeerd in zijn hoofd zaten. De gebeurtenissen van de ochtend zweefden zo traag als riviermist door zijn hoofd. Het was allemaal zo rampzalig geweest dat hij van de weeromstuit werd bevangen door een hysterisch positivisme. Hij ging op de rand van zijn bed zitten, schudde zijn hoofd, zocht naar iets grappigs, en toen kwam hij op een idee. Dat gaf hem de fut om naar de douche te gaan, en daar won het idee aan kracht en schiep het helderheid in zijn hoofd.

Hij reed naar San Bernardo en trommelde nu en dan op het stuurwiel. Hij dacht dat het toch niet helemaal afgelopen was tussen hem en Consuelo. Zo gemakkelijk zou hij haar niet laten gaan. Hij zou met haar praten, met argumenten komen. Hij ging naar Carlos Vázquez en bekeek zichzelf in de spiegel van de lift: hij had een wilde vastberadenheid over zich.

'Ik wil met de Russen praten,' zei Falcón toen hij Vázquez' kantoor binnen kwam. 'Kunt u dat voor me regelen?'

'Ik denk het niet.'

'Waarom niet?'

'Ze zouden u niets te zeggen hebben... Inspector Jefe del Grupo de Homicidios.'

'U kunt ze hier uitnodigen – u weet wel, iets in verband met hun projecten – en dan kom ik ook.'

'Dat is niet mogelijk.'

'U kunt ze overhalen, señor Vázquez.'

'Vega Construcciones is niet meer actief betrokken bij hun projecten. Ze hebben geen reden om met me te komen praten,' zei Vázquez. 'Ze hebben de gebouwen verkocht.'

'Ze hebben ze verkócht?'

'Dat was hun goed recht.'

'Señor Vázquez, zou het in het licht van hun nauwe betrokkenheid bij wijlen uw cliënt niet verstandig zijn geweest om ons op de hoogte te stellen?'

'Ik heb opdracht gekregen niemand op de hoogte te stellen, behalve de derde partij bij de verkooptransactie.'

'Maar u vond niet dat wij het verdienden om ingelicht te worden.'

'Onder normale omstandigheden zou ik het u hebben verteld,' zei Vázquez, zijn handen samengevouwen, de knokkels wit.

'En wat was er zo abnormaal aan deze omstandigheden?'

Vázquez opende zijn bureaula en haalde er een envelop uit.

'Ik heb met Kerstmis een hond voor mijn kinderen gekocht. Een puppy. Ze namen hem mee toen ze op vakantie naar de kust gingen,' zei Vázquez. 'Eind vorige week belden ze me om te zeggen dat de hond verdwenen was. Ze huilden. Op maandagmorgen kreeg ik een pakje dat uit Marbella was verstuurd. In dat pakje zaten een hondenpoot en deze envelop.'

Falcón schudde de inhoud uit de envelop: een foto van Vázquez' gezin dat tevreden op het strand zat. Op de achterkant was iets geschreven: 'Zij zijn nu aan de beurt.'

'Wat vindt u van hun psychologisch inzicht, Inspector Jefe?'

Falcón reed naar de Jefatura. Hij bedacht dat er sinds zondag geen bedreigingen meer van de Russen waren gekomen en hij wist nu waarom: ze hadden hun doel bereikt. Ze hadden zich uit de Vega-projecten teruggetrokken en zijn onderzoek was nu officieel voorbij. En hun ergste misdrijf was het doden van een huisdier geweest.

Ramírez en Ferrera zaten zwijgend op het bureau.

'Wat is er?' vroeg Falcón. 'Moeten jullie niet bij Felipe en Jorge in het lab zijn?'

'Ze hebben opdracht gekregen achter gesloten deuren te werken en hun bevindingen alleen met Comisario Elvira te bespreken,' zei Ramírez.

'En hoe zit het met dat scheermes dat ik daarheen heb gestuurd?'

'Ze mogen nergens over praten met ons.'

'En de brandstichters?'

'Die hebben we hier nog,' zei Ramírez. 'We weten niet hoe lang nog. Omdat jij er niet was, heb ik Elvira gebeld om te vragen of we hen een schriftelijke verklaring moeten laten ondertekenen. Hij zei dat we niets moesten doen. En daar ben ik een expert in. Dus hier zitten we dan uit onze neus te vreten.'

'Is er nog gebeld?'

'Lobo wil je spreken, en Alicia Aguado wil weten of je haar vanavond naar de gevangenis kunt brengen.'

'Het is nog niet voorbij, José Luis,' zei Falcón.

Hij nam de lift naar Lobo's kantoor op de bovenste verdieping. Hij belde Alicia Aguado en sprak af dat hij haar zou afhalen. Hij hoefde niet te wachten op Lobo, die nu kalm was. Ze zaten elkaar aan te kijken alsof er een rampzalig krijgsplan tussen hen in lag dat tot de dood van duizenden had geleid.

'Jij en je team hebben voortreffelijk recherchewerk gedaan,' zei Lobo. Falcón beschouwde die vleierij als een veeg teken.

'Vindt u?' zei Falcón. 'Ik zie alleen maar een lange serie mislukkingen. Ik heb geen moordenaar van Vega gevonden en ik zie overal lijken liggen.'

'Je hebt een groot pedofielennetwerk opgerold.'

'Nou, ik zou het woord "opgerold" niet willen gebruiken. Ignacio Ortega is me de hele tijd een stap voor geweest. Dat blijkt wel uit het feit dat ik niets tegen hem kan bewijzen, behalve dan dat hij de airconditioning in de finca heeft geïnstalleerd. Wijlen Alberto Montes heeft me erin laten lopen met alles wat hij deed,' zei Falcón. 'En nu lacht Ortega me in mijn gezicht uit en lopen de Russen nog vrij rond en kunnen ze rustig doorgaan met hun smokkel van volwassenen en kinderen voor seksuele doeleinden.' 'Ignacio Ortega heeft afgedaan. Hij is een getekende. Niemand wil nog iets met hem te maken hebben.'

'Applaus,' zei Falcón. 'Hij woont nog in zijn comfortabele huis en runt zijn succesvolle bedrijf. Hij houdt zich een paar jaar gedeisd, en dan komt hij terug, want dat heb je nu eenmaal met zijn specifieke obsessie. Zo iemand heeft een dwangmatige neiging om onschuld te ontheiligen. Die neiging is net zo sterk als die van een seriemoordenaar om te voelen hoe nieuwe lichamen onder zijn handen voor hun leven vechten. En ik hoef u niet te vertellen, Comisario, dat Ignacio Ortega maar één kleine schakel is die we tijdelijk hebben doorgeknipt. Het grote monster, de Russische maffia, loopt nog vrij rond en spreidt zijn tentakels over heel Europa uit. De afdeling Public Relations in uw hoofd denkt er misschien anders over, maar dit is een van onze grootste mislukkingen. En die mislukking is het werk van dezelfde overheid die ons zou moeten steunen.'

'Laat ik je dan ook maar vertellen dat Montes' vrouw is betrapt toen ze een doos met honderdtachtigduizend euro uit een opslagruimte haalde,' zei Lobo. 'Maar op grond van de ondervragingen die we tot nu toe hebben gedaan, denken we dat hij in zijn eentje handelde.'

'Nog meer applaus,' zei Falcón. 'Wat gaan we tegen de geschokte bevolking van Almonaster la Real zeggen over de twee lichamen, de jongen en het meisje, die bij de finca begraven lagen? Wat gaat er gebeuren met de vier mannen op de videoband? Wat gaat er gebeuren met de andere kinderen...'

'Felipe en Jorge zullen een volledig rapport indienen met hun bevindingen,' zei Lobo zakelijk, 'en dat zal, net als alle aspecten van jullie onderzoek, deel uitmaken van een dossier dat Comisario Elvira aan mij zal voorleggen. We hebben al een intern onderzoek in de Jefatura ingesteld. We weten de naam van de vierde man op de videoband. Alles is gedocumenteerd.'

'En dat dossier wordt voorgelezen in het Andalusische parlement?'

Stilte.

'En al die mensen komen voor de rechter?'

'Wij hebben een georganiseerde samenleving en geen chaotische anarchie omdat mensen in onze instituten geloven,' zei Lobo. 'Toen Franco in 1975 stierf, wat gebeurde er toen met al zijn instituten? Wat gebeurde er met de Guardia Civil? Je kunt ze niet uiteenrukken en in het rond gooien, om de simpele reden dat het de enige mensen zijn die weten wat er gebeuren moet. Dus wat doe je? Je beperkt hun macht, je oefent invloed op hun rekruteringsbeleid uit, je verandert het instituut van binnenuit. Daarom geloven de mensen tegenwoordig in ons. Daarom zijn ze niet meer bang voor ons. Daarom opereert de Guardia Civil niet meer als een geheime politieorganisatie.'

'Praat u daarover maar eens met Virgilio Guzmán,' zei Falcón. 'Het komt er dus op neer dat niemand die bij deze zaak betrokken was voor de rechter komt, niet omdat ze dat niet verdienen, maar omdat ons instituut zijn vuile was niet buiten wil hangen. En de overheid die macht over ons heeft, maakt daar gebruik van, want die heeft nog vuilere was.'

'Het zijn allemaal getekende mensen,' zei Lobo. 'Je zult het zien: mensen verliezen hun macht, raken contracten kwijt, verliezen hun status... Ze zullen lijden.'

'Misschien kunnen ze hun ambities niet meer realiseren, en dat wordt dan hun kleine tragedie,' zei Falcón. 'Maar ze blijven vrij rondlopen, en dat is onze tragedie.'

'Dus je vindt dat we iedereen aan de kaak moeten stellen, dat we de corruptie in de openbaarheid moeten brengen...?'

'Ja,' zei Falcón. 'En dan opnieuw beginnen.'

'Al die jaren bij de politie, en je weet nog steeds niets van de menselijke aard,' zei Lobo. 'Hoe lang duurt het voordat de Russische maffia aan de volgende generatie begint te werken?'

'Ik zeg hoe ik erover denk, Comisario. Dat is alles,' zei Falcón, die merkte dat zijn armen weer zwak aanvoelden.

'Weet je, Javier, dit is niet iets specifieks voor Spanje,' zei Lobo. 'Het gebeurt over de hele wereld. We hebben net de CIA op de stoep gehad, en wat deden ze? Hun instituut in stand houden. De waardigheid van het ambt van de president van de Verenigde Staten en de minister van Buitenlandse Zaken in stand houden.'

'Heeft de consul dat tegen u gezegd?'

'Met zoveel woorden,' zei Lobo.

'Dus u hebt de "opname" niet gezien waarvan Flowers zei dat hij Krugmans onschuld bewees?'

'De consul heeft bevestigd dat die opname bestaat.'

'Wat een groot vertrouwen tussen de internationale machten!' zei Falcón. 'U hebt die opname niet gezien omdat hij niet bestaat. Flowers gaf Krugman een alibi omdat het waarschijnlijk zijn beslissing was geweest om een eind te maken aan de onzekerheid omtrent Vega's geheimen – de man was te labiel en onvoorspelbaar geworden. Ik denk dat Krugman hem heeft gedood omdat Flowers hem de echte identiteit van de man gaf en – laten we een moment van stilte in acht nemen voor de vergeten Lucía – toen moest hij ook Vega's volslagen onschuldige vrouw doden.'

'Ik kan niet tegen de Amerikaanse consul zeggen dat ik zijn integriteit in twijfel trek, Javier,' zei Lobo geërgerd.

'Dat weet ik, Comisario. Ik ben naïef als het op de werking van macht aankomt, maar niet volslagen onervaren. Maar telkens wanneer zoiets gebeurt – en laten we de financiële malversaties van uw voorganger niet vergeten, waardoor u het hoogverheven ambt hebt gekregen dat u nu bezit –, telkens wanneer zoiets gebeurt, geeft er een beetje van dat vuil op mij af. Ik boen en boen, maar er schemert altijd een vlek doorheen. Ik begin het gevoel te krijgen dat ik mijn pakken weer moet aantrekken, alleen om mezelf de illusie te geven dat het goede nog de overhand kan krijgen.'

'We hebben mannen als jij en Inspector Ramírez nodig, Javier,' zei Lobo. 'Twijfel daar nooit aan.'

'O ja? Ik ben er niet zo zeker van. De hulpmiddelen van het goede zijn heel pathetisch en voorspelbaar in vergelijking met die van het kwaad,' zei Falcón. 'Als wij op grond van alle jaren waarin we in gecorrumpeerde instituten werken zelf ook door corruptie zijn aangetast, kunnen we daar misschien iets van leren. Die uit de eerste hand verworven kennis van de machten der duisternis zou niet verloren mogen gaan.'

'Nou, dat is een erg gevaarlijke weg,' zei Lobo.

Toen hij terugkwam, keken Ramírez en Ferrera met een sprankje hoop op. Falcón ging tegenover hen staan en hield zijn handen open om te laten zien dat ze leeg waren. Hij ging zijn kamer in. Er lag een papiertje op het midden van zijn bureau. Hij wist dat het de vertaling was van de inscriptie die hij in de finca had gevonden. Hij legde zijn handen aan weerskanten van het papier en verzamelde de moed om het te lezen:

Het spijt me, mama, maar we kunnen dit niet meer doen.

Hij verliet het bureau zonder een woord te zeggen en ging Alicia Aguado afhalen. Hij vond het prettig om bij haar te zijn. Ze voelde zich goed en verheugde zich op haar volgende sessie met Sebastián. Ze was tevreden over zijn vooruitgang. Pablo's dood had hem van zijn verleden bevrijd en in een paar dagen tijd had hij dingen verteld die hij anders pas in maanden zou hebben losgelaten.

Toen ze in de observatiecel kwamen, was Sebastián duidelijk blij haar te zien. Hij ging zitten en ontblootte meteen zijn pols. Falcón kon zich bijna niet op hun gesprek concentreren. Zijn gesprek met Lobo ging nog door zijn hoofd en vormde een drievoudige spiraal met Ignacio Ortega en de Russen. Bijna alle mogelijkheden om met de Russen in contact te komen, waren afgesneden: Vega, Montes en Krugman waren dood en Vázquez was verlamd van angst. De enige mogelijkheid die was overgebleven, was de duisterste weg via Ignacio Ortega, en daar kwamen de drie strengen van de spiraal samen: de laatste woorden die Lobo tegen hem had gezegd.

Op de een of andere manier merkte hij dat het gesprek intenser was geworden. Hij concentreerde zich weer op wat ze zeiden.

'Hoe oud was je toen?' vroeg Aguado.

'Vijftien. Het was geen gemakkelijke tijd. Op school ging het niet goed. Thuis gebeurde er van alles. Ik was ongelukkig.'

'Vertel me hoe het ging.'

'We reden naar Huelva. Hij trad daar op in een stuk en we zouden doorrijden naar Tavira in Portugal om daar het weekend aan het strand te blijven.'

'Waarom koos je dat moment?'

'Ik koos het niet. Ik werd kwaad op hem. Ik werd kwaad omdat hij tegen me zei hoe geweldig zijn broer was. Hoe aardig die was. Hoe behulpzaam. Mijn vader kon zijn financiën niet beheren en Ignacio hielp hem steeds uit de brand. Hij stuurde ook elektriciens en loodgieters naar het huis om reparaties te doen. Hij heeft zelfs gratis de bedrading in het huis vervangen. Dat was gemakkelijk voor Ignacio. Het kostte hem niets. Hij deed het allemaal via zijn bedrijf. Maar mijn vader vond het geweldig van hem. Hij zag niet wat Ignacio in zijn schild voerde. Hij zag niet dat zijn broer de pest aan hem had omdat hij zoveel talent had en zo beroemd was. Op een van die momenten, toen Pablo weer zat op te scheppen over zijn broer, vertelde ik het hem.'

'Weet je nog welke woorden je gebruikte?'

'Ik weet alles nog, alsof het net gebeurd is,' zei Sebastián. 'Ik zei: "Weet je, als je vroeger op tournee ging en je me bij je broer achterliet..." En toen keek mijn vader me glimlachend aan, en wachtte met een gezicht vol liefde op wat ik zou gaan zeggen – weer iets geweldigs over Ignacio. Het was zo pathetisch dat ik het bijna niet meer kon zeggen, maar mijn woede kreeg de overhand en ik zette door. Ik zei: "... toen heeft hij me elke avond seksueel misbruikt." Hij raakte de macht over het stuur kwijt. We raakten van de weg af en kwamen in een greppel terecht. Hij sloeg me, sloeg me op mijn hoofd en tegen mijn gezicht, en ik maakte het raam open en klom de auto uit, de greppel in. Hij kwam achter me aan, drukte zijn eigen portier open als iemand die uit een tank komt.

Bij mijn vader wist je nooit wanneer hij acteerde. Het ene moment was hij woedend, het volgende moment was hij heel aardig. Maar die middag wist ik zeker dat hij woedend was. Hij kreeg me in het veld naast de weg te pakken. Hij greep me bij mijn haar en draaide me naar hem om. Hij sloeg me op mijn gezicht en op mijn hoofd, met de voorkant en de achterkant van zijn grote handen, tot ik een lappenpop was. Hij trok mijn gezicht naar zich toe en ik zag zijn zweet en zijn tanden en zijn lippen die helemaal wit en opgerekt waren, en ik rook zijn adem. Hij dwong me mijn woorden terug te nemen. Hij dwong me te zeggen dat ik had gelogen. Hij liet me smeken om vergeving. En toen ik dat deed, vergaf hij me en zei hij dat we nooit meer over die dag zouden spreken. En dat deden we ook niet. Na die dag hebben we nooit meer echt met elkaar gesproken.'

'Denk je dat hij er met Ignacio over heeft gepraat?'

'Ik weet zeker van niet. Dan had ik het geweten. Ignacio zou me zo bang hebben gemaakt dat ik nooit meer een woord had durven uitbrengen.'

Ze zaten een tijdje zwijgend bij elkaar. Alicia dacht na over de enorme betekenis van die dag. Falcón zat buiten de kamer en herinnerde zich de droom waarover Pablo hem had verteld, en diens val op het gazon. Hij zag de gedachten in Alicia's trillende blinde ogen. Was dit het juiste moment? Wat zou de volgende vraag zijn? Welke vraag kan de gedachtewereld achter Sebastiáns extreme daad blootleggen?

'Heb je je de afgelopen paar dagen afgevraagd waarom je vader zelfmoord heeft gepleegd?' vroeg ze.

'Ja. Ik heb erg veel nagedacht over zijn briefje aan mij,' zei Sebastián. 'Mijn vader hield van woorden. Hij mocht graag praten en schrijven. Hij hield van zijn eigen stem. Hij hield ervan om met woorden te werken. Maar in die brief beperkte hij zich tot één regel.'

Stilte. Sebastiáns hoofd beefde.

'En wat betekende die regel voor jou?'

'Het betekende dat hij me geloofde.'

'En waarom denk je dat hij tot die conclusie was gekomen?'

'Voordat ik werd veroordeeld, was mijn vader op een punt in zijn leven gekomen dat hij nooit aan zichzelf twijfelde. Misschien was hij overtuigd van zijn eigen genialiteit, of misschien kwam het door de vleiers om hem heen, dat weet ik niet. Maar hij dacht geen moment dat hij zich zou kunnen vergissen of een fout kon hebben gemaakt... Totdat ik werd gearresteerd. Zodra ze me hier opsloten, weigerde ik hem te ontvangen, dus ik weet het niet zeker, maar ik denk dat hij toen voor het eerst twijfelde.'

'Hij moest de barrio uit,' zei Alicia. 'Hij werd verstoten.'

'Ze mochten hem niet graag in de barrio. Hij dacht dat iedereen van hem hield zoals zijn publiek van hem hield, maar hij interesseerde zich nooit voor hen als individuele mensen. Ze bestonden alleen tot meerdere eer en glorie van Pablo Ortega.'

'Toen moet hij toch wel zijn gaan twijfelen.'

'Ja, en ook doordat hij steeds minder werk kreeg. Daardoor leefde hij steeds meer in zijn eigen hoofd. En zoals ik weet: als je dat gaat doen, kom je allerlei twijfels en angsten tegen, en die kunnen in je eenzaamheid enorm groot worden. Waarschijnlijk heeft hij ook met Salvador gepraat. Hij was geen slechte man, mijn vader. Hij had medelijden met Salvador en hielp hem met geld voor zijn drugs. Ik denk niet dat Salvador het hem ronduit heeft verteld, omdat mijn vader zo'n sterke persoonlijkheid had en hijzelf bang was voor Ignacio, maar toen hij eenmaal twijfelde, pikte hij misschien signalen op. En als hij die dan aan zijn twijfels toevoegde, vond hij misschien het antwoord op die afschuwelijke vraag in zijn hoofd, de som van al zijn angsten. Dat moet een vernietigende slag voor hem zijn geweest.'

'Maar je denkt niet dat dit een ongelooflijk drastische daad van jou is geweest – om hier terecht te komen?'

'Je denkt toch niet dat ik het alleen maar deed om de aandacht van mijn vader te trekken?'

'Ik weet niet waarom je dit deed, Sebastián.'

Hij nam zijn pols van haar weg en hield zijn armen voor zijn gezicht. Zo schommelde hij een paar minuten heen en weer op zijn stoel.

'Misschien hebben we genoeg gedaan voor vandaag.' Ze pakte zijn schouder vast.

Hij kwam tot rust en haalde zijn armen weg. Stak zijn pols weer uit.

'Ik was bang voor wat er groeide in mijn eigen hoofd,' zei hij.

'Laten we daar morgen mee verdergaan,' zei Alicia Aguado.

'Nee, ik wil proberen het eruit te krijgen.' Hij legde haar vingers weer op zijn pols. 'Ik had ergens gelezen... Ik kon het niet helpen dat ik dat soort dingen las. De kranten staan vol verhalen over kindermisbruik, en ik las altijd ál die verhalen omdat ik wist dat ze relevant voor me waren. Ik haalde dingen uit die verhalen die twijfel in me opwekten, en ik vond een hoekje in mezelf dat ik niet meer kon vertrouwen. Dat hoekje groeide, tot het een zekerheid werd in mijn hoofd. Het was alleen maar een kwestie van tijd voordat... voordat...'

'Ik denk dat dit vandaag te veel voor je is, Sebastián,' zei ze. 'Je vergt te veel van jezelf.'

'Alsjeblieft, laat me dit eruit krijgen,' zei hij. 'Alleen dit ene.'

'Wat haalde je uit die verhalen?' vroeg Alicia Aguado. 'Vertel me dat dan.'

'Ja, ja, dat was het begin,' zei hij. 'Wat ik in die verhalen zo relevant voor mezelf vond, was dat... de misbruikten zelf misbruikers werden. Toen ik dat voor het eerst las, leek het me onmogelijk... dat ik diezelfde sluwe blik in mijn ogen zou krijgen die oom Ignacio had als hij 's avonds op mijn bed kwam zitten. Maar als je eenzaam bent, kweekt twijfel nog meer twijfel, en ik begon echt te denken dat het mij zou kunnen overkomen. Dat ik het niet zou kunnen beheersen. Ik merkte al dat kinderen mij aardig vonden en dat ik kinderen aardig vond. Ik wilde hun onschuld graag met hen delen. Ik was graag bij hen in hun onbewuste wereld. Geen gruwelen uit het verleden, geen zorgen voor later, alleen het glorieuze heden dat zich geleidelijk ontvouwt. En ik kreeg steeds meer het gevoel dat ik uiteindelijk iets afschuwelijks zou doen, en daar was ik voortdurend bang voor. En op een dag hield ik het niet meer uit en dacht ik dat ik het zou doen. Maar toen het moment aanbrak... Toen kon ik het niet, maar dat deed er niet meer toe, want de angst in mij was al zo groot. Ik liet hem gaan, Manolo, en terwijl ik op de komst van de politie wachtte, bad ik dat ze me in een cel zouden stoppen en de sleutel zouden weggooien.'

'Maar je kon het niet doen, Sebastián,' zei ze. 'Je deed het niet.'

'Dat zei mijn angst niet tegen mij. Mijn angst zei tegen me dat het uiteindelijk zou gebeuren.'

'Maar wat voelde je toen je met de realiteit van je plan werd geconfronteerd?'

'Ik voelde alleen maar walging. Ik had het gevoel dat het erg verkeerd, onnatuurlijk en wreed zou zijn.'

Falcón zette Alicia in de Calle Vidrio af en reed door naar huis. Hij ging met een fles en een glas vol ijs naar zijn studeerkamer. Na de dag die hij had gehad, smaakte de whisky hem goed. Hij zat met zijn voeten op zijn bureau en dacht aan de man die hij nog maar ongeveer twaalf uur eerder was geweest. Hij was niet gedeprimeerd, en dat verbaasde hem. Hij voelde zich merkwaardig stabiel, helder en vastbesloten, en hij besefte dat de woede hem bijeenhield. Hij wilde Consuelo terug en hij wilde Ignacio Ortega te grazen nemen.

Virgilio Guzmán kwam precies om tien uur. Falcón schonk hem een whisky in en ze gingen in de studeerkamer zitten. Na de uitbarsting van die ochtend had hij verwacht dat Guzmán meteen over de doofpot zou beginnen die hij in de Jefatura had geroken, maar blijkbaar vond hij het interessanter om over zijn vakantie op Mallorca te praten, die over een week zou beginnen.

'Wat is er gebeurd met de gedreven journalist die vanmorgen mijn kantoor uit stormde?' vroeg Falcón.

'Medicijnen,' zei Guzmán. 'Ik ben uit Madrid vertrokken en hierheen gekomen om een rustiger leven te leiden. Toen ik een zweem van dat verhaal opving, werd ik helemaal gek. Mijn bloeddruk vloog omhoog. Nu ben ik aan de tranquillizers, en weet je, het leven is best mooi als het gefilterd tot je komt.'

'Wil dat zeggen dat je het verhaal laat vallen?'

'Dat moet van de dokter.'

Ze zwegen. Falcón vroeg zich af of de journalist de waarheid sprak.

'Heeft er iemand met je gepraat, Virgilio?'

'Het is hier een hechte gemeenschap,' zei Guzmán. 'De krant brengt het niet, tenzij iemand anders er eerst mee komt. En weet je wat, Javier? Het kan me geen moer schelen. Dat is nou het mooie van medicijnen.'

'En zou je mij raad willen geven als onpartijdige waarnemer?'

'Laat me niet te veel whisky drinken,' zei hij. 'Dat gaat niet goed samen met die medicijnen.'

Falcón vertelde hem alles over de doofpotaffaire: de finca van Montes, de lijken in de sierra, de brandstichters, de videoband – zowel het origineel als de kopie die hij boven had. Guzmán luisterde en knikte voortdurend, alsof dit dingen waren die hem elke dag ter ore kwamen.

'Wat wil je met dit alles?' zei Guzmán. 'Wat is je minimale doel?'

'Dat ik Ortega voor een hele tijd achter de tralies krijg.'

'Dat is begrijpelijk. Hij lijkt me een rotschoft.'

'Of vind je dat te beperkt?' vroeg Falcón. 'Moet ik het opnemen tegen onze heilige instituten?'

'Nu is de whisky aan het woord,' zei Guzmán. 'Je maakt geen schijn van kans. Concentreer je nou maar op Ortega.'

'Blijkbaar wordt hij goed beschermd door zijn connecties.'

'Hoe wou je die bescherming verzwakken om hem te pakken te krijgen?'

'Dat weet ik niet.'

'Nou, het is jouw vak. Jij bent getraind om binnen de grenzen van de wet te denken,' zei Guzmán, en hij zette zijn lege whiskyglas neer. 'Ik ga nu weg, voordat het te laat is.'

'En je gaat het me niet vertellen?'

'Het zou niet goed zijn als ik het je vertelde. Ik wil die verantwoordelijkheid niet,' zei Guzmán. 'Het antwoord ligt voor je, maar ik wil niet degene zijn die je geest besmet.'

31

Donderdag 1 augustus 2002

'Slechte nacht gehad?' vroeg Ramírez, die uitkeek over het parkeerterrein van de Jefatura.

'Slecht gedroomd. Slechte nacht,' zei Falcón. 'Ik lag wakker en fantaseerde dat we de Russen te grazen zouden nemen.'

'Vertel eens.'

'Ik zou naar Ignacio Ortega kunnen gaan en hem vragen of ik op de loonlijst van de Russen kan komen. Ik kan tegen hem zeggen dat ik wel trek heb in die honderdtachtigduizend euro waarmee señora Montes is betrapt.'

'Was het zoveel?'

'Dat zei Lobo,' zei Falcón. 'Ik kan Ortega wat op de mouw spelden – dat ik tijdelijk de leiding krijg van de Grupo de Menores, tot ze een geschikte opvolger voor Montes hebben gevonden...'

'Dat zal om te beginnen al nooit gebeuren,' zei Ramírez.

'En dan kan ik hem misschien overhalen om me met de Russen in contact te brengen.'

'En dan zou hij je geloven?'

'Nee, maar hij zou het toch doen en dan zou ik erachter komen waar die ontmoeting zou plaatsvinden en kan ik het je in het geheim laten weten.'

'Ik weet niet eens zeker of die fantasie het peil van de B-film wel haalt.'

'Die ontmoeting vindt plaats in een garage ver buiten de stad. Ik ga er met Ortega heen. We zitten op een olievat te wachten tot de Russen komen. We horen in de verte een auto. En dan komen Ivanov en Zelenov. Ze ondervragen me agressief en maken duidelijk dat ze geen woord geloven van wat ik zeg. En net als ze op het punt staan om me uit te lachen, gaat de garagedeur open en kom jij binnen om ze allemaal overhoop te schieten.'

'Mijn kinderen zouden wat beters kunnen bedenken.'

'Misschien kunnen we ook iets subtielers bedenken dan dat jij ze overhoopschiet. De garagedeur gaat wel open. Dat gebeurt altijd. Maar je richt alleen je pistool op ze. Ik ontwapen ze. En dan gaat de hoofdingang van de garage open en rijden er politieauto's met zwaailichten naar binnen – dat gebeurt ook altijd. Een van de politieauto's komt achteruit naar binnen. De Russen krijgen handboeien om en als ze in de auto worden gezet, draaien ze zich om en zien ze dat wij Ortega op zijn rug kloppen en zijn hand drukken en dan denken ze dat hij ze heeft verraden. Als ze bij de Jefatura aankomen, is hun advocaat daar al. Dezelfde van de videoband in Montes' finca. Ze zijn binnen vier uur vrij. Dan verspringt het beeld naar Ortega's huis. Ignacio zit aan zijn bureau en luistert met zijn ogen dicht naar Julio Iglesias op zijn perfecte geluidsinstallatie, maar dan doet hij ze open, want hij hoort een vreemd geluid en... wat verschrikkelijk. Twee gedempte schoten. Een bloedvlek breidt zich uit op zijn witte overhemd en zijn hele gezicht is verwoest.'

'Het publiek zou al aan het bier zitten voordat de aftiteling voorbij was,' zei Ramírez.

Ferrera stak haar hoofd om de deur om goedemorgen te zeggen.

'Laten we praten,' zei Falcón.

Ferrera trok zich in de afdelingsruimte terug. Ramírez ging de deur dichtdoen.

'Jij ook, Policía Ferrera,' zei Falcón, en Ramírez keek hem met half dichtgeknepen ogen aan. 'Doe de deur achter je dicht.'

Ze gingen om het bureau zitten.

'Wij vertegenwoordigen hier de ervaring,' zei Falcón. 'En jij, Policía Ferrera, vertegenwoordigt de moraliteit.'

'Je bedoelt, in mijn rol van ex-non?'

'Ja,' zei Ramírez. 'Dat bedoelt hij. Dus hou je nu stil en luister.'

'Je zult inmiddels wel beseffen dat de zaak in de doofpot wordt gestopt,' zei Falcón. 'De misdrijven die in de finca van Montes zijn begaan, worden aan beide kanten onder het tapijt geveegd. Omdat Montes erbij betrokken was, loopt de Jefatura gevaar door de politici onder vuur te worden genomen. Onze bazen zijn bang dat een groot schandaal, waarbij figuren uit het openbare leven betrokken zijn, tot gevolg heeft dat het publiek minder vertrouwen in ons krijgt. Ze zijn vast van plan de waardigheid en integriteit van hun instituten in stand te houden. Wij drieën weten dat wat er in de finca van Montes is gebeurd verkeerd was en dat de daders verantwoording moeten afleggen voor de rechter en voor de samenleving. Comisario Lobo heeft me verteld dat alles wat in de finca is gebeurd gedocumenteerd zal worden. Hij kan niet garanderen dat er iets van in de openbaarheid komt. Het enige wat hij me kon verzekeren, was dat niemand die betrokken was bij wat er in die finca gebeurde er zonder kleerscheuren afkomt. Die mensen verliezen status en rijkdom.'

'Ik huil nu al om ze,' zei Ramírez. 'En de media?'

'Virgilio Guzmán zei dat ze het verhaal niet brengen, tenzij iemand anders er eerst mee komt,' zei Falcón. 'Hij is ziek en moet medicijnen gebruiken.'

'Wat heb ik je over die vent gezegd?' zei Ramírez.

'De Russen zijn onaantastbaar. Ze hebben hun geld uit de Vega-projecten teruggetrokken. Ze hebben Vázquez' familie bedreigd. We kunnen alleen toegang tot ze krijgen via Ignacio Ortega, en die wil vast niet ons kaartje doorgeven. We hebben geen concrete bewijzen die we aan de rechtbank kunnen voorleggen, zelfs geen bewijzen voor hun witwaspraktijken. Zelfs als we bij ze konden komen, konden we ze niet arresteren.'

'Hoeveel kans maken we om Ortega te pakken te krijgen?' vroeg Ramírez.

'Hij wordt beschermd. Daardoor overleeft hij alles. Zoals we op zijn geheime video-opnamen uit de finca hebben gezien, heeft hij de middelen om iedereen onder druk te zetten. Daarom krijgen we geen forensische informatie en loopt alles via Comisario Elvira. Het enige wat we hebben, is de videoband.'

'Welke videoband?' vroeg Ferrera.

'De brandstichters stalen een televisie en video uit de finca voordat ze die in brand staken. In de videorecorder zat een band waarop vier mannen te zien zijn die seks met minderjarigen bedrijven,' zei Falcón. 'Elvira heeft het origineel. Wij hebben een kopie achtergehouden.'

'En de landelijke kranten?' vroeg Ramírez.

'Dat is een mogelijkheid, maar dan zouden we ze het hele verhaal moeten geven, en dat zouden we dan moeten ondersteunen met informatie die we niet hebben. Het zou nooit anoniem kunnen gebeuren. Iedereen zou vinden dat we de Jefatura hadden verraden en we zouden helemaal op onszelf aangewezen zijn. Waarschijnlijk zou dat het einde van onze carrière zijn. En als je gebruikmaakt van de media, zelfs die uit de regio, spelen er altijd veel onvoorspelbare factoren mee. Je zet mensen met hun rug tegen de muur en dan vechten ze gemeen terug. De kans bestaat dat we allemaal schade oplopen – jullie gezinnen ook – en dat we dan nog steeds niet het gewenste resultaat hebben bereikt.'

'Laten we een kopie van die videoband naar hun echtgenotes sturen en doorgaan met ons leven,' zei Ramírez.

'Maar dan hebben we Ortega nog steeds niet te pakken gekregen,' zei Falcón.

Er viel een stilte, die alleen verbroken werd door het metronoomgeluid van Ramírez' grote vinger die op de rand van het bureau tikte.

'Het zou me een groot plezier doen,' zei Ramírez, die naar het plafond opkeek alsof hij daar goddelijke inspiratie zocht, 'om mijn oude vriend uit de barrio een privé-vertoning van zijn deel van de band te geven. Dat zou betekenen dat ik zijn gezicht zou zien, en dan zou ik tegen hem zeggen dat ik er niets aan kon doen, maar dat hij een praatje met Ignacio Ortega zou kunnen maken.'

'Een praatje?' vroeg Falcón.

'Hij zou hem vermoorden,' zei Ramírez. 'Ik ken die man. Hij zou niet willen dat er iemand in leven bleef die zo'n macht over hem had.'

Het werd weer stil. Cristina Ferrera keek op en zag dat beide mannen naar haar keken.

'Dat meen je toch niet?' zei ze.

'En dan kan ik hem arresteren wegens moord,' zei Ramírez.

'Ik kan niet geloven dat jullie me vragen zoiets zelfs maar in overweging te nemen,' zei Ferrera. 'Als jullie dit echt serieus menen, hebben jullie geen morele leiding nodig, maar een volledige transplantatie.'

Falcón lachte. Ramírez bulderde met hem mee. De opluchting verspreidde zich vanaf Ferrera's kleine neus over haar hele gezicht.

'Nou, niemand kan zeggen dat we niet over alle mogelijkheden hebben nagedacht,' zei Falcón.

'Ik ga weer naar de computer,' zei ze, en ze ging weg en deed de deur achter zich dicht.

'Meende je dat serieus?' vroeg Ramírez, die zich over het bureau boog.

Falcón vertrok geen spier.

'Joder,' zei Ramírez. 'Dat zou wat zijn geweest.'

De telefoon ging met veel lawaai over, en beide mannen schrokken ervan. Falcón nam vlug op en hield de hoorn bij zijn oor. Terwijl hij aandachtig luisterde, rolde Ramírez een niet-brandende sigaret tussen zijn vingers heen en weer.

'U hebt een erg moedige beslissing genomen, señor López,' zei Falcón, en hij legde de telefoon neer.

'Eindelijk een beetje goed nieuws?' Ramírez stak de sigaret in zijn mond.

'Dat was de vader van de jongen die door Sebastián Ortega zou zijn misbruikt. Die jongen, Manolo, is nu op de terugweg naar Sevilla. Hij gaat direct naar de Jefatura om een nieuwe, volledig ware verklaring af te leggen over wat er gebeurd is.'

'Dat wordt geen leuk huwelijkscadeau voor Juez Calderón.'

'Maar je weet wat dat betekent, nietwaar, José Luis?'

De niet-brandende sigaret viel in Ramírez' schoot.

De telefoon ging weer. Ditmaal was het Juez Calderón, die bevestigde dat hij nu een rechterlijke machtiging voor Vega's bankkluis had, de kluis bij de Banco Banesto die op naam stond van Emilio Cruz. Falcón haalde de sleutel op en de twee mannen gingen op weg naar het Edificio de los Juzgados. Op weg naar buiten zei hij tegen Ferrera dat Manolo López met zijn moeder zou komen om een nieuwe videoverklaring af te leggen. Hij gaf haar opdracht het Ortega-dossier te lezen, de vragen voor te bereiden en de jongen te ondervragen.

Ze reden naar het Edificio de los Juzgados. Calderóns secretaresse gaf Ramírez de machtiging. Ze reden door naar de Banco Banesto en vroegen naar de manager. Ze lieten hun insignes en de machtiging zien en werden naar de kluisruimte gebracht. Falcón tekende zich in en de manager ging met hen naar de kluisjes. Ze stak haar sleutel in het slot, draaide hem een keer rond en liet hen alleen. Falcón gebruikte zijn sleutel en ze trokken de roestvrijstalen doos eruit, die ze op een tafel in het midden van de kamer zetten.

Boven op de papieren in de doos lagen een oud Spaans paspoort en wat reistickets. Het paspoort was uitgegeven in 1984 en bevatte een foto van Rafael Vega, maar het stond op naam van Oscar Marcos. De tickets werden bijeengehouden met een paperclip en lagen op chronologische volgorde. De eerste reis was van Sevilla naar Madrid op 15 januari 1986, en op 19 januari terug naar Sevilla. De volgende reis vond plaats op 15 februari 1986, een treinreis van Sevilla naar Madrid en Barcelona, en ten slotte Parijs. Op 17 februari was er een treinreis van Parijs naar Frankfurt en vandaar naar Hamburg. Op 19 februari ging hij vandaar naar Kopenhagen en op 24 februari stak hij over naar

Zweden en ging hij naar Stockholm. De terugreis begon op 1 maart, toen hij via Oslo naar Londen vloog. Hij bleef drie dagen in Londen, vloog toen naar Madrid en nam de trein naar Sevilla. 'Die dingen,' zei Ramírez, die de papieren doornam die onder de tickets lagen, 'moeten in code zijn, want ze lijken net de brieven van een kind aan zijn vader.'

Falcón belde Virgilio Guzmán en vroeg hem of hij onmiddellijk naar zijn huis aan de Calle Bailén kon komen. Ze maakten de kluisdoos leeg en deden de inhoud in een grote plastic zak. Falcón zei tegen de manager dat de doos nu leeg was, gaf haar een kwitantie en gaf haar ook de sleutel terug. Ze reden naar de Calle Bailén, en terwijl ze op Virgilio Guzmán wachtten, las Falcón de brieven. Elke brief zat met een paperclip aan zijn envelop vast. Ze waren allemaal vanuit Amerika naar het postbusadres op naam van Emilio Cruz verstuurd. De brieven waren stuk voor stuk wel begrijpelijk, maar niet als geheel.

Guzmán kwam. Hij ging met de papieren aan het bureau zitten. Hij bekeek het paspoort en nam toen de reistickets door.

'Eind februari 1986, Stockholm, Zweden,' zei hij. 'Weten jullie wat er toen gebeurd is?'

'Geen idee.'

'Op 28 februari 1986 is premier Olaf Palme doodgeschoten toen hij met zijn vrouw uit de bioscoop kwam,' zei Guzmán. 'De moordenaar is nooit gevonden.'

'En al die brieven?' vroeg Ramírez.

'Ik heb iemand die me kan helpen ze te ontcijferen, maar ik denk dat het de instructies zijn die hij kreeg van zijn oude vriend Manuel Contreras voor één laatste operatie,' zei Guzmán. 'Hij had de perfecte dekmantel. Hij was volledig getraind. Het was iets wat ze in het kader van Operatie Condor aan de lopende band deden. Er zou geen spoor terugleiden naar het Pinochet-regime en de president zou van een lastige horzel verlost zijn. Het is perfect.'

'Waarom zou hij al die dingen bewaren?'

'Dat weet ik niet, maar de moord op de premier van een Europees land is geen geringe zaak, en misschien wilde hij zich een beetje indekken voor het geval er later verandering in de dingen zou komen.'

'Zoals nu?' zei Falcón. 'Het Pinochet-regime is weg...'

'Manuel Contreras zit in de gevangenis, verraden door zijn oude vriend de generaal,' zei Guzmán.

'En Vega denkt dat het tijd is om de rekening te vereffenen? Om te laten zien waartoe het Pinochet-regime in staat was?' zei Falcón. 'Dat is een strategie die geen terugkeer mogelijk maakt. Je kunt Pinochet wel in de gevangenis stoppen, maar dan veroorzaak je ook je eigen ondergang.'

'En dat heeft hij gedaan,' zei Guzmán. 'Hij stierf met dat briefje in zijn hand. Jij deed wat hij wilde dat je deed. Door onderzoek te doen naar het misdrijf vond je de sleutel van zijn bankkluisje en nu krijgt iedereen zijn geheim te horen.'

Ze fotokopieerden alle brieven uit het kluisje en Guzmán ging ermee naar zijn vriend die ze kon ontcijferen. Hij vertelde dat die vriend een ex-DINA-man was die nu in Madrid woonde.

'Ken uw vijand,' zei Guzmán om te verklaren dat hij met die man omging. 'Ik scan deze papieren in de computer, mail ze naar hem toe en hij kan ze lezen als een boek. Ik heb vanmiddag een antwoord voor jullie.'

Falcón en Ramírez waren op tijd op de Jefatura terug om señora López en Manolo te ontmoeten. Manolo werkte al aan zijn videoverklaring en genoot van Cristina Ferrera's gezelschap. Om één uur was de jongen klaar. Falcón belde Alicia Aguado. Hij liet haar de verklaring via de telefoon horen en ze was bereid hem aan Sebastián Ortega voor te leggen.

Ferrera ging met een patrouillewagen naar de Polígono San Pablo om Salvador Ortega te zoeken, terwijl Falcón met Alicia Aguado naar de gevangenis reed. Ze lieten Manolo's verklaring aan Sebastián zien en hij stortte in. Hij schreef zijn eigen verklaring van vijftien pagina's, waarin hij vertelde over de vijf jaar waarin hij door Ignacio Ortega was misbruikt. Ferrera belde om te zeggen dat Salvador nu op de Jefatura was. Falcón faxte Sebastiáns verklaring naar de Jefatura, zodat Salvador hem kon lezen. Salvador vroeg of hij Sebastián kon ontmoeten.

Ferrera bracht hem naar de gevangenis en Sebastián en hij praatten twee uur lang, waarna Salvador bereid was zijn eigen verklaring te schrijven. Hij gaf Falcón ook een lijst van zeven namen van andere kinderen, nu volwassenen, die van zijn vader te lijden hadden gehad.

Om vijf uur at Falcón een *chorizo bocadillo* en dronk hij een alcoholvrij biertje, toen Virgilio Guzmán belde. Guzmán zei dat hij de brieven had laten ontcijferen en dat hij hem de vertalingen wilde mailen. Het bleek een serie instructies voor Vega te zijn. Waar en wanneer hij zijn paspoort in Madrid moest ophalen. De route die hij naar Stockholm moest nemen. Inlichtingen over de bewegingen en het gebrek aan beveiliging van Olaf Palme. Waar hij in Stockholm heen moest gaan om het wapen op te halen. Waar hij zich na de aanslag van het wapen moest ontdoen, en ten slotte zijn terugreis naar Sevilla.

'Ik zet dit verhaal in de krant van morgen,' zei Guzmán.

'Ik had van jou niets anders verwacht, Virgilio,' zei Falcón. 'Het zal mensen schaden die dat verdienen.'

Om zes uur die avond had Falcón een dossier met de nieuwe videoverklaring van Manolo López en de twee verklaringen van Sebastián en Salvador.

'En wat gebeurt er als ze dit blokkeren?' zei Ramírez toen hij het kantoor verliet.

'Dan ben jij de nieuwe Inspector Jefe del Grupo de Homicidios, José Luis.'

'Ik niet,' zei Ramírez. 'Zeg maar tegen ze dat ze het aan Sub-Inspector Pérez moeten vragen, als die van vakantie terug is.'

Hij nam niet alleen de drie verklaringen mee, maar ook de inhoud van Vega's kluisje en Guzmáns mailtjes met de ontcijferde brieven. Hij ging met dat alles naar Comisario Elvira, die weer in bespreking was met Comisario Lobo. Ze lieten hem niet wachten.

Falcón vertelde hun wat er in het kluisje had gezeten en las de ontcijferde instructies over de moordaanslag en het doelwit voor. De twee mannen luisterden verbijsterd naar hem. 'En wie zal hiervan hebben geweten, afgezien van de voor de hand liggende mensen in het regime?' vroeg Lobo. 'Ik bedoel, zouden de Amerikanen er iets van geweten hebben?' 'Ze wisten van Vega,' zei Falcón. 'Ik heb geen idee of ze iets van deze opdracht wisten, maar ik denk van niet. Ik geloof Flowers nu als hij zegt dat ze niet wisten waar ze naar zochten. Ze hoopten alleen dat het niet iets was wat nadelige gevolgen zou hebben voor hen of voor de regering van die tijd.'

'Kunnen de Amerikanen betrokken zijn geweest bij de moord op Vega, of is hij door Marty Krugman of zichzelf van het leven beroofd?'

'Mark Flowers heeft me ontzaglijk veel informatie gegeven. Er is wel het probleem dat ik niet weet wat waar is en wat niet,' zei Falcón. 'Eigenlijk wil ik wel geloven dat ze niet bij de moord op hem betrokken waren, omdat ze dit juist wilden vinden: de inhoud van de kluis, die ze nooit hebben gevonden. Maar ik denk ook dat Flowers misschien een eind aan de onzekerheid wilde maken en er dus aan heeft meegewerkt dat Vega werd uitgeschakeld.'

'Zaak gesloten?' zei Elvira.

Falcón haalde zijn schouders op.

'Wat nog meer?' zei Lobo met een blik op het dossier dat Falcón op zijn schoot had.

Hij gaf het aan hem. Toen Lobo elke bladzijde had gelezen, gaf hij het aan Elvira. Beide mannen keken nerveus op bij de opsomming van de gevallen van misbruik. Toen ze klaar waren, keek Lobo uit over het park, zoals hij altijd deed sinds hij deze kamer had. Hij praatte tegen de ruit.

'Ik kan het wel raden,' zei hij, 'maar vertelt u toch maar wat u wilt.'

'Wat al die misdrijven betreft die in de finca van Montes zijn gepleegd, was de ondergang van Ignacio Ortega het minste wat ik wilde,' zei Falcón. 'Dat was niet mogelijk. Ik ben het daar niet mee eens, maar ik begrijp waarom. Dit is een afzonderlijke zaak. De dingen die in de finca van Montes zijn gebeurd, komen niet aan de orde in de zaak van het misbruik dat in de familiekring heeft plaatsgevonden. Ik wil dat er een Juez de Instrucción wordt benoemd – natuurlijk niet Juez Calderón. Ik wil Ignacio Ortega arresteren en ik wil deze aanklachten aan hem voorleggen, en ook eventuele verklaringen van anderen die op de lijst van Salvador Ortega staan.'

'We moeten dit eerst bespreken. Daarna nemen we contact met u op,' zei Lobo.

'Ik wil geen druk uitoefenen op die bespreking, maar ik wil u wel herinneren aan wat u gisteren in uw kamer tegen me hebt gezegd.'

'Herinnert u me daar dan eens aan.'

'U zei: "We hebben mannen als jou en Inspector Ramírez nodig, Javier. Twijfel daar nooit aan."'

'Ik begrijp het.'

'Inspector Ramírez en ik zouden hem graag vanavond willen arresteren,' zei Falcón, en hij verliet de kamer.

Hij zat alleen in zijn kamer en was zich niet bewust van Ramírez en Ferrera, die op nieuws wachtten. De telefoon ging en hij hoorde dat ze schrokken. Het was Isabel Cano, die hem vroeg of ze een reactie kon krijgen op haar concept van de brief die ze aan Manuela zouden sturen over het huis aan de Calle Bailén. Hij zei dat hij het niet had gelezen, maar dat het er niet toe deed, want hij had besloten dat als Manuela in het huis wilde wonen ze de marktprijs zou moeten betalen, minus de makelaarscommissie, en dat daarover geen discussie mogelijk was.

'Wat is er met jóú gebeurd?' vroeg ze.

'Ik ben verhard, Isabel. Het bloed giert nu door mijn koude, stalen aderen,' zei Falcón. 'Heb jij ooit van de zaak-Sebastián Ortega gehoord?'

'Dat is toch de zoon van Pablo Ortega? Die een jongen had gekidnapt?'

'Ja,' zei Falcón. 'Zou je er iets voor voelen om zijn hoger beroep te doen?'

'Zijn er krachtige nieuwe bewijzen?'

'Ja,' zei Falcón, 'maar ik moet je wel waarschuwen dat Esteban Calderón er niet goed uit naar voren komt.'

'Het wordt tijd dat hem een beetje nederigheid wordt bijgebracht,' zei ze. 'Ik zal ernaar kijken.'

Falcón hing op en verviel weer in stilte.

'Je hebt er vertrouwen in,' zei Ramírez vanuit de afdelingsruimte.

'Wij zijn mannen van waarde, José Luis.'

De telefoon ging ditmaal in de afdelingsruimte. Ramírez nam meteen op. Stilte.

'Dank u,' zei Ramírez.

Hij hing op. Falcón wachtte.

'José Luis?' zei hij.

Er kwam geen geluid. Hij ging naar de deur.

Ramírez keek op, zijn gezicht nat van de tranen, zijn mond strak weggetrokken van zijn lippen, vechtend tegen de emotie. Hij wapperde met zijn hand naar Falcón; hij kon geen woord uitbrengen.

'Zijn dochter,' zei Ferrera.

De Sevillano knikte en veegde met zijn duim de grote tranen uit zijn ogen.

'Het komt goed met haar,' zei hij fluisterend. 'Ze hebben alle tests gedaan en ze kunnen niets vinden. Ze denken dat het een of ander virus is.'

Hij liet zich onderuitzakken op zijn stoel. Er welden nog steeds dikke tranen in zijn ogen op.

'Weet je wat?' zei Falcón. 'Het wordt tijd dat wij een biertje gaan drinken.'

Ze reden met z'n drieën naar de bar La Jota en stonden in de spelonkachtige koelte bier te drinken en reepjes gezouten kabeljauw te eten. Andere politiemensen kwamen binnen en probeerden een praatje met hen te maken, maar kwamen daar niet ver mee. Ze waren te gespannen. Het werd halfnegen 's avonds en Falcóns mobieltje trilde tegen zijn dij. Hij bracht het naar zijn oor.

'U hebt toestemming om Ignacio Ortega op die aanklachten op te pakken,' zei Elvira. 'Juan Romero is tot Juez de Instrucción benoemd. Veel succes.'

Ze gingen naar de Jefatura terug omdat Falcón de arrestatie vanuit een patrouillewagen met zwaailichten wilde doen om Ortega's buren te laten weten wat er aan de hand was. Ferrera reed en ze parkeerden voor een groot huis in El Porvenir dat hekpalen met betonnen leeuwen had, zoals Sebastián had verteld.

Ferrera bleef in de auto zitten. Ramírez drukte op de bel, die dezelfde elektronische kathedraalklank had als die van Vega. Ortega kwam naar de deur. Ze lieten hem hun insignes zien. Hij keek over hun schouders naar de geparkeerde patrouillewagen met zwaailichten.

'We zouden graag even binnen willen komen,' zei Ramírez. 'Tenzij u dit liever op straat afhandelt?'

Ze gingen het huis in, dat niet aan de gebruikelijke hoofdpijnkilte van zware airconditioning leed maar erg comfortabel was.

'Deze airconditioning...' begon Ramírez.

'Dit is geen airconditioning, Inspector,' zei Ortega. 'Dit is een van de nieuwste klimaatbeheersingssystemen.'

'Dan moet het regenen in uw studeerkamer, señor Ortega.'

'Kan ik u iets te drinken aanbieden, Inspector?' vroeg Ortega verbaasd.

'Ik denk van niet,' zei Ramírez. 'We blijven niet lang.'

'En u, Inspector Jefe? Een single malt? Ik heb zelfs Laphroaig.'

Falcón knipperde met zijn ogen. Dat was een whisky waarvan Francisco Falcón had gehouden. Er was nog veel in zijn huis, ongedronken. Zijn eigen smaak was niet zo eclectisch. Hij schudde zijn hoofd.

'Hebt u er bezwaar tegen als ik in mijn eentje drink?' vroeg Ortega.

'Het is uw huis,' zei Ramírez. 'U hoeft voor ons geen beleefdheid in acht te nemen.'

Ortega schonk zich een goedkope whisky met ijs in. Hij hief zijn glas naar de rechercheurs. Het was goed om te zien dat hij nerveus was. Hij pakte een grote afstandsbediening op waarmee hij het systeem kon bedienen en begon de finesses ervan uit te leggen aan Ramírez, maar die onderbrak hem.

'Wij kunnen slecht tegen ons verlies, señor Ortega,' zei hij.

'Pardon?' zei Ortega.

'Wij kunnen erg slecht tegen ons verlies,' zei Ramírez. 'We houden er niet van wanneer al ons goede werk voor niets blijkt te zijn.'

'Dat kan ik me voorstellen.' Ortega camoufleerde zijn nervositeit. Ramírez' dreigende, agressieve houding zat hem dwars.

'Wat kunt u zich voorstellen, señor Ortega?' vroeg Falcón.

'Dat uw werk soms erg frustrerend is.'

'Waarom zou ú dat denken?' vroeg Falcón.

Nu hij hun toon had opgevangen en daar bepaald niet blij mee was, werd Ortega zelf ook venijnig. Hij keek hen aan alsof ze zielige hoopjes menselijkheid waren – mensen voor wie je alleen maar medelijden kon opbrengen.

'Het rechtsstelsel is niet in míjn handen,' zei hij. 'Het is niet aan míj om te beslissen welke zaken naar de rechtbank gaan en welke niet.'

Ramírez griste de afstandsbediening uit Ortega's handen, keek naar de talloze knoppen en gooide het ding op de bank.

'En die twee kinderen die begraven lagen bij de finca in Almonaster la Real?' zei Ramírez. 'Hoe zit het met hén?'

Falcón vond het schokkend dat er op dat moment een glimlachje op Ortega's gezicht verscheen. Nu wist hij waar dit om draaide. Nu wist hij dat hij veilig was. Nu zou hij hiervan genieten.

'Wat is er met hen?' vroeg Ortega rustig.

'Hoe zijn ze gestorven, señor Ortega?' zei Ramírez. 'We weten dat we u wat dat betreft niets kunnen maken, maar zoals ik al

zei, kunnen we slecht tegen ons verlies en we willen graag dat u
die ene vraag beantwoordt.'

'Ik weet niet waar u het over hebt, Inspector.'

'We kunnen wel raden wat er gebeurd is,' zei Falcón. 'Maar
we willen graag bevestigd hebben hoe en wanneer ze zijn gestorven en wie ze heeft begraven.'

'Dit is geen valstrik,' zei Ramírez, en hij spreidde zijn handen.

'U weet precies wat valstrikken zijn, señor Ortega?'

'Ik zou graag willen dat u onmiddellijk wegging,' zei hij, en
hij keerde hun zijn rug toe.

'Wij gaan weg zodra u ons hebt verteld wat we willen horen.'

'U hebt absoluut niet het recht om hier binnen te...'

'U hebt ons uitgenodigd, señor Ortega,' zei Falcón.

'Klaagt u maar bij uw hooggeplaatste vrienden als we weg
zijn,' zei Ramírez. 'Waarschijnlijk kunt u ons laten overplaatsen,
laten schorsen zonder betaling, uit het korps laten gooien... met
alle contacten die u hebt.'

'Gaat u weg,' zei Ortega. Hij keek hen woedend aan.

'Vertelt u ons hoe en wanneer ze zijn gestorven,' zei Falcón.

'We gaan pas weg als u ons dat hebt verteld,' zei Ramírez opgewekt.

'Ze hebben zelfmoord gepleegd,' zei Ortega.

'Hoe?'

'De jongen heeft het meisje gewurgd en daarna sneed hij zijn
polsen door met een glasscherf.'

'Wanneer?'

'Acht maanden geleden?'

'Dat was ongeveer in de tijd dat Inspector Jefe Montes nog
meer begon te drinken dan hij al deed,' zei Ramírez.

'Wie heeft ze begraven?'

'Ze stuurden iemand om dat te doen.'

'Ik stel me voor dat ze goed zijn in kuilen graven,' zei Ramírez. 'Russische boeren. Wanneer hebt u voor het laatst een kuil
gegraven?'

Ramírez was dicht bij Ortega komen staan. Hij pakte zijn

hand vast. Die was zacht. Hij keek in zijn ogen.

'Ik dacht al van niet. Helemaal geen geweten... Maar misschien komt daar mettertijd verandering in,' zei hij.

'Ik heb u verteld wat u wilde weten,' zei Ortega. 'Nu is het tijd dat u vertrekt.'

'We gaan nu,' zei Falcón.

Ramírez haalde een stel handboeien uit zijn zak. Hij deed een boei om de pols van de hand die hij vasthield. Falcón pakte het whiskyglas uit de andere hand. Ramírez bracht de handen achter Ortega's rug bij elkaar en klopte hem op zijn schouders.

'Jullie hebben afgedaan,' zei Ortega. 'Dat weten jullie.'

'We arresteren u,' zei Falcón, 'voor herhaaldelijk seksueel misbruik van uw zoon, Salvador Ortega, en uw oomzegger, Sebastián Ortega...'

Ortega glimlachte. Falcón hield midden in zijn zin op.

'Jullie denken serieus dat een heroïneverslaafde en iemand die veroordeeld is voor het ontvoeren en misbruiken van een jongen ook maar enige kans maken om míj achter de tralies te krijgen?' zei Ortega.

'De dingen zijn veranderd,' zei Falcón, terwijl Ramírez zijn grote hand op Ortega's hoofd legde. 'We wilden u aan de jongen en het meisje in de finca herinneren om u te laten weten dat u zojuist bent aangeraakt door verdwenen handen.'

Coda

Falcón zat met een biertje en een tapa van gebakken verse ansjo-
vis voor La Bodega de la Albariza aan de Calle Betis. Het was
vandaag koeler. Er waren veel mensen bij de rivier. Hij had zijn
gebruikelijk plek in het midden van de Puente de Isabel II opgegeven. Die herinnerde hem te veel aan slechte tijden en opdringerige fotografen. De rivier was geen Stygisch voorgeborchte
van handenwringende vreemden meer, maar wat hij altijd al was
geweest: de levensader van de stad. Nu zat Falcón met mensen
aan tafels te eten en te drinken, en keek hij naar stelletjes van alle
leeftijden die elkaar kusten en in de zon wandelden, naar joggers
en fietsers op het jaagpad aan de overkant. De ober kwam langs
en vroeg hem of hij nog iets wilde. Hij bestelde nog een biertje
en een bord met *chipirones*, kleine inktvisjes.

Twee dingen uit die verzengende laatste week van juli wilden
hem niet met rust laten. Ten eerste: Rafael Vega en zijn zoon Mario en zijn antwoord op Calderóns vraag: 'Wat zou je beslist niet
willen dat je zoon van je wist?' Hij herinnerde zich dat hij medelijden met Mario had gehad toen die opeens werd weggevoerd
naar een nieuw gezin, en hij wilde dat de jongen één ding over
zijn monsterlijke vader wist – niet nu, maar uiteindelijk. De jongen moest weten dat Rafael door liefde en verlies tot menselijkheid was teruggekeerd. Rafael was de confrontatie met zijn geweten aangegaan en werd daardoor gekweld. Toen hij stierf, had
hij gewild dat er iets goeds uit zijn weerzinwekkende leven

voortkwam. Hoe zou Mario dat ooit weten?

Het tweede dat hij niet van zich af kon zetten – gesteld al dat hij dat zou willen –, was wat er tussen Consuelo en hem was voorgevallen. Ze had hem verlaten en was naar de kust gegaan om bij haar kinderen te zijn. Hij had de bedrijfsleiders van haar restaurants gevraagd waar ze was, maar ze hadden strikte opdracht niemand op de hoogte te stellen. Haar mobieltje stond nooit aan. Hij kreeg geen reactie op de boodschappen die hij op haar antwoordapparaat insprak. Hij droomde van haar, zag haar op straat en rende over pleinen om de armen van geschrokken vreemden vast te pakken. Hij leefde met haar in zijn hoofd, verlangde naar haar geur, naar het gevoel van haar wang op de zijne, de aanblik van zijn lege stoel tegenover de hare in een restaurant.

De ober bracht de chipirones en het bier. Hij kneep sap uit de citroen over de inktvisjes en pakte zijn beparelde glas. Van het koude bier kreeg hij tranen in zijn ogen. Hij knikte naar een meisje dat vroeg of ze een van de stoelen aan zijn tafeltje mocht meenemen. Hij leunde achterover en liet de hoge palmen van de skyline van Sevilla vervagen in zijn gezichtsveld. De volgende dag zou de maand september beginnen. Over een paar dagen ging hij naar Marokko. Marrakech. Hij was gelukkig. Zijn mobieltje trilde op zijn dij. In de lome, warme middag had hij helemaal geen zin om op te nemen.